U0110141

掌故

（十二）

野史·佚聞·
人物·風土·

月刊
66

中華民國六十六年（一九七七）二月十日出版

掌故月刊 第66期 目錄

每月逢十日出版

掌故

第六十六期

每册定價港幣二元正

全年訂費 港幣二十四元 台幣二百四十元 美金八元

出版兼發行者：掌故月刊社

地址：九龍旺角上海街六二三號地下

通信處：九龍旺角郵局信箱八五二一號

電話：K八〇八〇九一

The Journal of Historical Records

P. O. Box No. 8521, Kowloon

Mongkok Post Office, Hong Kong.

督印人：鄧少卿

總編輯：岳騫

印刷者：和記印刷有限公司

新蒲崗景福街一一〇號超達工業大廈十樓

總代理：吳興記書報社

香港租庇利街十一號二樓

電話：H四五〇五六一 四五〇七六六

國內代理：何復國

台北郵政劃撥帳號：一〇七四三八

星馬代理：遠東文化事業有限公司

新加坡廈門街十九號 檳城杳田仔街一七一號

印尼總發行：集源公司 椰城旗桿街87號A

Dil Tiang Bendera No. 87A

Djakarta, Indonesia.

澳門：可大文具店

亞庇：利民公司

斗湖：光明書局

漢城：泛亞書籍公社

倫敦：香港文化服務社

中藝公司

東寶公司

紐約：友聯圖書公司

友誠公司

友方公司

菲律賓：華安書局

芝加哥：文華書店

羅省：大元公司

新東方公司

三藩市：益智圖書公司

文化商店

華盛頓：德昌公司

波斯頓：中西公司

千里達：中華公司

加拿大：香港商店

溫哥華：僑益書局

滿地可：明星書局

渥太華：民生書局

巴西：興昌公司

陳英士擎柱東南

芝翁

洪憲帝制的活劇，促成國內外討袁勢力的聯合陣線。以討袁運動而論，以中華革命黨發動最先，也最積極；就活動環境來說，陳英士先生所主持的淞滬一隅，其處境之困難，也較其他地區為艱苦，而作用却很大。

癸丑二次革命，贛寧失敗，淞滬無功，北方的黨員，一部被袁收買，南方的黨員也有緩進與急進之不同主張，一些動搖分子，更有改隸歐事研究社，以對抗孫中山先生計劃之進行者，革命聲勢消沉至極。袁世凱志得意滿，認為「孫黃失勢，已入英雄之彀中，黎段歸心，可寄將軍於閫外」了，野心益熾，謂莫予毒。陳英士先生，受命於危困之際，經營淞滬，在淞、贛、皖、豫、魯、鄂等地，皆有完密之布置，雖屢起屢挫，而愈挫愈不屈，使袁世凱不得不留二師以上兵力於淞滬以資牽掣不敢移向他用。當蜀、黔、湘、鄂之間戰事正殷之際，袁如多此重兵以資調度，其結果如何，當不難想像。朱執信說：「袁之欲死英士先生，甚至出十數萬以購兇徒，正以英士先生之能當彼一敵國故。」自是確切之論！談中華革命黨者，陳英士先生該算是當時的擎天一柱，而開國之功，尤不能無述。

英士先生名其美，浙江吳興人。吳興在清代的湖州府，烏程、歸安二縣同屬一城，民國後併為吳興縣，英士實烏程人。先世出陳霸先，繼蕭梁中國正統，以與北朝對抗，五代以來其後人耕讀苕霅間，世有達人。長兄勤士（其業），以儒業商，弟藹士（其采）為留日士官之先進，均逝於臺灣。英士生於公元一八七七年，即清光緒三年丁丑，長軀偉幹，目深度近視，天資頴異，器識不凡，十六歲赴石門，習商業，至二十七歲，辭善長典業事，到上海同康泰絲棧，佐理會計，第二年，始入上海理科傳習所肄業，自此以後便和學界志士多所往還。光緒三十二年夏間，偕徐鍔、謝持等赴日，入東斌警察學校，不久便轉學東斌陸軍學校，習軍事學。其冬，便加入同盟會，與在日振武學校之杭縣黃膺白（郛），同時加盟。奉化蔣公與張岳軍先生，則於次年丁未到日，亦由英士先生的介紹，加入同盟，致力革命。

光緒三十四年春，英士先生由日返國在浙、滬、京、津等地策劃革命工作，秋，赴漢口籌辦大陸新聞，爲革命宣傳機關，設事務所於英租界，集股達四萬，發刊有日，這事給兩廣總督端方偵悉，電告鄂督趙爾巽。這時革命風潮澎湃，清廷官吏，畏革命如虎，在日本也廣布眼線，把英士爲同盟會中堅份子，回國活動情形，報告給端方，放他不過，因電漢查拏，幸事先得到消息，走回上海，報遂中輟。

當光宣之交，清政日窳，革命之進展亦日速，長江上下游民心知所歸向，清吏的反動力量雖也很厲害，但革命黨人均具有入虎穴的精神。趙厚生便在金陵城內創辦圖南書舘，作爲革命的通訊機關。江浙方面，迄由英士先生主持，宣統元年已酉夏間，英士接辦上海天寶棧爲革命機關，並約期集合同事，將有事於江浙不幸給端方的密探劉光漢（劉申叔師培）所出賣，把地址向端方密告，端便據以照會英租界當局去搜索，機關遂被破獲。同志張恭被捕，解往寧垣，褚輔成、周淡遊等裝做商人得脫，英士恰好外出，同時因爲那時尚未剪辮，腦後大辮垂垂，似村夫子，警探聞名，而不識面，交臂莫辨，故幸免受辱。

民國紀元前一年辛亥閏六月初六日，英士與宋教仁、譚人鳳、楊譜笙、潘彛等，籌組成立中國同盟會中部總會於上海，各分任總務幹事，並發布宣言。潘祖彛字訓初，福州人。上海三山會舘，爲閩幫商人祀媽祖之所，兼同鄉會與天后宮，建築宏偉，黨人多借用此中集會，英士每往來京滬各地，指導黨務。其姪祖燾即果夫先生，時在講武堂，亦經其介紹加入黨籍。是年派居正主湖北分會，焦達峯主湖南分會，范鴻仙、鄭贊丞主安徽分會，都是直接受上海總機關統轄，主持革命的進行，及軍隊的聯絡。於是革命脈絡貫通到長江流域，其重點則置於武漢。

八月十九夜武昌起義後，黃鶴樓頭及蛇山之巔，飄出革命旗幟，清廷初以爲只是星星之火，不難撲滅；武漢方面，則盼下游響應，協力來推翻滿清，因於推派代表到上海迎接黃克强時，帶了二十萬官銀票交上海總機關部，克强九月初三抵鄂之後，又撥了十萬。英士時與李燮和分頭運動軍警，準備起事，得到接濟，進行得更順利。燮和字柱中，湖南安化人，長沙明德學堂學生，

英士集古句贈別　介石

安危他日終須仗

甘苦來時要共嘗

孫文懷舊感錄

會參加萍醴之役，後亡命日本，先加入華興會，後加入同盟會。陶成章與章太炎用光復會名義募捐並散發傳單時，李與許雪秋盲從附和，旋赴爪哇當教員，回國後頗失意，三鎮光復，黎元洪委爲長江下游招討使，來到上海，和上海總機關部取得聯繫。他找同鄉關係，與水師教練官龔澤芳，營長章文豹，巡防營的陳漢欽、黃漢湘兩管帶，頗有聯絡，但不敢先發。九月十三日，革命黨人在英士領導下，圍攻江南製造局，局中一部駐軍，負嵎反抗，英士隻身入局欲曉以大義，被拘一夜，製造局總辦知英士深得淞滬人心，不敢加害，而英士被捕的消息已遍傳全市，衆人大憤，於是各約同志同業攘臂往救，黃郛時在滬，用軍諮府執照，入局探視生死及軍力虛實。李燮和運動之陳漢欽也立即發動，第二早即攻破，英士遂出險。

江南製造局既下，吳淞亦告克復，滬局大定。伍廷芳、李平書、李徵五等，在城內小東門海防公所集商善後，並議組滬軍都督府。防軍反正代表議舉燮和爲都督，陳漢欽爲上海總司令，有人以爲李乃湖北所派，舉他可以通聲氣，但黨人反對者極衆，尤以王鐘聲爲最力。紳商各界則以上海爲遠東巨埠，國際關係複雜，英士和易近人，華洋各界素相接納，多所交知，主推英士。時南京第九鎮舉義失敗，情勢危急，上海已經光復了，燮和對軍事亂糟糟一無辦法，各界開會中急切沒有頭緒，黃膺白挺身而出，一番激昂慷慨的演說，遂推定英士爲都督，陳漢欽亦勸燮和退讓，大計遂定。就職之日，發出布告云：「其美忝承軍學紳商開會公舉，責以都督重任，才疏學淺，不克擔承。惟當軍務倥傯之際，一再思維，與其推諉誤事，負罪國民；何如勉策駑鈍，共策大業。夙仰軍隊諸同胞，志切同仇，心存救國，其美既勉爲其難，諸君必共匡不逮，爲此即日視事，轉行通告，至祈戮力同心，亟圖進取。所有一切國紀軍律，其美當與諸同胞共同遵守，倘有違犯紀律者，其美爲大局計不能稍事姑容也。」燮和領黃漢湘部三千人駐吳淞，另設軍政分府，稱吳淞都督，後與黃不相能，他僅掛了光復軍司令頭銜自遣。

英士任都督後，以黃膺白爲參謀長兼二十三師師長，而蔣公與張岳軍陳星樞等，則於九月初九抵滬，奉派主持浙省新軍起義運動，浙省亦於九月十四日光復。惟時清廷起用袁世凱，驅其久練之北洋兵力，長驅京漢路而南，直壓武漢，革命勢力，岌岌可危。英士與膺白認爲「不先克金陵以建國都，將無以定民志而壯聲援」。乃組聯軍，以楊譜笙、俞鳳韶等爲參謀團，籌劃餉械，調動軍隊，會攻南京，此外對於安定中外人心，促進各地響應等中心工作，亦兼籌並顧，所以能指揮若定，並時賢俊，多樂爲用，蘇州、杭州、江寧、鎮江、武進、揚州之程德全、朱瑞、徐紹楨、林述慶、趙樂羣、徐寶山等，皆附於滬軍，一惟英士馬首是瞻。

浙滬聯軍，攻略南京時，英士曾致書張勳招降，因有關史實，特錄存之，文云：「少軒軍門閣下：竊維我中華自黃帝以來，繼繼繩繩，已四千餘年於茲矣。一家子姓，聚族於斯，大好河山，無非祖業。不意朱明失治，漢祚中衰，滿人乘危，入據中國二百餘年，高自位置，奴使漢臣，慘怨中積，於人心者久矣。比載以還，專制益甚，假立憲美名，行集權政策，其猜忌漢人之心，亦日以益進。本軍政府爲光復祖國，拯救同胞起見，不得以而出於用兵，合四萬萬人之公心，辦四萬萬人之公事，故義旗所指，海內風從，人事天時，不待龜蓍。頃者北京大變，根本已搖，各省分崩，敗象迭見，是以地方大員之稍明理義者，無不宣布獨立，高掛民旗，一以慰地下二百六十年前爲滿族誅戮之祖靈，二以復古來四千餘年文明華冑之祖業，蓋忠亦莫忠於此，孝亦莫孝於此也。素仰軍門，砥柱東南，盛名久播；而麾下所統兵士，又復久資訓練，均屬健兒。惟彼此本係同胞，萁豆燃萁，賢者不爲。昔曾國藩、李鴻章率湘淮子弟，戰勝洪楊，詡詡自得；而孰知漢戕漢，坐使滿人安享其成，地球各國，無不騰笑。伏願軍門引曾李之前車，以爲殷鑑，否則兵連禍結，生靈塗炭，執事其忍之乎？想軍門深明大勢，必不至以滿人一姓之興，而置我四萬萬親愛同胞於不顧。還望反逆爲順，共奠神州。如蒙垂亮，本軍政府仍當以江省兵權還屬軍門，立功祖國，鐫名汗青，千載一時，幸毋遲疑，以失衆望，惟高明察之。」這自然無異對牛彈琴，但革命開國，以覆滿爲第一義，總希望漢人同心戮力，那曉得這張少軒是極頑固的忠清的武人？英士爲充實軍力計，盡發江南製造局所儲械彈，接濟各部，自鎭江之龍潭，進薄幕府山、烏龍山、天堡城，凡三戰，張勳所統之江防營，及江寧將軍鐵良所統八旗兵，兩江總督張人駿督標防營均節節敗退。十月十二，收復金陵，東南大定，武昌危局亦轉安，論功以英士策劃之力爲多。

英士精密勇悍，慷慨有義俠氣骨，待人和易有禮貌。又篤念故舊，愛護同志，樂爲人分謗，有所嗜也不矯情飾僞以欺世博浮名，處事則明察果斷。當攻南京時，有少數動搖者密通於張勳，實由陶駿保主謀。陶本九鎭宿將，頗負時望，英士察知確實，適陶到滬，立斬以徇，軍心大振。當鞫訊時，有人請愼重處理，防激變。英士曰：「治亂絲，無從理，快刀斬之可也！」徐紹楨、顧忠琛及美籍顧問安德生，皆稱英士明察有鐵腕作風。陶被戮後，張勳見反間不售，急撤往臨淮，英士聲威，遂爲東南諸將之冠。

民國元年二月，孫中山先生決讓位於袁世凱，英士亦呈請取銷滬軍都督名位，文云：

「爲呈請事：竊念治國以正名爲先，立法以統一爲貴。當武漢起義，切望聲援，事逾浹旬，東南如故。南京爲大江都會要地，在所必爭；惟巨寇負嵎，急攻難下，不得不施盤馬彎弓之策，以爲搤吭破鐍之謀。其美等冒死進行，先克上海，得製造局，海軍源泉既爲我有，東南電局總樞亦爲我握，江浙兩省，本待南京消息而後動靜者，至此乃相繼而下。海軍處亦因之組成，長江流域，脈絡貫通，爰合浙蘇鎭滬之軍，會攻南京，張人駿、張勳、鐵良，螳臂無能，棄城偕遁。於是沿江各省，悉以光復，範圍稍廣，消息較靈，其美於上海光復之初，被衆推爲滬軍都督。夫上海隸屬江蘇，地居縣治，都督之稱，何以副實？當時會力駁固辭。而衆意以爲都督之設，非原官制，非關地域，但由革命事實而發生此特設之官，且以戰事方新，急宜策應，得藉此滬濱一隅，爲海陸交通要塞地，軍需餉械所自出，以扶大局，以繫人心，責任所在，暫效馳驅。迨江蘇光復後，再辭不許；臨時政府成立後，三辭未准。伏思受任滬軍都督，本爲一時權宜之計。嗣開府後，各省援鄂攻徐援皖攻魯，以及北伐各師，皆取道申江，紛紛供應。大之一師一旅之經營，小至一宿一餐之供給，莫不于滬軍是責。且郵電舟車之煩瑣，幾如職掌交通；華洋交涉之艱難，無異職司外部；查辦案件之叢脞，又如職操司法。推之全國海軍之餉，多出滬軍，每月用欵之繁，數逾百萬。以一無所知之其美，幾兼交通、外務、司法、軍政、財政而獨爲；以四無屬地之申江，幾綜東南樞紐門戶，統籌兼攬於一身。其美覺十餘年來爲革命而出死入生之苦，以今例之，尚不致如斯。蓋上海地處交通，人人得而求備；又居下邑，事事爲人阻撓，即如參議員，每省各舉三人，而陳陶怡關係在滬，致欲去位。司法界藉口動爭地點，而姚榮澤抗不解甲，幾欲漏網。甚至滬上商團之駐紮，滬已批行，蘇復咨駁。硝磺專賣公司，滬已納餉，蘇令取消。對於滬上各機關人員，委任非專，號令不便，管轄上既無統一之權，事實上乃有衝突之勢。牽制如此，無事可爲。且凡百收入，均被各方面爭之而去；凡百支出，均由各方面諉之而來，縱令巧婦，無米何炊？雖竭肝膽塗地之誠，豈能收戮力同心之效！現已精疲腦儩，力疾從公，長此掣肘，非但不能副我初心，轉恐因此而誤大局。自應呈請大總統，取銷滬軍都督名位，其美免戀棧之譏，蘇滬無駢枝之誚。仍得以革命軍之一員，奔走共和事業，公私幸甚。伏候准行。」

中山先生仍予挽留覆電云：「現在淸帝退位，民國統一，上海爲江南要區，非有大將鎭守，不能維持一切。據各處紛紛來電，咸以公爲民國長城，關係全局，力請挽留，人心如此，奚可告退？望勉爲其難，勿懷退志。總統孫文。」英士以孫公讓位爲不當，辭意仍至堅決，中山先生又有電說：「前得辭表，亟電挽留。頃聞執事退志仍堅，政府亦當成執事讓德之美。惟以財政、外交、交通諸大端言，滬上都督，萬難遽行取銷，幸請顧全大局，再行勉爲其難，俟以前諸大端，中央佈置就緒再商，至盼。總統孫文。沁。」時爲二月二十七日，及和議告成，孫中山先生卸任，滬軍都督府準備結束，五月三十一日，堅請解除兵柄，將滬軍移交江蘇都督程德全，袁世凱特任他爲唐紹儀內閣之工商總長，不就，授以勳二位，亦笑置之。後應袁函邀北游，晤談之下，袁雖貌謙氣和，英士則深覺世凱是舊官僚，不解民治，恃其權譎以統弄羣雄而已。

迨宋案發生，英士奉孫先生命，發動討袁，其時鈕永建松江軍約三千人，居正白逾桓據吳淞口砲台及寶山縣，另有學生討袁奮勇軍，在泗涇七寶莘莊梅家弄集結。五日之間東南各地投效的幾達四千人，保定學生參加的也有三百餘人，英士親至龍華督師與高廟鄭汝成部萬餘之衆，激戰後加以包圍，汝成約海軍海圻、海籌、通濟等艦二十餘隻，游弋閔行至龍華江面，以砲艦橫截黨軍，並由江面繞道通租界及浦東浦南，事遂無可爲。而黃克强亦受冷遹棄職逃遁之影響，敗退至滬。鄭汝成懸賞購緝黃與英士，有「不論生死，一例給賞」語，於是東南落在北軍之手，黨人多避往日本，英士將滬事託之蔣公，亦經大連轉到東京。孫黃以次唐紹儀、汪精衞、胡漢民、廖仲愷、李烈鈞、柏文蔚、熊克武、蔡濟民、居正、韓恢、楊庶堪等，與英士常有來往，日朝野名人西園寺、青浦、頭山滿、宮崎寅藏、松井石根、山田純三郎等，也樂與英士周旋。

英士熱情奔放，談及遠東問題，對日本頗多責言，謂：「中日唇齒相依，不可助長袁世凱政權，而想從中取利。」蓋當時袁曾請求日政府，對亡命志士將有所不利故也。終因英士的話頭山、犬養諸人，因向日執政進言，力持不可。日本政府雖對袁已有承諾，但亦不敢明目張胆，助紂爲虐。

民初軍政要人豪商鉅紳，每多於伎家宴客，銀燈珠箔，錦桁明簾，清歌載酒，不亞東山絲竹，如上海之書寓，京津之小班，規矩綦嚴，比於日本之藝妓，只容侑酒，不許留髡。申江十里，開埠最先，聲色甲東南，一般人士，於週末或渡假休憩時，或有徵選，癸丑後袁系報紙及反動政敵，竟以之爲詆譭之具，稱英士爲「風流都督」，聞者多爲不平，英士轉不以爲意，或笑詠東坡「大江東去」，以公瑾當年自解。在日時，日本名士岡田有民、出雲彌助、藤田進、宮崎寅藏、山田純三郎、萱野長知等，多通漢學，每邀英士、展堂、精衞、仲凱諸人，爲文酒之會，一日，聚於熱海酒家，依山面海，風景殊勝，一藝伎頗明艷，能通華語，指點林泉邱澗，遠近無遺。

英士先生極度近視，於其所指之絢麗風景，僅能彷彿依稀，漫爲領畧，藝伎見狀凄然。時正聯吟，諸人中聆聲而集欄旁的有戴季陶、汪精衞，詢以何事？英士備述所以，精衞因得句：「下臨溪壑疑無地」，這句子是眞實的寫景，也含有嘲近視眼之意，隨叫藝伎取筆寫下，居然筆致娟秀，如管道昇體。英士喜其慧且多能，回顧二人以上海話對戴說：「簪花妙格也」！季陶因以日話詳說管仲姬故事，並詢其名，知爲「雪子」，英士問：「你能作對句嗎？」雪子沉思有頃，取筆在原紙上，寫「再造河山賴有人」。諸人激賞叫絕，岡田有民等人，並舉杯爲諸黨人致賀，以爲佳讖。因述「風流都督」，並憶及此，以見前輩之風流餘韻。

三年一月十日，袁世凱解散國會，五月一日，更廢民元之臨時約法，並改內閣官制，以徐世昌爲國務卿，帝制野心，春雲漸展，並與英帝國主義者勾結，解散國民黨員，一部份黨員即不被收買，亦意志消沉。英士等佐總理作重整革命精神之必要措施，其動機：①矯正同志不服從領袖的心理；②把過去散漫的組織嚴密起來；③淘汰黨內不革命份子。因而決定改組國民黨，重組中華革命黨，三年六月二十二日，開改組大會，七月八日在東京靜養軒正式成立，中山先生就總理職，通過黨章三十九條，英士與謝持分任總務正副部長。其時同志中有持異見及觀望者，英士力排衆論，曾於致友人書中，剴切地說：「吾儕必以至誠無僞，大公無私爲立身行事之始基，發揮極正確之自信力，以承當天下之大任。所謂自信力者，決非剛愎固執，愚而自用，或予智自雄之謂，必須能博聞周知，廣納衆長，尤非一知半解之自封自域，要須先退其私，而後能沉思密審，融會貫通，否則以一私字橫梗於衷，則無論如何沉密，終不能有裨於思慮，而克勝大任也。」又謂「任大事者，若知以堅貞自勵，勇往無前，不避艱險，豈不壯哉？豈不偉哉？然若缺乏至誠與大公，則堅貞之不流於固執或自用者，鮮矣，寡矣。」又說：「人孰無私？日文『我』之稱謂爲『私』，具有至理，其義蓋出於中國六書，不以私害公，是說私是有限度，出了限度便損害了別人。」所言皆有至理。

旋奉總理命，秘密返國赴各地，策劃地下活動，本溪湖之役後，又潛回上海策動。袁世凱聞之，歎「陳英士機警難制」，命鄭汝成嚴密晒緝，同志枉殺者甚多，英士見情勢急迫，乃狙殺鄭氏，繼之而有肇和起義，其氣勢均足以寒北廷之胆。

肇和失敗以後，英士先生仍不屈不餒，惟日孜孜，以圖進取，曾派夏爾嶼圖浙，范光啓圖滬，吳藻華圖蘇，夏死，因又加派邵元冲規取浙省，但不幸均遭挫折。其時贛皖豫各處，中華革命黨皆有布置，川滇方面，推由董鴻勛主持其事，雲南起義時，唐繼堯曾有躊躇，董聯結士卒，勉以反對帝制，並鼓勵唐蓂賡一致進取，滇軍入蜀之後，中華革命黨委任盧師諦，以鉅資特起一軍來協助滇軍，這都是英士先生所策劃的。

五年二月間，英士先生與蔣公議：上海處東南衝要，可以策應粵鄂，兼顧山東之高濰。乃仍進行滬事。四月初旬經多方接洽，按照計劃進行，商定四月十二日晚上十二時，以號砲發動陸海軍同時發難，可惜到了這天，大雨滂沱，號砲無法燃放，直至翌晨三時，雨勢稍小，才響了一響，陸海軍初疑改期，及過了兩三小時，均已入睡，却無法響應。第二天晚，改定海軍担任開砲，由陸軍響應，到期，海軍爽約，沒有發砲。十四晚，由担任運動海軍的同志宋振，到艦上去親自指揮，艦長不在，兵士阻其登艦，開槍抗拒，宋振憤怒之極，投江而死。陸軍方面，因連夜作準備，形跡爲主官察覺，將認爲有嫌疑的拘捕了，並加意防範，遂更加無法活動。

五月初命楊虎圖江陰，由吳淞響應，先固要塞，再襲取江南製造局。　蔣公奮勇率楊等前進。江陰砲台佔領後，繼克吳江震澤，佔駐砲台凡五日，以無援，內部漸有異動，　蔣公留壘中，更深，有兩兵來報告，並導離砲台出險返滬。八日，因傳黨軍將大舉，引起袁軍特別戒嚴，運動成熟之軍隊，形勢隔禁，發動計劃又告失挫。這時，北京方面日本報紙謠傳馮國璋以十萬元交陳其美，請其出洋。馮國璋爲表示忠袁，遂以巨金購買兇手，來狙擊革命元良。

袁黨先曾派朱光明、許國霖、程國瑞等，假設一鴻豐煤礦公司，由李海秋介紹，請英士先生作保，把礦地向金融界押借巨金，英士相信李海秋，便答應了。五月十八日，海秋和國瑞等五人，到薩波賽路十四號山田寓所接談後，海秋忽說約稿忘了帶來，須親往。許出，即有二暴徒闖入，以手槍向英士先生頭部猛射，並傷及丁仁傑、曾叔實二同志而逃。蔣公聞訊趕至，哭載其屍以歸，並紀其喪。事後捕房緝獲許國霖、程國瑞等，審訊結果，主使實爲馮國璋奉袁世凱命而進行暗殺，由朱光明召集行事，事成賞十三萬。後案移上海地方審判廳，僅判程無期徒刑，覆審予以確定。……六月六日，袁世凱死，距先生殉國後僅十九日。

紀念父親的百歲誕辰

·陳惠夫·

今年農曆十二月十五日是父親的百歲誕辰，承本黨中央委員會特爲集會紀念，並出版專集，舉行遺物展覽，非常感激。

父親是在民國五年五月十八日下午在上海薩波賽路十四號寓所被刺殉國的。那年正是他老人家四十歲，而我兩歲不足，對父親的音容笑貌，實在是沒有什麽印象可言。稍長，從書本上和父執輩與家人的敘述中，逐漸瞭解了父親，對他的爲人，對他的抱負，對他的作爲，對他的奮鬥自强，以及對他獻身革命的貢獻，最後終於求仁得仁的事畧，都有了概括性的認識，使我因他的偉大而自傲，同時也因我的愚鈍不才而自慚，深感名父之子的大不易爲。

就父親的一生言，可謂無時無刻不克難奮鬥中渡過。學齡時代，因爲我家家境關係，無力供父輩三兄弟同時受教育；於是父親便被送到崇德縣的典當去做學徒，既可習典業，又可節省家中開支。當時父親的心境，是可以想像而知，以他的抱負，那會甘心於此。大伯勤士於入泮後家居主家務，三叔藹士中秀才後，得官費留學日本士官學校，以中學學生第一屆第一名畢業於該校；返國後，服務於新軍部隊和軍事學校。靠三叔的資助，父親才得脫離典當生活，先赴上海，再赴日本留學，使父親的見聞和接觸面得以大大增廣，乃有拜識總理加入同盟會參與偉大革命陣營的機會，直至他殉國爲止。這個大轉變對父親一生而言，實在沒有再比它更重要的了。

當他廁身於風氣鄙塞的崇德時，他不僅隨時關心國是，閱讀三叔等寄給他的報章雜誌充實自己，同時他爲了破除迷信，竟數度把當地各廟宇裡的泥菩薩拿出來丟入糞坑，這種舉動，在落後的社會中正被目爲大逆不道的行爲，父親胆敢如此做，已可見其勇氣與存心。

在光復上海一役中，因久攻江南製造局不下，父親不忍同志傷亡纍纍，下令停攻，改由其隻身進入製造局，意圖說服守軍，不料竟遭囚禁，被用鐵鍊綑綁於長木櫈上；外面同志，聞父被囚，憤慨萬分，乃人人奮勇加緊進攻，終將該局攻下，父親被救，而地居衝要並爲國際觀瞻所繫的最大都市——上海遂得光復。就此史實中，可以看出父親雖千萬人吾往矣的精神，和他寧可犧牲自己而勿讓同志多所死傷的用心和作爲。上海的光復，在辛亥革命史上，乃一成敗的重要關鍵。武漢雖是辛亥首義之地，但當時的局面，因清重兵壓境，已瀕於失敗的邊緣，如果不是上海的及時光復，以及杭州南京的隨之獨立種種呼應配合，辛亥革命可能又將功敗垂成，推翻滿清專制政權和建立中華民國的大業，勢將延後若干年了。總理對上海光復與辛亥革命成功的關係有明確的評定，這便是父親主持中部同盟會和貢獻於革命者之一。

在父觀留學日本時期，結識了兩位關乎我國命脈的偉人，一位是革命導師孫總理，一位便是安危相仗繼承偉業的蔣總裁；並且由父親推介蔣總裁與孫總理，使這兩主宰我國命運的偉人由相識而相知，而付託，而接棒，使我國的革命工作。因而得有承先啓後的安排；所以這一薦賢自代的推介，是影響我國革命史非常重要的一頁，其價值實無法估計。從這裡可以看出父親知人之明和謀黨之忠，也是他老人家貢獻於革命者之二。本黨如果沒有蔣總裁的繼承總理負起完成革命的責任，則今天的局面眞不知會演變到怎樣地步了。

討袁之役失敗，總理針對失敗的教訓，下了破釜沉舟的決心，重新組織了中華革命黨。不僅要整飭黨紀，排斥原陣營中投機自私的分子，更嚴密的結合了一班眞正爲革命而革命的同志，一致認爲必須痛改過去各自爲政的作風，確立孫總理爲本黨領導中心，絕對服從總理的領導。父親對這一點主張最力，當時的入黨誓詞中載明有「服從總理」的字句。在父親致黃克強先生的長信中，首先自責過去未能絕對服從總理，致一誤再誤，終使革命工作深受挫折；不僅表現了斷然認錯勇於改過的誠意和決心，同時也力勸黃先生不要再存「孫氏理想黃氏實行」的錯覺，再使革命陣營不能精誠團結齊心協力。因多頭領導各自爲政而反分化了自己，抗消了力量，遂輕易爲反革命者攻破。所以大家必須痛改前非在領導中心領導下團結一致合作無間，來補救以往的缺失，爭取未來的成功。以父親當時的地位，以身作則作此主張，其影響力才更大，這也是他貢獻於革命者之三。此後本黨的革命工作，無論是建軍、東征、北伐統一以及抗戰，在證明了非有領導中心和大家必須絕對服從領導中心，難於達成目的的事實。總理逝世後，本黨一度失去了領導中心，遂致同志間意見分歧，內部不能團結，影響於我們的國民革命極大，直至抗戰軍興，局勢所趨，本黨才產生了總裁繼承總理爲領導中心，終於獲得抗戰勝利收復失土的成果，不幸總裁於六十四年四月崩殂，本黨本乎過去的痛苦經驗，設立本黨中央委員會主席以繼承總裁爲新的領導中心，俾使反攻復國的大業不因總裁的逝世而稍受影響。

由於上海地位的重要，所以負責上海革命的父親，實際上對全國各地的革命竭盡其策劃和支援的能事；不獨爲總理分去了不少勞憂，也担當了許多艱巨的工作。袁逆世凱對父親的重要性有深力的認識，所以在他就任大總統時，即以工商總長和頒贈勳位來籠絡父親，以爲父親的參加革命襄助總理，目的也不外在求本身的高官厚祿，誰知竟遭爲革命而革命無私念無我相的父親所拒絕。不久，又提出撥欵五十萬元請父親赴國外考察工商業的安排，同樣又爲父所拒絕。宋敎仁先生被刺案發，揭穿了袁逆眞面目，加以袁的大將鄭汝成在滬被刺，遂使袁逆下了暗殺父親的決心，並且就拿原擬供父親出國的旅費作爲進行謀刺父親的費用。當時本黨困於經費，各地反袁工作請欵孔亟。父親正因羅掘俱盡焦慮萬狀，雖明知來洽由鴻豐煤礦公司以地向日商中日實業公司抵押借欵可提所借欵之四成供革命經費一事可能有詐，或爲袁逆所設之陷阱，但以爲黨務工作事大，個人生死事小，仍願冒險一試，結果終於中奸計而被刺殉國了。在父親果然是求仁得仁，爲革命而鞠躬盡瘁，且喜後繼有人更可死而無憾；但對當時本黨以及革命工作的損失和影響實在非常嚴重的，的確是一樁無可補償的損失。　總理在一聞噩耗，便躬臨撫屍痛哭不止， 總裁則載父親遺體以歸其家，親為治理喪務，並善盡撫育遺屬之責。曾對總理表示，「當以英士之事先生者事先生，希先生亦以對英士者對介石」。 總裁這種作為，實世俗所不常見，其與父親間的交情，眞可謂「萬古交情」矣。（見民國十五年以前的蔣介石先生）一言以蔽之，當開國時的氣象，革命家彼此共以天下國家為己任，所以結識相交，純為革命，無絲毫為個人利害的打算。眞所謂「以國家興亡為己任，置個人死生於度外」。和一般假革命者借革命之名專為本身私利圖謀者有天壤之別。

總理輓父親的匾額曰「成仁取義」在父親的自輓聯曰「扶顛持危事業爭光日月，成仁取義俯仰無愧天人」。父親固當之無愧。 總理對父親所貢獻於革命的事蹟，遺教中迭有敘評，對父親一生瞭解的透澈和深切，足可使父親因得為知己者死而瞑目九泉了。

父親殉國忽已六十年，在紀念他老人家百歲誕辰的今天，正當中興大業亟待展開，毛逆惡貫滿盈已遭天譴，大陸正將風暴頻起，反攻復國的形勢已越趨有利，時乎不再，此大好時機必須善為掌握運用，但願舉國同胞，人人奮起，戮力報國，同在本黨新領導中心領導下，齊一步驟，效法先烈們開國的革命精神，發揚光大開國的風氣，同心同德，來完成我們國民革命第三期艱巨的任務，這是我們後死者應盡的責任，唯這樣才可告慰總理總裁先烈們和父親在天之靈，亦唯這樣才是最有價值的紀念方式。

洪憲本末（13）

·鐵嶺遺民·

嚴修反對帝制

張謇之外，另一個反對帝制的有力人物是嚴修，也就是後來鼎鼎大名南開大學的創辦人。

嚴修字範孫，天津人，生於咸豐九年（一八五九）與袁世凱同歲，光緒八年壬午中舉，與徐世昌同鄉同年，因徐世昌關係認識了袁世凱。袁世凱後來的功過不說，但在任督撫時確實勵精圖治，用人惟才，對嚴修的學問、品格極端佩服，到了光緒三十三年袁世凱由直隸總督內調外務部尚書兼軍機大臣，經袁世凱保薦，嚴修任學部右侍郎（如今教育部次長），光緒三十四年冬，光緒帝與慈禧太后先後病死，溥儀即位，由其父攝政王載灃執政，據說載灃最初要殺袁世凱，經張之洞力爭得免，下旨以足疾放歸田里，袁世凱由北京動身回彰德時，趕到車站送行的祇有嚴修與楊度兩人，兩人中間楊度是一個閑差使，行動尚無人注意，嚴修堂堂大臣，居然不避危險趨來送行，人到窮途易感恩，袁世凱回想自己權傾朝野時，滿朝文武誰未受過好處、提拔，到頭來祇有嚴修一人送行，內心感激自不待言。嚴修送行之後，回到家中就上了一道奏摺，呈請「進退大臣，應請明示功罪，不宜輕加斥棄」，為袁世凱鳴不平，載灃無辭以對，留中不發，嚴修即請假回里，連官也不作了。

袁世凱既感激嚴修的知遇，又敬畏他的品格，所以當了總統之後，每次與嚴修寫信，百忙中也一定親筆，而且不敢寫草字，屢次邀嚴修出任財長，均被婉拒。

帝制運動發生，嚴修由天津專程入京，見袁世凱勸阻，嚴修去歐洲考察過教育，對世界大局有深切了解，再憑他與袁世凱的交情，所說的話當然與他人不同，據說袁世凱談話之後，確有悔意，準備下令停辦帝制，並邀嚴修留京相助。誰知消息傳到西山，袁大公子大肆咆哮，用手杖把室內大穿衣鏡都打爛，指嚴修此行要盡滅袁氏，誓要報復，消息傳到嚴宅，嚴修也未再與袁世凱見面，就襆被出都，仍回天津辦學去了。

李經羲進諫

在張謇、嚴修相繼諫阻帝制之前，還有一個勸阻袁世凱稱帝的是李經羲。

李經羲號仲仙，合肥人，李鴻章胞侄，清末曾任雲貴總督，與袁世凱任直隸總督同時，李、袁兩家本是世交，袁世凱與李經羲兒時就在一起玩耍，長大了又分任疆圻，因此情好甚篤，李的年齡小於袁，呼袁為四哥，袁對李私底下喊老九，有客人在座則稱九爺。

袁世凱對李經羲的尊重自不如張謇與嚴修，實在因為李的品德也不能與張、嚴兩人相比，但袁、李是總角之交，又同任總督，當時出仕民國有這種資格也祇有袁、李及徐世昌三個人。因此，張、嚴兩人對袁不便講的話，李却講得出。

袁世凱對經羲也相當照應，民國三年十二月間成立政治會議，就任命李經羲為議長，當時楊度就想謀此席位未能到手。

李經羲為人比較熱中，眼光也不夠遠大，加之又困於烟癮，體力不足任繁劇，精神也不能集中，對國家事有時是看不清楚，所以當袁世凱邀他任政治會議議長時，欣然答應，在此以前，他本是遺老的身份，因此舉被遺老開除出去。及至約法會議召開，以參政院代行立法院職務，政治會議也就自動取銷，李經羲仍留在北京擔任一名參政，參政院的議長則由副總統黎元洪兼任。

帝制活動當然瞞不了參政院的參政，李經羲見到袁世凱眞有作皇帝之意，頗為驚疑，曾進府勸告，據說當時被袁世凱搶白了一頓。袁世凱說：「老九，我同你總角之交，別人不知我，你還不知道，我今天的權力地位，比皇帝還大，我為甚麽再要作皇帝，要說作皇帝是了兒孫，我的兒子你都見過，那一個有皇帝的材料，也沒有皇帝的福份，我何必幹這個傻事。」

李經羲當時無言可對，出來見了別人還再三替袁世凱解釋，說他決不致作皇帝，不料言猶在耳，各方面已經如火如荼進行了，袁世凱後來所以失敗，一味拒諫飾非，對任何人皆不說實話，亦為主因。

袁克文反對帝制

帝制議起，袁氏親族反對者大有人在，世凱胞妹（適張樹聲之子），與六弟世彤在京津各報遍登啓事稱：「袁氏世凱與予二人，完全消滅兄弟姊妹關係，將來帝制告成，功名富貴，概不與我弟妹二人相干。帝制失敗，一切罪案，我弟妹二人亦毫不負究，特此聲明。」當時曾震動各方，因此又傳說世凱次子克文亦反對帝制。

袁克文為人，頗多地方似曹植，所不同者，克定未成為曹丕，因此克文得免受折磨。帝制進行時期，克文確不熱心，平日祇是與名士飲酒作詩，以醇酒婦人自遣，未曾參與過帝制事宜。

克文所以被人指為反對帝制，是由流傳在外的一首七律：「乍着微棉強自勝，陰晴向晚未分明，南迴寒雁淹孤月，西去驕風動九城，駒隙留身爭一瞬，蛩聲吹夢欲三更，絕憐高處多風雨，莫到瓊樓最上層。」後二句意義甚明顯，加之出於袁克文之手，自然萬口爭傳，皆認為袁克文也反對帝制了。

其實克文所作本是兩首詩，題目是「乙卯（民國四年）秋偕雪姬遊頤和園泛舟昆池從御溝出夕止玉泉精舍」：「乍着微棉強自勝，古臺荒檻一憑陵，波飛太液心無住，雲起魔崖夢欲騰，偶向遠林聞怨笛，獨臨靈室轉明燈，絕憐高處多風雨，莫到瓊樓最上層。小院西風送晚晴，囂囂歎怨未分明，南迴寒雁淹孤月，東去驕風暗九城，駒隙留身爭一瞬，蛩聲催夢欲三更，山泉澆屋知清淺，微念滄浪感不平。」

這兩首詩據說經易順鼎改併為一首，就是流傳外面的一首七律。但克文究竟反對不反對帝制呢？可以說並不反對，當帝制剛有眉目時，他就首先刻了一個「皇二子」的圖章經常使用，見者甚多，雖然到了後來，克文對此頗為懊悔，在新著「洹上私乘」中自辯是免禍之作，但也是遁詞，事實上後來新著「洹上私乘」（成於民國十三年）有關其父的一段，竟稱之為「先公紀」，史書祇有皇帝傳始稱紀，克文稱父之傳為紀，可見到了民國十三年，袁克文尚以其父為皇帝，何況帝制進行時。

徐世昌辭職

民國四年十月二十五日開始選舉國民大會代表，國務卿徐世昌於二十七日提出請假，這是繼張謇、嚴修、李經羲之後，又一個老友對帝制的抗議。

近人對徐世昌皆無好感，當然就徐世昌為人來說，是一個典型官僚，對人缺乏眞誠，處事不負責任，袁克定罵之為活曹操，若就其個人作風來說，倒也和三國演義中的曹操差不多。

但就大節而論，徐世昌一生還是無虧的，就以這次而論，以徐世昌與袁世凱交情之深，其本人物望之隆，又正坐在國務卿的椅子上，當時自袁世凱以下，皆以相國呼之，徐世昌如果有意，未來的新朝宰相任何人都奪不去，可是徐世昌却毅然辭職，表示對帝制的抗議。近人有論及此事的，認為徐世昌所以不就新朝首輔，是斷定帝制必敗，不願淌渾水，假若看到帝制有成功之望，他也決不告退。

這種說法，完全是「自由心証」，徐世昌內心究竟怎麽想法，外人無從知道，也不能硬加揣測，所表現的事實，徐世昌確實辭了國務卿，回天津居住，就事論事，不能不稱之為淸風亮節。

當然其中還有許多疑問，例如徐世昌又何不諫阻袁世凱，在帝制進行期間，徐世昌祇婉轉說了一下外面的輿論不佳，並未說過自己的意見。這些地方自是徐世昌的不對，也由於他的官僚主義所造成。但其中也可能有別情，例如徐世昌與袁世凱是總角之交，兩人相識在光緒三年（一八七七年），當時袁世凱十九歲，徐世昌廿三歲，以後又同朝作官將及二十年，袁世凱的思想，誰也沒有比徐世昌清楚，明知道勸亦無益，何必多說，不如潔身引退，尚留一份感情。

徐世昌辭職後，袁世凱命令陸徵祥代理，及到帝制失敗，袁世凱臥病在牀，去電邀請，徐世昌馬上進京，袁世凱要徐世昌復任國務卿，徐世昌却提出條件，必須取銷帝制始肯出來收拾殘局，袁世凱此時無法可施，祇得接納徐世昌的條件，正式通電取銷帝制。

三國勸告

自從八國聯軍之後，中國人養成一種怕洋人的心理，自天子以至庶人，皆不能免。慈禧太后晚年對洋人已經加意奉承，官吏則更甚，比較起來，袁世凱還不太怕洋人，所以在山東巡撫及直隸總督任內，有關華洋糾葛，均能依法處理，與一般媚外官吏不同。

及至當了總統之後，歷經多次外交交涉，袁世凱對洋人漸有懼意，稱帝之舉，不理會中國人意見怎樣，先要知道洋人的態度。所以在帝制未公開之前，袁世凱曾密令駐外公使，探探各國口氣，尤以德、日兩個君主國最受注意。德國威廉二世為當時雄主，威風赫赫，駕同時代君主之上，也是袁世凱崇拜的偶像，因此特別注意，密令駐德公使梁敦彥設法與德皇晤面時，詢問其意見。後來梁敦彥報告，德皇認為中國不宜實行共和，非改行君主不能安定，如果袁總統有意稱帝，德國當極力支持。

這段話是由梁敦彥告訴袁克定，袁克定轉呈袁世凱的，其眞實性如何，實大為可疑，但袁世凱知道威廉第二贊成帝制，自然增加了勇氣。

日本方面，首相大隈重信發表過公開談話，認為中國不適共和制度，如能改行帝制，當可獲得安定，日本為君主立憲國家，當然也希望中國實行君主立憲。大隈的話很含糊，祇說中國適宜君主立憲，至於誰是君主却未提及，祇是在後來交涉二十一條約時，日本公使日置益曾放空氣，如果中國全部接受日本條件，日本願支持中國改行帝制。事後知道，大隈重信談話根本就是一個陷阱，有意引誘袁世凱跳下去再投石，這些地方可見日本人之壞，所以中國同日本打交道每每吃虧，皆由於輕信日本的諾言所致。

袁世凱對日本原有深切認識，但此時當局者迷，竟然誤信日本人眞有誠意，既然德、日贊成，自無問題，誰知帝制剛剛公開，國民大會代表正進行選舉，日本却聯絡英俄兩國向中國外交部提出勸告，希望緩辦帝制，使袁世凱陷於進退兩難之境。

（未完待續）

故鄉春節

·楊一峯·

一、過年準備

在故鄉，關於過年準備，臘月（十二月）二十三就開始，有民謠為證：

二十三，祭竈官（祭竈神）。
二十四，掃房子（打掃房屋）。
二十五，拐豆腐（做豆腐）。
二十六，蒸饅頭。
二十七，去趕集（購買過年用品）。
二十八，去插臘（購買臘燭）。
二十九，貼門頭（貼春聯）。
三十，洗蹄（洗脚）。
初一，撅屁股作揖（拜年）。

以上這首過年曆，是就一般成人說的。成人準備過年的心情，兒童不知。兒童盼望過年，因為過年好吃、好穿，還好玩，並且還可以長一歲，所以過年最快樂的就是兒童。兒童到了臘月，吃過臘八粥，就盼望新年快到。所謂「吃罷臘八飯，就把年來盼。」等到二十三，夜晚祭竈，打發竈君上天，祭時要全家團圓，更是富於年味。從二十三開始，東關就有集市，商賈雲集，販賣年貨，家家前來趕集。

年貨備辦齊全，便準備過年了。臘月三十（除夕）那一天，天地祖先等牌位均已備妥，春聯門神也均換上新的。家長在中午時光要舉行敬神大典，恭恭敬敬地向天地諸神歷代祖先牌位行最敬禮；乃至把門的門神，門外的鍾馗神，汲水井的井神，都不例外。這大概含着歲盡報功或辭歲之意。

除夕晚飯，照例要吃餃子，俗名「塡窮坑」。含有古人歲終送窮之意。吃罷餃子，便要辭歲了。辭歲禮是卑幼向尊長舉行的，當然也行最敬禮。尊長照例給卑幼一份「壓歲錢」。錢數多寡以壓住卑幼年歲為度，往往是十枚或是二十枚。辭歲之後，兒童去睡了。成人有徹夜不睡的，叫做「守歲」。事實上家中婦女多忙着捏餃子，疊紙元寶，備元旦食用或敬祖先之需，也着實無暇睡覺。孟浩然詩：「守歲家家應未臥」。可見古時守歲，較我小時所見，還要普遍。

二、過年情形

除夕守歲，到了五更天明，就是新年元旦。所以春聯「一夜連雙歲，五更分二年」，就是指此言。事實上家人即使不守歲，也很少睡到五更天明的。大概早三四點鐘即便起床，叫做「起五更」。兒童起床較晚，但也較平時為早，早在睡前受到母親或長輩的警告，「起五更」時不許說話，不許亂動。果然到了該起床時，母親或尊長向身上輕輕一拍，即便醒覺，穿上新衣，戴上新帽，好不快活！

此時堂上臘燭明亮，供饌齊備，家長要敬神了，祭神或祭祖都是要上香、奠酒、燃紙帛及點放爆竹的。早在此時，遠近爆竹之聲，已經接連不斷。家長敬神禮成，全家大小，便向家長行最敬禮，叫做「拜年」。然後再按輩份、卑幼向尊長分別拜年。眞乃是「長幼有序」。

敬神畢，就吃早餐，早餐照例也是餃子。全家吃夜晚備妥的餃子，悄悄食用，當然兒童更是受到約束，不許大聲吵鬧。說也奇怪，這一天兒童也都乖多了，個個變成聽話的孩子。

等到天色一明，便向鄰家長輩拜年，

拜年時，照例先明白喊出輩份，如給爺爺、奶奶、伯伯、叔叔拜年。這在同宗，固然不成問題。如果屬於異姓，只要是鄰家，也要比照自己尊長的年齡，定出輩份。嗣後無論年代如何久遠，彼此稱呼，均須隨看輩份，不得變更。不要輕視這一着，這實是睦鄰的要道。平日彼此相處，縱然言語失和，甚而打架鬥毆，過年時，只要彼此拜年，喊一聲「給伯伯或叔叔拜年」，漫天的雲霧都會消散的。

鄰家拜年畢，便輪着向親戚拜年了。向親戚拜年，受拜年的尊長往往還拿出胡桃棗梨之屬給與兒童，間有賞壓歲錢的，大都以紅線穿着。一般人家拜年，甚少留着吃飯的。向親戚拜年便不同了。拜年人往往還帶着禮品，受拜人當然要欵以酒饌了。事實上各家都備着酒食，棹子上都擺妥酒杯筷子，只是甚少人坐下享用而已。

初二日，照例是女兒帶女婿到娘家拜年。女兒照例拿柿餅一串或兩串獻給尊長。正因爲如此；所以生女往往說「添一個拿柿餅串的」，以「拿柿餅串」代替「生女」，就是這樣來的。

初三日，照例上墳祭祖，各家均由成人間或帶着兒童，攜帶盛酒食供品的籃子，加上香帛爆竹之屬，上墳行禮。這是開年第一次上墳，嗣後清明節、中元節、以及十月初一日，仍各有一次。鄉村人家距離墳墓較近，也有元旦上墳的。

初五日，俗名「破五」，習俗是不許動剪，剪破什物的。中午照例吃餃子。有人認爲「破五」是「酺五」一音之轉，正寫應該是「酺五」，怕是對的。查「酺」字，婆吾切，與破字音同。酺，最初見於「史記」「孝文紀「酺五日」。註家解釋說：「漢律三人以上，無故羣飲酒，罰金四兩，今詔賜，得令會聚飲食五日也」。所以歷代皇帝往往有賜酺之典，且賜酺往往爲五日。「荆楚歲時記」：「元日至於月晦，並爲酺聚飲食，每月均有晦朔，以正月初年，時俗重以爲節也」。這樣說來，正月初五之爲「酺五」，最初是由皇帝之賜，後來逐漸成爲風俗，成爲節令。現初六日，商賈多開市，各業亦多如常，也是因爲「酺五」已過之故。

三、過年餘興

「酺五」過後，民俗往往互請吃酒席，藉以聯絡情誼，叫做「吃春酒」。彼此見面，仍然可以拜年，一直到正月月終。叫做「拜晚年」。

初八日，俗稱火神生日。火神廟大行其道，不僅演戲神，附近各村響器會（嗚鑼擊鼓藉以娛神的會社，俗名「響器會」）亦多來廟進香，並有高蹺、旱船等故事到廟前表演，甚爲熱鬧。

初十日，俗稱天爺（上帝）生日，天爺廟亦有類似火神廟的熱鬧情形。這一天民俗叫做「十不動」，原意不知何指，後來訛「十」爲「石」，凡是磨、碾、碓臼、搥市石，以石鑿成的器物，一律禁忌動用。

十四、十五、十六、三天是燈節，民間以十四爲「試燈」，十五是「正燈」，十六是「殘燈」。各家都是點燃各式的燈，燈而且繪有各種故事。熱鬧的市衢，更是燈面如山，叫做「燈山會」。更有搭天橋、點犁花、玩龍燈，鼓聲鼕鼕，城開不夜。蘇味道詩：「火樹銀花臺，星橋鐵鎖開；暗塵隨馬去，明月逐人來」。的確是如此。只是騎馬觀燈還沒有看見，男女觀衆，成羣結隊，乃是常事。好事者更有在通衢懸大燈貼上謎條，供人猜謎，猜中者給以獎品，獎品多爲筆墨文具之屬，叫做「打虎」。

十五這一天，民間照例吃湯圓，因而湯圓也叫做「元宵」。

十九日，叫做「添倉」，家家祭「倉神」。祭時，以麵製蛇及刺蝟爲祭品，燃燈一如燈節。這是最後一次燃燈，叫做「燎捻。」

四、娛樂高潮

二十八、九兩天的「抬閣會」，堪稱爲過年娛樂的高潮。

「抬閣會」是一個總名，實際包括許多雜耍；例如揹粧、高蹺、旱船、竹馬、獅子、皇槓、張公揹張婆、大頭和尙戲劉連，以及刀槍劍戟各種武打，都和抬閣同時出演，構成一條很長的行列。

抬閣係一木製大櫃，上置鐵架，架分三層，高約兩丈，每層都以身着彩衣之童男女，扮演各種故事。遠望有如空中樓閣，仙女臨凡。壯丁數十人共抬此閣，遊行市衢；所以叫做「抬閣」。「抬閣」是這個會規模最大的節目，所以列在最後。

抬閣前面，照例是「揹粧」，「揹粧」係一身着古裝之壯丁，揹上鐵架，架上站着錦衣古裝女童，架有高達兩層者，兩層至少有兩個女童；所以揹架者都是彪形大漢，孔武有力。走動時還要斜行，彼此互相穿插，上面女童也跟着擺動腰身，手曳長巾，隨風飄盪；眞乃是「玉樹臨風」，「搖曳生姿」。女童因事先經過選擇，也多面目姣好；所以民間有「上粧揹，不用相」的諺語。

會出動前，排定遊行次序，會旗前導，跟着響器會，武會，鑼鼓喧天，刀槍耀目，有聲有色，好不熱鬧！各項雜耍，經過官署及富紳巨商之門，往往還要表演一番，照例得到幾盒餽食。觀衆男女雜沓，儘有數十里遠道前來。鄉人進城，順便向城內故舊拜個晚年。過了抬閣會，就各自回到各人的崗位，再沒有絲毫年味了。

以上是六十年前河南新鄉一帶過年情形。新鄉如此，其他各縣可能也大同小異。追記往事，感慨萬端，眞有顧況詩「不覺老將春共至，更悲携手幾人全」之感！所幸在此反攻基地倡導文化復興，往日過舊年，仍有一記價值；因爲中國家族是中華文化所寄，也是中華文化最顯著的特徵。過年乃是維繫家族、鞏固民族基礎的良好習俗。試看祭竈要「全家團圓」，拜年要「長幼有序」，敬神寄報功之意，祭祖含追遠之思；尤其親戚鄰友彼此拜年，更是充分表現親鄰睦族的美德。至於元宵觀燈、月終之看抬閣會，雖是及時行樂，然亦寓有倡導民族健康之意。感情交流，身體運動，如是民族還能不健康嗎？所以往交過舊年，不僅有記述價值，其中若干美意，至今似仍有倡導必要。

服務中國貧病百姓七十年
米勒耳博士典範長存

——沈剛——

米勒耳博士照遺

此照爲米博士九十餘歲時攝，是時米氏仍精神矍爍，勤懇工作。

（一）

享譽環宇、名馳遐爾的「中國醫生」米勒耳博士，於元旦晚因心臟病在加州洛杉磯河邊鎮府邸逝世，享壽九十八歲。噩耗傳來，震撼了香港台灣的醫學和宗教界。米勒耳醫生在他七十年的醫學事業中，絕大部份光陰奉獻給中國人，在中國最動盪的大半個世紀中與我們的老百姓共同體驗痛苦與憂患，於中國和遠東地區創設醫院二十多家。他和中國人的關係既深且切。

米勒耳博士最後設計的一座醫院，是一九七一年落成的遠東第一座最現代化圓形建築醫療中心「港安醫院」，香港政府醫務處長蔡永業醫生代表港督夫人主持開幕禮，盛讚米醫生說：「米勒耳醫生是醫藥佈道的先鋒。因他的工作和在醫學上的貢獻，舉世醫學界對他欽仰崇敬；而他所服務的百姓，尤其對他熱愛備至。」

五年後的今天米勒醫生辭世，蔡永業醫生在各界人士舉行的追思禮拜中致悼詞，大事讚揚米醫生在醫學界的貢獻，尤其推崇他的基督化服務精神。蔡醫生說：「米醫生工作不計報酬，對於貧富貴賤的病人都一視同仁，無分彼此，以他的慈愛加以照顧。」又說米醫生的長壽，他在醫學事業上工作時間之長與貢獻，在今世醫學界中罕見其匹！」蔡醫生說：「今天米勒耳博士雖已離開，但他的精神永遠長存！」

香港醫學會會長李福權醫生在致悼詞中極度讚揚米勒耳醫生的醫學成就。他說曾受米醫生指點良多。李醫生說：「米醫生主張清晨七時施行手術是最好時光，這是極爲超卓的創見，本人十分佩服這理論，並且已實行多時。」李醫生再度强調米博士所倡下列「長壽秘訣」：一、不吸烟喝酒；二、素食及少吃；三、運動；四、殷勤工作；都是最切實可行的保健良方。

米博士夫婦一九〇三年來中國時攝。留長辮，穿旗服，以接近國人。

世界上有不少偉人，他們的行誼或「譭譽參半」，或「譽多於譭」，絕少見到「有譽無譭」的偉人。米醫生一生，却足可當此無愧。蔡、李兩位醫學領袖對他的盛譽誠非虛言，並不是一般客套式的飾終之詞。

(二)

先父、懺生公與米醫生相友善，筆者童年時已自先父口中獲悉米醫生的豐功偉業而心儀其人。在五〇年代米醫生於台灣建醫院時偶有到港，筆者即獲機緣認識，迄一九六一年米醫生來長駐籌建醫院，當時米醫生已經八十二歲，他在一個宗教界的歡迎會上的帶淚禱告有這麼幾句：「上帝啊，求你賜我健康，多有幾年生命，使我在香港可以建成居民所需要的醫院！」這幾句祈禱的聲音至今仍縈留在筆者耳際，印象極其深刻。

米夫人是獲有音樂碩士學位的音樂家，筆者亦愛好音樂，自彼時起即常因音樂上的事與夫人時相過從，曾迭次作客米府，而接近到米醫生。感覺中他並不像一位權威的世界名醫，而是像一位温靄敦厚、純樸可親的牧師。他十分注意傾聽別人的言語，他的談話出語典雅，徐緩而確實。他的話題多集中於有意義的事上而不作無聊的閒話。宗教的勸世道理與人生哲理不時自他的口中流進別人心中，而發生感化作用。他雖然年老，但在筆者近二十年的接觸中，感覺到他對別人有强烈的吸引力。那時米醫生上午在醫務所診症，下午則爲籌建醫院工作。他診症時的耐心精細已是衆口皆碑，毋庸贅言，求診者須預約輪候排期。他籌建醫院的工作更是勞苦萬分，既要負責設計和監督工程，更重要的是經

米博士在中國建立的第一座醫院，是一九一七年落成的「上海衛生療養院」位於靶子路，元首政要，多在此接受治療，收容貧苦病人亦衆。

費的籌集。他告訴筆者：建築兩家港安醫院全憑他宗教上的信心。當然，很多他的舊病人以及景仰他的人捐獻高額至百萬元的大筆欵項支持他的建院，但更大的數目是來自小額捐欵，筆者在那幾年中經常看到米醫生和他的同工羅威牧師在中環的街道爲捐欵而奔波。

有一次問他成績如何？他喜孜孜地笑說：「不錯，等候了個半鐘頭，獲得五百元捐欵！」本港兩座具有規模的醫院，就是這麼樣地由米醫生的血汗累建而成的。而他在一生中創建的廿多家醫院，其間勞苦程度相信也不在此之下。

筆者曾經問他：以八十多歲的高齡，爲何不把工作放鬆一些，他引用一節聖經回答：「『趁着白日，我們必須作那差我來者的工，黑夜將到，就沒有人能作工了。』上帝既然賜我有健康，我爲何不善用這恩賜？」一九七三年，米醫生已經九十四歲，因身體不適回國休養。翌年，羅威牧師告訴筆者：米醫生來信很懷念香港的人，他說健康好轉了，希望再到香港來工作！這種忘我，無私的精神正是這位偉大醫生的一生寫照。

（三）

說到米醫生對中國的偉大貢獻，應該從他早年的事業談起。米醫生全名爲 Harry Willis Miler，一八七九年七月一日生於美國俄亥俄州路德羅瀑鍾的世家。一九〇二年密芝根美國醫學院醫學博士，後並考取加拿大專科醫學院高級院士銜。美國醫學院其後成爲加州洛馬林達醫學院，爲美國十家甲級醫科大學之一，享有盛名。米勒耳博士因學養優異，畢業後即受聘爲芝加哥醫學講師。其家族並擬撥予遺產二十五萬美元。但他放棄了這些機會，於一九〇三年（清光緒廿九年）偕同其原配夫人（亦爲醫生）接受安息日會委派到中國作爲醫療佈道醫生。當時正當義和團之後，辛丑條約剛訂立二年，國人排外情緒仍高漲，情況仍頗混亂。米博士夫婦爲接近中國人，特留長辮穿中國服裝，在內地窮鄉僻壤的地方替中國人治病。一九〇五年米夫人在疫區治病因染疫病亡，米博士憂勞成疾，一度返回美國，任安息日會全球總會醫務部長。兼華盛頓醫院院長。

在美期間，米勒耳博士曾為塔虎脫及威爾遜兩位總統的顧問醫生。

米勒耳博士雖身在美國心仍繫念中國人，終於再度攜眷到中國。一九一七年在上海創設規模宏偉的「上海衛生療養院」及分院，此後在廣州、佛山、惠州、南寧、郾城、青島、武昌、瀋陽、蘭州、重慶、康定等地設立醫院達十六家。並到韓國、日本、菲律賓等地設立醫院。他曾數度回美渡假，但主要的工作服務仍在中國。一九五四年，在台北創辦「台灣療養醫院」。後到千里達建「西班牙港醫院」，並於班加西，利比亞籌建醫院。六一年來港，在一九六四年建成荃灣「港安醫院分院」。米勒耳博士創辦的最後一家醫院，是最現代化圓形設計的司徒拔道「港安醫院」。

米勒耳博士醫學修養深湛，醫學著作甚豐，多發表於世界有地位的醫學雜誌。他的甲狀腺外科手術在世界醫學界居於權威領導地位。為他作侍的美國一位大學校長雷蒙·摩爾博：「他（米勒耳博士）幾乎診治過民國成立以來的每一位重要領袖；而經他照顧過的大使、參議員和世界各地重要的工商業領袖，更是不勝枚舉。然而，他視這些成就為深入廣大羣衆服務的一座橋樑——提高他們的生活水準，餵飽受飢餓的人們和照顧不幸的病人——因為富有的病人和志同道合的朋友們的慷慨解囊，使得博士能夠終身獻身在這一事業上。」米博士替張學良戒除鴉片烟的事蹟是人盡皆知的，事後張贈他一筆鉅欵，他即以此欵，加上蔣委員長捐贈的十萬圓作為經費，建成武昌的「武漢療養院」，澤惠貧病羣衆。

米博士創建的「廣東衛生療養院」位於廣州東山竹絲崗農林下路。

米勒耳醫生創辦的醫院都是當地第一流聲譽的醫院。他極端重視健康生活的提倡，因此，他的醫院在療疾之外還提供健康教育的改良生活知識。「港安醫院」經常舉辦營養講座和「五日戒烟運動」即為此項表現之一。米勒耳博士亦十分注重生理治療，他對筆者說：「許多病人所需要的不僅是一種叫他脫離病榻生活的康復。人世間的疲癃殘疾並非都可以治癒；但許多半殘廢者是可以享受健康生活的。這需要注重飲食營養，在內科外科或專科治療之外，並藉着幹練的人才和設備，施用器械療法，水療法和電療法等，以促進健康。」這些，已成為安息日會在各地所辦醫院的特色。而今天許多醫院亦同樣施行。

（四）

米勒耳博士另一偉大貢獻，是對植物食品營養價值的提倡，他認爲中國富饒土地的出產可以改善生長於其上的人民的生活，而由這而獲得的經驗，繼而可以協助世上許多落後地區人民改良生活。已故董顯光博士說：「中國人特別感激米博士在發展和普及豆漿，成爲動物奶代替品上的傑出成就，更顯著地改善了遠東人士普遍營養不良的現象。」米博士在中國多個地方設立工廠製造豆漿和以豆類製品，大量供應給平民。他曾對筆者說：「如果把豆類及其他植物製成的食品調製得含有肉類的味道，那麽，人們會喜歡享用這些蛋白質與養份不遜於肉類，但對人體健康更有益處的素食品。」他是素食提倡的先進者，他捐資設立「國際研究基金」，與洛馬林達大學合作在這方面作專門研究，設有龐大的素食品工廠。他自己亦一直親自參予研究工作。聯合國「解決世界糧荒機構」特聘他爲顧問。米勒耳博士在提倡素食改良健康方面的貢獻，毫不遜色於他的醫療服務貢獻。

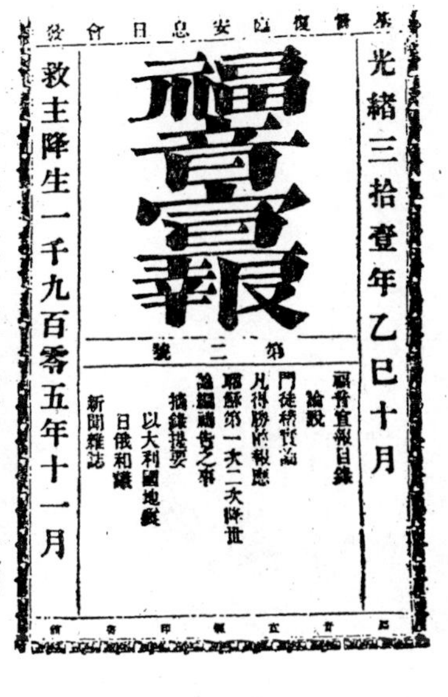
基督復臨安息日會發
光緒三拾壹年乙巳十月
福音宣報
第二號
福音宣報目錄
論說
耶穌第一次二次降世
摘錄提要
以大利國地震
日俄和議
新聞雜誌
救主降生一千九百零五年十一月

米博士在一九〇五年創辦的中文刊物，「福音宣報」封面。

米勒耳博士在行醫時不忘傳教，他每次施行手術必先與病人一同禱告，毫不徒然倚恃自己的醫術技能。他常對病人宣講福音，不少人受他的感召而信奉基督，並加入了他的服務行列。他是安息日會的首任中華總會會長，在一九〇五年（光緒卅一年）創辦該會第一份中文刊物「福音宣報」（見圖），其後改名時兆月刊，現仍按月在台北出版，並分在香港、星馬、泰、印尼等華僑地區發行。

（五）

去年七月間筆者偕內子赴美參觀立國二百週年慶典，曾專程到洛杉磯河邊鎮米博士府邸晉謁。時米博士剛自俄亥俄州參赴該州人士特地爲慶祝二百週年兼米醫生九十七歲生辰而設的公宴回來，他手捧着宴會飾物與筆者拍一照。這次公宴，俄州

米博士一九五四年建成「台灣療養醫院」，位於台北市八德路，爲政府遷台後第一家外國人撥資建立的大規模綜合醫院。

州長特代表全州人士在米醫生祖傳的礦場立一石碑，上泐對米醫生懷德仰功之詞。

米博士九十二歲時建成的最現代化醫療中心「港安醫院」，位於香港司徒拔道。

米醫生去年雖屆九十七高齡，看來並不衰頹，起座不須別人扶助，除了戴上助聽器外，說話有力，思想清晰。當時他每天上午到洛馬林達大學的素食品工廠主持植物蛋白質的研究工作。與筆者近兩小時的談話中，他極為關心香港的中國朋友，垂詢甚詳。

他剛送了一具「史坦威」鋼琴及「哈門」電風琴給夫人。筆者在彈賞之餘，米夫人說那是她要求了兩年才購買的，因為米醫生的錢除了簡單的生活費用外，一直不斷地撥捐給他在各地創辦的醫院。她說：這是他生平的「理財方式」。

米勒耳博士是基督博愛精神的徹底實踐者，雖然他在醫學上的修養於世界居於權威地位，但他放下了好幾任美國總統延聘為顧問醫生以及其他顯職，把生平絕大部份光陰投身於最動亂的大半個世紀的中國。中國蔣總統一九五六年親自授予最高榮譽「景星勳章」，以紀崇他對中國人的貢獻。美國總統尼克遜在白宮一項儀式推崇他為「傑出國人」，他並在很多地區獲得勳章榮銜。但他自己顯然並不重視這些榮銜，他所熱愛的只是幫助他人。那天辭別時他贈筆者一加侖自製豆奶，囑咐筆者告訴友人，要過健康生活，不要忘了飲食衛生。筆者請他在九十七高齡之際多保重休息，他流出淚說的仍是那句聖經：「趁着白日，我們必須作那差我來者的工，黑夜將到，就沒有人能作工了。」據米夫人電告噩耗時稱：米醫生在去世前數天仍在工作。去年尾，米醫生曾來信說擬靜靜地到香港來渡聖誕假，探視他的中國朋友和病人，但後來此事被港方友人通知他的家人，阻止了他的行程。但這事亦可見他與中國人感情之深，想不到元旦晚這位對國人有極大貢獻的偉人便與世長辭了。

（六）

今天，米醫生已放下他為人羣服務的勞苦工作。可是，往深一層說：黑夜並沒有臨到他，他的宗教同工正繼承他的博愛職志，接持他燃點的火炬，在他創辦的衆多醫院中每天照料數以萬計的病者。米勒耳醫生的事跡將為人傳誦下去，他的影像也將永留於中國人的心中。正如港府醫務處長蔡永業醫生說：「米勒耳博士精神永遠長存！」

白屋詩人吳芳吉（下）

・諸　家・

一、「護國巖述」

白屋詩人吳芳吉所撰「護國岩述」，成於民國八年一月，詩前附有短序，發表於新羣雜誌。民國十五年十一月十八日，北京晨報副刊，重刊此詩，以是月為蔡松坡逝世十周年之辰也。原詩序前有芳吉補序一段，詩後有芳吉自註「備考」及「晨報副刊記者附語」一段，為此後吳集所未載，足供研究本詩之參考。補序云：

「吾自民國五年歸蜀。適護國軍事方平，國內外友人，爭來書相囑，以斯役為民國史上最有價值之戰爭，因命我親赴蜀南一行，以考察當日實象，而為詩紀之。以其萬山阻隔，伏莽叢萃，而未能也。七年蜀南永寧中校忽邀我裏教於是。因慨然冒險往，自合江而赤水而永寧而納溪而瀘州，放覽山川，周圍千里，皆古戰場也。聞永寧中校是時為松坡之軍醫院，而吾下榻之一室，曾有護國軍士五、六十人，死於其間。校人畏鬼，深為我懼。然吾處之日狎，且因此而得詩甚多，茲篇護國巖述亦永寧集中之一也。」

「備考」云：詩中所載戰役風景，都有實事，絕非虛語，皆經作者親歷所得也。其中有地名人名須註明者，為表如下：

雪山關：在永寧東南，由滇黔入蜀之要隘也。時川軍團長陳禮門駐守於是，松坡入蜀，陳開關迎之。故論護國諸將之功，當以陳氏為第一也。

藍田壩：在瀘州南岸十里，濱大江。

陳禮門：為川軍師長劉存厚部下。與劉同時起義，後守藍田壩，軍敗自殺。

棉花坡：在納溪城外，松坡與張敬堯兵血戰處。

馬腿津：與二龍口皆屬江安縣，在納溪上游。

大洲驛：在永寧之北一百六十里，納溪之南七十里。有永寧河繞環其前。河甚細，至此忽浸為巨泊。護國巖即在其西岸，距驛不過數十步。其地滋竹，產鶴。蒼山如屏，影垂水底。聞松坡在此數月，每當日暮，則與二三從者執葵扇，著白衣，操小艇，納涼四去。鄉人與之往還，莫知其為總司令也。

「記者附語」云：『護國巖述』是記載蔡公松坡在川時的一篇詩歌。數年前曾載新羣雜誌。今年正是蔡公的十周忌，我們回想當年蔡公率疲卒苦戰的景況，不禁有無限的感慨。中華民國十五年來，無一年無內戰。而稱得起是有意義的內戰的，恐怕祇有護國之役！

我們從心理方面研究內戰，可得二類：一是自私的動機，二是國民道德的忿怒。祇有後者是表現國民道德意志的。不得不對惡勢力宣戰而戰的內戰，是有意義的內戰。這種戰爭，是理性的確立，是國民道德自覺的表現。這種『理性的戰爭』的領袖，是表現『公意』的。在他個人的人格活動上，表現全宇宙的道德性。他的事業，一定不朽。換言之，他人格不朽。

蔡公所領導的『護國』運動是這一類的工作。他是能表現國民『向善之意志』的。他是爲國民人格而戰，是有意義的，是有價値的。可惜他積勞而死，到如今只落得後人的憑弔，不能在他手裡，造成國民理性上所要求的中華民國！我們讀這篇詩歌，眞不禁有無窮的感慨。

二、夫婦相處之苦

白屋詩人吳芳吉生於清光緒二十二年丙申，歿於民國二十一年五月九日，享年三十六歲。盛年早逝，其家庭間夫婦相處之苦，以致歷受折磨，實爲重要原因。此在其遺詩「題與婦照像」及「人生原蓬梗」中，可以窺見其概要。如「人生原蓬梗」其五云：「奈何十載下，一疑生百凶；何以立鄉黨，何以慰親朋。雙棲羨鴛鴦，羣飛慚雁鴻。一家無和氣，可以不如虫。」已充分表露其心情之沉痛。而申訴最詳者。則莫如民國十七年十一月一日致其至友吳宓（雨生）之一書，此書寄自成都敬業學院，而刊載於吳宓所編之學衡雜誌者（民國十七年十一月學衡第六十六期），原函云：

「雨生長兄：返清華後寄來兩書，均收到。在此課忙，每欲作書告吉近況，而不能得。然及茲不告，將來事變愈多，痛苦愈甚，誠恐言之愈難。雖然，此事只告兄長，未嘗以告他人，使兄知天地之間，有若吉之可憐人也。

「樹坤與吾母不和，始於吉在西安圍城之際。原因紛雜，不能細究。然以吉之順從母意，不能抑母而揚其妻，遂乃遷怒於吉。自吉奔喪抵家之次日爲始，年餘以來，動以他家瑣事，無關夫婦本身，而生傷發氣，投江抹喉，一臥須三五日始得痊者，以吉健忘，殆難歷舉。吉以姑媳既不相安，自宜分居以緩其勢，此次携之來省，專爲此意。乃僅行至內江，即復大鬧，欲中途棄去。抵省十日以內，而三次絕裂。兩月之間，小鬧更不可數。而本週四日之間，竟演急激不可堪者三次，今請畧述原始。

「（一）星期日午後，客來久坐，致誤晚飯。吉稱：『此爲客之無禮非我之咎，以後當告客，勿以喫飯來。』遂即怒答我：『今得罪你的客人，還須向客宣布我罪。你母親誣我喫烟，到處宣布，惟恐氣我不死。今又說我得罪你的客人，不如殺我，留我何用』。由是開始，直至夜半不睡。

「（二）星期一午後，接兒子漢驥稟母一信，內容未給我閱，大概兒輩在聚奎讀書，內姪等與之同學，以飲食游戲，不免齟齬云云。吉晚歸，聞之，答以兒子不是，爲母可覆示責之。樹坤乃謂：『你家欺人太甚，我家爲你父母所藐視，爲你所藐視，現在兒子也藐視我。離家兩月，弄得兒子欺侮我來，倘非暗中有人挑撥，（意指吾母）兒子豈敢如此。將來你們非害死我不了。』言罷，痛哭倒地不起。扶之上牀，罵吾父吾母及吾人二子，歷四五小時，吉幸未與再答也。

「（三）昨日（星期三）在成大授課六時，晚歸倦極，帶轉其兄樹恆一信。信中所云，似係江津曾姓欠伊家銀數百未償，樹恆往問。曾姓恃勢不交。(其戚人某充師長職)吾母與曾氏家人善，疑由吾母唆之使然，飯時樹坤言之，謂此事吉實其中陰謀之人。吉謂『曾翁與父相善五十餘年，知其情重，有之，此事何關於我。』坤謂：『你在家與往來甚密，又嘗教其子書，彼等素與我家爲難。今其諸子來書，並不問候及我。』吉笑與女言：（漢驪隨行）今日報所聞奇事，某參謀長被人綁票。坤乃投箸起，謂：『我與你說話，你乃竟不睬我。』立即入室穿裙，無語而出。天雨陰寒，門外惟散學諸生，幢幢過泥水間。吉與乃弟樹榮（同來居者）急追及之。問，無傘何往。曰：死去。樹榮盡力挽之得返。坐竈側。開始說其孤憤。吉與並坐，終不答。但謂：『放和平些，勿自傷身體。』坤怒益甚。謂：『我來你家，一樣穿，一樣喫。不像他家婦人動耗千百。我兒現已十二三歲，還要壓迫着我，不許我言乎。』且說且罵，又至半夜，吉於兩點鐘後始得就寢，而六鐘又起牀矣。

吉現任課二十五時，惟傍晚歸來，得稍閒暇。然以此之故，每週必有數夜失眠，又房主徐樸生家，比鄰而居，徐君有岳母，嗜鴉片，坤喜往談，恆半日不歸。某日歸來，吉訊以何往，輒勃然怒曰：『是又疑我往喫鴉片烟乎！』以後吉雖知之，不復過問。上週某日午歸，飯後當又往他校，然門鎖不能得入，蓋與徐君岳母上街未返。顧袋中無錢，只得忍飢自往上課。吉任課凡六校，遠者如四川大學文學院，僻在城外數里，然往來從不坐車，意欲省錢，爲樹坤醫藥之資。坤病血崩，時時發作，每次診金二圓，長年服藥，無一日離。病則不喜米飯，須餛飩麵餃，背我命人買喫。然我去買來，則又不喫。滿口菸味，然總不承認。吉知其蘊，不願問之，亦不敢問也。總之，吉此次携之同來，不能不自承失敗，事已至此，別無可爲。吉信教育萬能，而由此經驗，却爲例外，其性情已必不可改，其身體亦必不可復。然吉終與永好，不敢携貳，或逢迎其意，竟離棄者，在此過渡時代，自有無數男女，犧牲其中，他人有然，我寧獨異。又成大學生千五百人，兼課各校，數又倍之，吾人隨事以身作則，倘有差失，貽害何窮，我若爲此，則望風步塵之人，縱以十一計之，亦四五百家。或者人家婦女不如樹坤之甚，而其夫亦效我之爲，吉忍以部分之痛，更使全體俱與痛乎。嗟乎，雨生兄，吉此事除語兄外，不敢更語何人。老母遠隔，吉亦不敢告之者，既恐母憂，又慮家書之中，偶來提及，則吉又將數日不能寢也。

「雖然，兄勿憂我，我能好自寬解。天欲玉成吾詩，使吉爲人類嘗此滋味，吉不因此而自傷也。此信乃還在敬業學院所寫，忙覆閱，未知能道吉心之萬一否。至兄長來信，萬勿明白提及，彼愛私窺友函，恐又惹禍事也。弟芳吉。」

雨生於發表芳吉上述私函後，曾有附語甚長，論述其對於此事之觀感云：

「吳宓曰：吾生平閱人不少，又讀書所及，常細繹中西古今人之性情行事，用爲比較。竊謂若論其人之天眞赤誠，深情至意，不知利害，不計苦樂，依德行志，自克自强，一往而不悔，則未有如吾友碧柳（吳君芳吉字）者。陳銓君評碧柳之詩曰：『中國近代詩人，無論新舊，吾未見有能比擬吳君者也。中國近代文人，吾亦未見有忠於藝術，歷萬苦千辛而不悔，如吳君者也。』嗚呼，碧柳於詩之成就如此，希望無窮，生平所歷艱苦，又非常人所能想像。而家庭配偶，乃有若此函所描敍者，可悲孰甚。顧碧柳猶堅貞自守，對其妻不存貳心，此尤爲人所難能者矣。此雖敍說私情之函，吾今公布之，望天下知者共爲詩人灑一掬同情之淚也。函中所敍數日中情形如此，半生可知。但就此函觀察，則樹坤乃一庸俗之婦人，凡舊式女子所有之惡劣習慣癖性，彼無一不備。碧柳只知以仁心向之，彌見碧柳之賢。雖然，以富於天才苦志之人，而常日如此折磨抑損，雖於道德小有保全，而於藝術文學之成就則所失甚大。權輕衡重，高瞻遠計，碧柳之所決行者，恐亦未盡當也。夫詩人多情多感，境遇又少豐舒，在在需人解慰。調護煦沫，如藝名花，如藏寶器，此正爲妻者之責。是故詩人之妻，職任獨重。而今古詩人婚姻配偶失意者多，如莎士比亞，如彌兒頓，如辜律已，如擺倫，如薛雷，皆有仳離之事，或由其自取。若碧柳夙勵行道德，又篤情愛，而遭遇如此。不誠可悲之尤者耶！」

如上芳吉遭家之不幸，而申訴於其至好，謂爲天地間之可憐人，且先聲明此事未嘗以告他人，是芳吉自不欲播之於衆。而雨生遽予以發表，除附言所述理由外，據聞尚有相關之事實。原彼兩人者，情誼固逾手足，芳吉以兄事雨生，而以嫂事雨生夫人陳心一女士。雨生夫婦不睦，芳吉曾力事調處於其間，對雨生幷頗多諍諫。今芳吉自身遭遇如此，故不惜直抒其見解也。發表他人之私函，爲事非宜。惟吾人因此而獲知白屋詩人生平所歷之苦辛，於此益佩其爲人之敦厚寬容，實有爲常人所不及者也。

三、「獻罵我者」詩

白屋詩人於民國十六年應聘主講成都大學，以倡導正學，爲共產黨徒所反對，長沙莫健立撰「吳白屋先生傳」，有謂：「回蜀主講成都大學，諸生素讀其新羣、湘君、學衡之作，慕先生者，羣至大禮堂聽講，猶百川之歸巨海，鱗介之宗龜龍。方是時，共產黨乘時又起，益忌先生。先生曰：學術無他，得性之正而已。衡之吾心而安，則爲眞理，不安，則邪說也。共產黨遽遣徒某，夤夜叩門，致禮甚恭而言曰：公之學行，吾黨所知。公日興正學，吾黨不殺公，公必動搖吾黨。吾不忍殺公，其速行。於是先生見邪說之橫行也，一人之難支也，遂離成都。」時民國十八年冬也。十九年，移教重慶大學。

共黨份子之攻擊吳先生，不外利用若干左傾報紙，詆譭漫罵，十八年秋，吳先生因有「獻罵我者」一詩之作。梁寒操先生於「吳白屋先生遺書跋」中，評此詩爲「摯誠寬厚」，可謂確論。自吳詩發布後，同年十二月十七日，成都日郵新聞，登出「送吳芳吉先生之蒙古」一詩。「學衡」第七十期於刋載上述吳詩後，并將此「惡少年譏嘲之詩」附刋（學衡編者附識），謂「所云吳君將赴蒙古者妄也」。吾人并此兩詩一讀，則正邪、是非、善惡、敦厚與暴戾之判，至爲明顯。此惡少年之譏嘲，適足以自暴其淺薄無聊而已。茲特將兩詩錄誌如次，供省覽焉。

（甲）獻罵我者

罵我者多，莫凶於蜀。捫燭扣槃之見，墜井下石之心，社會久無裁制，人間一任毀傷。輿論報章既皆此輩所持，雖欲置答，難與情理，例知固有此事，不必求實其人。

感君長罵我，信道以彌篤。求疵注起居，使我行尤勗。學校如傳舍，師長可鞭朴。男兒非枉道，那得不危辱。如君意氣矜，只須一轉軸。黑夜頓光輝，蒼生皆骨肉。俚語自丹心，句句可呈佛。

大道不須尋，恆人自覺深。敧斜緣往古，陷溺詎如今。君愆吾能諒，吾哀君未諳。爲君一言語，愁吾幾酌斟。猶復遭君怒，洶洶如雨淋。雨淋豈不可，終傷君德音，與君雖路人，君心即我心。

拊我不還手，忤我不還口，譽我未爲多，毀我其能久。幾篇今幸留，旦夕傷覆瓿。我樂性天居，君逐潮流走。去住隔雲泥，雖毀復何有。我非人類仇，我乃人類友。焉待告君知，畏君翻慚忸。

浩刼空千古，狂瀾震九垓。漢學成枯髓，清吏半奴才。新邦復喪亂，禮樂猶塵埃，本根摧已盡，歐風乘我衰。政俗交加變，人禽雜沓來。蘭芷爲蕭艾，誰云有好懷。何以答君毀，忠恕且矜哀。

文章自有眞，謗議徒爲擾。李詩投廁深，韓文曳碑倒。迄今千載餘，何嘗一字少。我行不足觀，我言不足實。行鮮苦言多，工夫猶外表。願君進蓬勃，願君懷高邈。勝義泯寃親，君好亦吾好。

（乙）送吳芳吉先生之蒙古

芳吉先生，今朝離去成都大學，往蒙古去尋詩意。生徒等屢挽不獲留，因步先生獻罵我者原韻，作成此詩以送別。

感師長廝我，謝師用鴆毒。書此注起居，余意復何酷，學校如棧房，師意那可拂。黑暗不敢道，惟有相向哭。如師厚臉皮，惟有一驅逐。黑暗頓光輝，學生欣然樂。苟師翩然去，立地可成佛。

大盜不須尋，吾師據要津。尸位原往古，濫廁詎如今。師心徒能諒，徒衷師未諳。爲師一言語，愁生幾酌斟。猶復觸師怒，洶洶如雨淋。雨淋豈不可，終傷師德音。與師雖共處，師心非我心。

撻師髒我手，罵師汙我口。捧師今固多，爲時焉能久。幾篇白屋詩，旦夕傷衆酷。生性好光明，師遂古墳走。去住字紙筐，拾遺復何有。師爲人類仇，我爲人類友。焉得告師知，恐師反慚忸。

革命驚千古，狂瀾動九垓。古學成骷髏，遺老盡奴才。新潮浸大陸，腐朽漸塵埃。夔外早滌盡，餘孽乘我衰。川局風雲混，禽獸雜遝來，學校爲逋藪，誰云有好懷，罄竹恨難書，與言實可哀。

社會日進展，守舊徒爲撓，國進與陶潛，終身竟潦倒。證諸千古事，不知例多少。願師細細觀，此言實足寶。行恐語言多，舊情兩難表。願師去蒙古，祝師去遠道。從此各努力，師好徒亦好。（民國十八年冬月送別於牛市口）

四、著　作

白屋詩人與其摯友陝西吳宓，曾有合刊「兩吳生集」之議。據民國十八年吳先生自編「白屋吳生詩稿」，在其「輯編大意」中謂：「民國十四年秋，某在北京與長兄吳宓，擬將二人詩稿合編付印，倣英詩人丁尼生 Tennyson 兩兄弟集 Poe By wo brothers 之例，名曰兩吳生集。後以人事蹉跎，迄未得就。近見天津大公報文學週刊載稱：此集將於年內出版，而某之一集，都爲十三卷云，故某弱歲以前，及此稿以外之詩，胥載該集中矣。」

兩吳生既決定合刊詩集，柳詒徵先生并於民國十六年爲撰序文，序曰：「兩吳生者，陝吳宓（雨僧）川吳芳吉（碧柳）也。兩人者，貌不同，遇不同，詩亦不同，合刊之者，其本同也。詩之格律聲調色澤神韻宗派家法，末也；性情本也。無其本，襲其末，羊質虎皮，牛頭馬脯，無當也。本其天賦之特性，昌之桄之滂之揚之，孕茹萬象，出入百國，而一一不失吾之眞性情，乃眞詩也。曰漢曰唐曰宋曰明，曰李曰杜曰韓曰白曰蘇曰黃，曰印度曰日本曰法蘭西曰英吉利曰亞美利加，標其詞，撫具格，句句而比之，行行而繩之，人也；吾之眞性情，天也；出天入人，人其能勝天乎！不本於天而徒責之人，歌哭人之歌哭，呻呼人之呻呼，是盜人而賊天也。不盜人，不賊天，掉臂游行，獨往獨來，一嚬一嘆，一波一磔，皆吾肺腑，于人無與，人知之，可也；人不知之，亦可也；此兩吳生之詩也。丁卯冬仲，柳詒徵。」

惟「兩吳生集」實未能出版，其經過見吳宓先生所撰吳宓詩集刋印自序。本序撰成於民國二十二年十二月，其時白屋詩人已逝世一年有半。序中對於「白屋吳生詩稿」出版，及「吳白屋先生遺書」編印之經過，并有較詳引述。序云：

「予既自編其詩，題曰涇陽吳生詩集，擬與碧柳（吳芳吉君）之白屋吳生詩集合刋，而其時碧柳適處西安圍城中。迨丁卯春脫險來北京，得抽暇將予已編之詩點勘一遍，偶有更改删削。碧柳旋即由瀋返蜀，相見無緣，刋行之事遂阻。民國十八年春，碧柳乃自印其詩於成都，題曰白屋吳生詩稿，分上下二册，售價二元三角。原印二千部，上海新月書店曾爲代售，今在成都書肆亦尚可購得之。民國二十一年五月九日，碧柳遽以校事勞瘁，病歿於江津家中。弟子周光午君，以碧柳生前諄託，携全部遺稿至長沙，重行編理，合詩人歌劇信函雜稿，都付木刻，題曰吳白屋先生遺書，久之刻成，每部六册，售價三圓。總代售處，南京龍蟠里國學圖書館。該書自編以至刋印發售，一切均由周光午君任勞負責，宓以事忙，未獲參與。光午以宓與碧柳交誼最久且深，逕以編訂之名歸諸宓，而自退居參校，但此非事實也。（成都鉛印本，有碧柳自作之年譜及詩註等，木刻遺書中無之，是其缺失。但木刻遺書增書札一項，最爲精采。然即以詩論，兩本皆不全，他年應再有人編印吳芳吉全集，諸多材料，廣搜備列，并增圖畫照像，方可無憾也。）外尚有碧柳手寫日記（民國二年至九年）三十四册，約六十萬言，現正抄錄，決擬絲毫不加删改，全付南京鍾山書局印行。自碧柳之歿，予於詩既失切磋之益，復深人琴之痛，前此欲附驥尾以自新，今則獨呻吟而誰語，望空墮淚，臨楮神傷。……予之詩既不與碧柳之詩合刊，且爲求明白簡當，故逕改題曰吳宓詩集」云。

如上引述，可見「兩吳生集」未能印行之原委。白屋詩人自編「白屋吳生詩稿」，自謂斷自二十歲始，其「弱歲以前，及此稿以外之詩」，胥載「兩吳生集」中。此集既未印行，此等詩自亦歸散失。又六十萬言之日記，未聞鍾山書局出版。民國三十一年四月，周光午曾在北平碚圖書館舉行吳芳吉遺稿展覽會，據四月二日重慶中央日報載：「白屋詩人江津吳芳吉，畢生艱苦卓絕，力以詩教自任，爲奴乞食，九死無悔。於民國二十一年五九國恥記念日，憤倭寇之難，卒於江津縣立中學校長任內。吳氏弟子周光午，受命整理遺稿，除於二十三年在長沙刋行吳白屋先生遺書外，前後蒐輯吳氏手稿凡百餘巨帙，頃全部運到北泉，自本日起在北温泉公園圖書館舉行吳氏遺稿展覽會，至十五日止連續展覽兩週，藉彰先德，以勵後賢」云。此項展覽，是否包括吳氏日記，未見詳記。大陸淪陷，此等手稿尚存在否？亦無從揣知。故吳宓先生希望有人編印吳芳吉全集，廣搜備列，遲至今日，尤感困難。去年四川文獻社影印「吳白屋先生遺書」，幷編附補遺一卷，雖已盡力之所及，蒐輯仍屬有限。至吳宓先生謂「吳白屋先生遺書」，未將自撰年譜及詩註列入，是其缺失，甚有同感，已補入遺書補遺中。歷來若干學士文人之著作，每以各種因原，終歸流失，此不能不謂爲文化學術之一種損失，爲可嘆也。

五、與湖南香火緣

（甲）白屋詩人之風範

白屋詩人從民國九年七月應長沙明德學校聘入湘教學，至十四年秋改應西安西北大學之聘，先後留湘達五年，這在他一生裡是最燦爛的年華。他在這裡結交了不少的良朋，寫下了若干不朽的詩章。他對於湖南山水的清暉，對於湖南人物的瓊瑰，更時時流露着無限贊賞低迴的熱情。

綜論吳先生之爲人，自不僅止於一個偉大的詩人。去年八月，四川文獻社影印「吳白屋先生遺書」，我請梁寒操先生賜撰一文，刋於遺書補遺卷首。梁先生說：「以吾所見，五十年來中國談學術思想者，英賢固不少；然眞能承襲聖賢絕學，篤信力行者，則不能不推吳白屋先生。」「綜其平生三十六年間之言行，可覘知此一代眞儒，蓋無時無日不修身於德智情理之間，正心於天人古今之際，洵爲吾中華文化之卓越代表者，足以楷模後學，合經師人師於一生。」就其著作而言，梁先生又說：「其所著再論吾人眼中之新舊文學觀，評刋胡適之氏八不主義之未能成立，逾半世紀而重讀之，猶覺其好學深思，足矯時流淺妄之病，有識之士，能勿低首。若就其詩歌書札遺稿而觀，若婉容詞之敦厚悽惻，若却某女郎求愛諸什之情禮兼至，若答罵我者之摯誠寬厚，若歌頌蔡松坡護國與十九路軍抗日之壯懷激烈，皆千代必傳之作。」上引梁先生對於吳先生思想文章行誼之鑒衡，可謂至當不移。我們如研究吳先生一生的行誼和他的思想文章，自可得到深切的體認。

（乙）白屋詩人留湘經過

在上面我們已經說過：在吳先生三十六年的匆促生命中，有整整的五年教學湖南，即從他二十四歲起到二十九歲。他自然爲湖南留下了若干不朽的詩篇，而湖南的山水風物，也給了他以無限的靈感。民國二年他的至友吳宓（雨僧）寫信給他，勉勵他努力寫作，信中有「蜀水蜀山，天久付詩人受用矣！」我們也可以說：「湘水湘山，天久付詩人受用矣！」關於他留湘五年的經過，可引吳先生「自訂年表」來加以說明。自訂年表見於民國十八年吳先生手訂「白屋吳生詩稿」，起於民國五年二十歲，迄於民國十六年三十一歲。在留湘的五年中，吳先生自記說：

民國九年庚申二十四歲：

長沙明德學校校長胡公子靖，以湘戰漸平，求師來滬。因新化謝祖堯君與某有故，邀往。某又以胡公得識新寧劉弘度君。秋七月朔，與祖堯、弘度入湘。

胡公以湘省籌自治，勢可苟安，勸某迎親就養。冬十月，託南川劉泗英君伴送大人等至宜昌，古藺鄧成均送至長沙，寄住校內泰安館。某題門聯句曰：南國香草地，西方美人居。

某以新派之罵我者日衆，又長兄（開慶註：指吳宓，二吳以兄弟相稱）在美以某詩夾雜俚語，毫無格律，而思想浪漫，更甚新派，來書嚴譴，以爲墮落不可救矣。因思創一雜誌以自表白。適富順范愛衆君從軍赴粵，聞之，慨然解三百金爲助。但囑須秉政論，某以故却之。

民國十年辛酉二十五歲：

春，正月初旬，以湘陰學生彭澤岐之招，與鄧成均君遊汨羅，探屈原墓，登神鼎、湖源諸峯。輕舟泛洞庭，上君山，繞岳陽歸。

二月，曹志武君卒於明德。君與某鄰居，嘗書大人寢室句云：「書燈夜夜青，貪看媳婦學湘綉；鶴髮年年好，長伴兒孫唱楚辭。」

秋七月，湘潭劉柏榮君自梧州大學返明德同住。先是元年八月，某在清華被開除時，柏榮為某挺身而出，深致不平者也。至是與劉君日相聚會，壯益膽識不少。

是月初旬，侍大人步上南嶽，觀雲祝融峯頂。

湘軍討王占元，戰於蒲圻、咸甯。吳佩孚乘機寇湘，决嘉魚隄以灌湘軍，湘軍敗潰岳陽。八月，蜀軍征吳東下，至宜昌城外敗還。

九月，涇陽長兄自美洲歸國，教授南京東南大學。

冬十月，湖南省憲法告成。

十二月，侍大人遊南京，晤涇陽兄。度歲上海成均寓所。

民國十一年壬戌二十六歲：

春二月，大人歸自上海。長兄在南京創學衡雜誌，某因創湘君應之。然兩者精神雖同，旨趣各異。湘君注重創作，學衡多事批評。湘君但載詞章，學衡更及義理。湘君之氣象活潑，學衡之態度謹嚴。湘君之性近於浪漫，學衡中人恪守典則。湘君意在自愉，學衡存心救世。

辰陽劉樹梅君捐百金爲湘君開辦費。學生武岡謝羡安、藍山陳鼎芬，爲某經理印刷。後弘度、柏榮相繼加入，遂擴大組織爲湘君社，並公推弘度任社長。

夏五月五日，湘君第一次社集於明德。社人眷屬畢至，公推湘鄉曾公伋安主席，自是每歲習以爲例。主席亦例爲曾公，年最長也。六月，赴南京晤涇陽兄。

秋七月，湘軍內訌。譚延闓軍據岳麓礮擊長沙，歷五十日，流彈日日至某寓所。湘省長趙恆惕以吳佩孚之助，擊退譚軍，湘局復安。自是三年之間，爲湘省自治時代。

民國十二年癸亥二十七歲：

春二月，湘君社長發起建楚詞亭於明德學校湖中。臨澧辛樹幟君采楚詞中所有草木，環植四岸，以紀念屈子，並爲明德二十週年祝也。

夏四月，與柏榮遊谷山。

五月五日，湘君第二次社集於明德。弘度手寫離騷，長沙徐紹周君造屈子像成，并影印之。

秋九月，湘君社於岳麓舉行第二次紅葉會。

民國十三年甲子二十八歲：

春二月，游萍鄉安源，至於上埠。

夏五月五日，湘君社集。

六月朔日，大人率全眷自湘歸蜀。某欲辭明德同歸，校長胡公不許，僅送至漢口別去。某因轉赴南京晤涇陽兄。十四日，爲前度甲子清軍攻陷南京之期，柳先生詒徵來邀訪地保城，龍膊子戰蹟。柳先生有詩紀之。

二十日，在滬晤校長胡公，勸某避暑烟台，電告烟台交通銀行行長傅笠航君爲某招待。因挈學生胡徵偕往。徵，胡公幼子也。

秋七月杪，重返明德。大人歸里，居津江北岸德感壩，不返白沙。

某所居書樓，與吾家隔陰相望。每飯，兒輩自柳下來呼伯伯。今兒輩歸蜀，三餐猶聞兒聲。自是期年之間，每經故居，輒繞道避之。

九月九日，與明德遠足隊登撈湖以北諸山。望日，赴湘君紅葉會。

歲暮，寄食柏榮家中。初，大人在湘時，每歲除夕有聚珍會，全校諸師夫人，各以其家鄉餚饌幷進共食，自是廢矣。

民國十四年乙丑二十九歲：

人日以零陵學生劉心顯招，游昭山。

涇陽兄自昨秋辭東南事，轉赴奉天東北大學。今春清華學校設研究院，聘長兄主任，遂居北京。

夏四月，川黔軍滋擾鄉里，亂兵迭駐家中，經月不去，家人不敢晝出。某聞信歸，五月十八日抵家，兵已退。十九日，得長兄自清華來電，告病。某復東下，至漢口，在谷凡處，又得長兄來電，以某在湘數載，僅免飢寒，上不足於甘旨，下無力於教養，命某留教清華大學部，不許返湘。迨至北京相見，某以清華無理開除我等，不欲爲仇讎效奔走。明德雖俸薄而精神甚安，不思他就。適明德校長胡公在北京，聞長兄不許返湘，乃與一再談判。長兄堅持不允，謂教書不似嫁人，無從一而終之義。某以胡公尊賢，長兄篤舊，情宜幷從，理無偏廢。乃以長兄之命，改就陝西國立西北大學之聘。校長李宜之君，長兄之故人也。時柏榮亦去明德赴東北大學。

（丙）白屋詩人有關湖南的題詠

上引爲白屋詩人留湘五年的經過。在這五年中，他所寫的有關湖南的詩歌，現存「吳白屋先生遺著」及「補遺」中，據我的統計，共有三十五題。現在把這些詩題列在下面，有須註釋者，幷畧加說明。

兩墓表辭：一爲黃克强墓表，一爲蔡松坡，皆在長沙對岸岳麓山上。

五里隄：隄在韓家湖上，長五里。春夏間春水漲時，隄影橫臥湖上，如玉帶然。初不爲湘人所重，自此詩出後，遊者不絕。

愛晚亭：初名紅葉亭，朱元晦所建。袁子才改今名，取「停車最愛楓林晚」也。楓多南宋所植，爲岳麓最幽靜處。

汨羅弔屈原作。

獨醒亭下作：在黑魚嶺西十里，汨羅流經亭下，地名何家塘。

自湘江望岳麓。

撈湖泛舟：在長沙郊外十里，瀏陽江畔。周五六里，產蕬菇菱角，任人採食。水鳥達數十種，傍晚喧呼可聽。

神鼎山森林中作：湘陰縣屬，亦稱荊山，相傳爲黃帝鑄鼎處。寺中有黃帝像，像側聯語云：「神所憑依，將在德矣：鼎之輕重，未可問也。」

君山濯足歌。

志武夢中歸：曹志武，衡山人，其修學大旨，以不欺爲本，以中庸爲歸。民國十年死於明德學校，年三十五歲。

蔡忠浩之死別：忠浩長沙人，青年革命黨。光緒末葉，奔走在外。某年秋，回湘迎娶，爲軍吏探知，成婚之日，方禮罷宴會，兵至捕之。其家人願出千金，請留宿一夜，不可，遂被害，年二十歲。逾月，軍吏亦爲人刺死，或曰忠浩之妻所爲也。

短歌寄醴陵友人：醴陵友人指劉鵬年君，字雪耘，築室醴陵山中日鞭影樓，有鞭影樓詞。

南嶽詩：爲侍父自長沙溯湘江上謁南嶽之作，長一千五六百字。

志武死後招魂衡山絕頂。

新衣引：贈明德十七班畢業學子。

國恥第十年題明德紀念會中。

北門行：長沙圍城中赴雅禮大學講演會席上作，哀湘戰也。北門浣衣婦，其夫行販於鄉，爲兵所殺。婦日夜號泣江上，行者莫不哀之，或勸之歸，終不顧也。

南門行：北門之痛未已，南門又有孕婦中流彈死者，傷哉佳兵之不祥也。

寄答明德十七班諸君。

重陽後二日撲城戰中。

喜得長沙解圍即刻出遊。

谷山晚歸：谷山在湘江西岸二十里。

示同學少年：哀湖南省自治之鮮終也，詩作於十二年冬。

冬來兼及稻田女校文課，每往，諸生識與不識，遇輒羣起唱昔年之婉容詞，若相笑者，意甚窘之，爲詩乞止云：稻田，長沙第一女子師範所在。

稻田第九班女兒畢業將去，於其最後一課，歌以別之。

論詩答湘潭女兒。

再答湘潭女兒。

題耐庵言志詩集：明德學校胡校長子靖詩。

西園操；西園，長沙太安里，明德學校所在。此詩言明德風物。

洞庭湖中望落日。

甲子重陽與明德遠脚隊七十人登撈塘北山絕頂，燔柴告天，環唱國歌而下。

湘君社長婚禮：社長指劉弘度君。

弘度佳公子：弘度文質幷美，望若神仙中人。

人日登昭山作：昭山，高峙湘江東岸，在長沙之南六十里，相傳周昭王南征不返，沉溺於此。

春社新晴獨遊黑石坡玩景：黑石坡在岳麓之西。

（丁）白屋詩人對於湖南山川人物的觀感

如上我們已將白屋詩人留湘五年中有關湖南的題詠一一引述。以下要再引幾首詩，藉以說明白屋詩人對於湖南山川人物的欣慕和他期望於湖南青年的熱情。

關於湖南山水的描寫，可以南嶽詩爲代表，但這首詩太長，我只引前面的一小段，以見一般，詩云：

「此邦最是南方强，當年曾左後蔡黃；我來不幸逢遲暮，老成相繼早凋傷。獨有洞庭一湖水，蒼茫猶是昔年美；秋風八月浪連天，彷彿洪楊戰船毀。更有衡山萬壑雲，雲容似雪最紅明；可憐七澤三湘土，原是英雄血染成。湖水山雲終不變，先輩勳名猶想見；一自靈均放江南，湖山花草皆香艷。……祝融峯高高接天，天風送我上山巔；何來大石撐天起，與吾崛强鬥中堅。長天一碧淨逾洗，望眼隨天入地底；湘流百曲虹影棲，楚邱萬點龍鱗比。放眼更環天盡頭，我身藐爾若塵浮；忽思千載興亡事，不盡茫茫今古愁。」這只是南嶽詩的一小段，即此一小段，已可以窺見湖南山水在白屋詩人眼光中的蒼莽奇雄。

對於湖南人物的歌頌，可以「兩墓表辭」爲代表。辭前有註：「一黃克强墓表，一蔡松坡墓表，皆在長沙對岸岳麓山上。民國十年三月二十日，湘人制憲於兩墓表下之岳麓書院，吾旣觀其盛典，更拜謁二墓。慨念前賢，爲辭頌之。」辭云：

（一）

兩墓表兮矗矗，上將茲焉兮幽宿；克强兮山巔，松坡兮山曲。亭亭立兮樹梢，白石美兮如玉；惟斯人兮可親，精神在兮民族。洞庭兮莽蒼，衡嶽兮葱鬱；百年兮方中，豪傑兮倍出。覽茲墓表兮追思，見我湘人兮氣骨。

（二）

湘波兮浩蕩，岳麓兮奔放。孤城兮微茫，大野兮平曠。莽縈帶兮四周，萬家環以瞻望。墓表兮指天，山河兮無恙。天之高兮洋洋，我心極兮悲壯。彼來日兮方長，惟斯人兮草創。呼嗟墓表兮堂皇，昭我湘人兮向上。

白屋詩人在湖南任敎的學校，一是明德學校，一是長沙省立第一女子師範學校，即他在詩集裡所稱的稻田女校。集中有贈送兩校學生的詩好幾首，都是本於溫柔敦厚的詩教精神，來勉勵大家奮鬥向上。這裡且引一首：「稻田第九班女兒畢業將去，於其最後一課，歌以別之」，藉以窺見白屋詩人對於湖南青年的期望。詩分十節如下：

（一）

與君從此別，不須待後期。念茲心悵悵，還復致言辭。

（二）

倘使相逢太平日，願君婀娜發華滋。倘使相逢離亂世，願君領袖作人師。

（三）

倘使相逢外患急，願君慷慨駕車騎。倘使相逢風浪險，願君砥礪志無移。

（四）

倘使相逢貧與賤，願君淡泊甘哺糜。倘使相逢富與貴，願君愷悌念胼胝。

（五）

如彼幽蘭種，向榮終有時。不愁荊棘長，芳香自瀰瀰。

（六）

今君境遇雖孤苦，不似蘭芷在荒溪。莫計一時傷終久，賦君情性果何其！

（七）

如彼紅蓮子，嫩弱獨無依。不愁泥水濁，艷色自纚纚。

（八）

今君身世雖艱窘，未及蓮子在汚泥。莫逐潮流甘蘋梗，賦君肝膽欲何爲！

（九）

何以行德日孳孳，不求人知只天知。何以勵學夜遲遲，不求天知只自知。

（十）

薰蕕嗟同器，蒼黃悲素絲。年少樂相樂，前途歧復歧。

六、西京游蹤圖草

西安是我國自古的名都，西安城內以及近郊，到處都是名勝古跡，凡是遊覽過的人，都會自然的發生無限思古之幽情。

白屋詩人於民國十四年應國立西北大學之聘，由北京赴陝，以是年七月杪抵西安，十六年正月離陝。中間雖然遇到西安圍城，自十五年三月至同年十月被困城中二百三十日，但在圍城前仍得周遊西安近郊各地，爲此一名都留下若干不朽的詩篇，並繪有「西京遊蹤圖草」，供我們今天追憶。

吳先生的西京遊蹤，據其自訂年表，於民國十四年下記：「大學課少時多，因得於半年以內，遍遊近郊。重九遊城西，至咸陽，遍謁文武成康諸陵。十月朔，遊城南，至曲江，雁塔，訪皇子陂，玄都觀。中旬，再遊城南，自長樂坡。芙蓉苑，至樂游原。十一月，續遊城南，至韋曲謁杜少陵宅。繞樊川，憩終南山下。十二月，關東戰事又起，近郊匪作，遂不出遊。遊伴常相從者，同事彌勒熊廸之君，滁州周燮歐君，吳縣史壽松君，台川胡步川君，學生徐州張謙也。」民國十五年下又記：「春二月，始遊城北，自大明宮，至中渭橋，望五陵，欲渡渭至三原，聞陝軍敗潰函谷，回竄西安，不果往。」

至於白屋詩人所作有關西安懷古的詩，有「浴華清池蓮花湯作」，「驪山謁秦始皇帝墓詩」，「訪未央宮故址作」，「咸陽畢原瞻拜周陵紀遊」，「杜曲謁少陵先生祠」，「玉姜曲」，「過唐東內大明宮故址」諸作。白屋詩人至友吳宓（雨僧）先生撰「吳芳吉傳」，謂吳先生「在西安一年餘，爲君一生遭遇危苦之時（按指困處圍城中，幾於絕食。）而君生平所爲詩，則以此期爲最佳。」現引「訪未央宮故址作」一首，以見他對於陝西風物的懷慕。原詩註：「宮在陝西西安今城西北之十五里，蕭何疏龍首石山爲之。遠望遺址，如圖畫雅典神廟。」詩云：「策馬來尋漢未央，楊家村外小平岡，殘碑剝蝕讀難解，秋草無邊凄以黃。何處觚稜繞建章，更無翡翠繞朝陽；億萬劫餘惟曠野，翻成可愛非蒼凉。啓我懷思深以長，如睹先民慨以慷；衣冠彷彿正趨蹌，揖讓雍容互頡頏。鼓鐘穆穆佩鏘鏘，九夷百蠻來殊方；單于稽顙貢明堂，漢家威武何開張。此時震旦如荼錦，西鄰驕子尚鴻荒。即茲片瓦重連璧，鳳篆龍文鬱古香；倫敦巴黎何足數，是處眞爲無盡藏。」

「西京遊蹤圖草」，成於民國十五年之初夏，係張讜作稿，張即伴遊之西北大學學生，胡步川繪圖，胡與吳先生爲西北大學同事，亦同遊之一人，字爲吳先生手書，吳先生生平寫字，一律楷書，從不草率。寫來別具風格，於此圖可見一般。吳雨僧在其詩文集中，謂此圖爲「西安圍城中之文藝」，彌足珍視。

胡文豹先生有「碧柳以西京遊蹤圖草見貽，用作長歌報之」一首。碧柳爲吳芳吉先生字，胡文豹字仲侯，三原人，爲吳雨僧先生之表兄，亦以詩文名世。詩云：「張生著書興不孤，吾宗步川繪爲圖；誰歟題寫圖中字，蜀國詩人白屋吳。太學師生俱好古，披荊斬棘餘勇賈；我向素壁張此圖，勝遊一一堪指撫。此邦往昔號帝鄉，歷盡周秦復漢唐；三輔河山終不改，五陵雲樹早荒凉。去國梁鴻歌五噫，離家王粲哀羣盜；昆明池水餘劫灰，阿房複道如電掃。咸陽炬火笑重瞳，高視祿山將毋同（杜詩：火焚乾坤獵，高視笑祿山。）；赤眉而後遺巢闖，當日豪華一洗空。一姓興亡何足問，自來豪傑乘時運；獨惜無限好家居，摧枯拉朽洩餘忿。漢賦西都又西京，浣花秋興不勝情；蓬萊宮闕傷禾黍，承露仙人辭金莖。唐政操自婦寺手，幾回天子下殿走；元相痛哭連昌竹，香山長恨未央柳。坐對城南尺五天，想像開元全盛年；都人士女賞佳節，樂遊原上曲江邊。東西天街如周道，槐衙兩行風光好；每逢十日一放朝，文八溝，第五橋，佳句應憶杜陵老。祇今新亭泣楚囚，閉置車中使人愁；吾徒堪作江山主，聊向畫圖一臥遊。」

這首詩敍盡西京的滄桑，也是一首好詩。

文采・風流

——談潮州文獻刊文誹韓的錯誤

・沈光秀・

由台北市潮州同鄉會所發行的「潮州文獻」，於今年國慶日出版的第四期中，有一篇「韓文公蘇東坡給與潮州後人的觀感」的文章，作者署名「干域」。但該期的目錄上却印爲「干城」。證之於該篇文章之末尾註明於「壽園」及其他有關資料之互證，「干域」之誤，而且「干城」就是該刊發行人郭壽華先生之筆名。爲實事求是，本文之討論，將以郭壽華先生之本名爲對象，而不用「干域」或「干城」以免混淆錯亂，「干」涉不清。

郭壽華先生之「韓文公蘇東坡給與潮州後人的觀感」（下簡稱爲「郭文」）一文，對古文大師，亦是新儒家之一代宗師韓愈，大加攻訐，極盡誹謗貶損之能事。

韓愈於唐憲宗元和十四年（西元八一九年）因諫迎佛骨，被貶潮州，這一事故是韓愈一生中遭受最嚴重的打擊。韓愈自己而言，也許如他所說的：「憂惶慙悸、死亡無日，居蠻夷之地，與魑魅爲羣」（潮州刺史謝表），但是對於當時被視爲「遠惡」的潮州而言，却是帶來了意外的收穫，使沒沒無聞之潮州，因韓愈之降臨而蓬蓽生輝，再加上韓愈那一篇「祭鱷魚文」，列入「古文觀止」更使潮州名滿天下。

到了宋代，也是因爲韓愈曾經刺潮的緣故，與韓愈同遭貶謫命運的文豪蘇軾，當他到了惠州（潮州之芳鄰）就想到了同是天涯淪落人的前代韓愈，寫下了震撼千古的名文「潮州韓文公廟碑」，更增加了潮州在中國歷史與文學史上的名氣。

韓柳歐蘇，世稱古文四大名家，其中有兩大名家，所謂「韓潮蘇海」，與潮州結下了因緣，潮州何幸？而得人傑光臨，豈非得天獨厚之故？潮州人更何其幸？能得唐宋兩大文豪而使桑梓揚名青史。今「潮州文獻」之發行人，竟對韓愈蘇軾這兩位對潮州有功之朋友，妄加誹謗，韓愈地下有知，該嘆當年創「冥頑不靈」一語之不我欺，人心如斯！況鱷魚乎！

我們姑不論「韓文公蘇東坡給與潮州後人的觀感」這個題目的不倫不類，我們先從「郭文」的三個副標題，來看看郭壽華先生的文學程度和歷史常識。

「郭文」第一副題：「韓愈貶潮占盡韓山韓水的美譽。」

若照上面「郭文」副標題的題意，在韓愈貶潮之前，潮州已經有了韓山和韓水，於是，韓愈到了潮州，因爲姓韓，所以就「占盡韓山韓水的美譽。」

其實，潮州於韓愈貶潮之前，是沒有所謂韓山與韓水的。據「潮州府誌」的記載：「韓山舊名雙旌山，又名筆架山，韓昌黎刺潮時常遊覽於此，故名韓山」；至於韓江，原名員水，亦因韓愈刺潮之後而改名韓江，關於這一點，郭壽華先生在該大作中亦有言及，爲何自己却寫出此一自相矛盾的副標題呢？是糊塗呢？還是文法不通之故，我想大概是文法不通之故罷。

除此，現在要辨白「郭文」者，究竟是韓愈占盡潮州山水之便宜（所謂美譽）還是潮州山水占盡了韓愈之美譽。如果從韓愈逝世之後朝廷追贈他爲禮部尚書，並謚曰文，宋朝詔封昌黎伯，以及後代史家學者，對他的崇高評價，平心而論，應該是潮州山水，占盡韓愈之美譽才公道。憑弔杭州西湖岳飛墓的詩文，其中一對聯之上聯云：「青山有幸埋忠骨」，誠爲山水因聖賢英雄而顯名於世之最好說明。台北之「草山」，易名爲「陽明山」，能謂王陽明先生占盡草山之美譽嗎？在中國之文化思想史上，韓愈之名氣與功勳，是不比王陽明遜色的。

「郭文」第二副題：「潮州的文化和文明絕不能歸功於韓愈一人」。

姑不論潮州之開化，該不該歸功於韓愈，我們要請教於郭壽華先生的是何謂「潮州文化」？何謂「潮州文明」？潮州古稱揭陽，秦漢時屬南海郡。秦、漢、晉，中原移民，陸續南下，定居潮州。換言之，潮州於秦漢時代，不但屬中華民族大一統之版圖，潮州之文物風俗，也屬於中華文化之一部份。自古及今，自沒有所謂「潮州文明」之名詞。如果「潮州文化」與「潮州文明」可以成立，那麼「廣州文化」、「杭州文明」亦可成立，甚至於「台中文化」、「台北文明」、「西門町文化」亦將大行其道矣！尤其在全面復興中華文化之今天，我們不能承認中華文化之被分割，我們亦不能容許將個別地方之風俗習尙，標榜爲「××文化」或「××文明」，須知本位主義與地域主義往往是破壞中華文化統一之罪人。

「郭文」第三副題：「蘇東坡一『碑』之譽，誤人一千一百四十多年的觀感」。（筆者按「碑」係指蘇軾的「潮州韓文公廟碑」據沈英名先生在「潮州學壇」所發表的「糾正唐宋兩篇有關潮州的古文中的錯誤觀念」一文中，說該碑文「是蘇軾在宋神宗元豐元年（西曆一〇七八年）惠州刺史任內撰的」。沈英名先生這點論據是錯誤的，蘇東坡於元豐元年，並未被貶惠州。蘇東坡被貶惠州，是在宋哲宗紹聖元年（西元一〇九四年。是年的十月二日，才到達惠州的。如果說蘇軾的「潮州韓文公廟碑」係完成於惠州任內，則該篇「碑文」應該是寫成於宋哲宗紹聖元年（西曆一〇九四年）之後。

姑如沈英明先生所說，從西曆一〇七八年到今年西曆一九七六年，亦不過八百九十八年，若按筆者之考證，蘇軾該篇「碑文」，完成至今，則不超過八百八十二年，「郭文」之所謂一千一百四十多年，不知是怎麼算出來的。郭先生的算術程度，比其作文程度還要差，連最簡單的減法都不懂，國小三年級之程度尙不如，還有胆量妄談什麼韓文公與蘇東坡。我眞佩服此老之勇氣。郭先生怕讀者疏忽，沒有細心記下他的考據，在其後面的文章中，還特別重覆强調一句：「蘇軾『潮州韓文公廟碑』對韓愈過份的讚揚。至今一千一百四十多年之久……」。好一句「一千一百四十多年之久」，未免太信口雌黃了。

當我佩服郭先生胡說八道的勇氣之餘，忽然想起了上面所提及的沈英名先生那篇「糾正唐宋兩篇有關潮州的古文中的錯誤觀念」，是於十二年前，發表於台灣大學潮州同學會所出版的「潮州學壇」，其中行文遣字，措詞引據，與郭先生這篇大作，雷同之處甚多，尤其有關數字與觀點方面，巧合與吻合之處更多，（不過沈英名先生沒有誹謗韓愈）兩篇文章對照之下，筆者才發覺郭壽華先生竟是一位文抄公，專門剽竊他人的作品，只是郭先生讀書不求甚解，剽竊不知細心，竟對沈英名先生文中之數字抄錯，於是才發生上面算術不及格之大錯。原來沈英名先生文中也有一千一百四十多年之數目字，只是「沈文」之一千一百四十多年，係從民國五十三年即西曆一九六四年，回溯到唐朝憲宗元和十四年即西曆八一九年，恰好是一千一百四十五年。郭先生是粗心大意，連剽竊也發生錯誤。其實，沈英名先生之指出一千一百四十多年係站在民國五十三年的時間旅程上，其所指之對象係韓愈之「祭鱷魚文」，而非蘇東坡之「潮州韓文公廟碑」，郭先生之張冠李戴，糊塗程度，眞是近乎神志不清。如果沈英名先生該文係於今年發表（民國六十五年）則韓愈「祭鱷魚文」，也不止一千一百四十多年，而應該是一千一百五十多年才對，郭先生，至此，應該淸醒吧！

郭先生之可悲者，不止是上述的文抄公行爲，對基本國學與歷史常識，也幾乎是一竅不通，然而在該文中，除了以上照抄、錯抄之外，自己還編造了一些新名詞與歪曲史實，更是貽笑大方。下面隨便舉出郭文數點作爲例子，以博讀者一粲，以下有引號者，均係郭先生之原文。

郭壽華先生說：（韓愈）「興學，據歷史及地方文獻可考者，所謂興學，不外辦了一兩間官塾。」

「官塾」一詞，不知郭文據之何典，我們只聽過有「私塾」，却沒有聽過「官塾」一詞。據康熙字典所引「學禮記」云：「古之教者，黨有庠，家有塾」，可見「塾」是私家所創，至於政府所設之學校，不但不可稱爲「塾」，而且還有等級之分，如國立的稱爲「國學」或「國庠」或「國子監」，府立的稱爲「府學」或「郡庠」，縣立的稱爲「縣學」或「邑庠」。韓愈如果曾設學，應該稱爲「郡庠」或「府學」絕不是郭文所稱之「官塾」。「官塾」一詞，猶「公立私校」之不倫不類。

郭壽華先生接着上文又說：「韓愈曾在這『官塾』開學時，發表一篇『進學解』。」

據臧勵龢所選註之「韓愈文」（台灣商務印書館印行）其書末所編之韓愈文之「創作年表」，「進學解」係發表於唐憲宗元和七年（西曆八一二年），韓愈刺潮則係元和十四年（西曆八一九年）相差七年，郭壽華先生究竟根據什麽歷史及地方文獻，而考出韓愈之「進學解」是在潮州發表的？

郭壽華先生又說：「鱷魚是一種海中無知無覺的動物」。

凡是動物都有知覺，郭壽華先生憑什麽學理證明「鱷魚是一種海中無知無覺的動物」？郭壽華先生憑什麽要充當動物學家？據日人田內亨所著之「動物分類」（台灣商務印書館發行）所述，鱷魚是屬於爬蟲類之高等動物，不但有知有覺，而且能挽車，爲兒童之遊伴。如果郭先生堅持鱷魚係無知無覺的動物。那麽郭先生經常往來東南亞，無妨親臨一試，投身於鱷魚潭中，看看鱷魚是否爲「無知無覺的動物」。

郭壽華先生又說：「但韓文公在潮州所占的便宜和美譽却是千秋萬世不朽的美譽：①將原名員江，由江西邊境福建汀州南入粵境，經流八縣的員江改名韓江。②將潮安饒平邊境原名筆架山，改名韓山。③將橫貫韓江，有十八梭船二十四洲的大橋，改稱韓湘子橋（韓愈之姪名）……」

綜觀上面郭之文字，其對韓愈得到美譽，深表不滿，其心理運作，另當別論，但是韓愈曾經將筆架山改爲韓山，將員水改爲韓江，就韓江上之大橋改爲湘子橋，郭先生究竟根據那些史料？依照筆者的看法，筆架山之改爲韓山，員水之改爲韓江，這些都是韓愈離開潮州之後，不知經過若干時日，潮州爲了紀念韓愈，才把山名冠以韓字，猶如香山縣之改爲中山縣，閩侯縣之改爲林森縣。此外，郭先生所指那潮州城東門外之韓江上之大橋，該橋是建於宋朝乾道年間，本名廣濟橋，舊名濟川橋，湘子橋是百姓的俗稱。該橋建於宋朝，韓愈是唐朝人，韓愈不會復生，焉能替該橋易名。

以上所舉，均是普通之歷史常識，本來不用辭費，惟郭壽華先生以學疏識淺之料，抄文盜句之技，濫竽台北市潮州同鄉會「潮州文獻」發行人之位，災禍梨棗，褻瀆「文獻」，由於此事有關中華文化，爲保持一點中國讀書人之人格與良知，不得不將郭先生平日假斯文加以揭穿。

孔子思想是中華文化道統表率，是倫理福教之萬世師表。韓愈則是繼堯舜禹湯，文武周公，孔子孟子之後之一代文宗，爲後世所推許之新儒家宗師，誠如蘇軾在「潮州韓文公廟碑」所稱的「文起八代之衰，而道濟天下之溺」，韓愈不但受潮人所崇敬，也受到所有中國人之崇敬，想不到，郭壽華先生却要從人身方面，對韓愈狠狠加以誹謗。他在「韓文公蘇東坡給與潮州後人的觀感」中說：「且根據地方文獻資料，證明韓愈爲人尚不脫古文人風流才子怪習氣，妻妾之外，不免消磨於風化雪月，曾在潮州染上風流病……。

郭壽華先生爲了使讀者相信他的「所言」有憑，故意聲明韓愈之在潮州得風流病，是根據地方文獻資料。換言之，即是說韓愈之在潮州尋花問柳，染得性病，是有憑有證，同時也無形反映出潮州在唐代之時，已有娼妓賣淫，而潮州之民，嫖妓狎娼，習以爲常，所以韓愈刺潮，難免入鄉隨俗，而得了風流病，自是意料中事。好一個文起八代之衰，道濟天下之溺，以孔子道統自居的韓愈，在郭壽華先生之筆下，却變成一個好色之徒！

為了使讀者深信不疑，郭文繼續指摘韓愈：「韓愈曾在潮州染風流病，以致體力過度消耗，及後誤信方士琉璜鉛下補劑，離潮州不久，果卒於琉璜中毒，死時亦不過六十歲。」

郭文指出韓愈得了風流病，並肯定其體力過度消耗，更足證韓愈好色逾常，終於得了風流病，而不得不借助於方士之藥了，如此一來，一代文宗之韓愈，在郭壽華先生旁徵博引之下，其在潮州得風流病，而且後來也因風流病而死，似是千眞萬確，不容懷疑之事實。

其實，郭文以上對韓愈之誹謗，什麽根據地方文獻資料，全是欺騙讀者，郭壽華先生連偸抄文章都抄錯，他還懂得什麽是地方文獻？「文獻」兩字作何解釋？我倒要請問郭壽華先生，所據以誹謗韓愈的地方文獻資料，是什麽地方的文獻？是什麽方面的資料？無妨公開出來，不必賣弄玄虛，故作神秘。至於郭壽華先生所提出的「韓愈志」（錢基博撰，民國六十四年三月台北河洛圖書出版社景印）該志究係景印自何方面，尚待查考，但該志之內容，自首至終，沒有韓愈在潮州染風流病之記載。可見所謂韓愈在潮染風流病一節，完全出自郭壽華先生之揑造。

據筆者找到的資料，中國於明朝以前是沒有所謂風流病的。在明孝宗弘治十八年（西曆一五〇五年）以前，中國的典籍，沒有風流病的記載。中國最早記載風流病（楊梅瘡）的醫書，是方廣所著的「丹溪心法附錄」，該書係出版於明世宗嘉靖十五年（西曆一五三六年）。風流病的發源地爲美洲，是哥倫布的水手從美洲染到，最早係從古巴海地傳到西班牙，也即是從美洲傳到歐洲，再由歐洲傳到亞洲。對中國而言，風流病是道地的舶來品，是洋鬼子的東西，是於十六世紀才侵入中國。韓愈是唐代人，即使風流也沒有染上風流病之可能。

同時，筆者要提醒郭先生，誹謗他人私德，是要受法律之處分，刑法第三百十二條：「對於已死之人，犯誹謗罪者，處一年以下有期徒刑、拘役或一千元以下罰金。」

不管怎麽裝模作樣，郭文所稱之地方文獻資料是靠不住的，僅就「郭文」所說韓愈死於六十歲，便是大錯特謬，新舊唐書與李翺「韓公行狀」，皇甫湜「韓文公墓誌銘」均說韓愈死時五十七歲，也即是穆宗長慶四年十二月，距其離潮（唐穆宗元和十四年十月），共有五年之餘，在這五年中，他曾調任袁州刺史，奉詔入京作國子祭酒，（從三品）長慶元年，改兵部侍郎，二年鎭州王庭湊兵變……愈奉詔宣撫，冒險馳入叛軍之中，陳說利害，情詞剴切，感動驕兵悍將，流涕聽命。回京任吏部侍郎，三年夏兼任京兆尹，兼御史大夫，京師軍紀肅然，盜賊歛跡。……十月後爲吏部侍郎。四年八月，因病辭職，十二月卒於長安，享壽五十七歲。韓愈離潮州後，五年中前後更換了幾次官職，爲國宣勞，足見他的身體並非爲風流病所折磨，如照郭壽華先生所指，韓愈能夠再活到五年多嗎？能夠長途跋涉，東奔西跑嗎？他臨終前四個月，還是吏部侍郎，死後贈禮部尙書，追諡文公，可見當時政府是多麽重視他。

此外，韓愈被追封「昌黎伯」是宋神宗元豐元年，郭壽華先生却胡扯爲「唐帝」，更證明他所謂「根據地方文獻」之無稽。

韓愈爲宋明道學之先驅，新唐書韓愈本傳云：「自晉迄隋，老佛顯行，聖道不斷如帶，諸儒倚天下正議，助爲怪神，愈獨喟然引聖，爭四海之惑，雖蒙訕笑，跆而復奮，始未之信，卒大顯於時，昔孟軻拒楊墨，去孔子才二百年，愈排二家，乃去千餘歲，撥衰反正，功與齊而力倍之，所以過况雄爲不少矣！自愈沒，其言大行，學者仰之，如泰山北斗云」。

韓愈爲「道統」之說，宋明道學家皆遵而從之，於是開宋明理學之先河，總之，韓愈爲繼孔孟之學，爲一代道學之宗師，亦爲新儒家的開山祖，其在中華文化復興史上之功績及地位，歷史早有正論，非郭壽華先生之所能誣衊與否定。

誹韓案的證言

陶希聖

誹韓案在法院偵審中，依法不容評論。

我祇是抄幾段舊文，爲本案作證罷了。

一、韓退之居潮州的時間

新唐書卷七，憲宗本紀：元和十三年（戊戌，公元八一八）十二月庚戌，迎佛骨於鳳翔。

新唐書卷一七六，韓愈傳：憲宗遣使者往鳳翔迎佛骨入禁中，三日，乃送佛祠，王公士庶奔走膜唄，至爲夷法，灼膚體，委珍貝，騰沓係路。愈聞而惡之，乃上表極諫。帝大怒，……乃貶潮州刺史。……

朱文公校昌黎先生集附「新書本傳」註：「公以十四年（己亥，公元八一九）正月癸巳貶潮州刺史，……按道里行程，公實以三月二十五日到郡。」

新唐書憲宗元和十四年（八一八）七月己丑，羣臣上尊號曰：元和聖文神武法天應道皇帝。大赦。

昌黎集，本傳註：「是年（八一八）七月己丑，羣臣上尊號，大赦，十月己巳，準例量移，改授袁州刺史。……十五年（庚子，八一九）閏正月，穆宗即位，公以是年春至袁州，上賀表。」

希聖按韓退之居潮州，只有七個月。（括弧內註明公元年數是我加的。）

二、韓退之在潮州的政績

一、除鱷魚患（有逐鱷魚文，載昌黎集卷三十六）

二、創辦州學（有請置鄉校牒，載外集第五卷）牒文有下列一段，可證明潮州有州學自退之始：

「夫十室之邑必有忠信。今此州戶萬有餘，豈無庶幾者耶？刺史縣令不躬爲之師，里閭後生無所從學耳。趙德秀才沉雅專靜，頗通經，有文章，能知先王之道，論說且排異端而宗孔氏，可以爲師矣。請攝海陽縣尉爲衙推官，專勾當州學以督生徒，興愷悌之風。刺史出己俸百千以爲舉本，收其贏餘以給學生廚饌。」

希聖按退之先生在七個月短時間之內，創辦州學，由刺史捐俸爲基金，以利息供應學生伙食。潮州文風自此興起，可以說是偉大的事業，且有其深遠的影響。

三、韓退之力斥方士的金石藥

昌黎集卷三十四，故太學博士李君墓誌銘：「初，（李）于以進士爲鄂岳從事，遇方士柳泌，從受藥法，服之，往往下血，比四年病益急，乃死。其法以鉛滿一鼎，按中爲空，實以水銀，蓋封四際，燒爲丹砂云。（退之自稱）不知服食說自何世起，殺人不可計而世慕尚之益至。此其惑也，在文書所記及耳聞相傳者不說。今直取目見，親與之游，而以藥敗者六七公，以爲世誡：工部尚書歸登殿中御史李虛中，刑部尚書李遜，遜弟刑部侍郎廷，襄陽節度使工部尚書孟簡，東川節度御史大夫盧坦，金吾將軍李道古。此其人皆有名位，世所共識。工部既食水銀得病，自說若有燒鐵杖自巔貫其下者，摧而爲火，射竅節以出，狂痛號呼乞絕，其茵席常得水銀，發且止，唾血數十斗以斃。殿中疽發其背死。刑部且死，謂余（退之自稱）曰：我爲藥誤。其季廷一旦無病死。襄陽病二歲竟死。盧大夫死時溺出血肉，痛不可忍，乞死乃死。金吾食柳泌藥，五十死海上。此可以爲誡者也。」

希聖按退之先生撰李于墓誌銘，專論方士所製丹砂諸藥可以殺人並舉實例以揭發其害，而其於李于的身世則從畧，由此可見退之之嫉方士及其藥之嚴峻。

又按魏晉士大夫好服「五石散」。陶宏景「眞誥」列舉五石即硫黃，丹砂、砒霜、雲母、滑石。用這幾種礦物製藥，有強心、養血、安神、利尿的作用，但是服食過量的結果是血壓高，腦充血，血中毒等症。至於柳泌妄用水銀，則無益有害，韓退之所舉病例可以證明。

四、韓之安靜清明逝世

韓退之居潮州不滿一年，即轉任袁州，召拜國子祭酒，轉兵部侍郎，再轉吏部侍郎，罷為兵部侍郎，復為吏部侍郎。至穆宗長慶四年（甲辰，公元八二四）卒，年五十七。

據昌黎集，本傳註：退之得病滿百日假，既罷，以十月二日卒於長安靖安里第。公屬纊語曰：「伯兄德行高，曉方藥，食必視本草，年止於四十二。某（退之自稱）疎愚不擇禁忌，位為侍郎，年出伯兄十五歲矣。如又不足，於何而足？且獲終於牖下，幸不至失大節以見先人，可謂幸矣。」

張籍祭韓公詩有云：「公有曠達識，生死為一綱；及當臨終晨，意色亦不荒；贈我珍重言，傲然委衾裳」。

五、白居易詩與崔適的考證

崔適考信錄「釋例」篇：「凡人多所見則少所誤，少所見則多所誤。唐衛退之餌金石藥而死，故白居易詩云：『退之服硫黃，一病訖不痊。』而宋人雜說遂謂韓退之作李于墓誌戒人服金石藥而自餌硫黃。無他，彼但知有韓昌黎字退之，而不知唐人之字退之者尚多也。」

六、結語：六項證言可供參證

綜結上述各節，韓思控告潮州文獻雜誌發行人誹謗韓文公案有六項證言可供參考：

①新唐書韓愈傳，及昌黎集本傳註，可證明韓退之居潮州的時間只得七個月。

②昌黎集載韓退之在潮州史史如此之短的任期內，創辦州學，開拓潮州教育、學術、文化的道路。

③昌黎集傳及註可證明韓退之去潮州之後，經歷五年，轉官多次，纔以五十七歲，清明在躬，安靜謝世。顯然沒有腦充血或血中毒等症狀。

④韓退之撰李于墓誌銘，舉其親眼得見的病例，力斥方士及其所製金石藥殺人的罪戾。

⑤清代考據學者崔適徵引唐代詩人白居易的詩句，證明服食方士的硫黃藥致死者是衛退之，不是韓退之。

⑥方士用硫黃、丹砂以及砒霜、雲母、滑石等金石製藥，號稱「養生」與「不老」，並不是治「風流病」的方劑。至於風流病從海船輸入中國，究在何時代，當另作說明。

臨風追憶話萍鄉 (12)

張仲仁

天下大慈化　第一瑤金山

余祖師名印肅，法號普菴，是慈化鎮鄰近余家坊人氏在他未得道前，先在慈化鎮對面山上，稱為一百零八峯下的一處山洞修煉，後來得道才建造慈化寺。初期由他母親每天送飯來食，至後期慢慢不吃烟火食物。有一天他母親偶感不適，改由他長嫂送飯，當時余祖師的道行頗有成就，已到慧眼識妖魔的境界，當他看見長嫂面色灰黯，知有邪氣侵襲，而且頸項間隱現繩索纏繞的痕跡，這是凡人看不到的，說是吊頸鬼找她作替身的預兆。余祖師想為她化解，因此俟長嫂行近交飯盒時，順手用大姆指甲在她頸項上掐了一下；又恐嫂氏驚怕，並未言明原故。

至第二天長嫂送飯去時，又在她頸項上掐了一下。叔嫂之間這種不尋常的舉動，於禮制上是不應該的。嫂既不明眞像，還以為小叔存心調戲，至第三天不肯再去送飯，並將以前兩天情形稟告家姑；母親聞悉後亦佛然不悅，就去申斥兒子的無禮。當時余祖師聽了，長嘆一聲說：「人之生死豈眞是注定的嗎！」母親一聽此話，覺得事有蹊蹺，急忙問兒子道：「什麼生死注定？」余祖師並不回答母親的話，祇詢問說：「長嫂為何今天不送飯？」母親回說：「難道你自己還不知道？」余祖師黯然嘆息，說道：「嫂為鬼魔所纏，頸項上已隱現繩索痕跡，我已給她掐斷了兩股，仍存一股未除，如嫂今日來此則可免於難，現嫂命危矣！恐怕難以挽救，母速回，看看能否救她性命。」母親回家急入內室查看，長媳果然在房中自縊死了。

余祖師道成後，就在慈化鎮外擇地籌建寺院，然建築費用全無，他却毫不担憂，好像有成竹在胸，即出發向四方募捐。一位有高深道行的祖師，他一發動化緣建寺廟，當然容易得到十方施主的踴躍捐助。那時中國社會的一般人，都是非常崇信佛教，一生人全靠神靈保佑，因此也願意將財產供獻菩薩。

昔年建美奐美侖的慈化寺，設計繪圖，完全是余祖師親力親為，他指示泥木二匠依照他的圖則建造。等寺院建成，居然雄偉莊嚴，金碧輝煌，非比尋常。屋宇正面分八字形，大門有「海濶天空」四字，乃名家所題，一個字有兩尺半大，確是偉大壯觀。正殿接連三棟進身，入正門前半座供余祖師聖像，座位下是祖師肉身成聖之位，用麻石叠成塔形，週圍裝有欄杆。後座是如來佛祖寶殿及五百羅漢等；東西兩翼有偏殿經堂，房屋一棟連接一棟，多到不可勝計，僧侶也有數百之衆。

慈化寺背山來龍雄偉，高聳雲霄，形狀像一隻大鐘，好似鎮罩住全寺一樣；左邊是慈化鎮，寺前乃一望無際的廣大稻田；正殿大門對正一百零八山峯，那山峯一座接着一座，排列得整整齊齊，非常美觀！站在寺院前觀看，淸晰得可以點數，但是數來數去就是數不清楚。如從第一山峯數起，還未到最後，已數得眼花撩亂，因此從來無人能數得是否一百零八峯，而每一個人所數的山峯，數字均多少不同。

寺外四圍均滿種白芍，當花盛開之時，香氣襲人，中藥所用之白芍以杭州出產為最聞名，但慈化寺所產之白芍，並不遜色，這是寺院的特產之一。

寺院建築在慈化鎮外靠山邊空曠之處，若是從鎮內去寺院，落雨天却不用打傘着雨鞋，因從街口開始直到寺院，沿途建有上蓋的走廊，而且每隔不遠就有一座避雨涼亭，以供進香遊覽者坐着休息。可見余祖師設計之精密，建築之豪華。這當然也是他籌募經費充足，寺產豐富；同時他余家坊余氏族中，有很能幹的人士協助監督管理，因此歷朝以來，能保持香火興旺不衰，確是非常難得。

每屆余祖師誕辰之日，余姓族人隆重其事舉行拜祭之禮，並將祖師之袈裟及硃砂親書寫之經典，小心翼翼的取出吹曬，然後再保藏原處。可惜此寶貴經典，余家後輩未曾流傳給佛教團體作研究資料。

慈化寺其中最奇特之處，並不是房屋之高大及多，而是全寺院前後左右並沒有天井水溝的設備。以前中國的舊式屋宇，最明顯的就是天井和出水溝的設備，屋簷下亦有接水的渠溝。但在慈化寺却看不到有此設備。如逢到落雨天，在寺院內只見窗外有雨，而屋面上的雨水却不知流向何處，當然更不會有水浸之事。關於此事，也是吾鄉人之疑問所在，老表們均無法解答此問題。寺院內的建築物，祇有一件頗值得思疑，是寺院的大屋柱，它不是用整棵的樹木做成，而是用極厚的木板鑲拼而成的。

吾鄉所建之大祠堂及大寺院，所用之屋柱，大都是下半截用一兩丈高大圓條的麻石墊底；再用同樣大的圓樟木柱接至屋頂。也有在地面上用三四尺高的麻石墩，石墩上再豎立大樟木圓屋柱。凡是屋柱及屋樑，必須採用樟木及楓樹，因這兩種樹木含有樟腦油及楓樹油，不怕白蟻蛀食，以前沒有鋼條水泥，主要靠木材及紅磚三合土。木材是樟木、楓樹、杉樹三種最適用，其中以杉木用得最多。建房屋絕對避免用松木，因松木最易惹白蟻。

慈化寺所有的大小屋柱，是與別不同的，它完全採用厚木板，鑲成菱角形。木板究竟有多厚，不得而知，終之非常堅固。此厚木板做成菱角形的屋柱，有可能裡面是空心的。也許余祖師當年建寺院，匠心獨運，創造出特別的暗溝，利用屋柱做出水道，將全寺院的雨水用隱藏的暗渠，從地底出去，這並非是不可能的。

籌建慈化寺的捐募數字，很快達成目標，但唯有木材一項不易買到，近處的數量不夠，遠處的運輸困難，因無水路可通；陸運更難解決的是車輛問題。贛西很多地方是叢山峻嶺，森林密佈，雖有大量的木材却運不出去，任其矗立在山野間，變成無用之物。距離慈化鎮約三十華里，有位王姓富戶，他的房地產業頗豐。據說余祖師前往化緣，請他施捨木材作建寺之用；王財主果然滿山樹木，但有錢人終不免吝嗇成性，他雖答應將自己山上的樹木，捐贈建寺，但有一個限制。他說：「山上如有被風吹斷樹尾的大樹，我就全數捐出，但未有斷尾的則不在此數」

余祖師聽他答應捐贈，欣然道謝！準備明早上山點數，看有多少斷尾樹。不料當晚午夜，突然變天，由明月當空變成烏雲蔽天，然後狂風大作，繼之傾盆大雨，直至清晨才慢慢停止。這天，王富戶帶余祖師上山看樹，檢點之下，不禁張大了口說不出一句話！原來經昨晚半夜一場大風雨，山上所有樟、楓、杉三種樹尾，已經全部吹斷！沒有一棵不斷尾的樹存在。王財主至此無話可說，這是他自己所定的條件。一方面他明白了余祖師乃得道高僧，定是獲神靈的庇佑，幫助他建寺成功。王財主心悅誠服，叩頭向余祖師告罪求福，不但履行諾言，還願意將滿山所有的樹木，全部捐作爲建寺之用。

木材雖有人捐贈，但運輸成爲一個大難題。樹木在相隔三十里外的高山峻嶺上，怎能運來慈化寺的建築地盤呢？更何況在沒有機械設備的高山上，伐木是一件非常費時的事。然而余祖師是得道高僧，他的法力已到了何種地步，在此處就會顯露出來。祖師先到高山上，將合用之樹木，逐棵用硃筆繞樹一圈。說來奇怪，所圈之樹到了第二天早晨，竟然自動倒下，滿山高大的好樹木，不用人力去鋸去斫，均已倒滿山坡，並且連樹上分枝椏叉都已不見，成了一條實用的木材。這還不算，余祖師更大顯神威，他親自將一根大樹幹推落山下，然後直落山脚河流中。只見他一面推，一面口中念念有詞說道：「陸路不通水路通。」

現在轉過來講慈化寺的建築地盤；在靠近地盤的山邊，有一口深約五六尺的泉水井（後稱出樹井），這天忽然出現了非常驚人的奇事，工人們眼見一根接着一根的大小木材，從泉水井中伸出來；初時他們還不相信自己的眼睛，但是木材源源不斷的從井中出來，直至建寺完成，匠人們衝口而說：「夠用了。」木材居然立即停止出來，最湊巧的是那時正好有一根很粗的樹幹，剛伸出井口兩尺高，突然的停止不動，就這樣不上不下的長在井口上，一直到一千多年後的民國時代，那根樹木依然原樣不動的伸出在井口外。它的神奇之處，經過這樣遠久的年代，居然並不朽腐。而且還很堅實，但顏色已轉爲黑色。這就是慈化寺最出名的「出樹井」神跡。

在建築寺院工程進行中，余祖師還製造了三件偉大的用具，留給後人憑弔。第一件是「千人床」，是給無數工人睡眠之用，據說在每晚臨睡時，大家不要出聲，那就任你有多少工人都可以睡得下，如有人多口說句「人多了」。即刻不能再添加一人。此床的容量，可睡千人之多，因此稱千人床。

其餘兩件就是兩口大鐵鍋，一口煑素菜，一口煑葷菜。這兩口鐵鍋所煑的菜，可供千人食用，可見它大的程度。唯葷鍋已於民國十八九年共禍時期，已遭土匪打爛。他們將此千年古物打碎，當作土製松樹砲彈之用，（用大松樹挖空樹心，外用幾度鐵皮圈箍住，內裡灌入黑硝再加上碎鐵片，然後燃點引線。一支松樹空心土砲祇能用一次。）至於那口素鍋，相信也在一九六四年中共土灶煉鋼運動之下犧牲了。

慈化寺建成後，上栗市瑤金山寺彭祖師特製一口大撞鐘，贈送給余祖師，恭賀他建寺之喜。這口大鐘非常重，起碼要七八個人抬它不起。但是彭祖師並不要請工人來搬動，他竟然親自用一把雨傘，挑着鐵鐘頂上的掛圈，將一口幾百斤重的大鐵鐘，挑在肩上送去作賀禮。

余祖師見此情景，存心也要顯示下他的法力，隨手用帶來的大葵扇，伸出去托住客人的賀禮。彭祖師見他不用手，而用葵扇托住，顯得法力比他還高。因此調轉傘柄在鐘上順手一敲，這一下鐵鐘上立刻現出一條裂縫，可見彭祖師這一傘柄，內力大到如何的程度。余祖師一見，亦不甘示弱。他想：你能擊破，我能修補。立刻一把鼻涕朝着鐘上裂痕一搭，竟然將裂痕補好無缺。直至千百年後，該鐘還有一條補裂縫的痕跡存在。因此吾鄉人稱此鐘爲「鼻涕鐘」。近代遊覽慈化寺的客人，均以瞻仰余祖師聖像，以及參觀出井樹、千人鍋、鼻涕鐘爲主要。

余、彭兩位道行高深的祖師爺，居然又爲了慈化、瑤金山兩寺院爭取第一而爭執。彭祖師强說建瑤金山寺在先，應該是瑤金山寺爲大。但余祖師認爲慈化寺比瑤金山寺更宏偉壯麗，並且全寺院無天井水溝，會暗中自然出水；且有出樹井等神跡，應該是慈化寺爲大，兩位祖師平日來往很頻密，但爲此名銜各執一詞，爭論不休，誰也不肯讓步。後來弄到具文呈請皇帝賜封，來解決爭執，想必定能公平處理。

據說當皇上御覽兩位得道高僧的請賜封呈，龍心大悅，即刻書寫敕封，御筆題曰：「天下大慈化，第一瑤金山」。至此祖師們心滿意足，無所爭論，相顧哈哈大笑！而吾鄉這一段有關兩間大寺院的神話傳說，也就此結束。

懷念陳果夫先生

·任蜚聲·

中國國民黨黨史上，陳果夫先生的名字永不磨滅。他輔助蔣總裁領導國民黨數十年，直至大陸撤退，到台灣不久因病逝世，一生可謂鞠躬盡瘁，死而後已！

余生也晚，認識果老是在抗戰勝利後，在南京一個受教育的機會而與他接觸，當時他也就是我們的老師與直接領導人。在我的印象中，他是一個忠厚長者，木訥近仁，言辭實而不華，決不像他所提拔出來的許多黨國大幹部，幾乎個個能言善辯而又富於煽動性。他平常總穿黑色中山裝，天冷時外加一件黑色的風衣，個子不高而且瘦弱，光頭，面形畧潤，而不紅潤，因爲他有肺病的關係，經常手中握着一個黑色小盒匣，開關甚易，是用以盛載口水與痰。像這樣一個平平無奇的老人，如果在街上見到時，不當他是管家佬或者生意人，才怪！

回述我與果老相識的經過，決無高攀之意，全都是事實。當時我還不到卅歲，如果要問我走果老門路的動機，我想好奇心與出風頭多於利害，因爲我們那一代在抗戰期中，耳濡目染，都知道黨國元老二陳先生，所以在勝利還都後立足社會，一有機會就希望與他們接近，最大目的也不過是獲得垂青，循序漸進，成爲一個有用而忠實的黨幹部而已！

抗戰勝利還都南京後不久，中央發動黨務工作人員轉業從政，一方面也可以減縮黨務經費開支。這一次從中央各部會裁減下來的黨工同志，總在數百以上，其中小部份有辦法的同志獲得安置，但大部份尤其中下級的人員則徬徨無所依，因此曾經引起一陣小風波。我個人也是從中宣部裁下來的一員。不過當時仍有許多舊上司介紹到遠地去工作，但我留戀京滬繁華生活，不願離開，也許是因爲八年抗戰我們在大後方讀書吃苦吃夠了。

陳果老爲我國實行民生主義，積極發展合作事業運動，欲在全國推廣合作組織，藉以協助民生主義之實施，並成立合作金庫，以爲合作社資金之週轉。於是即將這批裁遣的忠貞黨工人員，登記起來，設班訓練，作爲發展合作運動的基層幹部，同時符合中央發動黨工人員轉業的本旨，眞是一舉兩得。

我們這一羣程度不等年齡各異的男女同志，就在陳果老領導之下，在南京中山路華僑招待所大禮堂設班接受短期的合作訓練。該班的名稱簡稱爲合作訓練班，附屬於國立政治大學，校長當然同是一個人蔣總裁，教育長由果老自己負責。他所請來的教授們，都是當時中央各部會的首長，但以社會部長谷正綱教授爲重心，因爲社會部已有合作事業管理局之設，正好是推展我國合作運動的基本營。課程方面除合作本身有關之外，還有三民主義以及其他，此爲果老自己所教的是社會心理，他說從事社會工作的人，對社會心理學很重要，明白社會大衆心理，辦事容易得多。尤其羣衆心理大多盲從，往往可以釀成大禍，如有經驗即時加以提醒可以轉危爲安。他同時舉一例子說：「舊時我們家鄉（浙江湖縣）水上交通工具是一種烏篷船，有一次船在開行中，忽然起風下雨，於是坐在當風那邊的客人，紛起避雨，都躲向背風那一邊，船頓時傾斜失去平衡，幸虧座中有一個頭腦清醒，立即向衆客提出警告，大聲呼籲：大家注意船要翻了，同歸於盡，衣服濕了並不打緊，請大家回返自己原來的座位。這一來才免覆舟之禍。」所以果老講此故事的目的是在教我們從事社會工作者，時時提防社會上所發生運動的本質，如果發覺不對，受人利用，應該趕快加以揭破制止，因爲羣衆大多數是盲從的，人云亦云的，後果堪虞。

但果老又向我們提出，在羣衆雜亂的場合，只要氣氛是友善的，並無關係，此爲抗戰勝利之初，蔣總裁會到北平，在一個青年學生大集會中，被熱情的青年們簇擁着不知何在，連他所坐的欃椅均被學生們搶走收藏，以爲紀念，當時保安人員眞揑一把汗，但在這種大家高興的場合，不要怕，不會出事的，因爲他們都是愛護領袖與保護領袖的。

當合作訓練班結束，每位學員差不多均獲分派工作，只是職位的參差而已。我們這一羣對教育長果老的栽培，自然感激之至！有一次我發起聚餐聯歡，大家推我去見果老，以决定時間與所請老師。我記得那是夏末秋初的午後，外面太陽還是很烈，我穿着西裝整齊去到果老公館，兩位管事先生打量我一下，反問我有什麽事要見他。當時，冠蓋滿京華，來往陳氏門皆爲黨國要人。我遂即向他們說明我是他的學生，有時前來謁商。他們才釋然予以傳達，不一會果老即來到會客室，完全以長者對後輩，老師對學生態度，對我笑笑，自己坐在那張躺椅中。我將同學聚餐事奉告，他當即定下時間，並指定請谷正綱老師及陳立夫先生等數人。我記得在介壽堂舉行聚餐的當晚，果老準時而到，向我們同學說了些話，沒有進餐。谷正綱老師到來較遲，因爲當晚他有另外重要會議，無法提早分身。他也向我們講了話，訓勉一番。

一霎眼，這一段往事，距今已有卅年了。果老在台去世也有廿多年了。但是，我對這位黨國元老那麽平易近人作風與和靄可親態度，尤其是他對後輩循循善誘，對青年人如同親子弟，將永遠不會忘懷！並且願努力加以發揚推廣！

本刊通信地址畧有更動，各方賜函、惠稿、訂閱、請逕寄香港九龍旺角郵局信箱八五二一號，較爲快捷。

（附英文）

P. O. BOX 8521
KOWLOON MOGNKOK
POST OFFICE,
KLN, H. K.

金門憶舊（九）

·關西人·

現在要提提金門中學了。在民國卅九年軍事情勢粗見穩定的情形下，『金東中學』『金西中學』的名字忽然出現。一經查詢，得知是私人興學，用意可嘉，但設備簡陋。筆者鑒於大陸失敗時的「學潮」，也親眼看到民國卅八年四月一日南京大遊行時莘莘學子的瘋狂悖謬行爲，曾經哀傷得幾乎要落淚！「迷失的一代啊！」但却又在問是『誰之過歟』？在革命救國的政府治理之下，一些在學的子弟，受了部分歪邪學者的影響，把頹廢形容成瀟洒，把狂妄認爲是時髦。最後在思想空虛，六神無主的狀態下，便陷共黨的網羅之中而不能自拔。這眞是人間世的悲劇，也是負責教育者的失職。金門雖小，學生雖少，但亡羊補牢總比羊已空而牢仍廢爲好。於是決定：兩三百個青年兒女，應該好好管教，使他們在人生大道上做一個品學兼優，堂堂正正的國民。金門中學，由金門政府自己辦。於是分成高初級兩班，地點就在金門城邊的中正堂，學生一律住校，衣食完成公給，設備及教員都由軍隊支助，當然也採取了軍事管理。第一任校長由政治部的優秀幹部而且有教育行政經驗的傅亢上校充任。果然，形式上還是簡陋，精神上却威風抖擻。第二任校長李鶴是退役的優秀軍官，由於時日累積，設備改善，成就也跟着擴大。

提起金門中學的校舍建築，筆者謹記述兩宗趣味故事。其一是當浙江省政府在大陳成立時，行政院給該省府每月台幣三萬元。福建省便援例請求，院長陳辭公對兼福建省主席的筆者說：「因爲你是我的舊日部曲，爲了避免別人評我徇私，所以錢不能發。」筆者福至心靈，忽然想到院長的籍貫，乃繼續懇求曰：「院長發給浙江，不發給福建，別人依然會批評院長厚本籍而薄他省，還是徇私」。辭公聽我言之有理，又笑而問我兩全之道？筆者以爲：「行政院是省政府的上司，一視同仁，公平待遇。其他各省若能光復一城一地，行政院准予援例。」於是便蒙核准了。福建省拿到這三萬元，爲了給它找用途，大家議論紛紛，最後的結論，是把金門中學改爲省立，三萬元剛好可以造一間教室，於是圍繞着中正堂便一月一間的造了起來，一年十二間，漸漸成了規模。其二、是中正堂的建築，爲了氣象壯濶，雄峙虎踞以臨大陸，所以把地點選定在高岡之上。金門的季候風十分强烈，門窗震撼，妨碍教學，在築擋風圍牆時，司令部和中學校員生的晨操改作搬運石塊。「陶侃運甓，我們搬石，時代不同，意義相等」。大家高高興興，成羣結隊的進行中，忽然發現了「粵華平劇團」旦角劉玉霞小姐，也參加在我們的行列中。她那時祇十五六歲，以手帕包裹碎石數塊，積少成多，集腋成裘，石塊事小，意義極大。她們每日演唱於各部隊中，對金門的士氣鼓舞發揮了很大的作用。劉玉琴、劉玉霞兩姊妹和金門防衛軍共處前線數年之久，頗有「遼東小婦年十五，慣彈琵琶解歌舞」的北地胭脂的風韻。若有詩人而爲金門中學的圍牆紀事，應該有「後人莫道石一塊，玉虎偷窺氣猶香」之句。

民國六十一年筆者訪問金門，曾到中學巡視。摩天大樓，地下課堂，若與今日台灣的省立高中相比，有過之而無不及。金門在中華民族的討毛救國文化復興的大潮流中，必有千千萬萬的人才出現，「曾摘芹香入泮宮」。金門中學應是人才的搖籃。

管教養衛這四個字，本來是總統蔣公在抗日戰爭前夕，發動「教以禮義廉恥育以衣食住行」新生活運動後期中，對負責地方行政工作人員的綱要提示。現在述說了金門的「管」、「教」兩項，管中窺豹的些微政事之後，我們對於「養」的一項，也祇能擇要實施，一如管教然。養字的內涵意義，十分遼濶，衣豐食足的生活之養，以及「至於犬馬亦皆有養，不敬何以別乎」的養，再加上曾參養曾晳，曾元養曾參的養。「吾善養吾浩然之氣」。「養天地正氣」等等說不完的養。最後要提尚書上所說的「德惟善政，政在養民。」就此可以畧加分析，養之一字確有大養小養與神養體養之分別。「德惟善政，政在養民」這個養字，可以涵蓋一切的養。中國人稱地方官叫「牧民之官」所以有「州牧」一詞，牧字是小養。「禮義廉恥，國之四維，四維不張，國乃滅亡」是大養，善政者必從事於大養。而況養字根本就是潛移默化，日幾月將。

二十幾年前有兩個英國人說的話，最足使現代的中國人傷感的。其一，是尙未當首相前的艾登爵士，時在民國卅九年以後，他認爲中華民族優美的文化，絕不會被邪惡的共黨所淹沒。因此他堅信在三五年中，必有人起來北伐中原，蕩平魔寇。另一個是，卸任的香港總督葛量洪，在舊金山發表他的感想時說：「二十世紀五十年代中，世界上有一個令人難以解釋的謎，那便是像中國那樣優秀的民族和悠久的文化，居然被最落後最野蠻的共產黨所征服。」對於這個問題，筆者早已在一個對中國文化有深刻認識的日本學者口中獲得了他所說「謎」的答案。這位日本學者謂：「中國人早已在打倒孔家店的時候，自行破壞了自己的社會基礎。共產主義便在中國文化空虛時趁機而入。」在同一時間，有位中國「反共專家」在這位日本學者面前，仍大賣弄其「反共八股」。以「十分危險，行將赤化」八個字爲日本不久的將來作預言。這位學者從容不迫的說：「日本社會的基礎是武士道、軍閥、財閥和警察。戰後的日本，財閥崛起，警察復活。武士道的精神又在另一方面滋長起來。以政黨政治爲例，吉田就不走强人政治的路線，說明武士道式的大和魂深入日本的人心，基礎穩固，就不至有赤化之慮。」二十多年來日本不曾被共黨吞沒，證明了這位學者的論斷不錯。筆者提出上述故事，爲的是說明中華民族要自救自立，主要的是本身要找回自己的靈魂。像當年馬敍倫那樣的人，受了沈鈞儒史良等所謂抗日統一戰線的驅使，率領一羣青年跑到南京，臥在火車軌上，請願「抗日」。到了眞打仗時，他們却跑到昆明去喊民主，扯政府的後腿。仗打勝了，他們又結成政團，要在政府中分席位，爲共產黨做幫兇。這種類型的所謂學人，還能在他們身上找出養天地正氣的中華國魂，岳武穆的滿江紅，文天祥的正氣歌豈不等於白費。

五湖亂華後一百多年鮮卑人的政權，無形中孕育了范陽盧家，清河崔家，太原王家，滎陽鄭家四大文化據點。他們不但保存了中國文化的正統，而且變化了那些野蠻人的氣質，表面上是北朝統一了全國，實際上是中國文化活躍在一羣混有野蠻人血液的北方人中，結束了兩百多年中國政治上的分裂。更因此而產生出隋唐到宋的文物燦爛，政教昌明。盧、崔、王、鄭四大家對當時及爾後的中華文化的養的工夫，貢獻着實不小。隋煬帝，唐太宗的母親，都是不折不扣的鮮卑人：但他們却知道治國安邦之道，便是一個例子。「常山舌」、「睢陽齒」和「滿江紅」、「正氣歌」殊途同歸。發揚人性光輝，絕不向暴力低頭。

金門的「養」是大處着眼，小處着手

。除了盡力於神養大養的薰陶和改進生活需求之外。可以列舉出的小事但却奔向遠大的養者：第一、嬰兒產生，產婦可得兩百元的營養費。第二、每月月底新婚夫婦齊集縣府，由縣長引見秉主席，勉以夫婦乃人倫之始，必須和睦相處，同心共濟。縣長主席都送一份厚重的禮物。結婚的禮車，要借用秉主席的座車時，優先獲得。第三、七十大慶，縣長親賀，八十大壽秉主席必送厚禮。第四、民衆招手，軍車即停，帶其回家，有時也會專送。第五、因構築防禦工事而使用的門板，雖然原物已毀，但必買木賠償。因構工而拆用的民屋，原來的處理是字據一張，要福建省政府在光復省域後歸還。民國四十六年乃決定「多不如少，少不如現」的原則，該賠大洋五千的，改賠台幣十萬，那時的二十比一，是政府的規定。第六、整理「亂葬墳墓」，建各區公墓，佈置墓園，墓地風水，祭堂莊嚴，祭禮規定，都作了合宜的處置。綜合以上各項，養倫理，養道德，養信守，養禮俗。最後要重複一句：文化之爲物，看不見，摸不着，形成了習慣，便清清楚楚地分別了文明和野蠻。

最後要說到「衞」了。金門是今日中華民國的軍事重鎮，帶甲精銳，設防佈陣，有形之衞，應不在敍述之列。但金門軍民最值得向世人驕傲的還是「心防」的衞。這裡所說的「心防」是廣義的，就是以我們自由康樂的生活狀態，與共區的殘暴統治相比較，相競爭，加强我們的「心防」。共黨的罪惡隨着歲月而日益暴露。金門大陸，一水之隔，一葦可渡，二十多年，大陸的難民時有逃來，却沒有一個金門人逃奔共方。曩昔金門和南安、同安、泉州、海澄等地，都有親戚朋友關係，漁舟出海，若無共幹監視，漁民們便在風平浪靜時，連船共話，互訴衷情。事實是最好的宣傳，金門漁民們帶回來的正確情報，更增加了人們對共區生活的親朋們的憐憫。大陸出來的人常常這樣說：「我們的精神生活恐怖煩悶，物質生活困乏艱難，簡直是人間地獄。心靈上的枯燥，祇有台灣播放的歌曲可以滋潤。如果誰家有收音機，便是我們大夥兒精神食糧的主要來源。」這和今日金門軍民的安和樂利，豐衣足食的生活來比，眞有天淵之別。這種「地獄天堂」的强烈對照，住在自由地區的人們，誰還要動搖自己的心防。所以長久而廣義的心防，不但鞏固了我們的陣營，而且總有一天，會把它變成一把尖銳鋒利的劍，凝成一股强大無比的力量，摧毀鐵幕，拯救同胞，重建富强康樂的中華民國。「先爲不可勝以待敵之可勝」，乃是軍事上粗淺的原則。

降落傘東山縣

由於艾森豪將軍在中華民國四十一年底，競選美國總統時，曾有「解放鐵幕」之豪語。所以在其當選之後，我前線國軍，根據上峯指示，即有各種突擊計劃。汕頭口外的南澳，以及粵閩邊境的東山，都在計劃範圍之列。

當時突擊東山的計劃概要，是以島上守軍及增援部隊的最大可能性爲對象，而決定我們使用兵力及作戰行動的。情報顯示，守軍僞公安十四師的七十九團，是由毛共正規軍改編的。陳毅第三野戰軍原共十七個軍，若干歷史短淺及戰力較差的如二十九軍、三十軍，及三十二軍等，便逐漸改編爲水兵師如八十五師、公安十三師、公安十四師等，都在閩海前線，担任守備。因此我們對公安師的戰力，不能估計過低。可能增援的部隊，概畧是厦門的三十一軍，與汕頭的四十一軍中大部份，約爲三到四個師。因此我們決定使用金門戍軍中的四十五及七十五兩個師。如我們所知道的，金門戍軍最好的兩個師，一是十八師，一是二百師，其次的十四、一百九十六兩師，也十分優秀，但突擊東山則使用四十五及七十五兩師的原因，是他們機警、靈活，而又攻擊精神旺盛。作戰行動是兩師併列，用迂迴包圍方式先佔領全島，然後集中三倍兵力圍攻堡壘。這戰法是孤立守軍，阻止援軍。尤其是援軍即或乘坐汽車，循公路而來，一條公路容納不了大隊車輛，逐次到達，即向島上作敵前登陸，那是古寧頭南日島戰役的重演，其結果不問可知。若果以汽車往返運輸，等到兵力集中，火力部署妥當，作一次正式的兩棲登陸，曠日費時，島上守軍，早被殲滅，我軍任務完成，回航出海歸還。經驗告訴我們，短距離的汽車運輸，除了能保持士兵體力外，集中車輛，分別乘坐，編隊行駛，逐次下車，進入戰鬥，較之想像困難確多。但突擊部隊却要注意一個問題，「行動秘密」，不能讓敵人作事先準備。

民國四十二年一月，美國新總統艾森豪就職後，雖曾於二月二日宣佈取銷台灣海峽的中立，且謂美國無義務保障毛共大陸不受攻擊，但其首先工作，仍是「韓戰停火」。因此把原來在日內瓦若有若無的美毛會議，移到波蘭首都華沙，積極而認眞的談判。這一股國際暗流，很迅速的便衝激到中華民國，突擊大陸，即刻受到阻力。筆者由有關方面所得到的消息，連原來主張我們奪回海南島的太平洋軍方權威人士，此時也噤若寒蟬，不再仗義執言。雖曾一度因艾氏查問南日島突擊情形而熱心的美駐華顧問團團長蔡斯將軍，也日漸改變態度，不時有阻止我突擊的呼聲傳達。

民國四十二年上半年，「韓戰」停了火，我在滇緬邊區及南越富國島的軍隊，都要撤回台灣。美毛之間，雖因遣俘及若干細節，仍有爭執，但大致上已是瀰漫着一片和平氣氛。在這種情況下，向大陸突擊，誰也會認爲無法實施。但五月八日國防部大陸工作處副處長告我：「西方公司催我迅速使用傘兵，不然則停止對傘兵總隊之裝備。西方公司建議以兩團地面部隊，在福建地區登陸，配合傘兵之空降，出敵意表，必可獲勝，上意希望金門方面負責計劃進行。」初不以爲意，終乃得悉此事之背景，係西方公司欲以傘兵之突擊，獲取情報，乃要求我傘兵與之合作，由彼裝備傘具一萬頂，及其他武器等。在我方允許後，彼又要求必須有行動表現，彼始可由華府獲得此項裝備，蓋萬具降落傘，價值十分昂貴之故。筆者乃轉詢之於軍事當局，五月十一日，承告「可以文件呈部，蔡斯團長當能制止其行動」。此後在金門的西方公司人員，不斷鼓勵我向大陸突擊，負責人漢彌爾登且向我提出具體計劃，要旨是傘兵降落破壞洛陽橋，地面部隊登陸攻擊崇武鎮。我已明白其不可能性，乃漫應之曰：「若我國防部能准，我們可以研究執行。」六月二十三日軍事當局說，最近之協定，是中美雙方都承諾，空軍不能使用到大陸。傘兵空降必須用空軍，所以漢彌爾登計劃根本難行。且重申正規軍行動有限制，游擊隊受海軍支援，可以活動。以上的事實，很明顯地是「美毛要妥協」，「突擊受限制」。

但天下事常常有出乎人意料之外者，七月上旬，突擊大陸之「漢彌爾登計劃」竟然獲得通過，而由我方批准，當面交我實施。自尊心的保持，首先是我軍事當局感到很窘，而對此一計劃實施時所需海空支援，表現的態度極不自然；若干次級人員，也不斷有抱怨的辭句，「捉到俘虜，放也放不得，養又沒有錢，而且廣州機場那麼近，敵機來攻艦隊，那又如何是好」。其中也難免誤解，以爲筆者暗中促成，企圖邀功攬譽。這是無法解釋的事，祇好忍而不語。結果是「照計劃擇日實施」，空軍除降拋傘兵外，祇能偵察，不能掃射轟炸。海軍除目標區外，對大陸不能首先砲轟。再規定由筆者負責召集有關人員，開會研究有關事項。

先是漢彌爾登以其計劃告我後，又再一度與我研究細節時，當即告以改其目標地區於東山島較爲安全，而又進退容易。爲了登陸不受潮水影響，應有LVT配合。漢當時雖未表示異同，但此次經過高峯批准之計劃，目的地則是東山。及筆者詳細研究空中照像圖後，發現島中四一〇高地的毛共新築防禦工事，十分堅强，而傘兵降落地點，却在八尺門。幾經籌思，終於覺得我軍仍可在保密確實的情況下，及一日一夜的時間內，完成我們所了解的任務，即傘兵表演成功。換言之，此次突擊並不在乎佔領全島，也不在乎消滅敵人，更無論攻取敵軍的堅固陣地。到金門與軍師長們細加考量，決定行動概要是：兩棲部隊開始搶灘，傘兵部隊同時向西埔降落；西埔在四一〇高地之南，距灘頭不過十二公里，傘兵落地收傘，陸軍前鋒即到，然後傘兵即刻乘LVT上船；陸軍及兩棲部隊在我艦砲火力掩護下，能攻下東山城及附近高地蘇峯尖，則順手牽羊，得多少，算多少，然後收隊回船，不會有失。島上敵軍看見我方兵多艦衆，必不敢捨棄工事，前來爭鋒。其援軍縱然乘車到達，必須換船渡海，又須整隊而戰，及其一切準備就緒，我軍早已回艦返金。這一構想，和原先計劃使用兩師兵力，大致相似，所不同者進度深淺，及時間長短耳。

七月八日在金門由筆者主持與大陸工作處及傘兵、空軍、海軍等有關人員開協調會議，很多問題都在折衝中獲得解決。祇有傘兵堅持原計劃要在八尺門降落。我解釋到：①八尺門不夠寬廣，不能降落。②傘兵和登陸部隊距離太遠，策應不上，孤立作戰，危險殊甚，何如西埔之方便。終不能使之同意。我乃結論曰：「聽命令行動。」七月九日，漢彌爾登及傘兵某美顧問來見，又力爭八尺門之降落，我婉拒之，仍不歡而散。七月十一日筆者為了傘兵事項，專去台北，面告顧葆裕傘兵司令曰：「為了不願使西方公司和金門司令部間歧見加深，我的命令是『傘兵在西埔至八尺間擇地着陸』，但你們的部隊，必須在西埔周圍落地，而且時間要在兩棲部隊登陸之後。」又強調之曰：「這是近年來傘兵第一次使用，祇能勝利，不許失敗。」最後我還告訴他：「你們傘兵所說你們在台灣訓練基地百試不爽的是飛機在一千公尺高空，投下千名傘兵，能降落在一個平方公里之內，那是演習，實際作戰，必不可能，切記！切記！」初未料及，這些都是白費唇舌。現在看來很是奇性，但在當時却不算什麼。因為指揮聯合特遣部隊，在國軍是史無前例，兵種、軍種，向來是各執一辭，誰也不遷就誰。

七月十四日開始行動的第一天，就發生了大問題，運輸艦失去了潮水的時間，四十五師的兩個團就有四個營上不了船，海陸軍互相推卸責任。在無可奈何中，祇得中止行動。把已經乘坐機帆船的游擊隊，從半路上召喚回來，還要專機送信到台北，告訴空軍和傘兵，行動時間後延一日。這些之外，還加上一個僱來的LST，是新來金門料羅灣，在最高潮時搶上了灘，這是裝載步兵第五十三團的；計劃本來是使用四十五師的一百三十四團和一百三十五團，後來覺得不夠，臨時決定加上一個團，海軍船隻不足，所以僱一隻LST，高潮搶上灘，再度潮水來時，便下不了灘，要再僱拖船把它拖下來。因此即或後延一日，五十三團等到七月十六日的下午才到東山，已趕不上參戰，這一團只有第一營打了一小段仗。本來大批艦艇雲集金門，已經引起敵人的注意，今又後延一日，再加上把行在中途的游擊隊喚了回來，五十三團趕不上，都無異於在向敵人告密，和增加本身任務遂行上的困難。

七月十五日下午開始，在中華民國歷史上的第一個聯合特遣部隊——包括戰鬥艦、運輸艦、水陸兩用車、海軍陸戰隊、陸軍，及若干的空軍巡邏機，從金門南海岸啓碇出發。此前曾不斷偵察對岸敵人電信活動，並無異狀，也曾空中偵巡敵方軍事情況，亦無特殊。筆者被總長臨時決定親臨前線，坐在海軍第四艦隊黃震白司令的高安號旗艦上，看到官兵軍民的一片歡欣之情，心中有一種預感，不禁頻念：「兵者陰事也，哀戚之意，如臨親喪，肅敬之心，如承大祭……」及「每介疑敗疑勝之際，戰兢恐懼者，其後常得大勝。當志得意滿之候，戒於屢勝，將卒矜慢，其後常有意外之失」。但此時夕陽落照，碧海藍天，艦隊整秩而南，正襟危坐，默禱上蒼，忽然想到「上帝臨汝，無二爾心」，情緒又為之悠然。

七月十六日晨，艦隊陸進入泊地，島上燈火突然熄滅，敵軍似已有備。五時五十分，陸戰隊在周雨寰司令及何恩廷旅長督導下，一個大隊首先破浪搶灘，岸上未有抵抗，跟着陸軍一三五團在右，一三四團在左，湧入灘頭，分別前進。六時三十分傘兵下降，不久空軍偵察機報告：①八尺門已有白色布板。②八尺門對岸的陳岱，已有敵軍乘車到達。筆者對此報告，一則是徒嘆奈何！一則是敵軍來何速也？不久又有報告：①敵軍係由厦門及汕頭兩方面增援而來，絡繹於途。②傘兵降落分佈太廣，若干投入海中，若干飄入大陸。西埔地區確無傘兵落地。跟着運輸機報告，還有兩機裝滿傘兵，已不能投下，祇能原機運回。因為只有空中消息。筆者乃偕若干僚佐，登岸視察，在西埔附近的山前村，尋到陸軍指揮官，得知東山城已被一三五團佔領，俘虜約二百名。毛共水兵師的一營人，乘船遁走銅山灣。四十二支隊張晴光部，已佔西埔，在蘇山尖以南，俘虜偽公安師八十團一個連。陸軍指揮官對傘兵降落八尺門，甚感失望，一面令一三四團林書嶠團長以其馮應本營向八尺門挺進，迎回傘兵，主力協同張晴光支隊向四一○高地攻擊。該指揮官對作戰極具信心，力言必可攻下四一○及西山岩高地。筆者囑其「迅速接回傘兵」。由陸軍指揮部回指揮艦途中，已漸漸聽到激烈槍聲，柯遠芬副總指揮建議：「可令陸軍指揮官集中兩個團及四十二支隊，猛烈攻擊。」我初接納其建議，稍經籌思，乃曰：「一個軍長負責指揮不到一個師的兵力，已賦予以明確任務。我們必須回艦，掌握全盤狀況。地面指揮，似可不必干涉。」在到灘頭時，看到五十三團正在卸載。回艦所得狀況：①傘兵落地後四零五散，空中偵察不能看到還有戰鬥行為存在。②增援敵軍自晨至晚，迄未間斷。此時我除無線電外，與地面部隊無法取得連絡。但聞槍砲聲愈趨愈烈，直到夜間十一時後，筆者已可斷定順手牽羊式的便宜，我們已不能得到。就在此時得到陸軍指揮官電報：傘兵在林書嶠團第一營的强力支援下，雖然不能成隊，但却零零散散回到我軍範圍之內，約近三百人，距投下的四二五人已相差不多。並特別强調一三四團的二個營長，馮應本為了接應傘兵，猛勇奮戰，身負重傷；金元相以攻擊掩護馮應本之挺進，殉職陣前。筆者也認為傘兵的乖謬，已經為我們創下大禍。現在我們還等什麼？「明日上午撤退」。

從十六日的夜晚十二時，到翌晨六時，是我軍此次突擊成敗的嚴重關頭。但幾經籌思，陡然增加了筆者信心。理由是整日乘車來援的敵軍，已在數團以上，可由八尺門及其左右地區渡海而來，但它不敢分批在我側後方登陸。因為「南日島的威風」，它怕各個被我擊滅。陳毅、葉飛老於戰場，殊難輕易行險。另外一個危機，光天化日之下，陣前撤退，最容易在敵人兵力或火力追擊下，形成混亂。可是第一、敵我兵力對比，漸漸使我不能挨到夜晚。第二、我軍對東山的道路地形陌生，夜晚更易混亂。但筆者忽然想起我們部隊的光榮歷史來了，一三四團（由一一八師三五四團改稱）、一三五團（由十八師五十四團改稱）、五十三團等，昔在魯豫剿共戰場上，忽進忽退，亦攻亦守，已經成為習慣。林書嶠、袁國徵、張矗，都是戰場上長大的將校。游擊第四十二支隊司令張晴光，更是戰場好手。轄下的大隊長章乃安、陳其忠那更不必為他們費神，根本就是從優秀將校中挑選出來的。因此我認為今晚不會有意外，明晨也不會撤退混亂。打定了主意，乃召集海軍司令黃震白、陸戰隊司令周雨寰、游擊副總指揮柯遠芬、參謀長蕭銳等，明白宣示我的企圖及撤退構想，並即規定：

1. 海軍運輸艦趁低潮搶上原來的灘頭，以便陸軍撤退到時各上原船，及至我軍登艦完畢，關好艦門，即或敵步兵追到；步槍打不穿鋼板，彼將無可奈何。高潮到時，恰是正午，我軍安然回航。但晨六時，必須搶灘，待水退沙現。
2. 為了明確，煩請柯副總指揮親到陸軍指揮官及張支隊司令處面達我之決定，並特別强調「機不可失」四字。
3. 黃震白司令準備火力，掩護陸軍之行動。

4.陸戰隊早已由岸回艦，但其LVT仍準備接應陸軍。

戰場上的時間，永遠是不夠用的，一切處理完畢，東方已露曙光。

七月十七日晨，槍砲聲仍然震耳不休。直到我運輸艦艇搶灘，潮水已退，忽然銅山灣的那一岸砲羣轟灘頭。雖然並未擊中艦艇，可是撤軍登艦，將受災害。就在此時，忽然想到兩個問題，乃未猶豫，迅即處理：

1.令參謀長蕭銳急電陸軍指揮官曰：「行動之要，擇要掩護，迅即脫離，時間潮水不等待人。」該員在担任團長時，即隨筆者轉戰各地，頗著戰功，深知其人，過度沉着，難免失機。

2.召喚偵察機負責人而告之曰：迅即飛回，代表胡司令官，親向總長報告，不可經過任何人轉達，祇說：「我軍撤退，請求空軍掃射轟炸。」該員曰「諾」，轉頭飛回。

十二時以後，大批機羣都是F四七型的戰鬥轟炸機。首先的隊長向筆者報告，其第一目標是敵砲。一陣猛烈攻擊，濃烟蔽天，烈火遍地。不但敵砲不敢發彈，增援的敵軍車隊，也分別隱蔽藏匿。筆者在魯豫戰場奔馳兩年，空軍戰鬥員和我們關係密切，形式上的陸空協同，早已不必言宜。即以此次突擊而言，不到三個小時，由空軍祇能偵察不能參戰，一變而為掃射轟炸，打得敵人頭暈目眩，悄然無聲。固然總長周至柔上將，英明果斷，值得頌揚，而戰鬥人員的行動敏捷，勇敢機靈，不能不使人佩服。此前柯遠芬將軍自前線回艦，謂已示明命於陸軍指揮官，並謂該指揮官正欲以五十三團及原在東山城的一三五團兩個營向前增加，聞命後即向各部隊連絡中。柯又到其游擊四十二支隊，張晴光的兩個大隊，正受絕對優勢敵人的壓迫，聞命後，張謂將有十分穩當之處置，即大舉反撲，並迅即脫離。柯回艦時見傘兵數百人都已上船。直到午後二時，空中報告，前線陸軍逐次回灘。但潮水已過，艦已浮起，兵擁而來，艇駁極慢，所幸機羣掩蔽上空，艦砲齊轟尾追我軍的大隊敵軍，目見彈下如雨，塵霧上騰，敵乃雌伏。及我軍全部回艦完畢，時已下午四時。事後始知陸軍指揮官受命後，始終連絡不到師長。師部受四一〇高地敵砲攻擊，遷移其指揮所，及至恢復通信，又以陸地戰法：「逐步掩護，節節退却」，故失去潮水，遭遇損失。陸軍思想，與兩棲作戰，其中頗有勤加練習之必要。四十二支隊由於多次突擊、撤退、回船，一切都無問題。

七月十七日下午四時，雖然空中報告「島上仍有我軍白色布板」，但各部隊都來報告謂「均已登艦」。回憶曩在魯豫剿共，每有毛共軍冒舖我陸空連絡布板，企圖逃避被炸事。臆料此時敵仍施故技，乃下令艦隊「回航」。正在此刻，陸軍指揮官忽然派人報告「一三五團尚在岸上」。我不禁大感意外，立即令黃震白司令「停航」，並令周雨寰司令卸下LVT迅即接回岸上人員，恢復和一三五團連絡。LVT在鼓舞及重賞下大批駛上灘頭，空軍不斷對敵掃射轟炸，海軍勇將趙德基艦長以其戰艦力靠岸邊，鼓舞岸上士氣，且不斷發砲掩護。直至午夜十二時，最後一隻LVT駛上灘頭，艦上探照燈灘頭明亮如晝，一位中尉在岸上等了二十多分鐘，尋求無遺，已是十八日上午三時。事後得知袁國徵團長奉命率其一個營在岸邊掩護時，大隊敵軍尾追一三四團之後，直奔灘頭。袁團長迅即展開戰鬥，但敵軍源源而來，壓力極大。正在十分困難之際，其轄下張先雲及談儒剛兩營，由前方担任掩護來向團部歸隊，睹此狀況，乃併列向敵腰攻，適在此時，眞是巧合之極，海軍艦砲，密集轟擊，空軍掃炸，循環不停，敵乃潰奔。一三五團如同五三團一般，這次並不曾撈得上打一場大仗，此時乃乘勢追殺，加大敵人傷亡。事隔數月，由另一些俘虜口中證明，此次敵軍初則十分興奮，追奔而來，及至受到海軍濃密火力摧壓，及張先雲、談儒剛兩營側擊，潰奔到西埔附近山邊，大罵國軍詭計，引誘它們到岸邊挨揍。所以在一三五團分批乘坐LVT回艦時，岸上始終平靜，不見敵人發一槍一砲，任由我軍安全行動。

七月十八日上午三時五十分，編隊回航，下午三時登陸金門。迄晚查明此次突擊，我軍傷亡，共為一千五百多，俘虜只有三百餘。這是近五年來我金門防衛軍第一次受挫：「沒有豐碩戰果」。固然海島作戰的特性是「勝則滅敵，敗則被殲」，古寧頭、大二担、南日島、湄州灣都證明了那個特性。就是第二次世界大戰中的太平洋島嶼戰例，也說明了那一點。這次東山突擊很例外，我們錯誤重重，却能全師而旋。按理不是敗仗，可是就在這一天的晚上，我電報參謀總長：「師出無功，請求處分」。雖然在我們本身，會經集合將校，對此次突擊，作了細密檢討，但對國防部，有功者請獎，過則歸我一人。

筆者由衷的自我檢討，我犯了「戰勝不復」的大錯誤。陳毅和他轄下的部曲們，我們彼此間並不陌生，由蘇北打到山東，由山東打到河南，尤其魯中的南麻，魯西的曹縣，我和陳毅兩人，面對面的大打過幾次生死存亡的戰爭，到了閩海，又斷斷續續的打了四年，每一次他都落了下風，南日島的突擊，陳毅轄下眞是片甲不回，我應該替陳毅想想，身為「元帥」，老是在金門防衛面前丟盔棄甲，若不熟思深慮，簡直顏面攸關。「軍勝彌警」，和「戰勝不復」，乃是方面大將的最高修養。

原以為陳毅的援軍，在種種條件如前節所述的限制下，趕不及調大軍和我們打大仗，却疏忽了廈門雲頂岩、海澄南太武兩座高山，可以用擴大望遠鏡，觀察到金門南海，我軍艦艇雲集，清清楚楚。這樣陳毅便可集中車輛，調派軍隊，在看到我艦隊向南，他的軍隊也向南，我若北駛，他也北駛。無形中把我們奇襲性的突擊，變成了他們預期性的遭遇，那當然是不利於我的。筆者為此文時，陳毅身入黃土，骨已成灰，這位四川籍的毛共打手，就在我們雖未蝕米，但却偸鷄未遂的情況下，獲得遮羞，離開福建，免却了民國四十七年「八、二三」砲戰失敗之辱。

第二個筆者失着的一棋，就是傘兵降落的地點。應明確指定其「降落於東山島的西埔周圍」，不應該說為了「緩和與洋人的意見參商」，而把命令措辭成「在西埔八尺門間擇要降落」。「傘兵表演」，是這次突擊的構成主因，陸海空軍的出動，乃是「陪公子讀書」，傘兵一降落在八尺門，陸軍便不能不被牽入戰鬥的漩渦，空軍的射炸，海軍的開砲，就都無法避免。一枝精良的軍隊，就如一個交響樂團，「心有靈犀一點通」，那是可以意會，不可以言傳的。筆者任十八軍軍長時，十一師的吳廷璽參謀長渾號叫做「三個生的」，在一次激烈戰爭中，我拿起電話告訴接線兵：「三個生的」，電話兵居然把吳參謀長接來講話。話後僚屬大笑，我才知不該說「三個生的」。但電話兵完成了我的希望，理由很簡單，「協同」、「合作」的精神很重要，一個雜湊的兵團，命令有時也要曲解，而況口頭協定？所以優良的指揮官，對於命令的下達，除了明確堅定之外，還要派人監督實施，再加上參謀人員的協調。

「從一定之方針，取一致之行動」，乃是作戰指揮的最高藝術。這次突擊既然是傘兵表演，在傘兵降落八尺門後，筆者已被傘兵牽着鼻子，走入泥淖。最恰當的處置，就是面告陸軍指揮官「接回傘兵，完成任務」。不必把陸軍投入攻擊的行動中，攻擊一定會形成膠着，在膠着狀態下撤退，傷亡的比率一定會大，何況「車隊絡繹」而來，敵人的守軍，必然會固守待援。所以當陸軍指揮官認為攻擊有信心時，理應斷然制止，不能任其自由發展。「決心」這兩個字，根本就是追求重要目標，絕不可「見異思遷」。

在尚未參加台北對這次突擊作戰檢討會議以前，筆者看到一三五團團長袁國徵上校，問他：「艦隊要回航，貴團何故仍安然無譁？」答曰：「我知道司令官不會留我們在東山縣。」我很感動。不禁想到唐太宗所說的話：「疾風知勁草，板蕩識誠臣。」同時在腦海中常常出現漢文帝所云：「吾獨不得頗牧，匈奴何足懼哉。」

在台北檢討會後，每每想到：「勝利者不受人批評」的反面應是「不勝利者宜受人批評」，不禁悠然一笑。

時隔年餘，反共義士金玉旺及謝鎮北所述，毛共方面關於東山突擊戰所作之檢討，由我國防部有關方面作成紀錄，其內容與本文所記可以互相參證。兩義士曾在僞公安第十師服務，師中根據上級檢發而來。謝、金兩人階級都低，且未躬與其役，當非編織虛構可成，所可佩服者，兩人之記憶力，竟有如斯清晰，居然大致不差。茲抄錄如後以作本文之結束。

一、國軍優點：

1.士氣旺盛，口號嘹亮，單個進攻，死不繳槍，較往昔敢實施白刃戰。

2.不亂打槍。

3.紀律良好，老百姓未失一草一木。

4.行動果敢決斷，脫離戰場若遲兩小時，可能被敵包圍。

5.脫離戰場，有組織且迅速。

6.掩護良好。(就陸軍本身而言。)

二、國軍缺點：

1.海軍艦砲掩護陸軍較差。

2.空軍配合不良，敵軍增援時。曾動用千輛以上卡車，裝運部隊，目標甚大，但空軍並未發現。

3.衝鋒不徹底，衝佔一山頭後，即不再追殺。

三、敵車優點：

1.東山守軍敵情判斷正確，偵察良好，我軍未出發前，敵已有情報。

2.守軍準備週到，在我未登陸前，已完成政治動員。

3.守軍能適時集中兵力，堅守要點。

4.增援部隊動作迅速。受命後在十二小時內，即有兩個師登陸該島。

5.上級關照下級週到，

①毛澤東爲該島戰役，曾在僞革命軍事委員會作戰室坐了八小時，聽情況報告。

②陳毅曾親自指揮三野之兩個師，增援該島。

③譚政亦親自指揮四野之兩個師，增援該島。

四、敵軍缺點：

1.增援部隊過於忙亂，有人未帶手槍，有人未帶地圖。

2.幹部變質，防守該島之某營長，於受命堵塞突破口後，却按兵不動。

3.增援部隊中，三野部隊動作太慢。

4.整個部隊防空常識不夠。當傘兵降落時，有的在看熱鬧，有的嚇呆，忘記射擊。

（未完待續）

天寒談皮裘

・程肖彭・

初到寶島，氣候溫和，祇知有暑熱而不知有冬寒，近年由於年事漸高，體力漸衰，寒流來襲，頗覺冷不可耐。

入冬以來，冷氣團連續而至，台北街頭，服裝店、百貨公司之冬服早已上市。男女老幼俱經換裝，但最冷時，也不過加上毛線衣，外罩夾大衣，足可抵擋。天一放晴，陽光照射，又復和暖如春。然而大陸之冬，非至春暖花開，不得氣溫回升，緬想以往華中、華北此時，業已皮袍加身，尤其東北、西北，冰天雪地，苟不重裘無以禦嚴冬酷寒。至於西南部，川、滇、黔等地，氣溫較高，並無需要，抗戰時冬季，在重慶、成都，偶有所見，寥寥無幾，富有人點綴節令而已。二十年前，萬華估衣市上，間有一二皮裘，大陸人帶來者，今已絕跡。現委託行或高級服裝店，有出售女皮大衣、皮領、皮圍巾等物，乃舶來品，不在所談範圍之內。

所謂皮裘，當不單屬皮袍，大陸以皮毛作裘，種類甚多，不特從未足履內陸之台灣同胞，與夫大陸來台之第二代，或聞所未聞，見所未見，即年高旅台人士，亦或已淡忘，或未週知。茲畧述梗概，藉申念故土之心聲。

史學家言，人類以獸皮為衣，距今三十萬年至五十萬年間：「北京人」時代，可能割製獸皮，披裹在身，藉以禦寒。距今二萬五千年至四萬五千年「山頂洞文化」期間，以石刀或骨刀剝製獸皮，用骨針縫綴作衣服。禮記：「君衣狐白裘，錦衣以裼之，君之右虎裘，厥左狼裘，士不衣狐裘」。「君子狐青裘豹袖，玄綃衣以裼之；羔裘豹飾，緇衣以裼之；狐裘黃衣以裼之；錦衣狐裘，諸侯之服也」。「犬羊之裘不裼」。「裘之裼也，見美也」，古人於裘外加正服，裼者兩袖微捲起，以顯露皮裘之美。通鑑：「禹時渠搜來獻裘」。由此可知皮裘其來甚古。

現近皮裘，可分二大類，一為羊毛，一為「直毛」，異於羊毛之獸皮，且毛直無彎曲，通稱直毛。選擇毛皮，羊毛須「板子」整，板子即皮，去皺留整，正方曰「挖方」。「花頭」好，羊毛捲曲美觀之謂；直毛須「鎗子」、「底絨」好，皮上茸毛曰底絨，底絨上毛刺曰鎗子。「油水」好，指色澤光潤。五者俱備始合上選。

皮貨莊（非台灣皮貨商店）商人，先期至產地採購，由加工匠人，考工記謂為「裘氏」，攻皮之工，製裘者，今俗名「毛兒匠」，鞣製完成，稱「皮統子」。皮貨莊概於秋季開始營業，顧客購得皮統子，視其品質貴賤，選配布、呢絨、綢緞為裘面，交成衣裁縫，於皮面之間襯隔細布或棉紙，阻其磨擦，縫紉成裘，並依節令、溫度、少長，分別穿着小毛、二毛、大毛。

羊毛為西北特產，其量極豐，普通為白羊皮，寧夏產品最著名。以長毛穗花有九曲之「蘿蔔絲灘皮」最佳，「竹筒灘皮」，皮薄、毛長、輕暖，捲入竹筒內出售，為白羊皮統子之極品。其他二毛、小毛係羔羊皮，大毛等，雖保溫但較沉重。

黑紫羔，黑帶深紫色，新疆庫車出產爲冠，毛短捲曲甚美，皮薄而輕，製帽、裘、大衣，爲高級羊皮。青海與寧夏所出，品質相等，花頭好，毛密保温，惟板子厚重，其價低於庫車。皮貨莊有白羔染色贋品，毛皮俱黑，眞正黑紫羔板子白，故極易辨識。

沙羊皮，外表與黑紫羔同，但黑而無光，撥開花頭，下半段灰白色，價較廉。衣其在身，因體温發散臭氣，使人作嘔。

胎羊、藏羔，一名珍珠羔，產西藏，取自母羊腹胎中，其毛圓潤如珠，有黑白二色，價甚高，製帽、裘，適於微寒時穿戴。

老羊皮，勞苦大衆所用，不需加面，亦無鈕扣，布帶繫中腰，既不雅觀，尤且笨重，但温暖低價，經濟實惠，適合貧苦需要。

直毛品種，更爲繁多，貴賤懸殊，不啻天壤。狗、猫、豣、貉、金錢豹、金絲猴、青狼、銀狼、灰鼠、銀鼠、草狐、沙狐、火狐、青狐、白狐、玄狐、猞猁猻、貂等，均爲作裘毛皮。旱獺、水獺、海獺等，則多爲製帽、大衣領，清代章服「馬蹄袖」及帽沿多用之。狗、貓係家畜，狗皮做裘，重而硬，褥、墊爲多，貓皮雖優於狗皮，均爲直毛中之下等。豣似狐，毛短黑黃，取其肩曰「豣肩」，用爲裘或帽、女大衣。貉似狸，毛色斑駁，其文上圓下方，質深厚温滑，性貪睡，易獵取。後秦記：「姚襄遣參軍薛瓚使桓温，以期戲瓚，瓚曰：在北曰狐，在南曰貉」，詩經：「一之日于貉」，箋：「于貉，往搏貉以自爲裘，今人多作大衣。金錢豹，黃毛黑章，花如錢，楊允孚詩：「兩行排列金錢豹」，以美其文。金絲猴，毛修長，閃鑠若金絲，疏散不甚暖，皆可製裘及大衣。青色之狼曰青狼，色白之狼曰銀狼或白狼，取其腋作裘，均罕物，圖書集成食貨典：「鄭康成曰：犬戎獻白狼，蔡傳：猶有求白狼白鹿如周穆王者」。

灰鼠，一名青鼠，產於吉林諸山，色深灰腹白，性極靈敏，善跳躍，難捕捉，灰白色者佳，灰黑色次之，以背爲裘者，簡稱「灰背」，價高全鼠皮兩之。銀鼠，一名石鼠，又稱白鼠，其色潔白，吉林諸山有之，張翥詩：「青貂銀鼠裘」，兩者僅可禦輕寒，作女大衣，漂亮大方，惟皮毛嬌嫩，頗不耐久，銀鼠價格，高於灰鼠不止倍數，肆中多有白兎皮假冒。

狐之品種及皮統子取材至繁，玄狐，一名元狐，又名黑狐，東北產，舊唐書：「大曆元年三月河中府獻元狐」，圖書集成食貨典：「周，不令支元模，不令支，皆東北夷，元模黑狐也」，色黑毛暖，價極昂，狐中極品，閉處光陰：「玄狐褡護，漢文曰端罩，雖親王非賜賚不服，若薨歿，即當呈繳，奉旨賞還，方敢藏於家」，可見尊貴。青狐，青色兼黃黑，遼甯等處產，其貴重僅次玄狐，清制端罩用於冬季者，貝子以上用青狐。白狐，一名銀狐，雪白如銀。火狐，赤紅似火，又名紅狐，體型較大，皆輕暖，同爲狐中上品，均出東北。沙狐生於砂磧中，故名，腹下毛白謂「天馬皮」，清人章服多褂，四鑲邊曰「出風」多用此。至草狐屬於下等狐皮，畧勝普通羊毛。史記：「千羊之皮，不如一狐之掖」，按掖同腋。新序：「簡子曰：昔吾友周舍有言曰：百羊之皮，不如一狐之腋」，意同。史記：「孟嘗君有狐白狐，値千金」，狐裘名貴，自古已然。

狐皮統子之取材，頭部曰狐頭，腿部曰狐腿，有順腿，顚倒腿之別，均屬二毛。狐背，取自其脊；狐腋，肩臂內面交接處皮毛；狐膆，喉受食處外皮，爲狐裘皮統子最貴重者，均屬大毛，輕且暖。

猞猁猻，簡稱猞猁，明一統志謂之土豹，蟲薈謂即廣輿記所稱天鼠，烏拉山區有，狀如狸而耳大毛長，花色絢爛，體輕能升木，滿語「威呼肯狐爾狐」，漢譯輕獸，盛京通志及黑龍江外紀均有記載，其品與火、青、白狐不相上下。

貂一名鼦，大如獺，尾粗長寸許，黃與紫黑色兩種，東北穆稜窩一帶山地特產之珍異，與人參、烏拉草並稱關東三寶。惟册府元龜：「後周廣順元年二月西州回鶻貢白貂皮二千六百三十二，黑貂皮二百五十，青貂皮五百三」，由此觀之，則新疆當時尚有白、青二種，筆者生平從未見過，不見不知，不敢妄談。關東之貂，棲息於密林樹洞或岩穴之中，但不固定，隨時移動，每屆春生育小貂，一胎兩至五隻，獵人在河流未結冰之前，以獵狗拖雪橇載食物及必需品至山區，建小木屋棲身。入山狩貂，獵狗前導，發現貂迹，狗即追蹤，貂避洞穴或攀登樹梢，獵人窟穴、鋸樹、引火烟熏洞窟，積雪過深，設陷阱、弓箭機關射殺，施用各種方法獵獲。皮貨商於進貨季節，由哈爾濱、吉林、甯古塔等地入山，洽購貂皮，或以日用品交換，製皮統子取材加工與狐皮同。俗傳捕貂者有用「苦肉計」為之，佯作凍仆深雪中，貂性極仁義，虞其斃，趨覆其身送暖，乘此捕獲。

張衡四愁詩：美人贈我貂襜褕」，按說文字林，襜褕為短衣。後漢書：「又有貂豽鼦子，皮毛柔軟，故天下名裘」，齊民要術：「狐貂裘千皮，羔羊裘千石」，師古曰：「狐貂裘貴，故計其數，羔羊裘賤，故稱其量也」，羊遠遜於狐，狐又次於貂，其輕其暖，雖上等狐裘所莫及，帝王時代，貂皮為歷代貢品，可稱直毛之首而「銀針梭絨」者，即槍子帶白，底絨拂擠若絲棉，更勝一籌。清制文官三品、武官二品二上衣貂皮，貂褂反穿，毛皮向外，炫其珍美，但翰林可以衣之，奈閒曹清苦，無力購置，有「窮翰林，富知縣」之譬，因此當時有「翰林貂」應市，乃貓皮燻染而成，又有倣造銀針梭絨者，植以白毛，名曰「華蓋」，既便宜又可充場面。皮裘之趣談，亦滿清官場之諷誚也。今人以貂為裘較少，大衣領、帽、女大衣居多，非富貴莫辦。

骨種羊，非胎生獸，筆者祇知其說，未見其實，不妨作裘之奇談。據先前輩告知，此物係羊骨種於土中所生，其形如珍珠羔，以手理舒其毛，則長有數十曲，放手即還原狀，仍為顆粒，灰色冠白，故一名「草上霜」，高溫輕柔，更非貂裘可比，乃稀世之寶。或云清大內有之，惟筆者所見，係珍珠羔染製者名此，昔與清末郵傳部侍郎沈雨辰之孫東生君談及，據云曾見過眞品。晚讀書齋雜記：「張守節述異物志曰：「秦之北附庸小邑，有羔羊自然生於土中，候其欲萌，築牆繞之，恐為獸所食，其臍與地連，割絕則死，擊物驚之，乃驚鳴，臍遂絕，則逐水草為羣，按此即今所謂骨種羊也。向在秦中，問鄂爾多斯貢使，所說亦同，並云此種皆以羊骨種成之，恐古亦當然耳」。舊唐書所載與此說大致不差，惟出在拂菻國，辭源解釋，我國舊稱東羅馬帝國為拂菻。能否種骨生羊，猶待生物學家考證。

格言 綴錦

實用常識

·惠·

△在漏斗裡舖墊一層脫脂棉花，則成為良好的稀液體過濾器。

△電扇在使用中遇到停電，必須將開關關起，待電來時再打開。

△煙蒂放入廁所中，能防止蒼蠅、蚊子及其他細菌的繁殖，因為煙絲中含有尼古丁和煙鹼，能殺菌之故。

△運動鞋在晒之前，最好先漿一漿，泥土就這樣乾了以後穿上，不會滲到裡面去了。

△晒衣物時，除了白色之外，要盡量晒反面，以防退色。

△若鞋油乾硬時，可將醋滴入其中，即可再用。

△泡稀薄食鹽水，早晚漱口幾次，可預防感冒。

嘉言

△憂勤是美德，但太苦則無以適性怡情。澹泊是高風，但太枯則無以濟人利物。

△我有功於人不可念，而過則不可不念；人有恩於我不可忘，而怨則不可不忘。

北望樓雜記（15）

・適然・

詠物詩

作詩抒情易而詠物難，詩人既少作詠物詩，而佳作尤少，唐人鄭谷詠鷓鴣詩有：「雨濕青草湖邊住，花落黃陵廟裡啼」之句，時人稱之爲鄭鷓鴣，其實鄭谷另有咏牡丹詩：「穠艷最宜新著雨，妖嬈全在欲開時。」亦甚佳。

詠梅詩千古以來推林逋之「疏影橫斜水清淺，暗香浮動月黃昏。」當時曾有人問東坡，此詩咏桃杏有何不可，東坡答以祇恐桃杏不敢當耳，足見東坡對此亦傾倒之至。

宋子京詠落花詩：「將飛更作迴風舞，已落猶成半面妝。」也曲盡其妙。尤其難得者，詠落花詩偶一不慎，便會有衰颯氣，此詩則絕無。

盛次仲咏雪：「看來天地不知夜，風入園林總是春。」也是佳作。此比之張打油之「江上一籠統，井上黑窟窿，黃狗身上白，白狗身上腫。」讀來要雅得多。

明人袁凱咏白燕詩：「故國飄零事已非，舊時王謝見應稀，月明漢水初無影，雪滿梁園尚未歸，柳絮池塘香入夢，梨花庭院冷浸衣，趙家姊妹多相妬，莫向昭陽殿裡飛。」

此詩之好，在於通篇無一句不是詠燕，中間四句特別刻畫出白燕，但是通篇却無一燕字。本來詠物詩詞都忌將所詠之物在詩中寫出，袁凱此詩可算是詠物詩正宗，不怪能傳誦數百年，當時人皆以袁白燕稱之，與鄭鷓鴣後先輝映。

友人滕步禪先生詠草：「西堂一夜雨三更，原上青青草又生，莫向離亭隨處長，要留來路讓人行，西堂縱助催詩興，南浦翻添送別情，應是天涯春未到，王孫猶自滯歸程。」此詩雖是詠物，仍然偏重於抒情，尤其頸聯是見道語，雖非詠物詩正宗，但亦是好詩。

詠物詩少，詠物詞尤少，宋人史達祖詠燕詞聲聲慢：「過春社了，度簾中間，去年塵冷，差池欲住，試入舊巢相並。遠相雕梁藻井，又軟語商量不定，飄然快拂花梢，翠尾分開紅影。芳徑，芹泥雨潤，愛貼地爭飛，競誇清俊，紅樓歸晚，看是柳暗花暝，應自棲香正穩，便忘了天涯芳侶，愁損翠黛雙娥，日日畫欄獨凭。」寫來曲盡其妙，詠燕詞要以此爲最佳。

詩媒

清末張佩綸才氣縱橫，任翰林院侍講，年齡尚不到三十，慷慨有大志，與張之洞、陳寶琛等人年紀相若，遇事敢言，朝內一般位高權重大臣，對於這批青年之士，頗爲側目，朝野呼之爲清流黨，其本身也以清流自命，由於參劾太多，結仇亦廣，恰好法人侵略福建，就派去會辦福建海疆，以欽差大臣身份去前方調度軍事，佩綸安會打仗，聽到砲聲倉皇逃走，福建人恨之入骨，編了一說部名「張佩綸隻靴失馬尾」，指其從馬尾港逃走時祇穿一隻靴子，回到北京之後，本來判罪尚輕，禁不住福建在京京官聯名上奏，請求嚴辦，結果佩綸被判充軍。不久，就准其納金贖罪，縮短刑期又回到北京，這時他功名已失，無事可作，幸而直隸總督北洋大臣李鴻章看中其才氣，招之入幕，辦理文案工作，也相處甚得。

張佩綸初娶朱修伯之女，斷絃後又繼娶邊寶泉之女，就在其充軍次年，病逝北京。張佩綸當時正在居庸，得到消息十分傷感，寫了一首詩：「腸斷魂銷未死前，更無人處有啼鵑，浮雲幻盡三年態，朝露虛留一夢緣，耿耿望夫眞化石，深深埋玉早成烟，衾裯動鬱山河恨，倘結來生更惘然。」

某日，李鴻章染恙，張佩綸有事待商，一直到榻前，李鴻章睡床上未醒，佩綸看到床前擺一本詩集，是女子手跡，打開一看，第一篇題目是「基隆」，不禁吃了一驚，恐怕與己有關，再看詩是：「鷄籠南望淚潸潸，聞得元戎匹馬還，一戰豈宜輕大計，四邊從此失天關，焚車我自寬房琯，乘障誰教使狄山，宵旰甘泉猶望捷，諸君何以慰龍顏。痛哭陳詞動聖明，長孺長揖傲公卿，論才宰相籠中物，殺賊書生紙上兵，宜室不妨虛賈席，玉階何事請終纓，豸冠寂寞丹衢靜，功罪千秋付史評。」

佩綸見這兩首詩句句爲其辯護，而且對之頌揚備至，感激不覺淚下。這時鴻章已醒，見佩綸在看詩，因說是最小女兒所作，年甫二十歲，尙未定親，張佩綸靈機一動，跪下說道：「門生喪偶尙未續娶，不知老師肯不肯將女公子下嫁。」李鴻章措手不及，無法還口，就答應了。

中國鼓兒詞小說常有狀元招親丞相府的故事，張佩綸入贅李府，確實是招親丞相府，尤其自己祇是一個革職官吏並非狀元，年齡已四十多歲，更不是翩翩年少，而這位李小姐，孽海花用了十六個字評語：「貌比（南）威（西）施，才同班（昭）左（芬），賢如鮑（蘇妻）孟（光），巧奪（薛）靈芸」（括號中字爲筆者所加）。所舉七人是中國歷史上拔尖之才女、賢婦、巧婦，將七人長處集於李小姐一身，則李小姐之爲人可知。但也就因爲彼此相差太懸殊，李府中除去老泰山之外，都看不起這位姑爺，尤其是兩位大舅爺李經方，李經述更處處予以難堪。大詩人樊樊山一次經過天津，到總督衙門拜訪張佩綸，看出其中情形，寫信給張之洞說：「受業過津，與豐潤傾談兩日，渠雖居甥館，跡近幽囚，且郎舅又不相和，不婚猶可望合肥援手，今在避親之列……絕可憐也。」在這種情况下，張佩綸勢難久居，不久就移居南京，買下了清初勛臣靖逆將軍一等侯張勇舊宅，改爲馴鷗園，從此絕意宦途，以後雖然由於李鴻章之維護，有兩次出山機會，都被謝絕。

張佩綸不但才思敏捷，詩也作得很好，他同晚淸大詩人曾任宣統師傅之陳寶琛同是淸流黨人，私交甚厚，佩綸革職後，陳寶琛亦罷官家居，佩綸寄以詩：「十年同夢躡天梯，自屛尊罍急鼓鼙，一觸網羅江水濶，幾回書札塞雲迷，閉琴自理龍潛聽，殘素難投蠹壞題，已是結鄰乖夙約，放歸我亦澗于西。」

佩綸在南京病逝，陳寶琛輓詩：「雨聲蓋海並連江，迸作辛酸淚滿腔，一痛至言從此絕，九幽孤憤誰能降，少須地下龍終合，孑立人間鳥不雙，徒倚虛樓最腸斷，年時期與倒春缸。」

還有一位老朋友當年也是淸流黨之張之洞，此時正任兩江總督，爲了避嫌不敢寫輓詩，却借馴鷗園內六朝松題寫了一詩：「憑誰江國伴潛夫，對舞髯龍入畫圖，憐汝支離經六代，此心應爲主人枯。」以表哀思。佩綸與李小姐婚後不到二十年去世，李小姐不到四十歲即守寡，佩綸有兩子，朱氏夫人生志潛，李氏夫人生志沂，志沂號庭重，一子一女，女即今日蜚聲世界名小說家張愛玲是也。

詩中「比」體

詩有六義，風、雅、頌、賦、比、興。其中「比」體自離騷以美人芳草比君子，後世仿者甚多，唐朱慶餘受知於張籍，因張籍代爲揄揚而登科，當時曾賦七絕一首呈張籍：「洞房昨夜停紅燭，待曉堂前拜舅姑，妝罷低聲問夫婿，畫眉深淺入時無。」此因新登科第，故以新嫁娘自況，而以夫擬張籍，至今「畫眉深淺入時無」之句已成成語。

又唐人秦韜玉詠貧女詩：「蓬門未識綺羅香，擬托良媒亦自傷，誰愛風流高格調，共憐時世儉梳妝。敢將十指誇鍼巧，不把雙眉鬥畫長，苦恨年年壓金線，爲他人作嫁衣裳。」此雖云詠貧女，亦以自況也。而今「爲人作嫁」一語，更成爲流行之成語。

又王某少年時風流蘊藉，友朋酬答文字多以美人相比，及老去，仍有以此相戲，當賦一首答之：「纏頭頻擲感難辭，無奈王嬙鬢已絲，月下那堪歌舊曲，花前無復寄相思，腰肢何幸還承寵，眉樣而今不入時，誰爲多情來買笑，教儂顧影謂郎癡。」

清末湖北候補知縣某君，需次省垣，久未得缺，憤急賦七絕四首呈巡撫：春月秋花掩畫樓，鄂君冷被水雲綢，朝來對鏡千行淚，未是無鹽炫不售。（此首在說明自己並非無能力，何以始終不得一官。）壓恨千重未易消，當窗日日減圍腰，同年同月東家子，捧出阿侯錦緞包。（此言同時候補之人，久已放實缺。）聞得冰人信口誇，潘郎花貌御羊車，傾聽三日無消息，說與東鄰阿妹家。（此首指某處出缺當局已有意派其出任，且着人示意，不料以後又派別人）。阿母如天不諒人，當年也是女兒身，老來無復傷春病，翻說北宮大孝純，（此首指巡撫當初亦是由候補知縣上升，一路至大府，完全忘却下僚之苦，北宮係北宮嬰兒，終身不嫁，侍母終老）。

此四首詩言婉而諷，哀而不怨，頗得風人之旨，在同類作品中不失爲上乘之作，據云巡撫見詩後大笑，不久即掛牌委以實缺，此巡撫亦是一個解人了。

跨海斬長鯨

抗戰期間，蔣委員長發動青年從軍，一時風起雲湧，安徽學院亦有學生響應，學校開歡送大會，名教授朱紹雲（清華）先生，在歡送會上譜新詞「破倭洲」：「跨海斬長鯨，是男兒自有拏雲手，浩浩光陰去也，念此生肯落他人後，祖逖聞鷄，班超投筆，誓清中原汚垢，倚天劍，斬盡敵人首，壯志千秋仁軌事，望烟波已是白江口，好兄弟，走！走！走！上野櫻花神戶柳，美風光待得人消受，富士山頭到了，試放歌痛飲倭洲酒。漢印猶存，唐松尙在，輸與英雄保有，抹前怨，莫作龍虎吼，善政臨民爲上德，看中朝又復施恩厚，這功業，眞不朽。」

此詞調是朱先生自譜，當場宣讀，讀至激昂處，眞如萬馬奔騰，全場鴉雀無聲。就詞內容而論，亦屬絕妙，因先生曾居日本，對日本情形熟悉，所引典故如漢印、唐松皆是中華文化遠被日本之證據，至於上野櫻花神戶柳到今日仍爲日本招徠遊客之資料，最後一段與抗戰勝利後情況亦符合，中朝眞施恩厚矣，無奈所施乃中山狼終被反噬，此則朱先生所不及料也。

當時安徽學院雖係草創，因不少學人避難山區，出而任教，故陣容不弱，較此間大學勝過多多，即以此詞而論，相信月支港幣萬元之教授，尙無人有此造詣也。

又記當時在友人處見一位張先生所填唐多令，贈某女伶者：「丰姿綽約態溫柔，顧雙眸，似含羞，曼舞緩歌，處處異凡儔，此曲祇應天上有，人間世，盍難求。青衫淚濕憶江州，思悠悠，恨悠悠，秋雨秋風時候，動離愁，古往今來多少事，重提起，怕回頭。」

此詞清新可誦，故至今尙能記憶，民國以來，以詩詞贈名伶者甚多，但勝此首者不多。

又憶楊雲史曾有詩贈鼓王劉寶全：「此曲人間定有無，花飛四座萬人呼，漁陽三撾齊驚起，爭識前朝張野狐。」

雲史自是一代作手，鼓王更是曠世藝人，其品，其藝均是第一等人，故雲史容易着筆，此詩與張詞一剛健，一溫柔，剛者贈鼓王，柔者贈女伶，各極其妙，中國文學之可愛者在此。

刺奕劻詩

清末慈禧太后當國，用慶親王奕劻秉

政，爲軍機大臣領班。清代無宰相，軍機大臣實際處理國政，領班即是首輔，奕劻又以親王領軍機，權傾朝野，熱中之輩羣相趨附，其中要以袁世凱爲首。當時袁世凱任直隸總督北洋大臣，據傳袁世凱派一專人任慶王府賬房，所有慶王府一切開支，全由直隸總督衙門支出，奕劻家庭開支，不用分文，對袁世凱異常感激，其子載振竟與袁世凱換帖結爲兄弟，清制對宗室管制甚嚴，不得與外臣交結，此舉實違祖制。袁世凱之外尚有兩江總督雲南人陳夔龍，其妻認奕劻爲乾爹，安徽巡撫貴州人朱家寶，其子朱綸則認載振爲乾爹，朝堂烏烟瘴氣，賄賂公行，有志之士爲之側目，清室之亡自非一端，但奕劻父子確爲禍首。

袁世凱生日，慈禧賜親筆壽字，朝臣皆往道賀，御史江春霖發現載振所贈壽聯上款竟署「慰庭四哥大人」，江御史抓到把柄，囘來狠狠參了一本，不但把奕劻父子與袁世凱勾結情形，還有陳夔龍，朱家寶與奕劻父子認乾爹親事，全部上之彈章，結果無效，江御史降秩，申斥，發囘原衙門行走，但此舉實大快人心，有人在陶然亭題一詩：「居然滿漢一家人，乾兒乾女色新，也當朱陳通嫁娶，本來雲貴是鄉親，鶯聲嚦嚦呼爺日，豚子依依戀母辰，一種風情誰識得，勸君何苦問前因。」此詩用典亦絕妙，因朱陳通婚爲中國古代流傳說法，傳說既久，遂用以代替婚姻，至今北方鄉間結婚，門上貼喜聯尚有義結朱陳之語，而陳夔龍與朱家寶又恰巧籍貫爲雲南貴州，是則朱陳，雲貴均天衣無縫，用典之巧，不遜於宋人汪藻所撰皇太后告天下書也。

不久又有人在後面和一首：「一堂兩世作乾爺，喜氣重重出一家，照例自然稱格格（滿語稱公主），請安應不喚爸爸（雲南風俗不稱爸爸），岐王宅裡開新樣，江令歸來有故衙，兒自弄璋翁弄瓦，寄生草對寄生花。」

此詩亦挖苦特甚。清亡後，陳夔龍留上海作遺老，朱家寶曾任直隸巡按使將軍，初擁袁世凱稱帝，繼又參加復辟，終被革職，其子朱綸後去「滿洲國」任外交部總務司長，不知尚在人間否？

金陵

南京爲六朝名都，閱盡興亡。文人騷客金陵吊古詩亦最多，若全部搜集，足可編一專集。最出名者，當推劉禹錫之塞山西懷古，「王濬樓船下益州，金陵王氣黯然收，千尋鐵鎖沉江底，一片降帆出石頭，人世幾囘傷往事，山形依舊枕寒流，從今四海爲家日，故壘蕭蕭蘆荻秋。」

清初大詩人吳梅村（偉業）有金陵懷古詩：「車馬垂楊十字街，河橋燈火舊秦淮，放衙無復通侯第，廢圃誰知博士齋，易餅市旁王殿瓦，羹魚江上孝陵柴，無端射取原頭鹿，收得長生苑內牌。」

另與梅村同時代之蒼雪大詩南來堂集亦有金陵懷古四首。前三詩詠六朝事，最後一首則詠明代事：「石頭城下水淙淙，水繞江關合抱龍，六代蕭條黃葉寺，五更風雨白門鐘，鳳凰已去台邊樹，燕子仍飛磯上峯，坏土當年誰敢盜，一朝伐盡孝陵松。」

小說中詩詞

演義小說中詩詞一向不受重視，實則其中不乏佳作，茲舉數則。

三國演義開首「臨江仙」：「滾滾長江東逝水，浪花淘盡英雄，是非成敗轉頭空，青山依舊在，幾度夕陽紅。白髮漁樵江渚上，慣看秋月春風，一樽濁酒喜相逢，古今多少事，都付笑談中。」此詞冲淡高雅，不落俗套，祇以載於三國演義篇首，不爲詞人所重，任何詞選均未載入，實則一般詞選不必言，即白香詞譜中，不如此詞者亦甚多。

又兒女英雄傳寫原任河道總督譚爾音充軍後放還，無以爲生，竟唱道詞以謀生計，其所唱下塲詩：「錦樣年華水樣過，輪蹄風雨暗銷磨，倉皇一枕黃粱夢，都付人間春夢婆。」詩未必佳，但頗發人深省，此時此地，每一念及「輪蹄風雨暗銷磨」句，輒低徊不已，因吾輩日常生活，亦半銷磨於車船也。

水滸傳載宋江在李師師家中題「念奴嬌」詞：「天南地北，問何處可容狂客，借得山東烟水寨，來買鳳城春色。翠袖圍香，絳綃籠雪，一笑千金值，神仙體態，薄倖如何消得。想蘆葦灘頭，蓼花汀畔，皓月空凝碧，六六雁行連八九，只等金鷄消息，義胆包天，忠肝蓋地，四海無人識，離愁萬種，醉鄉一夜頭白。」此詞自非宋江之作，何人作則不詳，未悉是否水滸傳作者手筆，但與宋江潯陽樓所題反詩反詞又非一人之作。何人所作不論，要是佳詞，不能因載於說部而輕視。

又憶某說部（似是宣和遺事）載有咏李師師詩：「輦轂繁華事可傷，師師垂老過湖湘，縷金檀板今無色，一曲當年動帝王。」此詩作者傳爲劉屏山，由「師師垂老過湖湘」句，可知師師晚年曾流落湖湘間，則自殺之說虛構也。

由「師師垂老過湖湘」句，因憶及李易安晚年逃金兵之亂，流寓建康，是時丈夫趙明誠已死，依弟而居，孤苦凄凉，曾有句：「春歸秣陵樹，人老建康城。」與「師師垂老過湖湘」均當國亡家破之後，美人遲暮之時，既失所天，又流徙異地，此情此景，回憶曩時富貴，何啻黃粱一夢，易安與師師，身份不同，而遭際則相似也。

（未完待續）

一個偉大而平凡的讀書人

——紀念周國彬老師

仲平

記得有論及抗日戰爭之取得勝利，教師之居功至偉。筆者對此論至有同感。抗戰時期，我正接受中學教育，那時候公費生由政府供給生活費用，營養不夠是事實，最容易沾上粵北的特產，「打擺子」——瘧疾。一邊「打擺子」，臉色鐵青，牙齒打架，一邊聽課。可是站在講壇上的老師，也比我們好不了多少，布衣粗飯，面有菜色。大家都咬着牙根過日子，沒有發牢騷。如果有牢騷也是算在日本人的帳上，大家敵愾同仇，生活越苦，越恨日本人。一切為了打倒日本帝國主義，所以無論是苦讀升學，或者中途投筆從戎，都是為了這個信仰，這就註定了抗戰必勝。

其中教導我們最深的是初中——力行中學時的一位老師——周國彬先生。

周老師給我們同學第一個特別的印象是：兼教中、英文。這在當時是很特別的。因為普通的老師只教一門，當學生的也隨風如此，好中文的就不喜歡英文，A、B、C、D和之、乎、者、也很難攪在一起。周老師不但一起教了，而且因為他對兩者兼通，所以教授起來，對兩者採取比較，互注的方法，引人入勝，既有興趣，又易領悟。假如最令學生頭痛的英文文法，他就拿中文文法來對此分析，使我們豁然而悟，得勝匪淺，兩種語文都學到了。再加上他講話溫文而有條理，真使同學感受：「如坐春風」的味道。周老師不但教得好，而且沒有架子，我們後來就敢大胆問他怎樣也會教英文？

「我會教英文，不但你們不相信，連我的老師也不相信哩！」周老師笑嘻嘻地說：「我在大學唸的是經濟，畢業後又當編輯，教中文該沒問題，可是本校最需要的是英文教員（當時後方普遍情況如此），我說能教英文，我的老師是不大相信的，所以要考試，經過考試才「取錄」的呢！

「我的老師」是誰？就是你們的校長。

聽了這番說話，不但使我們增加了對周老師的敬意，也增加了對黎校長的敬意。原來周老師讀執信中學時，黎校長是他的老師，周老師畢業後赴江南入東吳大學而畢業於上海復旦大學，現在回來循隨乃師衣鉢，所以算起來是：「三代同壇」了。避秦南來，周老師的文孫又就讀黎校長令郎的學校；所以周老師說：「我們周家是要給黎家教的」！這眞是杏壇佳話。

當時力行中學是實施「導師制」，班主任即為班導師，不但教該班主要課程，而且要和本班學生一同住宿。每班一個宿舍，有一個小房間是班導師住的，對學生的生活也要啓導。當這份班導師是特別辛苦些。可是周老師是我們所知導師中最和氣的一個。從未見他發脾氣，沒以我們這班窮學生為嫌。記得當時也有在課堂上，大吹甚麼：「大衆哲學」如何如何，「辨證唯物論」又如何如何的所謂「進步教師」，見到我們衣食不繼的生活，却是掩鼻而過，未知恐怕有沾他的「斯文」呢？還是恐怕我們一旦「領悟」，坐言而起行，實施「共產主義」，「共」了他的「產」呢？但是頤氣指使同學，或者行軍疏散，找同學代背行李，却是這種「老師」最拿手。也可見那些所謂「左傾」的人，是種甚麽品性！

抗戰末期，日寇急竄韶關，學校奉令疏散往東江，先則韶關待命。忽聞敵騎已到馬壩，急忙來個夜行軍。每個同學除了自己平時所有兩套衣服，兩本書，兩個人一張棉被和一條棉毡。一張蚊帳。這時學校發下每人卅斤米，還有每班共有的大鐵鍋（我們平常是每班自已輪流煑飯的）。這第一夜是從韶關去始興週田。沿途軍車轔轔，車燈如箭，人聲嘈雜。我們這班又像學生，又像小兵的隊伍，開始時由軍訓教官帶領着，步伐整齊地前進，漸漸地變成了一字長蛇陣，後來呢？就變成一段段的蚯蚓了。跟着有人嫌筆記簿累贅，扔了，跟着，扔課外書，扔課本，甚至連發下來的卅斤米也倒掉一部份，煑飯的大鐵鍋當然也扔了。到了星斗閃爍時分，年稚體弱的同學乾脆在公路邊倒頭睡下。明晨在始興縣週田墟集合時，全部「潰不成軍」，你望我，我望你，大家臉孔都變成藍黑色，又冷又餓。長途茫茫，後有敵騎，如何是好？老師們和我們一齊行軍，情形也好不多少。師生都是自顧不暇。這時忽然有位同學病倒了，奄奄一息，眼見他要掉隊了。

這時，周老師走到他牀前，塞了一叠鈔票給他，說：「你好好醫病罷，身體好些就趕上來」！大家黯然而別。因爲將來如何？這是很難預料的。但當時感激周老師的不但這同學一人而已。因爲周老師當時並沒有担任該班的功課，他老人家只是秉性而爲，患難見眞情，所以這件事很快在同學中傳開了；豈止一人所受而已？上天不負有心人，這同學後來病好了，趕上隊伍。現在在本港已有很好成就。

我們很喜歡周老師朗誦英文，他亦常常吩咐我們，學英文一定要背書，像背中國文言文一樣。周老師平常講話不快不慢，語調鏗鏘清亮，清談議論，固使聽者有和平清寧之感，背起書來，尤使我們如聽詩篇；這種聲音也正如周老師本人的品德個性一樣——太和清靜。

只是在這次行軍中，我們才見到周老師發了一次脾氣，作獅子怒吼，如張翼德喝斷長坂橋般嚇人。

隊伍離開廣東邊界，轉入贛南的定南縣，不但山路崎嶇，老天又下着廣東人少見的雪花，大家正是飢寒疲倦交迫之際，忽然發現前面路邊有一食物店，好比沙漠出現綠洲，於是一湧而前，歇脚的歇脚，買食物的買食物，秩序紛紛。那老板不知是怕應付不了，還是想居奇。竟然不願賣了。「民以食爲天」，俗語：「眼見到口的肥肉」，斯時斯地的一塊粗餅也勝於平日的肥肉百倍，怎能眼睜睜乾吞口水？於是大家哄然。不久，周老師趕上來了，問明情委，排開人羣，從口袋裡掏出一叠鈔票，大力甩在櫃面。喝道：「這是鈔票！你把東西都賣給我的學生」！但見聲勢如濤，撼瓦震樑，就如張翼德重現；立即四下無聲，只聽見絮雪蕭蕭飄下，那店老板茫然，隨即乖乖地把食物賣給大家。

那天，比「雪擁藍關馬不前」更沮喪的行程，竟因這件事而使整個隊伍活躍起來。大家除了佩謝之外，都說：「從未見周老師發脾氣的，而且這般厲害！」後來，我們問起周老師，他笑笑說：「那時我氣極了，打日本仔嘛，政府要我們疏散，不願意做亡國奴，大家自己同胞，那能不賣東西呢？」

一九七一年冬，周老師移居加拿大後，因肺病復發，在溫哥華，Willow Chase Contrce 肺病院醫療一百六十二天，周老師病中無聊，寫日記消遣，其一則：

拾月廿六日

……有一位護士對我說，今晚或明天再有來自日本的中國人入院，她不能確定那位新病人是日本人抑或是中國人，可能就要睡在我的鄰床。此病房忽然熱鬧起來，快湊夠六位便宜告客滿了。如果來的是中國人最好，我們談話會投機些，如果是個蘿蔔頭，就非常討厭，貌似華人，實爲異類，想起抗戰時期的苦難，心中便覺餘恨未息。但願來者，不是蘿蔔頭，阿彌陀佛！」

雖然近來我也買過日本貨，對抗日與抗制日貨的意識逐漸淡忘了，原因是當年那批日本戰犯已經處決，後來的日人也較爲親善，但我始終不肯穿日本式的膠拖鞋，看見就討厭，很容易勾引起有血有淚的往事。……

周老師一則日記深切地代表了中國人的心聲。當年抗戰的勝利，固然由於有偉大領袖的領導，官兵的拋頭顱，洒熱血，很多英雄人物的功績所得，但像周老師這樣一個普普通通的教師，正如一塊樸實的石頭，羣合奠定了國家的基礎，抗戰才會勝利的呢！

避秦南來，周老師還是過着筆墨生涯，一九六九年，在加拿大的部份子女迎接他伉儷赴温哥華定居。抵步後，他還是書生本色，做編輯（國民日報總編），宣揚中華文化，致力國民外交，處處表現中國士大失的優良品質。就是在温哥華醫院時身在病中，仍然不失典型，從幾則日記可知：

十二月四日

……本院三樓圖書室的管理員小姐曾來探問我，并帶來五十個方塊字，叫我替她把中文字寫得好些，英文解釋如有不妥，也一併改正，我花了數小時替她辦妥了。這裡一般對我都似乎很敬重：……

二月廿二日

……眞想不到我在病院裡會做一名出色的通譯官，而且院裡的醫生，護士及工人都很敬重我，這使我覺得讀書仍有好處，我這頂中華民國的四方帽子在此時此地就顯出威風……。

二月廿三日

……下午Dr. Battershill替老黃作全身檢查，請我担任傳話，原來院方安排老黃同房，目的就在要我做通譯，這與老馬的情況完全相同，大家是中國人，我也很應該對患病的同胞幫點忙的。「助人爲快樂之本」，我如今在病院裡就好像是做了地保官，Notary Public一樣。凡有關華人住院事項，院方工作人員就來找我幫忙，因此我在院裡八面威風，大家都很敬重我。只怕院方利用我作地保官，硬要留我多療養幾個月，那就糟糕了……。

抗戰時期，周老師還是一個青年，而今竟漸白頭，遠居海外，國家仍然多難，懷念田園之深，盼望王師之功，溢於筆墨，於是發而唱和，常刋載在加拿大的華文報刋上。所寫：「旅居雜詠」，尤露情懷。「其一」：

悠悠歲月草凄凄。夢斷江南兩地違。流水有心澄客慮。落花無心葬春泥。枝間細聽鵑啼遠。塞外欣聞雁訊歸。願奏凱歌同買棹。歡聲載道臉增輝。「其二」：

秋去冬來又一年。異邦作客兩情牽。珍藏翰墨原無價。遊戲文章不值錢。自古寒儒甘淡薄。由來雅士重清廉。何年共醉西樓月。斗酒雙柑夜不眠。

其間，當地「花花公子」總理，强背民意，與中共建交。周老師至爲氣忿，怒筆賦詩：

加毛鬼祟建交時。風雨滿城尙未知。
世事偏多罹刼恨。紅潮滾到哭師遲。

「時窮節乃見」，眞正的讀書人是不會動搖的，民國六十三年他還寫了一首：「元旦書懷」。

春回大地萬花妍。景色撩人百感牽。遠客羈留逾四載。王師盼望又經年。傷時憂國心常奮，掃敵除奸志益堅。海外欣逢元旦日。重開機運見靑天。

清廉正義的情操非常難得，具有這種情操且「老而彌堅」的更難得。而周老師兼而有之。這首「元旦書懷」充滿蓬勃氣象，可惜寫後不久，二月五日周老師竟因肺炎，再入醫院，遽爾逝世。既未見王師底定，也未見賊幫內鬨將傾之象，可惜！可惜！

近來寫回憶錄或寫傳記的很多，但百分之百是寫大人物的，這固然有很大的價値，但是在這中華民族遭受歷史上翻天覆地，巨大變動的數十年當中，小人物是怎樣的呢？普通的老百姓，眞正的士大夫情操是怎樣的呢？却缺乏眞實的報導，應該有人用樸實的筆調寫出來，做歷史的傍證。筆者筆拙，但考慮到這個問題，不禁在周老師逝世兩週年的時候，湊寫一點一滴出來，我想，這是眞正的國民歷史。

一個國家正如一株樹，需要好好的園丁灌漑栽培，以及優良的氣候，陽光及水份。但最主要是這株樹的每個細胞健康强壯，即使偶有風雪的摧殘，但是由於細胞健全，很快便會恢復生命的光輝，所謂：「野火燒不盡，春風吹又生」便是這個道理。我想：周老師無愧是這棵大樹——中華民族中一個完善的細胞，每個國民都能如此，我們的國運中興可待，中華民族終會領袖於世界，告慰當年寂寞海外的同胞們。

憶蘭州

·田炯錦·

蘭州是甘肅的省會，就我國全部疆土論，其位置是在我國版圖中心；若就已開發的省區論，則尚屬邊遠地帶。周朝時為西羌地，秦統一全國後，屬隴西郡。漢置金城郡，隋開皇初，置蘭州總管府。唐廣德元年，陷於吐番。宋元豐四年收復，仍置州，屬秦鳳路。蘭州之南有皋蘭山，簡稱蘭山。山腰有一個風景甚佳地區，名五泉山，亦稱蘭泉。故過去在蘭州隸屬下，隋設有五泉縣，宋設有蘭泉縣，清設有皋縣，均由蘭山取名。清康熙五年設甘肅布政使，駐蘭州，從此蘭州為甘肅之省會。因係過去之金城郡，故蘭州亦稱金城。民國成立以後廢州，稱省會為蘭州，而縣治名皋蘭。對日抗戰期間，設蘭州市，市府與縣府同城設置。

蘭州城創建於漢昭帝時，在今城之西約十餘里。隋開皇初，移建皋蘭山北，宋明兩朝復加修築。城高三丈，池深一丈五尺，週圍六里二分三。建門四，上各有層樓成舖。明宣德間，自城西北至東增築外郭，計十四里三十步有奇。正統十二年，自東至北，又增築郭城七百九十七丈有奇。郭門有九，上亦建有層樓。（見臨洮府志，因有很長時間，蘭州屬該府。）

蘭州城之東為東川，東西約二十里，南北不到十里。城西為西川，東西約百里，南北祇有三、四里。黃河自西來，繞城北而東下，河北岸甚狹，可耕之土地皆在南岸。河流至城之東北方面，水中突出許多小島嶼，稱十八家灘，不少農民居住其上。與兩岸來往，皆用羊皮筏子或小木船。各小島內樹木很多，風景甚佳。東西川的南北兩邊，均為高山峻嶺。南邊之名山有皋蘭山及五泉山，北則有北塔山，均甚宏偉壯麗。惜山上樹木奇少，除五泉山有些高大老樹外，都可以說是牛山濯濯。尤其北山的東半部，不但沒有樹木，連草都很稀少，遠望好像沙漠地帶。民國二十六年我在蘭州工作時，據父老們言：在一百多年以前，蘭州周圍樹木很多，南北兩面山上均為森林。以後因人口增多，山上的樹木逐漸被採伐作建築之用。本山樹木建造的房屋，至今尚存留不少。山樹被砍伐後，又無人提倡種植，以致日久成為禿山。因為蘭州雨量較少，北山夏秋陽光強烈，草木不易生存，山高之處風特別大，刮來的沙土逐漸聚積，日久成為大片赤地。森林地帶逐漸變成禿山及沙磧，雨量稀少固有影響，但主要由於管理無方，任人們無計劃的砍伐，遂致人口越多，樹木越少。民國二十年以後，甘肅局勢稍定，省建設廳嘗試在南北山上植樹造林，但直至我民國二十七年春離甘時，在北山屢試尚未成功。民國三十一年夏，我再到蘭州，遠望北山有矮小的綠樹多株，詢悉建設廳張心一廳長考察北山植樹所以枯萎，由於缺乏水分，而水分所以缺乏，則由於山勢傾斜，雨水無法積存。他乃飭屬在山坡掘深廣尺餘之彎曲壕溝多處，使有暴雨時，水流入溝，既可以阻其奔往山下，又可避强烈陽光蒸發，俟氣候宜於植樹時，即植諸壕溝中，故栽活的很多。可見事在人爲，人力可以克服天然的障礙。蘭州如能繼續用上述方法種植，使南北山綠樹成林，則風景當更秀麗。

除山上樹少爲其缺點外，蘭州有許多美景，值得人們遊賞。茲擇要分述之：

一、黃河　黃河長八千餘里，水流經過九省，蘭州不過爲一小段。但在這一小段中，亦有不少佳景。蘭州東西川地勢，東邊較西邊低下很多，坡度很大。故黃河由西而東，水流甚急，氣勢雄壯。過去讀唐詩「黃河之水天上來」，「黃河遠上白雲間」等語，我以爲係詩人的想像。民國二十五年夏，登北塔山遊，過黃河鐵橋時，遙望西方，眞是水天一色。好像水從天上來，有時又好像從雲裡過，始信詩人的描寫，乃由於直接的觀察，並非出諸想像。

蘭州城北距河岸不過五步，省府後花園北界的城牆，其上建有望河樓一座。登樓遠望，不但南北山及東川景色，盡入眼底，尤以俯視滾滾黃流，有如萬馬奔騰，聲勢至爲壯大。左宗棠督甘時，書「萬山不隔中秋月，百年復見黃河清」楹聯，懸掛樓上。河中皮筏甚多，順流而下，其快如飛。東向約二三里爲十八家灘，均係黃河內之小島嶼，總面積約有七、八方里，其樹木很多。夏秋期間，萬頃碧綠。登高遠望，北山上沙土堆積，頗似塞北；而山下綠島黃水滲雜，有如江南。因河岸甚高，不易引水灌溉，故蘭州黃河南岸修建水車很多。車爲圓形，直徑約三、四丈，車輪邊緣，裝有盛水木斗甚多。利用黃河急流冲激，使車輪轉動。所附木斗轉入下邊時，將水盛入；轉至上邊時，將水倒入高與岸齊之木槽，流向田園。這本是抽水機未發明以前，簡陋的灌溉機器，但亦爲黃河邊的一種雅景。猶如前邊提及的羊皮筏子，本是一種簡單的渡河工具，但因爲適應黃河的情勢，故在蘭州特多。蘭州東西川百餘里之坡度很大，水流甚急，木船行駛，危險甚大，不如羊皮筏之輕便安全。且因河面坡度大的關係，木船到了下流，不易回轉上溯，皮筏則可由人肩負而返。故本係適應環境的工具，乃成爲河上景色的點綴。

二、五泉山　五泉山本係皋蘭山的一部分，距蘭州南關外約二里。風景秀美，寺廟宏壯。每年暮春迄中秋期間，遊人甚多。因寺廟範圍內，有五個水泉，乃稱爲五泉山。皋蘭山係指蘭州東川以南高山之全部，而五泉山僅指該山麓一小部分寺廟區域。皋蘭山上既無寺廟，亦乏可供遊賞之其他建築，但高大雄壯，宜於遠觀。五泉山的五個泉係自石罅湧出。飛花噴雪，宛如瀑布。尤其在東龍口與西龍口的兩泉由高而下，勢驟聲宏。傳言漢代霍去病將軍自臨洮一帶追逐匈奴部衆，越皋蘭山頂前進，當時蘭州一帶，尙爲一片森林。漢軍在皋蘭山上找不到水，甚感焦急。霍手扶杖策馬遠望，杖忽下陷，有水流出，其地即今之五泉山。而該山有泉，自彼時始。五泉之來源，有似神話，未必可信；但霍去病自臨洮追逐匈奴部衆，越皋蘭山至蘭州，蘭州及臨洮府誌均有紀載，當係確有依據。

三、北塔山　北塔山在黃河之北，過鐵橋不幾步，即到山麓。該山範圍並不寬廣，中間有一支脈，坡度甚斜，高有數十丈，乃由山底而上，將斜坡分劃爲好多層平臺，每臺上建一座寺廟，遠望有似寶塔。登最高層遙望，蘭州東川景色，盡入眼底。因距黃河甚近，故對河上風光，更能看的清楚。水流的洶湧，小皮筏的隨波逐浪，既壯觀又驚險，使人們的情緒時而嚴肅，時而緊張。

四、梨林桃林　蘭州南關和西關之間，梨樹甚多，聚而成林。三四月間梨花盛開，登城向外瞭望，大地一片粉白，非常壯雅。秋間結實後，至梨園中遊，則見無數高桿，繫有許多麻繩，每繩拉一樹枝，使果實逐漸長大，而不致將樹壓壞。行在無數碧綠的梨樹叢中，看到更不可勝數的纍纍果實，使人深感農民的辛勤與景色的別緻。

蘭州西之十里舖，有許多範圍廣大的桃林，暮春花開時，大地一片紅，實爲壯觀，吸引不少遊人欣賞。

五、牡丹　牡丹花我國北部許多地方都有，但我以爲蘭州的牡丹，特別值得欣賞。人們常說洛陽牡丹甲天下。民國二十一年春，我隨政府在洛陽住過數月。到牡丹盛開時，曾被人領導去看過。據說是最好的一園，乃樹高不過三、四尺，花大不過直徑四、五寸。第一次去時，花正盛開，但過了四、五天再去時，已經凋謝。民國二十五、六年我在蘭州時，省府後花園有牡丹數十株，樹高有七、八尺，花的直徑有六、七寸，花開三星期左右，方開始凋謝。花之美觀與洛陽牡丹相若，但其高大耐久，則在別地少見。蘭州植牡丹的人家很多，省府的並非獨佳。因交通不便，外間少有人知，故特爲敍及。

六、文物　蘭州的寺廟以木塔寺最爲馳名，其塑、畫、寫，人們稱三絕。據傳其塑出於唐人之手，壁畫則爲吳道子眞蹟，寫則有顏眞卿親筆。有大佛寺，藏有藏文大藏經及左宗棠的五經刻版，惜抗戰時毀於敵機。在北塔寺內有蝌蚪文之大禹碑，其出處尚未經學者考證明白。有城隍廟在省府之西，爲民衆遊樂場所，有出售古玩的，有下棋的，有表演拳術的，有賣唱的，亦有雜貨及小食攤。有類似北平之隆福寺及東安市場，惟其規模較小。省政府原係明代之肅王府，有其遺留之淳化碑，刻有好多朝名書法家的字。民國十五年馮玉祥軍隊入甘以後，蘭州有多次混亂，淳化碑聞因失落了一塊，未查出何人所爲，民國二十年以後，乃移送文廟管理委員會保管。

七、特產　蘭州的西瓜香甜清脆，而且有些長的特大。民國二十六年秋，有一天散步到黃河鐵橋，看見小販們排在地上的西瓜比斗還大。我買了四個算是一擔，一個壯年伙計很費力的挑起，送到我的寓所，其代價連瓜帶工只有一元。由此可知在交通梗阻的情況下，無論特產如何的好，實不到合理的價格，因而無法推廣。我在南京工作時，有友人帶來德州西瓜；在西安工作時，市面上有同州（今稱大荔）西瓜。這兩個地方的西瓜，算是全國最佳的一類。但人們若果嘗過蘭州的西瓜，則會覺得遠較上述二者爲佳。民國三十年夏，我奉監察院命巡視河西，方知河西千數百里所產各種瓜，與蘭州相若。因氣候嚴寒，外邊人到河西，伏天尚感寒冷，故西瓜雖好，甚少人吃。將來倘用飛機運銷，當可大量培植出售。

除西瓜外蘭州尚有一種醉瓜，因含有酒味得名。這種瓜與美國的華萊士瓜相似，但體積及水份較大，可食的成份較厚，而且有些酒味，爲華萊士瓜所不及。抗戰期間蘭州又產一種華萊士瓜，係美國前副總統華萊士過蘭州時贈送的種籽。或者因蘭州水土的關係所產的瓜遠較美國的香甜。

蘭州的梨亦可算是全國最佳的一種，每年冬季市面上到處有小販，用爐煑梨出售。當地人喊煑冬菓，即是煑梨。因冬季嚴寒，煑冬菓吃的人特多。還有一種梨，當地人稱爲軟兒。初採下時，與一般梨無異，但經埋地下一、二月後，變得色褐質軟，置諸水中約一小時，則其外結一層冰，將冰剝去，則成流質，味甚香甜。這一種梨，在別地尚未見過。

此外蘭州的石田，亦可算是特產。外來的人不明瞭實情，以爲蘭州農民耕種石田，太過辛苦。其實石田是一種很肥沃的土地，石中含有養分可以肥田。田土被石遮蓋，可以保存水分。我在蘭時，聽人們說：經營石田，可分三代，第一代採石蓋田，費力甚多。第二代坐享其成，不用費事，可以豐收。第三代須將舊石除去。第四代的工作與第一代同，往復循環，使田土保持肥沃。

因爲有關西北的資料，現在很難尋找，故祇就我見聞所及，拉雜的寫了這一篇短文。缺失與不妥之處，一定很多，尚希閱者多予指正。

青海春節期間的視聽娛

•丑輝瑛•

我的家鄉——青海，是個邊遠的省份，儘管面積廿個臺灣那樣大，一般人心目中，仍難免認爲是荒漠之地，可是在中華文化籠罩之下，過年的熱鬧，比之內地，小節容有差別，大體上是一樣的。過年是國人的總休假，大家都寄情於吃、喝、玩、樂，任何一地不會例外。除夕是過年的序幕，正月初一至初五，這幾天是迎神、祭祖，相互拜賀年喜，吃、喝、玩的日子，這種情況，各省大概都差不多。在青海初六進入娛樂期，一直到十七才結束。娛樂包括視、聽、演三者，多數人以視聽爲享受，少數人則以表演爲樂事（非職業性），它的項目是：耍「社火」、玩「鐵心子」、唱「迷胡子」、唱「皮影子」、「曲子」、「大戲」清唱等。

耍「社火」是個大節目，「社火」由鄉、鎮公共社團，挑選喜歡表演的年青人組成，配以鑼、鼓、鈸樂隊，它的完整行列是這樣的：「春官」爲首，由一人扮演，臉上塗抹白粉，反穿皮襖，手執摺扇，倒騎在牛背上（或駱駝），邊走邊說，說的盡是吉祥話：如四季平安，發福生財，莊稼豐收，指日高昇等；語氣必須連貫而有詼諧性，類似馬戲團的小丑。次爲「拜獅隊」，由數個獅子組成，一個獅子，有一個引舞的人，引舞者手執用彩綢紮成的圓球，叫作繡球，引誘獅子以奔、撲、跳、躍、滾的動作，用口來銜奪，名之曰獅子滾繡球，這完全是看動作表演。再次爲「低蹺隊」，這一隊至少廿餘人，脚踩尺長木蹺，男的穿黑色鑲白邊緊身衣褲，腰繫板帶，足登雙樑鞋，頭紮英雄巾，手執摺扇；女的穿緞襖，繫綢裙，包頭戴花，裙下露出金蓮，手拿絲帕，男女相對排列，來回走動，配以二胡，邊扭邊唱，所唱者叫作「秧歌」，詞意是一在順序，五穀豐登，以及引喻歷史故事，互表愛慕等。這一隊是有歌有舞。匪僞的扭「秧歌」是由此而來。順序爲「蓮船隊」，扮女的狀似坐在船篷中，船是彩布紮的，船殼周圍繪以蓮花，故名蓮船；扮男的手執木槳，象徵式划船前進，男女皆戲裝，每隊三五隻船不等，跑起來一隻接一隻廻旋式的兜圈子。滲雜着男女說笑對白，這可能是由南方傳來的玩藝。往下是個奇裝怪服，扮作大肚子的醜婦，手拿一塊布巾，扭捏作態，連說帶唱，祝福人們，吉祥如意，人丁旺盛多子多孫，語帶戲謔，逗人發笑。醜婦的後面是「獵人隊」，此隊把獵人追逐獵態的動作，寓於歌舞之中，乃是邊省「社火」的特色。緊跟着獵人隊之後的是「高蹺隊」，低蹺的木腿僅尺餘，高蹺的木腿則九尺以上，可以坐在房簷上休息，每隊大約廿餘人至卅人，扮成正本戲或摺戲，如羣英會，轅門射戟，滅方臘之類，以靠子戲爲多，供人欣賞戲裝爲主。殿後者名曰「鼓隊」，鼓手總在廿人以上，衣着與低蹺隊男人的扮像一樣，身跨皮鼓，齊至大腿，鼓爲黑色金邊，長約一公尺，直徑約三十公分，兩頭都蒙鼓皮，鼓手執蔴製彈性鼓搥，反覆敲打，行列整齊，動作一致，響聲一致。鼓譜名稱很多，如牡丹開花，鷂子反翻等。每起「社火」，不一定隊隊齊全，惟有「春官」一角，不能缺少。「社火」出動表演，主其事者，必先持紅帖去送，名叫「送社火」，被送者是機關、社團、紳商、大戶，表示接受叫「接社火」。「接社火」者，必須於空曠地點，擺桌子，設座位，備煙茶，邀請親友看「社火」，一般觀衆則聞風而至，圍繞在場地四周，「社火」臨場，先放鞭炮歡迎，接着「社火」就次表演，表演出色的，還得給披紅；表演完畢，「接社火」的主人，致送紅包；以示謝意；「社火」離去，大部份觀衆跟着再去欣賞，樂而不疲。「社火」是戲劇、歌唱、音樂、跳舞的綜合表演，主題正確，在農村社會裡，具有很高的娛樂價值。

「鐵心子」也可以說是「社火」之一，因爲由城裡商家主辦，所以就單獨行動：顧名思義，「鐵心子」當然要以鐵心爲主，而使觀衆賞心悅目，這個玩藝，相當別緻，是把方桌的兩面，各拴一隻長槓，類似轎桿，桌子四周，圍以桌裙，方桌中間，固定一根鐵桿，長約六公尺，鐵桿的中間和頂部，分出若干枝叉，由桌面到桿頂，分作三層，把人按劇目，扮戲裝，一層一層排出，底層站在桌子上，中層和頂層，貼身用布綁在鐵桿的枝叉上，綁的痕跡，一點不外漏，頭手肩部可以自由轉動；三個人的戲，每層一人，如三娘敎子，下面是薛保，中間是王春娥，頂上是薛倚哥；四個人的戲，底層二人，上面兩層各一人；五個人的戲，則底二人，中二人，頂一人；六個人的戲，每層各二人，最多擺出七個人的戲。一枱桌子，一臺戲，八個人抬一張桌子，樂隊前導，沿馬路徐徐遊行，大商號紛紛放鞭炮歡迎，觀衆有的站在街邊欣賞，有的隨着進行，評頭論足，揣度戲的名稱。扮戲的都是像貌端正的青年男女，扮相無不俊美，好像有些歐美各國花車遊行的意味。

夜間的娛樂，有「迷胡子」，「皮影子」，二者都屬於戲劇一類，戲碼跟秦腔、平劇差不多，「迷胡子」的腔調別具一格。「迷胡子」無固定班底，演員、樂手是半職業性的，多半在春節期間，好此調者，臨時組班，租賃戲箱，湊在一塊熱鬧幾天，應邀作非營業性的戶外或戶內演出，戶外演出，多半在鄉間，於適中空曠的地方，搭起臨時戲臺，臺前吊兩籠大菜油燈，露天演唱，鄰近的人家，扶老攜幼，自帶座櫈來觀賞，開支由主事者負擔，給演員們的贈紅包。大戶人家擺春酒，宴請親友，約「迷胡子」堂會，可說戶內演出。用白紙糊成紙幕，幕長約三公尺，寬約二公尺，幕架約一人高，低幕的下面，圍以藍布，執皮影的人和伴奏者，都坐在裡面，以菜油燈的光亮，把戲裡的各種人隨着鑼鼓，映顯在紙幕上，而且唱、做、對拍、打、鬥，一樣不缺，唱腔跟秦腔一樣，這就叫「皮影子」。「皮影子」是以製熟的薄牛皮，剪成不同的戲裝人像，以及各種應用道具，塗上油漆，手和腿用線連結在身體上，手、腿、體各部分繫以細木條，顯映時執着木條，表演動作，等於電影和木偶戲，具體而微的綜合藝術，說不定電影是由「皮影子」發展出來的。

「唱曲子」和「自樂班」，二者均屬清唱，前者唱小調，伴奏的樂器是：二胡、三絃、洋琴、銅鑽；曲名甚多，如西廂記、十里亭、杜十娘怒沉百寶箱等，主唱者大約三至五人，完全是職業性的組合。後者專唱大戲——秦腔，文武場齊全，是同好者的雅集，類似票房，兩者在正月裡，經常應邀堂會，賓主藉此也可抒展歌喉，這是年紀大及有地者的娛樂。

娛樂是人類生活需要之一，尤其在休閒的時候，娛樂的需要，更爲迫切，娛樂的內涵，正常與否？對於每個人的思想、行爲和生活，影響甚大。我們看前面所舉的各種娛樂活動，不但多彩多姿，而且主題正確，一點不涉於淫邪，正是中華文化的可貴處。農村社會，傳統的娛樂活動，未必盡符工商業的需要，如何「導之以禮」，防止色情之娛的泛濫，納娛樂於正軌，有賴於朝野共同努力，以蔚成新的娛樂風氣，使視聽之樂，蘊含健康性、向上性、向善性。抑制歪風固然要以正當娛樂來代替，用社會道德力量的影響，文化力量的制裁，也對是必要的。

故鄉春節習俗談

伍稼青

一般人都有這種感覺，舊曆年的氣氛和意趣，畢竟有勝於新曆年。很自然地，每逢過舊曆年，便會特別引起不少回憶和鄉思。

我的故鄉——江蘇武進，是舊常州府治的所在地，處於京滬鐵路的中點，距南京上海各四百華里，是個魚米之鄉，過去確實可以稱得上「民豐物阜」。工商事業雖不及無錫，水陸交通亦次於鎮江，然而風俗淳厚，人文蔚起，在江南諸縣份之中是有其相當地位的。

記得當我祇有八九歲的時候，在新年上，常常看到飄拂着白鬍鬚的地方紳耆，反穿了皮馬褂，戴頂紅湖縐製的風帽，居然不乘車轎，步行到人家去拜年。路上遇到熟人，便邁上一步，深深一揖，嘴裡不住地嚷着「恭喜，恭喜！」此景恍如昨日。流光飛駛，一晃竟是半個多世紀，我自己也已進入白鬚飄拂的年齡了。

我有很清晰的印象，在我少時，凡遇元旦這一天，家中尊長，一早起來，別的事不做，先要開啓大門，連放三個大爆竹，謂之「開門爆仗」。然後照曆書上所載「喜神方」的方位，出門走上幾條街巷再回到家裡，謂之「兜喜神方」。據說如此這般，這是一年中便會「闔家有喜」。而稍通文墨的人，在早上還要取出一張梅紅紙，在上面寫上「元旦書紅，萬事亨通」八個字，夾進書本子裡或者張貼牆壁上，這叫作「開筆大吉」。

元旦有好多「俗信」：忌聞鴉鳴，忌談做夢，忌談「死」字，忌打破器皿，忌吃湯淘飯（謂犯則出門遇雨），忌洒掃並將垃圾污水傾棄屋外（謂犯則財氣外洩）。

國人向重孝道，所謂「祖宗雖遠，祭祀不可不誠」。每一人家在大除夕的晚上，便已將祖先神像在中堂高高掛起。燃香燭，供肴酒，虔誠拜祭，名曰「接神子」。從初一到初四，一天三次，按輩份大小向神像行禮如儀，直至初五的中午祀祭完畢，始將神像捲而藏之，謂之「落神子」。

年初一這天，除須先向祖宗神像行禮之外，接着幼輩例須向長輩拜年。長輩亦準得給孩子「壓歲盤」，盤中盛有花生、橘子、風菱、栗子、桂圓、荔枝以及「壓歲錢」紅包。

孩子們有了壓歲錢，最好的去處是去城隍廟（另有一個新城隍廟在青果巷）。廟在城內大廟弄，是一個最平民化的娛樂場所。一進門是一座巨型劇臺，後進是府城隍正殿，兩邊則爲十八司殿，而中間却是很大一片石皮廣場。攤販林立，百戲雜陳。一到這裡你有吃有看，可以盡情地玩上半天或一天。孩子們最喜歡看扯洋片——又稱「西洋景」和耍猴戲、變戲法等。在我童年，初到此，吃看之外，一定要買上三兩個「鬼臉殼子」，即厚紙製成的彩色面具。可別輕看這小玩意，「蘭陵面具」（武進，稱南蘭陵）在明朝便很出名。明王思任遊惠錫兩山記有云：「越人自北歸，望見錫山，如見眷屬。……買泥人、白紙鷄、買木虎、買蘭陵面具，買小刀戟，以貽兒童」。於此可見在那一個時代，吾邑所出產的手工藝品鬼臉殼子，是與無錫惠山的泥阿福，同爲一種兒童們的恩物哩！

在年初一，有許多人家都是一待天黑，便早早關門睡覺，這原是因爲大人在大除夕整晚「守歲」，初一白天又不會休息的緣故。但孩子們却正在玩得興高采烈，往往不肯上床，於是大人們便編造出一個美麗的故事，說這一晚老鼠要「嫁女」，牠們須在黑暗中舉行婚禮，所以人們不可點着燈燭妨碍牠們的行動，而强迫着孩子們去就寢。同時有的人家却還取一朶用通草或細絹製成的紅花，揷在一塊方糕或粉糰之上，置之牆隅或床頂板上，說是給鼠女「添妝」。按此一風俗，其實不僅我們家鄉有，臺北也有所謂「老鼠娶親」，那是在正月初三的夜晚；湖南新化有所謂「老鼠接婿」，則爲正月十五；北平也有所謂「耗子成家」，則又爲正月十八日。

從元旦起，爆竹之聲則不絕於耳；鑼鼓之聲，亦到處可聞，俗謂之「鬧元宵」。好事者每集合多人，各執鑼鼓鐃鈸等在大街小巷且鬧且行，名爲「浪街元宵」。

「舞龍」「舞獅」這兩種民間娛樂，全國各地都有，其製作形態和舞弄方式，類皆大同小異。武進人稱舞龍爲「掉龍燈」，稱舞獅爲「掉獅子」，均無特殊之處。但有另一種獅子，則爲別地方所未有，那是以白色的老羊皮縫製而成。五七人齊集於戲臺臺口布幕之後，將獅子掉舞於幕布之上端，前後俯仰，悉以鑼鼓爲節。先或一二頭，旣乃增至三數頭，舞爪張牙，往來騰躍，動作千變萬化。其中高手，並能拋擲「脫手火球」，神乎其技。入民國後，擅於此道者已少，這種民間藝術，便漸漸失傳，我還是在民國二十年那年看到過一次，廣陵散絕響人間，値得惋惜。

舊有「俗信」，謂初五爲「五路財神」（一稱路頭）誕辰，商界例須拜祭，惟恐時間一遲，財神爺會被別家迎走，故多於初四半夜便開始供祭，謂之「搶路頭」。商家習慣，凡店員之進退每於此際作決定。在祀路頭神時，店主必逐一招呼店員跪拜，其不被招呼者，即爲今年不再續聘之暗示，次日便須捲舖蓋自動離去，因此在這一晚有些店員都會爲着自己未來的飯盌而躭心。

十五爲元宵節，亦稱「上元」。是日之晨，人家多製糯米「圓子」煮食之，取團圓之意。小粒無餡者曰「糖圓」，大顆有餡心者曰「元宵」。元夜爲一年中第一次月圓之夕，通衢有燈市。魚龍曼衍，鑼鼓喧闐，火樹銀花，城開不夜。士女皆結隊出遊，眞個肩摩踵接，趙甌北詩所謂「邀月客邀邀月客，看燈人看看燈人」者是也。當我小時候，不知看過多少次燈會，有種「夜龍燈」，中燃絳燭，亦於此夕入市掉舞，頓使場面更爲熱鬧。我還記得一首童謠：「甘棠橋，對鼓樓，鼓樓對只廟（城隍廟）門口。鏜鏜鏜，燈來哩！底格（即什麽之意）燈呢？一團和氣燈，二龍戲珠燈，三元及第燈，四四（諧事）如意燈，五子奪魁燈，六角風菱燈，七子八婿燈，八仙過海燈，九蓮燈，十面芙蓉燈。鏜鏜鏜！後底還有一條老龍燈，一跳出來廿四個小猢猻，嚇得娘娘（招婦人）小姐呆瞪瞪！」

談到新年上的「吃」，大年初一早上，照例是吃蓮子湯、或棗子湯、炒米湯，佐以年糕、米粉糰等，却絕對不可啜粥。客來多奉上「蓋盌茶」，並在盌蓋上放起兩顆橄欖以象徵元寶，故又稱「元寶茶」。中午菜肴，都有口采，如富足有餘（魚）團團圓圓（肉圓魚圓），萬事如意（黃豆芽一稱如意菜），百年長壽（百頁），節節高（冬筍或笋乾）之類。

老實說：在我幼年所感受到的節會的趣味，確乎非常濃厚，尤以舊曆新年的吃喝玩樂方面，可以回憶的事實在多。慨自大陸淪入鐵幕，一切文化文物倫理道德，全被摧毀無遺。故鄉舊時俗尙，想亦一掃而空。我這裡所拉雜寫下的許多新年「俗行」和「俗信」，也許祇好當作古老的「風土史」看了！

這一期首篇刊出沈剛先生追悼米勒醫生的大文，也表達了本刊對米勒醫生的尊敬，世界上凡是知道米勒醫生的，無人不對之充滿敬意。因此，雖然他以九十三歲高齡辭世，人們仍然感到惋惜，實在說，米勒醫生活一百歲，人們還是覺得太少，因爲世界太需要他。

陳英士先生爲革命先進，開國元勛，其人亦嶔奇磊落之士。在革命黨人中亦屬少見，本月爲英士先生百歲誕辰，特刊出其哲嗣惠夫先生大文，及英士先生手跡，以紀念此一代偉人。

編餘漫筆

編者

台北爲誹謗韓文公打官司事，愈鬧愈大，愈出愈奇，本刊前已將被告郭壽華原文刊出，本期又刊出陶希望，沈光秀兩先生文，對郭文均就學術立場指證其誤，編者對唐史素無研究，但初讀郭文即覺其指韓文公患風流病而死，顯然有誤，因風流病係與西洋交通後始傳入中國，唐代安有風流病，及讀陶，沈二先生大作，更發現郭文錯誤太多，許多處更不當錯而錯，實在厚誣先賢，不能曲諒。但此等事竟然上法庭，確爲創見。如果誹謗古人案可打官司，則今後有人批評孔子，孔德成也可出面告狀，非特別設立歷史法庭不可，法官除修法律系、還要兼修歷史系始合格。編者對郭氏信口開河誣先賢亦感不滿，但爲此事而打官司，總期期以爲不可。

白屋詩人吳芳吉爲中國近代傑出詩人，亦爲品端行篤之君子，其詩足開一代風氣，惜乎辭世僅三十六歲，長才未展，實爲詩學一大損失，使白屋詩人能活至六十歲，也許中國新詩已創立新風格，不會如目前仍在摸索，而愈摸索愈走進死胡同也。

白屋詩人所以早世，家庭生活不美滿實爲主因。本期刊出其致吳雨僧信備述妻禍之苛，但又爲顧全大局，維護社會風氣不忍離婚，勉強忍受，終殞天年。爲國家社會計，誠如吳雨僧所言：「碧柳之所決行者，恐亦未盡當也。」

任蜚聲先生「懷念陳果夫先生」一文，雖所述之事不多，但皆親見親聞，史料彌足珍貴，編者對陳果夫先生手下，一向不肯重視，但對果夫先生昆仲仍有敬意，二公之長處亦非常人所及。

「金門憶舊」更加精采，許多重要史實在當時均列爲軍事秘密者，今經作者寫出，史料價值特高。

臨風追憶話萍鄉，寫故鄉風物，愈寫愈有趣，眞不料萍鄉有這麼多的故事。

本期出版後即新年，謹祝讀者作者新春如意，福壽康寧。

新書介紹

談蟻錄　方劍雲著

本書原在香港時報連載備受讀者歡迎，現應讀者之請，出版單行本，每冊定價港幣五元，美元一元。

妖姬恨上冊　岳騫著

本書以小說體裁，敘述中共文化大革命事，自一九六五年文革前夕寫起。讀後對文化大革命來龍去脈，有相當了解。定價港幣六元，美元壹元陸毫。

兩書均已出版，本社代售，讀者函購，八折優待。

月刊

67

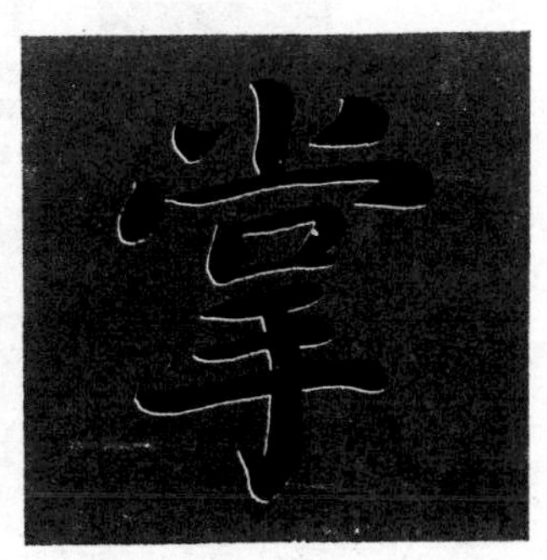

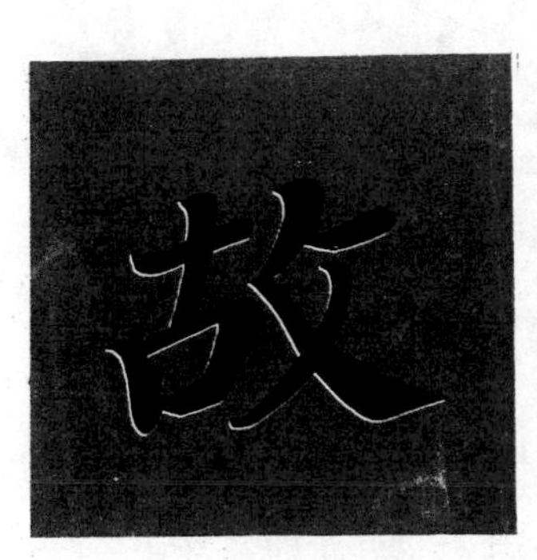

野史・佚聞・
人物・風土・

中華民國六十六年（一九七七）三月十日出版

掌故月刊

第67期 目錄

每月逢十日出版

掌故 第六十七期

每册定價港幣二元正

全年訂費 港幣二十四元 台幣二百四十元 美金八元

出版兼發行者：掌故月刊社
地址：新蒲崗景福街一一〇號十樓
通信處：九龍旺角郵局信箱八五二一號
電話：K八〇八〇九一

The Journal of Historical Records
P. O. Box No. 8521, Kowloon
Mongkok Post Office, Hong Kong.

督印人：鄧少卿
總編輯：岳騫
印刷者：和記印刷有限公司 電話：K二二三八一九
總代理：吳興記書報社 香港租庇利街十一號二樓 電話：H四五〇五六一 四五〇七六六
國內代理：何復國 台北郵政劃撥帳號：一〇七四三八
星馬代理：遠東文化事業有限公司 新加坡厦門街十九號 檳城沓田仔街一七一號 椰城旗桿街87號A
印尼總發行：集源公司 Djl Tiang Bendera No. 87A Djakarta, Indonesia.

澳門：可大文具店　羅省：大元公司
亞庇：利民公司　新東方公司
斗湖：光明書局　三藩市：益智圖書公司
漢城：泛亞書籍公社　文化商店
倫敦：香港文化服務社　華盛頓：德昌公司
中藝公司　波斯頓：中西公司
東寶公司　千里達：中華公司
紐約：友聯圖書公司　加拿大：香港商店
友誠公司　溫哥華：僑益書局
友方公司　滿地可：明星書局
菲律賓：華安書局　渥太華：民生公司
芝加哥：文華書店　巴西：興昌公司

一身兼備忠義勇的革命志士趙聲先生（上）

惜秋

一、貴胄之裔幼尚義俠

廣州三二九之役，與黃克强先生共負軍事指揮之責者，爲趙聲先生，是黃克强先生之外的另一位重要軍事家。雖然趙先生在三二九之後，不久去世，未及見民國之誕生，但黃花崗之役黃趙並稱，伯先先生如在武昌首義時尚在人世，其必爲風雲人物無疑。關切中華革命運動的人士，對趙先生生平，應有認識的需要，而趙先生的革命風範，更是爲青年志士之楷模甚多。

趙聲先生字伯先，江蘇丹徒縣的大港人。其先爲宋代的王室之裔。北宋時燕王趙德昭的五世孫，奪爵南遷，爲外居宗室。南宋高宗建炎三年（西元一一二九年）以避金兵之亂而徙居大港，是爲大港趙氏的始祖。伯先先生在革命流亡時署宋王孫者本此。傳至二十四世的趙蓉，字曰鏡芙，爲鎭江的名諸生，舉歲貢，講學於　山之麓。從學者達數百人之多，成名成業者甚衆，鏡芙先生就是伯先先生的父親。鏡芙先生有子三人，伯先居長，次名念伯，季名光，先生自幼聰慧，八歲即能屬文，爲鄉里所重，有神童之稱。九歲應童子試，文章雄偉，應列第一名，但以書法縱橫，不被方格所拘，常溢格外，因而失去首名，然其書法則因此馳名，爲人所重。幼年亦賦詩，詩情豪放，信手拈來，不加修飾，即成佳篇，聲調慷慨悲憤，都是眞情所寄，所以感人至深。但書與詩，却不很多作，故傳世者少，而得之者都視爲珍品。

先生少有大志，膂力極大，龍行虎步，高視遠瞻，有不可一世之狀。又有嫉惡如仇的特性，任俠好義，出自天賦。十四歲時，大港劣吏，曾捕一市人，置於獄中。市人之母，往乞鏡芙先生謀釋之。鏡芙先生尚在躊躇思忖間，先生聞之，即趨獄所，破械挾市人而出之。一市皆驚，惡吏對於這樣一個義俠的大孩子也毫無辦法。十七歲考中秀才，親友來賀者甚衆，先生一笑置之，謂：「丈夫當爲國宣力，區區一秀才，何足言。」其後又舉拔萃科，才名噪一時，但先生志不在此，仍淡然置之。

二、投筆從戎由水師而陸師

先生既有志於報國大業，故拔萃以後的不久，即赴南京，意欲舍文習武。時山陰（紹興）兪明震長江南陸師學堂，對於能文的青年，竭其所能以拔擢之。先生至南京後，借寓陸師學堂附近的佛教寺院，投考未取，百無聊賴而擬歸去，事被某觀察所聞，乃延至其家爲西席。某觀察的思想完全出於舊日的經史，故頭腦冬烘，與先生痛心國事，立志從軍以求改革者，大相逕庭；而其子弟又有紈袴習性，不好學，故先生就館三個月，即行辭去，投考水師學堂，以第一名錄取。在校，才學出衆，又極用功，故深爲同學所欽佩，隱然成爲學生的中心人物。其時校中的章程，頗被學生所誹議，羣起要求改革，先生被推爲代表，與學堂當局爭議甚力，且有涉及監督之處，雙方都非常的憤慨，先生因自請退學，但其直言敢說的精神，不但爲同學所欽敬，事聞於社會，亦得廣大的同情。

先生本有才氣縱橫的名聲，至此各方士子來相結交者日衆。他在退學後，暫居妙兒山僧寺，與陸軍學堂相近。有某生者不善爲文，不知何故，得獲交於先生，央其代撰一文，情文並茂，是一片內容豐富的好文章，教官得此文時，荐之於監督俞明震，俞明震是一位求才若渴的好主管，他審察文字內容與某生平日所作，大相懸殊，乃窮詰其來源，知其槍手爲趙聲。乃張貼此文於校內，並約見趙聲，特別准許他入學，趙先生的素志，由此得遂。

趙先生既入江南陸師學堂，覺得機會難得，更加勤奮苦學，成績冠於儕輩。課餘與諸同學縱論天下大勢與國家大事，意欲覓取志同道合的同學，將來共同僇力於救國大業。在陸師學堂中，他初時所得到的同志，似乎並不很多。他們對於時局的知識和國家的危難，所知似不太多，而趙先生不僅對課業做得非常好，同時對自由平等的西方學說，隨時注意，醉心向慕。他對於國內外有識人士所作匡時救弊的文章，更有濃厚的興趣，除隨時注意閱讀外，更仰慕民族主義與民權主義的思想，因此對滿清政府的專制淫威腐與腐敗作風，異常厭惡，革命的決心，油然而生。

這正合於趙聲由天賦以俱來的任俠之性。他以革命救國自任，並以此意義，向同學們多所闡發，同學們受其薰陶而感動者，頗不乏人。他每讀到一篇旨趣正大而詞意犀利的文章，常節節稱賞，謂先得其心。常對同學們說：「我輩今日刻苦求學，豈爲高官厚祿？乃預備他日手拯神州於茫茫巨浸中，使之重睹青天白日！」陸師學堂的革命風氣，可以說是趙先生首先創導的。

三、東渡日本投入革命主流

在陸師學堂畢畢業以後，頗思糾合同志，從事於革命起義運動。但當時風氣尚未開通，一般青年，大多數都在四子書中求取功名富貴，對救國大業，聞所未聞；對革命大義，都以爲是殺頭滅族的可怕的叛亂；甚而至於對國家是怎麽一回事，和自己有什麽關係等等的粗淺問題，也都瞠目不知所對。所以他物色同志的活動，久久未有收獲，憂心忡忡，悶悶不樂。後來，他知道我國青年留學在日本者，革命志士甚多，乃渴欲東渡，以便和他們結交。於是借考察軍事爲名，東渡日本。在那裡，果然有很多的革命救國志士，趙先生和他們樂於訂交；而他們對於這位新來的志士，也是非常的歡迎。至此，由個人覺悟而立志革命的趙先生，納入革命運動的主流中，成爲最優秀的革命鬥士之一。

先生在日本，雖得獲交於許多熱血沸騰的革命志士，而心胸爲之大暢；但念國家危難日深，形勢日急，革命不可能在國外做些宣傳鼓吹工作，所可濟事，乃浩然有歸志，謀在國內開通民知，激起運動，以便作起義的準備。他回國後，首在故鄉的教育事業，健身運動、公益事業着手。這些運動，都是先生喚起民衆、吸收革命志士的掩護。他在故鄉所辦的事業，有小學堂、書報社、體育會等，都是啓廸民知、喚醒民衆的基本宣傳工作與組織工作，趙聲在其故鄉，本有很高的聲譽，經此努力，他的社會地位益高，外縣慕名而來者亦日衆。他的宣傳革命與吸收同志的工作，收到相當大的效果。

會辛丑和約告成，八國侵華聯軍，紛紛依約撤退，獨俄軍逗留於東北，有久佔不歸的企圖，全國激起反抗俄國的巨潮，江南各地，尤其是上海，也紛起響應。先生是學軍事的，而且是才華素著，他在故鄉從事於社會建設事業，本來是心安理得的救國慕命運動的基礎，他是具有極濃的興趣進行的。兩江師範學堂慕先生之名，聘爲教習，先生認爲能在這個江南的最高學府任教，喚起學生的覺悟，從而吸收同志，也許對革命的進行，有更大的發展。於是欣然就道，西去南京。

四、北極閣演說震驚清吏

時俄政府强迫清政府訂立滿洲新約，清政府無法應付，勢將屈辱，國內反俄空氣勃興，留日學生頗多請願回國，志願赴東北抗俄者，江蘇留日學生鈕永建等，就是秉此一腔熱忱而返國，上海革命黨亦發行俄事警聞雜誌，作為反俄運動的號召。先生本是默默地在做救國的革命工作，至此，乃召集學生大會於北極閣，即兩江師範學堂所在的北方小山，登台演講，闡述革命救國的旨趣，言至激昂慷慨處，聲淚俱下，與會學生，個個為之動容。兩江總督端方聞趙聲之演說內容，大為震怒，竟欲置之死地。同志們知道了這個消息，立刻敦促趙先生離開南京，先生初堅拒不允。敦促他離去的同志們，聲淚俱下，始允走避，西赴湖南。

趙聲到達長沙後，長沙方面的革命志士，都已聽到北極閣演說的壯舉，對趙聲欽遲甚深；所以趙聲到後，各方志士，都來訂交。流亡中得此慰藉，趙聲自然有吾道不孤的愉快。湘中同志，為了使趙聲不致有落寞無聊之感，於是介紹他到實業學堂任史地兼體操教員。趙聲還是老辦法，一方面在功課上教導學生，一方面傳播革命思想，吸收革命志士，湘省青年受其薰陶而成為革命志士者，為數甚多，但是在趙先生想來，這還是緩不濟急的事；國家危難如此其急，當圖直接有效之革命途徑，他在長沙，正在等待這種時機。

機會終於給他等到了。當時淮軍已暮氣層層，在甲午一役以後，其精銳盡失，國家已無可用的軍隊。李鴻章在辛丑和約以後的不久，即告謝世，淮軍也無形星散。於是有新軍訓練之議，而由袁世凱擔任其事，設練兵中心於小站，是即北洋軍之前奏。趙聲聞此消息，認為這是獻身救國的良好機會。他和湘中同志密議，他說：「學堂只能造就人才，不能挽救目前之急。我本軍人，應趁此良機，投效軍中，俾為日後革命實力的基礎。」湘中同志，都贊成他的企圖，於是他束裝北上，至保定，見袁世凱。

袁世凱是一個權變多詐，深藏不露的大奸巨惡，他接見趙聲之後，詳詢他的家世學業等等的實際狀況。趙聲雖文武兼資，但却是一位直心腸的熱血青年，凡有所問，必據實以答。袁世凱因而具知趙聲是一位革命青年，表面上對趙聲的才華，十分賞識，實際上却懷叵測之險，陰欲在適當時機除去之，或收為己用，將視情形而定。乃委以書辦之職，月給俸銀五十，以署中的樓屋以居之，趙聲每在入屋以後，樓下常有武裝衛士監視其行動，與外界完全隔絕。但是趙聲却也十分機警，不久他即發現被監視的情況，心知已入袁世凱的牢籠，處境甚為險惡，但亦不動聲色，日惟謀脫身之計。他終於脫出了袁世凱的羈絆，北走京華，覓取機會，以搏殺清政府的要員，震醒在迷夢中的國人。

時皖省革命黨人吳樾，也在北京，謀殺清政府要員。二人遂在北京訂交，傾蓋相談，頗恨相見之晚，嘗自謂北來得交吳樾，此行已為不虛，可知二人相得之深。北京政府官場的腐敗，趙聲因有深一層的了解；因此，他認為殺了一兩個行屍走肉似的清政府官員，於大局無補，乃間關至東北，另謀發展。但是東北的發展，希望也不很大，所以他不久又回京，旋即南下，趙聲自東北回京，吳樾走訪於逆旅。趙聲南歸後，吳樾曾經寫信給他，有「某為其易，君為其難」之語，趙聲得書感慨殊深，不很作詩的他，特別寫了幾首詩，以相勗勉。

吳樾得詩，循環諷誦，聲淚俱下。他這幾首詩的感人之深如此，可惜其詩不傳，我們現在只知道有這麽回事而已。光緒三十一年八月二十六日，清太后為了緩和國內要求立憲的緊張空氣，特派五大臣出洋考察憲政，以愚國人。吳樾特往前門車站，以炸彈擲之。一擊不中，竟以殉命，趙聲聞耗痛哭失聲，不食者累日，謂喪吾良友，誓報此仇。他的天性過人，感情豐富，大率類此。

五、投身隊官志在革命

趙聲南歸後的不久，保定將舉辦陸軍大秋操。他認為這是他磨練軍事學識的大好時機。乃急投某鎮為隊官，一方面借此機會，增加軍事的閱歷，一方面謀在軍中吸收同志，擴展革命勢力。他後一目的，因為當時的部隊中人，多半是老粗，毫無思想可言，所以得不到什麽結果！但是前一項目的，即參加秋操是達到了。他參加這一次秋操，先後達幾個月之久，增加了書本以外的知識和經驗極多。他自己說，「余自學陸軍以來，至此始確有心得，乃知學校中所學，不實地練習，未可盡恃。」足證他此次的苦，所得的益處之多，爲日後趙聲在反淸革命運動中指揮軍事，奠定了重要的基礎。

其時，趙聲北極閣演說欲置之死地的兩江總督端方，已經調職離任，趙聲在南京活動的障礙已除，乃得任職於江寧督練公所，任參謀之職，以趙聲的縱橫才氣與豐富知識，他在職獻替謨猷，策劃工作，頗爲上級長官所賞識，乃被派赴北洋，調查新軍編制和教練方法。歸提報告，益爲當道所重，委派爲江陰的新軍教練。有郭人漳者，以新學自負，常和革命黨人黃興、張繼、陳天華等相往還，以革命黨人自居。時以道員身分，亦在江陰工作。趙聲本已知郭人漳的爲人，郭人漳也深知趙聲其人，兩人因在江陰訂交，並且進一步結爲異姓兄弟。此後，郭人漳在新軍的地位，逐漸昇高，趙聲也跟着昇高。郭人漳在兩廣任軍事指揮官，趙聲亦隨至南方，在南方的軍事方面，厚植革命的力量，對南方革命的發展，有其重大的貢獻。

郭人漳在江陰任職不久，即調至廣西。郭人漳約趙聲同往，任管帶之職。管帶相當於今日的營長。廣西爲太平天國的發祥地，流風餘韻，迄有存者。趙聲又能善撫其衆，時常與部屬討論太平天國之得失。他評論洪秀全在軍事方面的行動，認爲洪之在廣西起義後，下長沙，佔武漢，席捲南京，不因時乘勢，直擣幽燕，而以天都爲安樂地，坐待四方的合圍，是爲軍事上之大失策。部隊中人，聽了他的議論；都深深佩服這位主管長官的卓識遠見，欽敬非凡，趙聲也就很自然的得到了全部的軍心。這本是一個大大有可爲的局面，無奈其時江蘇試辦徵兵，各方同志，咸盼趙聲北歸故鄉，組織新軍。趙聲在此種情勢之下，認爲開闢另一個可爲的局面，對革命來說，是大有裨益的。因此，他只好忍痛捨去他可愛的部屬，再三加以撫慰，離開了廣西。他在廣西的時間，只有一年多。

六、徵編九鎮新兵擢任標統

趙聲北返故鄉，徵集新編的第九鎮的新軍，也不是一件容易的事。因爲在那個時候，一般人都存有「好鐵不打釘，好男不當兵」的陋習，故徵募運動，一時無法開展。幸而趙聲在鎮江，辦過學校，做過許多地方公益事業，在地方人士的心目中，對他都有很深的信心。趙聲北返後，九鎮新任統制徐紹楨，即付以徵募的全權，趙聲乃利用其故鄉已有的社會基礎，苦口婆心的勸說良家子弟從軍，因此鎮屬青年，應徵從軍的，逐漸彙爲風氣，附近各縣的青年子弟，嚮慕趙聲之名而投軍者，爲數亦多，九鎮新軍，不久即告組成。故九鎮新軍的素質很高，與北洋軍大異。

其軍事幹部，亦經趙聲悉心挑選，都是有識志士，其中後日成爲革命家而著有功勛者，頗有其人，諸如柏文蔚、顧忠琛、冷遹、林樹慶、林之夏、倪炳章等，都是由趙聲物色勸說而來，九鎮新軍，遂成江南的勁旅，對後來南京的光復，有着極大的貢獻。趙聲徵兵成功，徐紹楨委以三十三標第二營管帶之職，又開始了他在部隊中的新生命與新運動。這對趙聲來說，去廣西，返江蘇，率故鄉子弟，成立新軍，得失是足以相抵，而其未來的貢獻，實尤有過之。

趙聲對於軍隊的訓練，除了一般部隊中應有的技術訓練外，更從事知識的灌輸，更時常覓取機會，灌輸民族意識。他在軍中，設置書報閱覽室，鼓勵軍官士兵，閱覽書報，使他們具有新知識，養成他們關心國家大事的習慣。他們具有了知識的基礎；然後曉以民族大義，並不是刻板式的口號，而是製造機會，激發情感，藉以發人深省，很自然的導引到民族大義的道路。

例如，他有一天帶領部隊，出南京的朝陽門（就是後來的中山門），至明孝陵一帶遊覽。他指着明孝陵，問他的部屬：「知不知道這是什麼墳墓」？部屬有的答稱為明孝陵的，有的不知道。他又問他們：「知不知道明孝陵裡面葬的是什麼人？」大家都稱不知道。他因向大家解釋：墓中葬的是明太祖高皇帝，「高皇帝逐去胡虜，重奠漢業，功業之高，無與倫比。至聖安皇帝，又亡於胡虜，於是閩浙被陷，滇黔遭劫，吾輩亡國民，應怎樣報高皇帝於地下？」部屬聽了他的話，都齊聲答道：「決服從主將命令。」他採取的是環境教育，收到最大的效果，不到半年，全體士兵，都有了革命思想，第九鎮的雄師之名，就藉稱於全國了。趙聲治軍的才能，因被統制徐紹楨所認識，擢為第三十三標標統，相當於現在團長。

趙聲被任為標統之後，更加覺得事有可為，心情更為振奮。乃在標本部組織一個俱樂部，作為全標部屬和其他各標的聯絡機關，在這個俱樂部中，時常舉行討論會，以溝通思想，灌輸革命知識。加入討論的，不限於軍隊中的幹部，而且還歡迎各學校的學生與教師，黨人也有時前往參加。一時成為革命的聯絡中心。當時受他影響而樂於接受他指揮的，達二萬人之多。

他並且進而與蘇、皖、贛等省的軍隊相聯絡，一俟時機成熟，便將舉兵起義，推翻滿清政府。會端方重被任命為兩江總督，對趙聲來說，如果聽任他的蒞任，那他的計劃，便將遭受破壞，這是趙聲所不甘心的；因此，趙聲的朋友們要他利用端方就職的機會，加以劫殺，乘勢起義，以覆清廷。但是趙聲斟酌內外情勢，力勸大家持重。他的理由是：「如果這樣做去，豈不是破壞了第九鎮的基本，而演一套漢人和漢人滴血的慘劇？」由此可知先生頗以太平天國之役湘淮軍與太平軍作戰為非，革命運動應以此為鑒而竭力避免的見解，同志們對他的看法，都認為正確，因而端方得以安全的到任。

七、端方重任兩江總督，決心除去趙聲

端方至任，不久即知道趙先生在軍中任標統，又知道了先生在明孝陵對部隊所說的話，因此對先生疑忌更深。會九鎮新兵在玄武湖即後湖拆毀湖神廟中所懸的曾國藩像，斥曾為殘害同種而諂媚滿清的罪人，端方知道了這一件事，認為這是先生所做的，深具反對滿清政府的意義。很想以此事為根據，興起大獄，以懲治革命黨人。他曾下令：「三十三標都是革命黨，可用砲轟毀它。」滿將舒清起又竭力慫恿之。事聞於九鎮新軍，皆大懼。但統制徐紹楨力持鎮靜，並向端方力保三十三標無可疑人物，請端方不可造次。端方亦因徐紹楨手握重兵，舉足輕重，不能不對他敷衍，乃免趙聲之職，對三十三標，隱忍未發，趙聲在此種情勢下，也只好揮淚而去。

三十三標將士見趙聲將去，有如嬰兒之失慈母，依依不捨。趙聲慷慨地勗勉他們：「大丈夫勿作兒女態，共事之日正長，幸各自勉，勿忘我言！」這場風波，總算了結。至此，端方以援贛，商諸徐紹楨。徐紹楨力薦趙聲，稱其驍勇善戰，應令重長三十三標，任以赴贛平定革命軍之職。徐紹楨的建議，一方面是對趙聲的才華，賞識殊深，意欲乘機恢復其在軍中的地位，他方面也知道趙聲如率三十三標赴贛，對於贛湘之間的革命運動，必可多方翼護，使成氣候，以覘未來的發展。並且可以藉此窺探端方對其信任的程度。其用意，可以說具有多方的作用。但是，端方對先生疑慮極深，不是徐紹楨的力保可以袪除的。徐紹楨見端方不從其議，乃以先生為中軍官。偕倪炳章等先行入贛，他自己也拔隊而行，趙聲等奉命後，即派急足，赴贛報信，他們也兼程入贛，意欲有所策劃與幫助；但是萍醴瀏一帶的會黨，在趙聲等未達目的地之前，已為清軍所敗，首領不及走避者，都已殉難，先生一行，遂無用武之地；且肘腋之間，有清廷的鷹犬監視，行動也不能自由，發揮不了多少作用，也只有徒呼負負了。

當安源起義的消息，傳至東京，同盟會的同志，都爭先恐後的向總部報名，聲請回國參加；有不得其請而痛哭流涕者，革命氣氛，發揮到了高峯。同盟會總部乃派孫毓筠、楊卓霖等，分赴

蘇、皖、鄂、湘等省，分頭策動，以為響應。

他們回國的時候，萍瀏起義，已告一段落；而他們的行藏，又不能嚴守秘密，返國同志，致有的被捕，有的被殺，孫毓筠就是被捕者之一。孫為安徽壽州人，為官門之後，仕途中頗多其戚友，端方與壽州孫氏，也有瓜葛。至此，對孫毓筠，軟硬兼施，復動以私人的情感，孫毓筠就把一部分秘密洩漏。

端方乃急調徐紹楨返防，並對第九鎮嚴加防範；九鎮中的可疑分子，被捕被殺者，時有所聞，徐紹楨也無法庇護。趙聲至此，知不能再回南京，乃急走廣東，仍在督練公所任職，得一提調官。這已是光緒三十三年的事了。

八、南避廣東任職新軍

以趙先生的才華與經驗，在提調任內，多所擘劃，悉中主管長官的心意；因此，又得擢升為新軍第一標的統帶。其時廣東南路欽州所屬的地區，如那黎、那思、三墟的人民，因為受不了苛捐雜稅的負擔，推派代表，向欽州府官署請求減少。欽州知府不察實情，竟將三墟代表拘禁入獄。三墟人民聞耗，乃聯合起來，集結萬餘人為一個團體，與欽州的清吏對抗。其首領為欽州的豪族，叫做劉思裕的，親率雄健之徒數人，逕入欽州監獄，將被拘代表挾持而出。欽州官軍追之，適遇大隊墟民來援，於是開槍射擊，無辜鄉民，被殺者數十人。鄉民因此益憤，團結抵抗益堅。

而欽州清吏，竟指良民為匪黨，急向兩廣總督張人駿乞援，先生見到這樣一個機會，認為獻身革命不可失的時機，乃請命於張人駿，願率步兵一營，附砲四門，赴欽州辦理此案。張人駿從其請，乃率部循海道而至廉州。其時防軍統領郭人漳，也請命赴欽州，他轄有新練軍一營，巡防隊三營。張人駿也派郭人漳同行，佐以總兵何長清，會同進剿。

先生到了廉州以後，知道同盟會同志已有在抗稅民軍內任事者，因知這一事內容並不簡單；乃派胡毅生約黃興同至郭人漳軍營，並與義民領袖劉思裕相結納，準備與越北的革命黨人聯成一氣，共圖大事，但是這件事情，却被郭人漳所大大地破壞了。郭人漳和趙聲在江陰共事時，有盟兄弟之誼；與黃興也有盟誼，可以說得上是革命陣營中的一分子。但是這個人，實在是一個徹頭徹尾的投機分子。

當他失意時是革命的；但當他小有辦法時，便忘去了革命大義，而一心一意於升官發財了。當他知道趙聲與劉思裕互通消息時，便向張人駿告密，出賣他的盟弟；後來黃興到他的軍營時，他表面上非常誠懇的接待他，並且慨允以軍械和軍火援助革命軍；但是後來革命軍渴思獲得郭人漳的軍火時，他竟置之不理；而何長清則一心進兵，向義民急攻。

先生知事機已洩，已非可為的局面，乃勸劉思裕急避。不料劉思裕却是一條硬漢，拚幹到底。先生不得已亦進兵，欲為思裕掩護，但何長清進兵，已獲成功，劉思裕竟被何長清所害，先生對此，亦只有徒呼奈何之嘆。何長清進兵得手後，竟把三墟人民，大施屠殺。這樣便激怒了廣東南路的大部分老百姓，推派代表，至越北面見　國父與黃興，請求援助。梁少延與梁建葵，便是他們的代表，同行者復有胡毅生。　國父接見他們後，立即派人至欽州一帶考察。他們所作的報告，是民氣可用。　國父乃決心在欽州舉兵起義。　國父派赴南路的主要同志，是黃興和王和順。黃興因為和郭人漳有盟誼，故入郭人漳軍中聯絡，旨在策動郭人漳軍反正。

王和順則入欽州腹地的陸屋、三那等地，聯絡民團，以為響應。王和順與胡毅生，先到趙聲軍中，趙聲對他們竭誠的招待，對革命起義，當表相機贊助。但嚴囑事機宜密。當王和順要到三那的時候，趙聲特別給他委員的名義，而且堅決要王和順改名為張德興，以免洩漏機宜，兩皆不便。趙聲在這個時候，對郭人的的陰險狠毒，似乎已有所覺，故作事先防範。（未完待續）

台灣破獲一貫道

·劉繼先·

一貫道主要支派寶光組負責人王壽和他重要助手蕭江水二人被台灣治安機關逮捕，公開宣佈解散此一不法組織，以免繼續危害社會。

王壽（五十五歲，台南人）爲寶光組的「前人」，並以教主自居，蕭江水（五十歲，台南人）爲王壽的「宰相」。

圖上：邪教一貫道主要支派寶光組前人（即負責人）王壽（左），該「宰相」蕭江水（右）。昨下午在記者會上宣佈該教解散，停教止一切不法活動。
圖下：邪教一貫道份子「天才」陳仁雄（左），「地才」邱添財（右）示範扶乩情形。 張開藩攝

提起「一貫道」，自明朝末年以來，一直是令政府頭痛的地下組織，到了清朝末年，「一貫道」的前身白蓮教，竟假藉神名，蠱惑徒衆，公然作亂，捻匪在黃河流域到處流竄，幾乎動搖滿清帝國的王朝，此後，捻匪雖遭剿平，可是餘孽猶存，貽害社會。

到了民國初年，華北地區的白蓮教又有一度蠢蠢欲動，但經政府及時圍剿，未釀大亂。

從那次謀反不成，此一不法邪教組織起了內鬨，支派林立，其中有張王然者，成立「師公派」，其妻亦爲教徒，另成立「師母派」，倡導女教徒，以不結婚專心修道爲宗旨，實際上仍是向其信徒斂財，並妄想推翻政府。

民國三十五、六年間，「師母派」份子蘇秀蘭潛來剛重返祖國懷抱的台灣，蠱惑台灣子弟，她在台南成了「一貫道」，自任「前人」——即負責人，到處妖言惑衆，王壽就在這段時期加入「一貫道」組織。

王壽曾經讀過私塾，漢文程度不錯，來自北平的蘇秀蘭發現王壽是個好人材，他有一副好長相，反應快，而且不滿自己的生活環境，思想偏激，正是訓練成忠實信徒的對象，於是對王壽刻意栽培，到了蘇秀蘭病危時，即將「一貫道」的傳道方法傳授給王壽，而且告訴王壽，要好好的領導徒衆，將來作祖師，則能平收萬教，甚至可成帝王。從此，王壽開始努力發展道務，以求達成將來成爲眞命天子的夢想。

王壽在台南、高雄等地廣泛吸收信徒，他先將嘉義布袋鄉的小同鄉蕭江水納入這個組織，並封他爲宰相，從此二人在南台灣各地到處活動，在台南、高雄一帶鄉下吸收無知份子入道，後來他們發現徒衆對佛祖降世的迷信的說法深信不疑，認爲如果能掌握這種迷信心理，即可大肆斂財，並達成稱王稱帝的夢想，於是王壽先以其右手掌紋有類似「中一」兩字模樣，與

「一貫道」十七代祖師路中一的名字暗合，即自稱是祖師轉世，迷蠱信徒，並封肅江水為「宰相」，使信徒對他更加敬拜。

民國五十六七年間，一貫道另一支派「基礎派」的「前人」徐昌達，因與女信徒結婚，引起其他信徒的不滿，轉而投向王壽這邊，使王壽的勢力坐大，於是經常利用佈道的機會，以開沙扶乩方式，假借神意，自稱是佛祖轉世，並以「渡大仙」、「渡亡魂」的方式，向信徒斂財，以提高個人的財富和地位，發展不法組織。

目前，王壽所統轄的寶光組，共有四百個道壇，分設總經理、副總經理、經理、壇主、道親等職。信徒入教時，必須宣誓保密，宣稱「如有洩密，會遭五火焚身、五雷擊頂」等誓詞，目前受騙徒衆約有一萬餘人。

王壽為了掩護「一貫道」的不法活動，指示徒衆加入道教組織，以合法的身份取信於社會。

他並對入教的信徒加以封官授爵，享有特權，「總經理」級的信徒，將來在他稱帝後可任市長，「經理」級者可任局長。

王壽在發展「一貫道」時，分成兩部份來進行，一是藉機會斂財，增加自己的財富，作為日後發展的基金；另一種方法是將自己塑造成佛祖轉世，獲得信徒的崇拜，以達成將來稱王稱帝的目的。

在斂財方面，主要是靠「渡大仙」或「渡亡魂」來騙錢。所謂「渡大仙」，是由信徒出錢超渡歷史上的忠臣孝子，使之能進入「理天」的極樂世界，如此即可獲神佑。

據王壽說：每超渡一尊仙，需新台幣五千元至三萬元不等，到如今已超渡了一千多尊仙。

至於「渡亡魂」，是由信徒出錢為已故親友超渡亡魂，每渡一亡魂，需欵數千元至兩萬元不等。

信徒們不時「渡大仙」或「渡亡魂」，王壽就可將鈔票滾滾進入自己的荷包。

據王壽手下的一名「天才」——負責扶乩的乩童陳仁雄指出：台南有一名紡織廠女工，迷信一貫道，僅是為了「渡大仙」，就捐獻了十六萬元，這是她向親友同事以借貸、標會等方式籌來的，結果都落入王壽的手裡。

為什麼「一貫道」的信徒會如此迷信呢？這就是王壽利用佈道時，以開沙扶乩的手法，蠱惑了徒衆。

所謂開沙扶乩，由王壽先編好乩文，交給長期豢養的「天才」(乩童)背熟後，在佈道時裝神扮鬼一番，寫在沙盤上，然後由「地才」看字唱聲，最後由「人才」抄錄，假借神意解釋乩文，使得信徒們深信不疑。

其實，天、地、人三才，都是由王壽一手控制的，「天才」負責書寫王壽編好的乩文，「地才」也老早背熟了這一套，閉着眼隨字琅琅出口，而最重要的是由「人才」抄錄解釋給衆弟子，此一「人才」不是別人，乃王壽的「宰相」肅江水。

經過如此巧妙的安排，信徒們不得不相信「一貫道」確實有道理，等到入了迷，王壽再教唆這三才在扶乩時，暗示他自已是佛祖轉世，特來濟世救人，使信徒們更加崇拜。

曾經擔任王壽開沙扶乩助手的「天才」陳仁雄、「地才」邱添財，昨日也帶着全套沙盤，當場示範開沙扶乩的動作。經由他們二人的解釋，所謂扶乩，根本是個騙局。

「天才」陳仁雄昨日在沙盤上飛快的寫了一首詩「原是西方羅漢身，水流東土悟前因；居家勿忘菩提子，士志濟民本佛身。」他說，其實這些是王壽寫好叫他背熟的，到了適當時機，就在沙盤上寫出，使信徒深信不疑，認為是大仙駕臨。

陳仁雄和邱添財後來發覺這是個騙人的玩意，毅然脫離「一貫道」，當時曾受到信徒的攻擊，直到王壽被捕，他們才敢挺身而出作証。

王壽自己說：「一貫道」並沒有教義，以釋、儒、道三家的教育為基礎，再將民間流傳的迷信思想揉合在一起，就成為「一貫道」的基本思想，而且為了譁衆取寵，騙取無知信徒的信心，竟敢宣稱「耶穌」也是「一貫道」的祖師之一，只不過是派到西方傳教而已！這種說法，也會有人相信。

長懷董佩老

言曦

（一）

無論在公務或私人機構服務，每個人一生都要經歷許多不同的「上級」，我願意統稱之爲「長」，這種關係可能決定一生的榮枯順逆，又似乎在「可擇」與「不可擇」之間。「長」能夠了解而且欣賞你，這是「知」，你幸而有這種機運，則稱爲「遇」。知遇是美談，却不可强求。王允說：以大才干小才則不遇，實則，除才智外，還有道德境界與意識型態的問題，倘皆契合無間，本身即成爲一種滿足，至於是否以此而致身通顯，反而不値得重視了；正如得到一位知己的朋友，則死而無憾，並不想知道他能爲你帶來多少實利。自古以來，忠臣義士，感激馳騁，至於肝腦塗地，不是爲名位，祇由於這種契合所產生的無比宏偉的力量。

我一生以小才「干」大才，却常有愉快的遇合。董佩老（應該尊稱董彥平將軍，但我覺得稱董佩老更親切一點）是我青年時代相處最融洽的上司，也是我一生所經歷的諸「長」之中唯一的北方人——代表着北人誠篤厚重的典型人物。相從之日最短，但關切愛護我的時間却最長，親如家人，數十年如一日，謂之異數，或非過言。

（二）

三十五年十一月中旬，政府在俄軍盤據下的東北接收工作遇阻，東北行營接收人員奉令自長春撤回北平。我當時却是政治委員會在長春的職員中職位最高的，許多有用的資料還沒有整理清楚，覺得自己好像是沒有船長的大副或二副，應該最後離開才對（這大概就是初生之犢的好處），就趕到滿炭大樓去見當時行營留駐長春的最高負責人——董彥平將軍。這時，當地的情形已經很混亂，有些人要求把所乘飛機班次提前，而我却要求延後三日，這使他有點訝異，我把理由說清楚了，他也就欣然批准了。過了兩天，他打電話到政委會，要我立刻來滿炭大樓，見面時他把一封電報給我看，他奉派爲國民政府駐蘇軍事代表團團長，團員是胡世傑（未到任）、楊作人、朱新民、張培哲、陳家珍，我是團員兼祕書。他淡淡地說了幾句歡迎的話之後，就說：「明天就搬過來一起住吧！」這差使讓我略感意外，胡、楊、朱是蘇俄問題專家，張、陳（後來即兼長春城防司令）是軍人，而我兩者都不是。猜想這可能是我要求延後「惹」出來的。其實我祇想晚走幾天，並不想留下來，北平是我生長的地方，回平待命正可以重温童年時的舊夢，在故友的歡聲中過春節，多好！但電令既然派了我，也不便上「表」辭謝，這樣做似乎在表現怯懦，想起論語上的：「非敢後也，馬不前也。」自忖，這可能也是「數」，却沒有想到遇見這樣好的上司，在我一生工作中，是關係國家利益最密切也是最艱危最富戲劇性的一段。

這份差事不是我選擇的，而「我」也不是他選擇的。最初幾天，彼此都保持禮貌性的距離，我在小心謹慎地摸索這位將軍的脾性。他看我太年輕，對「派」給他的這隻右手也不太信得過，一些重要的電稿，都寧可自己動手。有一天他把一堆雜亂的筆記和碎紙條交給我說，這有半個月來和俄方折衝的細節，希望我寫成日記體的報告，分呈北平和重慶。我用兩天時間整理出一萬多字的「機要日記」繳卷。（這篇手稿後來一直留在我身邊，陳紀瀅兄寫回憶東北的文章，曾借去作參考，也是佩老寫「蘇俄據東北」這本書的重要資料之一。）第二天中午共同進餐時，他的顏色十分和霽，吃到一半，他轉過頭來說：「南生，這篇日記寫得好生動。」——這是他第一次稱我的號，我就說：「這是原來的材料精采。」他說：「材料好也要廚子會做才行。」隔了幾天，不知誰去報告他說當天是我的生日，他叫廚子送了幾樣精緻的小菜，我自己帶了一瓶最好的「二鍋頭」（東北的名酒），約集了幾位行營留在長春的高級幕僚，在我的臥室裡辦「慶生會」，我說，實在不敢當，他說，悶了多少天了，藉這個機會大家喝兩盅吧，可不興喝醉。他那天問了些我的家庭情形，從那天後，在公的關係之外，似乎又增加了一份私誼。

我觀察這位新上司的特徵是，眼睛畧小却有威稜，「人中」長而「地閣」特別豐滿，不苟言笑，說話簡潔而有力，眉心寬（能容物），耳輪高（發跡早），在學歷上應該說是文武兼資。在日本入明治大學專攻法律，得法學士學位後，又到東北講武堂，卒業後再入日本陸軍大學第六期畢業——這是當時亞洲最著聲譽的軍中學府，中國許多名將都出身日本陸大。做事有果斷，却很細密，辦什麽都像是參謀作業——算無遺策；對待俄國人那樣棘手的交涉對象，說話不卑不亢，什麽該請示上峯，什麽該自己做主，非常有分寸。應該說是擔負這個艱巨職務的最佳選擇。

他對我的筆覺得「尚可信賴」之後，我就變得忙碌起來。我的工作一是外交照會的撰寫，二是會談前交涉發言要點的預擬，三是會談後的整篇紀錄與分報重慶與北平的電稿（前者採對話式，甚至揣摩對方發言時的表情，可以稍緩一二日；後者簡報要點，但仍須巨細無遺，而且一定要在會談結束後一個小時內發電。）我自幼作詩文，養成「一字未安窮搜冥索」的習慣，撰外交文書，遣詞用句，關繫國家利益，下筆就更嚴謹慎重，到了佩老那裡，多半不再改動，反而新民兄在譯成俄文時，會對一兩個字表示意見，他從小受俄文教育（在哈爾濱從白俄學，故俄文不僅好而且高雅），對中文理解力也極强，佩老和我再三斟酌之後，也會接受他的意見（記得有一次由於「政權」與「行政權」一字的出入，他和我發生爭辯，結果我還是覺得他對，照他的意思改），有時，斟酌之後，佩老又決定照原文，還補上一句：「懸諸國門，不易一字嘛。」

當時的軍事代表團在長春等於是東北行營的雛型，滿炭大樓仍有總務處、交通處等幕僚單位，也有些例行公文需要我處理。另一件佔時間而又頗感困擾的工作是每天都要替佩老接見許多賓客，其中若干人持名片自稱某某聯軍第幾師的師長之類，表示向中央「輸誠」，必要時願意聽命對俄軍作戰，這些人可能是眞的也可能是假的。情形很複雜，我祇有答復嘉許他們赤誠愛國，但一切須待中央順利接收當地行政權，而俄軍依約撤退後再談，此時應與俄軍合作保境安民。事後我必須把來見賓客的人名和答詢要點列表呈閱，佩老分析他們或許是殘餘的偽滿軍，或許是俄國人故意派來試探我們的，我們如果上了圈套，就會誣賴我們培植反俄武力，藉口延期撤軍。他說我這樣答覆比較穩當。最戲劇化的一次，是我們自哈爾濱撤退前兩日。替他接見自稱某某聯軍總司令的人，這是當地士紳引見的，不能完全漠視不理。他給我看一張地圖，標明他所指揮的十一個師的番號和駐地以及所據有的裝甲車數量，他說這些軍隊都離哈爾濱不遠，請政府人員不要撤走，他們可以開道來保護，佇候中央的指示立即行動；我想了想很冷靜地答說：俄軍就要撤退，你們儘管開進來，但中央人員暫時隨俄軍撤走，是奉政府命令行事，在沒有接到新的指示之前，不會改變行止。這人沉默了一會，就起身告辭了。我把這情形立即報告佩老，他判斷這是共黨派來的間諜，目的在誘騙哈爾濱市及松江、合江兩省政府的人員留在哈市不走，俄軍一撤，自然就成爲共軍的俘虜。這倒提高了我們的警覺，要求俄軍在我們到火車站這一段路上特別戒備，怕他們扮演「人民」中途請願攔阻。結果還算順利，軍事代表團安全到了伯力──俄軍遠東軍區總部的所在地，其他政府人員到了海參威。

（三）

當時代表團經常接觸的俄軍人物，從上至下祇有四人，馬林諾夫斯基元帥──等於美國的五星上將，俄軍貝加爾湖以東戰區的總司令，巴佛洛夫斯基中將──總部的參謀長，特羅增科中將──接替前任參謀長，卡爾洛夫少將──俄軍長春警備司令，賓科上尉──俄軍派在代表團的聯絡官。

馬林諾夫斯基有一股子「大軍閥」的氣派，身材魁梧，濃眉大眼，模樣有點像日本的西鄉隆盛。巴佛洛夫斯基我祇見過一次，樣子很「帥」，像影星，說話的態度也很斯文，不久就調回去了。特羅增科是一張典型的斯拉夫種的面孔，說話緩慢而沉穩。佩老和他會談的次數最多。卡爾洛夫則是一莽漢型，據說俄軍攻佔長春時，他是乘降落傘跳下來的，所以也算是「英雄」（那時關東軍已無鬥志，這種「英雄」是不費什麼功夫的）。東北行營初期遭受的困擾，例如派共黨張某作長春的公安局長，撤換守衞行營親中央政府的保安隊，斷絕電源及水源，形同刼持，都由他執行，拿俗話作比，他算是唱紅臉的。賓科是下級軍官裡挑出來的，對我們還算執禮恭謹。

軍事代表團全部交涉經過，有佩老親撰的「蘇俄據東北」一書（民國五十四年出版），這是正式的史料，我不想在這裡重複。我祇想記述一些佩老和我共歷艱危的感想和若干值得懷念的往事。中央人員初履東北時，不免和俄軍將領有所酬酢，俄人豪於飲，酒後也表現了某種程度的眞摯興親暱，以致某些人覺得俄國人並不如想像中那樣可怕。佩老頗以此爲憂。我就說了解俄國人，要從他們背後的那一套組織制度和總的政治目標去看，如果是一羣刼掠者進入你的家門，不管他們的態度是和善的，遠是凶惡的，結果都是一樣。佩老頗以爲然，我是親近文學的，當時我想，俄羅斯這個民族曾經產生過托爾斯泰、杜思妥也夫斯基、屠格涅夫這樣的作家，民族的本質應該算是不錯的，也有它博厚的人道主義的傳統，但何以共黨專政後，就產生不出好的文學，不是人性變了，而是這套制度汩沒了靈智。仔細分析一個俄國人，他的本性可能並不壞，但擺在那套制度裡面，就必須爲某種邪惡的目標服務，否則亦無以自存。馬林諾夫斯基的性格是陰鷙的（這是任何共黨組織中能夠攀躋尖峰職位的共同性格，否則也爬不到那麼高）。卡爾洛夫是獰惡的，但特羅增科這個人似乎並不太壞。以佩老的誠篤人格感應也能對他發生某種程度的影響。營救遼北省政府人員安全脫險，是一個顯著的例子。民國三十五年三月初旬，註瀋陽至長春一路的俄軍突然後撤，故意不事先通知代表團，不讓我們能及時轉知進註瀋陽附近的國軍接防，使遼北省政府所在地四平街（位於長、瀋之間）立即暴露在當地共軍的圍攻之下。保安隊實力薄弱，但仍奮力抵抗，過了兩天，長春和四平街的訊息也中斷了。這時代表團各人的心情都很沉重，突然一位參謀進來喜形於色地報告說：「這可好了，四平術來長途電話了。」佩老稍解戚容，接完電話之後，才知道省政府的人都很「安全」，却失去了自由。第二天我們見到特羅增科，（這以前的好幾天，俄軍負責人不是稱病，就是說出差了），都故意避不見面。）佩老除嚴正要求保障其他省市接收人員的安全之外，又特別要求他派專車迎接四平術的政府人員安全返長春，臨別時又再度提出，緊握他的手不放。我看這位平日總給人一種冷酷印象的俄國將軍，似乎也爲之動容，他說：「我會把這件事報告元帥……我會盡最大努力，希望不負將軍的懇托，」辭出後，佩老又立刻派新民兄和當時負責管理中長路的卞爾金中將交涉派車，起初對方還藉詞推宕，後來態度突然好轉，大概是奉到馬元帥的指示。過了三天，他們都安全回到了長春。事後回想，假如不是佩老第二度懇托，與特羅增科會談，臨別時停立握手不去，陷在四平街的政府人員能否這麼快順利脫險就很成問題。

這事件以前，吉林省的九台縣接收被阻，是政府在各地建立行政權遭逢逆轉的開始。佩老派我回北平面報，辦完了事，飛回長春，適逢大雪之後，機翼上的積雪未化，起飛後不到十分鐘，兩個引擎中的一個，突然停火，機身立即歪斜，晃晃搖搖地下墜，幸虧，駕駛員緊急措置，熄滅另一引擎，收起滑輪，以機身在一處平坦的田原上摩擦降落，停妥後，駕駛員叫我們趕緊離機，說可能會起火，我們跑出百米以後，靜等着它爆炸，我端詳那架飛機，幾乎已經是一具殘骸，螺旋槳彎曲得像麵條，一邊的機翅和機尾都不知去向，怪的是「機肚」却完整無缺，所以機上的人連皮也沒有擦傷。等了半天，飛機倒也沒有起火。我當時倒不覺得怕，却讓佩老擔了一整天的心，北平拍到長春的電報是某某等飛長「中途失事機毀人安」，偏偏這個「安」字電碼不明，佩老心想，那還不是「機毀人亡」呀，趕忙發電去問，等把這個「安」字追出來，我也回到長春了。佩老一直握住我的手不放，好興奮。

三十五年四月初，俄軍開始從長春撤退，又重施故技，在國軍能夠趕到接防之前撤走，俄方以中長鐵路車輛不足爲藉口阻撓國軍北運，而且提出，出人意料的檢疫要求，說瀋陽四平街一帶發現鼠疫，國軍到達公主嶺時，須接受檢疫七至十日。我方嚴正地要求接防，對方則多閃避，下面是長春撤退前雙方辯論中的一個片段的實錄，可以覘知佩老在這種艱危局勢下堅毅不拔的精神和對方的規避與詭譎。

特羅增科（以下簡稱特）：在瀋陽和在長春的俄軍都是從一月十五日就已經開始撤退了，但由於中長鐵路燃煤供給的情形不穩定，時有時無，所以撤退工作也沒工作也沒有能夠在正常狀態下執行。

董將軍（以下簡稱董）：希望通知一概括的範圍，以便報告政府，及時接防，上次由於脫節，使地方糜爛，鐵路遭受破壞，對雙方都是損失。

特：我不能確定我們在長春的軍隊何時可以撤退完畢，但現在已經開始加緊撤退，我們在瀋陽撤兵的時候，事先就有消息。

董：我們所希望的是正式通告軍事代表團，並不是新聞。

特：俄軍留下的營舍，立刻可以移讓給你們。

董：我不是指營舍，是指正式接防。

特：什麼是正式接防？

董：就是「換崗」。

特：瀋陽、長春、哈爾濱市政府都已由貴國政府接收，我不認爲有接收的問題存在。

董：交防接防是指軍隊……如不正式接防，我們對貴國僑民生命財產的保護，雖然願意負責也無能爲力，接防不是指接收營舍，而係指力能確保治安，衛成責任。

特：接防是貴軍的責任，我方不能協助，如果不是鐵路交通發生阻礙，也不會有今天的問題。

董：鐵路交通斷後，就由於瀋陽沒有正式接防，如果貴軍的最後列車與我軍最先的列車首尾相接，鐵路交通也不會遭受破壞……

此時，長春郊外已有小股共軍的騷擾，陳家珍已就任長春城防司令，但可用的兵力祇有兩個保安總隊，不到兩萬人，俄軍一撤，眼見就是長春的攻防戰，佩老把新民和我找來說，你們知道俄軍總部沒有同意軍代表團隨他們北撤，我們需要留在長春，眼見就是一場惡戰，但你們都是文人，沒有必要在這兒冒險，明天就坐飛機回瀋陽去吧。我和新民面面相覷，新民說我們是軍事代表團的成員，團在那裡，我們也不走，他想想，人各有志，也算了。我們那時都似乎壯懷激烈，有一股不在乎的豪氣。

俄軍撤退前，長春市開「歡送」大會，佩老派我代表他出席致歡送詞，我說他們在長春做盡壞事，我能不能說兩句「重」話，他說看你怎麽說法，我就擬好演詞草稿先給他看，他說這樣說沒有問題。（我不懂俄語，所有談話，都通過譯員。）於是，我在演說裡面夾了一段關的話：「你們的所作所為……」在這裡我稍稍停頓一下，然後接下去說：「已經在中國歷史上留下紀念，使每一個中國人永誌不忘。」聽到這裡，這一個所受教育不多的俄國兵居然熱烈鼓掌，在場的市民聽懂了這句話的眞意，也熱烈鼓掌，俄軍指揮官事後向我握手，態度有點不自然，却也莫可奈何。

政府和莫斯交涉的結果，軍事代表團隨蘇軍總部到了哈爾濱，我們走後不久，長春的保衛戰就開始了。

四

佩老對我總是無限度的寬容，他可能是少數幾位能夠「欣賞」我的缺點的人。我年少好動，在長春時常常偷閒一個人駕車出去，也不留話，碰到臨時有急事，派人到處找我。回來時，家珍在佩老身後直向我擠眼，我想大概找得很急，但佩老還是和顏悅色地跟我談事，絕口不問我上那兒去了。事後他向家珍說：「別攔他，年輕人悶不住，出去散散心也是好的。」到哈爾濱，我這個心就「散」得離了譜。吃過晚飯，我向其他的人眨眨眼，十分鐘後就都踏出了大門，約齊了到過街一家私人住宅裡打撲克，佩老晚上找我們，「鬼」也沒有一個，白天大家又是一付睡眠不足的樣子，心裡大概很氣，却不動聲色。有一次吃過晚飯，我正待眨眼，他發話說：「你們今晚不要出去，我們在一起玩一回好不好？」大家當然說好，我心想，佩老也悶，一點娛樂也沒有，也該陪他玩玩才對。沒想到，他的技術很精，不到三個小時，我們袋子裡所有的錢都輸給他一個人了。我的座位正好背着他睡的床，幾付大牌都被吃掉，輸得昏了頭，無意中順手把烟灰向後撣，却正在他的床單上，他一點也不生氣，還帶笑着說：「南生，你的烟灰往那兒撣呀？」錢輸光了，作人和新民嗒然若喪（前兩晚他們很得意），我就發愁本錢光了，以後還怎麽玩。大家正待起身回房睡大覺，佩老又發話了：「今天是來着玩的，每人實輸多少，我照數還給你們。新民呀，你輸了多少？」說着說着就都問清數目一個個地把錢還給我們了。這以後我們不好意思再出去玩，也不敢和他玩，不久就離開哈爾濱到伯力去了。

到伯力之後，我們都有興趣仔細觀察這個社會主義國家的眞象，發現一點也不「社會主義」。我和佩老也常為此交換觀感，但生怕在房間裡有竊聽器，這些話總是在花園裡談。我的感想是，這種型態的社會，表面上似乎消滅了私有制，財富距離很小，但生活水準上下懸殊。自由經濟中財富距離很大，但生活水準却很接近（例如富人有汽車，窮人也有汽車；富人喝牛奶，吃肉餅，窮人也是一樣）。我覺得財富是形式，生活水準才有實質的意義。

我們被招待住在馬林諾夫斯基的郊外別墅、佈置豪華如宮殿，而大多數人民却住在蒙古包式的矮木屋裡；我們曾被招待去他們的軍官劇院看歌劇——祇有校級以上的軍官和眷屬才有資格進去。劇院造得很堂皇，休息時在甬道上見那些將領們的眷屬，一個個衣着華麗而珠環翠繞，但一般民家的婦女却窮得連鞋都買不起，赤着脚在街上走。別墅裡的伙食好到每餐都吃不完，我故意躲開一兩餐不吃，好讓腸胃休息，沒想到來了一個醫官問長問短，生怕我患了胃病，管伙食的尉官又來問我口味有什麽不合適的，可以告訴他改，嚇得我祇好每餐都到，盡量吃完。據說蘇俄全國的伙食分十四級，史達林吃的是十四級，馬林諾夫斯基、莫洛托夫之類吃的是十三級，我們吃的不是十三級就是十二級。而我看到爲我們守衛的俄國兵，一邊站崗，一邊吃的是粗硬如黑磚的麵包和凉水。我們餐桌上有喝不盡的名酒（最好的百年陳釀，是他們從德國人手裡搶來的；而德國人又是在巴黎從法國人手裡搶來的），可惜我不嗜飲。祇有一次喝到日本皇宮裡的御酒，覺得確比一般的「菊正宗」醇得多（這是裕仁贈給僞帝溥儀的，俄國人又是從僞滿皇宮裡搶來的）；但一般俄國人民就連一瓶伏特加也視爲珍品。有一次，我們覺得這些女護士（俄語中稱爲護士，實則爲女服務生）伺候了一個多月，應該賞她們一點錢。新民兄說賞錢不如到國營商店買點東西送她們實惠，因爲這是她們有了錢也沒有資格去買的。於是，我們就去買了些香水絲襪之類的禮物，她們果然高興得稱謝不置。第二天，我在花園散步，看見一個女護士坐在矮凳上哭，我問她哭什麽。

「我的香水被同房住的女伴喝掉了。」

「香水能喝？」

「香水裡有酒精，她喝不到伏特加，就把我的香水對水喝了。」

別墅的後門對着烏蘇里江，天氣好時，我們會在江邊釣魚。有一次近處突然出現一個陌生的中國人，也在釣魚，原先以爲是俄國人派來監視我們的，攀談之下，才知道他是替溥儀這一羣人做飯的厨司。他悄悄告訴我們說，這一羣人就關在附近。這人還是一股子老腦筋，說「皇帝陛下」如何如何，「總理大臣」——張景惠又如何如何。他們原來每天祇吃到三百二十公克的黑麵包，都說吃不飽，後來才把溥儀的口糧增加到六百四十公克，最近又把他這個山東佬從伊犁弄到伯力來替他們做點中國麵條吃。「君」住樓上，「臣」住樓下，見面時祇相對嘆氣，很少說話。我立刻把這件事報告佩老。第三次見面，這山東厨師挨過來悄悄說：「皇帝陛下問候您，問候董將軍，託我帶信，務必請你們救他出去，他情願受咱們中國的國民政府管，不要受俄國人管。」第二天，再去釣魚，對岸發過來幾顆槍彈，離我們雖遠，却也讓我們虛驚一場，從此也不再去江邊釣魚了。

引渡溥儀的事，從長春一直談起，俄國人總是推宕，這次總算探明了他們確在伯力，佩老和特羅增科會談時，又舊話重提，俄方承諾一定在我們離開海參威時，在船上移交，我心想，有個「皇帝」在艙裡，談談「僞宮」往事，也可聊遣海上寂寞，但最後俄國人又失了一次信，說因「故」來不及送到船上來了。

五

代表團一行到了南京，遞上了「軍事代表團交涉工作報告」和「歷次會談紀錄全文」（這是奉佩老指示利用逗留在伯力五十三日的時間整理撰成的），代表團就宣佈解散，各回瀋陽「官復原任」。公的從屬關係雖告一段落，私人都仍保持密切來往。佩老的長公子訂婚，請準親家吃飯，祇有新民和我是陪客。以他在東北的重要地位，房子住得却很小，也沒有雇佣人，家事都是董夫人一手操持。共事的緣份也是前定，不久又有一次組團視察旅大的機會，國軍已到達旅大邊界，準備接收，先派視察團實地了解情況，佩老是團長，新民兄和我是團員，當時佩老已內定出任地位與省相同的旅大特別行政區的長官，轄兩個特別市，一個縣，如果不是共黨倡亂，局勢逆轉，我似乎有追隨佩老十年的機會（他當時屬意我負責長官公署的政務廳），那一定是一段極愉快的歲月。

作人任中長路要職，平日作事可能太專斷一點，受人忌刻，被逮到一些手續上的錯誤，控告他貪瀆，竟因此身入縲絏，和他共遇患難的朋友都爲他惋惜不置。佩老想救他也無能爲力。有一次，代表團的舊人聚會，佩老嘆口氣說：「我祇有兩個心願未了，一是作人在牢裡還沒有出來，二是南生還沒有結親。」我就打趣說，您老的意思是把他從牢裡救出來，再把我送進「牢」裡去，我可不幹。逗得他也笑了。不久，作人恢復了自由，我在上海結婚，定了日子，就首先寫航空信稟報他，結果滙來好大的一筆「慰問」金。

到台北重聚，二十多年一直保持來往，過春節拜年，第一家去金門街姊姊家，第二家就是董府。他治家教子有方，董夫人又極賢慧，孩子們都管我叫大叔。他最喜歡孩兒說他很像我年輕的時候。強兒考取清大，他特地趕來舍間致賀，送一套西裝料獎勵他。有一段時間，我塗鴉畫竹，祇是以此自娛，他却獨具「法」眼，說我畫得有書卷氣，特地選了一幅裱起來掛在客廳裡。我知道不是我畫得好，是他的心好，他所珍視的不是那一堆水墨枝葉，而是在危亂中共過生死患難的那一份情誼。

他的次公子在美國溺水喪生，是他晚年精神上所受的最大打擊。他遇過多少大事，從未見他皺過眉頭，這次却拉住我的手嚎啕痛哭。我也不知道該怎麽安慰他才好，祇是待他稍平靜時，送了些佛經勸他讀。以後他似乎很相信佛教，人生的境界更高了一層。關佩恒先生逝世，佩老和他友誼甚篤，親撰了一篇悼念的文字，在「傳記文學」上發表，其中附着唯一的一張紀念性照片，是他們兩位和我在哈爾濱車站合照的。沒有想到不久就接到董夫人的電話說佩老突以十二指腸潰瘍的併發症逝世。這是我逢姊氏之喪後心靈上最大的一次震撼。我立刻和內子趕到內湖去，在車上和淚默想佩老一生的志業與高深人格，倘非神州板蕩，他必定成爲德澤一方的疆圻大吏。他有許多值得後輩學習的長處，却精氣內斂，愈久則愈覺其可敬而可親。我又想起命運對他晚年的不公平待遇——使他遭喪子之痛，這時我正譯完西塞羅論老年，就默誦其中最後幾句話：當我出發去與諸神相聚時……這是多麽偉大的日子，我不僅可以看到往聖先哲，也可以看到我的愛子。我祝福他不朽的英靈也正如這上面所說的一樣，永享安樂。

淺談中美共同防禦條約

酆 邰

一、引言

中美共同防禦條約自民國四十四年三月三日起生效迄今業已逾廿一年，由於該約的簽訂，使得台澎地區得到充分的安全保障。社會亦日益安定繁榮與進步，使中華民國政府的國際地位獲得承認與肯定，對中共的鬥爭獲得支持，更使中美關係邁進一大步，其對亞太地區之命運與安危，實具有極大的影響與意義。但自民國六十一年二月美國總統尼克遜赴共區訪問並發表所謂之「上海公報」，使得國際社會瀰漫着一片姑息妥協的氣息，直接間接地使我國對外關係產生劇烈的變化，終於民國六十一年十月廿六日我國被迫退出聯合國。尤其在近二年來，由於中南半島戰爭形勢的惡化，越南、高棉相繼陷落，美國輿論又漸認只有解除中共的孤立，才能解決亞洲問題，且共俄關係的持續惡化，又不免引起美國從中運用，求取權力均衡，以謀國際局勢一時緩和的幻想，因此美國爲適應其國內外情勢下，乃亟力推展其共美間「關係正常化」之既定政策，同時美國對華政策亦更顯得令人莫測高深，無形中使得一般人對中美關係及中美共同防禦條約存有不少疑竇。本文即擬採取重點式地對中美共同防禦條約訂定時之背景與經過作一事實的報導，復就該條約及其換文的內容加以分析與檢討。試再就戰爭權法案之通過與台海決議案之廢止對該條約的影響作一簡畧的討論。

二、訂約背景之回顧

民國三十九年六月廿五日韓戰發生，美國總統杜魯門在六月廿七日發表聲明說：「對韓國的攻擊，顯然表示共產主義已不復沿用顚覆手段，以征服獨立國家，而進一步使用武裝侵畧及戰爭來達到其目的。此等行動違背安全理事會爲維護國際和平與安全而發佈的命令。在此種情形之下，共黨軍隊之佔領台灣，勢將直接威脅太平洋之安全，並威脅在該區域履行合法而必要之活動的美國部隊。因此，本人已命令美國第七艦隊防止對台灣之任何攻擊。同時，本人已請求在台灣之中國政府，停止其對大陸之一切海空軍活動。第七艦隊將負責觀察此一要求是否已付諸實施。」杜魯門總統的這一項措施，等於將台灣中立化。俟民國四十三年艾森豪就任美國總統後，於二月二日致美國國會咨文中，公佈他已下令解除台灣中立化，第七艦隊不限制國軍對大陸作戰，但仍舊協防台灣。（註一）。嗣後中美軍事合作日趨密切，雙方基於事實之需要，乃有簽訂共同防禦條約之議。該條約實爲美國根據聯合國憲章區域安全制度之規定與西太平洋地區各國建立共同防禦系統之一環。當時美國曾先後與菲律賓、澳大利亞、紐西蘭、日本、韓國等國簽訂類似共同防禦條約，其主要目的在防止共黨赤化的繼續擴張，而於西太平洋自阿留申羣島至澳大利亞建立起一鏈狀防線。

當時就我國而言：自大陸淪共後政府遷播來台，整軍經武勵精圖治，以台灣爲反攻之基地。民國三十九年中共陷入韓戰泥淖無法自拔，不得不暫時放棄其侵畧之野心，其時美國第七艦隊協防台灣更使中共不敢蠢動，但第七艦隊之協防台灣乃係基於美國總統之命令並未經美國國會之決議，未具法律之拘束力，俟韓戰於民國四十二年結束，第七艦隊之協防頓失依據，美國總統可隨時因一紙命令而將其收回，中共於此日亦可能會因侵韓失敗，而發動侵台戰爭，因此將原有之中美軍事合作，置於較長久且堅定積固之法律基礎上甚爲必要。而且當時國際社會對中共之姑息氣氛甚重，所謂台灣地位未定及台灣托管之說甚囂塵上，如不加以改變戢止，對我士氣民心自有影響，如中美締結共同防禦條約，則美國之堅定態度的可牽制中共的赤化亞洲計劃，且可使我國因而與自由世界成爲一體，不再孤獨並振奮我民心士氣。因此我外交當局遂於民國四十二年十二月向美國建議締結中美共同防禦條約。

當時就美國而言：中共竊據大陸以後即擴大侵畧，韓戰使美國損失人員及物質甚鉅，而中共又不斷地用滲透顚覆之手段進行侵畧，東南亞各國受到嚴重威脅。聯合國安全理事會因蘇俄之濫用否決權而陷於癱瘓之狀態，欲期聯合國負起維護世界和平之責任殆不可能。美國爲維護其西太平洋區域之安全，曾依據聯合國憲章關於區域性安全制度之規定，先後於民國四十年與菲律賓及澳洲暨紐西蘭、日本，民國四十二年與韓國締結共同防禦條約，如與我國無共同防禦條約之締結，則美國在西太平洋安全體系中將缺乏最重要之一環。因此，美國亦因其本身利益，遂接受訂約之議。

三、訂約之始末

鑒於上述之中美雙方共同需要，我國爰於民國四十二年十二月間非正式地向美方建議締結一項共同防禦條約，並備就約稿送請美方考慮。民國四十三年九月八日東南亞公約在馬尼拉簽署後，美國國務卿杜勒斯曾來台灣訪問，並與 蔣總統討論該項條約之範圍問題，主管遠東事務之助理國務卿羅勃森嗣於民國四十三年十月間來台北續行談判，雙方曾就訂約一事詳加研究多次交換意見，美國對訂約一事，初本不表熱衷，其最大顧慮即恐我國於訂約之後，對大陸發動反攻，致引起中共還擊，而使美國被迫捲入中國內戰。

民國四十三年九月間，共軍連續砲轟金門，台海局勢頓趨緊張，當時國際間正醞釀海峽停火，將由紐西蘭向聯合國提案，美國爭取我國之合作，以期促成停火之實現，遂決意與我訂約。

四十三年九月外交部長葉公超趁出席聯合國大會第九屆常會前往美國，訂約之談判乃於是年十月廿七日在華盛頓展開，至十一月底談判完成，十二月一日發表共同聲明，並於是日分別由葉部長與杜勒斯國務卿全權代表中美兩國政府在華府簽約。嗣復於十二月十日舉行換文，四十四年元月廿四日美總統艾森豪將該約簽字本咨送參衆兩院，由參院外交委員會於二月八日以十一票對二票審查通過，向參院提出報告。二月九日參院以六十四票對六票通過該約。而我國立法院亦於四十三年十二月二日於第三七五次會議決議准予簽署，於四十四年一月十四日審議通過，同年三月三日中美雙方在台北互換批准書，該約開始生效。該約之換文本爲中美兩國行政機關之間爲實施條約所作之諒解，並不視爲條約的一部分且亦不擬公開，但在美國參議院審議該約之過程中，換文之實質部分業已公開（註二）。

四、約文及換文之內容分析

茲就該條約的內容逐條分析說明於後：

序言──「茲重申其對聯合國憲章之宗旨與原則之信心，及其與所有人民及政府相處之願望，並欲增强西太平洋區域之和平結構；以光榮之同感，追溯上次大戰期間，兩國人民為對抗帝國主義侵略，而且相互同情與共同理想之結合下，團結一致併肩作戰之關係；願公開正式宣告其團結之精誠，及為其自衞而抵禦外來武裝攻擊之共同決心，俾使任何潛在之侵略者不存有任一締約國在西太平洋區域立於孤立地位之妄想；並願加强兩國為維護和平與安全而建立集體防禦之現有努力，待西太平洋區域更廣泛之區域安全制度之發展。」

此序言說明了中美兩國締約之宗旨與原則，與美菲、美澳紐及美韓等共同防禦式安全條約之序言，大致相同。

第一條──「本條約締約國承允依照聯合國憲章之規定，以不危及國際和平、安全與正義之和平方法，解決可能牽涉兩國之任何國際爭端，並在其國際聯係中，不以任何與聯合國相悖之方式，作武力之威脅或使用武力。」

本條係參照聯合國憲章第二條第三項及第四項而訂定，在北大西洋公約、美澳紐、美菲、美韓等共同防禦式安全條約及東南亞公約中，亦有類似之規定。至於將來我對大陸是否使用武力，係我主權範圍內之事，既不涉及國際關係，亦不與聯合國宗旨相悖，自不受該約之限制。

第二條──「為期更有效達成本條約之目的起見，締約國將個別並聯合以自助及互助之方式，維持並發展其個別及集體之能力，以抵抗武裝攻擊，及由國外指揮之危害其領土完整與政治安定之共產顛覆活動。」

此條係確認美國范登堡決議案(Vandenberg Resolution 1948)之原則，亦為美國與其他國家簽訂防禦條約之共同特點，但却特別提出抵抗共產顛覆活動一節，則為美國與其他各國所訂之共同防禦或安全條約所無，實具有重要意義。

第三條──「締約國承允加强其自由制度，彼此合作，以發展其經濟進步與社會福利，並為達到此等目的，而增加其個別與集體之努力。」

締約國承允加强其自由制度，並彼此合作，以發展其經濟進步與社會福利，此節與北大西洋公約第二條及東南亞公約第三條相類似，但美國參議院外交委員會在審查東南亞公約報告書中曾指出：『本條並不使美國承擔特定援助計劃之義務』

第四條──「締約國將經由其外交部部長或其代表，就本條約之實施隨時會商。」

本條旨在規定對該約之實施隨時舉行會商之規定。

第五條──「每一締約國承認對在西太平洋區域內任一締約國領土之武裝攻擊，即將危及其本身之和平與安全。茲並宣告將依其憲法程序採取行動，以對付此共同危險，任何此項武裝攻擊及因而採取之一切措施，應立即報告聯合國安全理事會。此等措施應於安全理事會採取恢復並維持國際和平與安全之必要措施時予以終止。」

本條係該條約之重心所在，實際上與美菲、美澳紐防禦條約第四條之規定相同。在該條第一項內規定雙方遇有武裝攻擊時應採之行動，此類條欵在美國與各國所訂之條約中，有兩種形式：一為「北大西洋公約型」，規定對締約任何一方之攻擊，應認為對所有締約國之攻擊，各締約國應立即採取恢復區域內安全之必要辦法，包括武力之使用在內，以協助受攻擊之一方。一為「美澳紐條約型」規定對締約任何一方之武裝攻擊，應認為即將危及各締約國本身之和平與安全，各締約國應依其憲法程序，採取行動，以對付此項共同危險，美菲、美韓安全條約及東南亞公約均採此種方式。

該條文第二項係基於聯合國憲章第五十一條及第五十四條之規定所訂立，聯合國會員國間所訂區域性安全條約如北大西洋公約、美菲、美澳約安全條約及東南亞公約均有類似之規定。本條顯係採取「美澳紐條約型」所訂立，但美國參議院外交委員會在審議該條約之報告書曾對本條作如下聲明：「參議院瞭解：締約國在第五條所負之義務，僅於遇有外來武裝攻擊時只得適用，除經共同協議者外，任一締約國不得自中華保有之領土從事軍事行動。」

第六條——「爲適用於第二條及第五條之目的，所有「領土」等辭就中華民國而言，應指台灣與澎湖；就美利堅合衆國而言，應指太平洋區域內在其管轄下之各島嶼領土。第二條及第五案之規定，並將適用於經共同協議所決定之其他領土。」

本條旨在規定條約之適用範圍，東南亞公約亦有類似之規定。此項規定與締約國之領土主權無涉，其意義僅爲締約國根據締約時實際情形與需要，同意將條約中某項規定適用於其特定之局部領土。就該約而言，除第二條及第五條所規定之事項外，其他全部規定，並無適用範圍，故此條之規定並不影響締約國對其全部領土之主權。

本條之適用範圍，除我方之台灣澎湖及美方之西太平洋島嶼領土外，尚有「將適用於經共同協議所決定之其他領土」之規定，實具有伸縮活動之餘地。但美國參議院外交委員會在審議該條約之報告書中曾對未條文提出耐人尋味之聲明，本文擬於下一章節再作一詳述。

第七條——「中華民國給予，美利堅合衆國政府接受，依共同協議之決定，在台灣澎湖及其附近，爲其防衛所需要部署美國海陸空軍之權利。」

本條之主要作用乃在於將中美兩國間當時業已存在之各項合作措施，置於條約基礎之上，在美西防禦條約，美日安全條約及美韓安全條約中均有類似之規定。

第八條——「本條約並不影響，且不應被解釋的影響，締約國在聯合國憲章下之權利及義務，或聯合國爲維持國際和平與安全所負之責任。」

本條係基於締約國對於聯合國憲章之尊崇。

第九條——「本條約應由中華民國與美利堅合衆國各依其憲法程序予以批准，並將於在台北互換批准書之日起發生效力。」

本條係一般國際條約通常所有之形式。

第十條——「本條約應無限期有效（This treaty shall remain in foru indefinitely）。任一締約國得於廢約之通知送達另一締約國一年後予以終止。」

本條與美菲、美澳紐、美韓之共同防禦條約及東南亞公約中之有關規定相同，均規定該條約爲無限期有效。其後段雖有可先期一年通知廢約之權利的規定，然後條約係基於中美兩國彼此之國家利益，且經愼重研究談判及簽署，並經雙方循憲法程序批准，自非輕易可言廢止，本約效期之積定性與上述各約並無二致。（註三）

該條約簽訂後，中美雙方政府曾對該條約之適用問題，於民國四十三年十二月十日以換文規定，其中換文內容之實質部份如下：

「中華民國對於民國四十三年十二月二日在華盛頓所簽訂之中華民國與美利堅合衆國共同防禦條約第六條所述之領土及其他領土均具有效之控制，並對其現在與將來所控制之一切領土，具有之自衛權利。鑒於兩締約國在該條約下所負之義務，及任一締約國自任一區域使用武力影響另一締約國，茲同意此項使用武力將爲共同協議之事項，但顯屬行使自衛權利之緊急性行動不在此限。凡由兩締約國雙方共同努力與貢獻所產生之軍事單位，未經共同協議，不將其調出第六條所述各領土，至足以實際減低此等領土可能保衛之程度。」（註四）

由上述換文之內容可歸納出下列之特點：

①該換文之內容主要係出自美國國務卿杜勒斯與我國前外交部部長葉公超於民國四十三年十二月十日就實施該條約之若干適

用問題所交換之函件。（註五）

②就我國立場而言，該項換文係中美共同防禦條約簽訂後兩國行政機關就實施該約之若干問題所成立之了解，並非條約之一部份，亦非該約之附件。

③換文特別指出對我國現在及將來所控制之一切領土，具有固有之自衞權利，依此解釋，我政府行使自衞權利，不但適用於台澎及現在所制之外島，而且亦適用於我今後收復之領土。

④關於使用武力問題，依照條約規定，任何一方遇有武裝攻擊時所單獨採取之自衞行動，當視作對付共同危險的義務。故基於此項同盟關係，任何一方使用武力，自將影響他方，因此中美間之隨時協商，尤有必要。惟遇到行使固有自衞權利之緊急情形，自不及事先會商，故不在共同協議事項之限。

⑤關於軍事部署問題，換文中規定軍事單位調查須經協議一節，係以雙方共同努力與貢獻所產生者爲限，而就我國立場而言，應係指接受美援裝備之部隊而言，應係指接受美援裝備之部隊而言，該該文並規定此項調查足以實際減低雙方有關領土可能防衞之程度時，須經中美雙方共同協議，但如其調出如未達此項程度，理應不受上述限制。

五、該約與台灣法律地位問題

台灣法律地位問題本來理應與中美共同防禦條約無涉的，但美國參議院外交委員會於民國四十四年二月間提出之中美共同防禦條約的審議報告書中曾對該條約第六條條約適用範圍提出了令人矚目之特別聲明，茲爲便於明瞭眞象起見，特將該報告書之第六章「台灣地位問題」（Status of Formosa and the pescadores）全文翻譯於後：

「中國於中日甲午之戰以後，依照一八九五年馬關條約將台灣及澎湖割予日本。一九四三年開羅會議時，羅斯福總統，邱吉爾首相及　蔣總統等會協議台灣及澎湖『應歸還中華民國』。波茨坦會議時此一決定復經一九七五年七月廿六日關於規定日本投降降件之宣言中，予以證實。自一九四五年九月日本投降後，該島之行政管理權即移轉於中華民國。

台灣於一九四九年十二月成爲中華民國國民政府所在地，依照美國及其他盟國於一九五一年九月八日與日本簽訂之和平條約，日本放棄『對台灣及澎湖之一切權利、權利名義及要求。』惟該條約並未訂名此項權利、權利名義及要求應移轉於何一國家。中華民國雖非該條約之締約國，但該國及出席締約會議各國，曾明白承認該約對台灣及澎湖並未作最後處理。中華民國嗣依該對日多邊條約第廿六條所規定與其「相同或大致相同之條件」，於一九五二年四月廿七日與日本單獨訂立一和平條約。

杜勒斯國務卿在一九五四年十二月一日一記者招待會上，曾被詢及中美共同防禦條約是否承認中華民國對於中國大陸主權之主張。彼答稱：『該約在任何方面並未特別涉及此事。』其後當執行會議中討論此一問題時，彼向本委員會報告稱，該約第五條所稱『任一締約國領土』一語，係經審愼斟酌之文字，藉以避免在任何方面表明涉及其主權之事項。

本委員會認爲，本條約之生效將不致改變或影響台灣及澎湖之現有法律地位。本條約與第二次世界大戰後美國對於此事所採取之一切行動完全相符，且在吾人對於該領土之關係中並未在基本上加入任何新因素。吾人業已以行動及默示方式接受中華民國政府爲在台灣之合法當局。

爲避免對於本條約在此方面有任何可能之誤解起見，本委員會茲決定，在本報告書中加入下列聲明，實有裨益：

『參議院瞭解，本約不應被解釋爲影响或改變其所適用之領土之法律地位或主權。』（It is the understanding of the Senate that nothing in the treaty Snall be construed as affecting or modifying the legal status or souereignty of the territories to which it applies）。」（註六）

由上述說明似可瞭解到美國參議院外交委員會對於台灣法律地位問題持以一極其曖昧之態度，一方面表示中華民國政府在事實上已接收台灣並使主權，另方面又暗示台灣法律地位仍屬未定問題，中美共同防禦條約第六條雖承認該約之領土適用範圍包括台灣與澎湖，但該委員會即間接地堅稱該條約並未因而改變台灣地位未定問題。

關於台灣法律地位問題未定的說法在韓戰前美國官方並未見提出，俟民國三十九年六月廿五日韓戰爆發後，美國杜魯門總統於六月廿七日下令第七艦隊將台灣中立化，其聲明表示：「福爾摩沙未來地位的決定必須等太平洋安全的恢復，對日和平的解決或聯合國的考慮。」民國四十年美國在舊金山召開對日和約會議時，曾藉口其他參加對日作戰的國家對於應邀請中華民國或中共參加和約締結一事，無一致意見，因此拒絕邀請中國參加，而在舊金山和約未明文規定台澎歸還中國，因而美國從此就根據這種違反「開羅宣言」等國際協議規定，聲稱「台灣法律地位未定」，作爲其製造各種不同策略「兩個中國」的「基礎」。金山對日和約簽定後，日本於一九五二年四月廿八日與中華民國締結雙邊和約，因日本堅持以金山和約爲藍本，而當時中華民國政府退守台澎，國際局勢不利，只有對日讓步，所以中日和約中只在第二條規定：「茲承認依照公曆一千九百五十一年九月八日在美利堅合衆國金山市簽訂之對日和平條約第二條，日本國業已放棄對於台灣及澎湖羣島……之一切權利、權利名利與要求。」和約中又未明文規定台澎歸還中國（註七）。因此可知美國自韓戰以來就開始强調並促成台灣法律地位未定的說法。在中美共同防禦條約第六條規定：「爲適用於第二條及第五條之目的，所有「領土」一辭，就中華民國而言，應指台灣與澎湖……」依該條文用語的文義解釋，理應可解釋爲美方承認中國對台澎的主權，但美國參議院外交委員會之報告書却復提出所謂「本條約的生效並不會改**變或影響台澎的既存法律地位」之聲明，揆其動機其主要目的有**二：

一、美國仍不願放棄實現兩個中國之幻想，所以美國一再强調台灣法律地位未定，台灣並非爲中國領土，爲消彌國際爭端，台灣則可以另成爲一個國家，而參院外交委員會之聲明則旨在避免因中美共同防禦條約對台灣澎湖之承認與肯定，而造成任何事後的誤解，以致使台灣未定說頓失法理上的依歸。

二、重申台灣未定說，使國際社會產生一種輿情認爲台灣並非中國領土，倘中共發動台海戰爭，則將構成國際性之戰爭，則國際社會得從而予以制裁。

但是實際上台澎自一九四五年（民國卅四年）十月廿五日起因日本簽署投降書及中日和約時已構成默示移轉主權的法律效果，所以台澎自該日起又是中國主權下的領土了（註八）。因此美參院外交委員會對台灣法律地位之聲明係無任何意義的且並不影響該條約之效力。

六、一九七三年戰爭權力法案與該條約之關係

鑒於越戰對美國的拖累，引起美國國內人民怨聲載道，加諸水門事件之影響，一九七三年十一月七日美國國會分別以超三分之二的多數票推翻尼克遜總統於十月廿五日就「限制總統作戰權力法案」所作之否決，同時通過一嚴格限制總統作戰權力之「戰爭權力法案」（War power Resolution）。該法案旨在確定國會與總統分擔決定美國武力介入戰爭之權力，其主要內容可簡述如下：

①如未經國會之特別授權，總統無權使用美國軍隊從事海外戰爭超過六十日，如總統於遞交國會書面報告且軍事確有必要，可將六十日之限期延長三十日，並規定此一限制適用於美國以前及以後所批准之任何條約。

②每逢事件發生，總統派兵赴戰區前，應與國會會商，隨後亦得定期與國會商議。

③無論何時，國會得以共同決議案方式促使總統終止未經國會宣戰或特別授權而參與之戰爭。

由該法條內容似可看出，美國總統雖依然是美國陸海空軍總司令，但總統因該法條之限制，使得其不再能獨攬軍事大權，而被迫須與國會共同行使之。

美國總統的海外出兵權雖在行使範圍及限期方面因該法條而受到限制，但並不影響美國之對外承諾，對中美共同防禦條約之承諾將不受到牽制（註九）。況且從軍事上着眼，現代戰爭應該是速戰速決的。從經濟的觀點來看，現代戰爭耗費之鉅，也必須在最短期間決一勝負。在此次中東戰爭以色列的戰爭每小時美金一千萬元，這是這塲戰爭在十六天即告結束的一個重要原因……所以在美國國會特別授權之前，美國政府已有足夠的時間，協同締約國作戰，取得勝利（註十）

七、台海決議案之廢止對該約之影響

民國四十四年一月共軍於中美共同防禦條約生效前兩個月出動空軍猛烈攻擊大陳島，一月廿日一江山已完全淪陷，廿四日美國總統艾森豪向國會咨請授權於必要時得運用美國武裝部隊防衛台澎之安全，於是衆議院內南卡羅利納州民主黨議員李查德(Jas. P. Rirhards)照原咨文提出一項聯合決議案（Formoso Resolution）於一月廿五日以四一〇票對三票通過，一月廿八日於參議院以八五票對三票亦獲通過，並於一月廿九日經艾森豪總統簽署而成爲法律。

該決議案除規定防禦台灣澎湖外，並未明文包含金門馬祖之協防，但是却說明「包括該地區內現正握於友好手中之有關據點與領土之確保與防衛」（this authority to include the securing and protection of such ralated positions and territortes of that area now in friendly hands……）（註十一）換言之，金門馬祖即該決議案所隱含包括之範圍內。因此，此一決議案實際上就產生了對中美共同防禦條約第六條「適用之領土範圍」的擴大補充作用，使得中美同盟關係不但包括對台澎之防禦且擴大適用於外島。

美國參議院鑒於其國內外情勢需要，遂於一九七一年十月廿八日以四十三對四十票通過廢止一九五五年台海決議案，但在國會辯論中，爲避免激怒中華民國政府起見，參院又接受參議員史特芬斯（Ted Stevens）之修正案決定台海決議案之廢止延至一九七二年三月十五日起生效。然該決議案廢止後是否會對中美共同防禦條約有任何影響呢？從法律的觀點來看，對於現有中美兩國協防關係並無影響（註十二）。因爲該項決議案只是國內法律基於美國片面與志願之基礎，旨在由國會授權總統於必要時出兵防禦台澎，其存在係屬一獨立性的，與中美共同防禦條約並非直接的關連，「但由於決議案之廢止使得該約之涵蓋範圍似無形中減少了到金門馬祖之防禦，此點似宜密加注意」，「進而努力由中美共同協議而對該約增加一內容包括金馬兩島之附加條欵」。

八、對該約及其換文之檢討

中美兩國處境未盡相同，彼此在國家利益及基本政策上自有所差異，該條約及其換文，並非表示中美雙方政策之完全一致，實乃雙方爲適應彼此需要及利益之結果，蓋美國當時之政策只是爲圍堵共產侵畧，而在西太平洋體系上鑄成重要的一環，其目的純爲防禦台灣，而我國基本目的則爲反攻大陸，防禦台灣僅爲達成此項目的之先決條件，是以防禦台澎乃訂約時雙方唯一共同立塲，此亦爲締成功之主因所在。而該約及其換文既爲中美雙方妥協的產物，其內容是否有值得斟酌之處，現就個人管見提出檢討於後：

（一）該條約的性質係屬防禦之條約，並無攻擊行動條欵，雖與我國基本國策——反攻大陸之原則無任何違背，但按其換文規定「使用武力將爲共同協議之事項」，可知在技術上我之使用武力或受美方牽制。

（二）雖就我官方立場，認為該換文係中美兩行政機關就條約之實施所達成的一項了解，而非條約之一部份。但就國際公法之觀點而論，儘管換文在國際上有許多不同之名稱，但換文協定在國際上的效力與條約無異，如九二三年 Max Huber 對於英國與西班牙關於摩洛哥問題的仲裁文件中，認為一八九六年英國與摩洛哥的換文協定，對雙方均有拘束力，現該地既由西班牙保護，則西班牙自有繼承該協定之義務。在國內判例中除極少的例外，大多亦認為換文應拘束締約國，且具有與條約相同的性質（註十二）因此該換文對中美兩國應面對現實，進而努力考慮採取因應措施，以化阻力為動力才是。

（三）該約第五條規定對於相互間之協防行動是「依為憲法程序採取行動，以對付共同危險」，至於憲法程序如何即其一項複雜且易引起爭辯之問題，似宜再作一明確之規定。

（四）該條約第八條規定：「本條約並不影響且不應被解釋為影響締約國在聯合國憲章下之權利及義務，或聯合國為維持國際和平與安全所負之責任。」目前我國非聯合國之會員國，且中共在聯合國胡作妄為，今後我國對聯合國之決議究有無完全遵從之必要，似頗得商榷。

（五）該條約第三條規定「締約國承允加强其自由制度，彼此合作……。」該條約既係屬軍事性質之條約，何以須强調自由制度之加强，其意義與範圍頗令人費解。

（六）該條約第十條雖規定「本條約應無限期有效」，但其後段又是「任一締約國得於廢約之通知送達另一締約國一年後予以終止」之規定。此種規定等於使該條約之有效期限規定為一年，只不過可以自動續約而已，似未若明定一基本有效期限，俟期滿後適用廢約之規定要來得更有穩定性。

（七）該第四條規定「締約國將經由其外交部部長或其代表，就本條約之實施隨時會商。」鑒於該約簽訂迄今已逾二十一年，其間由於許多客觀環境之變化，使得該條約有再作一全面研商之必要，我國似可按該約第四條之規定，針對新的情勢，由雙方外交代表再商訂一更有力的共同防禦體系與策畧，並對一九五五年二月八日之參院外交委員會之該約審議報告書之數項聲明予以澄清。

附　錄

一、中美共同防禦條約

本條約締約國

茲重申其對聯合國憲章之宗旨與原則之信心，及其與所有人民及政府和平相處之願望，並欲增强西太平洋區域之和平結構；

以光榮之同感，追溯上次大戰期間，兩國人民為對抗帝國主義侵畧，而在相互同情與共同理想之結合下，團結一致併肩作戰之關係；

願公開正式宣告其團結之精誠，及為其自衛而抵禦外來武裝攻擊之共同決心，俾使任何潛在之侵畧者不存有任一締約國在西太平洋區域立於孤立地位之妄想；並願加强兩國為維護和平與安全而建立集體防禦之現有努力，以待西太平洋區域更廣泛之區域安全制度之發展；

茲議定下列各條款：

第一條　本條約締約國承允依照聯合國之憲章規定，以不危及國際和平、安全與正義之和平方法，解決可能牽涉兩國之任何國際爭議，並在其國際關係中，不以任何與聯合國宗旨相悖之方式，作武力之威脅或使用武力。

第二條　為期更有效達成本條約之目的起見，締約國將個別並聯合以自助及互助之方式，維持並發展其個別及集體之能力，以抵抗武裝攻擊，及由國外指揮之危害其領土完整與政治安定之共產顛覆活動。

第三條　締約國承允加强其自由制度，彼此合作，以發展其經濟進步與社會福利，並為達到此等目的，而增加其個別與集體之努力。

第四條　締約國將經由其外交部部長或其代表，就本條約之實施隨時會商。

第五條　每一締約國承認對在西太平洋區域內任一締約國領土之武裝攻擊，即將危及其本身之和平與安全。茲並宣告將依其憲法程序採取行動，以對付此共同危險。任何此項武裝攻擊及因而採取之一切措施，應立即報告聯合國安全理事會。此等措施應於安全理事會採取恢復並維持國際和平與安全之必要措施時予以終止。

第六條　為適用於第二條及第五條之目的，所有「領土」等辭，就中華民國而言，應指台灣與澎湖；就美利堅合衆國而言，應指西太平洋區域內在其管轄下之各島嶼領土。第二條及第五條之規定，並將適用於經共同協議所決之其他領土。

第七條　中華民國政府給予，美利堅合衆國政府接受，依共同協議之決定，在台灣澎湖及其附近，為其防衛所需要而部署美國陸海空軍之權利。

第八條　本條約並不影響，且不應被解釋為影響，締約國在聯合國憲章下之權利及義務，或聯合國為維持國際和平與安全所負之責任。

第九條　本條約應由中華民國與美利堅合衆國各依其憲法程序予以批准，並將於在台北互換批准書之日起發生效力。

第十條　本條約應無限期有效。任一締約國得於廢約之通知送達另一締約國一年後予以終止。為此，下開各全權代表爰於本條簽字，以昭信守。本條約用中英文各繕二份。

中華民國四十三年十二月二日
公曆一千九百五十四年十二月二日　訂於華盛頓。

中華民國四十三年十二月二日在華盛頓簽字

中華民國四十四年三月三日在台北互換批准書

中華民國四十四年三月三日生效

（取自外交部編，「中外條約輯編」，台北：台灣商務印書館經銷，民國四十七年出版，頁八二四—八二七）

換文

（說明：條約簽訂後，中美雙方又對條約適用問題，於十二月十日以換文規定，其中實質部份如下：）

中華民國對於民國四十三年十二月二日在華盛頓所簽訂之中華民國與美利堅合衆國共同防禦條約第六條所述之領土及其他領土均具有效之控制，並對其現在與將來所控制之一切領土，具有固有之自衛權利。鑒於兩締約國在院條約下所負之義務，及任一締約國自任一區域使用武力影響另一締約國，茲同意此項使用武力將為共同協議之事項，但顯屬行使自衛權利之緊急行動不在此限。凡由兩締約雙方共同努力與貢獻所產生之軍事單位，未經共同協議，不將其調離第六條所述各領土，至足以實際減低此等領土可能保衛之程度。

（取自「國家建設叢刊」，第三冊，「外交與僑務」，台北：正中書局經銷，民國六十年出版，頁一五七。）

二、台海決議案

（說明：一九五五年一月廿八日，美國國會通過「授權美國總統協防台灣及澎湖之決議案」，次日由艾森豪總統簽署生效，通常簡稱為「台海決議條」，其全文譯文如下：）

鑒於美國與其他各國之關係，係以彼此發展並維持一公正與持久之和平為主要目的；

又鑒於中華民國統治下之若干西太平洋領土，現正遭受武裝攻擊與威脅，且中共前曾宣稱，並現仍宣稱，該項武裝攻擊，旨在支助及準備以武力攻擊台灣及澎湖；

又鑒於該項武裝攻擊，倘予持續，勢將嚴重危害西太平洋地區尤其是台灣與澎湖地區之和平與安全；

又鑒於中國在西太平洋上包括台灣在內之各島嶼，其由一友邦政府切實掌握，對於美國暨太平洋上以及其沿岸各友好國家之重大利益，確屬至要；

又鑒於美國總統於一九五五年一月六日咨請參議院審議批准之中美共同防禦條約，曾承認在西太平洋地區對該約所規定台灣澎湖區域內各領土之武裝攻擊，即將危及締約雙方之和平與安全。

因此，美利堅合衆國參議院與衆議院茲經決議：

授權美國總統，在其認爲必要時，爲確保及防禦台灣與澎湖以抵抗武裝攻擊之特定目的，得使用美國武裝部隊。此項授權包括該地區內現正握於友好手中之有關據點與領土之確保與防衛，以及依總統判斷，爲保證台灣與澎湖之防衛所應採取之其他必要或適當之措施。

本決議案，在總統確認該地區之和平與安全，已因聯合國所採行動或其他關係所造成之國際形勢，而獲得合理之保證，並將上述情勢向國會提出報告時，即行失效。

（譯文取自「外交部檔案」，載「國家建設叢刋」，第三冊，「外交與僑務」，台北：正中書局經銷，民國六十年出版，頁一五十。）

附註：

註　一：傳啓學編著，「中國外交史」下冊，台北：台灣商務印書館，民國六十一年四月出版，頁七二〇—七二一。

註　二：請參閱民國四十三年十二月廿四日第一屆立法院議案關係文書院總第三〇一號政府提案第二二五號。頁三。

註　三：請參閱民國四十三年十二月廿四日第一屆立法院議案關係文書院總第三〇一號政府提案第二二五號，案由：行政院函送中美共同防禦條約請查照審議案。頁五—八。

註　四：請參閱「國家建設叢刋」第三冊「外交與僑務」，台北正中書局經銷，民國六十年出版，頁一五七。

註　五：請參閱民國四十四年一月十六日新生報。

註　六：譯自Report of the committee on foreign relations on Executive A 84th congress 1st session (senate) Feb. 8, 1955. U.S. Government printing office washinpton 1955.

註　七：丘宏達著，「關於中國領土的國際法問題論集」，台北台灣商務印書館，民國六十四年四月出版，頁四。

註　八：陳治世，「台澎的法律地位」，載「東方雜誌」復刋第四卷第十二期，民國六十年六月，頁卅一—四十九。

註　九：陳明，「美國總統戰爭權與一九七三年戰爭權力法案」，載美國研究第四卷第三期，民國六十三年九月，頁八十五。

註　十：杜蘅之著，「國際法與中國」，台北：聯合報社，民國六十四年五月初版，頁一二五—一二六。

註十一：請參閱Congressional Quarterly Almanac 92nd congress 1st session 1971. p.366.

註十二：見註十該書第一三九頁。

註十三：丘宏達編著，「條約新論」，台北：三民書局，民國十八年十一月初版，頁九十四。

傳奇人物「傳奇故事」

——蔡少明冒貸案

·吳國棟·

蔡少明(右)與王琬

前言

一九七四年十月爆發的青年科學建設公司「冒貸案」，由於案情複雜，牽涉廣泛，幾乎被認爲是國內官商貪污舞弊案中最轟動的醜聞。

「冒貸案」的主角青年公司董事長蔡少明，因而成爲家喻戶曉的傳奇人物。

這位一向被人稱爲「大亨」的「魔術家」，他的神奇地方是在短短數年間，竟能白手創造了一個空前未有的龐大事業王國，而一夜之間，却像排山倒海般地淌垮下來。他的淌垮，連帶掀起國內金融、教育兩界的驚濤駭浪，把八家公營行庫以及三百八十六所學校捲進冒貸漩渦中，總共積欠了全省行庫四億餘元新台幣，其神奇有如「天方夜譚」。

一、冒貸案是怎麽爆發

爲蔡少明這幕冒貸醜劇隆重揭幕的，應該「歸功」台灣省合會儲蓄公司。這家合會的第一封催欵通知在十月三日爲蔡少明毫不遮攔地做出大幅「宣傳廣告」，揭發了轟動海內外的冒貸醜劇。

十月三日，雲林縣的一所名叫「西螺」的國中，在當天接獲一封署名「台灣合會儲蓄公司」的催欵通知，通知上十分「客氣」地指出；貴校於六十二年三月間向青年科學公司購買螢幕八具，工藝教材一套，電化講台八台，貸欵共計四十五萬多元。貴校申請貸欵兩筆，分別爲二十萬八千元及二十五萬一千元。並曾於六十二年四月十六日及十月十六日分別繳納會欵五萬七千六百元及五萬二千八百元，惟六十三年四月十六日應繳的四萬八千元，迄今拖延未付。

又六十二年五月十九日及十一月廿二日，各繳七萬二千元及六萬六千元，但五月十四日的六萬元仍拖延未繳。

催欵通知投到後，使得雲林縣的這所小小國中大吃一驚。有點丈二和尚摸不着腦袋的感覺。西螺國中校長被這兩筆無中生有的會欵弄得莫名其妙；他們除了未向什麽科學公司購買教學儀器外，更未向合會行庫辦理過貸欵，又何來繳過幾次會錢？

在納悶之餘，西螺國中幾經打聽，驟然發現鄰近的其他學校也接到了台灣省合會儲蓄公司的催欵通知，大家都表詫異，認爲省合會這個玩笑開得未免過份些。

豈知相隔一天，台中一帶的學校也接到了通知，校長們才發現事態嚴重，顯然並非有人向他們「惡作劇」，而真的確有其事。於是十月四日下午，這些「債務累累」的校長們在斗南舉行了一次緊急集會，並邀縣裡的教育主管，共同研討台灣省合會這封催欵通知究竟是什麽意思。

校長會報裡，除了決定去函否認貸欵事宜，並決定推派代表前往合會查看貸欵合同與印鑑。這一查看，把所有的代表看傻了眼，合同上除了有校長的簽名外，大小關防與印鑑，樣樣齊全。

這時候，校長們才著急了，稟報教育局謀求解決，否則弄得破產被處分仍然一頭霧。

各縣的教育局主管人員在據報後，同樣地瞪眼不知所以然，只學往省教育廳呈報。

直到十月六日，突然一名自稱爲「蔡少明」的青年公司董事長，公開宣稱：這些學校貸欵是他一手冒名的，他願意承擔所有刑責。

這是「大亨」蔡少明第一次在冒貸醜劇中露臉。他以非正式的記者會，把青年公司各貸欵的簡單原委吐露出來，並表示將自動向司法單位投案，以洗刷這些學校的「黑鍋」。

蔡少明以爲他這番說明以及勇於承擔的作爲，足使這件冒名貸欵案「大事化小」，因爲他自承「僞造文書」與「詐欺」。豈知檢察官在偵訊蔡少明後，發現這件「詐欺案」並不單純，有繼續追查的必要，於是十月七日，下令收押蔡少明，終於把這幕冒貸醜劇轟轟烈烈地公演出來，導出了國內官商貪污舞弊的最大醜聞。

二、「大亨」蔡少明的崛起

認識蔡少明其人者，都有一個共同感覺，蔡少明的腦筋頂聰明。他爲人八面玲瓏，擅於運用技術，手面大方，作風海派，加上天生長處：一副堂堂相貌，能言善道。

他今年四十七歲。出生福州，戶籍上記載的學歷是「福建學院肄業」，早年曾在僑居地菲律濱求學，隨後返回福州中學。抗戰時投筆從戎，參加青年軍。

卅八年來台後，即服役於裝甲兵部隊，未隔多久，轉進青年服務團，擔任文康職務的科長。退役後，又轉入省公路黨部的文化工作大隊任職隊長，負責公路所屬機構的文康巡迴演出活動。

這一時期的蔡少明，發揮了他在戲劇方面的才華，曾經導演了不少令人激賞的話劇，在戲劇圈內頗負盛名。

他最被稱頌的是曾以三天時間，澈夜不眠，把一羣湊齊的臨時演員，排練出一齣規模龐大的古裝劇。這齣戲的成功，使他揚揚自得，以致於沾染上影劇圈裡的「酒色財氣」，弄得生活陷進困境，最後離開文化工作隊。

蔡少明在離開戲劇圈，最淒慘時。甚至告貸無門。他艱困地支撐下去，發誓總有一天要讓所有的人對他刮目相看。

就爲了這個誓言，他花了十二年的心血來建立起一個龐大的事業王國，儼然以「大亨」姿態出現在社交場合。

當他剛告別戲劇的時候，年僅卅二歲，身無「一技之長」，却有「家室之累」。生活十分潦倒不堪，依賴舊日青年軍的伙伴與長官的接濟渡日。直到後來，方在台北的一家儀器公司找到一份推銷員工作，待遇微薄，工作繁重，却使他發揮了與生俱來的「能說善道」長處，爲日後事業奠基。

在推銷員這一時期，蔡少明因爲職務關係，開始接觸到學校與廠商，讓他摸到了做生意的竅門。然後，因改造地球儀向外銷售，私下賺了一筆小錢。

由於地球儀在學校的「暢銷」，使蔡少明引發了研究科學器材的興趣，終於在五十二年間自己成立了事業王國的第一個機構——「萬有器材科學公司」。

創辦「萬有公司」後，他隨即改裝出一座電化講台，向國內申請專利，做爲這家公司最具威力的「產品」。所謂電化講台，只是容納了錄音機、麥克風與幻燈機等器材，雖然五花八門，倒也別具創意，因此，電化講台推出後，使蔡少明着實撈了一票。

在短短兩年內，萬有公司的業務蒸蒸日上，蔡少明並不以此自得，他的眼光放得遠，雄心萬丈。因此開始着手「炒」地皮，先行看準了台中縣大里鄉的九百坪土地，低價購得後，貸款創辦了他的第一所青年中學。以「校董」身份，周旋在各級學校間，銷售他萬有公司的科學教材。

第二年，蔡少明即成立了「中國青年教育電影公司」，拍攝與進口科學教育影片，轉售給學校。但是，這家公司的發展有限，以致始終未能「鴻圖大展」。蔡少明在發覺後，隨即籌劃他的連鎖機構，創設「青年科學建設公司」，以作爲贊助電化教材的推銷與發行。

這家「青年科學建設公司」創辦後，連鎖企業的雛型已備。蔡少明是採取了現代企業家的手段，用以「債」抵「債」的方式，逐漸拓展。因此，他在隨後兩年內，連續成立了「青年文化開發公司」，「青年科學企業研究發展中心」「青年食品工業公司」以及「青年陶瓷工廠」。最後在高雄創辦了第八家所屬機構——「萬年科學公司」。

除了企業公司外，他又接辦屏東「東大中學」，改名爲「青年高中」。同時，連鎖這八家公司，成立「青年公司總機構」，自任連鎖機構總負責人。

在蔡少明事業的後半期，他所擁有的公司幾乎是「空頭行號」。八大機構的寸土片瓦，都被他拿來作爲向銀行貸款的抵押品。因此，表面上看蔡少明事業「如日中天」，實際上已是「腐在其中」。

三、兩巨頭與八金剛

蔡少明的事業王國裡，有所謂「兩巨頭」與「八大金剛」。

「兩巨頭」是指，蔡少明與前總經理王琬。「八大金剛」則是：萬有公司經理鄒宗杰、業務主任白明、萬年公司經理黃大城、青年公司業務主任陳木火、青年公司副理米承畲、安全主任陳×光、青年電影公司林×，以及財務負責人王×先。

巨頭之一的王琬與八大金剛，均是蔡少明在拓展青年公司龐大機構加盟進來的，他們形成蔡少明事業的「智囊團」，籌劃業務的開拓，功不可沒。只是，在後期的蔡少明事業中，這些智囊人物除了揮霍無度外，毫無「建樹」，造成蔡少明事業淌垮的主因。

巨頭之一的王琬，與蔡少明淵源深厚，同鄉同學，又同是青年軍夥伴，因此，他在青年公司的地位，可說是一個翻掌覆雲的人物，白明則是蔡少明在擔任文化工作隊隊長時結識的戲劇組組長，其他幾位金剛大半是蔡少明的同鄉。在加盟之際，都懷着萬丈雄心，各有抱負，使得各人所長發揮得淋漓致盡，以致到最後，就只有「坐吃山空」了。

蔡少明的事業王國會導致淌垮，王琬

與八大金剛應負相當的責任，瞭解內情的人，都明白蔡少明陷於絕境，與其說是外來因素，倒不如說是內部人爲緣由來得妥確些。

去年三月間，青年公司的支票發生了退票現象，情勢愈來愈危急，周轉困難日益嚴重，而這時候，這些忠實的「智囊團」却信心動搖，束手旁觀，甚至暗中準備急流勇退。他們在青年公司位居要津，支領高薪，却冷眼看着蔡少明在「挖肉補瘡」，以致弄到最後，青年公司的退票多達三百餘張，蔡少明要負每月三百五十餘萬元的利息。

巨頭間的這種「釜底抽薪」絕招，使得蔡少明事業王國一步一步走向深淵，甚至到了無法自拔的境地。

當初，青年公司在開拓時，王琬與八大金剛所組合的聲勢委實浩大，他們努力扶持蔡少明建立起事業王國，在成功之後，紛紛邀功，極力揮霍，把青年公司當做一座挖不完的金礦，弄得青年公司內部逐日腐蝕。

這些忠實幹部所過的生活，的確令人側目，其濶綽程度非一般人所能想像。只能以「揮金如土」來形容。轎車、洋房還算等閒下之，舞國酒海令其來去自如，使得風月場合的撈金女子，幾乎無人不識蔡少明的兩大巨頭與八大金剛。

蔡少明作風已經十足海派了，八大金剛尤有過之，王琬則更是「個中老手」。

接近蔡少明的人，都聽過這位「大亨」的「軼事」。有一次，蔡少明在餐廳拾獲一只皮包，當人轉交給遺失皮包的那位小姐時，她發現裡面多出了兩千塊錢。蔡少明並沒有其他用意。只是這位小姐倒也十分知趣，很快地「投李報桃」，而蔡少明也「照單全收」。

舉凡這種種「軼事」，在發跡後的蔡少明來說，實在微不足道。他的江湖作風，甚至到了只要三分熟的朋友在餐廳被他發現，他都會自動替你「結帳」。

問題是：蔡少明這種「廣結人緣」自有他的道理。他不同於王琬與八大金剛他們那種揮霍無度的沒根沒跟的幹法。因此，蔡少明雖然一擲千金，毫不皺眉，却也不滿這些幹部的胡天胡地作風。尤其是位居巨頭之一的王琬，幾乎使蔡少明大傷腦筋。

王琬是蔡少明的左右手，創業時期，兩人可說是形影不離；但發達後，兩巨頭的隔閡也日益加深。

王琬插足於蔡少明的事業，客觀的說，是蔡少明的一大敗筆，雖然不可否認，王琬確實爲蔡少明事業王國，立下不少汗馬功勞，但是，發達後的王琬，却不改老調，把青年公司「整」得搖搖欲墜起來。

王琬是在民國五十八年間，加盟蔡少明，當時蔡少明正在籌設青年科學建設公司；王琬在台中市頗有身份，蔡少明就利用深厚的淵源把他「恭請」出來創業。

因此，五十八年底，王琬爲蔡少明拔了個頭籌，協助興建青年公司總機構。找到建築商林師讓，先蓋大樓，然後抵押貸欵，等於是「平地起樓」，這種功力，令蔡少明大爲激賞，以致最後大樓蓋好，公司成立，王琬就受聘爲青年公司總經理。

王琬亦是出生福州，他來台後，先在花蓮稅捐處工作，隨後又轉到財政廳某單位任職。當張啓仲在台中市競選市長時，他又投效到張啓仲旗下助選，表現得十分精幹。

只是，王琬自幼享受慣了，作風比蔡少明有過之而無不及，他幫助蔡少明打天下，相對的也幫助他大把揮霍鈔票，看得蔡少明都感到難過。

王琬接管青年公司總經理，連帶一手包辦公共關係，而他的公共關係是以「來者不拒」作爲原則。

王琬的豪華奢侈生活，認識他的人都爲之瞪眼，他在台中市的風月場合，名氣響亮，來往台中的歌星舞女，都喊他一聲：「乾爹」，從這尊號就可瞭解王琬的作風，因此「無處不飛花」的總經理成爲淘金女子爭逐的對象。

據說：每到一處，不論是舞國酒海，他一揮手，即是成羣女子，也不管客人多少，他全數都要。眞有「大丈夫」之氣概。

有一年春節，王琬在台中一家酒館應酬，一名櫃枱小姐嬌聲喊他一聲：「乾爹。」王琬就順手賞賜她二十杯大酒，當時一杯大酒的價錢是四十元。這一賞賜，弄得酒館內「乾爹」之聲彼起彼落，王琬也來者不拒，統統全「收」。

王琬這種作風，蔡少明極爲不敢苟同，會當面數說過幾回，只是王琬不擺在心上。因爲，發達後的王琬，在青年公司佔有百分之十的股份以及部份土地所有權，兩巨頭就因爲這這種揮霍無度的「公共關係」，而彼此之間的間隔愈搞愈糟。

四、事業王國瀕臨危機

蔡少明事業的腐蝕，嚴格說來應歸責於內部首腦的不知節制。只是，在當時青年公司尚未顯著的現出困境。這種情勢一直到六十二年底，蔡少明傾其全力興建「青年大樓」時，才暴露出事業王國的危機。

當蔡少明在興蓋「青年大樓」時，支票已經開始嚴重退票了，逼得他鋌而走險，連續冒名向行庫貸欵來支持這個「空中樓閣」。

蔡少明之所以施出「冒貸」絕招，也是「窮則變」的方法，他與銀行打交道，早自「萬有公司」即開始，那時他代替國中申請貸欵，信用卓著，都能按照期限償付，在民國五十八年四月以前，他共計爲廿二所國中申請了貸欵，在行庫間建立了信譽，因此，蔡少明在展開「冒貸」行動時，倍感得心應手。

「青年大樓」在積極興建中，蔡少明與王琬這兩個巨頭人物，即發生了齟齬。因爲在「冒貸」時，蔡少明也用王琬在青年公司的土地作爲設定抵押。後來，王琬又發現他名下開出的近一千萬元支票全數被蔡少明拒付，使得王琬憤怒形之於色，摔下青年公司的業務不管，以「考察」爲名，前往東南亞一帶觀光，讓蔡少明一個人出面對觸目驚心的爛攤子。

而蔡少明惟恐事態擴大，不敢正面和王琬決裂，只有忍氣吞聲讓王琬袖手旁觀，獨自承擔青年公司的龐大債務。

直到去年四月八日青年公司始以正式公文准許王琬辭去總經理的職務，同時在公文中「保證」王琬對青年公司的財務和各項貸欵毫無「瓜葛」，但是這個「保證」案發後顯然不發生作用。

蔡少明陣前換將，準備調派「八大金剛」之一的鄒宗杰到台中壓壓陣脚。可是任鄒宗杰如何神通廣大，也挽救不了蔡少明事業的嚴重危機。

蔡少明與王琬兩巨頭的决裂，使得所屬各分支機構首腦坐立不安，他們並非擔心蔡少明事業要垮台，而是憂慮在兩巨頭的干戈後所掀起的「塵埃」會飄落到自己頭上？因此，這些「智囊團」人物都開始求去。

蔡少明在這種四面楚歌的狀況下，仍然咬牙支撐下去，全力興建「青年大樓」。

不明究底的人都奇怪蔡少明在事業瀕臨危機時，何以還要投資蓋這幢大厦。而瞭解內情者，十分清楚蔡少明這樣積極興建「青年大樓」，有其一番用意。

「青年大樓」是他這一生事業成敗的主要關鍵。如果大樓順利完工，他的頭寸等於是「復活」過來，至少，在這時的這幢大厦足以作爲他向行庫周轉的根基。

蔡少明籌建「青年大樓」，除這個含意外，另一個目的是利用這座大樓來完成龐大企業的總聯絡中心，把台中青年公司總機構轉移到台北首善之區，然後將青年公司關係企業的觸鬚伸展到台北財金工商羣。

因此，「青年大樓」實爲蔡少明事業王國的最後掙扎。而這幢大厦的興建也着實不易，其過程的斷斷續續，在在的顯示蔡少明已經是窮途末路了。

平心而論，國際經濟風暴與物價的波動，確實影響了蔡少明事業王國，這個影響，可從「青年大樓」的興建過程中印證出來。由於物價大幅度波動，建築材料跟著大幅上漲，「青年大樓」曾經數度停頓工程。

工程一旦停頓，就延遲蔡少明「復活」頭寸的時間，這個影響不可說不大。

蔡少明的周轉不靈光，也是受到銀根緊縮的影響，當他向外借不到錢時，合會行庫反而向他索取舊債。這種雙重壓力逼得他只有採取更「激進」的方法。以致才出現了所謂「眞假公函」之事。

蔡少明是中華倫理科學教育協會常務理事，這個協會名義堂皇，且有有力人士爲後盾，蔡少明即利用中華倫理科學教育協會的名義，分函有關教育、財政主管機關，請求轉函各行庫融通資金。同時函請台灣省教育廳要求全省各級中學購買其公司的科學教育器材。

受函機關自然不便照辦，函復謝絕。但是蔡少明利用關係取得公文函件予以變造，使得文中內容一百八十度大轉彎，成爲他向各行庫貸款與向學校銷售的有力證件。

這兩件被變造的公函：第一件是台灣省教育廳在去年四月十八日致中華倫理科學教育協會。

函文：「貴會所提關於各校視實際需要，並配合預算可以各校名義自行向金融機構洽辦分期付款，購置科學儀器、教具及教材一節，用意甚佳，有助科學教育之發展，業經教、財兩部表示支持，惟未便分函各校。」

蔡少明在取得函件後，在函文尾端「未便分函各校」文字下端添上了「請逕洽」三個字。其含意等於是要蔡少明的公司、在「本廳贊同支持下，逕自接洽」。

第二件公函是省教育廳在去年五月廿日函覆台北市立銀行。

函文：「主旨：查各縣市國民中學編列購置科學儀器，依規定應編列『各科教學』科目項下，至經費流用及支付款項與購置程序，均須依照法令規定辦理。說明：復六十三年五月十日北市銀業字第一五三三公函。」

蔡少明亦取得函件，删掉了「查各縣市國民中學編列購置科學儀器教材情形，無法查明」這一段文字，而加添爲：「各國中購置科學儀器教具等經費依照規定應在每年度預算『各科教學』項下列支，預算不得任意流用。若必要流用時，須事先依照法令呈報上級核准後，始可流用，學校經費依照規定存入公庫，動支時應依照程序辦理。」在說明一項中亦增列：「貴行擬融資各國中分期付款購置科學儀器教具及教材需明瞭各校預算及支付方式，該業務屬本府主計處主管，經會簽復請查照」。

蔡少明變造公函後，完全扭曲了省教育廳發函的原意。他這樣做的目的，自然是藉此向行庫融資，以挽救事業王國的危機。豈知他的事業已到一蹶不振的地步，任其三頭六臂，也無法東山再起。

五、「大亨」蔡少明的崩潰

蔡少明事業的崩潰，除了內部人爲因素外，「青年大樓」是他的「致命傷」。儘管「青年大樓」對蔡少明具有「起死回生」的作用，但是，他所造成的種種波折，却拖垮了蔡少明的事業。

「青年大樓」在蔡少明利用國中名義冒名貸款與昔日長官的支助下，雖然巍峨的矗立起來；不過，土地產權問題仍未適時解決，以致蔡少明眼睜睜地看着這座大樓擱置在台北建國北路。

據說，「青年大樓」的土地所有權爭奪，是因爲蔡少明無法付出購地的全數款額；他想做效王琬在興建青年公司總機構大樓的作法。以先建後貸方式來付款，却因火候未到，功力不及王琬，無法「平地起樓」，弄得大樓興建一半，土地權仍未轉到他名下。

蔡少明在爭「青年大樓」土地所有權時，已經使各家行庫看清了他的底牌，知道這是一名沒有實力企業家的困獸之鬥，於是行庫開始虎視眈眈，盤算着蔡少明事業的總資產。

蔡少明在這種困境中，千不該，萬不該冒然採取原訂的行動計劃。可能是「窮」昏了頭，不懂「以靜制動」的兵家戰術；所以在「青年大樓」剛完工未久，他即調遣台中人馬佔據大樓，準備轉移事業的重心。

擔任前鋒隊伍的是蔡少明的青年電影公司人馬。由一名曾姓負責人統率，趁夜揮軍北上，遷進「青年大樓」內辦公。

蔡少明以為此時得逞，正準備繼續調遣兵馬時，却被八家公營行庫釘牢，動彈乏力。因此，弄得青年電影公司孤軍陷在台北，後援無力。

蔡少明分身乏術，對分散過廣的所屬機構無法親自指揮，加上屬下「八大金剛」底冷眼旁觀，使他倍感痛心。

這時候青年公司巨頭之一的王琬，雖然去職多日，但是仍有些債務與事務未了，因此，時常來往於青年公司所屬機構。正當蔡少明「火燃鬚眉」之際，他非但不加以援手，反而偷偷地把高雄萬年科學儀器公司賣掉，直到銀行對保時，蔡少明方發覺此事。

陷於困境的蔡少明，對挽救其龐大事業仍未死心，他透過了昔日長官的關係，終於謀設了一條向外求援的計劃，派了一名心腹，前往香港，準備不惜犧牲任何代價來穩住青年公司的根基。

據說：蔡少明這名心腹在香港為時兩個月，花了蔡少明將近廿萬元港幣，方找到通往香港利×國際財團的途徑。懇求這個龐大財團對蔡少明事業稍稍過目一下。豈知，這個國際財團在審閱蔡少明事業的簡介時，就一口回絕了。因為蔡少明事業的情報，這個財團早在兩年以前就已得到，舉凡有關蔡少明事業的一舉一動，他們他們早就一目瞭然。

蔡少明並未因這個財團的拒絕而罷手。他以昔日長官的關係，暗中活動，直到財團首肯投資為止。只是利×財團開出的條件令蔡少明大傷腦筋。對方投資的代價是限期內接收蔡少明所有機構。這個條件等於告訴蔡少明，他的一生事業將在獲得投資後，全軍覆沒，十二年的心血，前功盡棄。

蔡少明自然不能苟同。但是不苟同又有什麼辦法，此時，他已經無法再向國內任何一家行庫貸出一塊錢，所屬機構全被作為設定抵押，抵押的順位甚至已排列到第四順位了。沒有一家行庫再為這空頭事業冒一分險。

蔡少明在幾經斟酌後，終於答應了利×財團這個苛刻的條件。只是附帶提出相對的條件，要求青年公司在併入財團後，這個機構仍由他擔任實際負責人。

蔡少明這個人聰明一世，糊塗一時，以為這種「片面協定」，能多苟喘自己在青年公司的地位，忽視了這個國際財團的龐大力量。在投資以後，一個小小的蔡少明，任你插翅亦難飛逃。

就這樣，利×財團初步貸款投資原則同意，貸款總額一千一百萬美元，比蔡少明所屬全部機構作為貸款抵押，貸款中分兩部：一是五百萬元現款，一是價值六百萬元的機器，準備以青年公司原有的規模，在台灣開拓一個新市場。

當貸款手續正準備簽約時，天不從人願。蔡少明仍以為他這生事業最後終獲轉機，豈知國內的各家行庫，對他已失信心，不敢冒險等候他這筆國外貸款；隨即採取了「瓜分」行動。

由於行庫多達八家，大家都深恐追討不到這筆舊債，於是造成了「飢不擇食」的現象，不經協調，台灣省合會儲蓄公司首先發難，散發出數百封催款通知，其他行庫緊接着跟進，忘了「冤有頭，債有主」，急吼吼地向全省三百八十六所學校討起錢來，以致掀起了「冒貸醜劇」這幕戲的序幕。

蔡少明的事業，至此方告崩潰。

六、冒貸醜劇幕前幕後

當冒貸案爆發後，不識蔡少明其人者，為之結舌，難以相信一名白手的推銷員，會建立起如此龐大的企業而在一夜之間，竟成明日黃花。識其人者，却不勝感慨，蔡少明十二年來所建立的事業王國，事實上只是「空中樓閣」罷了，他的崩潰是預料中事。

崩潰後的蔡少明在十月七日經台中地檢處檢察官下令收押。從這一天開始，「冒貸案」像是一顆威力强勁的炸彈，難以防備，案情發展連續掀起高潮，弄得金融、教育兩界困擾不堪，朝野為之驚動。

司法單位除了迅速組成專案小組偵查外，並由調查局配合行動。民意代表方面、中央級的有立法委員的質詢、監察委員的調查、地方級的有社會抨擊。省府方面，則由教育廳與財政廳組成專案小組參與調查。

這些適時採取的官方行動，除了增添這齣醜劇莫大「聲勢」外，也成為冒貸案的巨大壓力，殊屬空前未有。使得司法單位在案子未進入司法程序前，公開發表了一項說明，以對社會大眾作一總「釋疑」。

社會大眾在冒貸案發後，除了吃驚之外，最為關注的是本案究竟牽涉多少人？蔡少明究竟涉及那些罪嫌？這種市井心理是必然的現象。因為金融行庫的作業一向嚴密苛刻，有「晴天借傘」之譏；何以蔡少明能為旁人所不能為者。

因此，司法單位在偵查全案明朗化後，即列出了蔡少明的罪嫌，以及涉及者的人員，以洗刷無辜者清白。

「大亨」蔡少明被列出的罪嫌計有：

一、利用中華倫理科學教育協會的美好名義，分函有關教育、財政主管機關，請求轉函各行庫融通資金，予以支持，並利用代領政府機關公文轉交受文機關之機會，予以變造，以資矇混。

二、大量偽刻學校公印及校長私章，冒用學校名義向各行庫借款。

三、以金錢及其他不正利益買通各行庫及地政機關主管與承辦人員偽造文書並故為不實之對保，朦獲核准巨額貸款，勾結公務員舞弊圖利。

與蔡少明一起被收押的公司有關人員計有：王琬、陳木火、鄒宗杰、白明、黃大峨、米承畬，另兩名刻印工人郭金木、林長竹，一併在押。

行庫人員在押的有：合作金庫總經理馬君助、華南銀行常駐監察人林鶴年、合會中小企業金融部經理李振華、臨時雇員高肇堂、彰銀徵信室專員藍祚明、一銀台中分行經理黃承宗、合庫營業部經理黃梅芽、土地銀行台中分行業務員項瑞琛，一銀台北市重慶北路分行經理王慶麟。

地政人員在押的有：霧峰地政事務所主任曹明欣、臨時約雇員謝錫隆。

教育人員在押的有：高雄市政府教育局專員錢國瑞。

被收押的人中，以馬君助與林鶴年的身分為最高。

馬君助與林鶴年「栽」在冒貸醜劇中，實令識者扼腕。其身分與地位竟然涉及收受賄賂非法核准貸款，使得蔡少明冒貸了鉅款，令人難以相信。

馬君助是因為曾任台灣省合會儲蓄公司總經理，而與蔡少明來往。他在金融界原是長袖善舞的人物，結交廣濶，當蔡少明在利用國中名義冒貸時，馬君助與他並不相識，以致曾遭到「打回票」。

蔡少明在查知打回票的原因後，運用了昔日長官的關係，先行結識合會金融部經理李振華，然後透過李振華攀上馬經理，以致冒貸節節成功。貸款由合會公司直接劃撥到蔡少明帳戶內。開始時候，連擔保品都沒有，直到貸款到期，蔡少明無法償付時，合會發覺「信用」動搖，方要要求提供抵押品。

馬君助的被扯出來，是因其忠實幹部李振華的供詞，同樣的，林鶴年被套進，也是他的得力部屬霧峰地政事務所主任曹明欣的「提拔」。

林鶴年不僅出身本省望族，在政壇上亦是風雲人物，曾任多屆台中縣長，有「音樂縣長」之雅稱，其財力與聲望，豈是蔡少明者所能攀交。遺憾的是，他識人不深，被其極力提携的部屬曹明欣所陷。

曹明欣原是林鶴年任職縣長的機要秘書，後調霧峰地政事務所主任。他是因買賣土地而結識蔡少明。蔡少明在初看曹某人，一眼即看出這是個什麼樣的角色，於是在買賣土地之際，略施小惠，讓曹明欣大為開心，終成莫逆交，不惜為他偽造記載不實之土地登記高估地價。並且變更地目，讓蔡少明方便用以向行庫抵押貸款。

蔡少明在向華南銀行貸欵時，也曾經被打回票，於是他透過曹明欣的關係，拜見了林鶴年，從旁協助，向華銀貸得第一筆九百萬元鉅欵。

在冒貸醜劇中，除了馬君助與林鶴年兩位高級人員上台串演外；蔡少明着實「坑」慘了他昔日的老長官。從青年公司創業到崩潰這段長久時間內，蔡少明不斷地利用這些老長官的名義與教誨。以致弄到最後，是非難以明辨。使外界誤以為這些位居高官的人物，也會為蔡少明這齣醜劇「跨刀」過。事實上，這些老長官完全被矇在鼓裡，他們有提拔晚輩之心，卻無識人之慧。

這些老長官包括了某宗教領袖、立法委員，以及某單位主任委員。

平心而論，他們的一言一行，的確可使蔡少明翻雲覆雨，因此，當冒貸醜劇上演時，他們的被誤解，實應承擔無「知人之明」的責任。

這一切發展，都是蔡少明本身未曾料及的。他的崩潰，非但使自己身陷囹圄，連帶使若干人受到「杯葛」，這些人包括了青年公司員工以及三百八十六所國中校長。

被連累的校長們，由於涉及冒貸醜聞，成為十目所指的「問題人物」，尊嚴喪失殆盡。而公司內的四百餘名員工，除了數月未支薪餉外，還受到法院封條所限，在水電全無的狀況下，自求生活。

他們的損失不可謂不大，而最為悲慘的一幕是，青年公司的一名工友，因為擔保蔡少明向合會貸欵。在案發後憤愧交集，竟然自殺了結，成為這個醜聞的第一名「犧牲者」！

這些都是「冒貸案」的直接影響，而間接受到波及的是，我們整個金融與教育界的制度與聲譽，實令人感慨萬千！

臨風追憶話萍鄉 (13)

張仲仁

人世間之怪異事物，往往使人不可理解。以前在中國大陸，名山大川不知幾何；萬重山脈數之不盡。這其中有多小民間流傳，述說大山平地的奇事怪談，鬼怪妖魔，成仙得道。使人欲信非信，不信又有事跡留存，令你不得不信。

且說吾鄉有座棋盤山，山頂的仙跡神話，自古遺傳至今，事跡分明，棋盤山上確有棋盤存在。因為筆者曾經上山探險，實地視察過者。

棋盤山位於家鄉流江村北約六七華里之處，是一座在崇山峻嶺之中最奇特的山峯，峯頂高揷雲霄，每逢陰雨天，雲霧圍繞在半山腰，就看不見山峯頂；天色晴朗時，山上一片青翠，遠處更可看到直入半空的山峯。它的奇特處是在山頂有三座大石，那三座大石看起來青中帶黑色，四方形的大石頭，矗立在山峯頂上，好似鶴立鷄羣，顯出一種獨占鰲頭的氣勢。

每屆黃昏，夕陽斜照時，山峯頂上光滑如鏡的大石，被殘陽的紅光照着，眞如同彩虹一般，在石上反射出萬道光芒，美麗又耀眼！這光可以直照至西邊鄰近一帶村庄，確實動人心魄；至太陽漸漸西落，大石反射的光芒亦逐漸減弱，一直到日落西山，山頂的大石又恢復了青中帶黑的原狀。這眞是罕見的天然奇景。

這座高聳奇特的棋盤山，美中不足的是四圍並無大江河流，祇有泉源小溪流，大山脈配小溪流，顯得氣勢不夠雄壯。而且有山無水不成為風水的氣候，故此亦無龍脈結穴可尋；再加地處窮鄉僻壤，是萬山羣中的一座石山，既不能植林，當然沒有出產，滿山上所長的都是雜柴和荆棘，是一座無人顧問的荒山，然而這山上却有神仙的遺跡。

棋盤山的兩邊是懸崖峭壁，就是飛鳥也難飛上；另一邊是光禿禿的石頭，無踏脚之處，祇有一處地方勉强可爬上山峯，但却十分險惡。山峯頂的三座大四方石，當中的一座特別大，旁邊兩塊較小，好似一張大方枱，兩旁是兩張石櫈，東邊石櫈平整而靠近石枱，唯西邊石櫈則距離較遠，而且向後傾斜。

據說：古時有兩位神仙，時常在夜晚登臨山峯頂上各坐一方，相對奕棋，三座大石原本是一石枱兩石櫈，是神仙常坐的。有一晚兩位神仙捉棋發生爭執，竟然互不相讓，有一位神仙一時發怒，抓住一只棋子向棋盤中心一擲，立即起身準備離去，但他順手將石櫈向後一推，所以弄成那張石櫈離得石枱較遠而傾斜，就是此緣因也。這些雖是神話故事，但至今方石上的確依然存有棋盤的方格痕跡，做為棋子的圓卵石，也在棋盤上面放着，事跡存在，因而吾鄉津津樂道，且信得十足。然因山高途險，平日竟無人冒險上山頂一探仙跡，祇是由祖宗一代代傳聞下來，眞所謂「不信神仙信祖宗」了。

在抗戰初期，筆者由於好奇心重，想到耳聞不如目見，定要上山探險一番。那日正是重九登高之期，一時興起，就邀請一位同練武術的堂兄，兩人志同道合，都想征服高山，實行親身探仙跡之舉，要看看高山的大石，究竟是不是如傳說中的棋枱棋盤。

兄弟倆帶備繩索及彎弓鐮刀等爬山用具，用竹筒盛滿食水，一切準備妥善。在晨光曦微中飽餐一頓，就出發上道做「爬山英雄」。我們所走的山道，非常荒僻，平日除狩獵者外，是人跡罕到之地，山路盡是羊腸小徑，有時簡直連小徑也看不見了，變得無路可行，只得在荊棘叢中鑽隙尋縫，左轉右彎的往上爬，弄得衣服也勾破，人也很辛苦，如不是有堅決的心意，眞會半途而廢，這也是我和堂兄一次頗大的考驗。兩兄弟憑着一股年青的熱烈情緒，幾經艱辛，總算爬上山頂，到了那三座大石之旁。

當我們一到山頂，抬頭一望，不覺大吃一驚！原來在山下看見的大石，竟有如此之高。本來我們估計，此石最高也不果是一縱身就可攀上的高度，誰知出乎意料。我和堂兄站在大石旁，抬頭向上一望，好似一座四方寶塔般，竟有一丈數尺的高度；而大方石光滑如牆壁，如想上去，並沒有可搭脚抓手之處。堂兄和我面面相對。心想：雖然練了幾年武術，身體還算結實健壯，但尚未練到飛簷走壁的輕功，因此無能力上正光滑的高壁，兩人只有用手拍拍大石，然後搖頭嘆氣。

然我二人正當年少氣盛，豈肯入寶山而空回！一時想到一個主意，何不砍棵樹幹來。大石附近無樹生長，我即落到半山，砍了一根長樹幹，然後將樹幹豎立，靠着大石放穩，就可以仿照猿猴上樹的法子搽上去。可是山頂的風特別强勁，方石邊緣又光又滑，又怕搽到半途向一邊滑倒，因此先由堂兄在下面扶住樹幹，我先搽上去，俟我在上面抓緊樹後，堂兄再上來，這樣才不至有滑倒之虞。

我倆終於成功的到達了大石頂上，只見大方石平頂也同樣光滑，可是上面的風勢更加强勁，簡直不敢站起身來，怕一時穩定不住，滑落懸崖，那時就成爲粉身碎骨的「爬山烈士」了。我們坐在石面上，放目一望，果然見到有棋盤棋子的遺跡，雖然因年久月深，受風雨的浸蝕，但仍可看得清楚；只見大石中央約三尺多長方形面積的棋盤上，現出縱橫的坑道，但深淺濶窄不同；棋盤上還有十二顆如鴨蛋大的圓石子，嵌在石面上，其中有一顆稍大的圓石球，嵌入較深，眞如傳說中那位神仙發怒起身擲棋子，因此那粒棋子深入棋盤，而其餘的都在方石平面上牢牢的生着。

我和堂兄非常高興，在方石上親眼看到此自古傳流的仙跡。雖然勁風撲面，很難抵受，但還是睜大雙眼要仔細欣賞，才不負此行。只見棋盤坑道線約有半寸深，棋子突出平面約兩寸高；一看就知道是棋盤和棋子，眞和人工做出來差不多，但如用人工鑿成坑道及圓形棋子，必要先將整座方石鑢低三幾寸，才能完成突出棋子的工作，如不是人工所造，那就可說是罕有的奇跡也。

那天山下雖然是風和日麗的好天氣，但高山上的風特別大。當我們冒險爬上大石，兩人就對面向着棋盤坐着，用手撫摸每隻棋子，覺得很是有趣；口渴了，就將背在肩上的竹筒清水代酒，慶祝爬山成功！一會兒同聲引吭高歡一曲，然後相顧大笑。此時覺得風愈來愈大，生怕將我倆吹落山崖，因此不敢站立起來，否則眞會手舞足蹈盡興狂跳呢！但此時要想多動一下都難，因我們攀上石面時，恐怕那根樹幹被風吹倒，那我兩兄弟可能在這棋盤石上做神仙了！所以用繩索一頭綁住樹幹，另一頭則綁在我脚上，以防不測。雖然要顧住樹幹，受了束縛，我還是神仙似的快樂。

兩兄弟模仿完神仙後，放眼四週遠眺，前後左右的山脈和遠處的河流，如舞龍燈般的左旋右轉；週圍幾十里遠近的大小村庄，均呈現眼前，眞好似一幅長江萬里圖。那大小山脈的來龍去脈，峯巒連綿不斷，高低起伏不一，可是每條山脈都有它的終點。唯有河流則異；上流的水源，經萬萬年無休止，所謂源遠流長，永不會乾涸。其中玄妙，如同人體的氣血循環，經左、右心室及靜脈、動脈的流出再流回心室，永不止息一樣。

回想當年朝氣勃勃，不知何謂艱險？在那疾勁大風裡，坐在一座高山頂的高石上，方圍不過幾尺，竟然狂歡痛飲，樂而忘返；再也沒有想到，萬一不小心跌下去，會有何種後果。這就是年輕人的衝勁，也可以說是「初生之犢不怕虎」的原因所在。然而如沒有那一股衝勁，我又怎能親自看到傳說中的奇異仙跡，和鳥瞰美麗如畫的山河地形？所以冒險是必須的，也是值得的。

「平基嶺」是吾鄉去縣城必經之路，此山既高且陡，可是從山脚下修有一條石級路，一級級的盤旋直達山嶺，有幾處石級路是在懸崖峭壁上開鑿而成，非常險峻；一面是高壁的懸崖，一面是數十丈深的山澗，石級又很窄，行起來眞有點提心吊胆；尤其在天雨，或冬季下雪結冰，路面又濕又滑，很可能一滑跌落山澗，那就會永遠安息在澗底了。因此路人每逢經過此懸崖邊沿，總是全神貫注，不敢大意。

山頂上建有一座避雨亭，由地方社團請專人駐留該處，有食物茶水供應，更有善心人氏用杉樹皮扎成火把，在避雨亭上，送給夜行人趕路。此種杉皮火把燃點容易，祇要用力划兩下，就會發出大火光，照耀路面，可看得清楚；不划動就無火光發出。一只火把可供十多里路用，在沒有電筒路燈的鄉村間，此是唯一夜行工具。

在抗日戰爭後期，日寇進攻衡陽的左翼線，其中一隊敵軍，本想翻越平基嶺至縣城會師，但當時在山脚下停留有很久時間，至終不敢冒險越此險峻高山，結果改道直下第五區的湘東鎮，在株萍鐵路線會師，出老關攻湖南醴陵縣。由此可知該山的形勢，連凶暴慣戰的日軍，也不敢輕進直上。

在江西剿匪將近尾聲時，吾鄉局勢已漸趨平靜，鄉人亦逐漸恢復趕夜路上高山。那時筆者有位族祖達豐公，秋收後出縣城交田糧及撥糧戶；從鄉下去縣城有五十華里路程，鄉下人節儉成性，大都不捨得花錢在縣城住宿，因此事情辦完，立即動程回鄉。可是當天往返，必定會兩頭黑。即是天未光就出門趕早路，事後回程半路上已天黑，要到很夜才能返抵家門。

達豐公在縣城已躭擱得快近黃昏，等趕到平基嶺上已差不多午夜時分，到達山頂避雨亭時，想要一把杉皮火把，又偏偏火把用完無存，他無奈祇得在星光下繼續行程。當他經過一處彎角下陡坡的地方，右手邊是黑沉沉的高山樹木，靠外邊就是懸崖；在此路邊有塊大石伸出懸崖，這塊大石生得非常怪異，孤零零的凸出懸崖外面，又正在這死彎角上，更顯得惡形怪狀。鄉間傳說：大石上有邪魔出現害人。因此就是在白天，如單獨一人經過此石，都有點毛骨悚然之感，在夜晚更是不敢闖此鬼域之地。

可是達豐公胆子很大，他獨自一人在深夜行此險地，是因為他不相信那些傳說。他一面急急趕路，一面還在譏笑那班胆小鬼不敢獨自行夜路呢！他轉到死彎角，那塊大石就在他的視線中。誰知在星光矇矓下，竟然看見有個人坐在石上，而且可以看清楚，此人是個長髮女人；只見她面向懸崖，背朝來路，手上握梳子，正在梳理頭髮呢！達豐公一路行近，眼睛不斷的望着這女人，但女人對背後來人的脚步聲，一點也不在意，她若無其事，仍然不停梳她的頭髮。達豐公年青時曾練有相當的武功根基，此時正當年富力强，四十多歲的年紀，也正當男人愛風流的時期；獨自趕路，也許寂寞的關係，也或許是環境氣氛使得他混忘一切，他竟然忽略了深夜高山之上，怎會有婦女出現之事？他一見了那女人，就覺得如飲醉了酒一般的痴痴迷迷，整個人完全被她所吸引，不由自主的行到大石邊上，看着她如雲的秀髮，忍不住伸出手去想摸下她的頭髮。誰料他的手剛接觸到頭髮，女人突然一下站立起身，轉身面對着他。此時雙方非常接近，達豐公看得清楚，不覺全身發冷，汗毛直豎，張口結舌，呆在當地。

原來這女人背影苗條動人，面貌竟如此怕人；只見她雙眼突出，並射出兇光，舌頭伸出口外有兩寸長，面上皮肉凹凸不平，再加上披頭散髮，十足是一個凶悲的吊頸女鬼！達豐公此時驚嚇得面無人色！好在他有健康的體格和武術根基，一看情形不對，即刻轉身飛跑下山，他高一脚，低一脚，亡命而奔，也不理道路險阻難行，三步做一步的飛下山去！一面心中還在着急，這女鬼是否跟住後面而來？但又不敢停下來往後面看一眼，這次達豐公眞是嚇得三魂去了兩魄。

平基嶺下有處村庄，是榮、李兩姓集居之地，其中有一榮立生，智生兄弟，是筆者長親。那晚在熟睡中忽然聽到有人拍門，拍門聲既急又慌，把他們嚇了一跳！莫非有緊急之事發生？急忙起身詢問是何人？但拍門人沒有回音，只是用力拍打。榮家兄弟心知有異，即打門一看，在燈光照射下，認得是流江張達豐表親；只見他面色慘白，氣喘如牛，已嚇得話都講不出。兩兄弟看情形，猜想他趕夜路中了邪，就趕快扶他入內，然後請了位懂得小教的鄰居，施行驅邪安魂等法術，一直擾攘到天亮，終算能夠開口講話了。於是將昨晚在山上所遇女鬼經過，詳細告訴了他們。

第二天達豐公回到家中，從此神思恍惚，不久就臥病床榻，纏綿兩個多月；在病中，他日夜要人在旁陪伴，否則驚起呼叫，白天還可稍爲安靜，一到夜晚就更加驚怕；他家曾請道士收魂，又請良醫診治，無奈回天乏術，終至一病不起。可憐一位中年壯漢，竟然被這無實體的魔影所嚇死，這眞是從何說起！然而事實如此，夫復何言。

平基嶺山下榮李兩姓之村庄上，有位農夫李炳華，五十開外的年齡，平日沉默寡言，誰知他內含過人胆色，並且勇敢機智，確實難得。自從山上發現鬼魂，嚇死人的事發生後，附近村民深感不安，弄得有要事也不敢夜晚過山嶺。所謂「談虎色變」，如今變成「談鬼色變」了。鄉上一班勤勞的農夫，每一早起身，提一隻糞箕，拿一把五六尺長木柄的小鐵耙，（吾鄉俗稱猪屎耙）就去路邊青草堆裡拾狗糞，這是以前農村集肥料方法之一。吾鄉不論大家小戶都供有祖宗牌位，唯有這位李炳華，家中除祖宗牌位外，還另外設有一小神框，用紅布簾垂下遮住，外人是不知他供奉甚麽神位。

有一晚，是有星光無月亮的夜晚，他準備好一支長香和兩支大蠟燭，然囑咐他的妻子：今晚從何時起替他點燃香燭，插在小神框前，萬不可誤事。他本人手挽糞箕，提着猪屎耙，獨自走向平基嶺，在避雨亭和管理人閒聊，他說：要等候一位朋友。管理人也不在意。候至深夜，李炳華計算，家裡已燃點香燭，就起身提着糞箕小鐵耙，離開避雨亭下山回家。原來他今晚是故意在此等那鬼影出現的。

當他一步步走近死彎角的大石旁，放眼一看，果然看到有一個女人，面向懸崖，坐在那裡梳頭髮。李炳華這次前來，本就早有準備，而且抱着勇敢除害的心願，因此雖明知惡魔在前，也非常鎮定；他不慌不忙的口中暗唸幾句咒語，能下快步趨前，毫不遲疑的舉起小鐵耙，朝向女人頭上用力一耙扎下！他身手敏捷，動作太快，這女鬼未曾轉身，就已捱上了一鐵耙！所謂快打慢，出手攻擊，就是人鬼之間，同樣也要快！毫厘之差立分高下。當李炳華用力將鐵耙扎中女人頭頂，忽然之間，女人已無影無踪。難道一鐵耙扎了一個空？再仔細一看，只見大石上有一隻巨大的青蛙，四脚朝天死地那裡，死蛙旁有一灘水蹟，除此並無別物，莫非女鬼是青蛙化身？

李炳華在第二天就將昨晚除去女鬼的經過，詳細告訴同村及鄰居們，說道：以後不用再怕遇見鬼怪了。有些村民即趕上山去一看，果然見到大石上有隻特別大青蛙，比平日所見的青蛙，要大上一倍有餘。至此人們深信不疑，都說女鬼已被剷除，以後過嶺不怕被鬼嚇了！眞的從此無鬼魂出現之事，平基嶺上是太平了。

可是李炳華有何法術？爲何他不用刀劍，而用猪屎耙？這些都成爲吾鄉談論的話題。但李炳華本人，還是和前一樣，做他的農夫，收他的狗糞。他從不以除去鬼物而驕傲，也不願回答鄉人的許多問題，問得急了時，他就說：「我不識什麽法術，也不懂使用刀劍，我只有一樣，就是胆大！算得什麽呢？難道一個有氣有力的大男人，還打不過一個無體無實的鬼怪嗎？」他的話是對的。我們絕不可看輕這鄉下農夫，他心中所存在的智和勇，付諸於實施！替鄉人除害，這不是平常人所能做得到的，他是屬於大勇的人物，因此得到遠近鄉人的敬佩。

萬武樵典範長存

王鈞章

中華民國六十五年元月卅一日，中國國民黨中央評議委員、總統府國策顧問，湖北文獻社發行人兼社長萬武樵先生以心臟病逝世台北市三軍總醫院，享年八十七歲，噩耗傳出，舉國震悼。先生少小從戎，志切報國，自士卒晉陞至省主席，出生入死，冒險犯難，以身許國，以身許黨，以身許領袖。東征、北伐、剿匪、抗戰，戡亂為政辛勤，治功昭著。其殊勳在國，澤惠在民，自有歷史學家予所客觀而可信的評量，謹先就其生平節概之大，畧告當世。

幼承家蔭 聰穎過人

萬武樵(耀煌)先生世居湖北黃岡武湖濱，累世簪纓，代出名賢，祖成鏞公，邑庠生，太平天國之亂，家燬於火，以課徒終其生，父咸賓曉村公，少習書吏，賦性慷慨，濟困扶危，不以貧而易其操，母夏太夫人，為同邑名進士夏耀奎公之長女，慈祥名鄉里，舉子女七人，先生序次，兄毓崑（玉拂），歷任河北深縣，湖北漢陽，貴洲黔西等縣長，廉能精謹，所至有聲，先生誕於民國紀元前二十一年辛卯二月初四日，幼承家蔭，聰穎過人，族叔含元公異之，嘗曰：此子氣宇不凡，將來必能光大吾族，期許有加，先生初由家塾考入武昌兩湖師範附屬高等小學肄業，以勤勉自勵，成績特優，問嘗出入聖公會、日知會等場所，其時值日俄戰後，日强我弱，，康梁變法，不足動人，先總理倡導革命之風，暗中滋長，有潛江劉說庵君，藉會堂為革命掩護，名為傳教，實以革命排滿建立民國相號召，先生每感宣講人員學問淵博，匡時救國之心，溢於言表，心悅神從，隱然而堅從軍報國之志，投筆從戎，入陸軍廿一混成協四十一標當兵，與革命同志組織革命團體，羣治學社發起人之一，而振武學社、文學社成辛亥武昌首義之功，先後於師範附屬高小、陸軍小學、陸軍中學畢業後，而入保定軍官學校第一期，陸軍第五期畢業。

儒將風範 為國宣勤

先生歷任辛亥漢陽革命軍黃克强領導之戰時總司令部參謀，湘軍第一師參謀，國民革命軍鄂軍第一師參謀長兼團長，國民革命獨立第十四師副師長兼旅長，新十軍第一師長，第二十七軍第六十五師師長，北伐成功，任第十三師長兼江西撫州警備司令兼第八縱隊副總指揮，編列追擊隊第二縱隊副總指揮，升任第二十五軍軍長及十五軍團長，兼武滿衛戍副總司令，後任珞珈山軍官訓練團將官班主任，兼軍官訓練團副教育長，調陸軍大學教育長，轉任中央軍官學校教育長，中央監察委員及第一屆國民大會代表，後改任湖北省政府主席，中央訓練團教育長，總統府戰略顧問，中國國民黨中央改造委員會幹部訓練委員會主任委員，革命實踐研究院院務委員兼主任。

先生參加戰役之最著者，爲辛亥革命漢陽戰役；湘鄂聯軍北伐戰役；國民革命軍鄂軍獨立第一師，由岳陽蒲圻嘉魚渡江，攻佔漢陽，截斷敵軍聯絡，並阻敵南下，底武滿之役；返師刑沙於當陽擊潰敵兩個混成旅之役；寧漢分裂，獨立十四師「六、一三」通電首先反共，孤軍深入武昌之役；由采石磯進迫滁縣，掩護大軍渡江之役；北伐蚌埠之役，徐州濟南至天津之役，鄂豫皖邊境清剿之役；江西清剿興國之役；長征追剿贛湘黔滇川甘陝各役；復由陝川回師黔滇追剿共軍蕭賀之役；七七抗戰後，上海廣福鎮血戰之役；保衛武漢之役等。無不英勇奮戰，迭建奇功。

文治武功　名垂青史

先生於戰功之外，對軍事教育，亦多建樹，如在陸軍大學教育長任內，改革戰術教育法，統一戰術思想，加强生活管理，整肅泄沓風氣，與夫軍官學校教育長任內，改革戰鬥教育法，加强戰鬥演習，皆蜚聲中外，威爾基氏蒞成都軍校參觀後，曾在其所著「天下一家」中謂軍校演習，比任何地區同樣演習，均無遜色。又謂有此軍事教育，乃象徵中國受人蹂躪時代已告終結云云。可見先生對軍事教育之成績，早受友邦重視。民國三十五年四月先生奉命主持湖北省政，時值抗戰甫勝，復員未久，瘡痍滿目，百廢待舉，先生深入基層，出巡各縣，勤求民隱，足跡遍及全省七十縣市，爲歷屆主席所未有，提倡地方教育，組訓地方民衆及主持選務，治功卓著，輿論翕然。在庶政中，先生以獎勵興學爲施政之首要，嘗謂：「兒童學齡有限，不能等待有充裕的金錢，有足夠的設備，有良好的師資再辦，初不問好，蓋有比無好，辦比等好，識字比不識字好，師資雖不合條件，教別字總比一字不識好。」三十七年春他調，鄂人深致去後之思，先生主持中國國民國全國幹部訓練暨革命實踐研究院工作，均是秉承先總裁蔣公兼院長之指示，創辦黨政業務演習，研究確保台灣反攻大陸與復國建國各種方案，並爲國家儲備與拔幹部，卓著績效。四十二年因肝病辭職，一直病患纏身，二十餘載矣。

永思哀留　典型長昭

民國五十四年春鄂同鄉以參加北投復興崗政工幹部學校戰地政務講習班者甚衆，乃請准中央組織戰政班鄂藉同學聯誼會，每月集會一次，大家有感於同學鄉誼之篤，復共同發起依法成立湖北文獻社，冀能存鄉邦之典獻，發潛德之幽光，一致決議恭請衆望所歸的武樵先生爲該季刊的發行人兼社長，以資號召，斯時鈞章亦被推爲社務委員之一，自此以後，時有機緣向先生晉謁請益，先生藹然長者，人多樂與從遊，其立身之公忠誠篤，秉性之甯靜澹泊，尤爲當世所欽崇。抑有進者，先生知行並重，仕學兼優。而對湖北文獻之稿源、經費、發行諸端，無不念茲在茲，策慮周詳，每遇鄉親晉謁時，必以文獻諸事爲交談之主題，殊堪欽佩，比年雖於病榻之上，猶未稍忘，現以湖北文獻發行迄今，十有餘載，今後凡我鄉親應本先生篳路藍縷，以啓山林之善心，積極努力，分工合作，在大有的政府領導之下，發揮團隊精神，以此聯絡鄉親，砥礪情操，奉獻黨國，報效社會，作中流之砥柱，爲反共之前鋒，突破當前國際姑息逆流，進而光復錦繡山河，將將三民主義實施於全國，弘揚於世界，以告慰鄉前輩武樵先生在天之靈。

洪憲本末（14）

・鐵嶺遺民・

日本公佈警告文

日本代理公使小幡西吉會同英俄兩公使向中國外交部提警告後，次日(民國四年十月二十九日)日本外務省竟將全文發表，可見完全是預謀，即英、俄兩國公使亦墮入圈套，爲日本利用。警告文重要一段是：「若總統驟立帝制，則國人反對之氣志，將立即促起變亂，而中國將復陷於重大危險之境，此固意中事也。日政府値此時期，鑑於利害關係之重大，故對於中國或將復生之危險狀況，不能不深慮之。且若中國發生亂事，不僅爲中國之大不幸，且在中國有盛大關係之各國，亦將受直接間接不可計量之危害，而以與中國有特殊關係之日本爲尤甚。且恐東亞之公共和平，亦將陷於危境，日政府睹此事態，純爲預先防衞，以保東方和平起見，乃決計以目下時局中大可憂慮之原因，通告中政府，並詢中政府能否自信可以安穩達到帝制之目的，日政府以坦白友好之態度，披瀝其觀念。甚望中華民國大總統聽此忠告，顧念大局，而行此展緩改變國體之良計，以防不幸亂禍之發作，而鞏固遠東之和平……。」

日本此項舉動，確實大出袁世凱意料之外，因爲從二十一條約談判時起，日本公使日置益即有暗示日本贊成帝制，以後日本首相大隈重信復有公開表示，希望中國改行帝制，則遠東兩大國皆爲君主國，對日本亦屬有利之事。不料言猶在耳，日本突然反汗。

日本之所以變卦，並不如其照會中所說，「純爲盡其友好鄰邦責任之一念而起」，亦不如一般預料有意設下陷阱害袁世凱，實在是另有更大惡毒計劃，欲乘袁世凱稱帝索取更大的利益。日本一羣大官看得很淸楚，袁世凱不稱帝，日本無法要脅他，所以就慫恿袁世凱稱帝，因爲袁世凱一稱帝，必須要取得列邦承認，就這一點，日本就可以大大敲一筆竹槓。又怕袁世凱不就範，所以在帝制將要成功時，又來一次警告，這種鬼蜮伎倆，也非日本人作不出，但此時大錯已成，袁世凱既不能斷然悔悟，取銷帝制，祇有設法取得日本的諒解，幸而帝制失敗，否則中國權利又不知要被日本攘奪若干，興筆及此，猶不禁懷念蔡松坡也。

亞細亞報被炸

帝制運動開始後，帝制派諸人感覺上海輿論大部傾向國民黨，小部中立者也反對帝制，決定要在上海辦一份報紙鼓吹帝制。當時在北京帝制派機關報爲亞細亞報，由薛大可主持，大可號子奇，是個亦官亦文的人，當時成爲帝制派「宣傳部長」，舉凡一切宣傳文字，皆由亞細亞報發表，許多消息凡見於亞細亞日報的，皆可代表帝制派意見，一時薛大可成爲紅人。北京一些閒人，無事聊天，忽然想起薛大可與顧鰲皆是帝制運動中堅分子，兩人名字聯綴一起顧鰲薛大可，正好與金瓶梅潘驢鄧小閑作對，一經傳出，不脛而走，直到今天，談掌故的人仍然喜歡談此一件事，顧鰲薛大可竟與金瓶梅同傳，也是想不到的事。

帝制派準備在上海辦報，就交由薛大可負責，在上海開辦亞細亞報上海版，除由薛大可任社長外，並聘請名記者黃遠庸爲總撰述。遠庸號遠生，爲當時名記者，其人文筆與活動能力，至今仍爲中國新聞記者中第一人，六十五年來尚想不出何人能居其上，黃遠庸雖未公開反對帝制，但也絕不贊成帝制，爲避禍計，遠走舊金山，爲人刺死（此段容另述）。薛大可個性天不怕地不怕，所謂祖宗不足法，人言不足畏，可狀其人。受命後就在上海創辦亞細亞報分社，公開鼓吹帝制，上海版發刊日期爲民國四十年九月十日，第二天在亞細亞報報社外面就被人擲炸彈，炸死三人，傷了數人，雖然未傷到薛大可，但也使亞細亞報工作人員胆寒，平日不敢離開報社，寢食皆在其中，與外界沒有接觸，報紙當然也沒有銷路，所起的作用也就不大。薛大可後來名列入八帝制犯之中，受到通緝，但到民國六年底王士珍內閣時也就取銷，仍在北京活動，成爲軍閥的清客。大陸陷共時，薛大可逃去台灣，情況頗爲潦倒，但豪氣不改，有一次爲了在報紙上發表復辟始末，引起伍憲子非議，指出其中錯誤，薛大可馬上反唇相稽，稱伍老先生爲伍大賢人以挖苦之，因而遭致旁觀者不滿，幾乎導一場大筆戰。薛大可大約死在民國四十一年左右，算是帝制要角死得最遲的一位。

高僧說法

籌安會成立後，各方人物雲集北京，皆作攀龍附鳳之舉，西藏、蒙古喇嘛，龍虎山張天師皆去北京，祇有中國佛門獨付闕如。孫毓筠精於佛典，平日多親近高僧，當建議請安慶迎江寺方丈月霞法師、寧波觀宗寺方丈諦閑法師至京師弘法。袁克定性情本近佛，當呈報袁世凱批准，迎兩法師來京，講經正會場設順治門正大街江西會館，另在南池子設別壇，兩法師靜室則設城東錫拉胡同孫毓筠宅預定講楞嚴經，講期一月。

因爲這次是由袁克定贊助，又經袁世凱批准，開講時袁克定率諸弟前往聽講，一般達官貴人不論信不信佛，也都趕去湊熱鬧，開講時經常到聽衆數百人，列坐肅聽，頗爲認眞。一日月霞法師登壇，反覆講慾念一章道：「萬事皆起於慾，萬事亦敗於慾，至人無慾，能通佛路，達人去慾，乃獲厚福，常人多慾，一切事業縱因慾興，亦因慾敗，事成知足，而能去慾者，鮮矣。天道之盈虧有定，人生之慾望無窮，當日波斯國王征服鄰近諸國，身爲皇帝，仍窮兵黷武，欲使世界無一存在之國，一旦事敗，內憂外患疊起，國破而身亦隨亡。足見慾望者爲敗事之媒。是以君子務愼慾也。曠觀世界歷史人物，作小官者，欲爲大官，作大官者，欲爲宰相，得作宰相，欲爲皇帝，既作皇帝，又欲長生不老，求仙尋佛，以符其萬萬歲之尊號。皆慾念二字誤之也。」月霞法師所講完全針對帝制派諸人，高僧說法，總希望頑石點頭。但在當時並未收到絲毫效果，帝制派諸人大憤，以爲月霞法師有意譏諷時政，對極峰不敬，不能再留在京師講經，應驅逐出境。段芝貴更爲激烈，指月霞法師可能有叛黨嫌疑，應拿交軍政執法處訊辦。

苦祇苦了孫毓筠，月霞法師是他出頭請來的，他自然受到帝制派責難，同時又要保護月霞法師的安全，當時就連夜將月霞法師送去豐台車站上了車，逕回安慶，孫毓筠回到北京又向段芝貴諸人百般解釋，才算了結，但以後諦閑法師講經，聽衆就大爲減少了。

湯化龍掛冠

當帝制活動已公開進行時，突然有定國歌之舉，本未在民國創立時，南通張謇曾撰有國歌三章，共計四十句，因爲太長，文字亦太深奧，因此並未流行，些時帝制派要修訂國歌，表面理由自然光明正大，但所擬國歌，實際已多帝制意味，正爲稱帝舖路，國歌爲何人所撰，未見正式記載。經帝制派提出後，袁世凱下令成立議樂組商訂，議樂組主任就落在教育總長湯化龍的身上。

湯化龍湖北人，辛亥時任湖北諮議局議長，武昌起義黎元洪任都督，湯化任民政長，以後當選衆議員，民國二年當選議長，隸進步黨，與梁啓超兩人爲進步黨兩大支柱。湯化龍爲人稱得起品端學粹，志行高潔，在梁啓超之上，民國三年五月徐世昌出任國務卿，拉湯化龍任教育總長，湯化龍的四弟就是湖南人至今忘不掉的湯屠戶薌銘號鑄新的，由於湯屠戶是袁世凱的愛將，因此，袁世凱對湯化龍雖然不視同心腹，却也不太防閑。湯化龍眼見帝制將要出籠，自己留在北京必然有麻煩，就想擺脫，但要公然辭職又怕袁世凱生疑，不能走得掉，恰好議國樂事件發生，正好借題發揮。

會議開始，湯化龍任主席，就指新撰國歌不通，指出開首一句：「中華五族開堯天，億萬年，」說道：「目前是中華民國，五族共和，應當包括五族在內。堯天祇能代表漢族，況且有堯無舜，道統也傳不下來，再說億萬年字樣也不通，究竟是指五族億萬年，還是指堯天億萬年，此語根源來自天子萬年，但目前沒有皇帝，此語已成泛詞。再說第二句：民國雄立宇宙間，山連綿，簡直不成文理，夫東西南北謂之宇，古往今來謂之宙，故宇宙包括時間，空間，但却不能包括天地，立國祇在天地之間，斷沒有立國在空中的。應當說雄立世界，雄立東亞，就是不能雄立宇宙，至於山連綿更不知所云，古人提到山，一定要說到江河，所謂帶礪山河，大好江山，現在光是有山沒有水，何以立國。不通，不通，太不通了。」帝制派人知道他有心搗亂，當時羣起責難，會場大亂，不終而散，湯化龍於是提出辭職。

鄭汝成其人

鄭汝成號子靜，是直隸靜海人，光緒年間禮部右侍郎李文田提督順天學政，鄭汝成應試中舉，出李文田之門，李氏廣東順德人，探花及第，在清末大官中，學識最爲淵博，且精於相人術，當時見到鄭汝成的相貌，斷定此人將來必以功名顯，但不得善終，就勸鄭汝成改從軍功謀個出身，不久，袁世凱小站練兵，鄭汝成前往投效，由於他是秀才出身，與馮國璋是小站諸將中兩名秀才，很得袁世凱器重。

辛亥起義時，鄭汝成正鎮守烟台，當時烟台方面文官最高官階是道台徐世光，是徐世昌的胞弟，革命軍砲聲一響，兩人棄職而逃，因此霉了幾年。

到了二次革命之後，袁軍佔了上海，關於上海鎮守使一職，一時很難物色適當人選，因爲上海華洋雜處，部隊又海陸俱全，担任鎮守使的人，一定要具有海陸兩項兵種指揮能力，才可以勝任，這時馮國璋繼張勛之後出任江蘇都督，就保薦鄭汝成繼任。

鄭汝成受命出京見袁世凱陛辭時，袁世凱囑咐上海爲亂黨根源地，尤其是陳其美始終未離開上海，隨時準備掀起事變，要鄭汝成留心應付。鄭汝成當時慷慨激昂，答應以死報答知遇，一定撲滅上海亂黨。果然到任以後，偵騎四出，專門與革命黨作對，革命黨人及嫌疑者被鄭汝成殺的很多，革命黨人恨之刺骨，外界對於鄭汝成的亂殺，也一致抨擊，認爲袁世凱手下最嗜殺之徒，湯屠戶之外，就要數到鄭汝成。

帝制議起，上海方面情況首先不穩，亞細亞報上海分社出版了一份「黃報」，作爲鼓吹帝制刊物，出版次日就被人扔炸彈，革命黨人也加緊活動，準備從上海發難，陳其美留在上海未走，蔣中正、吳忠信均自日本返滬，商量之下，認爲上海有鄭汝成坐鎮難動搖，唯一辦法祇有先去掉鄭汝成，乘亂起事，可以克服上海，則東南各省將會起響應。

黃百韜忠烈千秋

劉棨琮

勝地重遊，飛絮落花，恰値春殘。正西楚告空，美人夢冷；南徐客到，杯酒情殷。燕子樓頭，雲龍山上，斜日天風瑟瑟寒。傷往事，但荒城亂堞，戰血斑斑。羣峯合抱如環，更大河橫亘好烟巒。望紫塞妖氛，狼奔豕突，金陵王氣，虎踞龍蟠。亞父才高，長父詩美，人物山川蔚大觀。憑雙手，願青年努力，力挽狂瀾！

前詞係三湘名士已故易家鉞（君左）教授，調寄「沁園春」勗徐州青年有感而作。徐州古稱彭城，當南北之衝，風俗剛勁，濱河近淮，自古爲四戰之地；而其人文又蔚於尋常。劉項崛起於秦末，蕭曹建樹於漢初，劉知幾之史，李後主之詞，尤足傳誦於千載。

徐州地勢三面環山，惟海拔平均僅二百餘公尺，屏障谷地，易守難攻。西楚霸王曾建都於此，項羽和劉邦爲推翻暴秦專制而起的義師，曾以此山川雄壯的徐州一帶地區，作爲他們龍虎際會的基地。至今徐州（江蘇銅山縣）城內，猶存有一座巍峨的「霸王樓」，傳是項羽當時駐節的所在。

徐州地當蘇魯邊界，靠近運河，南下京滬江浙，北上齊魯燕趙，此一地勢險要楚漢相爭的古戰場，不僅爲歷代用兵重地，即晚近數十年間，因有津浦、隴海兩鐵路交點關係，橫串東西，縱貫南北，歷次重要戰爭，亦莫不以徐州爲必爭之地。

徐蚌大會戰是戡亂戰役中，一次最大決定性的慘烈搏鬥。共黨爲了威脅京畿，奪取政權，調動共軍數十萬衆，集結於長江之北；我軍事當局爲捍衞首都，不惜放棄其他重鎭，將國軍精銳佈防於徐州、蚌埠之間，俾鞏固南京，維護國脈。

民國三十七年，共黨自僥倖攻佔山東濟南後，即準備進犯徐州，依其預定計畫，原欲先對徐州作試探性攻擊，於窺測出國軍實力後，再以主力決戰，希圖進而控制淮北。不料此時東北戰局陡變，長春、瀋陽相繼失守，共黨發動謠言攻勢，京滬人心爲之浮動，更啓共軍冒險南下，一戰而竊佔江淮的野心，因而傾巢來犯徐州。當時國軍與共軍雙方動員兵力達百萬之衆，這是剿共戡亂戰役中，空前的一次決定性大會戰。

陸軍中將第七兵團司令官黃百韜，在徐蚌大會戰一役中，奉令固守徐州東碾莊一線，以孤軍當共軍二十萬衆圍攻，血戰十晝夜，傷斃匪衆十餘萬，兵盡援絕，最後飲彈自戕殉國，大節孤忠，足以動天地而泣鬼神，「留取丹心照汗青」，爲我革命軍人之最高榮譽與光寵，而其「生而辱，不如死而榮」的志節，尤將永垂青史與世並存。

黃百韜字煥然，號寒玉，祖籍廣東梅縣，清光緒廿六年（公元一九〇〇年，歲次庚子）八月十六日生於天津。他的祖父鳳山公，係曾國藩部將，以平定太平天國有功官至曹縣總兵，卸職後家住山東德縣，因八國聯軍和義和團之亂遷居天津。父宋駿公是晚清李鴻章的部將，曾任淮軍統領，一門三代皆名將，爲國家民族立下不少汗馬功勞。

黃百韜將軍長在河北，為人溫文儒雅，風姿英颯，有儒將風，個性堅毅果斷而豪邁，為一標準北方好漢。做事顧慮週到，思考綿密，且宅心尤為仁厚，為國軍將領中不可多見的人才。將軍年幼失怙，依母封氏扶養，攻書自奮，民國五年於河北工專中學部畢業後，南下赴贛投奔父執楊鏡江，編入第九旅學兵營任下級幹部，因材技異等，擢升排連營長。是年與金恕勤女士結婚，以後曾生育四男三女。

民初，國弱民窮，將軍憤乎時政，懷銳身任國事之志，乃投考江蘇省陸軍軍官教育團第五期步科，肄習益精，民十一年結業回部服務，以後隨徐源泉歸順中央，隸國民革命軍第六軍團最久，討逆剿匪作戰有功，歷獲嘉獎並頒授四、五等寶鼎勳章。又受知於武漢行營何成濬主任，廿五年肄業陸軍大學特別班第三期，與馮玉祥、鹿鍾麟為同期，總統蔣公兼任校長，雕鑄親承，特深感召。畢業後，從冀察戰區司令長官鹿鍾麟將軍，暨第三戰區司令長官顧祝同將軍為中將參謀長，鹿顧對他輔佐戎幕，奮勤從公，推崇備至，倚畀甚深。抗戰勝利後，擢升第廿五軍軍長，先後獲頒一等績學獎章、光華勳章。是時雖日寇投降，而共黨之禍日深，黃百韜將軍因得顧墨三（祝同）長官的器重，重握兵符，率領二十五軍弟兄馳騁沙場，在戡亂戰役中，屢建奇功，重創強敵，諸如三十六年國軍進攻沂蒙山區，指揮所部直搗共穴，又率部摧毀共黨大別山根據地，由此黃百韜將軍之智勇雙全與其卓越之指揮，所部戰力之堅強，已震耀國人心目，成為當時戡亂健之佼佼者。

三十七年春，黃百韜將軍因功升任第七兵團司令官，歸徐州剿總行列。時陳毅股之主力，竄犯中原，攻陷開封，向我軍形成包圍態勢。黃將軍率領所部日行九十里馳援，對陳毅共軍十五萬兵力進行大戰，戰役由六月廿八日起至七月七日止，共軍全部崩潰。此役黃將軍指揮若定，身先士卒，勇往直前，士氣如虹，而造成黃泛區大捷，政府特頒最高榮譽之青天白日勳章，以彰其豐功偉業。授勳儀式是在全國軍事檢討會中，將軍雲集之時，由領袖蔣公親與佩戴，極盡殊榮。

黃泛區中原大捷後四閱月，碾莊之役發生，啓開徐州大會戰序幕。那時，共匪的主力是陳毅股的第一、第四、第六、「兩廣」、「快速」等五個縱隊；和從開封撤退南下的第三、第八、第十三等三個縱隊的一部；以及共軍的金紹山、魏鳳樓等部。外圍方面：左翼津浦路沿線有許世友的新第七、第八等縱隊，還有徐向前由晉南趕調的一部兵力，全部共計約三十萬眾。共的目的，是企圖打擊國軍主力，進而窺伺徐州，威脅京畿。

黃泛區共軍竄敗，捲土重來。黃百韜將軍深知此一大戰之重要，抱不成功便成仁的決心，召集國軍第二十五軍連長以上的幹部，在徐州以東新安鎮的阿湖，舉行宣誓，親自領導舉起左手朗誦誓詞曰：

「余誓以至誠，奉行命令，恪守軍紀，不論戰鬥如何激烈，戰況如何慘重，不怕死，不貪生，不屈服投降，不吐露軍情，抱定有我無匪之決心，堅定成功成仁之意志，効忠 總統，効忠國家。如有違背誓言，願受最嚴厲之處分。」

接着，並對全體官佐訓話：匪軍自攻佔濟南後，集中全力向魯南推進，有進犯徐州威脅首都之企圖。戰爭一旦開始，即是匪我雙方主力的決戰，這一決戰乃國家存亡所繫，革命的成敗攸關，所以我們的責任非常重大，任務非常的艱難。但是我們廿五軍具有輝煌之戰績，是一支戰無不勝、攻無不克鐵般的部隊，曾蒙 總統蔣公的嘉獎。我部官兵應永遠保持這種榮譽，並要充分的發揮在未來戰場之上，不論任何時期、任何地域、任何環境之下，應保持革命軍人應有的氣魄，和戰鬥到底的決心，以期不負國家的付託，與 總統殷切的期望。

碾莊位於運河趙墩之四十二里處，因運河沿岸麥產集中此加碾工而得名。黃百韜將軍所率領的第七兵團，於三十七年十一月十日奉令固守碾莊，是處地形平坦，無山岳可依，易攻而難守。第七兵團以碾莊爲核心，將所部分東西南北形成圓形環狀配備，並構築堅强防禦工事，迎擊進犯之匪，待援軍到達再行決戰，以收殲匪之效。

經過十天的浴血苦戰，黃將軍親臨前線指揮，以必死之心，奮堅忍之志，始終是以寡敵衆，在共軍「人海戰術」攻擊下，作無數次最慘烈的死拚硬守，盼援不到而傷亡逾半，能戰官兵已不足兩萬，加之交通阻斷，補給困難，兵荒戰危，糧彈兩缺；尚有義民老弱婦孺湧集被困求救，天寒地凍，饑餓呼號，實一籌莫展，黃將軍處此困境危局，力持鎮靜，雖然情勢岌岌可危，仍堅守最後五分鐘之苦戰。

十一月廿二日那天，朔風凜冽，戰局益形惡化，共軍以排山倒海之勢進犯，黃百韜將軍親率餘部，十盪十決，堅守核心，兵團司令部所在地因直接遭受敵火威脅，於是決定星夜突圍，率領衛隊人員衝殺，幾經苦戰抵達黃沙集小憇，目睹村內十室十空，部屬飢寒交迫，面臨此境，不禁心傷，遂進入房內，將隨身携帶青天白日勳章佩於衣襟左胸，此時忽聞槍聲緊密，火光四起，百韜將軍自知兵勢將疲，必難倖免，面臨最後關頭，決定以死報國，乃向廿五軍副軍長楊廷宴索取紙條，立書「第七兵團司令官黃百韜盡忠報國」，交其妥爲保管，轉呈當局，然後高呼「中華民國萬歲！總統萬歲！」遂舉槍自戕，壯烈殉國。時爲是日下午六時，一代名將與碾莊十萬忠烈官兵英靈同升天國。

黃將軍殉國後，楊廷宴守護忠骸，惟恐英烈身後受辱，將其衣袋內所藏證件銷毀，並將最後遺言紙條，密藏於鞋襪間，以免暴露身分。當他正以軍毯包裹忠骸時，被共兵發覺追查。楊副軍長機警應對，謂死者乃其胞兄名劉守仁，本人爲劉守義，手足情深，豈能棄屍不顧，愧對父母。共兵見其身負重傷，應對適當，掉頭離去。

楊廷宴忍痛用手挖成墓穴，將忠骸埋葬掩土後，啣命揮淚踽行，幾經輾轉週折，抵達徐州轉赴南京，晉謁顧參謀總長祝同，復奉　總統蔣公召見，面呈黃將軍殉國壯烈事蹟與碾莊苦戰經過實況，統帥聽畢慟懷英烈而面有戚容。

政府爲表彰忠烈，以旌忠狀頒予其遺屬，並追贈黃百韜爲陸軍上將，三十八年元月下旬，家屬派人繞道將忠骸運京舉行國葬，長眠鍾山之麓，靈位入祀首都忠烈祠，生榮死哀，浩氣千秋，其殺身成仁，視死如歸之大勇表現，足以驚天地而泣鬼神，無忝爲革命軍人之典型。

本刊通信地址畧有更動，各方賜函、惠稿、訂閱、請逕寄香港九龍旺角郵局信箱八五二一號，較爲快捷。

（附英文）

P. O. BOX 8521
KOWLOON MOGNKOK
POST OFFICE,
KLN., H. K.

草聖之祖十七帖

與

狂草之王鵝群帖

王世昭

十七帖最佳之本爲唐貞觀館本，鵝羣帖最佳之本爲宋道君皇帝御書之本，這兩本的草書，前者開張顛懷素，顏魯公，米元章，黃山谷之門，後者爲連綿草今草創造了新途徑，亦爲日僧空海及歷代帝皇，如嵯峨天皇，高倉天皇，後鳥羽帝，後嵯峨帝，龜山天皇，後宇多帝，後醍醐帝等展開了新機運。然而他們的路線，無疑地是紹晉唐的傳統，而加以發揚光大起來！若論這些名家作品的價值，月本人今日都以國寶視之。既謂之國寶，便是無價之寶，任你出幾多金錢，都買不到。至於中國所熟知的人物如豐臣秀吉爲一千萬，夏目漱石二百萬，正岡子規二百萬，豐道春海八十萬，西園寺公望五十萬，山本五十六五十萬，芥川龍之介五十萬，有島武郎六十萬。日幣一萬等於港幣百六十餘元，十萬千六，百萬萬六，千萬則爲十六萬餘元。如果爲之舉例，豐臣秀吉最高，夏目與正岡次之，約合港幣各三萬餘，豐道春海則約一萬一千元也。

王羲之的字，在日本屬國寶範圍，故無價，二十年前後依其他國家的標準每字約美金七千元，現在至少要加三倍以上。憶初到香港（二十七年前），每斤米只五六角，今則一元七八，故應合美金二萬元以上也。

日本人評中古人書法眞跡價值，張芝，皇象，鍾繇，陶淵明，王獻之，蕭子雲，均一千萬，至於虞世南，歐陽詢，褚遂良，李白，杜甫，張旭，顏眞卿，韓愈，亦一千萬，這個標準是什麼標準？我就不懂了！

至於日本當代名家的書法（日本謂之漢字），如鈴木翠軒，西川寧等，約百萬，手島右卿八十五萬，山崎節堂七十五萬，松井如流八十萬，冲六鵬四十萬，大石龍子七十五萬，安東聖空亦約百萬。

日本人有個毛病，就是只怕別人看不起他，但實際說起來，有的地方又頗自命不凡。如把張芝，皇象，鍾繇，陶淵明，王獻之，貶到只值一千萬，而空海和尚則屬國寶，這實在是大笑話！

現在轉到本題，草書很難讀，尤以狂草與連綿草爲然爲了方便臨池者與讀者，我把鵝羣帖迻釋如後：

至唐拓百十七行本十七帖，亦爲釋之如後：

十七日先書，郗司馬未去，即日得足下書，爲慰！先書以具，示復數字。

吾前東，粗足作佳觀，吾爲逸民之懷久矣，足下何以方復及此，似夢中語耶？無緣言面，爲歎，書何能悉！

龍保等平安也，謝之甚遲，見卿舅可耳，至爲簡隔也。今往絲布單衣財一端，示、致意！

計與足下別廿六年於今，雖時書問，不解濶懷。省足不先後二書，但增歎慨。頃積雪凝寒，五十年中所無，想頃如常，冀來夏秋間，或復得足下問耳！比者悠悠，如何可言！

吾服食久，猶爲劣劣；大都比之年時，爲復可可。足下保愛爲上，臨書但有惆悵！

知足下行至吳，念違離不可居，叔當西耶？遲、知、問。

瞻近無緣省告，但有悲歎！足下小大悉平安也。云卿當來居此，喜遲不可言，想必果言告有期耳。亦度卿當不居京，此既避，又節氣佳，是以欣卿來也。此信而還，具、示、問。

天鼠膏治耳聾，有驗、有不驗者，乃是要藥。

朱處仁今所在，往得其書信，遂不取答，今因足下答其書，可令必達。

足下今年政七十耶？知體氣常佳，此大慶也，想復勤加頤養！吾年垂耳順，推之人理，得亦以爲厚幸，但恐前路轉欲逼耳。以爾要欲一遊汶領，非復常言，足下但當保護，以俟此期，勿謂虛言。得果此緣，一段奇事也。

去夏得足下致節竹杖皆至，此士人多有尊老者，皆即分布，令知足下遠惠之至。

省足下別疏，具彼土山川諸奇，楊雄蜀都，左太冲三都，殊爲不備，悉彼故爲多奇，益令其遊目意足也。可得果當，告卿求迎，少人足耳！至時示意，遲此期，眞以日爲歲。想足下鎮彼土，未有動理耳。要欲及卿在彼，登汶領峨眉而旋，實不朽之盛事。但言此，心以馳於彼矣。

彼鹽井火井皆有否？足下目見否？爲欲廣異聞，具、示！

省別具，足下大小問，爲慰！多分張，念足下懸情武昌，諸子亦多遠宦。足下兼懷，並數問否？老婦頃疾篤，救命恒憂慮；餘粗平安，知足下情至！

旦夕都邑，動靜清和，想足下使還，使還時，州將桓公告慰，情企足下數使命也。謝無奕外任，數書問，無他！仁祖日往，言尋悲酸，如何可言！

嚴君平，司馬相如，楊子雲皆有後否？

胡母氏從妹平安，故在永興居，去此七十也。吾在官，諸理極差，頃比復匆匆，來示云與其婢，問來信不得也。

五帝以來備有，畫又精妙，甚可觀也。彼有能畫者否？欲因摹取，當可得否？信具告！

往在都見諸葛顒，曾具問蜀中事，云：成都城池門屋樓觀，皆是秦時司馬錯所脩，令人遠想慨然。爲爾不信，一一示，爲欲廣異聞。

得足下旃罽胡桃藥二種，知足下至，戎鹽乃要，也是服食所須。知足下謂須服食，方回近之未許。吾此志知我者希，此有成言，無緣見卿，以當一笑。

彼所須此藥草，可示，當！

青李
來禽
櫻桃　　子皆囊盛爲佳，函封多不生。
日給滕

足下所疏云：此果佳，可爲致，子當種之。此種彼胡桃，皆生也。吾篤喜種菓，今在田里，唯以此爲事故遠及。足下致此者，大惠也。

知彼清晏歲豐，又所出有無，一鄉故是名處，且山川形勢乃爾，何可以不遊目！

虞安吉者，昔與共事，常念之。今爲殿中將軍，前過云：與足下中表。不以年老，甚欲與足下寮。意其資，可得小郡。足下可思致之耶？所念，故遠及！

唐初拓本十七帖，宋拓鶤羣帖，前者爲一切王帖之祖禰，後者爲張旭，顏魯公，懷素，米元章，黃山谷所從出。源遠流長，影響之大，實無紀極，爲識如右，以質方家。

史學成家・文學名世

連雅堂先生百年誕辰

邱勝安

在時光流逝中，浪花淘盡了多少英雄；在浩瀚的學海裡，又有幾人能留下些許輕痕？然而，愛國史家連雅堂先生，「以儒學立身，以史學成家，以文學名世」，這樣的一個人物，其事功定屬不朽。

民國三十九年三月廿五日，　總統明令褒揚「台灣通史」的作者連雅堂，說他的書「文直事核，無愧三長，筆削之際，憂國愛類，情見乎辭，洵足以振起人心，裨益世道，爲今日光復舊疆，中興國族之先河。」從這個褒揚令裡，充分道出了雅堂先生對國家民族的貢獻。

雅堂先生的「台灣通史」，確是近世中國的一部巨構，也是書生立言救國的典型。他在台灣光復史上的精神貢獻，是永遠不會磨滅的。

宏揚民族氣節

今年恰逢雅堂先生百歲誕辰，中華民國史料研究中心，特別舉行了學術討論會，以紀念這位愛國史家。

連雅堂的名字叫橫，字武公，雅堂是他的號，另有一號叫劍花。他于清朝光緒四年（公元一八七八年）正月十六日下午十時，出生在台南府寧南坊的馬兵營，民國廿五年六月廿八日上午八時，病逝于上海。享年五十九歲。

他一生以宏揚民族氣節爲職志，這是國人所週知的。他在「台灣通史」中，充分發揮了這個精神。我們從下列的事例中，更可以看出他行爲的一斑：

第一、光緒廿一年四月，中日締結馬關條約，把台灣割給了日本，五月日本兵登陸，十八歲的雅堂先生開始作了亡國的人民，他痛苦萬分，不能自己。

第二、廿八歲的時候，他帶着家眷回到祖國，在厦門創辦福建日日新報，鼓吹排滿，和南洋的同盟會相聯絡。他們曾想把這個報社改組爲同盟會的機關報，但因滿清政府的壓力，報社被封閉。不得已又回到台灣來。不久在台中組織櫟社，致力保存漢學，以維繫民族精神于不墜。

第三、北伐以後，日本人在台灣實行禁止中國文，而且不許學生使用台語，他爲了表示抗議，開辦雅堂書局，專賣中國書和文具。他爲了保存台語，又作了「台灣語典」四卷，博引旁徵，研究台灣方言的來歷，寫定語形，對于台灣總督府所編的「大日本辭典」一類書，陰斥它的謬誤。

遺子回國效命

第四、九一八事變發生，雅堂先生派他的兒子連震東回國服務。他在給黨國元老張溥泉的信裡說：『魯連蹈海，義不帝秦。況以軒轅之胄，而爲異族之奴，椎心泣血，其能無痛？且弟僅此子，雖不欲其永居異域，長爲化外之民，因命其回國效命宗邦也。』

第五、民國廿二年春天，雅堂先生帶

了他的全家和書籍著作，到了上海，要想實現他那終老祖國的宿志。廿四年春天，夫婦到陝西旅行，憑弔終南渭水，追想漢唐時代的豐功偉業，不勝唏噓。廿五年六月在上海病重，臨死的時候，告訴他的兒子說：『日寇氣焰逼人，中日遲早要決戰。決戰就可以光復台灣，你們要努力！』可見他至臨終時，仍以光復台灣爲念。

完成台灣通史

雅堂先生自三十一歲起，就計劃開始撰寫「台灣通史」，一度進入清史館工作，趁着機會抄錄館中有關台灣的檔案，到了民國七年，「台灣通史」全書告成。這時他已四十一歲。成書以後，他在台北自己校讎印刷。民國九年十一月印出上冊，十二月印出中冊，十年四月印出下冊，全書共三十六卷，模仿中國正史的體裁，專記台灣的歷史，起自隋朝，終於割讓給日本。

雅堂先生在「台灣通史刊成自題卷末」中，會賦詩以自況。詩曰：「傭書碌碌損奇才，絕代詞華謾自哀：三百年來無此作，拼將心血付三台。馬遷而後失宗風，游俠書成一卷中；落落先民來入夢，九原可作鬼猶雄。一代頭銜署逸民，千秋事業未沉淪；山川尚足供吟詠，大隱何妨在海濱。詩書小劫火猶紅，九塞談兵氣尚雄；枉說健兒好身手，不能射虎祗雕虫。」

十年寫書的甘苦，終于有了成果。而詩中的「三百年來無此作」，以及「馬遷而後失宗風」，更是何等豪邁的自信與自負。

教人團結愛國

梁容若教授說的好：這部書的好處，一是網羅的材料極多。存在台灣的史料不必說，雅堂先生幾次漫遊中國和日本，蒐集有關的著作極多，孤本祕笈就有三十八種，提要鈎玄，根據十分淵博。二是文章優美流暢，讀起來使人忘了疲倦。三是以堅強的民族意識，大膽的民權思想，進步的民生主義作史觀，史料的去取，史事的論評，處處不離這個基調。讀了這部書，教人愛國教人團結，教人堅毅，教人聰明。這樣的書出現在敵人竊據下的台灣，實在是一種奇蹟。

楊雲萍教授以爲，這部書出版的時候，日本人所以沒有禁止，可能是因爲那時正是日本的全盛時期，「大東亞共榮圈」的夢幻，淹沒了一切，如果這部書是在中日戰爭期間刊行，日本人已深知要征服中國，不是他們想像的那麼容易，也許就沒有問世的機會了。

雅堂先生的同鄉好友胡殿鵬，對他推崇備至，說雅堂先生「與五千年史學相抗衡，噩噩落落，莽莽蒼蒼，爲文獻備一席，其造就豈等凡哉！」

彈下餘生話東里

趙子貞

我去東里店是應省府委員張維中先生的函召前往的。時間是在民國二十八年的五月初旬，同我小學時代的校長那時任職昌樂縣建設科長田英三老師結伴而行。一路穿過臨朐南部，大部分都是劉同敬的防區。全是山嶺連綿，地瘠民貧的地帶，到這裡算是正式的魯南山區了。涉水爬崖，登山過嶺，倒不是難事，而隨時問路，擔心走錯了方向，實在是一樁很大的苦惱。萬一走入歧途，無論走了多遠，幾乎要退回原地，從頭另走。不幸錯過了宿頭，弄個前不歸村，後不歸店，那才眞是嘗到了進退維谷的滋味呢！

我們中途住了兩宿，幸好還能得到足夠的飲食，越過了最艱苦的一段。交了沂水縣境，情形大有改變，路上行人漸多，商旅不絕。不是由東里店而來，就是往東里店而去。田老師曾對我說：「不知道東里店是個什麽形勢，怎麽人人都知道省政府在東里店呢？這樣大張旗鼓的樹起一個目標來，不怕敵人大舉進攻？」我說：「可能有一夫當關、萬人莫敵的險要地形。」我們都對全局的瞭解不夠，無法推斷目前的一切。只有自信和互信，秉持着一份熱腸和勇氣，聽從政府的號召，參加抗敵的行列足矣。

最後我們在一個夕陽掛山、晚霞呈彩的絕好時刻，走過一道小小的漫嶺斜坡，看到了嚮往已久的東里店北郊。就山區的地形來講，很夠稱做是一處平坦而廣濶的原野了。省府機關都排列在北山的南麓，層層的克難房舍，像臺階一樣的由下而上。東里店本身有石牆環護，可以比美一般縣城。附近有高峯聳立，也有河水分流。大小盆地，則隨地形變化，或分列於沂水兩岸，或夾臥於重山之間。雜糧果樹，遍佈山野。想不到魯南山區，竟有這樣的富庶氣象，據熟識地方情形的人說，此地西通博山，南至臨沂，北達益都，均有省道可通。無怪乎成爲山區中的重鎭之一。

此地的人口之多，也是一大特點。由外地到達的人，想在街上找到住宿的地方，那是一件非常困難的事。當我們走進東門的時候，正是晚飯前後，人羣移動，互相碰阻，無法按照自己的速度前進，眞可稱得上是摩肩接踵了。街上商店林立，市肆客滿。吃頓晚飯，竟等了個把小時，才輪到一個充饑的機會。其商場貨色之全，也大出初到者的意料。從飲食到穿戴，從文具到書刊；小至刀剪器皿，大至床舖桌椅；土產洋貨，一應俱全。即使平時的一個普通都市，也不會有這樣的繁榮景象。

晚上，我記不清田老師是運用的什麽關係，還是巧遇上了早來的熟人，找到西郊三里外的一所寺廟前院閒房住了下來。這種運氣，眞算是難以希求的僥倖。寺旁有洋洋的沂水通過，層層的梯田，則斜掛在另一個方向。仰觀對面的峯頂，蒼松翠柏，高高聳立，牛隻羊羣，逐食山腰，忽上忽下，且隱且現。眞是不到此地，不知隱士深居山林之樂。連日我們分頭活動。晚上再回這裡過夜。

我一連去了兩次北山，打聽清楚了張委員的住址，也就是他辦公的所在。他住在東里店街上阿家巷的一家南屋裡，倒也十分乾淨。雖說是一條巷子，其實就是東里店的南門大街了。出去南門，是一片片數不清的菜園，土肥而水淺，菜農都建有茅屋，就近管理。數百公尺之外，就有沂水橫流，滾滾而東。河南的唐莊、苗莊，也駐有省府單位辦公，我却沒有去過。

我初次在這條巷子裡見到張委員的時候，他兩手抱住我的雙肩，以熱情的口吻高聲的說：「你可來了，怎麽就找不到你了呢！」那種從內心裡表現出來的親切和誠摯，使我感到無限的興奮和感激。我對張委員是同志，是摯友，是最敬佩的長官。十年前五三慘案後，我在臨時省會泰安接受黨務訓練時，他任職黨部，負責組訓業務。星期假日，我經常到他住的地方話敘家常。那年我十七歲，他也只有二十幾歲。蒙其多方面的關照，使我有家不能歸的孤寂生活，得到不少的安慰。迨至北伐統一，日軍退出山東，他又去北平讀了大學，我則於三年後重返益都師範母校就讀後期師範。十年後，也就是二十七年的夏季，我和徐琳、徐振中一塊在益都北鄉拉游擊，巧遇張委員視察到此。對我們當時的抗戰防匪的雙重目標，和民運工作的蓬勃現象，予以甚多的嘉勉鼓勵。省府在魯南安定後，曾多次設法向益都方面和我聯絡，我却回了原籍昌樂的老家。今日一見，彼此都有說不出來的快慰。一連幾天，我都按時到張委員那裡，也算辦公，也算聆聽各方面的情勢，對自己今後要負的責任有所瞭解。他工作很忙，兼負全省動員委員會之職，主任委員是由沈主席兼任的。全部業務都由張委員以副主任委員身份負責處理。

那時八路軍在東里店設有駐省辦事處，附帶出刊「大衆日報」，到處分發張貼，大肆宣傳共產邪說。我到東里店的時候，正遇太和事件發生。八路軍可能吃了一點小虧，就不遺餘力的謊言編造，虛構事實，侮蔑我方部隊挑起事端，殺戮無辜；藉以想擊政府的聲譽，騙取民衆的合作和支持。有一天張委員拿了一張共匪的報紙，和我研究他們宣傳的技術和內容。他說：「你看這次共黨爲了把一件虛妄的事件，證明其有，而且證明其眞，使用不同的的手法，不同的文字，不同的來源，寫出了同一事件。使一般不瞭解情由的人，誤信其有，誤信其眞。其用心之毒辣，實在可怕。」當時那張匪報上，對太和事件登有好幾種不同方式的報導。我記得那些標題一般是：「抗日同志慘遭集體屠殺」，「太和慘案目睹記」，「一位逃出現場士兵的控訴」，「太和地方通訊」。內容完全揑造，顚倒事實。張委員也提到我們自己的宣傳機構說：「我們的報紙，都是一些官式文章，不發生宣傳作用。執筆的人多未參加基層工作，寫出來的東西空洞乏味，不切實際，更無法和他們這些造謠專家相抗衡。我們要設法改善我們的宣傳工具，提高我們的宣傳效果，闡揚我們的國策，報導基層工作的實況。尤其對共黨在各地的擾亂和陰謀，更須大量的寫成資料，有計劃的活生生的披露在紙面上，給民衆一個正確的認識。否則我們各地同志出生入死的工作成果，都將被共黨的虛僞宣傳所埋沒了。」

他很着急，也很痛心，他接着又提到：「我到各地去觀察，親眼看到我們的同志冒死犯難，作了許許多多的殺敵事蹟，在我們的報紙上竟無隻字報導，而在共黨的大衆日報上却冒名變成了他們的戰果，這是如何令人傷心的事啊！」言下不勝感歎。他接着又說：「他們在資料運用上，也是抓住不放，而我們的警覺性又低落的可憐。對付這些東西，仁慈寬厚是吃虧的招牌。只有針尖對麥芒，一報還一報。進而抓住他們的弱點，徹底予以揭發，使民衆知道眞就是眞，假就是假，來個正邪分明。」我知道他內心的感受是指的什麽。因爲那幾天共匪大衆日報的眉語上印了幾句名人集錦，其中一段是沈主席一篇談話中斷章取義下來的。原句是：「沈主席說：『山東八路軍是是全省優秀青年所組成的。』」張委員也提到我們對共黨的防範過於鬆懈，他說：「這裡說是八路軍的辦事處，不讓政府的任何人進入，究竟在裡面攪些什麽，很少有人知道。反之，他們却經常有人跑到我們機關裡來，出入無禁。這在組織上，防衛上，實在不夠嚴密。所以當前最重要的問題，是如何一面抗戰，一面擺脫這把刺向我們心臟的利劍。」

張委員對於包藏禍心的共匪，觀察得十分入微。我對他指示的所有工作方法，和擬定的推行重點，也深當感佩。我在報紙上看到八路辦事處副主任的名子的楊荊石，可能就是我在益都師範讀書時候的圖畫教員。粗大的個子傻傻的外形，說起話來，既拙又笨，全身都找不到半點藝術形態。誰會想到他腦子裡却裝滿共產思想呢？二十三年我畢業後的冬天，我正在昌樂縣立簡師教書，他突然由益都跑來找我，說是身體不適，要找個清靜地方休息。我給他找到一處熟人的閒房子，住了一個多月才離去。直到現在才發現他原就是共黨的老幹部。使我恍然想起他那時的託詞養病，是在益都出了問題，而跑到昌樂來避災躲難的。不管怎樣，既然過去有了這麽一段關係，藉此機會去探訪一下他們辦事處中究竟在攪些什麽鬼八卦。

我把這一主意告准了張委員之後，便在東里店西南角的一條南北巷子裡，找到了他們的處址。門前站着兩個帶短槍的便衣，竟把我的來訪，拒不傳報。我說：「你們八路軍都不認親友麽？我走了幾百里路，特別來此拜訪老師，難道連見見面都不可以麽？」最後，幾經唇舌，才勉强傳報了進去。一會，楊荊石出來，果然是他。寒喧了幾句，接我進去。神情暗淡，毫無久別重逢的熱切表現。房間裡到處是人，這個出來，那個進去，臉上都沒有半點笑模樣。楊荊石也是坐立不安，說幾句話，就環顧一下四周，顯出一種心慌意亂的樣子。我故意問他說：「楊老師你在八路軍裡當什麽官職！你是老八路，還是新八路？」我這一問，弄的他很不是意思。沒有等我說完，就截斷我的話說：「我是由朋友介紹，來這裡負責聯絡任務的。現在大家都是共同抗戰，不分彼此。你來了很好，我要找一天好好的請你吃一頓便飯。」我說：「謝謝楊老師，不必了。聽說八路軍不准你請我、我請你的亂應酬麽？」他搶着解釋說：「也不盡然，外面誤會的地方也很多，不像一般團體那麽隨便是眞的。你來是特別情形我一定要請你。」我知道他這些話都是假意敷衍，和我去拜訪他是同樣沒有誠意。

我辭出之後，也沒有得到什麽印象。門口旁邊貼了一張大字標語，下面寫着：「八路軍生於山東，長於山東，有資格留在山東。」聽說那就是他們對中央命令其調離山東的一種反應。至此，共產黨的一切行動，完全暴露出他們的破壞本色，毫無隱藏的自毀其服從中央指揮的諾言了。

我到東里店的第五天，就聽說敵人有進犯省府所在地的消息。在我個人來看，一個戰時的省會，處於淪陷區之內，機關人口，如此集中，一旦發生意外，其結局難以想像的。雖然那幾天是于學忠率領其五十一軍開到魯南，但在一切交通都被敵人封鎖的情形下，是不可能應付一次陣地戰和持久戰的。所以每一個人的心理上都存有一份疑慮，就是：「敵人眞來了，我們應該怎麽辦？」那天可是五月八日前後確切的日子已不復記憶。上午八點多鐘，我仍然和往常一樣，到了何家巷張委員的住處，幫他整理一些零星稿件。那天同時在座的還有閻實甫和齊其南兩位黨國先進。我對齊先生以前只聞其名，未見其人。閻實甫先生則是泰安時代的老熟人了。他和張委員同是那一時代的省級革命幹部。我在黨訓班受訓，以及派到汶上縣去負責推展黨務，都不斷向他們請教拓荒要訣，和工作上的疑難問題，都蒙其很熱誠很親切的予與協助指導。他爲人至善，嫉惡如仇。處事謹細而不居功，知人入微而不表現。凡是和他相處的人，都有一種温欣祥和之感。那天我們湊在一起，究竟是張委員的事前按排，還是偶然的巧合，我不十分清楚。但是談話的中心，已經不是連日喧鬧不休的太和事件，而全部轉到傳言中日寇侵擾的情緒威脅方面來了。我不知那些險惡的消息是從那裡聽來的，但他們所談及的都是敵人在各地增兵調動的情形，自然東里店就是最大的目標了。

據說從昨天開始，街面上的人數，已有顯著的減少，可見大家多已看出將有一場暴風雨的來臨了。我們正在閑聊這些問題，可能就在十點左右，忽然聽到一陣嗡嗡的聲音，越響越大，各人心裡明白，立即斷定是敵機來襲了。當時我坐在靠門口的一面轉身向外一望，七架敵機，一字兒排在北山上空。我順口大喊一聲：「敵機來了，趕快走！」齊先生和閻先生先我而至門外，想等我們一齊行動。張委員到門口望了一下，又回身取下掛在牆上那件卡琪布的制服上衣和帽子。我又加强催了他一句說：「快走吧，不要穿制服了！」我是從門內一步跳到門外的，內心確實有些慌恐。而張委員却一面扣制服扣子，一面還很幽默的說：「被它炸死也要衣冠整齊啊！」我們出了外門，走在何家巷的時候，機羣已臨頂空。既全跑到南門，就聽到一聲爆炸的巨響，但並不在我們跟前。齊先生立即跳進了圍牆根的一段坑穴之中。我們三人仍繼續前進，上千上萬的人羣，也都向這一方面跑來。接着又有幾聲爆炸，令人非常恐怖，且已無暇注意彈落何處了。我仰首一望，機羣正衝頭頂，幾乎看不出有飛機動的跡象。這時的人潮都湧向沂水河邊的林蔭地帶。我斷定落彈的時間將迅速來臨，沒有顧得和張委員、閻先生打招呼，實際上大家都已分散，也不是個互相聯絡的時候了。我立即伏臥在一處菜園屋子的牆角下，無法形容當時的速度之快，和變化之大。腹部尚未觸地，頭還沒有放好，就一連四、五個炸彈落在近身的地方。我以爲一切都完了，眞正嘗到所謂魂不附體的滋味了。最奇怪的是聲音並不太大，却聲聲刺入心腑，不是理想中的轟隆轟隆巨響，而是卡喳卡喳的脆裂。幾使耳膜脹破，頭腦昏厥，我在無可如何情形之下，茫然的把頭歪了一歪，向對面的一間茅屋上瞥了一眼，發現了一種奇異的景象。幾百條甚至幾千條烟縷，像蔴繩一樣的從屋頂的茅草裡冒了出來。一般粗細，同樣歪斜，飄飄的直達空際。這種現象並沒有維持到十秒八秒，便呼一一陣變成了一片紅火，烈焰騰空而起。距我伏臥的位置太近，那種温度之高，令人幾不可耐。我不敢再看，也不敢再想了。

在那些烟縷尚未變成火焰的一剎那，剛好旁邊站了一位中年婦人，抱着一個不到週歲的小孩，直指着那片奇異的景色，大聲呼喊：「看嗎呀，看嗎呀！（看那是什麽東西）」她的呼喊，尾聲還沒有結束，又接二連三的一陣爆炸，起自她的身邊，也是我的近旁。她們母子的命運，自然可以想知。實際上，在我來說，任何事物都已看不清楚了。一來渾身嚇成一團，恨不得一一下子鑽進地裡去，二來爆炸的濃烟中夾雜着房子倒塌後的灰塵，連呼吸都感到相當困難了。經一陣急促爆炸之後，原想敵機已去，那種自幸的念頭剛要從心底下萌發，認爲運氣特佳，逃過這場災難。身子還沒有完全爬起來，第二批的八架敵機又接着飛臨上空。我硬着胆子仰頭看了一眼，編排的距離比第一批疏散了很多。投彈的時間也拖得很長。不像第一批在很短的時間裡，全把炸彈丟了下來。而這一批則丟一個，停一停，總是間隔個三五秒鐘才爆炸一次。落彈的位置雖有遠近，但在自己聽來，並沒有什麽很大的差別，就像全部落在自己的跟前一樣，使我加大了恐懼的程度和時間。每爆炸一次，我心裡總會禱念着說：「這個沒要緊！」再爆炸一次，我必又說：「這個又沒要緊！」這種生死邊緣上一連串的記數，究竟能夠數到那一個就會突然中斷，也由不得自己來決定。但只要身體未感疼痛，神志仍在清醒，那就是「沒要緊」的最好明證。前後確切的時間，誰也無法記憶，但在心理上的時間却是非常之長。第二批離去時，我就很武斷的認爲絕對不會再有第三批飛來，因爲東里店再也沒有什麼值得好炸的了。

我定了定嚇壞了的神志，先試了試兩腿和雙臂的機能，都還伸縮自如，毫無異狀。知道沒有部位受到傷害，才敢放開胆子爬了起來。全身都沾滿了灰塵泥土，眼睛一時還不能完全恢復，像是有一層濃霧似的混沌不清。最使我驚異的是找不到舌頭了，怎麼轉動也是毫無感覺。幾次想用手指試摸一下，探知究竟：但又怕眞的沒了，後來將更悲慘。轉念深思，在轟炸期間，雖然張口而臥，並未傷及面部，何來失舌之理。那一陣只感滿口乾澀，却沒有多大痛苦，還是暫不置理爲佳。接着還顧四周遍地坑穴，其深過丈，坑底冒水，邊上翻起泥土，高達數尺，圍成一個很大的圓環。彈坑之間，都是橫臥的屍體。河邊一帶的林木，炸的東倒西歪，樹幹上也全沾滿了鮮血。僥倖未被炸中的人，都紛紛向沂水的對岸逃避，一時恐慌的現象，未因敵機的離去而消失。我也隨着人潮南奔，涉水過河。行至中流，兩手捧起河水漱洗，盡去滿口塵土，才欣知舌頭依然存在，完好如初。原來是一時的土灰粘着，痲痺乾硬，水分全失，沒有轉動的知覺了。這就像好友郭德心有一次告訴我一段類似的故事，他在壽光報社工作，遇到一次敵機來襲，大家正在吃飯，慌張逃避，炸過以後，都感舌頭失靈，引起一陣驚恐。經過漱洗，才發覺滿嘴含的一口忘記下也未吐出的煎餅，致使失掉了知覺的。

過河之後，人多聲雜，沒有看到張委員和閻先生的踪影極感不安。傍午回到住宿的小寺，田老師已先我而返，至感欣幸。他們在北山省府開會，那裡沒有落彈，眞算運氣。田老師很感慨的說：「完了，我們要想辦法盡快趕回去，稍遲就會被敵人包圍在裡面。」當然我也有此同感，也是一般人一致的看法。我說：「我還要到街上去打聽一下張委員和閻實甫先生的消息，也讓他們知道我自己的情形，等我回來，再和老師計劃走的問題。」午飯後，我馬上趕了回去，何家巷已是面目全非，附近也燃起大火。到東西大街一看，情況更慘。路南的一列商店，燃燒正烈，由東而西，蔓延的很快。沈主席還親自率領着省府的許多員工士兵，奮勇灌救。那時缺乏消防設備，滅火的效果不大。房子的木架一灼，瓦片隨勢崩裂，發出震耳的爆聲。我在街上站了很久，也請教了幾位不相識的省府人員，他們在北山沒有受到轟炸，也都不知道張委員和閻先生的下落。

沈主席負責全局，此時心情之沉痛，是可以想見的。但仍然親臨現場指揮救難，其沉著負責的勇毅精神，確是普通人無法做到的。最後在一位開書店的傅先生那裡，聽到一件很不幸的消息，據說張委員正在行進的時候，就被一片彈皮擊中，額骨受傷，被送至苗莊醫院途中，不治身亡。究竟埋葬在什麼地方，我至今都毫無所知。痛失此一知友，終生難以忘懷。傍晚我回到了住處，和田老師研究回返的路徑，早日脫此險境。大家都深深的感到經此轟炸之後，隨著而來的必然是陸上的圍攻，以達到他們完全摧毀這一抗戰基地的目的。第二天一早，我們由那座小寺廟裡出發，沒有再走東里店的大街，就從何家巷的南門外面，沿著垣牆東行，也正經過我昨天伏臥的位置。那一片矮小的菜農茅舍，一間完整的也看不見了。好幾條被炸得半截一塊的牛猪，仍然橫陳在餘燼灰堆之間。又圓又深的彈坑，稀密交錯，已分辨不出那是路徑，那是菜圃。血迹染紅了地面，到處可見。雖然經過當局的積極處理，但那些枝幹斷折、凌亂雜陳的林木堆裡，仍然有不少的屍體，橫臥其間。在南門外右側的一間茅草屋裡，原來住着一位老人，飼養了一隻美麗的畫眉，高籠繡罩，十分可愛。空襲以前，我每天從張委員那裡出來，必先站在老人旁邊，聽聽鳥叫和老人打個招呼，讚賞幾句鳥性的溫馴和歡喉的清脆。老人滿臉笑容，樂不可支。今天從此經過，已是屋毀人消，只剩了鳥籠上的掛鈎，仍吊在那半裸半折了的老樹枝上，隨着晨風的吹拂，擺來擺去。我們經過南郊，繞到東門，都是斑斑的血迹，表現了死傷的慘重。

我和田老師離開了多災多難的東里店，找尋山徑小路北行，以免遇到公路上的敵人。當夜走到臨朐南部的一個山村田玉口，得到同學好友馮蘭薰與其令尊的熱誠協助，招待食宿，餘悸畧消。翌午父子二人又親往沂青公路附近，探察敵騎南侵的行動，找空送我們越過最危險的一程。我們又在途中住了一夜，第三天才回到昌樂東南部田老師的家鄉。這趟東里店之行，前後不到半月，路上占六天，忽忽而去，惶惶而返。聽說這次空襲傷亡，總在八千人以上。但敵機的肆虐，和敵騎的屠殺，並沒有把大家抗戰的意志毀滅。相反的我們親身遭受了這場慘酷的災禍，也更加强了大家報仇雪恥的毅力和決心。敵人在整個的魯南山區。蹂躪一個多月，認爲消滅抗戰力量的目的已達，才陸續撤去。可是我們省府各部接著又在臨朐的呂匣店子、青崖一帶恢復辦公，重新建立起我們的行政基地和抗敵領導中心。

凡是有志於國家民族復興的眞正抗戰團體，經過幾次打擊之後，重新整補，加强訓練，結果無不更堅强，更奮發，更經得起考驗。這次敵人在陸上的大舉進攻，比東里店的空襲尤爲兇惡狠毒，我雖逃出包圍沒有身歷其境，但許多直接認識的同學同事，間接知名的熟人之友，被俘被殺者，不知凡幾。而其他不認不識不知姓氏的愛國志士和當地民衆之遭其荼毒者，爲數更無論矣。沈主席就在其包圍圈內，翻山越嶺，東藏西躲，逃避敵人的搜索。在緊急關頭的危險地帶，曾扮作牧羊老人，脫離險關。其所遭遇之苦難，自可想見。敵人這次想以地毯式的戰術圍侵山東抗戰的領導中心和游擊力量，必使我們的軍政組織完全崩潰而後已。由此可以證明他們日常受到游擊勢力的威脅之大了。據事後的情報估計，敵人這次出動的兵力，總數足達四萬人以上。而其交通運輸、火力消耗，以及傷亡病患，後勤補給，其損耗之大，也是難以估計的。我們青年鬥士，以血肉之軀，救國之志，用頭顱生命，消耗敵人戰力，這種在敵人佔領區的奮鬥壯舉，誰說不是大戰場上有力而效果輝煌的牽制作戰呢！

小常識

閒文

△睡眠不足，操勞過度，再加之飲食不調，都會使人的頭髮乾燥稀疏。

△如想從豆類中獲取多量的蛋白質，多吃黃豆即可。

△爲防止動脈硬化，應以食用植物性油類爲宜，並忌過度的煙酒及熱水浴。

△不論是坐着、站立或躺着的時候，如能做幾次伸懶腰的動作，可以得到運動的效果。

△穿剛買的新皮鞋，往往會把脚磨起水泡，但如用濕海綿把磨脚的皮面沾濕，再穿時就舒適異常了。

△新買來的運動鞋，如把帆布的部分塗上臘，再用火烘一烘，膠質滲入布中，可延長鞋子的壽命。

△原子筆污染衣褲時，可買漂白精，塗抹在污漬部份，用力搓洗，污漬即除。

東北的紅鬍子

·劉毅夫·

二嬸的爸爸趙大爺，當年是走南闖北的大鏢頭，一柄沈重雪亮還帶着響環兒的金背大砍刀，馳名關內外，聽說這柄殺過很多人的大刀，已竟有了靈性，每逢家有兇險的時候，它就會自動出匣。

趙大爺練的是六合刀法，輕功好，最叫絕的是一手兒滿天花雨鐵彈神功，這是以寡敵衆時的救命絕招兒。

趙大爺正當極盛的時候，鏢局子改聘了使洋槍的炮頭，這些神氣活現的炮頭們，全無半點兒眞本事，全憑子彈殼兒裡的一點火藥的衝勁兒抖威風，所以炮頭們在趙大爺的眼睛裡全是孬種，他一氣之下，封刀歸隱，居家課徒教子，把他的全套武功，都教了大兒子趙山和另外五個徒弟。

十六歲的趙能，領着十五歲的曹方、聶培基，十四歲的鍾嶽、宋磊和十三歲的李宗方，在師父日夜督導下，藝業猛進，他們同時也讀一些三字經、百家姓、名言集等淺易書籍，他們是謹遵師訓，練武是仗義扶危，抑强扶弱，讀書識字，是爲了寫信記帳不求人。樸實的古老社會，人生意識就是如此簡單。

爲了洋槍威脅武林，趙大爺也被洋槍奪去了保鏢的飯碗，他灰心，却不甘認輸，他一聲不響的買到了一隻套桶快槍，也買到了一隻蓮花嘴兒匣槍，一隻德國造的毛瑟手槍，美國造的八音子（白郎寧手槍），最後又買了一隻最有威力的德國造大淨面大狗頭悶機廿響連發的盒子炮，他獨自在後院裡作卸裝射擊、研究，終於接受了刀槍弓箭拳脚不是快槍對手的眞理，無奈他從祖師爺傳留下來的意識，仍在感情上無法接受這項眞理。

當趙能到十九歲滿藝出師的時候，拜過祖師爺，趙大爺才開始教練子徒研習放槍和裝卸技巧，每隻槍都打了一兩千發子彈，來復線磨光之後，又買了一批新槍再練，一直練到第四次的新槍，人人都能飛蹬上馬時仍能雙槍齊發，打落從草叢裡驚起的小麻雀兒，而且是百發百中，萬無一失的時候，每人才又發了兩隻大淨面匣槍，命他們左右交叉揷在胸前的腰板帶上，隨時可以取用，然後又每人發了一隻八音子，暗藏內衣口袋裡，作爲不時之需。

然後又教他們一隻手不停的射擊，另一隻手的空槍，要能用嘴含着子彈筴兒塞進大淨面的彈槽裡，或者用腿灣挾着空槍，用單手裝塡子彈，如此則在緊要關頭，雙槍可以不停的射擊。

一切技巧教完了，槍也練得百無虛發時，他把徒弟們帶到練武場說：「我手裡有一把鐵彈子，我喊打的時候，你們可以大胆的向我手指射擊，如果胆小怕傷了我的手，你們就永遠不准出師」。

這可是一大難題，所以趙能首先陳詞說：「這怎麽行呢？我們拔槍速度和射擊的速度，幾乎和你老人家的聲音一樣快，你老人家的鐵蓮子還未出手，手就會被打碎啦」！

趙老爺子哈哈大笑說：「傻孩子，你們照我的話作，然後你們就自己會發現這一巧妙道理」！

孩子們仍有些不敢動手，受不了趙老爺子的嚴令，於是他喊，「注意啦！打」！

打字一出口，趙能等迅即拔槍，可是眼前已失去了趙老爺子的人影兒，但是每人把槍都拔出來了，可是手上都中了鐵彈子把槍打掉在地上了。

趙老爺子哈哈大笑說：「你們看見了嗎？槍子兒不一定能勝過手指頭，妙訣在意動機先啊」！

練武的人就是這麼怪，這也叫作人爭一口氣，所以趙老爺子不惜以兩年多時間教子徒們練槍，就是為了證明這一句話。

他是意猶未足，率徒弟們回到了大廳，自揮瓶後邊，取出六付人造紅鬍鬚，他笑着說：「明天，你們正式出師，可以出門闖名立業兒了，第一趟出門，必需叫得響，我已經查的確實，一位貝勒子買了一大箱老山人參，交給老夫以前的長白鏢行，由十二個快槍鏢頭，護鏢進關去北京交鏢，明天中午鏢車到沙河舖打尖，你們六個師兄弟，不許帶槍，祇許用鐵彈子取鏢，這裡是從前傳下來的紅鬍子，凡是江湖有過節而又不是死仇大恨，就戴了紅鬍子掩去本來面目，與對方見面分個高下，點到為止，見勝而退，以後留個見面的情份」。

三天後的晚半晌，趙能六弟兄，興高彩烈的押着鏢車回來了，這是說劫鏢成功了！

趙老爺子為慶祝他出師成功，當晚大排酒筵，請了附近的同道們，並在大廳上擺出了劫來的紅漆大皮箱鏢貨，又命趙能當衆述說一遍劫鏢經過。

趙能站起身作個羅圈揖，然後說：「咱弟兄六個，在昨天巳時前後，在孤樹山下，等到了長白鏢車，他們有十二位揹着長槍，跨着匣槍護鏢鏢師，咱先向他們和顏悅色的借鏢，這十二隻蠢牛不賣交情就動傢伙，咱六弟兄每人發出兩枚鐵彈子，打傷了他們的手腕，槍都掉在地上，於是輕易的繳了他們的長短槍，他們眼睜睜的看着我們把鏢車趕走了，就是這麼簡單」。

趙老爺子特別舖張的一連慶祝了三天，在第三天的中午北邊兒官道上，響起喇叭聲，和一路不停的鞭炮聲，有些快腿的跑來給趙老爺子送信說：「恭喜趙老爺子，長白鏢局局長，親自帶着金字牌匾，大批禮物，來向老爺子求鏢道歉來啦」！

趙老爺子夠交情，他是見好就收，親自帶着徒弟們迎出村外，先向鏢局賠禮，真正作到了不傷和氣。

長白鏢局用十二對喇叭手，送來了「威震關東」一塊大匾，還有一對肥豬，一對肥羊，一車牛莊二鍋頭。

趙老爺子請長白局長等每莊設宴，又回敬了一份豐富彩禮，並親為鏢車披紅，放着鞭炮送出村外。兩方風光不減，趙家武藝由此一舉，却響遍了關東遼西白山黑水之間。

又過不了幾天，趙老爺子又出任了長白鏢局總鏢頭，趙能六兄弟也成了新鏢師。

可惜好景不常，東北出現了火車，進北京也有了火車，於是鏢局生意一落千丈，保鏢這一行永遠抬不起頭了，趙老爺子年老物故，趙能等六兄弟也失了業，他們不能在家坐吃山空，也不能讓六合刀如此烟消霧散，俗語說靠山吃山，靠海吃海，幹鏢行的同鬍子們都是經常有聯絡，幾年之後，趙能領着五位師弟，終於自己組成了一個小綹子（小幫紅鬍子）。

盜亦有道；偷雞摸狗未入流，打悶棍的死無赦，清官、孝子、節婦不能搶。奸商、客買、貪官、苛薄財主的不義之財不取白不取。但綠林又有一句話，「兎子不吃窩邊草」，於是六兄弟、六匹馬，鞍橋上插了長槍掛了六合刀，水獺領兒皮大衣裡都是兩隻大淨面，交叉在小皮襖的緊身腰帶上，小皮襖裡都藏着一隻小巧的八音子。另有一袋彈子掛在腰帶上，頭上都是四塊瓦長耳扇的狐皮帽，脚上都是長甬狗皮靴子，靴腰子裡都插了洋火小銅刀腿叉子。

他們把六合門的趙家，交託一位趙大爺的跟班現在是老管家趙福，然後和送行的親友們說明是到北大荒販馬，也許作些皮毛生意，年底下准會回家過年，然後打馬而去。

由正月到六月，整整半年期間，六合門的老管家趙福，接到過趙能由北邊外捎來的兩封信，說的都是生意話，他們在船廠開創了一家六合大車店，現在正籌備再開一家六合皮貨店，希望老管家要到鐵嶺城裡去看看，有沒有合適的地方，不妨先接洽買下來，等他們一回來，就在老家的城裡開一家六合總店，買賣皮貨兼作大車客棧，並說：錢沒問題，即刻派人送回來，同時還要趙福督促小姐練武讀書等語。

趙福是不能不信，又不敢相信，他還是去了一趟城裡，因爲家裡既不種田，也不經商，每天除了陪着小姐練練刀法、輕功、打槍，就再沒有別的事兒了，所以他也就樂得到城裡看看熱鬧。

趙福騎了一匹毛驢剛剛走到鐵嶺東關外，正好遇見長白鏢局局主，他唉聲嘆氣的大談苦經，準備賣了鏢局，回鄉下養老。深沈的趙福，不敢說是少爺有信來要買房子開店，他祇說有個有錢的親戚要買房子開店，請局主再等個把月，他會有確實回信。

當他們分手時，局主無意中說出：「哎！江湖上眞是長江後浪推前浪，我們這些老骨頭不中用啦，練武的人也不放在人們的眼睛裡啦，想不到在北大荒上，近來却出現了六條龍，他們來去如風，有時人比馬快，快過火車，專搶俄大鼻子，有時六條人影兒穿房越脊，神不知鬼不覺的割去了響窰裡大戶的腦袋，聽說，他們的行動全是我們武林裡行俠作義，所以六條龍的字號，已響遍了北大荒，連官府裡也都對他們暗加稱道，祇有俄大鼻子恨透了他們」。

趙福聽了這個消息，心中滿明白，眞是又驚又喜，趕緊告別回家，到老爺子墳前痛哭一場，然後叩頭給老爺子賀喜說：「老爺子在天之靈的保佑，終於使大少爺把六合門發揚光大啦？」

冬至前，老四鍾嶽由三姓回來了，交給老管家一盒金葉子，交給小師妹黑丫頭趙蓮一盒翡翠和珍珠。

一盒金葉子有七八十斤，用不了一半兒就可買下整座長白鏢局和半條街，那盒翡翠珍珠，可都是無價之寶，趙福追隨老鏢師一輩子，他那能不識貨，所以他伸舌頭向老四：「北大荒的六條龍是咱們家的六條好漢吧」！

鍾嶽神秘的笑笑說：「福大爺，你別操心啦，大師兄是六合棧的大老板，二師兄是六合皮貨店的大老板，小侄是六合棧的帳房，三師兄是皮貨店的跑外，五師弟、六師弟在大荒上準備成立一個大農莊，我們手頭上事多着哪」！

他是不否認，也不承認，老經驗的趙福，也不再深問，黑丫頭見了珠寶她就不管別的事兒。

臘月初，東北大地上，冰封江河，雪蓋大地，正當家家戶戶閉門在家忙年的時候，六合門趙家兄弟，押着十輛七套馬大車，滿裝北大荒的珍貴皮貨，回到了鐵嶺趙家堡子，後邊又跟來了瀋陽縣劉家堡子的大車隊，頭車長包兒的（趕車的）劉文明，是趙能的表弟，黑丫頭的表弟，他帶着劉家堡子附近十幾個堡子的兩百多輛大馬車，由趙家六兄弟護衛着安全回到鐵嶺，他們第一批住進了鐵嶺東關外尚未正式開張的六合客棧，劉文明本人就留在趙家堡子。

劉文明這人健壯樸實而又不失精明，難得的是槍法好，武藝也不錯，否則一兩百輛大車不會讓他當頭車，他還念過五年書，寫算精通，這次由三姓到鐵嶺的一路上，趙能對他特別注意，所以一回來，就把劉文明留在家裡，派鍾嶽趕着劉文明的大車，護衛着劉家堡的車隊去了瀋陽，五天後鍾嶽回來了，也請來了劉家大姑爺，大姑奶奶。

在一個黃道吉日良辰，趙能爲胞妹黑丫頭和劉文明舉行了婚禮。

又過了幾天，長白鏢局的長匾，換成了六合客棧的招牌，左邊一幢市房是六合皮貨店，右邊一個大院落，是六合糧棧，三號大店舖同時開張，劉文明作了大老板

趙能發帖請來了鐵嶺紳商和縣太爺，又特別到火車站請來了俄大鼻子站長比基達夫（當地人叫他鼻子大夫）這是因爲六合糧棧和六合皮貨店的貨物出口和進關，都需要裝火車，爲了方便，不能不請比基達夫。

席間趙能對比基達夫特別招待，先敬他三盃酒，這傢伙三盃牛莊高粱一下肚，他的大鼻子變成了赤紅，舌頭也靈巧了，他哈哈大笑說：「在北大荒出了一股强盜，號稱六條龍，專門和我們鐵路搗亂，說實在的，最初我們都以爲是你們在三姓的六合棧的六兄弟，前天夜裡，我們昂昂溪車站，又被六條龍洗劫了二十多萬盧布，殺了站長等十幾條人命，可是經過調查，你們老大老四已竟回到鐵嶺，老二老三仍在三姓店裡，老五老六，正在海拉爾附近的索倫人部落搜購皮貨，所以懷疑貴兄弟的情報人員，再也沒話說了」。

俄國蠢猪是自作聰明，趙能親自去請他來赴宴，就是要他證明這一點，其實是六條龍戴上紅鬍子，誰也看不出眞面孔，假的六條龍戴上紅鬍子，當然可以假亂眞了。

六合號開張以後，公平厚道，生意興旺，臘八前又回來了老五宋磊、老六李宗方，他們果然運來了十幾車珍貴皮貨，特別拜託比基達夫站長運到大連，又送了他一件貂皮大衣，想得到，他一定有電報到哈爾濱，向俄酋證明六條龍不是六合門的六弟兄。

趙能和比基達夫有了交情，他在火車站附近畫出了一大片空地，指定爲六合糧棧的堆場，臘月裡，正是鄉下人賣糧的時候，劉文明大老板派了專人在火車站收糧，這一來就免除了在糧棧換車的麻煩。

每天堆在車站野地裡的六合糧棧的高粱袋子和大豆袋子像山一樣高，有半里路長，五百多尺寬，有兩三百人卸車，過磅，裝火車。

突然間，比基達夫親訪六合糧棧，找到了趙能，小心的通知他：「趙先生，千萬不要再收糧了，再過十天半個月的，可能運不走啦，現在的糧，我盡量先給你運出去」。

「爲什麽呀」！趙能吃驚的問？

「我們要和日本人打仗啦」！比基達夫神氣的說。

趙能謝了他的好意，同時告訴他：「這可眞麻煩了，三姓方面已經收購了大批糧食等着上火車哩，我們趕快去一趟，別教他們再進貨了」。

比基達夫很想交趙能這個朋友，他自告奮勇說：「你去一趟也要兩三天，我回去就用咱們鐵道電話轉告他們」！

趙能又謝了他的好意，並塞給他十根大金條，請他轉託三姓站長，儘量把三姓的糧食運出來，他自己仍然要去一趟三姓，明天一早，就帶着三位師弟騎馬北上。

比基達夫收了金條大笑說：「不要騎馬啦！那太辛苦，我送給你們四張頭等的臥車免票，明天夜車睡一覺就到三姓啦」！

趙能似有演戲天才，他嘆口氣說：「站長先生，我們這些練武的鄉下人，天生的窮骨頭，一天不挨凍，兩天不騎馬，混身從骨節縫兒裡不舒服，同時我們前些日子派了很多人到公主嶺一帶去收購糧食，也必須親自去把他們找回來」！

比基達夫忽然着急說：「壞啦！壞啦！你們說什麽也不能過公主嶺呀」！

趙能輕悄的問：「爲什麽呀站長先生」？

比基達夫忽然有些神秘的說：「告訴你吧好朋友，我們鐵路情報，六條龍在我們昂昂溪車站，劫了我們俄國人的一百多條連珠快槍，又在北大荒搶了百多匹好馬，已組成了一個大鬍子幫了，現時正在南竇，情報上說，他們可能去攻打我們俄國總通譯葛大麻子的響窰，他的響窰就在公

主嶺附近，也正是你們去三姓的路上，萬一遇上了可不是好玩的呀」！

趙能是福至心靈，他趁機會獻策，「我早就聽說公主嶺附近有個葛家堡大響窰，還不曉得是貴國總通譯葛大人的堡子，如能有機會見一見，日後也可多得些好處」。

比基達夫想了一會兒說：「那好辦，你們既然一定要北上，我就給你寫一封介紹信，有你們四位武藝高强的朋友進了葛家堡，六條龍要眞敢去攻打葛家堡，那是自找霉頭啦」！

趙能是趁熱打鐵，他立刻命人拿來洋信紙，洋信封，同時對比基達夫說：「我們如能趕在六條龍前邊到了葛家堡，我們拚了命也要保護葛大人的安全，聽說六條龍武藝好，更擅長輕功暗器，葛家堡有兩百條槍，也擋不住六條龍神龍見頭不見尾的輕功」！

比基達夫大笑說：「是啊！是啊！我眞是糊塗，再大的響窰也擋不住會輕功的强盜响，我代葛大麻子作主啦！教他暫請四位臨時保鏢」。

第二天一大早，趙能四兄弟四匹快馬，風馳般北上了，他們很快的到了公主嶺的葛家堡，既有比基達夫站長的俄文介紹信，葛大麻子就倒履歡迎，他贈每人五百元龍洋作爲零用，日後如果太平無事，每人另送五根大條子。

想不到葛麻子的手面驚人，這也說明葛大麻子錢來的容易，其實他是錢多更惜命，聽說六條龍要來攻堡，那能不緊張，那想到六條龍已有四條龍到了他的內堡內院，隨時就會取他的性命。

提起葛大麻子，在北大荒是人說人恨，當年俄國人修興安嶺大隧道的時候，由山東招募來廿萬苦力，就是葛大麻子經手，他吞吃了二十萬人的安家費，又吞吃了他們廿萬人的兩年工資，到最後給俄國人獻策，爲了給俄國人節省遣散費，把二十萬人都用機關槍趕到一個死山谷裡，全部槍斃了，因此葛大麻子在俄國人面前大紅特紅，在中國人面前他是第一號大漢奸。六條龍到了北大荒，探得這一詳細消息，就計劃如何幹掉這個賊子，所以趙能才回鐵嶺結亞比基達夫。

葛大麻子先在公主嶺開了一號大錢莊，又開了一號百順絲房，兩間店舖，紅遍了公主嶺，又在鄉間買了幾百畝地，修建一座小城式的葛家堡，由俄國人手裡買了百餘支快槍，還有四梃水聯珠機關槍，放在葛家堡牆四角的大炮樓上，於是葛家堡幾乎成了公主嶺的一處要塞，葛大麻子錢多不想再作洋奴，回家當了大財主，在堡裡討妾買婢納福。

他爲了拉住俄國人，作自己的靠山，在堡子裡特別修築了一個貴賓館，由哈爾濱高價請來一位做俄國大菜的洋廚，買了五個美女，是爲「貴賓」準備的尤物，葛大麻子當然不會留等貴賓嚐新。貴賓館裡一切都是洋化，花了好幾千銀元，這數目在葛大麻子手上微乎其微，二十萬寃魂兩年的工資，何止二三百萬！

趙家四兄弟到了葛家堡，按理應該招待在貴賓館，可是當漢奸成了精的葛大麻子，仍怕春光外洩，就爲他們準備了一個小跨院，距自己的寢房一牆之隔，這也有個好處，萬一那些會飛簷走壁的六條龍到了葛家堡，他們四兄弟也好及時保護。

趙能爲了爭取葛大麻子的信任，他們弟兄要露一手兒給堡裡的炮頭們看看，以增加防衛六條龍的信心。葛大麻子也正想看看他們的眞武藝，問他們：「四位大英雄顯露一手兒也好，我們這些炮頭們都是土裡土氣的沒見過世面，聽說六條龍自北大荒南下，還眞有些發慌了呢」！

於是趙能四兄弟，脫下大衣，討來自己的馬匹，縱轡放馬出了堡門，四馬如飛狂奔，四弟兄不慌不忙，放步趕馬，人馬相距丈多遠，但見四朵烏雲急飄，他們已竟立足馬背，隨後變成鐙裡藏身，由馬腹下探出一隻手，手中匣槍打落了空中飛鳴的大雁，每人響了三槍，十二隻大雁落地，然後挾馬馳近堡城，馬如龍，靠着牆根急奔，人如鷹，四隻大鷹離了馬背，飛上二丈高的牆頭，在牆頭上作個羅圈揖，口中說：「各位朋友見笑了」！

全堡歡呼鼓掌，葛大麻子那敢再怠慢，他一高興，開了貴賓館，請四兄弟到貴賓館吃俄國大菜，住俄京運來的雙人彈簧床。

趙能到葛家堡第二天，露了眞功夫，堅定了全堡對四弟兄的信心，於是在住進貴賓館之後，趙能對葛大麻子說：「咱們兄弟四個到了貴堡，一定爲貴堡盡心盡力，否則有負葛大人的信託，也對不起咱的好友比基達夫的拜託，今天午飯後，我想一個人到四鄉去看看，一來是察訪六條龍的消息，二來也找找我們到公主嶺收糧的伙計們」。

葛大麻子當然無話反對，何況人家還有三兄弟留在堡子裡。

趙能下午離堡，他放馬急奔五十里，在白狼山大森林裡找到了六條龍的聯絡人，他詳細的分咐一番，又帶回了兩個人，留到葛家堡，這兩個人當然都變成了六合糧棧的收糧伙計，見過葛大人，又住了一天，已竟摸熟了葛家堡的詳情，這兩個伙計又被趙能催着回了鐵嶺。

他倆離了葛家堡一路向南而去，但是到了天黑之後，倒轉馬頭，又回了白狼山森林。

俄大鼻子和日本小鬼，在旅順打起來了，葛大麻子很高興的說：「日本鬼子怎能打得過俄國人呢，人家是人高馬大、槍多炮多，日本小鬼眞是不知好歹」！

趙能等也故意跟着他的話胡謅一番，然後告訴他一項有關六條龍的活動消息說：「咱們二弟昨天到公主嶺去了一趟，聽說這些日子火車都在運兵，所有民間貨物多半又改用大車了，現在南北大道上熱鬧的很，每天大車排成了繩兒，公主嶺的幾家大車店都忙的人仰馬翻，所以六條龍就看上了公主嶺，他們向商會要三百條快槍，要六萬發水子（子彈），另外還要三百根大金條，少一點兒就要火燒公主嶺。咱二弟在公主嶺查看了一番，發現公主嶺的情形不大妙，不但官家無力保護，商團也是有名無實，還是葛家堡子威武安全。

葛大麻子雖然不是大傻，有人恭維他的葛家堡，仍很受用，於是他親自去了公主嶺，果然是人心惶惶，已竟有人看見了六條龍睬盤子的嘍囉，他們就在葛麻子的錢莊丟下了一張警告海報，這一來，葛麻子不能不信了。

葛大麻子命錢莊把金銀裝箱，又命絲房把高級綢緞細包，準備裝車運回葛家堡寄存，等到六條龍走遠之後再搬回公主嶺營業，同時派人回堡，調來趙能四弟兄，另調十輛大馬車，帶着兩梃水聯珠機關槍，和五十個騎馬砲手，趕來護衛。

他的計劃當然既週詳又安全，可惜完全上了趙能的套兒，六條龍的綹子南下公主嶺，以及故意到葛麻子錢莊留海報，就是逼他走這條路。因爲攻葛家堡子，不會殃及善良百姓，官兵也不會無事找麻煩，公主嶺住着一位管帶，他手下有五百名兵勇，他們雖然都不是好東西，但是攻打他們就是造反，六條龍雖然搶劫，可不願背上造反的罪名。

趙能帶着三兄弟和五十位炮手，十輛大馬車，到達公主嶺已是傍晚時候，見了葛麻子，報告了一路很太平，但是六條龍就在附近，一切仍需小心，所以今天頂好不要趕夜路，爲了大批財物的安全，還是明天起早回家的好。

葛麻子也是很久沒到公主嶺，這裡有大酒樓、戲園子，他也想吃喝玩樂一番，何況還有趙能四弟兄保鏢，這是天賜好機會，於是在公主嶺痛痛快快的玩了大半夜，仍不肯睡，他提議推牌九。錢莊、絲房的掌櫃都內行，會巴結，趙能弟兄們外行，他們派一人守夜、三個睡覺。

第二天一大早，車隊出發了，五十位炮手，押着十輛滿載綢緞金銀的大車先行，隨後是葛麻子的三套馬暖轎車，有二十位炮手跟在車後，趙能四弟兄騎馬伴車護衛，葛麻子感到萬分安全，他就在暖轎車裡睡大覺。

昨夜大雪未停，今天是風雪更大，北風怒吼，雪花橫捲，大車隊走在茫茫大雪裡，前後幾乎無法照應，兩個時辰過去了，眼前出現了黑黝黝的堡影，載着綢緞金銀的十輛大車，業已進了堡門，葛麻子的暖轎車也到了堡門以外，趙能忽然教趕車的：「停一停」！同時他跳下馬，跑到葛麻子轎車門簾前邊，向車內發話說：「葛大人，咱們到家啦」！

葛麻子好像還未睡醒，迷迷糊糊的問：「好啊！我披上大衣就下車」！

趙能心裡暗笑，嘴裡說：「先不要下車，情況不大對，我們現在堡門外邊一箭地，堡子裡靜得出奇，按理說管家的，護院的，知道大人囘來了，他們應該出堡迎接啊」！

葛麻子突然清醒啦，探頭到皮車簾子外邊，先看看迷濛雪天，然後對趙能說：「他馬拉巴子的眞是有點兒邪門，爲什麽連個鬼影兒也不見，平常兒我離堡子半里路，我那十幾條大狼狗就跑叫着來接我，今天爲什麽呀」！

趙能不待葛麻子吩附，就教趕車的：「快倒車往囘頭路上跑」。

不倒車還好，這一倒車，堡牆上的水聯珠機關槍開火了，轎車後邊的砲頭們，已有十幾個人被打掉馬下，於是全場大亂，一陣狂奔，才脫離了險境。

葛麻子吓破了胆，已癱瘓在轎車裡，還有三十幾個砲手跟在轎車後邊，有人對趙能說：「咱們停下來看看哪」？

趙能大聲叫：「一定是六條龍昨夜攻佔了葛家堡，故意在堡子裡按兵不動，等葛大人囘堡自投羅網，現在看葛大人不上當，他們還不追來捉人嗎」？

就這麽一躭擱，後邊已有追兵的人喊馬嘶聲音。誰也不敢停車拚命了。全部打馬往公主嶺狂奔逃命，在葛麻子的轎車附近，祇剩了趙能四弟兄。

快到公主嶺附近，後邊追兵已遠，趙能才攔住葛麻子轎車，在馬上掀開轎車皮簾子，告訴葛麻子說：「賊人不趕啦，好險，我們總算及時救下大人一條命，這也是大人的命大福大，我們如果在堡門前邊再進去幾步兒，就來不及逃命啦」！

趙麻子聽說賊人不追了，將將撿到一條命，却又想到了他冒險一生所賺到的葛家堡和巨大的財富以及他的三個寶貝兒女，和一大羣姣妻美妾，這一切都完了！

他黑紫的大麻臉，變成了慘白淚麻臉，總算好，他仍能說句人話兒：「謝謝你們啦，沒有你們，我這條老命也完了，現在我們還有多少人哪」？

趙能嘆口氣：「哎，眞是的，養兵千日用在一時，想不到大人平日養的炮手們都各自逃命跑光了，現在護衛大人祇剩下我們四個師兄弟啦！請問葛大人，現在咱們總得找個落脚地方，是不是先到公主嶺再說呀」？

葛麻子哭了一陣說：「公主嶺不能去啦，那裡的錢莊和綢緞店都成了空架子，幾十號人的開支，和錢莊的存欵，我用什麽應數啊，哎，現在我已竟是走投無路了」！

趙能勸道：「大人不必太難過，錢是人賺的，我兄弟看着比基達夫的交情，到了葛家堡，今天大人落到這個地步，雖然我們是愛莫能助，今後維護大人的安全，也有道義責任，大人如有遠戚近友，我們一定負責把大人安全送到」。

這句話提醒了葛麻子的記憶，他的拜弟夏維善，昔年和他同當俄人通譯，在大興安嶺謀害華人苦工廿萬人寃案，就是夏維善的一半主意，事後，葛大麻子分給他十萬銀盧布，他就在公主嶺東南買下了一座農莊，修了一個夏家屯響窰，也有五六十條槍，現在正好去投奔他，於是告訴了趙能。當天深夜，到了夏家屯，經過夏維善親自到門樓上查詢，確實是葛老大哥，才又婉轉的說：「老大哥，難得您大駕光臨，不過請您千萬原諒，現在這附近不但有個大綹子六條龍在公主嶺附近打轉，另外還有白狼，老瞎子，一聲雷幾個小綹子，都想趁着日俄打仗的時候混水摸魚，他們是千方百計的專破響窰，請你老等下車走進來吧，大雪天黑燈巴糊的看不清，所以你的幾位保鏢，就要委曲他們囘公主嶺吧！明個兒天亮後再來，我向他們賠罪賠酒，還要送份厚禮」！

他話說的婉轉合理，又兼葛麻子是走頭無路，只好忍氣吞聲的給趙能四兄弟道歉而别，他孤伶伶的蹣跚走進半開的堡門。

趙能四兄弟是正願如此，先命趕轎車的自去公主嶺，他們四人放馬回奔葛家堡，快近堡門時每人都戴上了紅鬍子，每人又由鞍囊裡掏出一件黑皮斗蓬，披在身外用黑話（匪語）叫開了堡門，於是眞正的六條龍，在貴賓室裡又會面了。

兄弟六人在大廳裡摘下長鬍子，抖落斗蓬，脫下大衣，相抱大笑，都稱讚大師兄足智多謀，這一下子可把葛大麻子整慘啦，殺死他，不足補賞廿萬人的寃死，教他今後活受零罪，比割了他還難受。

趙能查詢攻堡的情形。

事情經過非常順利，先是老五宋磊，老六李宗方，從北大荒帶着六條龍全綹人馬三百餘人南下。得到老大趙能的詳細指示之後，又派兩個弟兄受裝購糧伙計進入葛家堡，看明地形佈置，乃趁葛大麻子去公主嶺的雪夜，由宋磊、李宗方兩人施展輕功偸上堡牆，制住牆上巡哨守夜炮手，然後用繩梯，上來了七八十人，攻襲炮樓，再由宋磊、李宗方跳進堡內，打開堡門，放進六條龍全幫人馬，不到一個時辰未開幾槍，便輕輕易易的佔了葛家堡，葛大麻子全家處死，所有炮手們投降，第二天又收到了葛大麻子在公主嶺的財富，故意放走了葛大麻子，並由趙能四兄弟護送他到達寄居地，既便繼續給他受零罪，又能證明六條龍與趙能六兄弟無關。

大家說笑了一陣之後，趙能才擬定今後計劃，他說：「葛大麻子已到了夏維善堡子裡，有趕小車子的回了公主嶺，公主嶺存欵在他錢莊裡的債主們，一定到夏家堡去找他，所以這檔子事兒，我們不必管了，我們明天要割下他妻妾子女的耳朵，每天給他送去一隻，教他窩心受零罪，老四明天跟我回鐵嶺，我們把這裡的東西帶回去，還要帶回去幾十車皮貨糧食，好撐撐場面，老二、老三回三姓，那裡不能沒人主持，老五老六帶着綹子回北大荒，今後我們不用搶錢，專打俄大鼻子的火車站，最重要的是站上的水塔。火車頭不加水就動不了，教他們運兵不靈，糧彈不繼，準打敗仗，也給那屈死的廿萬寃魂出口惡氣，聽說這附近有幾個不大不小的綹子，也在幹這些事兒，不過聽說他們都有日本鬼子當後台，我們可是心甘情願這麽幹的，這叫於心無愧」！

盜亦有道，東北紅鬍子在日俄戰時，給日本人幫了大忙，並不是日本皇軍無敵，而是中國人打敗了俄國人，却讓日本人撿了便宜，如果清廷稍知振作，紅鬍子也都有國家觀念。

日俄戰後，東北的大綹子的紅鬍子沒有了，祇剩下紅鬍子這個代名詞了。

—完—

白首話黃花

—莫紀老對黃花崗之役的自述—

·毛一波·

木棉開處舞東風，志僅清游興未濃；
山北山南行道遠，啼痕猶是杜鵑紅。

寫這首詩，已是三十年前的事了。那時我正遊廣州的觀音山（粤秀山）；接着就去拜謁黃花崗（在廣州東門外永泰村之東北有東沙馬路可通），七十二烈士之墓，回頭還吃了一次沙河粉；可惜的是在那兒徘徊半日，一直沒有吟出半句詩來。也許有着黃克强先生的「七十二健兒，酣戰春雲湛碧血；四百兆國子，愁眉秋雨濕黃花」一聯在前，所以只好爲之擱筆了吧。

今年正月的人日，碰到黃花崗之役生還者之一的莫紀彭丈，他已是七九高齡的人了，但老而彌健，並有一顆年輕的心。他當年是敢死隊員，充選鋒隊長，談及那一役的衝鋒陷陣，還是生氣勃勃的。他說革命黨人以前謀在廣州起事，已不只一次了。從庚戌（一九一〇）廣州新軍起義失敗之後，清吏即嚴加防範，軍中已不發子彈，故不能再行發難。所以 國父等在庇能會議的時候，就主張以五百人爲選鋒。後來香港統籌部決定增加爲八百人，在辛亥（一九一一）春天各省黨人都陸續應召到港了。就在那年三月十日，香港的總機關部開發難會議，列席的有好幾十人，當時決定三月十五日發難，後改爲二十八日，並決議分十路向敵人進攻。一路由黃興率領南洋和閩省同志一百人，攻總督署。二路由趙聲率領蘇皖同志一百人，攻水師行臺。三路由徐維揚、莫紀彭率領北江同志一百人，攻督練公所。四路由陳炯明、胡毅率領民軍和東江同志百餘人，防截旂滿界和佔領歸德、大北兩城樓。五路由黃俠毅、梁起率領東莞同志一百人，攻警察署廣中協署，兼守大南門。六路由姚雨平率領所部一百人佔領飛來廟，攻小北門，迎新軍入城。七路由李文甫率領五十人，攻旂界、石馬槽軍械局。八路由張六村率領五十人，佔龍王廟。九路由洪承齊率領五十人，破西槐二巷的砲兵營。十路由羅仲霍率領五十人，破壞電信局。此外，加設放火委員，入旂界租屋九處，以備臨時放火，擾敵軍心。總司令定爲趙聲，他原任過新軍統領。副總司令定爲黃興。十路同志，共計八百餘人，由各同志分頭約集可信賴的人充任。主要的，還是靠「新軍」出力。新軍雖於民國紀元前二年舉義失敗，但革命的種子和潛力尚存。只須革命同志們，以八百人組成的敢死隊在廣州城內一發難，首先破壞了滿清在省的行政機關，佔領其軍械局，那末，負責運動新軍的人即可乘時把兵開入，而完全的佔領省會了。

莫紀老又說：這個事前的計劃，到了後來又大有改變。一則因當時各部未能照原計劃妥辦，二則因敵情變化，温生才之刺孚琦，就在三月十日那一天。同日，吳鏡因運炸彈失事被捕，這一來，廣州就加緊戒嚴了。至三月二十日後，黨人紛集，風聲益惡。黨人所租放火之屋，也被迫遷出四處。因而黃興入省（趙聲不便先至）後，大家多主張延期，但黃興、喻培倫等，以改期無異解散，但也無可如何。後來因恐被敵人來一網打盡，乃令各部迅速退散，免被搜捕。一時退散了三百餘人，再後得知風聲越來越緊，勢非立即發難不可。乃共議一面電港催黨人悉來，一面決集三四十人攻督署，由黃興任總司令率衆自小東營出，陳炯明等攻巡警教練所，姚雨平攻小北門軍械局，接引新軍及防營入城，胡毅生攻大南門，定二十九日午後五時半出動。到二十九日早晨，各路集合了一百七十人，但陳、胡、姚各部都未到。到了傍晚，黃興等就領一百多人攻入督署用火火之。林文、杜尹民均當塲中彈而死，黃興也傷手斷指。乃分殘部三路，一由徐維揚、莫紀彭等出小東門，一由劉梅卿等往攻督練公所，一由黃興等出大南門。喻培倫、莫紀彭他們那一小隊，轉戰到大石街進入蓮塘街的時候，就向觀音山前的敵人仰攻了。儘管那時槍聲和破片在各方面起落不定，流彈老是唧瞿地掠過長空，掠過街頭或屋角，但喻培倫他們却毫不顧忌，一直向着敵方逼進，射擊。是夜暗黑的夜，不容易辨識東西南北。好在莫紀彭本人是老廣州，知道敵人就在面前，更知道怎樣沿街沿屋去打擊敵人的。

莫紀老又說：觀音山山脈是連接白雲山的，白雲山高到三百公尺以上，所以觀音山的山脚，至少也在一百公尺左右吧。作為敵人的清軍既是居高臨下，顯然就佔了地利。好在是夜間，敵人看不清目標，只是把槍子往山脚下亂放。那時喻培倫打得高興起來，曾經拉着匍匐在街角的莫紀彭說：

「老莫！這樣打不是辦法，我們爬上屋頂去，好嗎？」

「好！」莫紀老說他一面回答着，一面就在附近搜尋到一個木梯，他們先後爬上一間民房的屋頂了。屋面的瓦被他們踩得畢剝畢剝的響。同時，他們投擲出去的炸彈也到處爆出了火花。原來，清兵那時佈滿了觀音山的山坡和山脚，有的已經竄入街屋之間了。他們從地面戰上屋頂，又從屋頂戰到地面。不知戰了多少時候，却在蓮塘的中心亂轟起來。他們大部分是靠炸彈自衛和進攻的。所以清兵不敢輕易的近身。他們戰着戰着，忽聽前面有很大的爆炸聲，知是有人在擲炸彈，但不知那人為誰。喻培倫說：他們當時心想：「我們的同志眞是勇敢呢！」後來，他們接近了，滙合在一起了，彼此互通姓名，才知那位伏在屋瓦上最前頭而向山上投彈並使有些清兵不敢下山的人，那就是有名的美少年劉梅卿。劉是卓國興的姊夫，也就是卓國華女士的丈夫呢。他們這樣的從容血戰，好像不是並肩沙塲，却彷彿在客廳裡作招待客人的雅集一樣。

莫紀老又說：他們從下午五時半起，戰到第二天的二時或三時，已經有七八個鐘頭了。人只一小隊，到處打來打去，傷亡並不太多。他們找敵人打，也和敵人遭遇着打，打到小北門方向，他們想可以打出城去。不料才走到半路上，即在錦榮與都府兩街之間，碰到幾十個巡警的埋伏，又激起慘戰，戰得天將發白，戰得隊員們槍彈幾盡，不免零落四散，無論如何也集合不起來。有的迷途，不識東西，有的受傷倒地，有的散了，藏了。他們檢點同行，知道只剩下幾個人。雖說已經走到小北門，而天已大亮。

莫紀老又說：在不得已的情形下，喻培倫他們佔據了高陽里一家米店。那米店是叫做元盛的，藏米很多。他們就把米包堆積起來，儼然是堅强的堡壘。他們以屋為城，分頭迎敵。但經過一二小時的激戰，傷亡殆盡。喻培倫自是奮戰到底的，但到了彈盡援絕時，祇好慷慨成仁了。原來已戰到最後一人及已戰到最後一彈時，喻培倫便引火焚燒米包，他自己便在米包中自焚。不過，據說喻培倫後來被俘見殺。莫紀老自己就是在當時被衝散了的。

綜計那一役戰死和被害的青年共有八十四人，有姓名可考的七十二人，事後由黨人潘達微仿吳芝瑛收葬秋瑾的先例，收集遺骸七十二具叢葬於紅花崗（後改名黃花崗），碧血黃花，永垂千古！

民國成立後三月二十九日成為「革命先烈紀念日」，後又定同日為「青年節」，這是最富有歷史意義的。

據莫紀老說：那時的革命黨人，差不多都是二十上下的青年，熱情澎湃，不顧生死，一本於愛國的情操而行動。絕不像現在一般人那樣太顧現實，太圖安全，乃至計較社會名位的。時代考驗青年，青年創造時代，可惜今日懂得這個歷史意義和使命的人太少了。這正是時代的悲劇！不過，他說他並不因此悲觀，他相信迷失的一代會有覺醒的時候。

散記民初北方幾位武林高手

唐魯孫

從小喜歡看閒書，什麼彭公案、施公案，七俠五義、七劍十三俠、五女七貞，每一部書裡的人名和綽號，都背得滾瓜爛熟，再加上不斷的聽平劇，所以一腦子裡，都是甩頭一子黃三太，碧眼金蟬石鑄，北俠歐陽春，大環刀白眉徐良這類好漢的影子在轉。凡是聽到的，看見的有關英雄豪傑綠林好漢的事，不但特別留心，而且觀感上也異常銳敏。

記得在十四五歲時，逢年過節的時候，家裡總有一位虎臂熊腰，光頭剃得是青裡透亮，赤紅臉膛，兩撇黑的鬍子，永遠緊撻膊，穿坎肩，脚上是一雙黑皮快靴，五十出頭的一位精壯的人物，帶著大批貴重禮物來叩節，或者是拜壽。家裡人叫他三爺爺，他一見咱總是一把抱起來，高舉過頂，哈哈大笑。眞能聲震屋瓦。後來咱自從懂得看小說。腦子裡印象，這位三爺爺，除沒留下海(大鬍子之意)之外，言談動作，簡直就是兒女英雄傳裡的鄧九公再世。這位叫錢子蓮的三爺爺，外號人稱南霸天，敢情當初是京南一帶綠林總瓢把子，自從被先伯祖收服，洗手歸正退出綠林之後，就在津道上廊房附近的郎家莊(讀如郎個張)務農爲業了。有一年中秋，他到舍下來拜節，吃過中飯一定要咱到前門外廣德樓去聽戲，依稀記得那天是俞振庭遲月亭演的金錢豹，滿臺鋼叉飛舞，踝子一個跟着一個蹿，既勇猛，又火爆，戲園子看座兒的，還有賣零食的，似乎對這個錢三太爺伺候得份外週到，特別巴結，包廂裡舖上桌布，椅子上另加厚棉墊子，茶壺嘴上套着黃色茶葉紙。一會五香栗子，一會糖胡蘆，又是豌豆黃，又是大碗奶酪。到了三點多鐘，好幾個飯莊子管事的，又送點心來啦，什麼棗泥方譜、肉丁饅頭，桌上簡直擺得蝶子壓蝶子啦。

戲一散，好幾位買賣家兒掌櫃的已經在園子門口恭候如儀。當然大家又是一窩擁到飯莊子，安酒叫菜猜拳行令，大吃不喝一番，錢三老爺一到北平，總是在前門外打磨廠三義老店，飯後回到店裡，大概有三分酒意，一看月明似水，初透嫩涼，一高興就打算帶着咱趕夜路去郎家莊玩上兩天再送咱回來，咱當時又想去，可又有點害怕。他說讓櫃上派人到家裡說一聲就結啦。於是我們爺兒倆，由趕車叫得順的駕着一輛有席篷兒的大車，一吆喝直奔永定門。

出了大城一過豐臺，得順跳下車從草料波籮裡，拿出一隻銅架柱，挂着式樣甚特別的一隻銅鈴鐺，外面罩滿紫裡透亮的紅纓子，駕在大轅騾子頭頂上，一路叮叮噹噹，夜深人靜，可以聽出多老遠去，走個十里八里，高粱地裡就竄出幾個粗漢子來，可是雙方面都非常客氣，彼此好像說了幾句寒暄話，可是咱一句也聽不懂，彼此拱手趕着大車又往下走，等沒人的時候，一問錢三爺，才知道都是攔路搶刼所謂線上的朋友，怎麽也想不到平津道上走夜路，居然有這麽多的線上朋友，那眞太可怕啦。

錢府的一切，倒是完全鄉間土財主的氣派，一點也看不出當年是坐地分贓的大寨主。祇是最後一進，有一溜高大平房，院裡土地是用三合土壓得磁磁實實的，地上埋有碗口粗細，三尺多高的木頭樁子，柱頭磨得是又光又亮，一共有五六十根，可都是不規律埋在地下，大概那就是武術界所謂梅花樁了。屋裡有兩排兵器架子，架子上牆上插齊掛滿全是長短軟硬兵器，還有若干奇形怪狀叫不上名來的，有一具緊背低頭花冲弩，是錢三爺當年最得意的暗器。

我一看花冲弩，就想起小五義說部裡的山西雁白眉毛徐良啦。敢情不是小說裡胡扯，武術界眞有人用這種暗器。屋裡正中供着伏魔大帝，神案上放着五尺長一個黃緞子包袱，聽說是一對純鋼虎尾竹節鞭，當年錢三爺洗手不幹，封鞭歸隱的時候，還舉行了一次大典，是由先文貞公代爲封包加印，從那時起這包袱就沒打開了。我走到跟前仔細看過，果然隱隱約約有一行小字一顆褪了色的朱紅印記。錢三爺雖然洗手多年，年過六旬，人家一身功夫，可沒擱下，功房的早課晚課從不斷，我當年童心好奇，幾次想求三太爺打兩枝弩瞧瞧，因爲他老人家練功都不許人看，所以心裡老有點發慌，始終沒敢開口，眞是遺憾。錢三爺活到八十九歲時，有一天他忽然告訴家人說他要走啦，散功的時候，無論多痛苦，也別碰他。結果他在功房坐在蒲團上，全身抖戰，汗下如雨，足足抖了四個多時辰，才撒手西歸，錢家子弟看老爺子散功如此的痛苦，後來大家練功，也不過是活動筋骨，誰也不敢再繼續往深裡練啦。

咱有位五服邊上的族伯（遠房的意思），住在北平西單牌樓白廟胡同，咱叫他四大爺，咱這位四大爺，是前清官學生，年輕時候每個月逢六八十，都要到國子監授經聽課，（等於現在聽名人演講）有一天經過戶部街，正趕上一羣地痞搶庫丁，（當年有一種地痞氓專門吃倉訛庫，因爲那都是有油水的工作。庫丁是銀庫的搬運工人。）大家一陣慌亂，咱這位四大爺，也讓他們糊裡糊塗給擄了去啦，幸虧當時有位武功高強的人物經過那裡，路見不平，躍馬揚鞭，單手一提溜，夾上馬鞍，闖出重圍，直奔西郊八寶山，等咱這位四大爺驚魂甫定，已經被人救上山來，彼此一談，才知道救自己的叫李玉清，是八寶山的莊主，李莊主也毫不隱諱，說明自己就是當年的西霸天，現在早已洗手。後來，彼此交往交往，李莊主的小女兒，就成了咱的四伯母，我們叫四大大的啦。

有一年，永定河河水氾濫，京西有好幾縣受災。李莊主拿出幾百担小米賑濟災民，馮大總統爲了鼓勵褒揚，特別頒給一方匾額，擇吉上匾，這在李府來說。可算是有光彩的大喜事，自然要熱鬧熱鬧，大宴賓客一番。咱以爲這種機會難得，咱自然跟着四大爺一塊上山吃酒道賀，順便開開眼界。

李家莊可跟錢三爺家不一樣，莊院的圍牆挺高，有壕溝，似乎還有點佔山爲王的氣派，各處大小院子都搭着玻璃蓆蓬，八人一桌，最奇怪的全用方桌（據說綠林中人請客不用圓桌，每桌不坐十位），菜是八菜兩湯，大魚大肉，每桌都用磁茶盅斟酒，眞應了大碗喝酒，大塊吃肉那句話啦。

跟咱鄰座，是一位祖母帶着小孫子來吃酒，老祖母白髮如銀絲，大約七旬出頭，小孫子最多不到十歲，可是吃起菜來，狼吞虎嚥，食量嚇人。有一盤乾炸丸子，茶房一端上來，老祖母就不許小孫子動筷子，自己從頭上拔下一根簪子，大約有八九寸長，對準那碗丸子，手腕子幾抖，已經穿了七八隻乾炸丸子了，跟着把挑着丸子的銀簪往上一乂，說是二孫子沒來，帶回給二孫子解解饞，老人家顧盼自如，氣韻矍鑠。四大爺偷偷說，這位老太太武功精湛，人稱白髮龍女蕭六姑，頭上帶的銀簪就是他的暗器。

話剛說完，鄰座有位土頭土腦莊稼老兒開腔了，他衝着蕭六姑的孫子叫小祥說：你奶奶偏心，不是不給你炸丸子嗎，宋爺爺給你夾兩個吃，省得饞的你直流哈拉子（北平俗語口水的意思）小子好好接住，說完一抖手，兩隻丸子像流星趕月似的，直飛過來。您別看小祥人小，功夫還不含糊，一伸脖兒，兩隻丸子全到了嘴裡啦。大家一看這一老一小，都露了一手，全叫起好兒來。老頭子說，小孩兒牙口好，再給你個經嚼的。跟着黝黑的一對鐵珠，又直奔小祥而來，小祥還不及接，蕭六姑一揚襖袖，兩隻鐵球如同石沉大海，都掉到人家寬大的袖筒裡了。

蕭六姑說：宋爺爺這是逗孩子嗎，簡直是稱量我老犫子（北平習俗稱老婦之不敬語），孩子一個兜不住，豈不是就開瓢兒了嗎。

宋爺名叫鴛鴦胆宋小齋，手中一對鐵胆，百發百中，平常最好詼諧，見着聰明伶俐的小孩就逗，祇要碰見小祥，爺兒倆總要逗逗樂子，人家老小一逗樂子，我們算是沒白來，可開了眼界啦。從前咱總覺得彭公案施公案描寫人的武功如何高强，心裡總有點懷疑，自從看了吃肉丸子收鐵胆，才知道當初寫這部說部的人，去古未遠，描述武功，有的地方，雖然未免誇大，可是還眞有點影子，不像後來還珠樓主李壽民他們寫的武俠小說忽然上天，忽然入地，亦仙亦佛，人耶妖耶過份離譜兒啦。

從前凡是做武職官、親民官（管州縣的）方面大員（管一省），拿賊捉盜，隨身護衛都要幾位貼身長隨，得力武弁，如果上官對待部下仁厚，一到任滿，那班長隨武弁，多半願意跟着長官進退，在長官暫投閑散的時候，他們也就變成看家護院的了。舍間有這樣八位護院的，一位叫孟蓋臣，是陝西內黃縣人，說話慢吞吞的，平素絕看不出他有什麼功夫。一位叫馬文良是河北徠水縣人，滿臉連鬢鬍子，人高馬大倒像一個練家子。一位叫牛振甫，是河北定興縣人，舉止溫文，談吐也極有分寸，衣履整潔，跟馬文良正好相反，簡直就像個幹練跟班的。三個人祇有馬文良一高興，在月亮地舞上一套軟鞭，激盪廻旋，飛光射壁，看的人眼花撩亂，的確眞有兩手。咱小時候最欣賞神行無影谷雲飛一類靈巧超倫的輕功，與竄房越脊的姿態。據說孟馬牛三人，都是個中高手，可是不管怎麼說三個人誰也不肯露一手給咱瞧瞧。

有一天剛吃完晚飯，隔壁鄰居叫小門趙家，是一位告老太監，因事得罪了廚師，這位廚師先放火，後殺人，拿着菜刀滿街亂砍，嚇得大家都也不敢前去救火。這下咱家裡三位師傅，可露出眞功夫了，連長衫都沒脫，一擰身都上了東廂房屋脊。兩家各有院牆，中間還隔着很寬的一條過道，可是火星亂迸，火鴿子（飛出來的火餤）亂飛，也挺危險，說連上就連上。三個人把盛米的蔴袋弄濕，一條條的蓋上後屋簷上，三個人每人一隻裝淸水的水桶，竄上竄下隨時澆在濕蔴袋上，他們三人在房上跳盪，比一般人走平地還來得輕快迅捷。家裡上下人等才知道，他們眞是深藏不露的高手，不是打漁殺家裡的教師爺，馬杓上蒼蠅混飯吃的。

據他們說：高來高去的飛賊，如果黑夜竄房越脊經過舍下，一定要跟他們打招呼借道，抽袋煙，喝碗水，趕上桃杏梨柿正結果子，摘幾個果實解解渴，那是常事。不過有個規矩，借道的朋友，祇能在房上吃喝抽煙，不許落地，一落地對方就是瞧不起護院的，要動眞格的啦。（出手較量）

有一天孟蓋臣忽然病倒，找了好幾位名醫，最後斷定他得的是溥食，（中醫病名咽喉阻塞，食水不下，可能就是現在所謂喉癌）孟蓋臣認爲一生浪跡江湖，餓飽勞碌，種下的病根，恐難痊癒，於是寫了封信給滄州朋友。敢情孟蓋臣是滄州武術名家鼻子李的最小師弟，軟硬功夫跟大師哥都不分上下，可是小師弟心高氣傲，總想奪魯稱霸，壓大師哥一頭。偶然在信陽遇見贛南散手名家盧湛，死氣白賴要跟人家學五雷掌，經不住整天死磨，祇好把那套五雷掌傳給他。不過兩派功夫不同，運氣使勁也各有各的門道，一不小心走火反經。結果孟蓋臣雖然把五雷掌學會，可是練功一疏神走火，變成了不能過份用力，一用力就差氣的毛病。以班輩來說，他跟鼻子李論左右，當然輩份很高。他這一病，陸陸續續不知來了多少武術名家來探病。鼻子李在東光縣有一所宅子正空着，於是把小師弟接去養傷治療，聽說又活了七八年才故去。

在北平提起西單二條會家，也稱得上是黼黻門弟簪纓世家了，有一天夜裡，來了一個外路飛賊，三言兩語就跟護院武師動起手來，飛賊一看護院的人多，三十六計走爲上策，正擰身上房想走，有位武師一抖手就打了他一鏢，他這一撒鴨子（飛跑之意，北平俗稱脚爲脚鴨子）就沒有影兒啦。過了兩天，會家的人一走近花園子月亮門，就有一股子說不出臭味，一天比一天臭，於是大舉搜索，後來在花牆子上夾層，躺着一個死人，屍首都爛得生蛆啦。敢情那天的飛賊，身受鏢傷，跑沒多遠，就重傷而死了。這個飛賊身上百寶囊裡，零七八碎兒還眞不少，據說有一串萬能鑰匙，一隻精巧的薰香仙鶴，還有一張專治跌打損傷內服外敷的秘方五虎丹。因爲五虎丹醫治五癆七傷眞有特效，所以舍間就把藥方抄下來，交給缸瓦市玉和堂老藥舖配幾付，擱在櫃上免費贈送，每年總要配個十付八付來支應，一直到七七事變才停止贈送。

咱以上所說的，全是四五十年前親身經歷的眞事兒，勝利後在東北也還遇到幾位內家外家好功夫的高手，據咱猜想，現在在海內外的高手，一定所在多有，不過人家是眞人不露像而已。

編餘漫筆

編者

這一期，史料方面重要文章是「淺談中美共同防禦條約」一篇，自從一九七二年尼克遜去北平，以後又同周恩來發表了「上海公報」，有關「中美共同防禦條約」的存廢，便成了國人矚目的問題。但中美共同防禦條約究竟是怎麽一回事，相信見過原文的人不多，本篇作者爲國際法專家，本文不但列舉全文，附件，並詳述該約簽署的背景及中間的變化，關心國事者不可不看。

「彈下餘生話東里」是一篇有價值的記載，抗戰期間孤懸在敵後的省政府，其艱苦情況非身臨其境者不能想像，在所有敵後之省政府，自以沈鴻烈主政時之山東省政府最爲艱苦，成就亦最大，本刊已發表沈氏傳記，本文更襯托此老之偉大。

長懷董佩老一文，是傳記，亦是史料，文章更寫得好，編者未見過董彥平將軍，讀此文後，對董將軍亦肅然起敬。人才消長，關乎國運，張作霖雖然是鬍子出身，但發達後頗知延攬人才，其幕府文有王永江，常蔭槐，莫德惠，武有楊宇霆，沈鴻烈，董彥平，均一代之選。到了張學良則未能提拔出一個眞正大才，日爲宵小所惑，終於傾家誤國。

萬耀煌將軍最近逝世，此公勛業在民國史上亦佔重要位置，本期發表王鈞章先生「萬武樵典範長存」，稍嫌簡畧，以後或有更詳細文字發表。

黃百韜將軍爲民國完人，但很少知道其出身在張宗昌直魯聯軍，且隸褚玉璞部，本文作者對此亦畧而不提，實在不必隱諱，此等處亦可見北洋軍閥所部並非如宣傳之糟，編者抗戰期間曾于役陸軍第二十一師，亦張宗昌舊部，該部紀律之嚴，戰力之強，在當時國軍中均屬第一流，故研究歷史萬不可爲宣傳所蔽，若以爲北洋軍閥所部皆土匪，誤矣。

蔡少明冒貸案爲一極富傳奇性之騙案，一九六四年冬編者在台北謁樞機主教于野聲（斌）先生，于主教提起此事，搖頭嘆息此爲民國最大騙案，但海外知者不多，今特發表本文，使大家了解此騙案眞象。

惜秋先生撰趙聲先烈傳記，至爲詳備，惟文中提及趙氏贈吳樾先烈詩四首不傳，乃惜秋先生失察，此詩已傳，玆錄於後，以補惜秋先生大文之闕。

「淮南自古多英傑，山水於今尚有靈相見塵襟一瀟洒，晚風吹雨太行青。雙擎白眼看天下，偶遇知音一放歌，杯酒發揮豪氣盡，笑聲如帶哭聲多。一腔熱血千行淚，慷慨淋漓爲我言，大好頭顱拚一擲，太空追攫國民魂。臨行握手莫咨嗟，小別千年一剎那，再見却知何處是，茫茫血怒海翻花。」

掌故

月刊

68

野史・佚聞・人物・風土・

中華民國六十六年（一九七七）四月十日出版

掌故 月刊 第68期 目錄

每月逢十日出版

掌故

第六十八期

每冊定價港幣二元正

全年訂費　港　幣二十四元
　　　　　台幣二百四十元
　　　　　美金八元

出版兼發行者：掌故月刊社
地址：新蒲崗景福街一一〇號十樓
通信處：九龍旺角郵局信箱八五二一號
電話：K八〇八〇九一

The Journal of Historical Records
P. O. Box No. 8521, Kowloon
Mongkok Post Office, Hong Kong.

督印人：鄧少卿
總編輯：岳騫
印刷者：和記印刷有限公司
電話：K二二三八一九
總代理：吳興記書報社
香港租庇利街十一號二樓
電話：H四五〇五六一　四五〇七六六
國內代理：何復國
台北郵政劃撥帳號：一〇七四三八
星馬代理：遠東文化事業有限公司
新加坡厦門街十九號　檳城杳田仔街一七一號
印尼總發行：集源公司　椰城旗桿街87號A
Dil Tiang Bendera No. 87A
Djakarta, Indonesia.

澳門：可大文具店　羅省：大元公司
亞庇：利民公司　新東方公司
斗湖：光明書局　三藩市：益智圖書公司
漢城：泛亞書籍公社　文化商店
倫敦：香港文化服務社　華盛頓：德昌公司
中藝公司　波斯頓：中西公司
東寶公司　千里達：中華公司
紐約：友聯圖書公司　加拿大：香港商店
友誠公司　溫哥華：僑益書局
友方公司　滿地可：明星書局
菲律賓：華安書局　渥太華：民生書局
芝加哥：文華書店　巴西：興昌公司

田炯錦風骨嶙峋

●劉克銘●

故司法院長田炯錦，廉介剛直，博學多聞，素為政界人士所敬重，宦海四十餘年，田院長一些異乎尋常的際遇，也深為政界人士所羨慕。

數年前政府醞釀改組，總統號召「依例自退」時，在一些年高德劭的政府官員中，田氏以政務委員的身分，率先響應；退休後，無官一身輕，一向熱著愛述，文筆流暢的他，正好整以暇，準備利用晚年着手寫本四十年官場生涯回憶錄，不料，政府當局破例拔擢，提名他為司法院大法官；旋因司法院長謝冠生病逝，田氏深受總統器重，乃更上一層樓，榮膺司法院長，為行憲後第三任司法院長。

回顧田院長宦海四十餘年，可謂一帆風順。他是甘肅慶陽人，北京大學哲學系畢業，民國十六年考取官費留美，獲伊利諾大學博士學位，專攻政治、法律的他返國後，歷任東北大學教授、甘肅教育廳長，復受故監察院院長于右任之提携，任監察委員，後因就任考選部長，乃辭去監委之職；民國三十九年政府播遷來臺，他出任過內政部長，並二度擔任蒙藏委員會委員長，三度擔任政府委員，在前行政院長陳誠、俞鴻鈞與嚴家淦任內，均受重視；隨後又任總統府國策顧問。有這樣輝煌的學經歷，就無怪有人羨慕田院長官場得意，退休後，更是「官運亨通」。

他居官多年，從不擺官架子，既無官僚氣息，起用僚屬也毫無私心；他留學美國，却絲毫不洋化，欣賞的還是孔孟學說：他自小吃素，粗茶淡飯，布衣一襲，怡然自得；他公務雖忙，治學尤勤，研究五權憲法從不穿鑿附會，每多獨到的見解；他有西北人樸質氣息，做人一絲不苟；除公餘從事著述，寫有「憲法論集」、「五權憲法與三權憲法」、「荆蔭齋彙論選集」等著作外，他最喜愛的休閑活動就是：在水源路一帶散步；依例自退，沒有小轎車可坐，他照樣在雨天撐傘擠公共汽車；初來臺灣他家住龍泉街，貴爲司法院長，仍住龍泉街老房子……他堅信，以不正當的手段，絕對難以達到正當的目的。所以田院長的僚屬與友好，喜歡用「淡泊、寧靜、致遠」六個字，來形容田院長的「處世哲學」和「生活境界」。

然而，田氏出任大法官時，仍然一度引起政壇人士議論，人們所談論的是：「業已退休的人，出任大法官，是否恰當？」其實，政府屬意於田氏，係因他是研究我中華民國五權憲法極具權威的學者，又依據憲法規定法官爲終身職沒有年齡上的限制，政府想借重田氏的，是他在法學方面的長才，以及他豐富的學經歷；當然也藉此以酬庸他畢生爲國的辛勞。

俟前司法院長謝冠生病故， 總統提名田烱錦繼任，政壇頗有「爆出冷門」之感，因按往例，大多由副院長升任。事實上，田氏被提名，輿論之好評見諸報端，因他就任司法院長有極高的期望。據一位消息靈通人士事後透露， 總統決定提名田氏離謝院長病故之後，前後不出三十分鐘，而有早起早睡習慣的田院長，當時還是從睡夢中被喚醒，才獲知此項提名。

田院長服務政界單位之多，歷經總統府、行政院、司法院、考試院及監察院。中央政府五院之中，他唯獨沒有當過立法委員，除了立法院，其餘四院，他不但任職其間，並且站在任何重要工作崗位上，都能勝任愉快；這主要原因還是由於他學養豐富，有守有爲。

田院長不喜歡說假話、做假事。他常說：「不便說的話可以保留，不必扯謊。」讀他的文章，文如其人，十分耿直，這樣有時難免會得罪人，所以在監察院行使大法官同意權投票時，他雖出身於監察院，而得票却不及同時被提名之戴炎輝，比戴氏少了三票，而戴炎輝亦於謝副院長瀛洲病故後，出任司法院副院長。

當然，任職司法院田院長自己也感意外，他說：「司法院組織不大，人員有限，責任却非常重大。」他時時刻刻策勵自己和僚屬要努力做好司法工作。

田院長對工作的執着和認眞，可以舉一件小事爲例，一次田院長到醫院做了摘除「白內障」的手術，醫生再三叮囑他至少要休息六個星期，趁着春節，多休息幾天，誰也未可厚非；就在春節過後，筆者拜訪田院長時，他的眼疾只療養了四個星期，儘管大家勸他多多休養，田院長以公務爲重，面對同仁的好意，他十分感謝，連連搖手笑說：「沒關係，四個星期足夠了。」

一談到做好司法工作，田院長興緻勃勃。他表示，當前司法院所肩負的司法重任，在於配合國策的推行，健全司法功能，樹立民主政治之風範，鞏固國家政權中心，安定社會秩序；要做好司法工作，首先必須對這些重要任務，有深切體認。記得，在政府內定田氏爲司法院長時，有記者請他發表對今後司法工作的談話，田烱錦說：在監察院行使同意權投票以前，他不能表示意見；同時他的老友謝冠生剛剛過世，他心情沉重。足見田氏是十分守法，不逾矩而又很重友情的人。

當田烱錦正式接任司法院長舉行就職典禮時，對法學有精湛學養的他則明白指出：「司法公正，才能取得人民的信賴，才能對國家有利；今後的司法措施，要力求得當，求其公道，明辨是非。」他並強調：「司法院是國家最高司法機關，今後在公務員懲戒、行政訴訟、民刑審判和解釋憲法、統一解釋法律、法令業務方面，均將力求允當，以期達到獨立、公正、並維護憲法精神的目的。」

服務司法院以來，田院長已深切領會到，行政、司法同為中央政府機關，工作性質固然不同，連工作方式也迥然不同。他覺得，行政院的工作，主動、積極性居多，司法院的工作，較為被動，審議公懲案件，審判行政暨民、刑事訴訟案件乃至解釋憲法、法令，必須十分穩健；同時，五院之中，唯獨司法院對立法院沒有提案權，要提法律修正案，必須透過行政院轉送立法院，行政院代司法院提出法律修正案，田院長認為：不無益處，因為行政院對社會情況、人民的需要，遠比和外界少有接觸的司法人員了解得深刻、透徹；就司法院而言，在這種情況之下，對法令之修正，體系之改革則少有作為，所能積極努力的，是注意現行法律規章，儘可能在其規定的權限之內，健全司法功能，做好應該做的司法工作。

樹立民主政治之風範，是司法院主要任務之一。大陸淪陷，政府遷臺二十餘年，我們面對國際姑息逆流，仍然堅强屹立，國際間未敢輕視於我，其主要原因是我們實行民主法治，人民享有自由安樂的生活，而大陸上遂行暴政專制，人民生活得牛馬不如；實行民主法治是我們反共復國的最大號召，也是我們爭取最後勝利的最大依恃。田院長認為：「就近二十多年的長時期看來，無疑的，我們在臺灣復興基地，已經建立起了良好的法治基礎；但就國內外同胞心目中所期望的法治理想境地而言，我們做得仍然不夠。」

他强調：「要貫徹民主政治、宏揚法治效能，必須更進一步勵行法治，擴大法治，司法院對此一工作實具重大責任。」

因此，在做法上，田院長就任以後，常以下列三點，汲汲要求於司法院同仁們：

一、審判公正，毋枉毋縱。

二、訴訟案件，速辦速結。

三、解釋憲法、法令，應注意時代意義，不可抱殘守缺。

他說：司法院職權可概分為「解釋權」及「審判權」，二者分屬於該院大法官會議、最高法院、行政法院及公務員懲戒委員會。在審判案件方面，諸如最高法院對民、刑事訴訟之審判、行政法院對行政訴訟之審判，以及公務員懲戒會對公務員懲戒案件之審議，田院長懇切期望與殷殷叮囑於司法同仁者係：務必重視人民的申訴案件，在法律規定範圍之內，力求審判公允。他說：一切須依據法律公公道道的判決，才能使訴訟的人民了解政府執法公道、合情、合理，使受懲處公務人員，衷心誠服，這樣才能替國家收攬人心。他認為：這不但是收攬民心，也正是司法人員確保人民合法權益，安定社會秩序，對政府所做最有意義的貢獻！

在辦案迅速審結方面，田院長說：「過去乃至現在，社會人士時常詬病政府機構公務人員收受『紅包』，對此，我未敢盡信，我想紅包事件之發明，究其主要原因，當為政府機構處理人民申請案件，不能按時辦理，致使人民因拖延躭擱而遭受損失，為避免損失，乃以紅包賄賂。」他認為：「司法案件之審理，更應做到速審速結，俾使紅包消弭於無形。」

坐在院長室侃侃而談，身着黑色中山裝的田院長，身體硬朗，腰背挺直，幾乎叫人難以想像，因為在黃昏散步時，他曾經遭遇過一次小小的車禍；有着西北口音，談吐條理分明的田院長，談到迅速辦案、減輕訟累、消弭紅包時，欣慰的指出：在他就任以後，過去之積案，據統計，已有百分之九十清理了結。

就案件的處理而言，田院長表示：行政訴訟遠較一般民刑事件來得繁雜。因為政府遷臺以來，勵精圖治，多方興革，使政府與人民間權利義務糾紛隨之增多，行政訴訟案件亦與日俱增，過去一年內，行政法院受理案件計一千五百二十八件，已有一千二百四十四件結案。就裁判終結概況言，撤銷原處分與原決定者占全部判決百分之十三；就案件之性質分類言，可分三十類，其中以稅務案件居第一位；由於行政訴訟範圍廣，適用法規又因案件性質不同而有差異，因之收結案件的處理，遠較一般民刑事件來得繁複。

在解釋憲法及法律案件方面，司法院設有大法官會議，由十七位大法官組成，田院長爲會議主席。

田院長說：社會上常有人批評大法官會議解釋的案件太少，這不是大法官會議不盡責，實在是法律限制的條件太嚴。解釋權的行使，其目的在維護憲法，並使紛歧的法令趨於一致，作爲政府與人民共同遵守的準則；因此大法官會議受理的案件，必須是對憲法或法令有疑義，或指明命令或法律有違反法律或憲法之處，然後經大法官會議解釋，用以補充憲法或法令，或用以承認或否認法律或命令。

田院長指出：目前，大法官會議收受最多的案件，是一般民刑事案件，在最高法院判決之後，敗訴者心有未甘，乃進而請求大法官會議解釋其判決所引用之法律，是否爲立法之本意？他說，像這種請求解釋民刑訴訟之案件，一年多達一百餘件，而合於法定條件，能夠受理者往往不到十件，一年下來，眞正成立解釋案者，不過二、三件；去年成績頗爲可觀，公布的解釋案，多達四件。

把解釋憲法及統一解釋法令之權，歸屬於司法院大法官會議，爲我國五權分立創新的制度，田院長指出：法律之適用，須與社會現象相互配合，特別是在不可能修憲的今天，如何以有限的條文，應付無限的事物，實有賴於解釋權之運用。

解釋權之運用，消極方面在使憲法獲得妥善的維護，積極方面更應使憲法精神獲得充分的發揮。田院長認爲：目前大法官多達十七人，如何使得人盡其才？如何使今後憲法解釋案件獲合理通過？很有研究改進的必要。

田院長就任後會在工作實務、作業程序上力求革新，爲加强便民，他指示該院同仁，處理人民函件，要注意時效，不論做不做得到，收受處理後，一定立即分別詳爲答復，對一些不能解釋的法令案件，也一定要說明「不能解釋的原因」。田院長很重視這份工作，他認爲：這也是普及人民法律常識的方式之一。

在行政院工作期間，田院長對發揚法治精神，有多方面的績效和貢獻。舉例來說：

他在內政部長任內，臺灣推行地方自治制度時，爲增進民主政治功能，他負責訂定各項法規，充裕地方自治財源，督導辦理地方各種選舉，爲臺灣地方自治，爲臺灣邁向民主法治，奠定了良好的基礎。

在行政院政務委員任內，政府爲通盤檢討各類法規，成立法規委員會，由田氏主持，擔任主任委員，歷時三年，計廢除各類不適用，已過時的法規一千四百九十一種，經修正和保留適用法規達三千一百四十四種，是民國成立以來，行政院前後三次整理法規，最有績效的一次。

完成行政法規之整理後，田院長發覺有二種現象，有待改善，一是一般行政機關對本身有關的法令規章，到底有多少？往往攪不清楚；二是機關內經常引用法令規章的公務人員對法律認識不夠，在運用法條時，每每不能靈活運用，間或發生引用不當之情事。

田院長認爲：上述弊端之發生，如不改善，不啻是厲行法治的絆脚，由於問題的癥結在於各機關頒行的法令規章太多，多得自己內部都攪不清楚。他說，改善之道沒有秘訣，唯一的辦法是：「政府機關如無必要，不要輕易頒訂規章，以免自亂脚步；一但頒行，則務必貫徹施行到底。」田院長並指出：目前，行政院蔣院長一再督促行政機關將頒行的行政命令，一定要送立法院查照，是很對的。

除「法治」之外，田院長强調「人治」同樣重要。他說：良好的制度加上有守有爲的執法者，才能相輔相成，發揮宏揚法治的極致，因爲「徒法不足以自行」，人治、法治並重，是政府機關在勵行法治之際，不可不注意的，否則，必然「事倍而功半」。

悼司法院長田炯錦先生

于衡

田炯錦先生逝世了，在台大醫院內科急救室內，當主治醫師宣佈他的心臟已經停止跳動，把白色被單覆蓋在他的面部時，他的夫人李祜蓀和女兒田嫦林、田曉林都站在急救室的外邊，輕聲哭泣。這位憲法學家，安詳而寧靜的走完了七十九歲的人生旅程。

田先生是在去年二月間，發現齒根腫痛，咀嚼食物困難，最初他到三軍總醫院治療，當時的耳鼻喉科主任方良金醫師，從潰瘍部份，取了一小片肉芽，拿到化驗室去檢驗，結果證明有了癌細胞。爲了顧及病人的心理反應，並沒有將病情告訴田先生和他的家屬，但却悄悄的把實際情況告訴了他所熟識的大法官金世鼎，請他俟機告訴田先生的家屬。不久就開始照射鈷六十。經過七個禮拜，照射了七千單位，潰瘍和腫的部分結疤，情況良好。那段日子，田先生仍照常上班。但到了八月底，結疤的份，又告發作，而且不能再使用鈷六十。在這段時間內，他吃了一陣子中藥，沒有什麼效果。十一月間，執政黨召開十一全大會時，田先生仍然帶着止疼藥出席。一直到十二月三日才悄然住進台大醫院九一二病房。由耳鼻喉主任洪文治教授主治，並請林宗周醫師，使用美國正在實驗中的抗癌特效藥物治療。每週注射一針，情況雖然很好，但相對的副作用，是患者沒有食慾、發燒，常在昏睡中。因而注射到第九針時，中間停了兩週，由於田先生的體力過份衰弱，以後便僅能注射一針的半量。

這時田先生，已經知道他自己患了口腔癌，那是在醫生們用英語討論病情時，被他聽得清清楚楚。在醫生們的意識中，以爲他不懂英語，誰又想到他是早期的留美博士，但田先生自已也裝作不知道，怕說明之後，田夫人承受不了。而田夫人早已從大法官金世鼎處，瞭解了她丈夫患的是什麼病，也以同樣的理由，不向田先生說明，同時也怕親友們知道，所以連住進台大醫院的事，也秘而不宣。

田先生住醫院療養初期，尚能下床活動，有一次並要司機，開車送他到司法院，在辦公室小坐片刻，那是他最後一次到司法院了。後來由於使用特效藥，大部時間，都在昏昏沉沉中，因爲沒有食慾，體重更爲減輕，再加上過去照射鈷六十，牙床縮小，原來的假牙，裝不上去，因而講話時，也口齒不清。

田先生自從兩年前，眼睛患白內障開刀後，身體一直不好，同時他二十多年來，每晚到螢橋淡水河邊散步的習慣，也告終止，在河邊散步，對他來說，不僅是一項運動，同時還可以偷偷的吸食兩支香烟。因爲田夫人爲了他的健康，曾管制他吸食香烟，雖然他的烟癮不大，但那是他唯一的嗜好。他不喝酒、也不會打牌、不打高爾夫球，而且終年素食，過的幾乎是清教徒的生活。二十多年來，筆者從沒看見過他哈哈大笑，也沒有看見他發過脾氣，他的生活，永遠是那麽儉樸，單調。

民國五十九年秋，他辭卸行政院政務委員時，就和一般市民一樣，出門時擠坐公共汽車，那一年他已經七十二歲，他在家閒了一年，六十年秋，出任大法官，同年冬任司法院長。他一生服務公職，但却兩袖清風，他雖然是美國伊利諾大學的政治學博士，而所過的生活，却完全是中國方式，毫無西化色彩，講話時也不在中文中夾雜英語。公餘之暇，除了看書以外，沒有什麽消遣，有多少次，我看見他穿的襯衣，後領上，打着補釘。遠在二十年前，他作內政部長兼國民住宅興建委員會主任委員，在他交卸時，把節餘的一百一十八萬元台幣，全部移交給他的後任。也沒有在離職前，調整人事，這就是他的作風。

龍泉街那棟老舊的房屋，是政府在卅八年，分配給他的宿舍，一住就是二十多年，而且很少修理，他家中有一位從大陸帶來的老奶媽，幫他們做些雜事，另有一位男工，却時常更換，男工時常更換的原因，大約是待遇微薄和過不慣田家的儉樸生活。不過司法院長的司機老張，却常常自豪的說，他跟了兩位清官，那是已故的謝冠生先生和現在的田院長，兩人都沒有應酬，下班後就囘家，雖然沒有一般達官貴人的氣派，但却具有「平凡中的偉大」。

烱錦先生的家確實顯得有幾分寒酸，但却充滿了書香，他的小書房中，堆滿了線裝書和外文書，在他辭卸行政院政務委員的那一年，有較多的閒暇讀書和寫作，那一年有幾篇囘憶錄在「傳記文學」月刊發表，也就在那一年的冬天，他整理了過去的論文：由商務印書館出版了厚達六百五十八頁的「荊蔭齋選集」。這本大書和他以前出版的「憲法論集」及「五權憲法與三權憲法」，同樣的在學術界受到重視。

田先生在作學問上很認眞，正如同他處理公務時一樣負責，最使筆者記憶深刻的事，是民國四十七年，他在內政部長任內，修正出版法時，與論界對他很不諒解，但他却堅持要照案通過，在立法院中，他答覆質詢時很激動，而且拍着胸膊說：不論發生什麼後果，他願意負責到底。那一年他已經六十歲，但氣勢之壯却如同三十幾歲。以後有一段較長的時間，他和國內的政治記者，相處得極不融洽，直到他再度出長蒙藏委員會後，情勢才逐漸好轉。

烱錦先生，生性耿直，和他相處時間愈久，愈覺得他像一株老松，愈在天寒時，愈顯得蒼翠？凡他認定是正確的事，從不自原則上退却，也從不妥協。他不說假話，也不做假事，不敷衍別人，也不向別人討好。在中國的官場中，他應該是屬於「不合時宜」的類型。但自民國二十年担任監察委員時起，四十六年來，却一直在政界中，位居要津。田先生一生，最得意的事，是在民國二十三年汪精衛破壞監察院職權時，他不僅在監察院發言反對，而且在報紙上寫文章，强烈抨擊汪某。他自喻那是他在監察委員任中，所作的打虎工作。

他早歲受知於已故的監察院長于右任，那是他從美國留學囘來的第二年，當時他被東北大學聘爲政治學教授，寒假時他到南京，碰到了監察院長于右任，經過一夕暢談，等到他囘到瀋陽時，于右任邀他出任監察委員的電報，已經到了東北大學。於是他開始到監察院工作。那是民國二十年春天的事。民國二十五年，他一度囘到陝西担任教育廳長，兩年後又囘到監察院，一直到民國三十七年七月，才轉任考試院的考選部長，結束了近十五年的監察委員生活，政府遷台後，他兩度担任行政院蒙藏委員會委員長和一任內政部長。他離開行政院時的職務，是政務委員，主持修訂現行法規事宜。爲了修訂法規，他曾到日本和韓國考察，現在政府所推行的每週政務次長會議，便是他自日韓考察歸來後，所提出的建議，使得行政院會中，減少了許多次要的議案。因爲一些次要的議案，已在次長會議中獲得解決。

田先生出長司法院後，他的作法是：在「安定中求進步，進步中求安定」。五年來，他所主持的大法官會議，風平浪靜，公務員懲戒委員會也沒有發生過節外生枝的事，五年來他從不干預最高法院的審判事宜，但却要求推事們，不要積壓案件。

凡是和田先生有交往的人，都有一個感覺，那就是他的鄉氣很重，而且擇善固執，他確實像個農夫，勤勉而刻苦的耕耘，他所信奉的是：有一分耕耘，就有一分收穫。能替國家盡多少力，就盡多少力。

現在這個勤奮的老農走了，但却留下一個典型，廉潔、刻苦，有所爲，有所不爲，在平凡中顯示偉大，那正是中國讀書人的傳統精神。

（15）

·鐵嶺遺民·

鄭汝成被刺

鄭汝成被刺一事，是帝制時期最驚人案件，本來革命黨人在清末厲行暗殺，使清朝大吏寒膽，但中山先生則不贊成此舉，故入民國後不再有行刺事件，雖然袁世凱派人刺殺宋教仁，國民黨人並未採取報復，故帝制時期被刺死的大員也祇有一個鄭汝成，當時主持其事的是陳其美、楊虎與孫祥夫三人。

民國四年十一月十日日本大正日王加冕，陳其美算定鄭汝成一定要到日本領事館道賀，是行刺的最佳機會，先一天晚上，陳其美約了楊虎、孫祥夫商量行刺計劃，因為這次行刺事在必成，所以佈置非常周密，所有能料到的路線皆派有專人把守，共分五卡，十六舖為第一卡，由吳忠信率安徽黨人擔任；跑馬廳為第二卡，江浙黨人擔任；黃浦灘為第三卡，謝賓軒等擔任；海軍碼頭為第四卡，廣東黨人馬伯麟、徐立福擔任；白渡橋為第五卡，最為重要，鄭汝成除非乘小火輪由海軍碼頭登岸，都飛不過去白渡橋，由孫祥夫自己擔任，率領吉林人王曉峯，山東人王銘三，奉天人尹神武，每人帶一枚炸彈，一枝駁殼槍，內有一百五十粒子彈。

當日上午十一時半大夥人各自抵達目的地，等候鄭汝成經過，因為據所得消息，鄭汝成已定於下午一時抵達日本領事館道賀。

鄭汝成也料到今天可能會有問題，但又不能不去，所以也作了準備。下午一時，黨人看見來了一輛雙頭馬車，車身全黑，裏面坐着一個大官，像貌與鄭汝成相似，身穿燕尾大禮服，車旁跨轅的皆是鎮守使署士兵，黨人就要動手，為孫祥夫制止，孫祥夫認為鄭汝成是海軍上將、陸軍中將，本身又任武官，沒有穿文官禮服之理，一定是副車，要大家等待，又過二十分鐘，一輛大汽車，如飛駛至，車頭坐三名警衛，車後右面坐鄭汝成，煌然軍服，左面坐總務處長舒錦繡，就當汽車爬上外白渡橋時，王曉峯先擲一炸彈，炸毀車後輪，王銘三開槍射擊，鄭汝成急忙，開車門逃走，被王曉峯捉住衣襟連打九槍擊死，舒錦繡也被王銘三開槍擊死。

鄭汝成身後

革命黨人刺死鄭汝成後，本來可以全部逃走，但王銘三過於求全，竟然與鄭汝成衛士槍戰，一躭擱，巡捕房來了兩名西探騎着電單車趕到，這時鄭汝成衛士尚未逃走，王銘三舉槍向兩名西探指了一指，兩人趕快退下。王銘三回頭又射擊鄭汝成衛士，不料兩名西探悄悄轉過來到了王銘三身後，突然以鐵枝猛擊頭部，王銘三被打昏，當塲被捕。王曉峯本來更可以走，他却站在路旁向圍觀市民演說，說明革命黨人何以要殺鄭汝成，演說未完，警探蠭集趕來，東手被捕。孫祥夫看見一擊成功，匆忙逃走，趕去法租界薩坡賽路陳其美寓所報捷，到地方陳其美與日人山田純次郎（此人為日籍同盟會員，畢生効力中國革命事業，其弟山田純三郎，一九六六年尚來台祝總統蔣公八十壽辰，並呈獻其兄所存革命有關文獻）在門首等候，三人見面歡喜若狂，碰杯致賀，馬上也就將總機關遷離，不多時間中西警探果然趕來，三人已經走掉，尹神武當時也跑掉，一年後被捕，捕房以為是孫祥夫，尹神武也將錯就錯冒認孫祥夫，遂遇害。

鄭汝成消息傳到北京，袁世凱大為震悼，下令追封為一等彰威侯，給其家屬小站營田百頃。當時帝制派諸人雖然覺得皇恩浩蕩，但此時仍未正位，以大總統而封侯，為古今中外所未有。可是，也無人敢出言勸阻，政事堂竟然下令：「已故上海鎮守使鄭汝成，於十一月十日奉大總統策令，追封為一等彰威侯。」十一月十八日又下令裁撤上海鎮守使與淞江鎮守使合併為淞滬護軍使，以表示悼念鄭汝成，不再設上海鎮守使。

各方見袁世凱如此厚待鄭汝成，也都跟着湊熱鬧，楊度輓聯：「男兒報國爭先死，聖主開基第一功。」袁世凱自己輓聯「出師竟喪岑彭，銜悲千古；願天再生吉甫，佐治四方。」在天津益世報刊出一付署名陸哀的輓聯：「時無光武，安有岑彭，其曹孟德之典韋乎？刺客亦英雄，拚命前來盜畫戟；君非周宣，何生吉甫，直趙匡胤之鄭恩耳！孤王休痛哭，殺身寧異斬黃袍。」亦是謔而近虐了。

有賀不甘寂寞

帝制運動的客卿，大家都知道美籍顧問古德諾是一員主力，帝制第一砲就是古德諾的共和與君主論一篇大文所掀起。但是很少人留意到日籍顧問有賀長雄與帝制的關係，却較古德諾要密切得多。

有賀長雄是日本法學博士，與大限重信共組進步黨，共創早稻田大學，執教於早大法學院，公認為日本法界泰斗，中國外交界要人如陸宗輿、曹汝霖、汪榮寶皆出其門，到了大限重信出任日本內閣總理大臣，有賀聲望更加提高，袁世凱解散國會時，欲重新修訂法律，非有內行不可，就向各國延聘客卿，美國法學博士古德諾，法國法學博士韋布爾，日本法學博士有賀長雄同時膺選，而以有賀最受尊重，因為袁世凱知道有賀與大限重信的關係，希望藉有賀以見好於大限。

有賀到北京時，袁世凱對之頗為優禮，偶然談及中國政治制度，有賀力言中國非實行帝制不可，並且聲明中國如實行帝制，日本定一力贊助，因為日本祗希望中國成為君主國，彼此易於提携。這些話袁世凱當然聽得進，但以袁世凱的老練，自然也不會馬上表示意見。不久二十一條約起，有賀從中奔走頗力，當時中國外交方面負責人都是他的門徒，每天晚上在外交部迎賓館會議，商量大計。二十一條是一個喪權辱國的條約自不必說，問題在於是否在交涉中尚減少了一些壓力，挽回部份應失未失的權利，如果有這樣的事，就不能不說有賀也出了一點力。

到了帝制公開進行時，有賀自然不甘寂寞，也從中策劃奔走，大概當時留日學生皆擁有賀，留美學生皆擁古德諾，但以成就而論，古德諾放了一砲之後，即無下文，不久也就回美，有賀倒眞替洪憲朝作了不少的事，首先上表稱外臣的是他，以法學專家擬訂皇室典範的也是他，祗是洪憲未成，徒留笑柄，如果洪憲眞的成功，則開國元勛裡面，倒還眞的少不了有賀的名字，倒是許多歷史家也許認為是佳話呢？

張一麐反對帝制

帝制成立前後，與袁世凱關係最深而反對最力者，嚴修以外，首推張一麐。一麐入袁幕在袁任北洋大臣時，但相交愈久，袁對張愈爲尊敬。因爲張在袁幕，從頭到尾除薪俸外，毫無所求，未荐一官，未謀一事，潔身奉公，而辛勞備至，就袁世凱爲人來說，有些地方確不行正道，用人惟恐部下不貪慕功名富貴，因爲一個人不愛錢，不作官就不易駕馭，所以袁世凱要刺宋教仁。但是對於一個不愛名利，而又忠實可靠的人，袁世凱還是歡迎，所以對張一麐最爲相信，當大總統後，任張一麐爲機要局局長，寄以心腹，無事不與商量，帝制事起，張一麐首先提出反對。

當時駐日公使陸宗輿（就是後來在五四運動被學生指爲「賣國賊」的），在籌安會成立後也曾致書國務卿反對，認爲帝制必召大亂，但政事堂不與轉呈，後來陸宗輿就直接致電張一麐，報告在日本所得消息，國民黨人欲慫恿袁大總統稱帝，然後始可以顚覆。又說日本將以對韓國李王者對袁，兩事均剪有報紙寄來，張一麐就帶着電報，信件及剪報去見袁，當面呈遞，袁看了之後頗爲動容，在當時輿論而言，指帝制爲國民黨造機會者有之，指帝制爲國民黨所策動者，似乎祇有陸宗輿一個人，這件事當然是百分之百的謠言，因爲帝制派人員中，雖然也有幾個國民黨人如孫毓筠、胡瑛、李燮和，但也都是被國民黨驅逐出黨的，假如這批人當時是奉命行事，則帝制失敗後一定要表白身份，決不肯含寃一世，由此可知國民黨人慫恿之說是謠言，但這項謠言確能打動袁世凱，至於朝鮮李王的遭遇，更是袁世凱所親見親聞，因此，當張一麐提及李王事，袁世凱勃然說過：「我決不作李王。」接着就信誓旦旦決不稱帝。張一麐也以爲勸說奏效，私心竊喜，誰知後來帝制運動波濤洶湧，袁世凱自己也無法遏止，到了參政院上推戴書時，張一麐又上一密呈，內稱：「稱帝王者萬世之業，而秦不再傳；頌功德者四十萬人，而漢能復活。」但此時已來不及，袁世凱已經宣佈爲了國家不惜犧牲子孫，縱然再以秦不再傳勸說也無效了。

肇和軍艦舉義

肇和軍艦起義是國民黨人反對帝制的一次軍事行動，時間尚在雲南起義前二十天，主其事者爲陳其美，重要助手有蔣中正、吳忠信、周日宣、丁景梁、余建光、薄子明等人。在刺死鄭汝成之後，袁世凱對上海革命黨人的活動更加注意，當時得到報告停泊在上海的軍艦肇和，應瑞兩艦不穩，於是下令將兩艦調去廣東，消息傳出，在滬國民黨人大起恐慌，因爲肇和確與國民黨發生聯繫，代表國民黨在肇和艦上活動的是海軍練習生陳可鈞，已經得到艦上大多數人的同意，祇要一旦起事，即以肇和爲海軍總司令部，肇和若開走，海軍將不能響應。因此，許多同志堅決主張乘肇和未開走之前舉事，得到陳其美同意，由蔣中正擔任參謀長，擬訂作戰計劃，推黃鳴球爲海軍總司令，楊虎爲陸戰隊正司令，決定於十二月五日晚，駐滬各艦艦長公宴海軍前輩薩鎮冰時起事，由楊虎率敢死隊三十多人乘小艇奪取肇和兵艦，薄子明率所部山東黨人二百多人進攻警察總局；吳忠信部下陸學文率一批人奪取警察第一區工程總局及電燈、電話局。

奪取肇和兵艦因有內應，當時已得手，肇和發砲，陳其美就偕蔣中正等馳往指揮，及至出了租界進入南京步哨線，人就逐漸散去，到了後來祇剩下陳蔣兩人，也就因爲祇有他兩人，而又且談且走，像是普通路人，步哨並未注意，實際當時袁世凱已懸了十萬元賞要活捉陳其美。兩人行到工程總局，砲聲已息，北洋軍雲集南京路，兩人已陷入大包圍中，蔣中正拖着陳其美到工程總局門外碼頭僱了一條小船由十六舖上駛回到法租界漁陽里總機關部，剛剛坐定。偵探先逮捕陳果夫，陳果夫恐怕樓上不知道就大聲與偵探爭吵，樓上陳其美、蔣中正、吳忠信均翻窗入隔壁走脫。這一次黨人死二十多人，傷者過百，丁景梁被擒，陳可鈞死難。最重要的是首尾不到一個月，發生鄭汝成被刺，肇和被奪兩件事，袁世凱對陳其美眞覺得卿不死孤不得安，出重賞刺殺陳其美，終於經五個月時間，將陳其美刺死。

袁蔡之間

蔡鍔初到北京時，即蒙袁世凱重用，任爲統率辦事處處員，與王士珍地位相等，據傳最初袁世凱有意任蔡鍔爲參謀總長或陸軍總長，負責改組北洋軍，此時可能因小站舊人反對，未成事實，改授爲經界局督辦，這本來是一個拿錢不用作事的空衙門，但蔡鍔接任以後，却當成大事去作，通令全國辦理丈量事宜，並且擬定各項辦法，皆認眞可行，袁世凱欣賞蔡鍔的才華。

近代史家論雲南起義，皆指蔡鍔離開雲南時，即已佈置後路，作爲他日反袁張本，其實這種說法，不但不能增加蔡的令名，反而厚誣前賢，蔡鍔眞是這種人，倒不太可貴了。今天來研究蔡鍔的爲人，他雖然也是革命黨人出身，但黨性並不强，所以後來未加入較激烈的國民黨而改隸溫和的進步黨。同時蔡鍔認爲國家利益應高於私人利益，爲了國家，一切私人恩怨皆應化除。以蔡鍔之明，當然不會看不出袁世凱的野心，但是蔡却以爲這種英雄思想是幾千年所積聚，袁世凱又是舊官僚出身，未受過現代教育，祇能慢慢地對他潛移默化，不可逼他入窮巷，因此，在國民黨二次革命時，蔡鍔首先反對，尤其對於國民黨人呼北洋軍爲袁軍大不謂然，其實蔡鍔與二次革命時主帥李烈鈞是同窗好友，私交最厚，但決不以私害公。

及至袁世凱下令調他入京，蔡鍔當然也曉得是削藩手法，但令到即行，毫不遲疑，而且又恐怕雲南各界通電挽留，乃悄然離開，又把民政長羅佩金也帶走，表示服從命令。蔡鍔這種作法在向全國都督示範，如果中央政府調動不了一名都督，則中央政府決不能有所作爲。蔡鍔甘願由自己開始，向全國示範，倒不是爲了向袁世凱見好，但袁世凱是何等樣人，對蔡鍔的居心怎會看不出，環顧自己手下，實在沒有這種人，因此對蔡鍔也特別禮遇，大體看來，兩人相處始終不壞，假如袁世凱不稱帝，蔡鍔決不會反袁，這一點應該特別提出，因爲蔡鍔最偉大處就在此。

蔡鍔反袁之始

蔡鍔之反袁，開始於籌安會，在此之前，雖然袁世凱撕毀約法，改內閣制爲總統制，甚至訂下了古今中外皆無的前任總統推荐總統後繼人的辦法。但蔡鍔對此並無反對之意，蔡鍔當時身爲參政，參政院被指定代行立法院，如果有參政起而反對袁世凱的作爲，雖然未必便反對得掉，但對袁世凱來說，却也頗爲難堪。可是蔡鍔對此從無反對之意，要說蔡鍔想依附袁世凱作官，當然不是，蔡鍔如果眞的想作官，就不會輕易捨棄雲南都督，帝制失敗後也不會堅辭四川督軍。蔡鍔的心情，現在可以看得清楚，他始終認爲祇要袁世凱不作皇帝，中華民國命脉不中斷，一切皆可遷就，如果能把袁世凱變成一個民主總統最好，否則袁世凱天年有盡時，袁世凱一死，無論誰繼任總統，皆要向民主共和方向走，決不可能再有人想當皇帝。蔡鍔這番苦心，決非有愛於袁世凱，而是洞察大局，覺得國家新造，非安定不可，除非萬不得已，不可輕易用武，一動干戈就要擾攘多年不能安定。觀於以後北洋軍閥之混戰，益令人覺得蔡鍔之不可企及。

蔡鍔之決心反袁，當始於籌安會，揚度籌安會一出，蔡鍔覺得袁世凱此人已不可救藥，如果再委蛇下去，自身也將變成帝制派人物，求爲千秋後世所不諒。

但蔡爲人與汪鳳瀛，梁啓超一羣書生不同，書生祇有一隻筆，一旦發覺情況不對，馬上就執筆爲文加以反駁，蔡鍔是軍人，軍人有行動，就是眞刀眞槍，袁世凱對書生之反對尚可優容，而對武人反對，非置之死地不可，所以先有吳祿貞，後有陳其美，皆被袁世凱遣人刺死，如果蔡鍔在北京有半點反袁意圖，袁世凱決不能放過他。

於是蔡鍔作風爲之一變，公的方面極力贊成帝制，楊度曾屢次往訪，一談到帝制，蔡鍔總是極力贊成，論調比一般人更熱烈，陰曆八月十五，將軍府慶中秋，段芝貴發起將軍簽名勸進，第一個提筆簽名的是蔡鍔。在私生活方面日日流連八大胡同，家庭中又經常與夫人吵鬧打架，這些事自然有人報給袁世凱。

蔡鍔反袁活動

自籌安會成立之日起，蔡鍔就展開反袁活動，當時梁啓超住在天津租界，蔡鍔每星期日必由北京去天津，師弟共商討反袁之策。及至梁啓超「異哉所謂國體問題者」一文發表後，已成帝制派的大敵，蔡鍔經常與梁啓超來往，自然而然要受到袁世凱的注意。蔡寓棉花胡同也經常有暗探巡覗，但是，蔡鍔却成竹在胸，表面上絕對贊成帝制，簽名勸進，暗中却與反袁人士發生聯繫，當時國內以實力論自以滇桂兩省爲大，以號召力而言，仍推國民黨人，尤其孫黃二公早就指出袁世凱終必稱帝，可說洞燭機先，蔡鍔與國民黨本有相當淵源，同國民黨中堅分子李烈鈞更是生死之交，此時爲了反袁，自然而然要聯合一起，當時替蔡鍔奔走與西南方面聯絡的是王伯羣，此公是貴州人，貴州護軍使劉顯世之甥，黔軍旅長王文華之兄，其妹丈何應欽當時也在黔軍當團長，爲黔軍青年將校領袖，劉顯世實際上要以王文華意見爲轉移。王伯羣代表蔡鍔入滇，先同滇中將校商量反袁計劃，大家一致贊同，但都希望蔡能回滇主持。

蔡鍔與國民黨人的關係，是通過原在日本士官學校同學張孝準進行，當時黃興尙在美國，但國民黨在東京組織仍然有專人負責，蔡鍔與國民黨發生聯絡後，中山先生就派李烈鈞赴滇。

李烈鈞與唐繼堯在士官同期同隊，交情之厚勝於手足，李烈鈞赴滇，對於團結各方，自然有很大力量，到了十月間，蔡鍔又電召戴戡到天津，共策進行。戴戡字循若，貴州人，剛卸任貴州巡按使。蔡戴交情，似在蔡唐與蔡李之上，戴戡爲人也頗似蔡鍔，祇是格局畧小，正好作蔡鍔的副手，蔡鍔把戴戡召到天津，面授機宜，要他再回滇黔活動。

這時東京方面得到雲南消息，派何上林到北京送了一本密電碼與蔡鍔，留作秘密通訊之用，到了此時，北京（蔡），東京（孫、黃），雲南（唐、李）正式發生三角聯繫，構成了反袁主力。

（未完．待續）

郭壽華「誹韓」的文字獄平議

·嚴靈峯·

一、引言

郭壽華先生因在「潮州文獻」發表「韓文公蘇東坡給與潮州後人的觀感」一文，被台北地方法院判處「罰銀元叁佰元」後，我才注意。從香港「掌故」月刊第六十四、六十六兩期內，看到了郭先生的原文和沈光秀先生「談潮州文獻誹韓的錯誤」及陶希聖先生的「誹韓案的證言」三篇文章。作者細看了這些論文，頗有感慨，願畧表所見。郭先生剿襲他人文字，不加考證，而信口開河，固不足為訓；然因此而得了「誹韓」罪名，判令「罰鍰」，似亦不無可議之處。

二、「風流病」究竟是什麼樣一種病？

沈光秀先生說：

『據筆者找到的資料，中國於明朝以前沒有所謂風流病的。在明孝宗弘治十八年（西曆一五〇五年）以前，中國的典籍，沒有風流病的記載。中國最早記載風流病（楊梅瘡）的醫書，是方廣所著的「丹溪心法附錄」。該書係出版於明世宗嘉靖十五年（西曆一五三六年）。風流病的發源地為美洲，是哥倫布的水手，從美洲染到，最早係從古巴海地傳到西班牙，也即是從美洲傳到歐洲，再由歐洲傳到亞洲。對中國而言，風流病是道地的舶來品，是洋鬼子的東西，是十六世紀才侵入中國。韓愈是唐人，即使風流，也沒有染上風流病的可能。』

沈先生的文章，肯定了「風流病」就是「楊梅瘡」。「楊梅瘡」，似是近人所稱的「梅毒」或「花柳病」；如：「淋病」、「赤白濁」之類，久而發「瘡」。元朝的朱震亨（西元一二八一——至一三五八年）於泰定間著有「丹溪心法」一書，其中即有淋病、赤白濁、下疳瘡的記載，並附有醫治的藥方，也就是說，早於弘治一百四十七年之前，中國已有「下疳瘡」的病例；哥倫布於一四九二年才到達美洲，晚於朱震亨一百三十四年，這也許不一定「是洋鬼子的東西」。

「犯罪」首重「證據」。依沈先生說，韓愈並沒有患「楊梅瘡」，而郭先生說他染得此病，該犯「誹韓」之罪。作個比喻：假定有人說，「韓愈偷了鄰人的「美鈔」，』但是唐代並無「美鈔」；能否說：說話的人對韓愈「栽贓」的呢？因為「贓物」的本身當時並不存在！

考「風流」二字，本來並不具有醜詆的意義。漢書趙充國、辛慶忌傳贊：「其風聲氣俗，自古而然；今之歌謠慷慨，風流猶存耳。」晉書衞玠傳：「此君風流名士，海內所瞻。」後人有以涉足冶遊之地為「風流」。「風流病」一詞，似係近代文人通行的一種俗語；本無明確的定義。非如：「花柳病」既為醫學上的名詞，又是法律上的法定名詞。尹文子大道下篇，舉一故事說：「鄭人謂玉未理者為「璞」，周人謂鼠未臘者為「璞」，周人懷「璞」，謂鄭賈曰：欲買「璞」乎？鄭賈曰：欲之。出其「璞」視之，乃「鼠」也。因謝不取。』宋人多稱宰相為「相公」，北京人有稱男妓為「相公」。吾人如稱王安石為「相公」，王氏子孫豈不咆哮興訟乎？郭先生原文說：韓愈所服食的是「下補劑」，以治「體力過度消耗。」郭先生是潮州人，粵人最會用「補劑」的，莫過於廣州西關的「二世祖」：因為妻妾太多之故。我想郭先生在民國十四、五年，是廣州市的「青年才俊」、風頭人物；此點必定知道很清楚。他一定會把硫磺視同「海狗鞭、補腎丸」或「有意想不到之效力」的「百靈機」；斷不至認爲其效果同於注射德國的「六〇六」或「九一四」等針劑。他所指的，在邏輯上應該不是「花柳」和「梅毒」，像沈先生所說的「楊梅瘡」；治「楊梅瘡」那有「下補劑」之理？除了蒙古大夫。他既稱「韓愈爲人尙不脫古文人風流才子怪習氣。」則其所稱：「風流病」，也可以解釋爲喜歡接近女色。孟子稱：「大王好色。」則「風流病」一詞，雖古聖賢亦不能免。等而下之，如登徒子之流，一見女人就毛手毛脚；也可稱之爲「風流病」。司馬相如患「消渴」。症，以往文人都稱他有「風流病」；現在西醫却叫做「糖尿病」。如果聽信沈先生指「風流病」爲「楊梅瘡」，因而宣判郭先生「有罪」；那就必須在醫學上舉出更有力的證據！

三、韓愈吃過「琉璜」沒有？

陶希聖先生在「誹韓案的證言」一文中引據說：

『崔適考信錄「釋例」篇：「凡人多所見則少所誤，少所見則多所誤。唐衞退之餌金石藥而死，故白居易詩云：「退之服硫磺，一病訖不痊。」而宋人雜說遂謂韓退之作李于墓誌戒人服金石藥而自餌硫磺。無他，彼但知有韓昌黎字退之，而不知唐人之字退之者尙多也」。』

作者首先要指出，著考信錄的是直隸大名人崔述，字武承，號東壁，清乾隆時人；並非「崔適」。據作者所知，民國初年北京大學有個教授叫做「崔適」，是浙江吳興人；以今文家著名；陶先生出身北大，諒也知道其人。

其次，崔述所說：「唐衞退之餌金石藥而死。」並未詳明其出處；也沒有提到他的爵里和生卒年代。孫平仲雜記明言：「思舊詩」，亦未明言白樂天與衞退之有何「舊誼」？又云：『唐人之字「退之」者尙多也。』亦未列舉許多字「退之」之人，爲那些人等。經檢新、舊唐書，衞賢表在新唐書一百九十五卷，衞伯玉在舊唐書一百一十五卷、新唐書一百四十一卷，衞洙在舊唐書一百五十九卷、新唐書一百五十九卷，衞次公在舊唐書一百五十九卷、新唐書一百六十四卷，衞大經在舊唐書一百九十二卷、新唐書一百九十六卷，衞孝節在舊唐書一百九十四卷、新唐書二百一十五卷，衞景昇在舊唐書一百九十七卷，衞長則在新唐書二百零五卷，衞開，在新唐書一百九十五卷，衞無忌在舊唐書一百九十三卷、新唐書二百零五卷。全唐書姓衞的只有十人，所謂「衞退之」者，則「查無其人。」至於「尙多退之」，恕本文無暇詳考，「暫且不表」。

爲韓愈辯解，不自崔述始；金人王若虛早已論及。他在「詩話」中說：『孔毅父（靈峰按：名「平仲」）雜說，譏退之笑長安富兒，「不解文字飲。」而晚年有聲伎，罪李于輩諸人服金石，而自餌硫磺。陳後山亦有此論；甚矣！其妄議人也。「紅裙」之謂，惟知彼而不知此；蓋詞人一時之戲言，非遂以近婦人爲諱也。且詩詞豈當如是論，而遂以爲口實邪？其罪李于，特斥其燒煉丹砂，而祈長生耳。病而服藥，豈所禁哉！樂天固云：「退之服硫磺，一病訖不全（痊）」，則公亦因病而出于不得已，初不如于輩，有所冀幸以致斃也。』

王氏雖爲韓愈辯解，但並不否認，白居易詩中所稱的「退之」，即指韓愈，且曾服用硫磺不諱。至謂：「陳後山亦有此論，」即指陳師道「後山居士詩話」所說：

退之詩云：「長安衆富兒，盤饌羅羶葷；不解文字飲，惟能醉紅裙。」而老有二妓，號絳桃、柳枝；故張文昌云：爲出二女侍，合彈琵琶箏」也。又爲季于志（按：金王若虛作：「罪李于輩」）。敘當世名貴，服金石藥，欲生而死者數輩。著之石，藏之地下，豈爲一世戒邪？而竟以藥死，故白傳云：「退之服硫黃，一病竟不痊」也。

宋陳喜「捫蝨新話」亦云：

『韓退之誚京師富兒，「不解文字飲，惟能解紅裙。」然予謂退之亦未是忘情者。且有二侍妾，名絳桃、柳枝，張籍所謂：「乃出二侍女合彈琵箏者也。」又嘗有詩云：「銀燭未銷窗送曙，金釵半醉坐添春。」此豈空飲文字者邪？』

此外，宋王讜唐語林云：『韓愈有二妾，一曰絳桃、一曰柳枝，皆能歌舞。』宋陶穀清異錄亦云：

『昌黎公愈，晚年頗親脂粉，故事：服食用硫磺末攪粥飯啖雞男，不使交，千日烹庖，名「火靈庫」；間日進一隻焉。始亦見功，終致絕命。』此皆崔述所謂：「宋人雜說」也。

可見韓愈並不是直接服用硫磺，而是服食那些餵過硫磺的雄雞，即「火靈庫」。這應是補品，興奮劑或春藥之類韓愈晚年既「親脂粉」，服用此項補劑，意在長氣壯陽，雖不是直接吃硫磺致死，總可說，食「火靈庫」無效而死；固不必言「中毒」也。爲親近女人而服用補劑；稱之爲「風流病」，似無不可，又何必硬指爲「楊梅瘡」呢？

四、歷史家對韓愈的評論

（一）新唐書本傳贊，畧曰：『然愈之才，自視司馬遷、揚雄，至班固以下不論也。當其所得，粹然一出於正，刊落陳言，橫鶩別驅，汪洋大肆，要之無牴牾聖人者，其道蓋自比孟軻，以荀況、揚雄爲未淳，寧不信焉。……昔孟軻拒揚、墨，去孔子才二百年，愈排二家（靈峰按：指佛、老），乃去千餘歲，撥衰反正，而力倍之；所以過況、雄爲不少矣！』

（二）舊唐書本傳則云：『然時有恃才肆意，亦有盭（同戾）孔、孟之旨，若南人妄以柳宗元爲羅池神，愈譔碑以實之。李賀父名「晉」，不應進士，而愈爲賀作諱辨，令舉進士，又爲毛穎傳，譏戲不近人情；此文章之甚紕繆者。時謂愈有史筆，及撰順宗實錄，繁簡不當，敍事拙於取捨，頗爲當代所非。』

新舊兩書，劉昫和歐陽修則見智見仁，毀譽各異。新唐書贊其：「要之無牴牾聖人者，其道蓋自比孟軻。」而舊唐書却云：『亦有盭孔、孟之旨。』孟子闢揚、墨，指爲「無父、無君，」斥之曰「禽獸」！並云：『能言距楊、墨者，聖人之徒也。』韓愈「讀墨子」則曰：「孔子必用墨子，墨子必用孔子；不相用不足爲孔、墨。」如此，豈可「自比孟軻」，以道統自承邪？此竟要「聖人」與「禽獸」爲伍。孟子地下有知，必曰：『非吾徒也，小子鳴鼓而攻之！』

吾讀韓愈「應科目時與人書」有言：

『如有力者，哀其窮而運轉之，蓋一舉手投足之勞也。」如此格調，如此寒酸相；我很懷疑此文，不像出自「文起八代之衰」者的手筆。他接着又說：

『若俛首帖耳，搖尾而乞憐者，非我之志也。』

此無他，爲掩飾其心理的脆弱，說：『此地無銀三百兩』耳。欲蓋彌彰，我爲此文作者悲！

五、平　議

孔子曰：『聽「訟」吾猶人也，必也使無「訟」乎！』曾子曰：『夫子之道，「忠恕」而已矣。』韓氏後人以韓愈爲繼承孔、孟道統，乃神聖不可侵犯者。

論語子張篇：『叔孫武叔毀仲尼。子貢曰：「無以爲也，仲尼不可毀也。他人之賢者，丘陵也，猶可踰也；仲尼日月也，無得而踰焉。人雖欲自絕，其何傷於日月乎？多見其不知量也。』

人們如果對於韓愈的生平、道德文章有此自信，清者自清，對他人無聊的詆毀，庸何傷乎！

韓愈原毀自謂：『古之君子，其責己也，重以周；其待人也，輕以約；重以周，故不怠；輕以約，故人樂爲善。』我相信，韓愈復生，必不願見其後人與人涉訟矣。何況郭壽華先生爲文，其標題尚尊稱愈爲「韓文公」，且在法庭上一再表示歉意；豈眞罪大惡極，不容寬恕？

原告倘能息事寧人，要求「潮州文獻」加以「更正」或「公開道歉」；自無須涉訟。誹謗罪，爲親告罪；「須告訴乃論」。韓愈已死一千一百餘年，誰人眞正具有「告訴權」，似乎尙應細加確切調查，然後受理。且死無對證，連骨骸都找不到，又無從「開棺驗屍」；天大本領的法醫也無法鑒定韓愈他究竟得何病死亡？僅憑各種文獻記載，我們前面所引很多，可謂：「公說公有理，婆說婆有理。」假使被告堅持原告提出「死亡證書」，恐怕也難辦到。即依據沈光秀先生的認定：韓愈不會患「楊梅瘡」之「風流病」，因爲唐代並無此種病例。被告所說爲一種「不可能」發生的事實，等於「無的放矢」，是否可認爲對他人有所「傷害」？譬如：有人說：『楊貴妃與趙飛燕「通姦」。』又如說：『楊貴妃「强姦」安祿山。』前者爲「不可能」，後者在中國法律上女性沒有「强姦罪」。這些都値得深加硏究。

作者不知道郭先生對本案是否提出「上訴」，抑就此服輸「交欵」。但要確定郭先生是否有罪？法院必須說明：「風流病」，是否就是「花柳病」？並提出有力的「證據」；否則，將無以服人。

誠如「掌故」六十六期編者所言：『如果誹謗古人案可打官司，則今後有人批評孔子，孔德成亦可出面告狀。』我記得已故的林語堂先生，從前在上海辦「論語」半月刊，曾發表一篇「子見南子」，對孔老先生極盡挖苦譏諷之能事。我想孔德成先生老早就該控告他了。郭案如果成爲一種「判例」，從今而後，人們不但在學術上不能評論孔子，乃至連王莽、曹秦檜、張邦昌皆不得批評；因爲天下姓王、曹、秦、張的人多的是，拿起筆桿動輒得咎，將無人敢編纂歷史，臧否人物，各大學的歷史系恐怕都要「關門大吉」！阿門！

我與郭壽華先生雖有「同學」之雅，到現在止差不多有一年沒有見過面，我也未看到法院的「判決書」，也不是爲他個人說話，而是爲了「公是公非」本着「良知」來寫此文；絲毫不涉「情感」，完全訴諸「理智」，希望不至痲木不仁，特此聲明。

中華民國六十六年元夜時於台北市

中共滲透國防部·導致大陸變色

·沙學浚·

一、從中共滲透設於重慶的史廸威總部談起

出面斡旋……」（一）

一九四五年「從何應欽、劉斐、林蔚

陰謀，而發此議之人，則爲史廸威政治顧問戴維斯（John P. Davies）。（二）戴爲當時史廸威指揮部戴謝集團（Davies-Service group）之首領，亦即當年重慶外國記者喧傳之未來國務卿。平日與中共之周恩來、董必武、林祖涵各首要，俱有往來。在一九四二至一九四三年之間，周恩來嘗五次向戴謝與范宣德訴說國軍封鎖共區之事，請美軍宣以採訪軍情爲由，派一軍事調查團常駐共區，以減國軍壓力」。（三）

「則知此中雜有潛植中共國際地位之

「而其逼使國共形成對等地位之措施，則開羅會議後七十天即已開始。」（四）

『謝偉志（John S. Service）（五）藉此機緣，於留延安三個月中，寫出九十餘篇之報告。其中無一而非攻擊國府，讚揚中共，要求美國變更對華政策之紀錄。謝氏其後雖因盜竊外交文件供給共黨社團（美亞公司），受美國聯邦情報局之拘捕。而其延安報告，却能激動美國一部分官員與社會之視聽，影響中美關係，爲害滋烈。毛澤東是年八月廿七日曾告謝偉志謂：「君等此來，對於抗日自有裨益，而最大收穫，尙是對於國民黨政治上之打擊。」蓋此一着，不但使中共得到軍事庇護之安全，且無形中取得與國府分庭抗禮之政治地位也』（六）

「一九四六年，馬歇爾以禁運美國來華軍械，爲逼取國共聯合政府之手段，實有自來也。」（七）

以上的引述只是有關「逼取國共聯合政府」的幾筆素描。讀者如欲知道有關的詳細資料，除讀梁敬錞著「開羅會議」中其他有關陳述外，還可讀梁先生所著「史廸威事件」（八）第九章第二節「史廸威指揮部與中國共產黨」。

這一節詳述抗日戰爭時，中共滲透設於重慶的史廸威指揮部及各種活動與影響。「逼取國共聯合政府」，只是其中具有關鍵性的一端。這些活動，大有助於導致了大陸的全部淪陷，故在中國史上，在亞洲史上，及在世界史上，都有很高重要性。

須要補充一點：早在一九四五——四六年，戴謝 Davies-Service 集團除逼取國共聯合政府外，並企圖要「美國承認中共爲中國合法政府。」（九）

因此，一九四九年四月二十四日中共攻入南京後，美國大使館並未遵照國際通例，隨中央政府遷往廣州，乃因有承認中共爲中國合法政府之企圖。從四月到七月，美國駐華大使司徒雷登留在南京，與中共外事處處長黃華（現任中共「外長」，曾在燕京大學畢業是司徒雷登的學生）聯

絡接洽，而美國政府內部也有積極反應。特別是戴維斯（時在國務院政策委員會服務）等人更在暗中積極支持贊助承認中共。關於這些事實經過，梁和鈞（敬錞）先生寫成一篇短而重要的論文，加以扼要敘述。該文題目是：「廿年前美毛勾搭的一頁史實」（十）梁先生曾利用國務院和參議院外交委員會的明密檔案，這種資料非常珍貴新穎。

如果當年杜魯門總統不會否決司徒雷登由南京前往北平訪問，爲承認中共合法政府作準備，則此舉成功的可能性極大。不必等到二十多年後，尼克遜總統訪問北平，爲促進美毛「關係正常化」而努力。

一九四九年八月一日，司徒雷登因接洽承認中共未成，自上海悄然飛回美國。但同一天，國務院發表詆譭（事實上是拋棄）中華民國的白皮書，以討好中共。足證其時美國對華政策，業已進入徬徨無主之境地。但値得注意的是中共滲透美國政府的影響，隨時有所顯現。（十一）

二、中共滲透國防部導致大陸變色

中共不但滲透史廸威指揮部，而其滲透了中央政府的國防部，以劉斐、郭汝瑰爲典型的例證。

劉斐當年是國防部副參謀總長，他是中共黨員，有當年內政部部長的彭昭賢的下列陳述爲證明：「爲了假戲眞做，老毛（按指毛澤東）也派出周恩來爲首席代表，其餘的人是董必武、李維漢、林祖涵、聶榮臻等。（國民政府）代表團五位主要人選（按爲首席代表張治中，其餘是邵力了、黃紹竑、章士釗、李蒸，原有彭昭賢，因毛澤東反對被刪除）派出之後，我方認應加入一個軍事人員，提名爲當時擔任副參謀總長的劉斐加入。劉是湖南醴陵人……他根本是共產黨加入我方工作的。李提議增加劉斐，毛澤東馬上贊成，共方也多派了一個人以爲陪襯。這樣一來，雙方代表的人數，（按表面上各爲六人）等於我方少了一個人，共方却增加了兩人。」（十二）

三十八年四月八日，國民政府拒絕中共所提無法接受的和談條件。四月二十日，中共軍隊，分在安徽繁昌縣荻港，及江蘇江陰縣，渡長江入侵江南。同時，張治中率領的和談代表團，包括劉斐，都投降了中共。劉斐投降後，擔任中共人民政治協商會議常務委員會委員。六十一年二月二十五日，他憑這一身份，參加尼克遜總統在北平舉行的「答謝宴會」。

郭汝瑰原來也是中共黨員。三十四年以後的剿共戰爭，包括徐蚌會戰，國軍的節節失敗，他是關鍵因素，其重要性與劉斐相同。

關於此一重大歷史事實，知道的人非常之少，尚未見有文字記述。筆者發現此項事實的經過，相當曲折，實有補述的必要。

郭是四川銅梁縣人，黃埔軍官學校第五期畢業，畢業後歷任各級軍官。民國卅一年秋天，國防研究院成立於重慶復興關（原名浮圖關），院長是蔣委員長，四年之內，主任是王東原、陳儀和陳誠。第一期研究員共計四十五人，其中包括海軍軍官四人，空軍軍官七人，陸軍軍官三十人，文職四人，陸軍軍官有郭汝瑰在內。當時他是七十三軍暫編第五師師長。筆者正由貴州遵義的國立浙江大學，轉到重慶近郊沙坪壩的國立中央大學任教，並在國防研究院担任研究委員（先後共四年），故得與郭相識，至其思想與背景如何，並不清楚。

有一次，郭在國防研究院曾對筆者說：「政府這樣無能，令人生氣。長此下去，我總會去當共產黨。」筆者當時聽了，頗感驚異，留有深刻印象，故至今三十年，仍能記得。

後來在新加坡讀到陳少校著：「酒畔談兵錄」（十三）有關郭的陳述，才了解「言爲心聲」的道理。

三十二年秋，郭在國防研究院畢業後，被派到英國考察，回國後，任軍政部軍務署副署長（署長是方天，部長是陳誠）。三十四年抗戰勝利後，軍政部與軍令部，合併而爲國防部，該部主管作戰計劃的第三廳廳長，即由郭担任。（十四）但在徐蚌會戰時，郭的作戰報告，爲徐州剿匪副總司令兼前進指揮部主任杜聿明「一向不信任」：

「杜停了一會兒又說：『請總長（按指參謀總長顧祝同）允許我一個要求，就是解黃百韜（按在徐蚌會戰時，黃爲第七兵團司令官）之圍的戰略、戰術、兵力部署，我不一定照今天會議決定的（按指三十七年十一月十日顧所指持的軍事會議「郭接着報告作戰計劃」後，所作成之議決）去做。」杜對主管作戰的第三廳長郭汝瑰，一向不相信，故有此話，顧也明白其意。』（十五）

「顧祝同知道杜是一向不信任作戰廳廳長郭汝瑰的。」（十六）

（三十七年十二）「七十二軍在川南徵補重編，仍由余（按指余錦源）任軍長，後加撤查，改以國防部第三廳廳長郭汝瑰調充軍長。」（十七）

需要附帶報告的有下列一點：

國防研究院四十五位研究員之中，郭汝瑰之外，還有一位中共黨員。他姓韓名鍊成，甘肅固原縣人。三十八年，西北各省淪陷後，他做了中共甘肅軍區參謀長。他如果不是中共的老同志、老黨員，不會獲得信任而担任這樣重要的職位。

值得注意的是郭的作戰計劃，一向不爲杜所信任，足證其中必有嚴重的毛病而且不止一次。諺云：「用人不疑，疑人不用」，顧杜二人如果警覺性高，當早已把郭調離國防部，甚至予以撤查。直到三十七年十二月，徐蚌會戰將告結束時，才予以調職到川南，實嫌太晚。須知郭爲中共所做滲透諜報工作，到此時已歷三載之久，早告完成。郭到川南後不久，即帶領全軍部隊投降了中共，事實上是黨員同「黨」報到、報功。

又郭之出任第三廳廳長，係副參謀總長劉斐三十四年保薦的。「同志」當然保薦「同志」。（十八）

不論國軍裝備、補給如何好，士氣如何高，指揮、戰術、戰畧如何優越，國防部的副參謀總長與主管作戰的廳長，都是中共黨員，註定了全部剿匪戰爭包括徐蚌會戰的慘敗。而徐蚌會戰的慘敗，不久導致了半壁河山的全部淪陷。簡言之，大陸的淪陷，不決定於軍事的失敗，而根本上決定於三年多作戰情報的全部洩露。由劉、郭人人能夠滲透國防部高層的關鍵位置這一事實，可以推知當年全國各地、各方面以及各給軍政機構，或多或少，都有中共情報人員的滲透。

三、中共全黨不但是情報組織而且是戰爭組織

中共善於滲透，不僅因他的情報組織良好。事實上，中共全黨，是一個組織良好的龐大情報機構。這是他與中國國民黨及「英美式的政黨」不同之處，故中共能夠推行總體戰爭，而後兩種政黨不能推行，這是中國國民黨中央委員滕傑先生的論斷，非常客觀而正確：

「再看中共匪黨的情形：他是一種澈頭澈尾的戰爭組織。它是完全根據軍事原理而建設起來的一種有機戰鬥體，它具有軍事組織上的感觸敏銳、反應迅速、意志統一、行動靈活、責任分明與紀律森嚴的各種特點。它把它的構成分子，有計劃的秘密分佈於各種政治組織和各種組織之中，使它成爲一種無所不在的看不見的軍隊。它不僅自身可以進行各式各樣的作戰，而且它以它自己的核心，運用所有可用的力量，發揮有機的配合作用，去進行各式各樣的作戰。就是它能綜合運用各種力量，各種策畧，各種形式，以進行其非常複雜的總體戰爭。它這種領導戰爭的能力是少有的。」（十九）

「不過共黨的人民戰爭，實不同於過去的一般戰爭，我們的黨，並未針對人民戰爭性質去作充分的適應。即因爲未作充分的適應，所以我們才有大陸的失敗。」（二十）

「而且凡屬和平改良性質的政黨，一與共黨交鋒，幾乎都是無法招架的，歷史上的事實已經證明了這一點。這即是說：

英美式的政黨，不足以領導反共戰爭。」（二十一）

四、中共情報組織類似蘇聯異於美國

美國和蘇聯兩大超級强國，都非常重視情報組織。

美國情報人員數與經費統計表

情報單位	工作人員	美元（百萬）
中央情報局	一五、〇〇〇	七五〇
國家安全局	二〇、〇〇〇	一、〇〇〇
國防呈報局	五、〇〇〇	一〇〇
陸軍情報	二八、〇〇〇	七七五
海軍情報	一〇、〇〇〇	七七五
空軍情報	六〇、〇〇〇	二、八〇〇
國務院呈報	二二〇	八
共計	一四八、〇〇〇	六、二八〇

美國重視情報有兩點證明：①中央情報局局長，有權出席國家安全會議，其地位與國務卿、國防部部長、財政部長相若，高於其他部長。②一九七二年美國情報人員，多達十四萬八千人（尚不包括聯邦調查局），經費多達六十二億美元。這一數字，約佔國防經費（七百七十億美元）的百份之八，超過全球大多國家的全年國家支出總額，眞是驚人。但美國軍事活動，因情報不靈而失敗的實例，至少有下列兩次：

一次是一九六〇年，美國支持古巴革命人士自佛羅里達州在古巴猪灣登陸，預計一登陸，即有古巴人起義響應，結果並無人響應。主要原因，是美國所佈置的情報不靈。

十年來的越戰，美國有絕對優勢的海軍，有絕對優勢的空軍，有相當優勢的陸軍、補給和科學技術，結果也是失敗。主要原因是北越共黨和越共情報做得好，張知本先生有論文述及此點：

「美前任駐越南軍事顧問團團長威廉斯指出，共黨間諜潛伏美越軍總部內，一切作戰機密，均爲越共獲悉。

這位美國前任駐越南軍事顧問團團長稱：美國在越南之政策，已產生若干「災禍性」之後果。渠並謂共黨已滲透美國在西貢之軍事總部，渠指示此爲共黨目前在南越軍事成功之一個因素。……

「威廉斯繼續稱，共黨滲透渠本人在南越之軍事援助顧問團總部。渠稱：「余固知之。並與之鬥爭。」渠又謂：渠等（指越共）滲透南越陸軍總部，余不以爲在西貢有一美國或南越之政府機構，未被越共侵入者。」

威廉斯更指出：「現在南越軍隊之所以時常中伏，或進行圍剿而一無所獲者，有一個明顯之原因，厥爲渠等之作戰計劃，在下達到執行掃蕩任務之南越連長以前，即已爲越共所悉。」（二十二）

五十多年前，蘇聯共產黨革命，經過非常艱苦，乃由於沙皇政府接受了蒙古帝國情報組織的傳統，鎭壓革命力量，方法良好有效率。蒙古統治南俄，稱之爲「欽察汗國」，爲時二百四十年（一二四〇——一四八〇年）之久。蒙古的情報組織，被受統治的俄國人所倣傚吸收，而帝俄政府再加以改進，故能發揮鎭壓革命力量的高度效能。

共產革命以後，莫斯科由教堂改成若干革命博物館，筆者一九三五年遊俄時，曾參觀各該館陳列品，留有深刻的印象。

「蘇聯安全機構，爲布爾雪維克黨在一九〇五年革命期間，根據列寧的組織計劃所設立之戰鬥隊伍，及在一九一七年二月革命後，改組「赤衞軍」發展而來。在不同時期，安全機構會使用不同之名稱，如赤卡、格別烏、國家安全委員會、保安部、內政部、國家保安人民委員會、內政人員委員會等。

「國家安全委員會，一九五六年四月二十八日，根據蘇聯最高蘇維埃命令而成立，直屬蘇聯部長會議之下，其職掌爲執行戰畧情報業務。該委員會之下，設有（一）總管理局，包括國際情報、國內保防、經濟情報等組織。（二）特別行動局，包括黨政領袖之保衛、行動偵查組織。（三）補助局，包括行政管理、人事、財務、電訊、偵譯等技術組織。其外圍組織，包括蘇聯外交部、對外貿易部、國家對外經濟關係委員會、國家對外文化關係委員會，塔斯通訊社、眞理報、消息報等特派員，爲一對外蒐集情報與對外滲透之機構。」

該委員會歷任主席政治地位，都很重要。第一任是謝洛夫大將（一九五四年四月至一九五八年十二月），第二任是謝列平，一九五二年至一九五八年曾任全俄共青團中央第一書記，一九五八年十二月調任該委員會主席到一九六一年十一月，由塞米查斯特尼接任第三任（他也曾任全俄共青團中央第一書記）。(二十三)一九六五年以後，是否由他接任第四任，不得而知，因手頭無資料可利用。即以上述三位主席的經歷而言，該委員會政治地位重要性，超過美國中央情報局。而該委員會的活動範圍之廣，由於包括塔斯通訊社及報紙，也超過美國的各個情報單位之總和。

筆者推測中共的情報組織之龐大與複雜，和蘇聯相近似。中共新華通訊社記者，往往被其駐在國政府驅逐出境，而理由大都與從事諜報或顚覆有關，這一點，即足證明中共與蘇聯的情報組織，似屬同一類型，而不同於美國。

註　釋

一、梁敬錞：「開羅會議」，臺灣商務印書館一九七三年頁三二七。

二、戴維斯抗戰後期任美國駐華大使館二等秘書曾任駐昆明領事。

三、同註一，頁二三〇。

四、謝偉志，抗戰後期任美國駐華大使館三等秘書。

五、六、七同註一。

八、「史廸威事件」，臺灣商務印書館一九七一年，一九七二年有英文版，紐約聖若望大學亞洲研究中心出版。

九、據當時美國駐華大使赫爾利P. G. Hurley 著：「美國在華失敗之原因」Causes of America's Failure in China 一九四九年，頁二六四。

十、該文發表於紐約中華文化復興運動促進委員會，一七三年雙十節出版的「文薈」二十一期上。

十一、美國柯克教授 Dr. Anthony Kubek 著：「遠東是怎樣失去的」How the Far East was Lost 臺北新中國出版社出版，第三篇「致命的打擊」有詳細的描述。

十二、這段引述中的這一句：「劉斐根本是共產黨加入我方工作的，李（宗仁）提議增加劉斐，毛澤東馬上贊成。」對於本文具有非常高的重要性和支持力。這一句原出於彭昭賢：「傷心往事話和談」，彭氏口述、凌雲筆記，原載臺北「藝文志」八十七期，六十一年十二月，但筆者並未閱過。該文轉載於海外文摘半月刊社出版的「海外文摘半月刊」二三六期及二三七期，六十二年五月十六日及六月一日，筆者看到此項口述是在這兩期「海外文摘半月刊」上。該半月刊用聖經紙印，航空寄到全球華僑報紙雜誌和華僑華裔領導人物。主編人陳伯中先生是筆者二十五年到二十六年任教中山大學地理系的學生，故他也列我爲受贈人。假使我不曾在中山大學任敎或主編人不是陳伯中先生，我即無法讀到這篇口述，利用這段口述。

十三、民國五十三年（一九六四年）筆者在臺灣師範大學休假，到新加坡南洋大學任教，才能讀到台灣禁止進口的「酒畔談兵錄」這本書（十多年前香港致誠出版社出版）而知道上述事實。如果不知道這一事實經過，便無法開始寫這篇論文。

十四、以上的資料是魏汝霖先生等共同提供的，特此致謝。

十五、十六、十七、「酒畔談兵錄」

十八、這一重要事實是鄧文儀先生（一九四七到一九四九任國防部政工局局長）六十年夏間在臺北市林森北路九龍餐廳面告筆者的。

十九、二十、二十一、三段引述，採自滕傑著「我國憲法與政黨政治」論文，載於「中國憲政」月刊八卷一期。

二十二、張知本著「美亞報告外一章(下)」，香港自由報五十九年五月十六日。

二十三、採自卜道明主編「蘇俄簡明百科全書」，臺北國防研究院，一九六五。

—孫魯唐—

北平自從元朝建都，一直到民國，差不多有六百多年歷史，人文薈萃，在飯食服御方面，自然是精益求精，甚且踵事增華，到了近乎奢侈的地步，民國初年，四九城無論那一類舖戶，祇要向京師警察廳領張開業執照，就可以挑上幌子，正式開張大吉了。當時夠得上叫飯館子的，最盛時約摸有九百多戶，接近一千家，眞可以說是洋洋大觀，集飯食之大成。

說到北平的飯館子，大都可分爲三類，第一種是飯莊子。所謂飯莊子，全有寬大的院落，上有油漆整潔的鉛鐵大罩棚，另外還有幾所跨院，最講究的還有樓臺亭閣曲徑通幽的小花園，能讓客人詩酒留連，樂而忘返；正廳必定還有一座富麗堂皇的戲台，那是專供主顧們唱堂會戲用的。這種莊館，在前淸，各衙門每逢封印，開印，春卮，團拜，年節修禊，以及紅白喜事，做壽慶典，大半都在飯莊子裏舉行，一開席就是百把來桌。

北洋時期，有一年張宗昌在南口喜峯一帶，跟馮玉祥的西北軍來了一次直魯大交兵，結果大獲全勝，長腿將軍在高興之餘，要在南口戰場犒賞三軍，派軍需到北平找飯館。承應這趟外會，一合計要訂一千五百桌酒席，買賣倒是一樁好買賣，可是大家祇有你瞧着我，我瞧着你，彼此乾瞪眼，誰也不敢接下來。後來還是忠信堂的大拿（即大管事）崔六有點胆識，跟店東一合計，乍着胆子，把這號大買賣接下來了。桌椅方面倒不用發愁，在戰場上大擺酒筵，大家都是席地而坐，至於盛菜用的杯盤碗盞，因爲數量實在太多，着實讓崔頭兒傷了點腦筋。後來他終於把城裡城外，所有跑大棚口子的傢伙，全給包了下來，這個問題才算解決。可是炒菜的鍋，上那兒去找那麽大的呀，到底人家崔六眞有辦法，他把北京城乾果子舖炒糖栗子的大鐵鍋，連同大平鏇，一股腦兒都運到南口前線，當炒菜鍋用。當然炒蝦仁也談不到平底鍋，炒七鏇子半起鍋了。可是一開席，煎炒烹炸溜燴燉樣樣俱全，苦戰幾個月的阿兵哥，整天啃窩頭喝涼水，成年整月不動葷腥的老哥們，現在山珍海錯，羅列滿前，一個個狼吞虎嚥，有如風捲殘雲，一霎碗底朝天，酒足飯飽，歡聲雷動。

南口大會餐，弟兄們這一頓猛吃，可就把忠信堂的買賣閧起來了。後來祇要是軍方請客，大家都離不開忠信堂。以上這段雖然是閒扯，但是也可以說明當初北平飯莊子做生意，有多大魄力了。

北平飯莊子，雖然以包辦筵席爲主，可是家家都有一兩樣秘而不宜的拿手菜，到了端午中秋或者是年根底下，才把認爲可交的老主顧，請到櫃上來吃一頓精緻而拿手的菜。一方面是拉攏交情，一方面是顯顯灶上的手藝，炫耀一番。

以東城金魚胡同福壽堂來說吧，端午

節櫃上照例請一次客，準有一道他家的拿手「翠蓋魚翅」。北平飯莊子整桌酒席上的魚翅，素來是中看不中吃的，一道菜，一個十四寸白地藍細瓷大冰盤，上面整整齊齊舖上一層四寸來長的魚翅，下面大半是鷄絲肉絲白菜墊底，既不爛，又不入味，凡是吃過廣府大排翅小包翅的老爺們，給這道菜上了一個尊號，稱之爲怒髮衝冠。話雖然刻薄一點，可是事實上確然不假，並沒有寃枉他們，人家福壽堂端陽節請戹的翠蓋魚翅，可就迥然不同了。這道菜他們是選用上品小排翅，發好，用鷄湯文火清燉，到了火候，然後用大個紫鮑，眞正雲腿，連同膛好油鷄，僅要撂下的鷄皮，用新鮮荷葉一塊包起來，放好作料來燒，大約要燒兩小時，再換新荷葉蓋在上面上籠屜蒸二十分起鍋，再把荷葉扔掉，另用綠荷葉蓋在菜上上桌，所以叫翠蓋魚翅，魚翅本身不鮮，原本就是一道借味菜，火功到家，火腿鮑魚的香味全讓魚翅吸收，鷄油又比脂油滑細，這個菜自然清醇細潤，荷香四溢，而不膩人。不過人家櫃上請客，一年一次，除非是老主顧，恐怕吃過的人還眞不太多呢。

北城十刹海的會賢堂，因爲十刹海是消夏避暑勝地，會賢堂佔了地利的關係，所以夏季生意特別興旺；究其實，這個飯莊子並沒有什麼拿手好菜，只是下酒的冷盤種類特別多，尤其是河鮮兒「什錦冰碗」，那是別家飯莊子比不了的。

據說會賢堂左近有十畝荷塘，遍種河鮮菱藕，塘水來源跟北府（北平人管醇親王府叫北府，也就是光緒宣統的出生地）同一來源，都是京西玉泉山天下第一泉的泉水，引渠注入，因此所產河鮮，細緻透明，酥脆香甜；比起杭州西湖的蓮藕，尤有過之。特別是鮮蓮子顆顆粒壯衣薄，別有清香，此外河塘還產鷄頭米（又名芡實米南方入藥用。）普通鷄頭，都是等老了才採來挑擔子下街吆喝着賣，賣不完往藥舖一送，頂多採點二蒼子（不老不嫩者叫二蒼子），應付老主顧，剛剛壯粒的鷄頭，極嫩的煮出來呈淺黃顏色，不但不出份量，藥舖也不收，所以誰也捨不得採，可是會賢堂因爲是供應做河鮮冰碗用的，越嫩越好，也就不惜工本了。

冰碗裡除了鮮蓮、鮮藕、鮮菱角、鮮鷄頭米之外，還得配上鮮核桃仁、鮮杏仁、鮮榛子，最後配上幾粒蜜餞溫卜，底下用嫩荷葉一托，紅是紅，白是白，綠是綠。炎炎夏日，有這麼一份冰碗來却暑消酒，的確令人心暢神怡，這種配合天時地利的時鮮，如果在臺北大餐廳大飯店有售，價格一定高得驚人。

記得有一年夏天，熊秉三、郭嘯麓發起在會賢堂舉行一次消夏雅集，所有當時在京任過財政部總長次長的，如張弧、王克敏、曹汝霖、梁士詒、周自齊、高凌霨、夏仁虎、凌文淵、黃嵩儒等各路財神，一網打盡，結果給香山慈幼院捐了一筆頗爲可觀的經費，這次消夏雅集，就是用會賢堂時鮮冰碗招來的財富，北平一家報紙曾把這次雅集改名叫財神爺大聚會，時鮮冰碗起名叫聚寶盤，可以說是謔而不虐的一個小玩笑。

地安門外的慶和堂，算是北城最有名的飯莊子了，他的主顧多半是住在北城王公府邸的，所以他家的堂倌，都經過特別訓練，應對進退都各有一手，他的拿手菜叫「桂花皮炸」（讀如渣），說穿了其實就是炸肉皮；不過，他們所用的猪肉皮都是精選猪脊背上三寸寬的一條，首先毛要拔得乾乾淨淨，然後用花生油炸到起泡，撈出瀝乾，晒透，放在瓷罈裡密封；下襯石灰防潮及濕，等到第二年就可以用了，做菜時，先把皮炸用溫水洗淨，再用高湯或鷄湯泡軟，切細絲下鍋，加作料武火一炒，鷄蛋打碎往上一澆，洒上火腿末一摟起鍋，就是桂花皮炸，鬆軟肉頭，香不膩口，沒吃過的人，眞猜不出是什麼東西炒的。

這個菜可以說是地地道道北平菜，臺北地區開了那麼多北方館，你要是點一個桂花皮炸，跑堂的可能就抓了瞎呢。

西城的飯莊子有聚賢堂同和堂，妙在兩家同在西單牌樓報子街，相隔不過是幾步路，聚賢堂三面有樓有戲台（據說戲台是白虎台，男女名角都不願意在那兒唱堂會怕出窩子），比較新式點，同和堂雖然沒有戲台，可是院落多，純粹老派兒，有幾個跨院花木扶疏，曲徑朱檻，知己小酌，如同在家裡請客一樣，毫無市井烟火氣。

同和堂有一道拿手菜「天梯鴨掌」，舍間跟他們交往多年，筆者也僅僅吃過一回，這個菜的做法，是把塡鴨的鴨掌，撕去厚皮，然後用黃酒泡起來，等到把鴨掌泡到發漲，鼓得像嬰兒手指一般肥壯，拿出來把主骨附筋一律抽出來不要；用肥瘦各半的火腿，切成二分厚的片，一片火腿夾一隻鴨掌；另外把春筍也切成片，抹上蜂蜜，一起用海帶絲紮起來，用文火蒸透來吃，火腿的油和蜜慢慢滲過鴨掌筍片，非常濡潤適口，比起湘館的富貴火腿，本身已經厚膩飽人，再加上蜜蓮墊底，要高明多了。春筍切片，好像竹梯，所以名之曰天梯鴨掌。自從民國二十幾年歇業後，這道菜久已失傳，甚至提起菜名，都沒有人知道了。

聚賢堂拿手菜是「炸響鈴雙汁」，北平人雖然不講究吃明爐乳猪，但是盒子舖天天都賣脆皮爐肉的，逢到郊天祭祖，更有用烤小猪祭祀的，響鈴就是烤好小猪的脆皮回鍋再炸，就叫炸響鈴。自從有了屠宰稅，在北平想吃一回烤小猪，那麻煩可大了，這兒繳捐，那兒納稅，塡表領證，跑東跑西，鬧了個人仰馬翻，還不一定準能吃到嘴，誰能為了吃，惹那麼多麻煩呀！再加上年頭不景氣，大家都沒有閒情在吃上動腦筋了，可是如果在聚賢堂擺請，還能吃得着炸響鈴。因為西單大街有一家醬肘子舖，叫「天福」的，外代肉槓，生意做出了名，每天都要烤幾方爐肉賣，當然不時碰到了薄皮仔猪，聚賢堂跟「天福」街裡街坊，交了多少年買賣，紅白壽慶還過堂客（有喜慶事內眷往來叫過堂客），交往深厚，有炸響鈴這道菜，就是從天福勻來爐肉炸的，加上甜鹹勾汁雙澆，慢慢就成了聚賢堂的門面菜了，如果拿來下酒比起炸龍蝦片的虛無縹緲，似乎有些咬勁，耐於咀嚼。

南城外本來也有幾個像樣的大飯莊子，後來由於各式各樣的飯館子愈開愈多，同時要唱堂會有正乙祠、織雲公所、江西會館，比一般飯莊子又寬敞又豁亮，後來陸陸續續撐持不住，關門歇業，最後祇剩下一個取燈胡同同興堂。要不是梨園行鼎力支持，也早就垮台了。

梨園行凡是祭祖、唪聖、拜師、收徒，還有拜把兄弟焚表結義，同興堂對這一套準備得週到齊全，大家也不約而同，都到同興堂來舉行，他家有一點一菜都很出名，菜是「燴三丁」所謂三丁是火腿、海參、鷄丁。火腿不用說要選頂上中腰封，海參當然是用黑刺參，決不會拿海茄子來充數，至於鷄丁，必須是帶鷄皮的活肉，不能摻一點胸脯肉，因為用料選選的精，再加上所用芡粉是藕粉加茯苓粉勾出來的，薄而不瀉，因之吃到嘴裡，沒有發柴發木的感覺，白石老人齊璜生前最欣賞他家的燴三丁，余叔岩收李少春為徒，在同興堂謝㕑，有齊老在座，特別推薦他家的燴三丁，經過大家品嘗，全都讚不絕口，一連來了三碗燴三丁，彼時老人牙口已弱，獨據一碗，以汁蘸饅頭吃，一時傳為美譚，後來文人墨客凡是到同興堂吃飯，都要叫個燴三丁來嘗嘗。

他家「棗泥方譜」也做得特別地道，在北平棗兒雖然不値錢，可是棗兒大有好壞，郎家園有一種緊皮棗，晒乾之後，個兒不大，可是肉厚香甜，他家就是用這種棗子做棗泥餡兒，絕不加糖，蒸出來的方譜是天然棗香自來甜，方譜是用木頭模子刻出來蒸的，北平崑曲花臉名票胡井伯，收戲曲學校費玉策做徒弟，在同興堂磕頭，胡爺跟同興堂東家是把兄弟，特地把珍藏一套二十四塊全本三國誌木刻模子拿出來，做了三份，可惜不知道是什麼人的手筆，眞有幾方佈局，線條非常雅緻，而且神情刻畫得栩栩如生，後來故都名畫家陳半丁特別情商，借出來送到琉璃廠淳菁閣南紙店，每塊都請姚茫父題了詞，拓刻印成詩箋，筆者當時也分到了幾盒可惜都沒有帶到臺灣來，否則也讓現在年輕人瞧瞧，咱們中國吃喝還有一套藝術呢。

其他還有許多飯莊子，各家有各家的拿手菜，在此處不再多談，下面再說第二種飯館子。

北平的飯館子以成桌筵席跟小酌爲主；雖然也應外會，頂多不過十桌八桌，至於幾十上百桌的酒席，就很少接了。

北平最有名的飯館子第一要數東興樓，據說東興樓是一位山東榮城老鄉，向西太后駕前大紅人總管太監李蓮英領東開的。李在內廷吃過見過，所以東興樓有幾樣菜，拿出來確實有獨到之處。

先拿他家「燴鴨條鴨腰加糟」來說吧，那是所有北平山東館誰也比不了的，不但鴨條選料精，就是鴨腰也都大小均勻；最要緊配料是香糟。東興樓對面緊挨着眞光電影院，有一家酒店叫東三和，大概在明朝天啓年間就有這個酒店了，傳言天啓帝微服出巡，曾經光顧過這家酒店，後櫃有二塊匾，寫着皇莊老酒四個大字，就是天啓皇爺的御筆。東興樓溜菜燴菜所用的白糟，都是東三和的老糟，所以有一種溫淳浥浥的酒香，此外「鹽炮肚仁」、「炸肫去邊」、「烏魚蛋格素」都算是東興樓的招牌菜，他家酒席上的炸肫，一律用白地藍花大瓷盤上菜，頂多十三四塊炸肫，看起來眞眞是一碟心，你如果問他們爲什麽不多幾塊，堂倌一定回說這是牙口菜，嘴快的也不過吃兩塊，要是炸一滿盤，一人來上七八塊，腮梆子都嚼酸了，後來的菜也沒法吃了，下回誰還再來照顧東興樓呀。想不到他們還有一套吃的理論呢，至於烏魚蛋實際就是烏龜子，叫烏魚蛋比較好聽，每個大約拇指大小，要片得越薄越好，下水一就吃，既鮮且嫩，臺北的山西餐廳有時候有這個菜，那不過是聊備一格而已。

北平的淮揚館拉胡同的玉華台，確實不錯，竈上白案子是清朝末年大吃客楊世驤家裡培植出來的，一籠「淮城湯包」，抓起來像口袋，放在碟子裡兩層皮，就是淮城人嘗了，也讚不絕口，認爲在淮城也沒吃過這麽好的湯包。後來，玉華台的淮城湯包出了名，牛氣到了凡是小酌客人來吃，回說不賣湯包，要整桌酒席兩道點心一甜一鹹，才有湯包給你吃呢。走遍大江南北，玉華台的湯包可以說是頭一份兒了。

北平隆福寺街有一家北方館，介乎飯莊飯館之間，叫福全館，正院也有一座精巧的戲台，凡是小型堂會賓客不多，大半都愛在福全館來舉行。記得有一年鹽業銀行張伯駒唱失空斬，余叔岩配王平，楊小樓飾馬謖，王鳳卿飾趙雲，這齣在梨園界轟動一時的戲，就是在福全館唱的，他家最有名的菜是「水晶肘子」，大家所以欣賞他家這道菜，就是肘子上的毛拔得特別乾淨。要是夏季，你在福全館正院大照棚底下，邀三五知己，來兩斤竹葉青，弄一盤冷玉凝脂，晶瑩透明的水晶肘兒下酒，倒別有一番風味。

南城外江浙館要數春華樓最雅緻了。他家店東不但爲人風雅四海，而且精於賞鑑，他跟湖社弟子畫馬名家馬晉，號伯逸，交情莫逆，雖然馬伯逸長年茹素禮佛，可是一得空就到春華樓串串門子、聊聊天。春華樓每間雅座，都掛滿了時賢書畫，大半都是酒酣耳熱，即興揮毫，眞有幾件神來之筆。就拿舊王孫溥二爺來說吧，他最愛吃春華樓「大烏參掀肉」，一盤大烏參端上來，要是在座的都是比較隨便的朋友，我們溥二爺就要三分天下有其二了。

筆者最欣賞春華樓的「銀絲牛肉」，肉絲切得特細；而且不像廣東菜館，因爲求其肉嫩，把牛肉又拍又打，外加小蘇打，嫩則嫩矣，可是原味全失。人家春華樓的銀絲牛肉，全憑刀功火候，嫩而有味，同時墊底的銀絲，炸得也恰到好處，絕不會有炸得太焦，炸得透塞牙磣齒的情形。到春華樓而不點銀絲牛肉者，可以說虛此行矣。

宣武門外半截胡同有個廣和居，算是飯館子資格最老的一家了，此居歷經嘉、道、咸、同、光、宣，一直到民國十六年北伐前後，根據歷代賢臣大儒逸士名流私家記載，凡是雅集小宴，都離不開廣和居，潘炳年的潘魚，吳閏生的吳魚片，江藻的江豆腐，都是教給廣和居的廚子研究出來的名菜。可惜廣和居民國二十年左右就封灶歇業，灶上掌灼的頭廚，被西單牌樓同和居攬了過去。

提起同和居，也是光緒年間開的買賣。想當年各位朝臣散了早朝，差不多都到西四北的柳泉居聚會議事，或者是缸瓦市的沙鍋居。由於柳泉居太吊脚，沙鍋居祇賣燒燎白煑，完全在猪身上找，既膩人，又單調，於是同和居就應運而生。

同和居有道甜菜叫「三不黏」不黏筷子，不黏碟子，不黏牙齒；所以李文忠的快婿張佩綸給這道菜起名三不黏。同時同和居的混糖大饅頭半斤一個，也很有名，中午一出屜，眞有住在南北城人趕來買大饅頭的。另外，同和居後院有一排精緻的小樓，每間雅座都可以遠眺阜成門大街。早年，東華門、西華門三里左近，都不准建造樓房，以免俯瞰內廷。同和居後樓，恰巧剛在範圍之外，逢到慈禧皇太后鴐車頤和園避暑，鳳輦都要經過阜成門大街西去，小樓一角，看個正着，祇要西太后西山避暑，同和居樓上雅座必定是預訂一空，談起來也算一段小掌故呢。

前門外大柵欄有一家叫厚德福的河南館子，門口是兩扇廣亮黑漆大門，一點也不起眼的小招牌，掛在大門裡頭，到了晚上，門口祇有一盞鬼火似的電燈，烏漆馬黑。

初到北平的人，逢到有人請在厚德福吃晚飯，時常在大柵欄走上兩三個來回，也沒找着厚德福；因爲他家的招牌太小不起眼，外搭着飯館子門口，實在看不出是個飯館子來。

據說從前厚德福是個雅片烟館，後來一禁烟，仍舊用原名改成了飯館，開大烟館自然不需要明燈招展，可是改成飯館之後，老板迷信風水，認爲風水不錯，就一仍舊貫了；所以儘管門裡燈火通明、鍋勺亂響，可是門口一燈搖曳，怎麼看也不像個飯館子。

河南菜最有名的是吃鯉魚，厚德福的「糖醋瓦塊」的確比別家做得出色。筆者在開封鄭州都吃過這個菜，不是畧帶土腥味，就是肉嫌老，實在吃不出妙在那裡。

據說黃河鯉講究當塲摔殺下鍋，但是黃河水泥土味重，網上來的魚，一定在要清水裡養個三兩天，把土腥味吐淨，然後再殺才能好吃。同時鯉魚是逆流而上的，所以魚肉雖然活厚，可是筋也特別堅韌，非得好手名庖，懂得抽筋的，先把大筋抽掉，肉鮮嫩好吃，厚德福的糖醋瓦塊與衆不同就在此處，如果帶句話要寬汁，他一定附帶一盤先煑後煎的細麵條，拿滷汁拌麵非常爽口開味，比起此地西湖醋魚拌麵，可以說滋味大有不同。

厚德福還有一絕「鐵鍋蛋」，端上來的時候一邊冒着輕烟，一邊還吱吱叫，熱香嫩三字可以兼而有之。比別家用銅鍋烤出來的，似乎不大一樣。

北平的雲南館子，祇有中央公園的長美軒獨一份，大家不要認爲游樂塲所的飯館子，都是菜不好，而且亂敲竹槓的，長美軒就是例外，他家做菜所用的火腿，是眞正從雲南來的大雲腿，一味「雲腿紅燒羊肚菌」，一味「奶油菜花鷄蓯菌」，除了昆明以外，恐怕祇有長美軒才能嘗到這樣眞正滇菜精華了。可惜七七事變，抗戰軍興，這個館子也跟着關門了。

民國二十年前後，北平又開了三家新派的山東館，是泰豐樓、新豐樓、豐澤園，同行管他們叫登萊三英，泰豐樓有個菜叫「鴛鴦羹」。這個菜最小要用中海盛，一邊是火腿鷄茸，一邊是豆泥菠菜，中間用紫銅片搽上油彎成太極圖型隔，好上桌時再將銅片抽去，因爲油的關係，兩不相混；一邊粉紅，一邊翠綠，不但好看而且好吃，另外一道湯叫「茉莉竹蓀」，竹蓀湯以前在大陸本不稀奇，可是他家竹蓀湯有花香而無熟湯子味，宋明軒主冀察政務委員會時期，極愛喝他家的茉莉竹蓀湯，所以在廿九軍駐紮平津一帶時期，茉莉竹蓀湯算是當時一道時髦菜，還很出過一陣風頭呢！

新豐樓的拿手菜是「鍋塌比目魚」，本來鍋塌一類的菜是山東館的拿手活，可是新豐樓的鍋塌比目魚顯著特別好吃，後來廊房頭條擷英西餐館，有個「鐵扒比目魚」

也很出名，他是把比目魚架在鐵架子上，用大磁盤托到客人面前自取，其實說穿了，就是脫胎新豐樓的比目魚，換個上菜方式而已。

豐澤園開在煤市街，在三英中屬於後起之秀，他家的「糟蒸鴨肝」，不但美食而且美器，盛菜的大瓷盤，不是白地青花，就是仿乾隆五彩，盤上罩着一擦得雪光亮銀蓋子，菜一上桌，一掀蓋子，鴨肝都是對切矗立，排列得整整齊齊，往大裡說像曲阜孔廟的碑林，往小裡說像一匣鷄血壽山石的印章。這個菜的妙處第一毫無一點腥氣，第二是蒸的火功恰到好處，不老不嫩，而且材料選得精，不會有沙肝混在裡頭。至於後來一般王孫公子，到豐澤園吃每人每四十塊六十塊的白抹刀的大碎燴，等於替櫃上出清存貨，那就不足爲訓了。

最後再談：第三種專賣小吃，不辦酒席的小飯館跟二葷舖。在科舉時代，每逢大比之年，赴京應科考的舉貢，一般有錢的公子哥兒大半都是帶足了盤川的。南方舉子對於純粹北方口味，有很多沒出過遠門的人，一時是沒法子適應的，於是帶一點浙江口味的，像禎元館，致美齋這類小飯館，就應運而生了。

致美齋最拿手的菜是「醬爪尖」。據先師閻蔭桐夫子說，蘇州狀元陸鳳石（潤庠）來京會試，忽然有一天想吃脚爪飯，於是教給致美齋灶上做，但是怎樣做也不對勁，後來陸鳳石點了狀元，大家都知道狀元愛吃他家醬爪尖兒，傳嚷開後，醬爪尖到成了致美齋的名菜了。

北方館子可以說都不會做魚翅，所以也就沒有什麽人愛吃魚翅，但是南方人可就不同了，講究吃的主兒十有八九愛吃翅子，禎元館爲迎合顧客心理，請了一位南方大師傅擅長燒魚翅。不久，禎元館的「紅燒翅根」，物美價廉，就大行其道，每天祇做五十碗賣完爲止。他家紅燒翅根，爛而入味，比起酒席上怒髮衝冠的魚翅自然不可同日而語。

東安市場有一館子叫潤明樓，雖然樓上樓下也有幾十號雅座，可是仍然祇能列入小館之流。整桌的菜他家也能做，可是總覺得有點婢學夫人，小家子氣、氣魄不夠，但以「鷄絲拉皮」來說，東興樓的拉皮已經算不錯了，可是比起潤明樓的拉皮來，就分出好壞了，先說他家所用的粉皮，是自家動手來做，不像別家到粉戶去買現成的。如果你點個鷄絲拉皮，關照堂倌一聲要削薄剟窄；你瞧吧，端上眞正晶瑩透明渾然如玉，吃到嘴裡滑溜之中還帶着有點勁道。大陸各省的吃食，臺灣現在大概都做齊了，可是直到如今，還沒吃過一份像樣的拉皮。

臺灣各大縣市都有餡餅粥，可是跟北平的餡餅粥完全兩碼事，北平的餡餅粥是清眞教門館，祇賣牛羊肉，在煤市橋，路東有一家，路西有一家，但是一個東家叫做一東兩做，生意採二十四小時輪班制，東櫃上門板休息，西櫃下門板營業，更番輪替，什麽時候都讓你吃得着餡餅粥。既然叫餡餅粥，自然以餡餅最拿手，他家有一種牛肉做的「大餡餅」，又叫「肉餅」，餡多油重，最受賣力氣老哥兒們的歡迎，油水足，又解饞。如果帶話要滿鋥的肉餅，那就比平常肉餅老尺加二，再大飯量的壯漢，兩個人也吃不完一個大肉餅。已故臺灣省農林廳長金陽鎬在北通州潞河中學唸書時期，有一次，潞河足球校隊到北平東單練兵場跟英國大兵踢足球，踢了九比零大獲全勝，教練佟錦標一高興，請大家到餡餅粥吃滿鋥餡餅，兩人吃了一個半，那算是吃餡餅最高的記錄了。

煤市街還有一家小館叫天承居，你要是想喝點保定府的「乾酢兒」（土製黃酒），那你就上天承居去喝。他家的乾酢兒永遠沒斷過莊，隨時供應，從沒缺過貨。大家到天承居，主要的是吃「炸三角」，北平那一處也賣炸三角，那跟天承居比，可就差得遠了。天承居炸三角不但肉選得好，肥瘦適中，吃到嘴裡沒有木木扎扎的感覺。就是做滷用的肉皮也非常考究，全從肉上現起下來的，到了韭黃季買賣一忙，還要專用兩個小利巴（小伙計）扦猪毛，所以他家炸三角所用的滷肉和滷都高人一籌；同時包三角也有點特別手法，炸起來沒有裂嘴兒的三角，既不裂嘴，就不漏湯。油鍋裡不漏湯，炸出來的三角，自然個頂個的一律金黃顏色，絕沒焦黑起泡的情形。

從前有位南方老客，自命老北京，有一天吹來吹去，把一位北平老鄉實在吹煩了，心裡一冒壞，三說兩說，哥倆出南城下小館到天承居吃炸三角，等炸三角一上桌，南方老客吭哧一口，一股熱滷直濺鼻孔，長袍油了，舌頭也燙得起泡了，心知吹牛過份，讓人陰了一下，啞巴吃黃蓮，有苦說不出，從此再也不敢胡吹亂唠了。

都一處的炸三角雖然比不上天承居，可是他家的「疙瘩湯」也算一絕，大家都管他家的疙瘩湯叫「滿天星」，疙瘩祇比米粒大一點，不黏不沱，顆粒分明。有的南方人吃麵食，最初只會做疙瘩湯，又叫麵疙瘩，用湯匙一挖一團下鍋，吃得人人皺眉，眞是食不下嚥，等到嘗到都一處的滿天星後，才發覺敢情北平的疙瘩湯，是旱香瓜另一個味呢。

正陽門大街路西有一家小館叫一條龍，既沒有什麽拿手好菜，也沒有什麽出色的蒸食，可是買賣老那麽興旺，因爲當年乾隆皇帝微服出宮，曾經在這個小飯舖歇過腿兒。爲廣招徠，於是把皇帝老倌走過的路，用土墊高起來，楞管他叫御路。凡是來到北京逛逛的人，都要在瞧瞧，因此出了名，生意鼎盛，要說吃，他家祇有撻褳火燒做得不錯，他的特色是餡兒花色預備得齊全，你要吃什麽餡有什麽餡，現持餡現包現做，大冰盤裡堆有一尺多高的餡子材料，除了肉餡之外，海參、皮蛋、海米、木耳、胡蘿蔔、韭黃、白菜、菠菜、粉絲、鵝黃翠綠，排列得整整齊齊，非常惹眼好看。同時他家的撻褳火燒包得非常小巧精細，比此地單擺浮擱，比春捲還要大一號撻褳火燒，似乎中看多了。

北平還有一家小館子叫穆家寨，掌櫃兼掌廚的穆大嫂，人都管她叫穆桂英，這位穆桂英是聞名不如見面的一個黑粗矮胖的中年婦人。敎門館祇賣牛羊肉，他家「炒猫耳朵」最出名，炒猫耳朵要輕油大火勤翻杓，炒得透，那就要靠臂力腕力了。穆大嫂一過五十，就不大親自下廚了，可是碰到老主顧點將，她偶或仍舊表演一番。

東四牌樓隆福寺街有一家小飯館，一進門靠東牆就是一排大灶，他的名字叫灶溫，大家叫白了都叫他遭瘟。

他叫灶溫是有原由的，剛開張的時候，本來是一家茶館，可是茶客有時自帶青菜魚肉蒸食麵條，他也可以代炒代蒸代煑，借他的灶火，溫你的吃食，所以叫灶溫。據說這個館子明朝崇禎年間就有了，民國初年開征營業稅，財稅機關因爲查舖底，才查出來。要是眞的話，那比廣和居還要老，大概得算全北平最老的飯館了，傳言他家最初就祇是給茶客炸醬煑麵條，所以要吃炸醬麵，他家的肉丁或「肉末乾炸」是最拿手的。

灶溫對面有一家羊肉床子叫白魁，一立夏就開始賣燒羊肉了，跟灶溫借個中碗，到白魁切點羊排叉或是羊腱子，寬湯加點鮮花椒蕊，再來上麵條或是雜麵，到灶溫一下鍋，那眞是要多美有多美。

後來，民國十八、九年，北平在山西派勢力之下，很時興了一陣女招待，大名鼎鼎的小金魚，就是在灶溫鬨起來的，女招待鬨鬨了兩三年，灶溫老板一看情形不妙，於是又停用女招待，恢復本來面目，仍舊以「代肉餡的鍋塌豆腐」、「燴白肉丁加糟」、「小碗乾炸」多搭一扣的炸麵來號召了。

（未完）

臨風追憶話萍鄉 (14)

張仲仁

我的外祖龍家，在萍鄉是一個頗大的家族，萬家堰就是全族集居之地；離第六區上栗市鎮八華里，是通縣城的要道之區，因此過路客商來往不絕，而該處山明水秀，風光頗美，和「班竹山」遙遙相對。

龍族歷代下來，於文事武功均有熱烈的進修精神，對下一代的督促也從不稍懈；而且全族緊密團結，互相照應，是吾鄉任何宗族所比不上的。龍族祠會產業豐富，除派發丁口糧外，大部份作爲補助子弟學業費用。另一方面求學不忘武術，每家子弟從小勤練功夫，五六歲就開始習練基本功力，故此龍家在外就讀的學生，很少有不會武術者。但他們家教嚴格，任何人不准在外炫耀功夫，或者以武力欺壓弱小。因此他們的同學或同事，相處幾年還不知道同窗友好是一位武師。可見龍家子弟，雖有武術造詣，却不爭雄鬥强；嚴守家教，發揮優良的傳統。

龍家子弟們不論在鄉或在外均自奉甚儉，學生赴縣城讀書，多數是自肩行囊行路，雖然萬家堰距縣城有六十華里之遠，但他們並不以此爲苦，因爲他們平時就養成勤勞苦幹的精神，一切自食其力，就沒有了逸樂的劣根性。從這種純樸勤儉的家族中，所調教出來的子弟，大多數是優秀的，因此龍家有數位在社會做事的青年，在當時顯露頭角，才華出衆，名聞全鄉！也有在抗戰中爲國盡忠的英雄，這些人物很少有人知道，在此特舉出吾鄉這班才智之士的事跡，雖比不上名聞當代的英雄豪傑，但均是吾鄉所崇敬的聞名之輩。

先述說龍族兩個醫藥界的傑出人物；一位是西醫名龍驤雲，另一位是中醫名龍宜愷。在萍鄉北五、六區地方人士，都知道龍宜愷中醫師。在贛西青萍師管區（即青江沿浙贛鐵路線至宜春萍鄉）地方政府人員及駐軍部隊長官，沒有不知道軍區醫院內龍驤雲醫生其人。龍家一中醫，一西醫，兩位都是醫術高明，爲病者盡心盡力的良醫，曾救活不少危險病人的生命；龍驤雲西醫更在抗戰時，挽救了很多爲國受傷的忠勇將士。

龍驤雲醫生兼理內外兩科，尤以外科手術最高深。那時因經過贛東贛北會戰，負傷官兵非常多，爲着搶救負傷戰士，醫療工作非常緊張。政府軍區醫院升龍醫生爲外科主任之職，嚴令所至，使得他責無旁貸，唯有恪盡天職，日繼夜爲傷病同胞服務，雖然辛苦得日無好餐，夜不安枕，他也毫無怨言。因此一班負傷官兵均感激心折，覺得這位龍醫官是救命神。

抗戰後期湘衡會戰時，醫院從宜春搬來萍鄉縣城，筆者曾經探望龍醫生兩次，只見他的房間裡，擺滿了各部隊長官送的銀杯銀盾等，是紀念他高明醫術的致敬禮物，看起來閃閃生光，琳瑯滿目，是他的醫術榮譽。

龍醫生的醫療術，有一點是值得讚佩的，他不輕易於給傷兵鋸斷手足；在可能範圍下，寧可麻煩點，不辭辛勞，也要儘量爲傷者保全完整的肢體，令他們心理上不至受到嚴重的傷害。因此很得軍部長官的賞識和尊敬。

那時在贛西一帶，龍醫生的確是名重一時的。他能夠使得重傷者免去鋸手足的手術，一定有他特殊的醫療法，而這種醫療法，可能是他龍家練武術有關連，因武術功夫和傷科醫術是相互輔助的；他在幼年時練會武功，同時一定也學會了醫術，而後又學西醫，因此能夠綜合中西兩醫之所長，聯合醫治。他是個絕頂聰明的醫療者，才能採用中西融滙療法，以致顯出他的獨特醫術，否則怎能臻此完滿境地。

龍驤雲醫生那時三十幾歲年紀，年青英俊，體形高大，國字臉，高鼻樑，有點似混血兒的模樣；任何人見了都會在心裡讚一句：「好人才！」而他不但外表英俊，還俱有一身好本領，是人人羨慕的名醫。因此很爲一些女性所傾慕，尤其是一班名女人，更是公開的追求醫案之下；時常僞裝有病，找他閒聊，藉此親近，撒嬌撒痴，弄得龍醫生非常尷尬。然而醫生正在青壯有爲之年，又逢到這班美艷的紅粉佳人，自動的送上門來；但他居然「秋雨無情不愛花」。這是男人之中很少有的，確實很難得。

戰時的後方，同樣也有花天酒地場所，他從不涉足半步。他也有很多機會接觸一班有錢有勢的太太小姐，但並未有傳出什麽緋聞，可見他不但醫術高明，人格也同樣高超。

中醫龍宜愷是筆者族曾祖瑞成公的學生，瑞成公醫術高深，但後來年齡漸高，就顯得過份的謹慎，主方雖正確，有時份量過輕，因此難挽危症。龍宜愷已得他的衣缽眞傳，且正在年青胆豪之時，每逢診斷確定，對用藥份量，能夠果敢決斷！因此每每在危險關頭，挽回了垂危病人的生命。有兩次病人先聘請瑞成公治療，不見有起色，後才改請龍醫師醫治；這是學生接先生的手。龍醫生首先看老師開的藥方，然後將先生的原方，一字不改，祇加重兩三倍的份量，病者服後，居然大有起色。有一次是中風不語症，他照樣加份量，而且將份量改錢爲両，一劑藥就有顯著的功效，即能開口講話，挽回危急之症。瑞成公知道後曾讚說：「後生可畏！眞是長江後浪推前浪，有徒如此，我亦該退休了。」

吾鄉請醫生，有個規矩，路程遠的地方，必定用竹轎接送醫生，但龍宜愷年青力壯，他爲減輕病家的負担，自己買匹馬代步，騎馬趕路比坐轎快得多，對垂危的病人當然越快越好。他醫術既優良，行動又快捷，爲人秉性善良，處世隨和；在當時使其他手握拐杖的醫生，頓感處落下風，然他們衷心佩服，也是無話可說。

上粟市鎮，每年夏季由慈善社團開設義診所，歷年來由一位姓黎的中醫担任此職，然而就醫者爲數寥寥。在抗戰中期，有一年改聘龍宜愷駐診，那年的情形竟然完全改變，病人多到擠滿廳堂，不但從早到晚沒空閒，連中午食飯時間亦忙到三扒兩口完事。這是上粟市鎮辦義診以來罕見的情景。因而轟動全區！當時一班鄉紳父老還以爲傳聞失實，都親自趕來視察，看後才知果然名不虛傳！無不慶幸本區有了醫術高明人才。可是人的精力有限，因當時暑熱天氣，龍醫生日夜辛苦，而他還要應付外診，不但如此，後來連湘贛邊區瀏陽醴陵一帶亦有病人前來就診，更覺百上加斤。

社團負責人，担心龍宜愷醫生的健康能否負担得起。爲着應付太多病者，就請龍醫生擬出兩張藥方，一爲醫治普通時疫暑症，另一則治療腸胃痢症；購買大批中藥製成藥散，免費施藥；兩種藥散面世後，病者功效立著，醫生減輕辛勞。可是需求者越來越多，藥散很快施完，社團資金有限，供不應求，後經市商會主席榮東初先生的協助，呼籲各商店及富戶支持義舉，不出幾天善款源源而來，施藥工作一直到秋涼後才停止。龍家一中一西兩醫生，在當時名滿全省，一時傳爲佳話。他倆算是爲國爲民，也爲醫藥界立下了良好榜樣。

在軍界中有一位龍濟雲，他是幹後勤工作的，任職第×被服廠廠長多年，這是一個肥缺，可是他除領一份應得的薪金外，從不貪財作弊，或佔公物爲私有，故此頗獲上峯的賞識和信任。被服廠是多少用錢活動也得不到的好位置，但他却不欲長期幹此工作，在他眼內視錢財如糞土，像這種極容易貪污的工作，人人眼紅的望着，反而使他不安，幾次的向上峯辭職，可惜不獲批准。

還有一位龍德武老先生，年輕時响應

國父孫中山先生的號召，投身革命陣營，曾參加『萍醴之役』，起義攻擊清朝政府。雖然此役未曾成功，龍先生遠避他鄉，渡着流亡生涯，但他並未因此而脫離革命事業，他仍然在各處奔走，繼續努力，聯絡一班志士，進行推翻滿清腐敗政權。以後他奉命赴德國深造，研究學習機械工程，直至北伐完成，全國統一後，龍先生回國，被委派漢陽兵工廠任職，他致力改良槍械彈藥，對國家貢獻頗大。

龍老先生數十年如一日，為國奔波，公而忘私，終至在江西剿匪後期，因辛勞成疾，患上聽覺失常症。他怕因而影响工作，便遞辭呈請求退休，但上峯因人才難得，不肯放人，祇准病假休養，除發給療養費用，還派專科醫生醫治耳疾。等他病愈返廠，廠方又特聘兩位青年機械士協助工作，龍老先生祇負監督之責，不須他勞心勞力。

龍先生那時乘休養假期回鄉探親，斯時筆者才垂髫之齡，有一次家父携同去縣城，在親戚家正好遇見龍先生夫婦，因此機緣，得聆聽他講述以往革命偉業。如今事隔四十多年，已記憶不清老先生所述詳情，祇記得他所講的事蹟，都是可歌可泣的革命奮鬥史，我雖年幼無知，當時聽得既感動又興奮，激起了一片愛國之心，恨不得自己也能參加革命行動。可惜我生也晚，空留赤子之心，未能為國出力。

龍先生在兵工廠任職時期，除設計改良武器，上峯特指派他將出廠的槍械彈藥，規定每月一次，用專輪裝運南京，交國府點收存庫。這艘專輪完全由他負責指揮運用，換了別人，儘可利用在船上裝運私貨，藉此圖利。可是龍先生為人正直無私，在往返航程中，嚴禁部屬作為私人獲利之圖，並規勸他們勿為金錢所誘，做出違反國家法紀之事。不但如此，連所領的出差費，除正當開支外，剩餘之欵，均交還公家。因此跟隨他的員工，雖沒有大利可圖，但心安理得，非常愉快！他們除開應得的報酬，尚發給特別賞金。

龍德武先生一生，年輕時為革命工作辛勞奔走，志節堅強！在兵工廠任職時勤愼清廉，從不作利己之事。他的為人之道，在當時名聞鄉里，為龍族的光耀萬丈人物。

龍家還有兩位是在空軍服務的，龍維光和霖厚兩堂兄弟，維光在某次敵機轟炸時被震破耳膜，聽覺失常，後改任飛機修理廠工作。霖厚任戰鬥機駕駛員，專和敵人在空中作戰，他作戰時非常勇敢。我國空軍在戰時一直比不上敵軍機的完備，全憑英勇的空軍健兒，一股愛國的熱誠，及堅強的戰鬥力；常能以少勝衆，將來犯的大批敵機，打得七零八落，這種可歌可泣的空軍事蹟，我們在不久的將來，可以在中影拍攝的「筧橋英烈傳」上看到。龍家子弟龍霖厚，也有參加此中戰役，並且有輝煌的戰果。某次龍霖厚曾擊落一架敵人的指揮機，當然機上的指揮官也一并歸西。

那次龍霖厚遭遇兩架敵機夾攻，形勢非常危急，他抱定不成功便成仁的决心，要和敵人拚個死活，結果被他擊中一架敵機，着火墜毀。他再接再厲，追擊第二架；此時另一架國軍機也飛近加入戰鬥，雙管齊下，結果兩人同時擊中敵人的指揮機。據說：後來論功行賞，兩人中誰先擊中敵機？原來在每架戰機的槍砲筒上，均裝有一種特製的攝影機，每發射出一顆槍彈，攝影機就記錄下來，影片上有詳細的號碼及時刻計載，一覽無遺。結果是勇敢的龍霖厚尾隨追擊擊中，那一位飛行員是側面擊中。這兩位戰鬥機員在發射影片上清楚的看到；龍霖厚追逐敵機較近，因此能正確的給於正面一擊！而第二架相距稍遠，是擊中敵機側面。

當時上峯傳令嘉獎，對龍君這熱血智勇的青年，萬分倚重，這榮耀使得龍姓一族都感覺門眉光輝。

龍家有一位龍振珠先生，在上栗市鎭經營商業，生意發展頗大。在民國初年期間，因無公路交通，貨物多數由湖南湘潭，或長沙交帆船運輸，而水路既慢又危險，然也無法可想。有一次貨物較貴重，而且有五隻帆船運載，龍振珠就親自隨船押運；當貨船經過淥口至醴陵縣境之間，時間已近黃昏。那時在湘贛邊區尚稱寧靜，很少有匪盜搶劫事件發生，因此船家乘夜晚涼爽，再趕一段路程。直至月亮高懸已近午夜，船伕趕得力倦，就找一處河灣靠岸休息，明早再繼續航程。船家們飽食一頓，然後倒身便入夢鄉。

龍振珠見此荒僻野地，河港冷落，人影不見，有點不放心，為愼重起見，他不敢入睡，坐在船篷邊隱蔽處暗中戒備，以防不測。坐了半個時辰，覺得有點倦意上來，正想閉目休息一下，忽然聽到遠處村莊犬吠聲突然大作，而且越叫越兇，並有人狗追逐的聲音。龍振珠一驚之下，心知有異，他即離船上岸，手提一根木棍，隱身在岸邊一顆大樹後，眼睛望着狗吠聲的方向。果然在月光照耀下，遠處有人影出現，並且向河邊走來。龍振珠到此境地，他仍然毫無懼意，也不叫醒船家，他獨自一人靠在樹邊一動也不動，雙目則緊盯走近的人。他一看一數，來人有九個之多，而且手中携有担挑繩索，其中有三個手握大刀、梭標等武器，帶領行在前頭。

時令秋初，河風涼爽，船伕辛苦了一天半晚，倒身睡下後，立刻沉入夢鄉，雷公亦震不醒他們的好夢，因此一點也不知道岸上已來了盜賊。而這班夜盜客悄悄的走近船邊，一聽船上毫無動靜，想必人已睡，又誰知岸邊樹後暗中隱伏着致命尅星呢！他們輕輕的爬上木船，然後快手快脚的將貨物搬出來；手握槍刀的三人則站在河岸上把風，一聲不响的監視着。另外六隻夜貓子動作很熟行，笨重的貨物不要，專選輕便包紮整齊的貨物。五隻木船一排停在河岸邊，他們在每隻船上搬去若干貨物。這次如不是龍君親自看到，等船到了目的地，也許還未發覺已遭了夜盜；而貨物失去，也不會知道是怎樣失去呢？

龍振珠自幼習武功，經不斷的苦練，他的功力已有相當的成就，同時他還練會法打功夫，（香港稱神打）但他外表毫不顯露，別人看他只是一個普通商人，又誰知他內含驚人武功呢！此時眼見六賊分頭一船搬取貨物，忍不住氣往上衝，從樹後上聲不响的跳了出來，舉起木棍對正站在河邊的那個匪徒一棍！那夜貓一心望着船上，怎知背後有人來襲，等他驚覺，「撲通」一聲已被挑落河中！龍振珠得勢不饒人，隨即縱身一跳，落在另一個握梭標匪徒身邊，調轉棍頭攔腰一橫掃！當第一個毛賊落水時，另兩個雖然已經驚起，但一時還弄不清楚是怎麼囘事？因為他們不知道岸上有人。龍振珠就在他們驚愕之時，快如閃電，又將第二個掃落河中去了！剩下一個手握大刀的匪徒，眼見兩個夥伴先後被人擊落河中，知道遇上勁敵，立即舉刀向龍振珠劈來。

月光下刀來棍往，幾個照面後，夜盜雖然手握大刀，但不是龍振珠的對手；在他純熟快捷的棍鋒籠罩下，顯得手忙脚亂，衹有招架之力，而且迭遇險招。匪徒已知遇到尅星，還是走為上着。即用口哨示警，要六個夥伴趕快散水。此時有一個手握扁担的不知厲害，心想到手的橫財，被此人破壞；不聽警告，竟趕上來圍攻。龍振珠且是尋常之輩，他看到此人來個不善，即一棍對付兩頭，迅捷的用棍尖點中他的腰眼；一點之下，重力如鐵，匪徒立即受不住，將扁担一抛，雙手護住腰眼部位，一拐一拐的逃走了。

握刀的匪首一時脫不了身，他乘隙狠心的用力一劈，想將龍君打退，誰知龍振珠不退反進，即跨上半步，側身調轉木棍用棍頭向上，橫掃匪徒的手腕！這一招式既美觀又快捷，而對方又無可避，一棍頭掃中手腕，匪徒吃痛不過，一鬆手大刀隨着飛起，跌落地下。匪首至此，手腕既已受傷，武器也被打落，再不逃走，更待何時？他就地縱身向後一跳，就想逃之夭夭。好一個龍振珠！他早料到此一着，乘他跳起懸空之時，調轉木棍向前一伸！棍尖點正股溝之處。匪徒手腕既已受創，臀部又劇痛難擋，雙重傷痛之下，一洩氣身體即向下沉！龍振珠此時威力大振，使用撩陰棍法，雙脚改前弓後箭馬步，將他龐大的身體一挑而起！說來難信，這身體竟像受了槍傷的大鳥，臨空飛過木船，直跌落河中心去了！但因這一挑用力過猛，竟將他一根心愛的硬木棍，當塲斷作兩截。

龍振珠打敗匪徒，很覺痛快，貨物保住不失，更感安慰，可是望着那打斷了的木棍，却有點啼笑皆非之感。

一塲劇烈打鬥下來，雙方由始至終，未有人開口出過一聲；就是那被點傷腰眼的人，也祇雙手壓住傷痛處逃走，並未哼叫一聲，這是一塲很少有的啞鬥。

三個匪首全被打落水，就是不淹死，也不敢上岸再打，當然是靜靜的游向別處上岸逃走。龍振珠亦不趕盡殺絕，讓其餘匪黨一起逃跑。

到了第二天早上，船伕睡醒起來，一看貨物散落岸邊，不知道發生何事？龍振珠就將昨晚發生的事故，告訴了他們。五隻船集合有二十多名船伕，至此才知道原來貨主的武功如此厲害，七嘴八舌的問個不停，對這次的打退盜賊，非常佩服！齊說船到醴陵縣要擺酒請龍先生大吃一餐。他們說：以往時有發生船上失貨物事情，此種不明不白的不見貨物，是要船老闆負責賠償的，已吃過了許多次大虧，還不知道是何原因？這次各船家才明白是夜晚被匪徒偸偸的搬走。以往還以爲是五鬼作祟呢！

民國十九年江西鬧土匪之時，萬家堘對面班竹山，正是匪窩，頭一年還相安無事，後來打家刼舍遠近不分。那時龍振珠所經營之生意，因合股人鬧意見，已將生意結束，息隱家園。有一晚，突然有百多名土匪到來萬家堘，圍住龍家用大木幹撞門，意圖刼掠。所謂閉在家中坐，禍從天上來。那時吾鄉一夕數驚的時日，眞是見慣見熟，冬天睡覺，不敢將衣服脫去，都是和衣而睡，貴重的東西預早打成包袱，準備隨時躲避盜匪光臨。

那晚匪徒到龍家撞門，龍振珠知道禍事難免，也不驚慌，即帶領他的大兒子宜兆，兩人各執大刀鐵鎗，守在大門後；一會兒門被撞破，匪徒就直衝進來。站在門後的龍家父子，開始不動刀鎗，祇如老鷹抓小鷄般，抓住衝進來的匪徒，對準門外人多之處擲去，被抛出去的土匪，和衝進來的匪徒，互相撞擊倒地，雙方都受傷；這是以一打二的方法，很是有効。

龍家父子的武功，都有相當造詣，尤其龍振珠，此時的武功已到了出神入化的境地，凡被他抓住擲出去的人，力道勇猛，誰也擋不住，一個人可撞倒壓傷幾個人之多。在連接抛出幾個人彈後，門外已亂成一片，土匪發夢也沒想到有此一着，慌亂之中，誰也不敢再向內衝了。

龍家靜觀變動，忽然聽得有人大聲呼叫：「停止進攻！」原來匪徒知道內有武術高手，就用鳥槍向屋內開火射擊。（初期土匪還沒有步槍）龍家父子隱蔽在大門兩邊，不聲不動。匪徒一連開了兩槍，停了幾分鐘，居然又有大批匪徒湧進來；這一次進來人數太多，四拳雙手難以對付；龍老先生祇得使出平素從不使用的法打功夫，較遠的用隔山打牛功，近身的用五雷掌，兩種法打掌法能同時並用，眞是世上少見的神奇功力！他施展出此法打功夫，左右手同時並用，威力之大，眞如排山倒海般，無人能夠抵擋！此時一班匪徒如滾地葫蘆，毫無抵抗力。老先生更叫他大兒子用刀背專敲打土匪的脚後跟；匪徒人多，不敢殺害，免仇恨結深，祇希望令匪衆知難而退。

可是土匪是無人性的，有人性就不會做土匪。這班亡命之徒，見前門攻不進，改變戰略，爬上屋後山崖，對着大屋竟然大抛火球，要用此滅絕天良的火攻，來燒毀龍家大屋。

鄉村舊屋均用磚瓦木料建成，幾只火球抛下來，正廳及橫廳分頭着火，很快火勢蔓延，無法收拾！至此龍家父子被逼後撤，家中所有，終於被土匪搶掠一空！直到匪衆飽掠去遠，才趕回家中救火；但深夜風勢强勁，集中全族人員灌救，也無濟於事，整座房屋被焚燒通頂，搬搶不動的木器用具，亦盡成灰燼！這就是當年土匪在江西搶掠燒殺的實情。

龍家出了好幾位傑出人才，均是超拔出衆的故鄉故人！不能讓其埋沒無聞，筆者雖記述得拙而不詳，但事蹟却筆實之至；前塵舊事，聊誌所憶。

一身兼備忠義勇的
革命志士趙聲先生（下）

惜秋

王和順以張德興委員的名義，到達三那，得到當地父老的盛大歡迎，郊接者甚衆。由於張德興是趙聲所派的委員，所以沿途防軍，皆不知其爲革命黨人，一路暢通無阻。趙聲之細心規劃，大率如此。王和順既至三那，以趙郭俱爲革命黨人的事實，告知三那父老，三那父老以抗捐屠殺事，對王和順所說，半信半疑。王和順復力爲解釋，以屠殺爲何長淸所爲，與趙郭無關，並以革命黨人胡毅生等分在趙郭軍中爲證，遂得三那父老的信任，於是召集民軍，立得千餘人，有槍數百桿。

時趙聲所部在合浦，王和順在三那組織部隊得手後，北取南寧，趙聲率所部以啣尾追擊爲名，相機與革命軍會合，造成浩大的聲勢。但南寧淸軍，對革命黨人之遊說，不爲所動。王和順等不得已，乃改襲防城。防城駐軍，事先已有約定，故兵不血刃而佔領之，殺淸吏，安百姓，是爲防城起義。王和順等既得防城，便揮兵東進，以襲欽州，意欲與黃興及郭人漳相會合。

九、郭人漳人面獸心

黃興到達欽州以後，便與郭人漳接洽，郭人漳與黃興本爲盟兄弟，黃興之來，郭人漳已知其意，但那時的郭人漳，充滿了立功升官的意念；他在破壞了趙聲與劉思裕相聯的計劃後，自以爲功績已立，升官指日可期，那裡還有盟誼和革命的意志！因對黃興，表面上仍極恭順，表示歡迎之意。黃興素性亢直，對所謀很坦白的告訴了郭人漳，故郭人漳備知革命的計劃，對興防範極嚴。黃興在郭人漳部隊中，熟人甚多，故郭深恐黃興將直接指揮其部隊，爲己力所不能阻扼，乃密與淸廉道王瑚率領部隊，阻興去路。及防城起義成功，黃興知道革命軍必將兼程取欽州，故與郭人漳相約，由黃興出城響應，郭則助以軍械，革命至欽州，見城頭燈火通明，知已有備，原以爲在一日的冒大雨進軍之後，可以順利入城；至此，不敢冒險前進。

王和順則渴欲與黃興一晤，以明究竟，黃興也作如此想。詎郭人漳忽變計，意欲藉黃興之力，誘導王和順北攻廣西，他的理由，是城內有王瑚所部作梗，非必要時不能響應，勸革命軍北進廣西，他願助以軍械，俟殺却王瑚，始可舉城以應。實際上這些都是郭人漳的鬼話。黃興至此，始疑郭人漳另有陰謀，乃約王和順夜襲欽城，由黃興開城相迎。

當王和順至城下時，黃興欲出城，實際上是迎王和順軍，郭人漳亦聽之。但黃興方欲出城，而王瑚巡防甚嚴，無隙可乘。黃興至此，確定郭人漳已變節，而且出賣了自己；乃設法以城中有備，通知王和順，勸他不可造次，仍以北進南寧爲是。

王和順審察實力，所部能戰者不過數百人，而城中敵軍到達數千，强弱易形，主客易勢，攻城必失敗無疑；至北取南寧，南寧駐有重兵，且已聯絡無效，以微弱之師，向北進襲，亦未見可操之勝券，而且欽城駐軍，見和順揮軍北進，乘勢出城襲擊，則有腹背受敵的危險，乃滅亡之道。

王和順審知附近的靈山，駐軍單薄，乃謀襲取之。黃興既知郭人漳變節，乃設法逃出牢籠，以與王和順相會合。但當黃興出險時，攻靈山的革命軍，亦已失敗。郭人漳對黃興的離去，沒有加以阻碍，總算還有一些人性。

其時，趙聲正在合浦，準備對革命軍的響應，但忽聞進軍欽州的革命軍，改向靈山，知有變故，不覺大驚，急謀出兵援助。詎趙部尚未發動，而靈山革命軍之敗耗又至。原來，自欽州至靈山，須渡過一條河，王和順軍無攻城工具，軍至環秀橋，命趕製竹梯三十具，但到期僅成兩具，兵士上城者僅數十人，梯已折斷，不能繼續增援，入城革命與城內清軍，苦戰一晝夜，傷亡甚重，而清軍後援已到，少數革命軍仍分兵迎戰，無奈彈藥已盡，不能不率領離去，北往十萬大山，以圖後日的捲土重來。

趙聲得到了這個消息，也只能暗暗的太息扼腕了。因此，防城起義，本有可勝的機會，但以郭人漳的首鼠兩端，破壞了革命大計，其罪可勝誅哉！欽事既敗，兩廣總督張人駿下令頒師回省。趙聲在合浦南門的海角亭，設宴欵待將士，酒過三巡，聲半酣，不很作詩的他，感慨橫生，即席賦詩，中有「八百健兒齊踴躍，自慚不是岳家軍」之句，他胸中積憤，盡在這些詩句中發洩出來。郭人漳出賣趙聲和黃興，並且槍殺爲革命軍傳遞消息的王得潤的經過，終於被趙先生偵悉，對郭人漳恨入骨髓，因在知府柴維桐座中相見時，面予痛斥，並宣佈絕交。

郭人漳眞是一個怙惡不悛的小人，在他受到趙聲的痛責以後，便在張人駿面前，極力搬弄是非，編造謠言，中傷趙聲。會兩江總督端方，亦以密電通知張人駿，謂：「聲才堪大用，顧志不可測，毋養虎肘掖，致自貽後患。」張人駿這才對趙聲日漸疏遠，因知郭人漳對趙聲的進說，實際上沒有發生效果，最後發生效果的，還是端方的這一通密電。

張人駿在得端方的電報後，先把趙聲調職，使他離開久經他訓練的部隊，改任第一標統帶。此在趙聲來說，未始非開創另一擴展革命勢力的機會，使他對革命的効力，多一個發展的場合，並非壞事。但張人駿在不久之後，又把趙聲調任督練公所提調，那便是降職了。如果張人駿對趙聲的調任新職，並非出自惡意，則在督練公所仍可收革命同志，散布到軍中去，也並不是不可爲的局面。但是張人駿對趙由親近而疏遠，由疏遠而降職，自然是惡意，這一點，具有深邃視察力的趙先生，自然會感覺到的，所以他在被調以後的不久，便以省親爲名，而北返鎮江原籍，這已是宣統二年的事。

十、北返原籍幾被圍捕

趙先生北返鎮江的消息，很快被端方所偵知。端方對趙聲疑忌素深，其回江蘇，必然仍爲革命運動効力，這是端方所不能容忍的。於是密聚文武大僚，籌商對付之策，而圍宅逮捕之令就發出了。但是端方的秘密行動，逃不過革命黨人的耳目。革命黨人知此消息，立派急足，赴丹徒趙府報信，並促趙聲立即離家。趙聲乃間關亡走西湖，不久，巡防部隊果來圍趙府，入宅搜索，竟自撲了一個空。險哉！

趙先生在廣東任標統的初期，極得張人駿的信任，所有各標的新兵訓練事宜，都由趙先生担任。因此，廣州的新軍，沃聞民族和民權的學說，傾向革命的十居八、九。廣東在光緒三十三年，曾設模範學兵營，黨人之屈身入營的，爲數不少。又廣東陸軍速成學堂與虎門講武堂中革命志士投入者亦衆。他們大畢業後，都獻身於新軍中担任中下級軍官。因此，趙先生推行革命運動的工作，進行十分順利。

宣統元年冬，趙聲雖已離開了部隊，但是他在軍中的聲望，並未降低，仍有很大的發言力量。其時，安慶方面，因黨人倪炳章、方楚囚，牽涉到協助熊成基的革命案內，不能立足，乃南投趙聲。粵省新軍中，正缺乏砲兵人才，趙聲乃令倪炳章改名映典，薦任砲兵營排長。砲兵營的士兵，多數爲安徽人，故倪映典出任砲兵排長，可謂得人得所，也爲廣東發展革命運動，增加了一位得力志士，足以繼續趙的工作。倪映典也就得藉趙聲在粵省新軍中的威望，極容易的推進工作。

其時，國父已密令胡漢民回香港，組織同盟會南方總支部，作爲策劃南方革命的總機關部。總機關部分軍事、民軍、宣傳、籌餉等四個部門，由胡總其事。復有實行委員，有林時塽、胡毅生、洪成點、林直勉、莫紀彭、朱執信、李海雲等，都是委員，也都是黨中的精英。南方總支部在廣州設立分部於城內天官里，由方楚囚主持，專門策動新軍反正，這也是宣統元年的事。

十一、籌備起義南赴香港

總支部又派胡毅生、朱執信赴廣東各屬，運動民軍，響應革命，又分別派人聯絡各地會黨。這是一個大規模的革命起義運動。倪映典認爲在這樣一個起義運動中，應由趙聲主持其事，方可事半功倍，乃秘請先生南下。其時，清軍對鎮江趙家的監視，已漸行鬆懈，趙先生已潛回故鄉。及得倪映典密邀，義不容辭，欣然南下。新軍得趙聲回粵的秘訊，一片歡欣鼓舞的情緒，無形中表達出來，其深得軍心，有如此者。

南方總支部預定的起義日期，爲宣統二年元旦，各方籌備，積極進行，雖已粗有頭緒，但問題尚多，尤其是民軍方面，械彈兩缺，餉械籌劃，也還存在着不少的困難。同志中有持重者，認爲時機尚未成熟，宜少展緩。胡毅生是策動民軍的，所以該方面情形，甚爲熟悉，主此尤力，胡漢民也有這個傾向。但黃興力持不可，他的理由，是「期已定，不可輕易。」胡毅生則以輕鬆的口氣，和黃興玩笑似地說：「你想馬到成功嗎？時局還寧靜呢？急什麽！」黃興對這個幽默，也只有報之以默不作聲，大家因有展至元宵節發動之議。

但是，廣州方面，則有急不及待之勢。那是因爲新軍中的某頭目之同盟會的入會證，已有洩漏，被兩廣總督所知。趙聲至此，內心非常惶急，一改往日持重的態度，急向胡漢民建議：「令出難收，我們不能區區數千金而壞大事！」

總支部正在滯疑難決，倪映典也來香港了，他把新軍的激昂情緒，向總支部報告說：「軍心已蠢然動了，延期太久，勢將不可收拾，如何是好？」總支部仍以元旦舉義，無論如何來不及，乃決定提早於初六日舉兵。但是正在倪映典在港的時間，廣州方面的情形，已有劇烈的變化。這一變化，可以說是一個偶發的事份，新軍的不能不忍小事而亂大謀，是一個最大的因素。原來，廣州的新軍，素與警察有成見，雙方裂痕至深，失和由來已久。在宣統元年的大除夕，有三標士兵二人，因購買圖章，與商人討價還價，而發生爭坡，警察上前干預，因而發生衝突，一巡尉受輕傷，警察乃捕二士兵而羈押之。三標管帶袁慶有，前往保釋，警察不許，要求與警官接洽，也不許。

新兵乃於元旦日入城，搗毀警局，一警察被毆至死。廣州清吏，對於這個亂子，深懷恐懼，在新軍離去後，下令關閉城門，取消軍隊的年假假期。其時兩廣總督爲袁樹勛，水師提督爲李準。新軍第一標駐於市郊的燕塘，本沒有參加毆警事件，故對取消新年假期，頗不甘心，表示不服，情緒非常激動。

其時忽有謠言，謂大隊警察將來攻軍營，全體士兵乃嚴裝携械出營。標統劉雨沛制止無效，協統張哲在無可奈何中，逃入城內，竟以兵變向督署報告。水師提督李準聞訊，即率隊前往彈壓。巡防營與新軍斥堠隊相值，新軍便宜稱：「我們是革命黨，若不降，就請決戰。」李準聞訊大驚，急向總督袁樹勛報告，由將軍增祺調旗兵登城守禦，且携有重砲，眞正如臨大敵。

廣州新兵事變，顯然是原定的起義日期是元旦之日的關係。我們不知道南方總支部有沒有下達延期的命令？照這一事件的發動情形來看，這個命令，似乎沒有下達，否則第一標新軍何以會如此的魯莽！我們從這一點來觀察，黃興不延期的主張，是正確的。如果不延期，以新軍爲基礎，佐以各方面或多或少的響應，事件的發展，當不致落到如此惡劣的結果。

倪映典在香港得到廣州新軍的事變，已是在初三日的淸晨了。他非常激動地向總支部的負責人士說：「若守師期，君等必無噍類！」他是非常痛心於他一生的心血，敗於一朝爲最慘痛的精神負担。於是立即返省，馳赴軍中，殺一標管帶而起義，映典推爲起義軍總司令，親持大紅日光旗，指揮各部，與李準的巡防營戰於城外，他既騎於馬上，又手持紅旗，目標顯著，致被淸軍的砲兵擊中，竟以身殉。

映典似乎以械彈不足，外援又無望，他是故意的顯露目標，以一死以殉革命的。我們得注意的，倪炳章是趙聲最早的革命同志之一，這顆革命種子之安置在廣州的新軍中，是趙先生一手辦成的。倪映典可以說是趙聲的替身。倪映典舉兵時，趙先生也在城內，革命軍既敗，他也陷在危險的境地，卒賴同志之助，得以脫險，至南港上淇村，與胡毅生相值，抱頭大哭，決以身殉其好友，乃馳書告父：「大事去，良友死，無面見人矣，乞恕不奉養之罪。」於是馳往順德，運動會黨，繼續起義；但會黨的志趣，與聲不同，所謀無成。廣州淸吏，偵知此次事件，趙聲爲主謀人，懸重賞緝拿，縱騎搜捕甚急，同志力促其離粵返港，趙先生乃變易姓名，重返香港，隱居山鄉，耕耨以自食，夜則坡筆以書，內心鬱悶，就大大地影響了他的健康，是他後來致命的最大因素。

倪映典舉義失敗以後的趙聲，潛居香港太平山下，百無聊賴。但是拯救國家的意志，並不消沉，他還是沉機觀變，得其所以報効革命，但置自己的健康於不顧。時間冲淡不了他對故友的繫念，留此身不過是爲了與淸室一拚而已。

十二、赴東京與參加檳城會議

是年　國父由美秘密至日，策劃另一次的廣州起義。趙聲得到這個消息，便偕同胡毅生與林文，耑赴東京，面謁　國父。蓋趙聲雖獻身革命已久，但尚未親與　國父謀面，故專誠晉見，以罄渴慕之忱。　國父聞趙聲之名已久，及相見，對其頎碩的身材與不可一世的氣度，也是非常的器重。

趙聲對於欽仰已久的　國父，及親聆其言論，加深了他的敬仰。是年秋，　國父要同志們在檳榔嶼集議，籌商起義計劃，特別電召趙聲前往參加，聽取他的意見。會議中，對起義的時間問題，有兩派不同的意見：一派主張緩圖，一派主張速發。趙聲力主後者。他的理由，倪映典舉義雖敗，但是他的新軍，尚留於廣州一帶，加以撫慰，必仍可爲革命效力；只要五千元的經費，他便可把他們集合起來，重加組訓，仍是革命的主力；如果延緩，那他們在流離失所中逐漸散走，再把他們集合起義，便將是不可能的事了。

國父聽到了他的意見，深以爲然，乃於是必十二月十二日，在檳城四間街的　國父寓所，集合怡保、芙蓉等地的代表，及黨中重要同志黃興、胡漢民等都參加這個會議，趙聲當然也是出席的一員，　國父的長兄孫眉也參加了這個會議，這便是革命史上極關重要的檳城會議，這是第二次的重要會議。

趙聲原先提出的十萬元革命經費的原議，至此得到與會同志的完全承諾。但對革命起義的地點，頗有不同的意見。黃興因爲在防城、鎮南關、河口諸役的經驗，深以經營雲南爲上策。趙聲是向來主張中部起義的，他在中部，具有苦心的布置，而且有深厚的影響力。他在東京首次會晤　國父時，曾作中都起義的建議，國父也認爲極有理由。在檳榔會議中，他還是這樣的主張。雙方意見，都有充分的理由，故一時不能作決定。但是安撫倪映典舊部，發動其他新軍，組織選鋒隊八百人，是決定了。由於倪映典的已散部都在廣州附近，而廣州新軍傾向於革命者及革命同志在新軍中又甚多，故無形中經營廣州之說，形成一種雄厚的空氣。會議以後，遂一意作廣州起義的準備。

大家的意見，廣州革命完成任務以後，由趙聲統一軍向江西進攻，因贛省同志及會黨對趙聲素有深感，由江西趨安徽南京，更是趙聲的革命策源地了，所以這一路由趙聲率領，是最適當的人選。其另一路則由黃興担任統帥，由廣東向湘省進攻，黃興在湘鄂兩省，威望素重，同志與會黨都是熱忱的擁戴他的，所以這一路的統帥人選，也是非常的適當。大計已定，各人照着這個目標進行。

國父由於居留期間的限制，由檳城轉赴美國，專任籌餉之責，留黃興、胡漢民於南洋，一方面籌募舉義經費，一面籌組選鋒隊和加强對新軍的策動。趙聲對於粵省新軍的策動，自然負更多的責任；撫慰倪映典部的已散新軍，更是趙聲義不容辭的職責。

在南洋的工作展開以後，黃興、胡漢民、趙聲等相偕北返香港，改組同盟會南方支部，推黃興為會長，胡漢民為秘書兼主交通，而由姚雨平、胡毅生、陳炯明、羅熾揚、洪承點、李漢雲等分任調度、儲備、編輯、調查、出納、總務諸事，暫定發難時間為三月十五日。當時的工作重點，是分頭運動新軍及巡防營的反正，海軍與警察亦在策動之列。

廣州附近的民軍與會黨，也都加以發動，作為起義時的響應。趙聲因為在廣州的熟人太多，清廷對趙聲的拿捕，始終沒有放鬆，所以在港指揮，分遣得力同志至省活動。三月十日，同盟會香港支部召開會議，決定推趙聲為發難時的總司令，黃興為副總司令，決定十號進攻的方略，第一路由黃興率領南洋和福建同志所組成的選鋒決死隊百人，進攻兩廣總督公署；第二路由莫紀彭、徐維揚率領北江同志百人，進攻督練公所，第三路由胡毅生、陳炯明率領東江同志百人和會黨，防堵旗營，並佔領歸德門與大北門，以便附近的民軍與會黨入城援助。第四路由黃俠義、梁起率領東莞同志百人進攻警察署與廣中署，兼守南大門；第五路由姚雨平率領同志百人攻佔飛來廟與小北門；使燕塘新軍入城相助；第六路由李文甫率領同志五十人，進攻石馬槽的軍械局，第七路由張六村率領同志五十人，進攻龍王廟；第八路由洪承點率領同志五十人，進攻西槐二巷的砲兵營；第九路由羅仲霍率領同志五十人，向電信局進攻；第十路由趙聲親率同志百人，進攻水師行台，那是水師提督李準的總部，李準是革命軍的死敵，他有驍勇善戰之名，且殺害革命同志最多，倪映典就是他殺死的。在工作分配中，趙聲獨任其難，兼有為友報仇的用意。這本是一個完善的布置，如果順利進行，可一舉而定廣州。

但是，上帝似乎有意要磨練革命志士，而使清廷苟延其殘喘似的。就在香港革命同志決定起義大計的那一天，忽然發生了一件單獨的革命暗殺事件，那就是南洋北返的革命志士温生才刺殺滿人孚琦事件。孚琦是廣州將軍，是滿清政府駐粵的最高軍事首長，他的畢命，必然使廣州的清吏為之震驚，因而立刻施行戒嚴，加緊對廣州全城的搜索。一時，廣州的革命機關，有的只好臨時遷移到更隱密的地方，有的不幸而被破壞，這對三月十五日的起義，受到很大的影響。

温生才這一舉動，完全是他個人對革命的決心，以生命來和廣州的清吏相拚，其志其行，自然值得我們欽佩。但是，他的途徑是完全錯誤的。革命運動，到了那個時候，已總不是個人的行動，打死一個清政府的高級地方官吏，用他的碧血和悲壯的故事，來喚醒國人對清政府腐敗無能的認識，掀起愛國熱忱的階段，已經過去；而是已經到了有計劃的舉兵起義的階段。温生才烈士不了解革命發展的形勢，仍然像過去許多革命烈士所作的以個人犧牲的突擊行動，以致他自己是犧牲了，而對三月十五日的起義，作了一次很不利的行動。温生才如果了解當時的革命影勢，他應該和南洋的革命機關或香無的革命機關，密取聯繫，聽候總指揮部派遣工作，參加團體的行動，即使被犧牲了，對革命的貢獻一定更大；但是，他不此之圖，只憑個人的一腔熱忱，得到打草驚蛇的結果，是很不值得的。所以我們對於温生才愛國宏願，仍然表示無限的欽敬；但是對他所加於三月十五日的革命舉義之影響，不能不表示無限的遺憾。溫生才原意是要刺殺李準的，不料李準命不該絕，由孚琦做了替死鬼，大敵未除，溫生才眞是死有餘憾了。

由於溫生才的一擊，造成廣州清吏的嚴密搜索，對革命志士在廣州的行動，以及由廣州至香港的行動，受到了極大的阻碍。尤其是廣州清吏對新軍的加緊注意，把新軍的槍械，也予以收囘，對原有的革命計劃，影響尤大。香港同盟支部，不得不爲此而舉行緊急會議，研討對付的方策。會中同志，踴躍發言，其意見大體上分爲兩派：一派主張把起義日期延後，把廣州的機關部暫時遣散，待清吏戒備稍弛時，再行發動。但是以黃克強先生爲首的另一派，則竭力反對，克强先生認爲「網羅已布，散無可散；戰也亡，不戰也亡，不如先發，事即不成，也可以謝天下，激後人！」他的意見，得到與會同志的多數同情，於是決定革命運動，照常進行，但起義日期稍爲延後，決定在二十八日。黃興本人，在二十五日即率同志多人，向廣州出發；趙聲以在廣州的面目太熟，恐惹更大的麻煩，乃與胡漢民等暫留香港，擬在發難日期更近的一天進省。黃興到達廣州後，審察實際情形，仍覺二十八日太倉促，恐南洋同志尚不能到齊，建議再延一日，至二十九日發動。港中同志，當然無異議的接受。

儘管黃興所率的同志以及其後香港陸續進省的同志，扮作各種各樣的身分，參差行動，以免被人注意；但清吏仍對廣州忽然來了許多生人，行蹤詭秘，仍然密切注意，革命的消息，一部分被清吏所偵知。於是本在戒嚴已畧行和緩的廣州市，又緊張起來了。清吏仍是從嚴查着手。

黃興警覺很高，看到清吏的加緊檢查，乃於二十六日電港云：「省城疫發，兒女勿囘家。」胡漢民等接到這封電報，都大驚失色。趙聲更是非常憤慨，欲單身赴省，與李準相拚，但被同志所阻，仍待二十八日與其他同志共同行動。

但在二十七日的那一天，已在廣州的胡毅生等，發現有冒充黨人的敵探混雜在革命陣營中，深疑革命計劃，已爲清吏所洞悉，向黃興提出報告。黃興因立即召集重要同志，舉行會議，胡毅生與若干同志主張改期舉義，與會諸人，對此頗多疑慮，人心頓呈渙散之狀。黃興大憤，一面令同志解散，一面決心向李準拚命。同志聞而散走者，達三百餘人之多。黃興之所以立發解散令同時因聞粵省清吏，即將實行挨戶清查人口，深恐舉義不及，同志有多受犧牲可能之故，蓋亦出於兩全之舉。及三百多同志散走，而黃興又得姚雨平等報告，知清吏正在調集巡防營進入省城，而被調來之巡防營中不僅同志甚多，且素有聯絡，革命情緒，十分激昂。這是二十八日的事了。

由此兩事推之，革命陣營中伏有清吏偵探，因對革命起義，作嚴密的防備，都是有聯鎖關係的，只是已解散的同志有三百餘人之多，革命的中心力量，實際上削弱甚多；但是黃興對此，深感興奮，認爲事仍可爲，乃急電香港云：「母病稍痊，須購通草來。」胡漢民等接獲此電，大家也都非常振奮，決定分遣同志，分批進省。

其時的革命同志，都已除去髮辮，分辨極易，此點急應愼重考慮，以免一上廣州碼頭，即被敵人發現。時香港與廣州的輪船往來，朝晨只有一班，同盟支部接到黃興電報時，已經開出，不及趕搭，只有利用較多的晚班輪船進省，或一部分乘廣九火車前往，總支部乃決定在港同志，分兩批出發，宋敎仁與何天烱率領閩、粵、皖籍各省同志，搭二十九日的朝輪上省，趙聲仍以在廣州的面目太熟之故，搭二十九日的晚輪，與在港的其餘同志同行。

總支部審察情形，預知港中同志到省會合，至早應在三十日，因急派譚人鳳、林直勉火速進省，要黃興延期一日舉義，並說明其理由；又恐二人途中或有阻難，不能如期達成任務，故仍以密電，直接通知黃興。但二十八日的廣州，又發生了事故。

原來，黃興獲得清吏挨家清查戶口的情報，確是事實，就在那一天實行。謝恩里二牌樓的兩處重要革命機構，已在檢查戶口中被破壞，廣州的情勢，已十分險惡；所以譚人鳳等雖已達成延期一日的通知任務，而廣州的革命舉義，已勢不可待了。故是役起義，卒在二十九日下午五時發動，由黃興照原計劃親自率領一隊，直撲督署，而兩廣總督張鳴岐業已逃避，督署只留下一座署有防備的空衙門，黃興攻入，無多大作用，只得退出，謀與其他各路同志取得聯繫。

但當舉義以後，革命軍的另一路與巡防營中的同志因發生誤會而自相殘殺。原來，革命軍起義時，約定各隊及清軍中的同志，都以臂纏白布爲記號。巡防營中的同志，因其時尚屬清軍，故不能帶有此項記號；巡防營之調入，在清軍是爲了屠殺革命同志，但巡防營的同志，却抱有接應革命軍的隱懷，故聞革命軍前來，即由一弁將挺身而出，意欲與革命軍聯絡。

詎革命同志方聲洞看到這一弁將，並無白布記號，即開槍將其擊斃，這一誤會，使巡防營的行動，立即改變方針，眞的與革命軍作戰，爲李準效命了。這是三月二十九日廣州之失敗的最後主要因素，百密中的一疏，成此大錯，豈不惜哉！起義革命同志，雖以極少的兵力，與大隊清軍相搏戰，但仍相持一晝夜，始以彈盡援絕，傷亡太重而撤退，悲壯已達極點。

三十日晨，趙聲與胡漢民率領兩百多位革命戰士，始達省垣。但見城門嚴閉，並無戰鬥情形，知已發生事故，且其情況似對革命軍不利，及見同志莊六，始知始末，來省同志，已無可爲力。爲了保存實力，胡漢民乃率領同志，悄然回港，趙聲則極不甘心，仍走順德，擬發動順德民軍陳江，譚義等所部，照原定計畫，撲攻省城。

及知黃興負傷暫避，由女同志徐宗漢照料的消息，乃冒險入廣州探黃興。兩人見面後，互相抱頭痛哭，歷時甚久，俱各暈去，賴徐宗漢救醒。時黃興兩指已受傷斷去，仍欲渡河以個人生命力拚，趙聲勸止之。黃興知道趙聲有赴順德的計劃，也力加勸阻，以免他再加一層刺激。黃興是深深了解趙聲的牲格的，他在此時經刺激太深，再也不能增加他精神上的負担了。趙聲爲了使黃興不再失望，也順從了黃興的意見。是夜趙聲猝發大病。仍由莊六設法，護送他們安全返回香港。

十三、精神負担過重一病不起

三月二十九日的廣州起義，即一般熟知的黃花崗七十二烈士之役。就革命黨來說，全黨精英，損失慘重，自然是一次大失敗。但就趙聲來說，他是起義的總司令，但他不在廣州，致不能與七十二烈士共同僇力，轟轟烈烈的與敵人決一死戰，這是他精神最大的負担，倪映典起義之役的失敗，他已不勝其精神的痛苦；已經鬱居香港，憂悶成疾；而此次的精神負担，較上次尤重，所以他在廣州已支持不住了。

這次的發病，對趙聲已有致命之虞；但在重病中，又聽到順德民軍，被李準擊敗的消息，刺激更深，成奄奄一息狀。時或飲酒狂歡，哭笑時發，已失正常，港中同志，無不爲趙聲的健康憂慮。延至四月八日，忽然腹痛大作，急延醫診治，醫生的診斷，是急性盲腸炎，非從速開刀不可！黃興、胡漢民乃大急，急扶至日本醫生所開設的香島醫院，擬施行手術，趙聲不肯接受；四月十七日施行手術，乃知盲腸炎以拖延太久，轉成腸癰，腐爛的地方，已無知覺，成爲不治之症了。翌日，吐黑色甚多，漸入昏迷狀態，時作囈語，時或狂呼黃帝岳飛，同志聞之爲之心酸下淚。

十九日稍清醒，朗誦杜甫：「出師未捷身先死，長使英雄淚滿襟」，誦時，淚流滿枕，痛不可言！接着又對侍候他的同志說：「吾負死友，君等當爲死者雪恨。」這是趙先生最後的遺言，他的心目中，只有國家，只有革命，只有爲死難同志復仇，故臨終無一言涉及於家務和私事，對同志有何企求。趙聲是爲國家而生，爲革命而死，雖然沒有參加黃花崗烈士的起義，其捐軀實與黃花崗的義烈，完全相同。他逝世的日時，是四月二十日下午一時，這也是革命運動中元氣大傷之一，是一個値得紀念的日子。自四月十九日以後，雙目漸闔，已不能言語，而淚流不已，慘哉！

趙聲逝世時，年僅三十一歲，時爲宣統三年，即西元一九一一年。由此上推，可知趙聲生於光緒七年（一八八一年）二月十七日，其在北極閣演說時年才廿一歲，參加萍瀏之役而欲翼護革命時年二十六歲，參加三那之役而欲翼護革命時二十七歲，眞是一位青年才俊而壯志凌雲的有爲之士，天不假年，誠爲可嘆；但是他爲了對朋友的義，對國家的忠，對革命的俠，他對自己健康的不注意，實爲他生命短促的主要因素。他在太平山下的自己損害健康；他腹痛發生在四月八日，醫生已斷定爲急性盲腸炎，必須從速割治，而且已入醫院，又不肯即施手術，延至十七日始開刀，而已回天乏術了。

趙先生對朋友的義，重於對國家的忠，以這樣一位才氣縱橫，深明大義的革命志士，拘於小義，而忽視大忠，我們爲趙先生的生命太短惜，更爲其忠義之辨失當，不能不表示重大的遺憾了。留此有用之身，爲革命做更多的貢獻，並沒有負朋友的義，惜哉，趙先生對此認識，未作更深的思索，以致作踐太深，其臨終時之朗誦杜甫詩，其淚流之滿枕，或先生對大節大義已有覺悟之表示歟？

先生既卒，噩耗四傳，海內外同志，無不表示深切的悲悼，其夫人嚴氏聞訊，痛不欲生自裁，雖以獲救而幸免，未亡人聊無生氣的哀慟，是令人無限同情的。其最表示哀痛的，莫如親炙趙先生革命大義而受趙先生親自訓練的江南陸軍，他們失聲痛哭，他們不約而同的登山遙祭，其得軍心如此之深。假使趙先生的生命，能夠延長武昌起義之後，能夠延長到江浙聯軍圍攻南京之後，我們深信革命的進展，一定可以比較迅速得多，而先生也不會發生「出師未捷身先死」的遺恨了。

先生治軍，到處能得軍心，這多得力他任俠好義，坦誠相待的個性。不用權術，不施謀路，坦坦白白，誠誠懇懇，公正地爲大家解決問題，而軍心與人心，自然歸附，這是値得我們特別一提的，趙先生治軍治事的精神，都堪爲後世青得的模範！

先生既逝，港中同志，爲葬於香港茄菲公園之側，題其墓曰：「天香閣主人之墓」。南京臨時政府成立，國父追念先生對革命的貢獻之大，追贈上將軍，由其弟念伯扶遺櫬歸葬鎭江原籍。民元四月一日，先生靈櫬已達鎭江，鎭人爲追悼會於琴園，翌日安靈，遠近前來參加葬禮者達十萬人，先生雖卒，其在人心之深有如此者。其墓園則在南郊名勝竹林寺，這是一個山不高而秀的連崗，俯瞰鎭市，大江橫流於前，竹林圍繞於周，得此佳城，而滿淸已被推翻，民國已告成立，先生英靈，其亦含笑九泉乎？先生生前，奔走國事，席不暇暖，家居日少，故無子，由其弟磐（亦作充今從束世徵趙聲傳記考異改正之）之長子爲嗣，禮祀得以不絕。

民國十五年，國民革命軍奠都南京，同志們追念先生不已，爲其建園、立像、築祠，其園即鎭江著名的伯先公園，氣象壯濶，景色秀麗，今不知尚能保存完整否？

先生既卜葬，淸季爲江蘇巡撫反正而爲江蘇都督，後來擢升臨時政府內部總長的程德全，題先生的墓志，有云：「以一匹夫持民族民權主義，日與專制政府相激戰，其敗也固宜；然君堅直之性，英颯之姿，屢仆屢振，不達目的不止。迨身死，中外之士，識與不識，聞之皆爲流淚，尤足以振蕩天下之人心，繼正接踪而興，以發揚神州之光榮者，何莫非君之英聲義氣，有以扇被之耶！」革命老人譚人鳳則謂：「君豪邁爽直，肝胆照人，不喜用權術，待下和平樂易，所在得士心，見忌官場亦以此。兩撤標統，一撤統領差，議者疑其爲過於激烈所致，則未窺其眞際也。」其鄉人名史學家柳詒徵翼謀先生爲之作傳，其最後則曰：「君之事敗身殞，食其惠者，實在後人，即謂君之功成，無不可也。」

諸家對先生之評論，都足以說明先生之功在民國，其身後哀榮，乃是必然的酬報。胡漢民先生與黃興先生在先生逝世後，聯名告南洋同志云：「以伯先平日之氣慨，不獲殺國仇而死，乃死於無常之劇病，彼蒼不仁，已殲我良士，又奪我大將，我同胞聞之，亦將悲慨不置，况於目擊傷心者乎！」這一段話，足以代表當日黨中同志對先生逝世之哀慟。

先生與克强先生在廣州至香港，係取道於澳門者。先生至港，雖病甚，然仍欲與克强先生走滇邊，謀再舉，被胡漢民所力阻而止。這是一段革命的軼史。又先生在太平山下躬耕時，兼事捕魚，曾以所得之魚，寄奉嚴親，這一軼史，足以說明先生孝親之深。又先生在太平山下時，憂勞過甚，長歡當哭，焦急萬狀，有友人自北方來，見其顏色慘淡，語氣激昂頹喪（常以死自期），乃慰之曰：「事終有濟，急則傷生，」先生報之曰：「不急，生又何用！」這一軼事，足以說明先生在倪映典失敗以後的胸懷。

又先生巳酉初度詩云：平年巳度四分一，事業茫茫未可知；差幸頭顱猶我戴，聊持肝膽與君期。欲存天職寧辭苦，夢想民權亦太癡！再以十年事天下，得歸當臥大江渚。」此詩當亦在太平山下所作，不知所贈何人？但由此足以說明先生志切革命，而淡於名利的胸襟。以上皆見柬世澂趙聲傳記考異。柳先生的趙伯先先生傳中，載有軼事一則云：「常爲友人書聯，出句『汲古得修綆』，友人謂偶句其爲『盪氣生層雲』乎？君曰：『吾不作頭巾氣』，乃大書『交情脫寶刀』五字。」此足以說明先生之豪邁。尚秉和的辛壬春秋，對先生之卒，有謂：「未幾聲卒，腸胃腐裂，類被人毒斃者，疑莫能明也。」按尚氏以滿淸遺老自命，故辛壬春秋中，對革命黨人常作誣蔑語。實則先生之病爲急性盲腸炎，他自己不願開刀，以致失去醫治的機會，腸腐出黑血，事實至明，又有何疑，尚秉和殆欲以似是而非的疑問，使世人誤以爲趙先生是被同志所忌而毒害者。特作說明，以正其謬，作爲本文的結束。

「片仔黃」治肝癌無效

台大醫院外科教授林天祐說，民間流傳有很多治肝癌的秘方，比如「片仔黃」，他試過「片仔黃」病人的肝組織切片檢查結果，證明是沒有效的。

長庚醫院內科主任廖運範說，關於草藥或「片仔黃」治肝病的傳說很多，但迄今仍無藥理上的根據，在他的經驗中，有十幾個病人拿「片仔黃」給他看過，但卻是十幾種模樣，顯然假貨甚多，爲了愼重，還是少碰爲妙。

在一項醫學性的專題研討中，台大醫院內科主任宋瑞樓說，日前醫學界認爲肝病沒有什麼特效藥，而一般人總是希望能有什麼特效藥可以吃，所以很容易上當，其實，藥對人體是一種「異物」，肝臟是負責處理藥物的第一重要器官，吃藥多少會增加肝膽的負擔，如果吃的藥沒效，反而害了肝，千萬不要聽說什麼藥有效就亂吃什麼藥，同時由現在的動物實驗已證實，對肝臟有幫助的藥物，如果單獨使用，而其他的東西減少的話，反而會對肝臟有害，因此什麼東西都須保持量的平衡。

他說，中國人好爲人醫，聽說什麼藥有效，什麼人就是「神醫」，就爭相走告，拚命勸人家去吃藥看「神醫」，這是很不好的現象，飲食也一樣，聽說什麼食物有效就一味吃那種食物，結果不但沒效反而有害。

談國立音專及其音樂家滄桑

·文娟·

沒中偷閒，趁此寒假之暇，去訪晤了一位多年未見的同學，眞是昔別君未嫁，兒女忽成行，流水光陰，數十年間彼此經過這大時代的浩劫，忽在異國相逢，有話不盡的辛酸。我又在她那裡發現了幾張唱片，這可說是國內外絕無僅有的稀世之寶；灌音者是那幾位曇花一現有天才的青年音樂家。他們演奏的曲子有：貝多芬 Beethoven、李斯特Liszt、莫扎特 Mazart、巴哈 Bach、蕭邦 Chopin、舒曼 Schuman、舒伯特 Schubert等的名曲，技巧的純熟洗練，音色的沉雄、輕巧、飄逸都有異曲同工之妙。我傾聽二遍，還是依依不捨，索性厚了面皮，開口向老朋友把這張唱片，借回家來細細欣賞。

今天是灣區（加州）難得的雨天，暗灰灰的天空，滴滴得得的雨聲，在寞落淸冷的氣氛中，我獨自沉醉在樂曲美的旋律裡。不是我自己是中國人，而偏愛中國音樂家，鋼琴是西洋的樂器，但經過中國音樂家彈出，音色就與西方音樂家的不同了。尤其是蕭邦的曲子，我此刻正在聽的是顧聖嬰演奏的蕭邦b小調奏鳴曲 b Miner Sanata，前奏曲Prelude No. 2、8、24及舒曼的奉獻 Dedication。這些曲子我聽過了許多西方名家的演奏，但今由顧聖嬰出，就另有一番風格，曲子中有中國人溫柔雅幽的氣質，琴聲裡有她的熱情，然而這熱情並未完全奔放，它如游絲般纏綿而又悠然散落，這是無言語的言語，她在傾訴，傾訴她的興奮、憂鬱、歡樂、悲哀的情感，比任何一首詩都美妙。忽然曲終，唱片停止了，我好像從另一個世界裡回來。顧聖嬰灌錄這唱片的時期是一九六〇年至一九六三年之間，但又誰知道在一九六六年掀起了文化大革命的狂風暴雨，她竟像一朵脆弱的潔白的小花，就無緣無故，無抵抗地被摧殘，從此香消玉沉，再也聽不到她的演奏了。其他如劉詩昆、鮑蕙蕎等。自文革後他們的音樂生命也會消失一時，當時瘋狂的文革時期，誰會愛惜天才，更有誰會想到這藝術的神聖。劉詩昆於一九五七年出席世界鋼琴演奏比賽得獎返國。按照他天才之高，氣魄之壯麗，若能在安穩的環境下，再繼續培植，他的琴藝可能會一日千里的進展，我敢說他可媲美目前世界著名大鋼琴家 Horowitz 。劉詩昆生而不幸，遭遇到這樣情況下的時代，聽說文革時他的手臂受到了創傷。殷承宗和李名强，這二位天才橫溢的青年鋼琴家，現仍在大陸，希望今後他倆的音樂生命，不會被政治的波濤捲去、冲激，或受到任何的影響。

國立音樂專科學院（以後稱音專）創辦於民國十七年（一九二八年），在上海法租界畢勛路，一座花木蒼鬱的洋房內。大約是在一九二八年秋季開始招生。分正科與選科，因開辦之初，經費不十分充足，學額有限，所錄取的年青學生（大概都在十六、七歲之間）。都畧有音度根基可造就的人材。校長蕭友梅先生，黃自先生任教務長兼樂理作曲教授。鋼琴組主任是俄國人柴哈羅夫Lazaroff 和拉柴羅夫 Zaharoff，絃樂組主任是 A. Foa Slefshov

，大家都習慣稱他A. Foa，聲樂組主任是胡周淑安，尚有好幾位俄國女教授。他們都是一流的音樂家。自一九一七年俄國革命，貴族及知識份子逃避新政府的逼迫，飄流國外，我們稱之為「白俄」，他們大約先落脚在中國北部哈爾濱等地，繼而逐漸南移，來到五光十色繁華都市的上海，以他們的專才謀取生活。國立音專由蕭校長領導各位教職員，不論在行政或教課方面，都極合作而負責。教授循循誘導，學生孜孜不倦。日復一日，月復一月，年復一年，數度春之秋後，造就了輝煌的成績。第一屆及早期畢業生個個都是人材，為中國音樂家放一異彩。以我記憶所及的畢業生鋼琴組有李獻敏、夏國瓊、丁善德（鋼琴兼作曲）、吳樂懿等，聲樂組有喻宜萱、斯義桂、勞景賢、郎毓秀、周小燕等，提琴組有戴粹倫、陳又新、楊嘉仁、韋翰章，樂理作曲組有賀綠汀、劉雪庵、丁善德等，（尚有幾位我已記不清）。他們畢業以後、大多數是獻身音樂教育，為音樂而音樂，不論在任何環境之下，埋頭苦幹培植下一代。我記憶中蕭校長高而瘦削的身材，臉上常帶着和靄的微笑，當一九三七年上海淪陷，那時他因健康不佳，未去重慶，仍苦心維持音專，不久積勞成疾，於一九四〇年逝世，年尚不滿六十歲，頗為可惜。國立音專部份遷重慶後，由戴粹倫負責，他勝利還都在上海江灣校園復課，不久去台灣，担任師大音樂系主任，住台北溫州街。我家初到台北時，彼此來往甚密，但自來美後音訊久疏了。淪陷時期丁善德與陳又新合創設私立上海音樂專科學校，規範比較簡單，學生亦不少。不料丁、陳二位因細故而意見不合，各奔前途。勝利後一九四六年丁善德赴法國深造，翌年陳又新亦去英國，待二位先後回國時，我家已於一九四八年冬離開上海。光陰似箭，回憶起與他們在餞行筵間話別，一瞬已卅一年矣。這一別等於成訣別。傷心的是陳又新在一九六六年文革時期自殺身亡。丁善德大概仍活在大陸，但今生恐亦難望有相見的一天，願故人無恙。關於早期畢業的女同學，她們都已結婚，有兒有女，婚後境況又各個不同。李獻敏的丈夫是著名的鋼琴家Tcherepnine，現住紐約，吳樂懿在音專畢業後赴法國深造，現在大陸，文化革命後她的音樂生涯亦已被迫中止。我不能忘記唱女高音的周小燕的歌喉，歌聲又甜又嬌，使人百聽不厭。文革前她灌錄不少唱片，有：「繡荷包」、「四季歌」、「茶山姑娘」，都採用民謠譜入新曲，文革赤焰掀起之中，眞不知小燕飛往何處去，歌冷浦江十餘春。我正想起一位可愛的人，那就是夏國瓊。夏國瓊在國立音專是個極活躍的學生，她在畢業演奏會上，奏出李斯特的匈牙利狂想曲Hungarian Fantasie with Orchestra，而她的技巧已達到爐火純青之境，再加上有她熱情活潑的風格，一曲完後，全場掌聲雷起，只這一曲已可基定她是一位傑出的鋼琴家，畢業後她入紐約茱利亞Julliard音樂院深造，歲月漫漫，這許多年來，不知她在何處？天之涯？地之隅？海之角？默祝玉人平安。現今在國外定居的音樂家也不多，斯義桂在紐約Eastman音樂院執教。趙梅伯教授，他曾担任國立音專聲樂組主任，是繼胡周淑安離職之後。抗戰期間他在西安與徐悲鴻創辦藝專，成績斐然。趙教授是譽滿國際的老前輩，一九六九年由香港移居美國，現在加州灣區定居，老當益壯，仍在熱心執教，以培育人材為宗旨。傅聰不是音專的學生，他是意大利名鋼琴家Paci的得意高足，擅長演奏蕭邦曲子，一九五七年代表中共出席波蘭得獎後，他從此脫出了鐵幕的羈縛。這位婚姻多變青年鋼琴家，現居英國倫敦，演奏會多在歐州中東各地。在美國的尚有著名的作曲家兼小提琴家馬思聰馬思宏兄弟二位。

中國音樂界最不幸的是黃自先生的早逝，他患的是傷寒，非不治之疾，因初起未將病情診斷清楚，竟誤授藥而卒於上海海格路紅十字會醫院，英年而逝，身後蕭條。關於作曲方面的成就，首先歸功黃自，他從事作曲僅短短十年不到，而他所留下的歌曲實在不少，在黃自之前，從事作曲者有李叔同（弘一法師）、蕭友梅、沈心工、劉天華等，他們是根據西洋方法作曲，無論器樂或聲樂曲是單旋律的音樂。到了黃自就不同了，他是第一個以和聲作曲，同時在歌曲裡譜入中國詩詞，同時又採用中國柔和的五聲音階，再配上西洋的古典和聲伴奏，這就創造了近代中國歌曲的新風格。他也是第一個有系統的教理論作曲的教師。由於他的努力培育，以後作曲人材輩出，有：劉雪庵、賀綠汀、江定仙、陳田鶴、林聲翕、丁善德等。黃自所作的曲子共有幾多，一時無從估計，歌曲大約近三十首，最可愛的是「雨後西湖」、「採蓮曲」、「花非花」、「玫瑰三願」、「踏雪尋梅」、「天倫歌」等。尚有「和聲學」及「音樂史」二稿，生前未能完成，乃為憾事。

關於近年來中國作曲家所作的曲子，由我個人歷年所搜集的共有一百四十首，其中包括有交响樂、鋼琴協奏曲、合唱及歌曲。作者有黃自、胡周淑安、應尚能、馬思聰、李惟寧、冼星海、王瑞嫻、賀綠汀、華麗絲、青主、老志誠、丁善德、陳又新、蕭友梅、楊寶智、殷承宗、劉詩昆等。這些曲譜，在目前可能是不易多得的資料。我不願藏之私有，各曲已複製二份，於一九七四年分送史丹福大學音樂系圖書館，及華盛頓國學圖書館保存，為中國音樂史上留一永久的紀念，並可為研究者作參考之用。

餘談

我曾是一個國立音專的選科生，為時極短，我考入的時候，大約在第一二屆招生之後，學鋼琴與聲樂，我是吳伯超和胡周淑安的學生。聲樂課與喻宜萱一起練唱，她是唱中音，我是唱高音。胡周淑安先生很喜歡我的歌喉，所謂愛之甚，督之嚴，對我寄以期望。那時我實際上還不滿十六歲，就讀民立女子中學，為了有興趣學音樂，我眞變得勇敢而大胆，竟向學校方面，藉口請事假病假，間亦逃課而去音專上課，有遇到校中考試，或母親臥病時，我只得向音專請假。我記得有二三次無故曠課蕭校長召我去訓話。我實在有滿腹的苦衷，當時怯怯羞羞，沒把實情申說，雙眼含了欲滴未滴出的淚，低了頭向蕭校長說：「以後不會再缺課了，我要好好的用功……」這樣自晨到晚忙忙碌碌，我幼稚天眞的心靈充滿了愉快。可惜僅僅維持了一年，當我十七歲那年秋季考入了大學，在我投考大學之前，我的外祖母，祖母和母親，她們三人為了我的升學問題，很緊張的談着討論着，結果一致不讚同我學音樂。母親最引以為欣慰的，而且時常向親友誇說，我十一二歲就會熟背唐詩百首了。所以她極力主張，要我進大學主修文學。數十年後的今天回憶起這些事，我祇有愧疚於心，辜負了家長師長的厚望。不論音樂、文學我都學而無成。這不過養成了我對詩書樂曲的愛好，數十年以來在任何環境下，不會有一日疏遠。尤其是近幾年，它們竟成了我生活中親密的伴侶。

一九七七年一月廿七日脫稿于
美國加州百樂園寓所

江西剿匪中贛州會戰戰史

·柳際明·

前言

當民國十九年前，共黨叛亂政策，側重奪取政治中心，掌握省會都市，所謂李立三路線者也。其間曾一度入侵長沙吉安，爾經馬日事變受挫，及彭德懷竄擾岳陽被擊潰，其奪取大武漢計劃，宣告失敗後，因轉變爲鄉村包圍都市政策，其手段則肆行破壞地方保甲，劫持民衆，樹立赤色組織，進以控制民衆組織，以替代土地之佔領。且強調掌握廣大之民衆組織，可使敵人都市，沒頂於其汪洋大海中。故對都市，絕不以兵力直接實施攻堅，即我放棄之都市，亦不作長期之防守。蓋認防守都市，無異背起包袱，愈背愈重，於游擊戰術之體系，殊無意義也。但對贛州城之圍攻，乃判斷其別具用心，允爲共黨叛亂作戰中之特殊戰例。

一、贛州兵要地理

贛州扼湘粵贛邊區要衝，當章、貢二水之會，城垣雄偉，形勢險要，古諺有鐵打贛州城之稱。按城垣高達八公尺，攀登不易；章貢二水河幅在一二〇至一六〇公尺之間，附廓水深，均在三公尺以上，徒涉困難；東南門護城河環繞，浚渫蓄水，超越困難；惟東門外市街櫛比，敵儘可利用近迫攻城；小東門及北門浮橋一旦遮斷，則對外交通完全隔絕，章貢二水原可自固，但亦有助敵人對守軍之封鎖，如糧彈不繼，將坐而受困，故反攻作戰，顯無彈性之運用耳。

二、敵情判斷

甲、共軍進犯贛州之動機

共黨認劣勢裝備軍之攻堅作戰，無異乞丐與龍王比賽，決無勝算之理。故共軍自十八年竊據贛南以來，而攻城掠地，乃絕無僅有之事。本戰役共軍對贛州之攻堅，顯以適當淞滬一二八事變，部隊他調，足證政府無力兼顧剿共；贛州僅留陸軍第十二師金漢鼎部之第三十四旅任守備，輕其兵員薄弱，不堪一擊，時機不可多得，且馬崑旅長原與共軍第十二軍司令員羅炳輝有同學之誼，足可招降歸附。果能奪取贛州新基地，可將湘粵贛邊區游擊區打成一片，且可獲得集居避難士紳之大量財富，尤以民二十年六月間，我第三次圍剿之失利，與十二月間趙博生、董振堂之叛變，共軍擴編第五軍團，實力大增，遂得意忘形，掀起贛州攻城戰之嚐試。

附註一：二十二年二月，共軍圍攻南豐城共二十三日，終被我第八師毛炳文部擊斃其攻城指揮員彭鰲後而敗退，此乃共軍攻堅第二戰例。

乙、共軍進犯贛州兵力與指揮系統

共軍對贛州之攻城作戰，爲彭德懷誇下海口，可於週日血洗贛州城口號下及周恩來之附和所造成，故其指揮作戰，亦以彭德懷爲中心人物，除以第三軍團爲主力外，綜計第一軍團第五軍團總兵力爲七萬人，其指揮系統如下：

攻城軍司令員　彭德懷　　政委滕代遠

第一軍團　林　彪

第　四　軍　周　崑　　轄第十第十一第十二師特務團。

第十二軍　羅炳輝　政委譚震林　轄第一師（欠第三四第三五師）特務團。

第三軍團　彭德懷　政委彭雪楓

第　五　軍　鄧　平　轄第十三師侯中英十四師十五師蔡文榮特務團。

第五軍團　董振堂

第十三軍　趙博生　轄第三十七師三十八師三十九師特務團。

第十五軍　陳伯鈞　轄第四十三師四十四師四十五師特務團。

共軍師級轄步兵團三、機槍連一、特務連一、衞生隊一、擔架隊一，團級轄步兵連三、機槍連一、通信排一，連級轄步兵排三、特務排一，排級轄步兵班三，每班戰鬥員十二名。步槍八支，每連並配自動步槍二支乃至三支不等。

丙、共軍對贛州攻堅作戰之嘗試

共軍既利用一二八事變，適我內憂外患接踵而來機會，乃於二十一年二月初旬，急調其第一（欠二個師）第三第五各軍團爲贛州攻城軍，並以頑強之第五第七兩軍任主攻，以蕭克之第五師，對我萬安方面作佯攻掩護牽制，以林彪所部第四軍，據南康，切斷粵贛交通，一面分派其第一師及特務團進出五雲橋沙地一帶，對我駐吉安、泰和陸軍第十八軍警戒。

A　圍城時期共軍之行動

共軍之奪取城市，亦有其傳統之手段，爲先驅使老弱民衆擁入城內，以加重守軍對糧食消耗之負擔；一面嚴禁四鄉，對城區糧食日用供應品之進入，期在曠日持久下，迫使都市因無食用，早日陷落；同時滲入共諜份子，從中製造暴亂，相機內應，使守軍發生離間錯覺，爲其所乘。

彭德懷在本戰役之攻城，除亦採用其過去之手段外，其攻擊方針，爲以斷行急襲政策，惟急襲如不成功，則繼以强襲行動。觀其二月七日及九日、十日夜間對南門西側，及利用東門外民房以雲梯爬城，終被我馬崑旅第六七團擊退，又於二月十四日夜間之攻擊，計爬城四次，其間或以雲梯長度不足，或爬城時，爲我城垜釘刺滾木所阻，未克成功，可見一斑。其次則以女共幹之陣前喊話、叫囂起義，如歡迎第三十四旅升格爲共軍第八軍團之種種利誘，亦終無成果。

彭德懷之攻城計劃，與其上述之並行手段，則爲南門東門外坑道之構築。共軍對坑道作業技術訓練向無足道，原爲吾人所習知者。此項作業爲徵召贛南之鎢礦工數百人，並搜集爆竹店黑色藥，雜用迫擊砲彈內之TNT爲炸藥材料。其作業方法，乃爲打通東門外店屋壁牆，接近城門，利用水溝挖掘，近迫城垣。再將城外電燈廠拆下鋼板，敷設溝上爲坑道，惟其藥室深入城牆不及牆厚十分之一，因此二月十五日第一次之爆炸，未達成預期效果，僅將女牆炸落數公尺。其步兵雖應機交番冒爆炸烟火爬城，亦未成功。至二月二十日之第二次爆炸，查係彭德懷因我援軍日內到達，急須攻破東門，今提早爆炸者。在實際情形，雖用木棺裝大量炸藥，但藥室仍未深入牆身，且塡塞的方法不合，黑色藥與TNT爆藥混合使用，可能以TNT爆破反應太快，黑色藥則較慢，TNT爆炸後即將未爆炸之黑色藥飛散，失去一部效用，當時共軍十九師王子顯部利用城上十餘公尺爆炸缺口作三次衝鋒，終以我民衆肩負沙包之搶修堵塞與守軍機關槍掃射下，仍未登上城頭。此役共軍傷亡不下四〇〇人，是其種種强襲手段確早有所準備者也。

共軍對南西門方面之攻擊，顯無積極之進行，雖經共軍數度爬城，均發現其雲梯過短，在未及靠上城垛時，已為我城上鋼叉隊鋼叉將其雲梯叉落，無能為力。但其西門方面共軍部對我第十一師工兵營在北門外之軍橋架設，受其火力封鎖架橋點，頗受嚴重威脅，幸有船渠之積土掩護，軍橋上再懸掛草幕遮蔽，同時，我十四師四十旅迫擊砲向其集中射擊制壓，始告緩和。至東南門間地區，以地形開濶，且有護城河阻隔，絕少有共軍攻城近迫之行動。

B 對我解圍部隊到達後之戒備

共軍對我第十八軍之增援贛州，應在預想中，並有其應變準備計劃，當我先頭部隊於二月二十八日到達贛州以北附近地區後，在沙地五雲橋之共軍警戒部隊，已先期撤至章水南岸。林彪之在南康部隊，亦轉調至章水以南佈防。彭德懷並集合重要幹部訓話，有言「紅軍向以打游擊聞名，這回要打一個漂亮陣地戰，給白軍看看。我們照樣開坑道炸城牆，看白軍怎樣出來」。並預料我增援部隊，即開到北門外，亦沒有橋樑通過，就是部隊進了贛州城，也無法出來等論調。並於東門外構成大縱深之機關火制地帶，準備迎擊我由東門開門出擊部隊；一面仍積極策劃坑道構築，爆炸城牆，並提出口號，活捉羅卓英、周至柔。

就章水上游，水深仍在二公尺以上，無法徒涉，至塘江以西河流始有徒涉塲多處。如我十八軍渡章水向共軍左翼迂迴時，可使共軍攻城部署歸為解體。彭德懷因調第一軍團全部沿章水南岸嚴密警戒，雖於東門方面仍加緊攻擊，但仍時刻未忘情其左翼方面安全也。

三、陸軍第十八軍解圍作戰經過

甲、解圍部隊

陸軍第十八軍當一二八事變之直後，贛州圍城正急，守軍及行政民衆團體，請援無線文電，日必數十起；中央對第十八軍是否轉用於淞滬，抑或增援贛州，決策未定。我軍長陳誠上將，因赴京請示機宜，而部隊亦枕戈待命。二月二十一日始奉電令決以第十八軍兼程馳援贛州，軍長職務由副軍長羅卓英代理，當時之指揮系統如下：

陸軍第十八軍軍長 陳誠 副軍長 羅卓英代
陸軍第十一師長 羅卓英兼 參謀長鄒洪
第三十一旅 蕭 乾
第六一團 胡啓儒
第六二團 方 靖
第六三團 宋瑞珂
第三十二旅 黃 維
第六四團 孫家傳
第六五團 莫與碩
第六六團 滕 雲
工兵營 王 璘
陸軍第十四師師長 周至柔 參謀長柳際明
第四十旅 夏楚中
第七九團 凌光亞
第八十團 祝夏年
第八一團 方 天
第四一旅 李及蘭
第八二團 陳 烈
第八三團 李精一
第八四團 彭 善
工兵營 梁亞雄
陸軍第三四旅 馬 崑
第六七團
第六八團
第六九團

綜計陸軍第十一第十四師每團火力為步槍一一八〇支，自動步槍八一支，重機槍一八挺，迫擊砲六門，合計官兵二萬八千人，素質優良，精神團結，士氣旺盛。

乙、贛州守備作戰情況

守城有關直接影響作戰勝敗要素者，厥惟糧食問題。按共黨自十八年在贛南倡亂以來，不甘為共黨奴役之忠貞人氏，入居贛州城避難者，不下十萬人。共軍於二月四日，向贛州合圍時，臨時避入城區者，又萬餘人。在圍城未及旬日，即有食糧爭奪現象，但實際情形，城內凡殷戶富商，儲糧均在半年以上，經縣府勸導匀支，即已平息。商會組團供應軍眷食用，及防守戰鬥物資，如城上照明油料等，使於夜間照耀如同白日，共軍未能偸襲。士紳亦恐守軍偶起二心，常陪伴哨兵守夜，並示預藏毒藥，於城破之日，誓與軍眷同生死，因此士氣益奮。城上女牆懸掛釘刺滾木，阻共軍攀登，動員壯丁執鋼叉守護，亦補助守兵兵力不及之道，學生自組保甲自清巡查隊，按戶搜查，日夜巡視，故自圍城以迄解圍之日，尚無奸宄蠢動之事，足見用兵不如用民也。

守軍之防禦作戰，以東門方面為重點，由第三十四旅各團輪流守備。凡城牆內外民房，足資共軍爬城利用者，均予澈底撤去；城牆曲折部共建碉樓五處，直線部並置堡壘，將城牆上構成對射火點；東門南門內為預防共軍之坑道爆炸，增設沙包，設置複廓防守。守城策劃尚稱周密，按二月二十日下午九時，共軍對東門之二次坑道爆炸，民衆果於濃烟中，以日夜等待之肩負沙包，奮勇搶堵城上女牆缺口時，後者竟將前者擠落城外，而遭慘死者，不下十餘人，情狀壯烈，莫可言喩。此役守軍以機槍殲共軍達三百餘人；東門守備，屹立不動，共軍喪胆，亦有其代價所在。惟防守將近匝月，彈藥已頻缺乏，官兵體力疲憊至深，而共幹巧言宣傳，均未為所動，亦見我軍民對剿共之嚴正立場也。

丙、解圍作戰的戰術運用

就敵我現場兵力之較量，我第十八軍每個師，均可獨立擔當共軍第一第三軍團全部力量之作戰。就贛州附近地形狀況與解圍作戰態勢推論，與其以兩師重疊使用，誠不如並肩作戰為有利。但究以由我右翼越章水向敵迂迴，抑或由我左翼城區實施突擊，其重點指向所在，尚待進一步了解當面敵情後，方可決定。惟贛州城防，目前危如累卵，必先以一部份援軍，推進城內，補充必要彈藥予以鎮定，實為當前急務。否則如一旦危城被陷，共軍虜掠呼嘯而去，則解圍任務將成幻想。惟北門橋樑通道破壞，援軍被阻，當以搶修軍橋為先。羅卓英將軍因電萬安我第二十八師搜集船隻，一面令工兵營限期架橋，同時令十四師工兵營架設黃金渡軍橋以為進出章山南岸之用。至部份援軍進入城內後，固不怕共軍攻進來，乃考慮我軍攻不出去之一問題。再如反攻主力保持於我右翼第十四師方面而實施大迂迴作戰時，則共軍儘可聞風遠颺。圍城雖解，殲敵主力仍無把握，如我主力由城區出擊，則行動必須保持高度機密，始能出敵不意，同時並應將共軍之一部兵力吸引於章水以南地區，方能達成任務。爾經十一師工兵營偵察南門間城基下可穿鑿多數坑道為出擊之用，羅卓英將軍始決定以第十一師主力由城區出擊，而十四師同時則向共軍之左翼實施迂迴，對共軍形成鉗形攻勢作戰，以達成殲敵之任務。

丁、解圍作戰之準備與行動

二月二十八日，我第十一師續由吳坑羅田之線、第十四師續由長橋柏岩一帶南進，掃蕩贛州西北地區五雲橋沙地一帶共軍之警戒部隊後，即佔領五雲橋上下窖、楊梅坑、赤珠嶺神背一帶地區。據當時偵察共軍除於黃金渡尚留少數殘餘部隊外，餘悉已撤至章水南岸。

第十一師之搶修北門軍橋，頗有足述者，僅就工兵營在贛江下游徵集大小船隻三十餘及竹筏一部，而渡河點為諸潭及西門方面共軍火力所控制，無法立脚作業，經王璘工兵營長邀同第十四師柳際明參謀長（柳在二年前為該營營長）數度偵察，均不得適當方法，爾以隨從兵張某，因偵察時，暴露負傷，滾臥土坵下，方獲安全，始恍然澈悟於此處挖掘臨時船渠利用引水，先架設三節或四節門橋，再以繩索連結門橋，派善游水工兵於三月三日夜暗間，引純繩過河至北門，利用繫留渡原理，由守城部隊協助牽引過河，竟架成可通行步兵之浮游軍橋，軍橋完成之當晚，即由六四團之一連衝入城內，一時軍民歡忭鼓舞，士氣百倍，但第十四師工兵營在黃金渡附近之渡河，以對岸共軍監視極嚴，架橋船隻無法徵集，數度搶修，傷亡工兵四十餘人未獲成功。蓋周至柔將軍下令時，係故示為真渡河，而非佯渡河，期其架橋動作逼真，當時第十四師工兵營雖傷亡官兵四十餘人，但予共軍以判斷我十四師將由黃金渡攻其左翼無疑，竟能吸引林彪部與其攻城預備隊之西移，使我第十一師由城區出擊獲致成功，仍有其莫大價值也。

三月五日至六日，我第十一師司令部工兵營及第六三第六四第六五第六六團及第十四師八四團均陸續進入城內。其時通行北門軍橋所受敵射擊傷亡仍有加無已，軍橋上固無法予以掩護，爾經研究所得將軍橋兩側懸掛草簾遮蔽，橋上有無我軍通行，無法發現，共軍每隔五分鐘盲目射擊一次，再由我四十旅迫擊砲集中射擊，向共軍西門機關槍陣地制壓，我傷亡始減。

自我第十一師主力進入贛州城後，所受極度困惑者，為不怕共軍打進城，只怕我軍打不出城，如由東門開門出擊，無異自投共軍預設之機關火網內，遭受無益損害。適我十一師工兵營於南門東門間城基構成十八個坑道攻擊路，坑道頭正對準城外護城河隔水堤，並可利用隔水堤越河前進（附註二），惟坑道頭僅留一層薄土為掩蔽，免為共軍覺察耳。

我第十四師夏楚中旅，除以八十團祝夏年團控置黎人坡、黃金渡一帶掩護十四師工兵營渡河，並監視當面之共軍外，主力由夏旅長指揮向塘江轉移，此明知距離愈益遙遠，但對共軍左翼側之牽制威脅成果亦愈大，將使共軍認我第十四師主力向其左翼之攻擊為必然行動，共軍因將林彪部西移應變，因未料及我第十一師竟由城區出擊也。

附註二：查東門南門間城區外地形開濶，圍城共軍，尚少接近，我軍可利用隔水堤超越護城河，或為共軍所不察。

戊、天竹山之奇襲與成果

我第十八軍綜合以上預行策定之反擊行動，與諸般準備，已獲致完成後，而突擊路線及目標，亦由各級指揮官分別偵察確定。羅卓英將軍乃決於三月六日午後十一時以六六團就右方各坑道之出擊位置；六五團就左方各坑道之出擊位置；六八團則在六五團之後跟進。於三月七日上午一時許各推開坑道外層，循隔水堤向預定攻擊目標前進，銜枚疾馳，靜肅無喧，俟我六五團向左翼迂迴分達天竹山師範學校時，尚為共軍所不覺，一時槍聲大作，東南門我軍同時應機出城反擊，共軍遂倉惶失措，到處散逃。同時我第十四師方面，亦向當面之共軍攻擊，竟使共軍不悉我反攻主力指向所在。當我六五團六八團之佔領天竹山，為彭德懷指揮所所在，當場擊斃幕僚人員多人，而彭德懷僅身免。該團佔領天竹山後，即再向東門共軍之側背夾擊，共軍第十九師第二〇師幾全部殲滅，其一部畧向我六五團反攻後，即向南方潰竄。再六五團一部於襲擊師範學校時，於睡床上俘獲十餘人，聞敵兵有喊「不得了司令員抓去了」後始查明內有敵師長侯中英其人。至第六六團出擊後，則向左迂迴突擊南門共軍第五軍之側背，斬獲亦多。六二團彭戰存營方在章山西岸警戒，見我出擊，共軍潰亂逃散，亦利用破船一隻渡河向南門之共軍追擊，繳槍二百餘枝。其時我出擊部隊到處衝擊，均未遇共軍有部署之反抵抗，戰至拂曉，見受傷敵兵及遺落武器遍地，而彭德懷第三軍團殘部已分向會昌方向逃竄。我第十四師夏楚中旅主力在塘江附近徙涉，一部由黃金渡以竹筏渡河出擊，而林彪部稍行抵抗即向南康方向撤退。

是役共軍第三軍團傷亡最重，計格斃第七軍師長羅貴波、師政委蕭某，俘第五軍師長侯中英、師政委饒文政、團連排級軍官二百餘人，擊斃二千餘，俘敵礦工及被脅壯丁七千人，連同於拂曉後在東門南門外搜獲步槍共二千餘枝、機關槍十餘挺，坑道材料炸藥全部。我第十一師亦傷亡官兵三百餘人，第十四師傷亡官兵八十餘人。

四、贛州解圍戰役之檢討

甲、共軍方面

一、共軍以武器窳劣，彈藥來源枯竭，在所謂「敵强我弱時期之作戰」，通常捨棄其硬拼主義，決不與我作正規陣地戰，即不執行攻堅，亦不死守於一地，而無對面之固定戰線，正以毛澤東思想，敵人多不打，佔有堅固陣地不打，打時不能解決戰鬥時不打等等爲教條。彭德懷之攻贛州，均背離其上述原則，當以彭德懷好大喜功思想，與毛澤東、周恩來等欲以把握抗日機會，獲得游擊區新形勢之企圖所驅使。

二、共黨嘗强調「軍事戰線與政治戰線相結合，武裝爭鬥與羣衆爭鬥相結合」之言。按贛州攻城之役，亦與上述決策背道，且民衆與我團結一體，軍政合作無間，而敵我力量消長之對比尤爲顯然。

三、共軍砲兵火力薄弱，工兵技術低落，實無攻堅之條件。其標榜不打無準備之仗，不打無把握之仗，事實上在本戰役中彭德懷是打無準備之仗，打無把握之仗，而軍事技術，未能配合戰術之理想，亦爲顯然。要以彭德懷染有英雄色彩，則期待僥倖於萬一，有以致之。

四、按共軍對攻城作戰有其整套圍點打援之傳統慣技，即攻城爲其手段，而誘援打援，乃爲其眞正之目的。就本戰役研究，共軍既不能打援又未能攻城，則其戰術運用，殊無意義可言。

五、當我第十八軍增援到達後，就共軍力量分析，退且不保，攻更無望。尚思戀戰嘗試到底，其軍事目的何在，實令人費解。

六、共軍亦常標榜其戰術爲一個拳頭主義，即戰略運用，爲以一當十，戰術實施，爲以十當一。此次共軍對我第十八軍之解圍作戰，既不放棄贛州城之攻堅，又抽調重兵担當對我第十四師之迂迴作戰，此非一個拳頭主義，乃爲兩個拳頭主義也。

七、我軍由東南門間之狹窄地地區反擊，當歸過彭德懷判斷之錯誤，而非兵員不足而不及防，其遭遇敗覆，應非共軍戰鬥之過，乃爲敵作戰策劃之疏忽。

八、彭德懷提出血洗贛州城口號，徒使我軍民之奮發團結，喚起同仇敵愾心理，其懸重賞招降我高級司令官事，益顯出其欺騙鬼詐行爲，在心戰技術上殊無意義也。

乙、我軍方面

一、軍民精神團結，合作無間，在有形無形中，凝成生死與共之禦侮無比力量。

二、第三十四旅官兵迭受共軍之宣傳喊話重金招降，威迫利誘之下，均不爲所動，其忠貞卓絕，深爲欽佩。

三、我第十一第十四師之並肩作戰，頗盡虛實運用與相互犄角之妙算。如我第十一師方面之突襲，即事前爲共軍所發覺的，則我第十四師由右翼之迂迴攻擊，亦可達成解圍任務。

四、解圍作戰經過中我第十一第十四兩師無分任務輕重，只求殺敵致果，而戰術思想一致，合作無間，不怕敵人打進來，只怕敵人走了打不到，上下同心，亦爲達成解圍任務之因素。

五、北門軍橋之架設，十一師工兵營之機智，誠可足述；六五團對天竹山奇襲之功蹟，應可傳世；六二團彭營之主動追擊，亦堪矜式。

六、戰術無技術之配合，則戰術成爲幻想；技術無戰術之運用，亦使技術成爲死物。本戰役中戰術與技術融會一體，發揮盡致，實相得而益彰。

麻將考

莊練

「麻將」，乃是我國民間極為流行的一種博戲，與「牌九」可以同稱為「國賭」。牌九的性質較為激烈而缺少機智，在技術上亦無法作深入性的切磋研究，所以它始終只能流行於較低級的社會階層。至於麻將，則一桌之旁，四人團坐，談笑風生，情趣優雅，既不妨男女之雜遝，更宜於朋友之聯歡。所謂搓政治麻將者，則可以之作為結交貴人的工具，於可贏而不贏，不輸而能輸之間，更為極高深的學問經濟，尤非淺學者所能窺其底蘊。所以麻將之道，博大精深，至今中外人士好此者日多，寖假而且漸有傳播於全世界之勢，便可知道此一藝術實有其存在的價值。如此偉大的藝術發明，至今尚無人為之詳考其源流演變，實為憾事。新年多暇，翻檢舊籍，頗有所得。因撰此文，名之曰：「麻將考」，以此就正於雅好竹戰的風雅之士，幸垂教焉。

談到麻將牌的歷史，不免使人聯想起古代的葉子戲；因為麻將在未曾成為綠豆糕形式的骨牌之前，也是以紙製的「葉子」形式從事遊戲的。不過，流傳在我國民間的牌戲，麻將之外尚有牌九，古書中所指的「葉子戲」，究竟指何者而言，殊有無從辨明之苦。如唐人蘇鶚所撰的同昌公主傳，就說：

「韋氏諸宗好為葉子戲。夜則公主以紅琉璃盤盛夜光珠，令僧祁捧立堂中，而光明如晝焉。」

這是記載葉子戲的最古文獻。但就是不能明白，當時所玩的葉子，究竟是牌九牌呢？還是麻將的老祖宗——崑山牌？由於此一緣故，要追溯麻將牌的最早原始，只能從文獻有徵的可信資料入手。

明世宗嘉靖時的徽州人潘之恒，曾撰葉子譜及續葉子譜。由這二書中可以知道，明代中葉時源出江蘇崑山所製的紙牌，已經具有近世麻將牌的最早雛形了。

葉子譜中所記的崑山牌，全副共四十張。分為十字門、萬字門、索字門、文錢門等四門。文錢今稱筒子。所刻圓形餅狀，便是古代銅錢的形像。現代的麻將牌，分為筒、索、萬三門，每門自一至九，各四張。這在崑山牌中都已有其踪跡，不過其張數不同於今之麻將而已。崑山牌全副四十張的牌式如下：

十字門牌，計十一張，自萬萬貫、千萬貫、百萬貫、九十萬貫、八十萬貫，遞減至二十萬貫止。這些牌依其次序而有大小之分，萬萬貫最大，稱為「尊」，二十萬貫最小稱為「極」。大牌可勝小牌，其他各門牌的情形並同。

萬字門牌，計九張，自九萬貫遞減至一萬貫止。九萬為尊，一萬為極。此即是現代麻將牌中的「萬子」。

索子門牌，亦為九張，自九索遞減至一索。九索為尊，一索為極。所謂「索」，本是串錢用的繩子，一根繩索象徵銅錢一百文。所以紙牌中的索子，小於萬子而大於文錢。這在現代的麻將牌中，仍稱為「索子」。

文錢門牌，計十一張。此門的尊卑次序適與牌點之多少成為反比，與前述三門都不同。最大的尊牌是「沒文」，上繪波斯進寶之圖，書作「空一文」。其次是「半文」上繪一枝花之形，所以又稱「枝花」，或名「醫客」。其下自一文錢遞增至九文錢，九文為「極」。

與現代的麻將牌相比，十字門的牌在麻將中不見了，萬字、索子、文錢三門則依然保留；但是文錢門中的「沒文」變成了麻將中的「白板」，一枝花形的半文則變成了「發財」。雖然崑山牌的形制已經具備了麻將牌的雛形，但其遊戲方式却與麻將相去十萬八千里之遙。以現在所知道的各種崑山牌玩法而言，有馬弔、鬥虎、扯五章、扯三章等各種不同的規制，其中就沒有一種是與麻將相似的。

馬弔牌的玩法，在潘之恒的葉子譜和明末時人龍子猶所撰的「馬弔脚例」中都有說明。只有龍書所稱的馬弔，在潘書中稱爲「馬掉」，稍有不同。葉子譜「馬掉品」說：

「馬掉，以軍令行之。法分四壘，用崑山葉四十張，各執其八，而虛八爲中營，主將護之，以紀殿最、定賞罰焉。」

這段話說明馬掉或馬弔牌的玩法，是以四人爲一桌，每人分牌八張，餘八張作爲中營，由作樁（即今日所稱的「莊家」）的主將負責守護，以紀殿最而定賞罰。作樁的「主將」如何產生呢？葉子譜馬掉品續說：

「選將以盧卞。植幟於壇，而三家環攻之。」

「盧卞」即是擲骰子。這也就是說，每一牌的樁家，是由擲骰子的方式決定的。樁家爲其餘三家所環攻，有利亦有不利。有利之處，是他另有中營所覆置的八張牌可作護身之符；不利之處，是不論由自己出牌或上首一家出牌，他都無可取巧。所以葉子譜說：

「居壇之上，雖尊兼毋吝留，慮敵以倖得偶。居壇之下，雖小劣必讓，毋貪噬，欲分力以窮寇。」

「壇」即是主將所處之地，用來比喻莊家，壇下，自然就是指散家。這是說，莊家因無可取巧之故，只有儘量靠所握之大牌取勝散家所出之牌，而散家則可三家合從，在逼出莊家的尊張大牌之後，相機捕捉餘牌，坐以待敵。這種打法，很有玩橋牌的味道。只是橋牌以二人爲一組，相互合作，以對抗另二人的一組。此則以三攻一，故而出牌的技巧亦另有講究。關於這方面的學問，雖然葉子譜與馬弔脚例、牌經十三篇等書中言之綦詳，但因其實在的玩法早已失傳之故，只靠書面文字，殊無法明白其中究竟。至於馬弔牌之所以得名，則由計算輸贏時所用的術語而來。馬弔脚例說：

「得牌曰上卓，得二牌曰正本。多曰弔，被弔不正本曰死，無卓曰赤脚。獨贏一家曰獨弔，共贏一家曰合弔，兩家分贏曰各弔，四家正本曰四和氣。」

馬有四足，象徵四人同坐而戲，正爲合適。每人分牌八張，勝二輪應算保本，所以說「得二牌曰正本」。但如超過此數，當然就是贏家了。有贏家就有輸家，四家的立足點不能平均，猶如馬之四足不能平衡，因此就有了「弔」與「被弔」之名。馬弔牌之命名，以此。馬弔牌的輸贏計算方法，在勝牌數之外，尚需計算其中的關鍵牌張。如十字門中的百萬貫，俗稱爲「百老」。持有此牌之人，能以此贏牌而又得正本，就稱之爲「大活百」，賞三注。如大活百之外，更持有九十萬與五萬、六萬、八萬等牌，其名曰「大活百突」，賞六注。如持有百老而爲人所勝，則名曰「死百」，只賞一注。此外各種賞注規定尚多，說詳潘、龍二人之書中，不贅。

清初時人王崇簡所撰的「冬夜箋記」，引同時人申涵光所撰「荊園小語」云：

「賭錢乃市井事，士大夫往往好之。至近日，南之馬弔，北之溷江牌，窮日累夜，若痴若狂。問之，皆曰『極有趣』。吾則見其廢時失事，勞精耗財，每一場畢，冒冒然目昏體憊，不知其趣安在也。」

以不知賭錢樂趣之人而冒冒然地批評馬弔之戲爲無趣，爲勞精耗財力。可謂空泛不實，太煞風景。但由此亦可知道，馬弔牌不但盛行於明代，在清初仍風行一時，雖士大夫階級亦不例外。溷江牌是怎樣一種博戲？不詳。如以續葉子譜所載「鬥虎」、「扯五章」、「扯三章」等等的玩法而言，則崑山牌之演變爲後來的麻將，正復有其端倪可見哩！

「鬥虎」一名「看虎」，潘之恒續葉子譜「看虎品」云：

「鬥虎，取崑牌四十張，去十門，惟選千兵以領三路，其專轄者惟萬，他有所不屑制也。如二人角，各得十三章，守營者四。或三人角，各九章，守營者三。始於齊以定方，揭一爲先鋒。先鋒無避，有進而無退。進而爲順爲豹，惟利是視。不則委而置之，獨致師焉。」

這段話說明鬥虎牌的玩法，須先檢去十字門中的十張牌，只留下千萬貫一張，合之萬、索、文錢三門的二十九張，共爲三十張。如果二人玩牌，則各分十三張，留四張守營。牌分定之後，須再決定由何人先出牌。先出牌的人，在留作守營的牌中翻出一張，稱爲「先鋒」。以這一張先鋒牌配合自己手中的牌，或湊成三張一連的「順」，或配成三張同點的「豹」，悉視情形而定。然後即可出牌挑戰，以比牌的方式定勝負。其大小次序之規定如下：

①豹——凡三張同點的，稱爲「豹」（九萬、九索、九文）最大，依次而至二萬、二索、二文合成的二豹。千萬與一索、一文相配，稱爲夭豹，最小。空文、半文、與一文相配，名曰半豹，又在夭豹之下。大豹與小豹，小豹勝夭豹，夭豹勝順子。但一萬、半文與空文所合成的「駁」，又可勝夭豹。

②順——同一門牌中大小相序者謂之順。千萬與九萬、八萬所配成的順，稱爲「千統」，在順中最大。大順勝小順。點子相同的順，則以萬、索、錢各門的順序爲尊卑，萬勝索，索勝錢。

「鬥虎」的勝負計算方法，除勝牌的次數外，亦與其中的關鍵牌有關。如五萬與八萬均能得勝。則五萬稱爲中堅，賞二章，八萬稱爲次將，賞三章。三索三萬與七文合稱穿山甲，賞三章。二索二萬八文合稱爲「窮」，賞四章。一索一萬九文合稱爲「虎」，賞五章。千萬九索沒文合稱爲「駕」，賞六章。三九之豹賞七章，三門之尊牌合賞八章。千萬與一索一萬合稱爲「雄」賞九章。由於有這種複雜的計算方法，所以在出牌時，勢必儘量在求勝之外，再力求取得這些關鍵牌。這樣的遊戲方式，既像西洋牌中的「羅宋牌九」，又寓有檢紅點與釣魚的規則，頗爲有趣。而「順」像麻將，「豹」像牌九，又可看這樣的遊戲，在當時頗與牌九的發展有聯帶的關係。

「扯五章」與「扯三章」的玩法，乍看起來，似與崑山牌之演變爲麻將牌無甚相關；但如深入研究，可知殊不盡然。「扯五章」的玩法畧如今之羅宋牌九，或大牌九，以所分得的牌配搭成爲三組，各以點數之大小比勝。第一組一張，第二組二張，第三組三張；其中之第三張又可前後活用，故三組共只需牌五張。前面已曾說到，「扯五章」中已將十字門中的不用各牌除去，總牌數只三十張。五張一副，三副共十五張，恰可供二人同玩之需。這種遊戲之所以值得注意，是其中亦將十字門的牌除去掉，而只將所留下的空文、萬萬、千萬等三張作爲「花」，既可作一點，亦可作無點，極像玩撲克牌賭博時的「A」。爲什麽這種遊戲亦要像「鬥虎」一樣地將十字門各牌去掉呢？很明顯的理由是，萬、索、錢三門都是按一至九之數序列，既可以配搭成爲順序，亦可湊成點數遊戲，而十字門各牌無此便利，因此不得不將之除去。至此我們可以看出，崑山牌的四十張中的十字門牌，除了留作「花」牌之外，顯然已面臨淘汰的命運。十字門牌被淘汰之後，剩下的萬、索、錢三門，因爲都有一至九的數目順序，既可作「豹」，亦可作「順」，變化較爲便利而且複雜，其遊戲的方式，就可以由舊式的馬弔牌中脫穎而出，視情況需要而作各種機動的變化適應了。「扯三章」的玩法，與扯五章大致相同。不過扯五章發牌五張，配成三組後比牌，扯三章則牌數只有三張，無需另加配搭。其情形既像今日的大牌九與小牌九，也更像羅宋牌與「三公」，所以不再贅述。

鬥虎，扯五章，與扯三章，與崑山牌之演變爲麻將有何關係？當然有。第一、它使崑山牌由四十張變爲三十張，其規則更近似今日的麻將；第二、它使崑山牌完全擺脫了馬弔的影響，而傾向於今日的牌九與麻將。既然崑山的遊戲方法中會羼入牌九牌的成份。那末，牌九在後來所發生的演變，當然也會影響及於崑山牌了。在這種情況之下，麻將之出現，便具備其先決條件了。

牌九牌的遊戲方式中，有一種名爲「游和」，或稱「游湖」。清人金學詩所撰「牧猪閒話」，記述其規制內容云：

「遇兩三人及四人同坐，拈一人爲首，次第抹牌。以三頁配搭爲一副，取『五子一包』、『合巧』、『分相』、『不同』等名，與六骰采色正同，謂之『游和』。或於三十二頁之外加倍而半之，爲八十頁，則每種各五頁。又以武牌三六、四五等均作五頁，與文牌相同，則又加二十五頁，爲一百五頁，亦曰『碰和』。或以天地人和等牌爲『將』，抹得者倍采。或就其中數頁添繪花枝，以一頁當二頁，謂之『碰花將和』。或於百五頁之外另製一頁或兩三頁，素面而繪以雜采，可隨意呼爲某牌，以其未有鏤點也。抹得者輒勝，謂之如意君。」

牌九牌中的「游湖」或「游和」，極像今日的麻將，只是他所用的牌爲牌九。又其配搭成副的情形完全適合牌九的形製，是爲二者之不同而已。由于牌九可作游和之戲，因此崑山牌中也出現了類似的形式，是爲「默和」。牧猪閒話中亦有這方面的記載，說：

「紙牌長二寸許，橫廣不及半，繪畫雕印，凡六十頁爲一具。具各有耦，共三十種，分爲三門，曰『萬貫』，曰『索子』，曰『文錢』，皆自一至九，共二十七種。餘三種曰『厶頭』，其一萬貫，一索子，一文錢亦曰厶頭。萬貫皆繪人形，索子文錢則各繪其形製。大約仿馬弔牌而損益之，疑始於明之末造而盛行於今世，雖鄉僻處無地不有，非甚謹愿者無人不曉，較馬弔牌奚啻十倍。……」

金學詩是清乾隆時人。他懷疑這種盛行於乾隆年間而源出於馬弔的紙牌之戲，在明末時已經有了，恐怕不大合於事實。因爲吳梅村在清代初年撰「綏寇紀畧」一書敘述明末流寇之起，還說，明代末年，民間盛行馬弔之戲，「其法以百貫滅活爲勝負」，所說的內容與馬弔脚例等書並合，可以知道當時還不會出現這種由三十六張增爲六十張的「默和」之戲。至於「默和」的遊戲方法，則牧猪閒話中續說：

「聚客四人，案設鬮旃，乃出戲具。拈一人爲首，以次抹牌，每人各得十頁，謂之默和，餘二十頁另一人掌之，以次分遞在局者，謂之把和，亦曰矗角，因其在座隅也。其法以三四頁配搭連屬爲一副，三副俱成爲勝。兩家俱成，以拈在先者爲勝。凡牌未出皆覆，既出皆仰，視仰之形，測覆之數，以施斡運，則在神而明之。又或於六十頁之外更加一頁，爲一百二十頁，或更加半具，爲一百五十頁，則每種各五頁。可集五六人爲之，每人各得二十頁以外，其餘頁皆掩覆，次第另抹，以備棄取，名曰碰和，原本默和之法而推衍之。抹得三頁同色者曰『坎』，曰『碰』，四頁同色者『開招』，五頁同色者最難得，曰『活招』。相傳謂前朝人圂圄中所製，故有此等名目，或在其數頁間塗以金，抹得者以一頁當二頁，謂之碰金和，明末士大夫多好之。」

這一段話，又說明了崑山牌的發展，在乾隆時不但有由三十張加倍成爲六十張的「默和」，更有由六十張再加一倍或一倍半，而或爲一百二十張與一百五十張的「碰和」。雖然金學詩仍然相信這是源出明代的規制，其實應該糾正確認爲始自清初的創製。因爲清康熙時的王士禎，在他所撰的分甘餘話中還說：「吳俗好尚有三，鬥馬弔牌、吃河豚魚、敬畏五通邪神，雖士大夫不能免。近馬弔漸及北方，又加以混江遊湖種種諸戲，吾里縉紳子弟多廢學競爲之，不數年而貲產蕩完，至有父母之殯在堂而第宅已鬻他姓者，終不悔也。始作俑者，安得尚方斬馬劍誅之，以正人心，以維風俗乎？」假如碰和之戲始於明末，其內容及趣味性既遠較馬弔牌爲進步，當時之人豈尚有株守舊習，而不肯趨向時髦的道理？由此一點，便可知道碰和之戲必定創始在康熙雍正之後，決非明代之規制。而其與牌九牌中的游和之戲，遞爲影響的情形，也十分明顯。游和之戲，後來更發展爲「同棋」與「挖花」，碰和牌受其影響，於是乃出現了麻將。

同棋與挖花，乃是牌九牌系統中的另兩種博戲形式。同棋的牌數每種五張，共一百五張。挖花每種六張，共一百廿六張。這兩種遊戲，既像游和，又像麻將。參加者規定爲四人。同棋以三張相同的稱爲一「尅」，三張中ㄠ至六俱全者稱爲「不同」，三張中有五點相同者稱爲「五子」，如是者皆可成牌，稱爲「一凈」。每人所持二十張牌中如有六凈，再得一張而成七凈，便是和牌。這種遊戲，接受了「游和」中的和牌規制而又保存其原有名稱，可以說是游和之戲的嫡派正傳。挖花則以每種六張牌中分爲「有花」、「無花」、「叠大」等三類。各分大小，總數二十張牌中，成牌九對而餘牌二張，再得一對，便可成和。其勝負標準，全在計算大牌所得之「和」數，似同棋而打法不同。這兩種遊戲對麻將牌形成的影響有二。一是限定每個參加的人數爲四人，以一定的規制改變了舊時碰和之戲的不規則參加人數。二是同棋挖花中所謂「將牌」。這種觀念加入到碰和牌中之後，碰和牌中的「ㄠ頭」也稱爲「將」。於是，這種新的遊戲以「馬弔」與「花將」中的「馬」「將」二字爲名。出現了「馬將」的全新名詞。馬將的諧音即是「麻將」，麻將的出現，至此告成其全功。杜亞泉博史云：

「馬將牌創始於何時？不能確定，但當較默和牌晷後。相傳謂馬將牌先流行於閩粵瀕海各地及海船間，淸光緒初年，由寧波江夏延及京滬商埠。淸乾隆年間尙流行默和牌，未加將牌。乾隆以後，花如牌盛行，演習馬將者遂日衆。此時已改製骨牌，且加梅蘭竹菊琴棋書畫等花張，稱爲花馬將，逐漸流行，由津滬波及全國，蓋已五十餘年於玆矣。」

杜書中所說的花和牌，即「挖花」牌。可知碰和牌因加入將牌而變成今日的麻將，原是受了挖花牌的影響，其時間則在乾隆以後。挖花牌中的將牌，是天地人和梅花長三雙二等「長牌」，計算和數時較之非將牌的「閑牌」爲多。在老式麻將中，白板、發財、中風，與東南西北等風與此具有同樣的功用，可知其淵源來自花和牌。而此牌既由航海的船隻傳入沿海商埠，則東南西北諸風之加入於麻將中，當然也是很合邏輯的事了。只是很多人不甚瞭解麻將牌演變歷史之長久而緩慢，誤以麻將牌中有東南西北等風及航海所用的繩索，便以爲此是海員們的「發明」，實在可說是不察之甚。淸稗類鈔的作者徐珂更說：

「麻雀，馬弔之音轉也。吳人呼禽類如『刁』，則麻雀之爲馬弔，已確而是徵矣。」

從前人對於麻將牌的考證，大多類似如此的附會影響之談。由此不難窺知，麻將雖爲我國民間普遍流行的博戲，大多數人却對它的歷史演變沒有認識。今麻將流傳日廣，與麻將有淵源關係的同棋，挖花等却又逐漸失傳，久而久之，這些與麻將演變歷史有關的環節，也終將無人知曉。在此時附帶一提麻將何以能興而同棋，挖花何以逐漸沒落的道理，似乎也頗有其必要。

與同棋及挖花牌相比，麻將牌天生具有其優點。第一，麻將牌的門類整齊，花式劃一，在博戲時具有其便利性。第二，麻將牌各門的數目自一至九，無論作順作坎，或者發展爲後來的雙龍抱柱，一條龍，喜相逢等等名色，都可以有其組織與配搭之便利，變化叠出，生生不已。麻將牌的優點，相對的就是同棋與挖花的缺點。相形之下，變化繁多，組織簡單而趣味性濃厚的麻將牌勢必會在相互競爭之下佔據上風，逐漸擊敗其敵手，而居於一尊之地位。情勢發展到這一地步之後，麻將之享有國賭之名，當然是勢所必至的事了。在麻將發展的歷史上，這也是值得注意的問題吧！

楓橋夜泊詩與寒山寺碑

——爲唐宋明清民國名人的綜合文獻

惲茹辛

概說

俗諺以「上有天堂，下有蘇杭」來形容其地的山明水秀、景物宜人。「天堂」究竟是怎麽一個樣子，筆者是個凡夫俗子，對這件「玄之又玄」的事，限於識見，恕難臆說。至於「蘇」「杭」呢？則是人盡皆知的「歷史勝蹟」，「古今名城」呢？

蘇州，爲今江蘇吳縣治，本春秋吳國地。吳王夫差曾築姑蘇台於此，故蘇州亦稱姑蘇。隋置蘇州，唐改吳郡，宋爲平江府，元爲平江路，明復蘇州府，清屬江蘇省，治吳縣、長洲、元和三縣。入民國，改稱吳縣，直屬江蘇省政府。

杭州，爲今浙江省會，本春秋越境，相傳夏禹南巡，舍杭登陸，故名。宋高宗南渡，建都臨安，臨安即杭州，杭州亦即爲歷史上所稱的南宋帝京。

準此，可知「蘇」「杭」之爲歷史名城，殆無疑義。而本文主旨所在，乃爲蘇州楓橋寒山寺碑中所題的「楓橋夜泊詩」，與及歷次書寫「張詩」刻石「成碑」的諸名人。

楓橋與寒山寺

楓橋、在蘇州閶門西十里。豹隱紀談①：「楓橋舊名封橋，後因張繼詩、江楓漁火句，改封橋爲楓橋；今天平寺藏經多唐人書，背有封橋常住字。」蘇州府志：「寒山禪寺在縣西十里楓橋，故稱楓橋寺。」吳郡圖經續記②：「舊式誤爲封橋，今丞相王郇公頃居吳下，親筆張繼一絕於石，而楓字遂正。

「封橋」之改稱「楓橋」，其源出此。

「寒山寺」起於梁天監（502—519）間，舊名「妙利普明塔院」。宋太平興國（976—984）初，節度使孫承祐③重建七成。嘉

月落烏啼霜滿天
江楓漁火對愁眠
姑蘇城外寒山寺
夜半鐘聲到客船

祐（1056—1063）中賜號「普明禪院」。雖然如此，而唐人則早已稱此爲「寒山寺」了。宋紹興四年（1134），僧德遷修孫覿④記。元末，寺塔俱燬。明洪武（1368—1398）中重建。永樂三年（1405）修姚廣孝⑤記尋火。正統（1436—1449）中、知府况鍾⑥再修。嘉靖（1522—1566）中鑄巨鐘、及增建樓宇。萬曆四十年（1612）建藏經閣，四十六年（1618）大殿火，明年復修。清康熙五十年（1711）冬大火。咸豐十年（1860）燬。「楓橋寺」之改稱「寒山寺」，古老相傳，其說有二。

一爲唐高僧寒山、拾得，曾卓錫⑦於此，後人爲了紀念這兩位高僧的嘉言懿行，故以「楓橋寺」改稱「寒山寺」。

一爲希遷⑧禪師因寒山、拾得之隱，即於此創建伽藍⑨，遂額曰「寒山寺」。

這兩種傳說雖畧有不同，然其意義則一。在一千三百多年來的歷經滄桑中而仍能保持「令名」，屹然「無恙」，也不是偶然的。

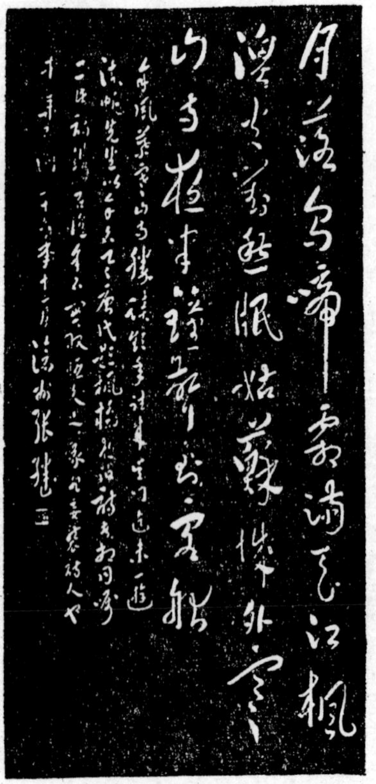

寒山拾得

「楓橋」與「寒山寺」得名之由，已如上述。但能夠使「寒山寺」成名垂諸千秋萬世而不朽的「寒山」，又是個怎麼樣的人呢？這也是值得一談的。

寒山、唐貞觀（627—649）時高僧，居天台寒山⑩，時往還國清寺，與拾得交友，好吟詩偈，狀類瘋狂，以樺皮爲冠，布濡木屐，人莫識之。閭丘胤出守台州，往寺求之，寒山走歸寒嵒，入穴而去，其穴自合。著詩二百餘首，曰寒山集。其詩清曠絕俗，不愧有詩僧之稱。爰錄五言律詩一首於下，以見其概。

人生一百年，佛說十二部；慈悲爲野鹿，瞋怒似象狗。
象狗趁不去，野鹿常好走；欲伏獮猴心，須聽獅子吼。

拾得爲天台山國清寺廚中苦行僧，與寒山志相近，道相同，故情亦深，交亦切。高僧傳中記：「豐干⑪師居天台國清寺，出雲遊，適閭丘胤出守台州，問彼有賢達否？曰：寒山文殊，拾得普賢，狀如貧子，又似瘋狂。閭丘胤至任，入寺見二人拜之。二人曰：豐干饒舌，便連臂出走。尋其遺物，見拾得偈詞。四庫書目有寒山子詩集二卷，豐子拾得詩一卷。」

寒山、拾得，是「高僧」而兼「詩僧」。而「拾得」其名之由來，據說是：「豐干禪師行至赤城⑫道側，聞兒啼，拾之，名曰拾得」這個如假包換，名符其實的「拾得」，得天地靈氣之所鍾，受名僧豐干之薰陶，終於成為一代高僧，物華天寶，人傑地靈，毋負於豐干之拾得「拾得」，其慈悲為懷之苦心，也是以應傳千古了。

張繼的楓橋夜泊詩

「人要衣裝，佛要金裝。」或者是：「人以詩傳，地以詩名。」這是鐵的定律，也是千古不易的定論。如蘇州的以「姑蘇台」、「姑蘇山」而得名，寒山寺的以「寒山子」、「寒山寺碑」而得名。至於「封橋」的成為「楓橋」，又何嘗不是受到張繼「楓橋夜泊詩」的影响所及呢？

近人應俊作楓橋夜泊圖

月落烏啼霜滿天
江楓漁火對愁眠
姑蘇城外寒山寺
夜半鐘聲到客船
王震

張繼、字懿孫，襄州人，唐天寶（742—756）間進士，大曆（766—779）末，檢校部員外郎，分掌財賦於洪州。能夠「使人以詩傳，地以詩名」而垂千古於不朽的楓橋夜泊詩是這樣寫的：

月落烏啼霜滿天，江楓漁火對愁眠，姑蘇城外寒山寺，夜半鐘聲到客船。

在當時，張繼作這首詩的原意，乃是寫「旅途夜宿舟中的情景」。易言之：張氏的詩是紀事寫實的應景之作。在許多唐人作品中，並不是韻律最好，意境最高，用詞最佳，格調最新之作。它的所以「得名」及能「流傳」至今，主要因素是後人抱他這首詩作了寒山寺的「碑文」，成為「人以詩傳，地以詩名」的相輔相成之相互關係，相信這是張繼始料所不及的。

因寒山寺的成為蘇州名蹟，慕名往遊及以所見發而為詩以誌其盛的，是亦愈來愈多，僅就所見，試錄數首於下，以見一斑。

唐韋應物⑬「宿寒山寺詩」：心絕去來緣，跡住人間世，獨尋秋草逕，夜宿寒山寺，今日郡齋間，思問楞嚴字。

宋張師中「遊寒山寺詩」：吳門多精藍，此寺名尤古，距城七里餘，冠蓋日旁午；斜徑通採香，遠岫對棲虎，寺扉橫野橋，塔影落前浦。霜樓鳴曉鐘，夕舸軋雙櫓，方丈中有人，學佛洞禪語；跡忙心已閒，道樂行彌苦，不爲喧所遷，意以靜爲主；何必深山中，峰巒繞軒戶。

宋孫覿「過寒山詩」：「白首唐來一夢中，青山不改舊時容；烏啼月落橋邊寺，欹枕遙聞半夜鐘。

清季名進士以發動「戊戌政變」而弛譽中外的書家康有爲於民初遊姑蘇時，有「遊寒山寺」七絕之作，其詩曰：鐘聲已渡海雲東，冷盡寒山古寺楓；莫使豐干又饒舌，他人再到不空空。

幷此一記的是：自歐陽修指出「夜半非鐘聲之時」，於是議論紛紜，莫衷一是。有人竟爲愁眠爲地方名，此誠穿鑿附會，妄加臆測之詞。惟蘇州附近有一地，名木瀆鎮，爲京滬鐵路小站之一，早年有人作一首與此有關之「仄韻詩」云：月落烏啼霜滿屋，江楓漁火對愁哭；姑蘇城外寒山寺，夜半鐘聲到木瀆。以張繼詩略改數字而成此，藉此亦可見作者才思及幽默風趣了。

「夜半鐘聲到客船」的寒山寺鐘，相傳此鐘用上等精銅所鑄，故聲甚響亮，達十餘里之外，後爲日本人盜之而去，幾經交涉，日人乃新鑄一鐘，歸還寒山寺，鐘上刻有日首相伊籐博文之銘，銘中有詩曰：姑蘇非異城，有寺傳鐘聲；勿說盛唐迹，山燈滅又明。

日本人一次盜鐘，再次刼碑，其愛好古物，本無可厚非，惟出之於盜、於刼，則亦無恥之尤、卑鄙之甚。而伊藤之鑄鐘以賠，銘之以詩，也可說是「盜亦有道」了。

月落烏啼霜滿天，江楓漁火對愁眠；姑蘇城外寒山寺，夜半鐘聲到客船

數寒山寺碑的書寫者

根據史料所記，寒山寺之名、始於唐代。寫唐人張繼「楓橋夜泊詩」爲「寒山寺碑」的，首爲宋人王郇公⑭，其次爲明人文徵明，及清人俞樾與近人張繼等先後共四人。

由「民國張繼」書寫「唐人張繼詩」爲「寒山寺碑」，這種「同名同姓」的巧合，也可說是一段藝林佳話了。

在抗日戰爭勝利以後，蘇州「楓橋」的歷史名蹟「寒山寺碑」，已爲日人刼奪而去，此「名寺」失此「名碑」，不無「黯然失色」之概。旋經蘇州紳商名流及大畫家吳湖帆等相商，一致同意敦請與唐張繼同姓同名而又能文擅書、德高望重的黨國元老張繼重寫「楓橋夜泊詩」，爲了表示敬意，乃邀濮伯欣爲代表，面請張氏書詩勒石；張以感情難却，欣然應命，不意書後數日，猝病捐館，此作遂成絕筆。

自張氏逝世消息傳出後，蘇州方面認此事已成泡影；但不久忽由國史館轉來，眞是喜出望外了。

緣張氏雖書成「楓橋夜泊詩」，以忙於國事，致未克及時寄發。迨張氏之喪葬事畢後，經左右查檢文件中，終於發覺，始按址付郵。

張書「楓橋夜泊詩」——寒山寺碑，有拓本傳世。書以章草出之，雄勁秀逸，兼而有之，詩後亦附䟦語云：

「余夙慕寒山寺勝蹟，頻年往來吳門，迄未一遊，湖帆先生以余名與唐代題楓橋夜泊詩者相同，囑書此鐫石；惟余名實取恒久之義，非妄襲詩人也。中華民國三十六年十一月。滄州張繼。」

張繼，初名溥，十九歲改名繼，字溥泉。河北滄縣人，光緒八年生（1882），民國三十六年（1947）十二月十五日病逝南京，年六十六歲。日本早稻田大學畢業，二十一歲時在橫濱獲識孫中山、章炳麟，即參加革命，歷任參議院院長、國民政府委員、

中央監察委員，立法院長，及國史館館長等職。生平以勇於任事、剛正廉潔著稱而爲人所重。

張書「寒山寺碑」，未知現在仍能安然無恙的屹立在「寒山寺」否？對於爲這一問題而關心的人，想或不在少數呢？

此前的那塊爲日人劫去之碑，出於樸學大師俞曲園的手筆。

俞曲園，名樾，字蔭甫，一字中山，號曲園。浙江德清人，道光元年生（1821），光緒三十二年（1906）卒，年八十六歲。道光三十年庚戌進士，官河南學政。僑居蘇州，主講蘇州紫陽書院，上海求志書院，而主杭州詁經精舍三十餘年。總辦浙江書局，精刻子書二十二種，海內稱爲善本。又建議江、浙、揚、鄂四書局，分刻二十四史。生平著作甚多，而以春在堂全書之卷帙浩繁爲最。

俞氏不但長於撰文，抑亦擅於作書，篆隷行楷，出諸其手，無不精妙。俞書寒山寺碑，現仍有拓本流行市面。書以行楷爲之，剛健樸實，骨肉停勻，書未見以跋文誌其因由曰：

「寒山寺舊有文待詔所書唐張繼楓橋夜泊詩，歲久漫患，光諸丙午，筱石⑮中丞於寺中新葺數楹，屬余補書刻石。俞樾。」

俞跋中已說明「寒山寺」舊有文待詔所書「楓橋夜泊詩」，因年代久遠，歷經兵燹及風雨的摧殘，已剝蝕殘破，莫辨字跡。貴陽陳筱石任江蘇巡撫（撫署即在蘇州）後，爲提倡風雅，修建勝蹟，以壯觀瞻，乃邀請年高德劭而以詩文名重江南的俞曲園氏補寫刻石。

俞曲園書此「楓橋夜泊詩」於丙午年，丙午爲清光諸三十二年（1906）；而俞氏之年，亦終於是歲。此與張溥泉卒於書「楓橋夜泊詩」之年，不謀而同，亦屬巧合之至。

由近人張繼寫唐人張繼詩爲碑，是奇緣，也是巧合。

清俞樾卒於寫唐張繼詩之年，與民國張繼卒於寫唐張繼詩之年，又是何等的奇遇，也是何等的巧合，更是何等的不幸。

俞樾、張繼，同在謝世之年，亦是人生旅程最終之時，書「楓橋夜泊詩爲「寒山寺碑」爲蘇州「地方文獻」上留下了可記之一頁，其性其名，也得以永垂千古，並爲後人所景仰的了。

俞跋中所記的文待，即爲家喻戶曉的「唐祝文周四才子傳」一書中的文徵明。

文徵明，名壁，以字行，更字徵仲，號衡山，蘇州人。明成化六年生（1470），嘉靖三十八年卒（1559），年九十歲。嘉靖元年貢生，授翰林院待，故人亦以「詔」稱之。與祝允明、唐寅、徐禎卿、有吳中四才子之名（「唐祝文周四才子傳」中的周文賓，那是小說家言，不足爲信）。詩書畫皆精，人稱三絕。

文待書「楓橋夜泊詩」與宋丞相王郇公分書「楓橋夜泊詩」，筆者翻檢了多種有關史籍，仍無法得到其人的手書遺蹟，頗引以爲憾。

附帶值得一談的是：「楓橋夜泊詩」的作者唐人張繼，及書詩成碑的王丞相、文待、俞樾、張繼，此五人者，雖非爲每一個時期的「頂兒尖兒」人物，但稱之以「成名」人物，也終不爲過。但還有兩個著名的清末民初成名之大名畫家吳昌碩和王一亭，也曾以「如椽之筆」，寫「楓橋夜泊詩」爲「書軸」。吳氏的篆書，王氏的行書，這兩位有師生之誼的大手筆，雖未鐫石爲碑，但他倆的詩軸，同樣曾有人爭以重價購置而珍之重之的藏之、寶之，以垂之久遠的。

吳昌碩與王一亭的書畫，已成今日市場上的瑰寶，其價值之高，令人咋舌。這裏不說也罷。

× × ×

蘇州的勝蹟，除楓橋「寒山寺碑」外，還有「三絕」、「十大」。

所謂「三絕」是：1.文衡山手植籐——在拙政園進口處。2.汪氏義莊假山——爲名手戈裕良所疊。3.瑞雲峯——在織造府。

所謂「十大」是：拙政園、獅子林、留園、環秀山莊、怡園、惠蔭園、西園、瞿園、滄浪亭、及羨園，合稱為「十大園林」。

中國園林之盛，自南宋以來，首推「四州」；即湖、杭、蘇、揚。明更有金陵、太倉。清初人稱：「杭州以湖山勝，蘇州以市肆勝，揚州以園亭勝。」迨到清末，市肆中心，已漸移上海；而園亭之勝，也由「揚州」而改為「蘇州」了。且在「十大之外，尚有遂園、可園、及虎邱靖園與為數甚多的私人宅第中之附設園亭呢？

在我國四大園林中，蘇州則獨佔其二。而江南園林，論質論量，也以蘇即為勝。其能上承唐宋、建自明季之拙政園，如今已是寥寥中的一個了。

蘇州是山明水秀，得天獨厚，以致文風薈萃，人才鼎盛，確是令人欣慕、嚮往、與懷念的。惟不知當此「山河依舊，面目全非」之年，蘇州的景物，是否依然？或已受摧殘？那就不得而知，懷念及此，只有徒增悵惘罷了。

註①豹隱紀談：宋周遵道撰。

註②圖注續記：宋朱長文撰。

註③孫承祐：宋錢塘人，吳越錢俶納其女兄為妃，因擢處要職，累遷知靜海軍節度使事，及泰寧軍節度使。

註④孫覿：宋晉陵人，字仲生大觀進士，歷官吏、戶二部尚書。

註⑤姚廣孝：明長洲人，本貧家子，年十四，度為僧，事道士席應真，得其陰陽術數之學，嘗監太祖實錄，又纂修永樂大典，年八十四卒，贈榮國公。

註⑥兕鐘：明靖安人，字伯律，永樂中薦授禮部郎中，出知蘇州府。

註⑦卓錫：僧人之居處。

註⑧希遷：唐高僧，端州陳氏子，在曹溪薙染，得法於青原，時號石頭和尚，長慶中敕謚無際大師。

註⑨伽藍：佛寺之別稱。

註⑩寒山：在浙江天台縣西南七十里，石壁環列如城，仰視空中，洞穴甚多，山頭一石突起，曰宴坐峯，平廣可容數百人，是為寒山宴坐處，今有寒山寺。

註⑪豐干：唐高僧，居天台山國清寺，晝則舂米供僧，夜則扃房吟詩，或騎虎巡廊唱道。

註⑫赤城：在浙江天台縣北六里，往天台必經此。會稽記：土色皆赤，狀似雲霞，望之如雉堞。

註⑬韋應物：唐京兆人，工詩，初拜比部員外郎，遷左司郎中，貞元中出為蘇州刺使。

註⑭王郇公：圖經續記：舊式誤為封橋，今丞相王郇公頃居吳下，親筆張繼一絕於石，而楓字遂正。

註⑮陳筱石：名夔龍，貴州人，清咸豐元年生，民三十二年卒，年九十三歲。光緒十二年丙戌進士，累官江蘇巡撫，兩江總督。

金門憶舊（十）

·關西人·

穿山甲「八二三」

民國二十七年春，抗日戰爭正在激烈進行中，筆者於役皖南，轄下三九八團與日寇對峙於宣城青田山，數夜間哨兵被擊斷腿傷腰，初皆以爲敵兵來襲，我軍疏防。但數經警戒，未覩敵人來犯而我士兵被傷也如故。後經當地父老相告，青田山盛產穿山甲（動物名），可以調製中藥，性係大補，馳名大江南北，北平同仁堂亦慕名採購，製作丹膏，穿山甲仗恃滿身鱗翅，穿山爲穴，潛伏避捕，夜則羣出覓食，每每攻擊人畜。由於善鑽石山成穴，甚至穴穴相通，獵捕圖利者，不易獲得，遂成珍品。

土行孫是封神演義小說中與雷震子同爲奇觀之人物。雷可飛上天，土可遁入地。初以爲小說家信口開河，但民國二十一年三月初，羅卓英將軍率隊救援贛州於毛共圍攻之時，毛共除以林彪、董振堂扼河阻援外，彭德懷、李明瑞分自南東兩門挖溝炸城，猛攻不已。其時正當滬戰方殷，羅將軍急於解圍，以便應命轉到上海抗日。乃潛渡入城，掘隧道自城中出擊，初不知三個隧道出口之一，乃是彭德懷司令部所在之村落。三月七日拂曉，毛共正酣夢未覺，我軍忽自穴中殺出，生擒僞師長侯中英，迫降僞師長郭炳生，彭德懷攀樹登屋而逃，僅以身免。李明瑞亦受襲而潰不成列！此役筆者親身參加目覩其狀，始信土行孫之說，原亦克敵致果手段之一種，未可以神怪視之。

金門的存在，對毛共政權稱霸逞雄，乃是一大諷刺。兩次强攻，兩次被殲，始知佔領金門，並非如想像中的容易。故於板門店停火，奠邊府獲勝後，從江西鷹潭鑿山渡險，穿過武夷，戴雲兩大山脈，把鐵路修築到厦門。又在接近金門的石井、澳頭，塡海築堤，掘山置壘。此外在浙贛粵閩四省要地，開拓機場，廣儲糧彈。「來者不善，善者不來」，眞是「司馬昭之心，路人皆知。」我方此際所注視的祇是毛共來犯的時間問題，它的十八般武藝，件件都要用到金門，應該不在我們考慮之中了。

民國四十三年六月，筆者調回臺灣被任爲第一野戰軍團司令，民國四十六年又奉命回任「山雨欲來風滿樓」的金門防衛司令官，重作馮婦。軍人本應以服務前線爲光榮，伏波將軍馬援早已爲我們立下「馬革裹尸還」的榜樣，於是欣然而往，立即上任。但三年歲月已使毛共野心日熾，氣焰益張，每當筆者佇立在大武山頂環顧四野，便覺殺氣騰騰，上衝雲霄。除上節所述各事之外，恐還有暗中準備，密藏不露之計謀。「料敵從寬」古有明訓，而且一定要計算到敵必來攻。金門孤懸海上，並沒有盤馬彎弓的餘地，一場大戰，必然是硬碰硬的重量級拳擊賽。因此便想到了一句江湖術語「能打不如能挨！」小說隋唐演義中裴元慶挨不了李元霸的三大鐵鎚，怎能當得上隋唐第三條好漢的頭銜。「善守者藏於九地之下」早已是高峯的垂訓，年來我軍對此已有不少成就，但在方法上應再商討。「馬奇諾」、「齊格飛」型的鋼筋水泥堆積，終究是軟化在希特勒、艾森豪的重磅炸彈之下，在我們的地區內，石山嶙峋，黃土深厚，穿山甲的故事，土行孫的神話，觸發了我們更多的靈感，於是儘最大的可能，把有關設施，向地下作廣深的掘建。一年三百六十五天，日以繼夜，便是七百三十多個工，成千累萬的人力加上機械，其效率是驚人的，「有恒爲成功之本」，很快就達成了預期的作爲。在我們剛剛部署完成之後，毛共就施展了它「以十對一，是對當面敵人說的」之「絕招」，像是敵我之間有了默契那樣的「湊巧」。

民國四十七年五、六月間，從杭州經南昌到廣州的毛共空軍基地漸漸來了俄製伊留申二十八型的轟炸機。接近海邊的或大或小的飛機場，各式各型的噴射戰鬥機，也在逐漸增多。經過西伯利亞鐵路，運輸俄製大砲向漳泉前進的風聲，也不斷吹到我們的耳邊。就在同一時間，粵東閩南也來了「徵集竹木」、「編製筏排」的情報。再加上厦門港泉州灣不時魚雷快艇的出現。幾經研判，再三思索，毛共曾經用過土爐煉鋼，這次進攻金門，多半是想「土、洋結合」，使用飛機大砲和魚雷艇，外加上木排竹筏等等工具。抗日戰爭勝利後，毛共就會使用過土戰車及土飛機，前節述及，毛共深知用兵原理，偶爾「勝利衝昏頭腦」會吃大虧之外，一般是「不戰則已，戰則必用全力。」對於上述各種敵情資料，我們聽到、看到、也在想到，不管土洋，其目的都在拔去金門，收拾我們。對付之道，無他，多計算，多準備，從武器到士氣，從軍隊到民衆，向「恃吾有所不可攻也」程度邁進。

從七月初開始，毛共區中忽然喊出了「三面紅旗、政治掛帥、人民公社、生產躍進」等等極爲響亮的口號。於是人們又不斷作各種「陽謀」、「陰謀」的推測，但我們在前線的將領，一方面認定「甲冑之士不言和」的格言。一方面認定一個王朝的策士，每每在國內有困難時，便獻向國外立威的謀畧。而且毛共任何口號措施，除了鞏固權力，壓搾民衆以外，實無其他價值可言。這雖然並不直接威脅金門，可是在戰後的迴波盪漾中，影響深遠，但我們却注意着它向金門「立威」那一個因素。

八月中旬的金厦氣候仍然是炎陽當空，炙人心膚，但在敵我對峙的氣氛上却是肅煞冰冷，好像要草枯木落！米格十七型的毛機，一日幾次飛越金門，長空翼雲，污染藍天。北起圍頭，南迄港尾，大砲密佈，實彈待發。敵我之間，往日的漁舟晚唱，白帆片片，現在一派陰沉，悄然匿跡。「鳥飛不下，獸鋌亡羣」的李華弔古戰場文，用在此時，十分恰當。但金門並不孤立，由於國際上一種微妙關係，我軍機不可能進入大陸領空，可是八月十四日我强大空軍F—八十六軍刀機羣在馬祖上空牛刀小試，一口氣便擊落毛共十七型米格機兩架，並重傷其數架。毛共觸角銳敏，迅即收斂，在大陸以內，活動雖然忙碌，金門上空却不敢再肆行侵入。惟海上及地面，陰沉之情與日俱增。

民國四十七年八月二十三日下午六時三十分，是一個陰雲滿天的日子，暴風雨終於掩蓋了金門。毛共的六百多門大砲，噴火吐烟，塵土飛揚，兩個小時，落下了五萬多發砲彈，都是一五二、一七二口徑以上的加農和榴彈，火光燭天，濃烟籠地，筆者置身其中，宛如松風夜濤、猿嘯鴨鳴，反不聞爆炸震撼之烈。遠在十餘海哩之外的美國軍艦，急遽向我發出問號：「你們還會活着？」未及回答，他們又來電報：「不必回答，我已見到你們的反擊砲彈，長虹破空，落到彼岸，英雄朋友，引以爲榮。」夜半恢復平靜，雖然「襲擊」是在軍隊晚餐的時候，我們軍民人等的傷亡還不到六百，是全戰役總傷亡人數的三分之一。穿山甲戰術，土行孫構想，竟然發生了如此奇蹟的功效。八月二十四日晨，以僞國防部長彭德懷的名義發射到金門的傳單，形式上是對他們部隊的明令，「金門敵軍已被我一場砲擊，其死傷總數在三萬六千以上。」他當然是以五萬餘發砲彈平均射落在一百七十八個平方公里面積上，估計得來的數字。金門官兵祇知道毛澤東、陳毅會吹牛，彭德懷初次露面也竟大言炎炎，不禁笑譏之曰：「共產黨原來都是誑言專家！」我們有穿山甲土行孫的本領，彭德懷却一無所知，他以數學原理，計算好印刷的傳單，在大戰爭的序幕中便成了笑話。

「來而不往，非禮也」，「投我以木桃，報之以瓊瑤」。八月二十四日筆者下令「反擊」。某砲兵軍官自我嘲笑曰：「我們能打到海岸的×××榴彈砲及×××加農砲，總共才×××門。」筆者睨之曰：「你知道×××門，彭德懷並不明白。不報之以瓊瑤，至少也該報之以椒薑。」第一個目標選定大担，上萬的砲彈落在不到十平方公里的小島上，算是對彭德懷遠道而來的見面禮。爾後，彼來我往，時多時少，「金門砲戰」便是如此這樣的打了四十六天。到現在我們還不知道是俄國不供應砲彈，抑或鷹厦鐵路運輸量限制，民國四十七年十月六日，毛澤東親筆擬了停火令，措辭說「讓國民黨軍隊休息休息，補給補給」，不久又規定他們的砲兵「單打雙停」。一場軒然大波，如此收場。筆者曾笑語親近幕僚：羅貫中寫三國演義，借諸葛亮的口，向東吳統帥周瑜說「曹操率領了八十三萬人馬下江南，其目的祇是想取大喬小喬兩個美人」。現在毛澤東不遠千里而來，投下那麽大的本錢，一無所獲，却說讓金門我軍休息補給。一千多年前笑話先後輝映，無獨有偶。

金門情況陰霾低沉的時候，我們曾從側方窺探美國人的態度，反應是「戰爭一起，必須中國人先流血。」這是一句公平又合乎情理的話。中國人尤其是中國軍人，若果能得到道義或物資援助，我們自會「點滴之恩，湧泉相報」。要別人爲我們流血，那起碼是我們的血流完了以後的事！就根據這點理由，當戰爭進行到「補給及阻碍補給」的階段，在金門的美國朋友看到我們海軍陸戰隊的LVT在敵人彈幕射擊所形成水柱冲天情況下艱苦掙扎的英勇鏡頭，終於伸手向華府要求大口徑的砲來支援了。「英雄愛英雄，好漢惜好漢」，這一點美國人果然很夠朋友。馬上就有一種自走砲先到，接着更大口徑的好傢伙也運到前線，這些「巨無霸」一轟出去，眞是虎犀出櫝，百獸辟易。毛共的策士們，千算萬算，制服不了我們這一招，這是不是「自打自停」的理由，祇有它明白。

四十六天的時間，近乎五十萬發的砲彈，打在一百七十八個平方公里的面積上，這是史無前例的。破彈片揀起來堆成一座小山，賣給鍊鋼廠，爲金門防衛軍帶來了六百多萬臺幣的福利金，也是史無前例的。「數風流人物，還看今朝」的一世之雄毛澤東親臨前線，終於向穿山甲、土行孫屈膝，更是史無前例的。厥後，不識相的彭德懷、黃克誠在毛澤東情緒正苦悶時，竟然說了「毛澤東思想飛不上天，下不了海，還掛什麽帥」，引起了彭黃被免職，林彪以「親密戰友」接棒而上。文化大革命、紅衛兵運動、失權、奪權、文鬥、武鬥，最後鬧成了今日的「天下大亂」，這不特超過了史無前例，而且早爲毛共僞政權敲響了喪鐘。小小穿山甲、土行孫，竟然創下了這樣轟轟烈烈的場面，更非毛澤東始料所及。

超乎題目之外，但却與本戰役有極大關連的，筆者願概畧提出，以爲有關機關及現代史學家的參考。這一場驚天動地的大事件，各種正式文件官方已有記錄，本文不願提及。首先我要說說美國政府及美軍當局的表現：中美協防條約中有一欵即美國總統有權使用美軍協防與臺澎安全有關之島嶼，即所謂「海峽授權案」。當毛共砲轟金門，白宮及國務院很簡單的說辭是「幫着打」？「站着看」！但美國人爽朗的態度，却在這一場風浪中表現得十分模糊，最足以舉例說明的是「話說得太多」而行動太少。

（未完待續）

北望樓雜記 (16)

·適然·

佳句感人深

清末曾國荃任兩江總督時，許振褘任藩司。振褘為國藩門生，國荃誼屬通家，本應相得，但國荃晚年，驕恣自大，言行怪僻，又兼之左右用事者，皆湘軍舊人，不識大體。對許有所需索而不得，短許於國荃之前，國荃擬動參。清制總督參藩司，無不准者，故許振褘之罷官已成定局矣。適在此時，許在南京購一大宅建「文正書院」，以紀念國藩。開院時，請國荃涖臨主持，國荃雖惡許，但礙於清議，不能不勉强一往。書院正中懸國藩遺像，像側一聯為許振褘所撰，「瞻拜我惟餘涕淚，生平公本愛湖山。」懸額時伏地痛哭，國荃亦不禁拭淚。禮畢回督署即囑師爺罷參。或以讒言進。國荃曰：「我亦知許某應參，但出我之手，實愧對先兄也。」參案乃無形化釋。據傳此係振褘有意安排，蓋國荃個性剛愎，晚年尤甚，既已決定參劾，浼人求情，蓋至將如火上澆油，惟有動之情，使不得不罷手也。

此事之眞象如何雖不可知，但此聯確係佳品，上聯抒情，下聯切景，國藩生前酷愛湖山，對南京尤有偏愛，因情眞意眞，故能打動國荃，弭患於無形。

袁世凱稱帝時，段祺瑞稱病不出，隱居西山，及帝制失敗，須段出而收拾殘局，派人屢請，段堅不肯出，一日袁派人送一密函，段拆閱僅十四字：「仗劍誰復憐我老，登壇今悔用公遲。」段閱潸然淚下，即刻登車前往。

查此聯本為李鴻章任直隸總督北洋大臣時，輓某將領聯，當開弔時，袁世凱、段祺瑞皆在場，曾見此聯，均頗感動。不意十餘年後，袁世凱處於進退維谷之境，竟用以打動段祺瑞。

實則此聯李鴻章輓某將領，遠不如袁世凱贈段祺瑞更為適合，當袁世凱邀段出山為段所拒時，袁曾嘆息曰：「芝泉寧不念我滿頭白髮，受人欺負。」故上聯切此。下聯則更貼合，使袁世凱早從段祺瑞之諫，不稱帝而以終身總統終，不論後世評價如何，一世安富尊榮決無問題，何至含恨以終，尚有人疑其為服毒者，相信袁世凱草此函時，眞有「登壇今悔用公遲」之感矣。

佳句能傳不在多

宋人潘大臨賦重陽詩，祇得一句「滿城風雨近重陽」，即為催租人敗興，不能復續，傳世祇此一句，已足千古。潘之前，唐人咏重九者甚多，宋以後咏重九者更不可勝數，但談重九詩，仍以此句為尊。至今滿城風雨已成典實，且為友朋談話，其解釋亦不止重陽矣。

秋瑾烈士平生為詩甚多，但最為動人，而足以傳世者厥維就義時低吟之「秋風秋雨愁煞人」一句，此時亦祇係一句，揆之鑑湖女俠之意亦未思成篇。其受萬人傳誦，恰與滿城風雨近重陽媲美，使眞能成篇，恐後人亦僅記此一句，何以，此驪珠、也，探驪求其珠，則不及其他矣。

清代初葉大興文字獄，實則故意誅求以立威，所謂「悖逆」之輩，身羅大辟者，眞正有心抗清者實少而又少，故文字獄亦寃獄也。其中眞正有心反清鼓吹民族思想的，厥維呂晚村（留良）及其弟子。呂留良之獄興，清廷作瓜蔓抄，門生故人皆不免，呂氏及門弟子沈在寬亦被捕就義。沈氏頗能詩，惜今之所傳世者祇有「陸沉不必由洪水，誰爲神州理舊疆」二句，僅此二句已足見滿腔義憤，誓不帝秦之情操。故呂氏一門得禍最慘，亦最受後人尊敬。民國初年，小說家造出晚村之孫女四娘刺殺雍正帝事，一度流傳頗廣，幾成信史，實在遊戲筆墨也，特爲發紓不平之氣，兼鼓吹民族思想云爾。

古人中雖有詩集行世，而仍以一兩句傳者亦多。如唐人鄭谷以咏鷓鴣詩：「雨濕靑草湖邊住，花落黃陵廟裡啼。」聞名於世，人稱之爲鄭鷓鴣。又如袁世凱亦咏白燕詩：「月明漢水初無影，雪滿梁園尚未歸」之句，有袁白燕之稱。又某人咏女人綉鞋詩：「南陌踏靑春有跡，西廂立月夜無聲」，亦頗膾炙人口。

再以林逋咏梅詩而言，雖全篇流傳，但世人所記憶者亦僅「疏影橫斜水淸淺，暗香浮動月黃昏」二句。

以此觀之，不論爲文爲詩，確不必以多取勝，唐人有咏向日葵詩，「能共牡丹爭幾許，惹人嫌處祇緣多」，此詩可爲作詩文者之座右銘。但處今之世，人人忙於衣食，雖欲吟風弄月亦無此閒情，雖欲多亦不可能矣。

一字增減

新會崖門宋帝昺投海處，元將張宏範刻石「張宏範滅宋於此」，以後到了明代陳白沙先生在上面加刻一個「宋」字，變成「宋張宏範滅宋於此」，後人見之皆爲之大快。

到了明末陳獨漉經過題一詩：「山木蕭蕭風又吹，兩崖波浪至今悲，一聲杜宇啼春殿，千載行人拜古祠；海水有門分上下，江山無地限華夷，立功奇石張宏範，不是胡兒是漢兒。」

關於「胡兒與漢兒」之詩，最早見於唐司空圖蕭關詩：「一自蕭關起戰塵，胡塵隔斷故鄉春，漢兒學會胡兒語，却向城頭罵漢人。」此詩常爲人引用以諷刺數典忘祖之人，尤其是專對中國人說外國話的中國人，更惟妙惟肖，但很少人知其出處，若干年前新×報有人引用此兩句詩，誤以爲陸放翁詩。

憑情而論，司空圖之責漢兒，尙有可說，白沙先生責張宏範，使張宏範有知，絕不心服。因張宏範是漢人，但非宋人，自從五代以來，河朔一帶沒於胡人，到了金人南下，黃河南北永不爲漢人所有，宋室祇保有淮河以南，到明太祖派徐達，常遇春北伐，先復長城以南疆域，河朔一帶，沒於異族達四百多年，張宏範是易州人，屬於燕雲十六州範圍，自石敬瑭割於契丹，即沒入外國，張宏範生年元史未載，僅知其卒於元世祖至元十七年（一二八〇）假定他活八十歲（恐無此長壽），應生於宋寧宗嘉泰元年（一二〇一），是時北方爲金章宗泰和元年，北方爲金人佔領已八十多年，所以要說張宏範爲金人尙可，說是宋人則不可。因爲在宋金分立之際，北方漢人很少很少尙承認己身爲宋人，一百多年中自投來歸的祇有耿京，辛棄疾一批志士，以後金末紅襖賊之亂時，始出了一批忠義之士在山東獨立，派人到臨安上表，自稱以七十郡之全齊，還三百年之舊主。」至於始終爲宋盡力，一心匡復中原，最後以身殉志爲元人所擒殺的，自宋室南渡到崖山覆師，也祇有彭義斌一人，宋主又不爲之立傳，後人很少知道宋代尙有一個勇比岳武穆，忠並文天祥的彭義斌其人，實在太不公道了。不過，除少數志士之外，黃河兩岸漢人，確不以宋人自居，並非張宏範一人，白沙先生之責備雖然快意，但就史論事，尙待斟酌。

文字避禍

趙子昂（孟頫）以宗室降元，元世祖見其風神俊美，頗疑非人臣像，一次偶然取出宋太祖畫像，令子昂題詩，子昂畧微躊躇，題一七絕：「玉帶緋袍色色新，一欲展卷一傷神，江南江北新疆土，曾屬當年舊主人。」元世祖閱後爲之釋然。徐鉉爲南唐大臣，南唐亡國前曾屢次出使汴京，其人博學知禮，氣度端凝，深得宋主器重。宋太祖興兵伐南唐時，徐鉉代表南唐後主見宋太祖趙匡胤辦交涉，質問宋兵何以進攻，李煜何罪？宋太祖被逼得無話可說，索性答李煜無罪，祇以臥榻之傍，不容他人酣睡耳。

南唐亡後隨後主入汴京，在宋室任官，因身是降官，頗受排擠。但宋太祖對降官及大臣甚厚，皆有適當安置，及宋太祖死後，太宗即位，性情猜忌，對降王恩禮已不如前。李後主於太平興國三年八月暴卒，後世傳爲太宗毒死，但證據甚弱。不過，後主爲潦倒鬱悶而死，當無疑問。

後主死後，太宗爲之輟朝三日，贈太師，追封吳王，葬時須有墓誌銘，一般嫉妒徐鉉的人就想乘機陷害徐鉉，向太宗推荐知李煜最深者莫若徐鉉，應由徐鉉撰墓誌銘。太宗接納此議，召見徐鉉，告以撰寫墓誌銘事，徐鉉並未推辭，但說明臣舊事李煜，陛下容臣存故主之義，乃敢奉詔。太宗當時也明白舉荐徐鉉之人實有意構陷，當即允其請求。徐鉉此文先從南唐繼唐說起，繼說明自後周至宋初，南唐自貶國兵，稱臣入貢，十五年間並無兵戈；下面敘述南唐亡國之由，此是全文關鍵，也是難題所在。徐文是：「然而果於自信，怠於周防，西鄰起釁，南箕構禍，投杼致慈親之惑，乞火無里婦之辭，始勞因壘之師，終後塗山之會。」

這段文字用典絕佳，措辭尤妙，將宋之用兵南唐，比作曾母聞人告曾參殺人，竟投杼下機，以言宋之征伐，實是誤會。至於南唐之錯，正如禹王大會諸侯於塗山，防風氏後至，爲禹王所斬，防風氏非有意後至，不得已而失期，以述南唐之抗宋，非有心也，不得已也。宋太宗閱後，爲之嘆賞。墓誌銘全用其文，未易一字。

絕對

民國五年護國之役，在廣東被龍濟光槍斃的蔡乃煌，是一個相當有才氣的人，惜乎太熱中於利祿，爲了作官無事不可爲，終遭橫死。

蔡乃煌最後一次「傑作」是構陷岑春煊，庚子事變之後，慈禧太后回到北京向人說道：「我雖然一時胡塗，闖下了大禍，但却也發現了兩個忠臣岑三、袁四，這兩人都正在壯年，將來爲朝廷効力時間正長。」岑三是岑春煊，袁四是袁世凱。慈禧太后一句無心之言，引起了一場政海風波。袁世凱自以爲得君最專，不作第二人想，無端跑出一個岑三來分了寵，如何可以，就想辦法構陷岑春煊。袁世凱知道慈禧太后最恨康梁，密令上海道蔡乃煌找到康有爲照片與岑春煊照片拼湊在一起，呈給慈禧太后，岑春煊果然丟了官。袁世凱固然高興，蔡乃煌更得意，一次在北京射詩鐘，蔡乃煌作了一對：「射虎斬蛟三害去，房謀杜斷兩賢同。」上聯指趕走岑春煊，下聯指袁世凱與張之洞爲唐之房杜，頌揚十分得體，全國皆知，岑春煊更恨之刺骨。洪憲帝制時期，蔡到廣州任禁烟局長，實際是借鴉片公賣籌措帝制經費。一次在閒談中，談起廣州社會大害烟、賭、嫖。蔡乃煌一時高興出一上聯：「三鳥害人鴉雀鴇」，鴉指鴉片，雀指麻將，鴇指老鴇，合在一起正是烟賭嫖。再也想不起下聯。此聯之難對，難在數字，上聯點明鴉雀鴇爲三，不以三種物件對不穩，若以三種物件對，數目字又不能說三，以免相重。座中有某君才思敏捷，畧作思索，脫口而出：「四靈除汝鳳龍麟」舉座鼓掌叫絕。一般說四靈指「龍鳳麟龜」，說文「蔡大龜也」，古文龜與蔡本是一字，四靈除去蔡，只剩下鳳龍麟了。使出對的不是蔡乃煌，此對就無法對得出，眞是天生絕對，不可能再有第二對也。

又記得某人出一聯：「水月菴魚遊兎走」，此聯乍看無奇，實語意雙關，因水中有魚，月中有兎，下聯必須關注此點，否則便不算對得上，擱置許久，以後扶乩，請乩仙對，乩仙一時對出：「山海關虎嘯龍吟」，確屬佳對。因山海關對水月菴以實對虛猶勝一籌，而山中虎，海內有龍，亦屬雙關，至下聯氣魄則非上聯可比矣。是眞仙筆也。

集句聯

集句詩甚多，集句聯則較少，因詩可以任意發抒己意，對聯非貼題不可，否則變得不知所云矣。

集句聯出色者，據記憶所及，關帝廟聯：「吳宮花草埋幽徑，魏國山河影夕陽。」頗有韻味，其意在說魏、吳均成往事，未留下半點史跡，祇有蜀漢諸人廟食千秋，尤以關羽祠遍天下，爲任何人所不及，但妙在不明白說出，讓讀者自思。

昭烈帝劉備孫夫人祠，亦有人集唐一聯：「思親淚落吳江冷，望帝魂歸蜀道難。」與前聯可稱雙璧，但此聯更爲貼合，尤其下聯顚撲不破。

彭玉麟在曲阜謁孔廟，集唐詩：「我本楚狂人，五嶽看山不辭遠，地猶鄒氏邑萬方多難此登臨。」亦天衣無縫，尤其是集四句較集兩句更難。

以上是集詩，尚有集詞成聯者。汪精衞在南京組織僞政府，所謂親痛仇快，許多愛惜汪氏者均爲之嘆息，據說曾有人集一聯寄汪：「燕子歸來，更能消幾番風雨；夕陽無語，最可惜一片江山。」此聯寄慨遙深，情調絕佳，對於當時情況之描述，更惟妙惟肖。汪氏赴南京組僞府，無論爲個人領袖慾，抑爲救陷區同胞（若謂其甘心賣國，則未必），均不識大勢，因在日本人統治下，決不容中國人有自主權力，而以當時情勢觀之，日本敗徵已現，祇是時間問題，所謂「更能消幾番風雨」者指此。而以汪氏過去功業而言，更不應淪爲日本傀儡，受漢奸惡名，「夕陽無語」，愛汪者不知從何說起，「最可惜一片江山」，實在最可惜者還是汪氏個人一生歷史。據傳汪精衞閱後大爲不懌，亦無可如何。

又康有爲復辟失敗後，遍走各省遊於軍閥之門，至西安受省長劉鎭華招待，百般需索之外，臨行竟偷臥龍寺藏經，被陝西士紳高介人、楊叔節、李漢青等以「古物保存會」名義向地方法院告了一狀，經法院下令禁制，「聖人」帶經到了潼關又被截回，消息傳出，全國譁然。有集了四書一聯：「國之將亡必有；老而不死是爲。」此聯妙到毫巔，最末嵌有爲之名，上聯原文是「國之將亡必有妖孽」，下聯原文是「老而不死是爲賊」，是指康爲「妖孽」，是「賊」，又偏是集的四書，如此渾成，眞是高手。

謔聯

梅蘭芳結婚時，樊樊山（增祥）贈一聯：「安能辨我是雌雄，想華月金尊，也曾脂粉登場，爲他人作嫁；畢竟可兒好身手，趁椒風錦帳，且莫葫蘆依樣，捨正路弗由。」此聯就聯而論，不失爲佳作，尤其上聯矞皇典麗，確是名家手筆，惜乎下聯過於輕薄，一付好對聯變得不堪。

此種開玩笑的事，雖然不應該，但樊山畢竟是賀聯，梅蘭芳身份在那一個時代，也確實比較低級，所以樊山才開此玩笑。但另一大師章太炎專同死人開玩笑，不惟有傷忠厚，且自損品德矣。

伍廷芳博士在民國政壇中年齡最長，生於一八四二，長徐世昌十三歲，袁世凱十七歲，中山先生二十四歲，章太炎二十七歲。故民國要人皆對伍老博士執後輩禮，中山先生任非常大總統，伍氏任外交部長，中山先生一貫稱之爲伍老博士，從不呼其名。

一九二二年陳炯明叛變，伍老博士驚憂而逝，年已八十，遺命火葬。葬後其子伍朝樞在上海遇見章太炎告以老博士在陳炯明叛變時，奔走港澳，憂勞過度，十日之內，鬚髮皆白。

太炎笑道：「伍子胥過昭關，一夜就急白了頭髮，府上本有先例不足奇也。」

此句尚不太離譜，伍朝樞又向下談到老博士身後火葬事在歐美本平常，在中國尚是創舉。

章太炎笑道：「我國古亦有之，武大郎就是火葬的，不過他姓武，與君家同音不同字而已。」

伍朝樞無言可答，祇得告辭。誰知次日章太炎竟然送來一付對聯；「一夜變鬚眉，難得東皐公定計；片時留骨殖，不用西門慶花錢。」開玩笑而至於此，是眞缺德矣。

中山先生奉安時，章太炎又輓一聯：「舉此盡蘇俄，赤化不女陳獨秀；滿朝皆義子，碧雲應繼魏忠賢。」其實中山先生並無對不起太炎之處，祇是南京臨時政府成立時，他要當國師，未許他，因此結怨。

輕薄實在是章太炎個性，民國元首中，他最佩服敬重黎元洪，但黎元洪逝世時，他送了一付輓聯：「繼大明太祖而興，玉步未更，綏寇豈能干正統；與五色國旗俱盡，鼎湖一去，譙國從此是元勛。」亦非頌揚之辭。

洪憲忠臣，上海鎮守使鄭汝成被刺後，袁世凱至感震悼，親書輓聯：「出師竟喪岑彭，啣悲千古；願天再生吉甫，佐治四方。」此聯文字既差，比擬亦不倫。時有反袁者在天津益世報登載一聯：「時無光武，安有岑彭，其曹孟德之典韋乎？刺客亦英雄，捨命前來盜畫戟；君非周宣，何生吉甫，直趙匡胤之鄭恩耳，孤王休痛哭，殺身猶勝刺黃袍。」此聯自非佳選，用典亦欠眞實，如鄭恩事僅平劇「斬黃袍」有之，實則齊東野人語也。再如盜畫戟之事，亦三國演義之言，作者如有意如此尚無傷大雅，否則失之於荒誕不徑，但嬉笑怒罵，極盡挖苦之能事。

洪憲六君子之首，湖南人楊度亦撰輓聯：「男兒報國爭先死，聖主開基第一功。」及至袁世凱病死，黎元洪繼位，緝拿帝制罪魁，楊度名列其中，倉皇走避，時人因改楊之輓聯以贈鄭：「男兒誤國爭先走，聖主塌台第一功。」

民國十三年（甲子）段祺瑞受張作霖，馮玉祥之推出任中華民國臨時執政，以梁鴻志（仲異）爲執政府秘書長，民國元年壬子，袁世凱繼中山先生爲臨時大總統，政府由南京遷北京，以梁士詒（燕孫）爲總統府秘書長。而在不久前，徐世昌（天津人，世稱爲東海）被直系脅廹辭職。此時中山先生又病逝北京協和醫院，有人將此數事集成一聯：「壬子甲子，兩度臨時，梁上君子幕中賓，只見鴻來燕去，約法憲法，同歸於盡，執政合肥天下瘦，可憐海爛山枯。」此聯雖無大意義，但集時事成聯，對仗亦頗工整。

又石某曾任河南省政府某廳廳長，母喪後二日舉行婚禮，友朋既餽奠儀，復贈婚禮，有人贈以七律：「樹燈花燭共輝煌，鵲噪鴉啼兩樣忙，哭哭啼啼初入殮，吹吹打打正歸房，新人坐處添新鬼，喜酒移來作奠觴，待到明年冬至節，九泉笑看抱孫郎。」

此詩謔而近虐，但石某竟在母喪二日停靈在堂，舉行婚禮，亦殊悖情理。清代官員父母去世須「丁憂」三年，辭官閉門家居，三年滿後始起復任職。三年中不但不能爲官，亦不得生子，喪中生子，即成話柄，遑論母死二日。

戲謔賈禍

民國十六年國民革命軍北伐佔領武漢之後，兩湖政權落入共產黨人之手，到處開會鬥爭，任意殺人，終於釀成國民黨清黨，此事已人所皆知，當時共黨進行鬥爭，皆假農會行之，所以農會權力特重。長沙葉德輝飽學之士，而品行不端，性喜詼諧，眼見農會鬧得全城烏烟瘴氣，作了一付嵌字聯，「農運宏開，稻粱菽麥黍稷，一般雜種；會場擴大，馬牛羊雞犬豕，六畜成羣。」寫好送去張掛，被共黨看出，葉德輝因此遇害，但據發動「馬日剿共」的許克祥將軍回憶錄，則說葉德輝被捉去臨刑時撰此聯，未知孰是。

（未完待續）

天聲人語

讀雙梧桐館遺稿　余少颿

當年禹域苦蜩螗。端賴元勳肅紀綱。一春飄零神若護。高風忠耿世幾忘。八儒分道嗟今烈。四皓齊肩念國殤。至竟青山題品雋。安陽洹水並光芒。（春首胡展堂先生序文以韓琦詩司馬光文擬之）

大寒午集冬心舊雨

消寒九九午相期。煎餅同尋仿膳師。縱罷之巡供酪酊。且斟七盌佐逶迤。南圖想像扶餘國。（客有歸自萬谷者）北顧淒迷孝子祠。（少時與諸公讀書之地）漫解杖頭留後會。鹿鳴春日正遲遲。（預約新歲集鹿鳴春館）。

秋興八首　葉以熾

其一

晚烟漠漠帶長林。落日驚濤玉壘深。
地擁重巒生浩氣。月明滄海盪層陰。
秋高激越中流水。劍外飄馳獨往心。
今夕貪狼終殞滅。小窗迴夢秣陵砧。

其二

南斗騰輝北斗斜。依然神闕望高華。
天泉長接蓬壺酒。仙轡遙通碧海槎。
玉闕龍韜寒敵胆。金門虎踞肅風笳。
廢興自古關形勝。先醉當筵羯鼓花。

其三

落拓江湖對落暉。一襟孤抱向空微。
白門楊柳哀時盡。黃葉秋風捲地飛。
萬里驚寒心輾轉。九秋感舊意乖違。
却看天末登高處。且喜蕭蕭戰馬肥。

其四

雲波詭譎盡危棋。曠代狂瀾舉世悲。
焚戮直凌天下士。霸殘終見日斜時。
千年洹水聲猶震。一戰昆陽勢未遲。
朔雁江魚長在念。秋風撩動故園思。

秋興八首（二）　葉以熾

其五

東海長雲繞碧山。秋聲似在有無間。
舞鸞錦瑟三千曲。戰馬心兵百二關。
未必繁華空逝水。翻從豪宕破愁顏。
江城文采依然盛。豈獨笙歌玉筍班。

其六

不羨紅蓼淺水頭。傲霜黃菊又涵秋。
空教文藻思張翰。無復花枝記莫愁。
絕塞風雲留斷簡。小樓心影對閒鷗。
頻年已省離巢燕。只賸中宵夢九州。

其七

漢家恩澤著邊功。歷亂傷麟百感中。
廢劍殘書歸舊篋。杜門急雨暗驚風。
蕭條空谷寒芳碧。沉滯他山落照紅。
淒絕伊人隔秋水。可堪回首白頭翁。

其八

關山迢遞路逶迤。小院幽居映綠陂。
秋色競妍紅樹晚。風神搖曳碧梧枝。
溪林清絕原無盡。翰墨丹貞未可移。
我讀劍南惆悵意。中原北望暮雲垂。

詩紀可勝慨喟　劉太希

野寺孤游水滸雲影重績往年游侶蹤塵

幾見微塵劫界過。如聞太息此巖阿。
蕭蕭落木到孤寺。嫋嫋秋風生素波。
大地山河終不改。天涯涕泪已無多。
月明窈窕窺山鬼。猶着辛夷帶女蘿。
夢繞青巔語幾同。凌雲今喜到崔巍。
亭皋木下長霏雨。華首雲開向殷雷。
孤塔坐看人換世。空潭誰辨劫餘灰。
山川文藻消沉盡。蕭瑟江關作賦才。
天風寥廓一憑闌。萬壑如聞海上彈。
流水不知人去後。白雲長覺窟栖安。
誰能談笑熊羆却。欲辨蒼茫象緯寒。
猶有延平遺像在。年年恨血瘴江關。

阿松詩稿　李汝和

全滁道上　民十二年春

深深春色鎖山家，楊柳村村眼望賒，無限鄉思拋不得，馬蹄猶帶故園花。

遊莫愁湖　民廿二年秋

裩紅襯綠半湖秋，風景依稀認舊遊，只有采菱人不見，柳邊橫繫一蓮船。

雨中登清涼山掃葉樓　民國廿三年秋

羣向熱中趨，此間遊屐少，風雨佔一樓，葉落有誰掃。

遊揚州　民廿一年冬

一、

念四橋邊明月夜，平山堂畔夕陽時，詩人最合揚州住，處處牽情肯離。

二、

史公去後三百載，點點梅花上客衣，今日憑臨無限感，江山一角版圖非。

潼關遠　民廿四年八月十日

漢塞秦關氣象開，黃河滾滾自天來，軒轅兒女多沈毅，戰勝登臨亦快哉。

秋江遠眺（題畫）　民卅七年秋

紅葉滿江村，風景昔年舊，青山都改鬢，寫入黃絹瘦。

咏石門兼呈辭公副總統　民五十六年秋

一、

千峰萬壑半晴空，叠叠風光一望中；秋到石門更嫵媚，八分冷綠二分紅。

二、

溢洪築壩奪天工，雲夢蒼茫一伏龍，大地旱時作霖雨，生靈百萬盡歡顏。

七十初度　民六十三年到美

一、

七十古來稀，百歲今何奇，脩短同一夢，行樂貴及時。

二、

曾讀百卷書，今作萬里遊，爲愛風光好，異邦且小留。

編餘漫筆

編者

本期即將付印，得悉我考試院院長田炯錦老先生逝世，特加排兩篇專文，以紀念此「一代好人」。筆者與田院長在公開場所見過幾次，促膝深談只有一次，那是在一九七三年夏天，由一位好友陪同，到考試院拜候他，向他請教有關西北方面北伐前的歷史。田老是甘肅人，也是那一代甘肅人最早接受正科的高等教育，最早參加革命的人，對於甘肅甚至寧夏、青海民國初年事，都親見親聞，談起許多史料，皆從書刊上無從查到者。我們談了有一個鐘頭，我當時便有一種感覺，此老似不食人間烟火，其生活樸素簡單，談吐則誠懇篤實，所談當年西北之人與事，既不彈也不讚，只是平舖直叙，其中却自有陽秋。生活方面仍保留西北人之儉樸傳統，當時正值能源緊張，各機關均節省用電，院長辦公室之冷氣機也停開，只有一把風扇。雖然要節約用電，但身爲政府最高官員又是國家耆老，似可通融，但田老却一身作則，率先停用冷氣機，奉公守法之精神，堪爲官吏楷模。至其日常生活，老夫婦均素食，公餘只以散步作消遣。論其造詣，飽受現代教育，爲我國法學權威，論其言行，則淵明以上之人，美德萃於一身。編者生平不讚官，以免有攀附之嫌，但對田老，不能不道出景慕之忱。

韓文公官司事，愈來愈熱鬧，本期發表嚴靈峰先生大文，更爲本刊生色。嚴先生爲我國史學權威，對老子之研究，當代一人，馬王堆帛書出土，世人皆震驚其價值之高，嚴先生獨能指出其舛誤處，眼光如炬，凌越古人。筆者與嚴先生論輩次在師友之間，論交誼則肝胆相照，深知其爲人勇於任事，治學治事皆然，此次挺身而出，爲誹韓案被告鳴不平，亦受編者之影响。此案竟而宣判郭先生敗訴，處以罰欵，實難索解。就文字而論，以風流作爲誹謗，於義未妥，嚴先生已舉出數例，據編者所憶，南齊武帝指靈和殿前柳曰：「此柳風流可愛，似張緒當年。此風流決非好色解，否則安能出於帝王之口。又杜甫「詠懷古蹟」：「採落深知宋玉悲，風流儒雅亦吾師」，此風流亦非作好色解，否則工部安有自認慕宋玉好色欲以爲師之理。

凡諸世事，矯枉不可過正，郭先生胡亂爲文，厚誣古人，責之可也，告狀而令其受處分則不可也。故郭先生敗訴消息傳出後，各方均表同情，甚願郭先生提出上訴，平反此案，否則將來法院必須成立歷史法庭，法官定要有歷史系畢業資格始可使用，則不天下大亂乎？嚴先生撰文動機在此，不限於打不平也。

野史・佚聞・
人物・風土・

月刊
69

中華民國六十六年（一九七七）五月十日出版

掌故月刊 第69期 目錄

每月逢十日出版

掌故

第六十九期

每册定價港幣二元正

全年訂費 港幣二十四元 台幣二百四十元 美金八元

出版兼發行者：掌故月刊社
地址：新蒲崗景福街一一〇號十樓
通信處：九龍旺角郵局信箱八五二一號
電話：K八〇八〇九一
The Journal of Historical Records
P. O. Box No. 8521, Kowloon
Mongkok Post Office, Hong Kong.

督印人：鄧少卿
總編輯：岳騫
印刷者：和記印刷有限公司
電話：K二二三八一九
總代理：吳興記書報社
香港租庇利街十一號二樓
電話：H四五〇五六一 四五〇七六六
國內代理：何復國
台北郵政劃撥帳號：一〇七四三八
星馬代理：遠東文化事業有限公司
新加坡厦門街十九號 檳城杳田仔街一七一號
印尼總發行：集源公司 椰城旗桿街87號A
Dil Tiang Bendera No. 87A
Djakarta, Indonesia.

澳門：可大文具店　羅省：大元公司
亞庇：利民公司　新東方公司
斗湖：光明書局　三藩市：益智圖書公司
漢城：泛亞書籍公社　文化商店
倫敦：香港文化服務社　華盛頓：德昌公司
中藝公司　波斯頓：中西公司
東寶公司　千里達：中華公司
紐約：友聯圖書公司　加拿大：香港商店
友誠公司　溫哥華：僑益書局
友方公司　滿地可：明星書局
菲律賓：華安書局　渥太華：民生書局
芝加哥：文華書店　巴西：興昌公司

國民大會第五次會議憶往

一、前言

國民大會第五次會議，舉行於世局變幻、國家殷憂的時刻，聯合國的違背憲章，牽共入會，美國總統尼克森的訪問大陸共酋，民主陣營的混亂分歧，都在國際姑息逆流氾濫下，於最近一年中次第發生。

國內外憂心國是的同胞，尤其是年輕的一代，在此種國際姑息逆流衝擊之下，不甘緘默，紛紛對國是發表意見，關於充實中央民意機構者，意見尤多。眞是到了「百花齊放、百鳥爭鳴」的境地，有的持重，有的偏激，有的希望安定，有的希望革新，五色繽紛，莫衷一是。幸而國民大會經過愼重的討論，發揮最高的智慧，作一合理合法的安排。使維護法統革新政治兩全其美，總統在「國民大會第五次會議閉幕詞」中說：「由於我們有着這樣個大有爲的國民大會，乃必能組成一個大有爲的中央政府。」就是這個意思。

國民大會第五次會議閉幕之後，尙有許多失實的報導，偏激的批評，意圖動搖國家的根本，與人民的信仰。非但對民主憲政的推行有損，亦且對國家有極不利的影響。肩負大衆傳播之責者，當執筆之際，實應以國家民族的前途爲重。

二、修訂憲法臨時條欵之經過

（一）各方意見：自我國退出聯合之後，國人對充實中央民意機構的問題，發表意見甚多，有關方面曾將此項意見，加以彙編，印一巨冊。關於此項意見，我曾在「關於充實中央民意機構問題」一文中，加以分析：「據我所看到的資料，把所有的意見和建議，分析起來，大體上所分爲兩大類道：

甲、遵德憲政體制者：就是提供意見者，注意法統問題，着眼於法統不能中斷。對於現有中央民意代表，不主張變動，所謂充實辦法，必須在憲政體制之下而訂定，則現有中央民意代表自宜繼續行使職權。既然現有中央民意代表繼續行使職權，而充實辦法，便只有在增選補選範圍內考慮，不過要大量增加名額，以適應實際需要。……

乙、不遵循憲政體制者：即是無視法統，主張現有中央民意代表全部退休，或全部改選，並設法照顧他們的生活。至於如何產生新的中央民意代表的問題，則所建議的辦法，五花八門，應有盡有，有的設想許多方式，有的代擬了動員戡亂時期臨時條欵的條文，具見對此事的熱誠，與用心的良苦。我對他們的這種精神，十分敬佩。尤其他們都主張由國民大會修訂「臨時條欵」，付諸實施，尙不忘民主合法程序，實令人敬佩。此一類的意見很多，都表現一種激越的情緒，從而可以供觀察一部份民意及輿論之趨向，至於採納此一類的意見，尙須愼重，因其比較偏激，易招致不幸後果，國家事，不能感情用事，不能閉門造車，亦不可譁衆取寵，先把自己打爛。

（二）執政黨十屆三中全會的「對國民大會代表同志政治任務之提示」：此一政治提示，在三中全會第一審查組有三次會的討論。前兩次都是廣泛交換意見。到三月八日晚上，始將案子提出，我會建議兩點意見：第一點，建議僑區遴選中央民意代表，應改爲遴選立法委員、監察委員。其理由爲國民大會代表是選舉總統的，所以總統不能遴選。第二點，建議對「次屆」問題要慎重考慮，因爲國民大會代表同仁多數是反對改屆的。我的這兩點建議，第一點，被採納，第二點，仍然提出。其通過的全文如次：

「爲加强憲政運作，開創政治新局，應經由國民大會代表之本黨同意，透過第五次會議，修訂動員戡亂時期臨時條款第五項，擴大對 總統授權，審度當前政治情勢，調整中央政府機關及其組織，充實中央民意代表機構，以鞏固國家領導中心及擴大政治基礎。茲提示政治任務之原則如次：

①在動員戡亂期間，政府機關之設置及其組織，必須具有適度之機動性，並力求精簡靈便，以期提高效率，迅赴事功。現行動員戡亂時期臨時條款第五項前段，原已規定：『總統爲適應動員戡亂需要，得調整中央政府之行政機構及人事機構。』授權意旨極爲明確；惟範圍較狹，難收因應制宜之效，尙須酌予修訂，加强 總統應變權力，俾對於政府之機關及其組織，皆得斟酌實際需要，予以調整。

②查現行動員戡亂時期臨時條款第五項後段，原已規定：「總統爲適應動員戡亂需要……對於依選舉產生之中央公職人員，因人口增加或因故出缺，而能增選或補選之自由地區及光復地區，均得訂頒辦法實施之。」政府並曾於五十八年辦理中央公職人員之增選、補選，但此次舉辦之增選、補選，依照授權本旨，係以人口增加或因故出缺爲要件，同時受憲法有關條文所定名額之限制，致增選補選之國民大會代表、立法委員、監察委員，人數無多，難以符合各方之期望。是故臨時條款第五項有關選舉中央公職人員部份亟須加以修訂，授權 總統訂頒辦法，俾次屆中央民意代表得以產生，不受憲法第廿六條、第六十四條、及第九十一條之限制，其修訂要旨如次：

①第一屆中央民意代表，係經全國人民選舉所產生，目前既無法改選，仍應依法行例職權。五十八年增選、補選之中央民意代表亦同。

②自由地區爲我復興基地，爲擴大人民政治之參預，應增加自由地區中央民意代表名額，由 總統定期辦理選舉，對於光復地區亦應同樣辦理。至須由僑居國外國民選出之立法委員、監察委員，因事實上之困難不能辦理選舉者，得由 總統另訂辦法遴選之。

③新增加名額後選出之中央民意代表，應與依法行使職權之中央民意代表，同爲次屆國民大會代表，次屆立法院立法委員，次屆監察院監察委員。於其憲法規定之任期屆滿時，凡能辦理選舉地區，均予改選。

（三）由谷正綱領銜之提案（即「谷案」）：執政黨一方面對其黨員發出政治任務之提示，一方面即擬具提案，徵求簽署，向大會提出。在徵求簽署之時，與友黨及社會賢達之代表洽商，將原定之「得調整中央政府機關及其組織」改爲「中央政府之行政機構、人事機構及其組織」。由於某一部分代表强烈反對「………於其憲法規定之任期屆滿時，凡能辦理選舉地區，均予改選。」遂改爲「增加名額選出者，任期屆滿時，依法改選。」其提案全文爲：

壹、案由：爲適應動員戡亂需要，特擬具動員戡亂時期臨時條款修訂草案，提請 核議案。

式、說明：一、現行動員戡亂時期條款第五項前段原已規定：「總統爲適應動員戡亂需要，得調整中央政府之行政機構及人事機構」，惟爲使運用益臻靈活，擬加「及其組織」一語，俾得斟酌實際需要，適時予以調整。

二、查現行動員戡亂時期臨時條款第五項後段原已規定：「總統為適應動員戡亂需要……對於依選舉產生之中央公職人員，因人口增加或因故出缺，而能增選或補選之自由地區及光復地區，均得訂頒辦法實施之。」政府並曾於五十八年在自由地區辦理中央公職人員之增選補選。但此次舉辦之增選補選，依照授權本旨，係以人口增加或因故出缺為要件，同時受憲法有關條文所定名額之限制，致增選補選之國民大會代表、立法委員、監察委員，人數無多，難以符合各方之期望；且憲政法統必須使其綿延不息。是故臨時條款第五項有關選舉中央公職人員部份，亟須加以修訂。授權總統訂頒辦法，俾次屆中央民意代表得以產生。

三、為擴大政府基礎，自應在自由地區增加中央民意代表名額，定期選舉，同時為使僑居國外國民參與政治，亦應增加其選出之名額；惟海外地區亦有不能依憲法第一二九條規定辦理選舉者，故規定「得由總統訂辦法遴選之」。

四、第一屆中央民意代表係經全國人民選舉所產生，有普遍之代表性，目前既不能舉辦全面選舉，自應與增加名額選出之中央民意代表，同於次屆中央民意機構，依法行使職權，至原選舉區光復能辦理選出中央民意代表之日為止。至增加名額選出者，於任期屆滿時，應依法改選。

參、辦法：現行動員戡亂時期臨時條款第五項修正為兩項，其條文如次：

五、總統為適動員戡亂需要，得調整中央政府之行政機構、人事機構及其組織。

六、動員戡亂時期，總統得依下列規定，訂頒辦法充實中央民意代表機關，不受憲法第二十六條，第六十四條及九十一條之限制。

(一)在自由地區增加中央民意代表名額，定期選舉，其須由僑國外國民選出之立法委員及監察委員，事實上不能辦理選舉者，得由總統訂定辦法遴選之。

(二)第一屆中央民意代表，係經全國人民選舉所產生，仍依法行使職權，其增選補選者亦同。大陸光復地區次第辦理中央民意代表之選舉。

(三)增加名額選出之次屆中央民意代表，與第一屆中央民意代表，同於次屆依法行使職權。增加名額選出者，任期屆滿時，依法改選。

(四)第一屆國民大會代表全國聯誼會對谷案所提之「修正意見草案」如下：

壹、案由：為適應動員戡亂需要，特擬具動員戡亂時期臨時條款修正草案，提請討論。

貳、說明：一、在動員戡亂期間，政府機關之設置及其組織，必須具有適度之機動性，並力求精簡靈便，以期提高效率，迅赴事功。現行動員戡亂時期臨時條款第五項前段原已規定：「總統為適應動員戡亂需要，得調整中央政府之行政機構及人事機構」，授權意旨極為明確；惟範圍較狹，難收因應制宜之效，尚須酌予修訂，加強 總統應變權力，俾對於中央政府之機關及其組織，皆得斟酌實際需要，予以調整。

二、查現行動員戡亂時期臨時條款第五項後段原已規壹、案由：為適應動員戡亂需要，特擬具動員戡亂時期臨時條款修訂草案，提請核議案。

貳、說明：一、現行動員戡亂時期臨時條款第五項前段原已規定：「總統為適應動員戡亂需要，得調整中央政府之行政機構及人事機構」，惟為使運用益臻靈活，擬加「及其組織」一語，俾得斟酌實際需要，適時予以調整。

二、查現行動員戡亂時期臨時條款第五項後段原已規定：「總統為適應動員戡亂需要……對於依選舉產生之中央公職人員，因人口增加或因故出缺，而能增選或補選之自由地區及光復地區，均得訂頒辦法實施之。」政府並曾於五十八年在自由地區辦理中央公職人員之增選補選。但此次舉辦之增選補選，依照授權本旨，係以人口增加或因故出缺為要件，同時受憲法有關條文所定名額之限制，致增選補選之國民大會代表、立法委員、監察委員、人數無多，難以符合各方之期望；且憲政法統必須使其綿延不息。是故臨時條款第五項有關選舉中央公職人員部份，亟須加以修訂。授權總統訂頒辦法，俾中央民意代表得以產生。

三、為擴大政府基礎，自應在自由地區增加中央民意代表名額，定期選舉，同時為使僑居國外國民參與政治，亦應增加其選出之名額；惟海外地區亦有不能依憲法第一二九條規定辦理選舉者，故規定「得由　總統訂定辦法產生之」。

四、第一屆中央民意代表係經全國人民選舉所產生，有普遍之代表性，目前既不能舉辦全面選舉，自應與增加名額選出之中央民意代表，共同依法行使職權，至原選舉區光復能辦理選舉出中央民意

定：「總統為適應動員戡亂需要……對於依選舉產生之中央公職人員，因人口增加或因故出缺，而能增選或補選之自由地區及光復地區，均得訂頒辦法實施之。」政府並曾於五十八年在自由地區辦理中央公職人員之增選補選。但此次舉辦之增選補選，依照授權本旨，係以人口增加或因故出缺為要件，同時受憲法條文所定名額之限制，致增選補選之國民大會代表、立法委員、監察委員、人數無多，難以符合各方之期望。是故臨時條款第五項有關選舉中央公職人員部份，亟須加以修訂。授權總統訂頒辦法，俾資充實。

參、辦法：現行動員戡亂時期臨時條款第五項擬修正如次：

五、總統為適應動員戡亂需要，本憲政體制得調整中央政府之機關及其組織。

動員戡亂時期，總統得依下列規定，訂頒辦法，增選立法院立法委員，監察院監察委員，不受憲法第六十四條、及第九十一條規定名額之限制。

(一)第一屆國民大會代表，立法院立法委員及監察院監察委員，均仍依法行使職權，其增選補選者亦同。

(二)在自由地區及光復地區增加之立法委員、監察委員名額，定期選舉，其須由僑居國外國民選出之立法委員及監察委員，事實上不能辦理選舉者，得經政黨提名，由　總統移請國民大會選舉之。

(三)增加名額選出之立法委員，任期屆滿時應予改選。

(五)中國民主社會黨、中國青年黨國民大會代表對谷案所提之修正如下：

代表之日爲止。至增加名額選出者，依任期屆滿時，應依法改選。

叁、辦法：現行動員戡亂時期臨時條欵第五項修正爲兩項，其條如次：

五、總統爲適應動員戡亂需要，得調整中央政府之行政機構、人事機構及其組織。

六、動員戡亂時期，總統得依下列規定，訂頒辦法充實中央民意代表機關不受憲法第廿六條、第六十四條及第九十一條之限制。

(一)在自由地區增加中央民意代表名額，定期選舉，其須由僑居國民選出之立法委員及監察委員，事實上不能辦理選舉者，得由總統訂定辦法產生之。

(二)第一屆中央民意代表，係經全國人民選舉所產生，依法行使職權，其增選補選者亦同大陸光復地區次第辦理中央民意代表之選舉。

(三)增加名額選出之中央民意代表，與第一屆中央民意代表，共同依法行使職權。增加名額選出者，任期屆滿時，依法改選。

(六)國民大會第五次會議第一提案審委員會審查報告第三號，於中華民國六十一年三月十七日提出，關於審查修訂動員戡亂時期臨時條欵之報告如次：

本委員會奉

第八次大會交下審查谷代表正綱等九四九人所提：「爲適應動員戡亂需要，特擬具動員戡亂時期臨時條欵修訂草案，提請核議案。」一案，及大會交下參考各案，經於三月十五日下午及三月十六日上午分別舉行本委員會第四及第五兩次會議，詳加討論，當經決議，成立專案小組研究。專案小組由主席團八十四人，本委員會召集人九人，谷案及其他參考各案提案人各推五人，共三十五人，以及已發言委員三十二人，未及發言委員一〇九人，合計二六九人，其中重複者五十一人，實爲二一八人。(名單印附)，專案小組於十六日下午二時三十分舉行會議，經熱烈研討後，至同日下午六時會議結束。會中又決定由本委員會召集人九人，主席團推定九人，谷案及參考各案提案人各推定三人，共廿一人，合計卅九人，(名單印附)，組織執筆整理小組。執筆整理小組於昨日下午七時至十時半半漏夜開會整理，推請于代表斌担任主席，經審愼研討後，最後於十時十分暫時休會，授權于斌、谷正綱、張其昀、陳啓天、孫亞夫等五人對全案作最後整理，共同斟酌研究後定稿，擬具修訂條文，由于代表斌向執筆小組宣佈結論，經與會委員一致通過，提出十七日上午九時專案小組及本委員會第六次會議通過。謹將修訂條文附後，報請大會討論決定。附修訂條文草案一份。召集人：任覺五、石鍾琇、薛漢光、劉心皇、劉振鎧、沈哲臣、袁日省、崔震權、蔣慰祖。

現行動員戡亂時期臨時條欵第五項擬修正爲兩項，其條文如次：

五、總統爲適應動員戡亂需要，得調整中央政府之行政機構、人事機構及其組織。

六、動員戡亂時期，總統得依下列規定，訂頒辦法充實中央民意代表機構，不受憲法第二十六條、第六十四條及第九十一條之限制：

(一)在自由地區增加中央民意代表名額，定期選舉，其須由僑居國外國民選出之立法委員及監察委員，事實上不能辦理選舉者，得由 總統訂定辦法遴選之

(二)第一屆中央民意代表，係經全國人民選舉所產生，依法行使職權，其增選補選者亦同。

大陸光復地區次第辦理中央民意代表之選舉。

(三)增加名額選出之中央民意代表，與第一屆中央民意代表，使法行使職權。

增加名額選出之國民大會代表，每六年改選，立法委員每三年改選，監察委員每六年改選。

（七）國民大會第五次會議第九次大會，於三月十七日下午二時三十分舉行，討論第一審查委員會關於修訂動員戡亂時期臨時條欵草案審查報告。並無修改，照審查意見通過，是爲二讀。接着，進行三讀會，照案通過。是時，主席谷正綱高呼：「中華民國民主憲政法統萬歲，萬萬歲！」全體代表亦起立高呼：，聲震雲霄。臨時條欵之如此修訂，既能維護法統、昌大法統，又能使政府可以肆應變局，實在是成功的。他們的高呼口號，良有以也。總統在「閉幕致詞」中曾特別指出這種光輝的成就說：今天國民大會顯著的成就，乃在謀國家法統的昌大——由於憲法臨時條欵的修訂，就業已可以預料自由地區，海外地區，青年才俊的結合，民意基礎的擴大，而這就是我們戡亂復國力量的總集中！國民大會又一顯著的成就，乃在謀民族命運的綿長和發展——由於憲法臨時條欵的授權，亦在使政府力足以肆應變局，從而保有其突破一切艱難險阻的自信，這也就是中華民族終必由剝而復、貞下啓元的再保證！」由此可見　總統及執政黨對臨時條欵修訂的結果，極爲滿意。

三、鞏固國家領導中心

鞏固國家領導中心，是集結全民心力，以克服當前困難的首要課題！總統蔣公領導國民革命四十餘年，德望崇隆，勳業彪炳，受自由地區同胞的衷心推戴，爲大陸億萬人心所皈依，在反共鬥爭的睿智經驗，尤允稱自由世界的木鐸！國家需要這位偉大舵手繼續領導，以渡過驚濤駭浪，駛向預定目標，以加速完成反共大業，進而重建民有、民治、民享的新中國。國民大會經過了審愼的抉擇，順應海內外全國同胞一致的意願，選舉　蔣總統連任中華民國第五任總統。嚴副總統家淦先生連任副總統。選舉結果，蔣總統的得票率，高達百分之九十九點四，遠超出第一屆的百分之八十，第二屆的百分之九十五點六，第三屆的百分之九十八點三，第四屆的百分九十八點五之上。此項選舉結果，證明了對於蔣總統的擁戴，是全民一致，四海歸心。

四、大會聲明及宣言

國民大會第五次會議，舉行於非常時期，遂有二月二十一日，對美國總統尼克森先生訪問大陸共酋聲明，二月二十九日對美共會談公報之聲明。都是根據中國憲法和人類正義，所作的嚴正表示。關於針對尼克森先生訪問未爲美國承認而又無正式外交關係的共酋，國民大會聲明的內容有三：

一、中共絕對無權代表大陸人民，對我國一切權益，不能在國際間作任何承諾或協議。

二、中共爲一叛亂非法集團，尼克森總統如與之作任何談判或協議，中華民國國家政府，概不承認。

三、中華民國光復大陸拯救同胞之基本國策，絕不改變；在任何情形與任何時間，與叛亂非法之共黨集團，斷無談判或妥協之可能。

至於國民大會對美共會談公報之聲明，亦有三項，其內容如左：

一、中共係我中華民國之叛亂集團，無權代表中國大陸人民，美國友人竟與其對等談判，我中華民國全體國民對此實難容忍！

二、所謂「和平共存五原則」，係共黨玩弄國際統戰的策略，尼克森總統竟予同意，實使自由世界謀求的「伸張人類正義」與「維護世界和平」兩大願望，蒙受嚴重損害。

三、消滅竊據中國大陸的共黨與解救水深火熱中的大陸同胞，爲我中華民國的神聖任務，不容任何外力干預，一切協議，我國概不承認。我們要鄭重昭告世人：友邦美國與共黨間的任何妥協或諒解，對中華民國政府及人民均屬無效，願我全國同胞上下奮發一心，在總統英明領導下，完成光復大陸的神聖使命。

在三月二十四日第十一次大會通過的「宣言」，除說明大會的重大成就，及重申「嚴正聲明」外，又特別聲明：中華民國的領土，依照憲法總綱第四條的規定，非經國民大會的決議，不得變更，釣魚台列嶼爲中華民國領土，我中華民國絕不放棄。表達了我全國同胞的公意，以及大會的公意，以及大會的嚴正立場。

這兩次聲明和宣言，是國民大會對於國家當前政策上，所作的重大貢獻。亦是闡明了今後政府和國人共同努力奮鬥的方向。

五、批評指導

國民大會第五次會議閉幕之後，報章雜誌紛紛批評，亦有偏激的攻訐者。細考其言論，持平之議，固然很多，而書生之見，亦復不少。所涉及的問題頗爲複雜，特將其比較重要者提出來分析如次：

（一）關於法統者：此一問題，我在「關於充實中央民意機構問題」一文中，曾經談及。什麼是法統？就是「我們現行的憲法，是由全國人民選出的代表制訂的，現在的政府，是依據憲法由全國人民選舉產生的。再詳細些說： 總統是由國民大會代表選舉出來的，國民大會代表是由全國各省市縣、各民族、各宗教、各職業團體及婦女團體所選出的，所以能代表全國國民。立法院是全國各省市人民及職業婦團體選出來的立法委員組成的；監察院是由各省市議會選出來的監察委員組成的；行政院院長是由總統提名徵得立法院的同意任命的；司法、考試兩院院長是由總統提名徵得監察院的同意任命的。此之謂合法的政府，此之謂法統。」簡言之，所謂法統，就是依歸憲法，由各地區各職業團體，及婦女團體，選出國民大會代表，代表全國人民行使政權，所產生的合法政府。而所依歸的憲法，是由全國人民選出的國民大會代表舉行制憲大會所制定，是國家的根本大法。明白了法統是什麼之後，再看有些人對法統的批評，自然要感慨系之。少數青年對法統發出一些偏激的言論，尚可原諒，因爲他們究竟是青年，尚在研究階段，容或理想過高，難免不符實際。他們的話，不予分析。在這許多報章雜誌的對此一問題大事批評的文章中，我舉出兩人作爲典型的例子。

其一是唐昌晉先生，他在「新聞天地」（六十年十二月廿五日出版）發表一篇文章，題目爲「民意代表不民意」。他說：「我鄭重呼籲政府回復抗戰時期的約法之治，即暫時中止憲政，節省一切不必要民主門面的裝璜費，免除一切不必要的民主病態的苦惱。」又說：「我們的國家民族，是 蔣總統歷盡千辛萬苦，從日軍鐵蹄下搶救過來的，他老人家之担任國家元首，天經地義，何在乎國大代表一舉手之勞，投這一票？政府重實質，所謂法統，只是表面文章耳，全世界無人重視，不必多所顧慮。」唐君前一段話是說我們的憲政是假的，是「民主門面的裝璜」。後一段話，是想陷 總統於不義，照唐君的說便是總統不經選舉總統能宣佈爲總統嗎？「所謂法統，只是表面文章耳，全世界無人重視，……」這些話簡直不成話，已到荒謬絕倫的程度。 總統說：「我們中華民國憲法，是一部血汗凝成實典，其崇高的原前，便是保障人民的權益與增進人民的福利。共黨禍國，竊據大陸，使我七億同胞，陷於血腥的人間地獄之中，已二十二年。在此期間，我們依據憲法產生的中華民國政府，在反攻復國基地台澎金馬，以憲法爲準繩，以民生爲首要，使國家各項建設齊頭並進，人民的權益與福利得到充分的保障。……」看 總統是多麽尊重憲法，尊重法統，怎麽說「全世界無人重視」呢？大家如果知道唐君的職務，對他的荒謬言論，當有另一種看法。他是現任中國國民黨中央委員會第四組專門委員。中國國民黨是執政黨，第四組就是從前的宣傳部主管宣傳，專門委員是中央黨部的甲等職，是高級職員。他竟有如此荒謬的認識，如此荒謬的論調，實在令人百思不得其解。（頃據國代全聯會報告，某機關函復唐昌晉已深自悔悟，向上級自請處分云云。）

其二，便是卜少夫生生，他是「新聞天地」社長，從民國六十年九月開始，該雜誌便開始向中央民意代表攻擊，一直到民國六十三年五月，迄未停止，其中文章極盡造謠挑撥離間之能事，實已超出新聞自由之限度。據國代全聯會消息，該會曾向有關方面詢問，執政黨及政府對該雜誌曾竭力扶植，例如津貼、結滙、訂閱等等，該雜誌竟以發表荒謬文章為得意，對其扶植者應否負責？有關方面迄未答覆，亦未否認津貼之類的扶植。最近，卜少夫先生發表一篇「中共步步進逼下」的文章，在末一段說道：「『法統』唬不了人，也無以服人，國父當年革命，何嘗有什麽法統？所謂法統，它在現階段的意義，就是苟安，偏安，不求長進，安於現狀，維持既得利益階段！……他們反對改選成功了，反對次屆成功了，一位留美的年青人寫信問我：『我們為誰而反共』？……」卜少夫先生攻擊中央民意代表九個月之久，到最後，竟對反共起了懷疑？

照卜君的意見，不要法統，也就是不要依靠憲法而成立的政府，不是首先就把自己打爛了。把自己的政府打爛之後，這個反攻復國的基地，將成什麽樣子，卜君可會想過？到那時，自然沒有現在的安定，不安定自會影響到經濟發展，經濟萎縮之後，失業加上動亂，自己就站立不住，還能談到反攻復國嗎？幸虧當政者沒有聽信卜君的「瞎主意」，而是　總統所說的「深望我代表同仁，善盡其重開國家新運的責任，於憲政體制，……守經達變，而不以變移守。今天大家所當慎思明辨者，即在國家法統的昌大，所當操危慮患者，唯在民族命運的綿長和發展。

假如聽信卜君的「瞎主意」，這反攻復國的基地動亂起來，恐怕連津貼雜誌也顧不到了，更不要說在海外遴選立監委員了。據「馬路」消息，卜君頗有意活動遴選立委，不知確否？

（二）關於「次屆」者：「新聞天地」於三月廿五日出版的一期中曾說：「據說在三中全會舉行時，……經反覆研究的結果，達成了三項決議，其中頗具『革新』意義的是第三條，決義原文是這樣：『新增加各額選出後之中央民意代表，應與依法行使職權之中央民意代表（按：即指廿年前選出之第一屆代表，及五十八年在台灣省增選的一部份代表），同為次屆國民大會代表，次屆立法院立法委員，次屆監察院監察委員，於其憲法規定之任期屆滿時，凡能辦理選舉地區，均予改選。』依此規定，則任期已經超過廿年的國大代、立監委員等，均在六年（國代與監委）或三年（立委）後即須全部改選，衡以現時許多中央民意代表的『年老力衰』，大部連出席會議也不堪勝任，國家給予多任一屆的機會，讓他們以終餘年，待遇亦不可謂不厚，用心亦不可謂不苦。但在這個決議案送達國民大會後，竟引起了其中一部份所謂『保守派』代表的猛烈反對，……在該議案討論時，主席團某人說了幾句公道話，就受到保守派的猛轟，他們叫嚷『憲法是我們的命根子』其實即是要藉此反對期滿改選而成為『特權階級』。……結果是……刪去了『次屆』兩字，即確保原有三種代表為『終身職』。（概談大『修正案』）」。此外，該雜誌在四月一日、四月八日、四月十五日以及五月份各期，都是根據此種意思，造出許多不堪的謠言，來攻擊此次的國民大會，不具引。另有「大學雜誌」三、四月號合刊中，署名本社編委會的「臨時條欵修訂之後」一文說：「國民大會修訂憲法臨時條欵，終於在向少數反對者一再讓步之下，刪除了『次屆』二字，為國大代表爭到了『全面的勝利』……原來的『谷案』已經稍嫌遷就現實，但由於尚有『次屆』之規定，改選有據，因此仍有其新顯之處。但現在卻連這一點也被改得面目全非，失去其新的意義。……」

關於反對刪去「次屆」者的立論，舉出這兩種雜誌，已可以代表，但其對三中全會的「政府任務之提示」及「谷案」的內容，均有誤解，而又據其所誤解的意思立論，眞所謂「謬以千里」了。

先說「政治任務之提示」：其第三項，正如「新聞天地」所引，但其意義，是「同為次屆國民大會代表，次屆立法院立法委員、次屆監察院監察委員。」者，為「新增加名額後選出之中央民意代表」；「於其憲法規定之任期屆滿時，凡能辦理選舉地區，均予改選。」者，亦係「新增加名額後選出之中央民意代表。」而不是「依法行使職權之中央民意代表。」因為「依法行使職權之中央民意代表」，在「第一條」已有規定，內容為「第一屆中央民意代表，係經全國人民選舉所產生，目前既無法改選，仍應依法行使職權。五十八年增選、補選之中央民意代表亦同。」便是說明在「新增加名額後選出之中央民意代表」，「於其憲法規定之任期屆滿時，凡能辦理選舉地區，均予改選」，而依法行使職權之中央民意代表」，係不能辦理選舉地區，自然不予改選，所謂「次屆」者，即「依法行使職權之中央民意代表」在第二屆時時，同為第二屆，至第三屆時，同為第三屆，依次類推。這是在三中全會第一審查組審查本案時，主席谷正綱先生的說明。並無「新聞天地」所說的「任期已經超過廿年的國大代、立監委員等」，均在六年(國代與監委)或三年(立委)後，即須全部改選。」的意旨及說法。

再說「谷案」(向國民大會提出者)的第三條，其內容為：「(三)增加名額選出之次屆中央民意代表，與第一屆中央民意代表，同於次屆依法行使職權。增加名額選出者，任期屆滿時，依法改選。」不是語意更明確了嗎？那裡有「大學雜誌」所說的「尚有『次屆』之規定，改選有據」的意旨和內容呢？

這些人的評論文章，對所要評論的事物，並不深切了解，便遽而下筆寫煽動文章，眞是極為危險的事。老實說，此次國民大會在討論本案時，反對「次屆」，並不為自己要作「終身職」的打算，而怕「改選」，因為條文中明確規定「大陸光復地區次第辦理中央民意代表之選舉。」第一屆中央民意代表根據「政治任務之提示」，及「谷案」的內容，並沒有規定「改選」，而評論者不能硬加上「改選」來抨擊國民大會。這一個文件，一個提案，為什麼不特別規定「改選」第一屆中央民意代表呢？當然是由於國家的需要，這一點不必細說，大家都明白。那麼，國民大會又為什麼反對「次屆」，刪去「次屆」呢？是國民大會代表們考慮到國家的問題，第一屆中央民意代表是在大陸時「全國人民所選出」，可以代表全國人民，而現在(未收復大陸之前)就改為「次屆」，豈非自己承認是台灣國了嗎？青年黨籍的朱文伯先生說：「有人說，臨時條款增列了『次屆』二字，『將來二屆三屆四屆，生生不已，實在大有妙用』。其實，這種解釋也牽强，姑不論增加名額不會超過現有中央民意代表的半數，多跟着少數稱『次屆』，不是『充實』中央民意機構，而是『改選』中央民意機構；不是『補充新血』而是老王「傳位幼主」而又『垂簾聽政』。最重要的還是增列『次屆』二字，將是告訴國人『反攻無望』。」這些話，可以代表友黨的意見，他們是反對「次屆」的主力之一。基於上面所說的理由，可以證明這反對「次屆」並不是為代表本身謀的。

同時，刪去「次屆」二字，並不影響「政治任務之提示」的實質。這可以本案提案領銜人谷正綱先生說明作證，他說：「這三天的審查會，我很虛心的在那裡聆聽各位的高論。聽了以後，大家的主張，都是集中在『次屆』兩個字上面，這是剛才所說的觀念不同，目的相同。所謂目的相同，就是要使我們國民大會能新陳代謝，生生不息。經提案人商量以後，提出修改文字，承專案小組採納，其修改文字為「增加名額選出之國民大會代表每六年改選，立法委員每三年改選，監察委員每六年改選。就是明白的說出來我們的政策，可以達到新陳代謝的作用，所以我們不堅持『次屆』兩字。」

至於「新聞天地」所說：「他們叫嚷『憲法是我們的命根子』」。我所有會議都參加了，並沒有聽到保守派如此叫嚷，倒是非國代的黃少谷先生在三中全會說明本案時，曾說：「法統是我們的命根子，它是連連綿綿的，生生不息的。把現有選自大陸不同省區的中央民意代表改選了，則各方將產生如何的觀感？」所以才在「維護法統與現行體制的前提下，谷案明確保證第一屆中央民意代表繼續行使職權，五十八年增補選之中央民意代表亦同。」（大華晚報三月十四日刊）。所以說，憲法是國家的命根子，並不是國民大會代表叫嚷着是他們的命根子。這一點須要弄明白。而憲法是國家的命根子，這個定義可於 總統的「致詞」中證之。 總統說：「民國三十六年元旦所頒佈的中華民國憲法，確定以三民主義爲立國的本源，這是全國人民共同信守的最高原則。憲法的精神，在根據 國父遺教，一面要保障民權，以鞏固國基；一面也要伸張治權，使政府有高度的行政效率，以適存於世界。」（三十九年三月三日招待國民大會在台代表茶會致詞）。又說：「憲法關係着國家的前途，國民的福利，我們必須盱衡世界憲政的趨勢，審度國家當前的處境——特別是要在鞏固國本和維護法統的基礎上，確立憲政的規模，使我們依據這部憲法來實施的民主憲政，獲得持續而完滿的效果。」（對憲政研討會綜合會議致詞）總統的這些話都可以作爲「憲法是國家的命根子」的註解。

現在主持雜誌言論的人，竟如此的不研究問題，隨便胡說亂道，才是導國家於動亂的根源，才是極可悲哀的事。我們對此種人不能「默爾而息」，亦不能爲他「甘願做一個糊塗、窩囊的殉葬者的。」（卜少夫詞）

（三）關於「遴選」者：在三中全會第一審查組第三次會議提出的「對國民大會代表同志政治任務之提示草案」「第二案」爲「自由地區爲我復興基地，爲擴大人民之政治參與，應增加自由地區中央民意代表名額，由 總統定期舉行選舉，對於光復地區亦應同樣辦理。至須由僑居國外國民選出，而因事實上之困難不能辦理選舉者，得由 總統遴選之。」當時我曾發言，支持「遴選」，但應改爲「其須由僑居國外國民選出之立法委員及監察委員，事實上不能辦理選舉者，得由 總統訂定辦法遴選之。」，爲什麼支持「遴選」，就是僑區的選舉不能辦，我們的國會議員，怎麼可以在別人的國家內辦理選舉？事實上的確不可能。但我們的國民革命以及現在的反攻復國，華僑的力量非常大，不能不請他們參與中央政事。這是一個現實政治問題，不能不解決。於是在無辦法之中，才想出這個通權達變的辦法。有權修改憲法的國民大會自不能不支持此一辦法。我主張只遴選立監委員，不「遴選」國民大會代表，國民大會代表是選舉總統的，所以總統不能遴選。此一建議當蒙採納。在提到國民大會時，友黨曾主張「由總統訂定辦法產生之」。假如照他們的意見通過，仍然不能辦理，無補實際，只有明白標出「遴選」字樣，方能辦理。因爲不標「遴選」， 總統在「訂定辦法」時，無法訂定「遴選」的辦法。谷正綱先生在「國大五次會議對國家當前貢獻」的報告詞中曾說：「授權總統訂定遴選辦法，遴選僑居國外國民，担任中央民意代表，其原因是因海外僑胞受僑居地政治環境的限制，無法辦理依照我國憲法規定的選舉。於是依據憲法第一二九條之規定：『本憲法所規定之各種選舉除本憲法別有規定外，以普通、平等、直接及無記名投票之方法行之。』來解決這個困難。但因憲法中並未規定遴選的方法，所以在臨時條款中作補充規定。修訂臨時條款，是依修憲程序，因此與憲法具有同等的效力。採用遴選辦法，各國民主憲法，亦多先列，這是合法的，也是民主的。此項規定，可使海外那些熱愛國家的反共僑胞，有了參預中央政事的權利，而不再遭受阻碍。這可促成海內外愛國同胞的團結，確實適合當前國家的需要。」就是說明了這個意思，有些人到現在還在批評僑區「遴選」的問題，便是一種書生的不符實際的見解。

（四）關於自由地區改選問題：有人批評：中央民意代表在大陸各省區產生者，無法改選，可以繼續行使職權，而在台灣產生者應當改選，而條欵中未標明，乃是缺失。當時，自由地區的代表認為：「六十年十月廿八日中央臨全會決議，充實中央民意機構，而不是改選。同時，既因為第一屆中央民意代表，乃是整起的問題，要改選全部改選，要不改選全部不改選，辦法應予統一。」至於五十八年增補選的中央民意代表，在當時並未註明六年或三年改選，係增補第一屆中央民意代表的，當然要與第一屆中央民意代表改選時間及辦法，求其一致。同時，此種意見，亦符合三中全會的「政治任務之提示」的第（三）項的意旨。而有關方面的政策，是先求安定，先求團結，再求發展，再求革新。對於他們的建議，當然會給予愼重的優先的考慮。也是屬於現實政治性的問題，決不是書生論政者流，所能應付得了的。事非經過不知難，想想當政者的困難重重，便不會不加研究，便隨口亂叫，造成更增加政治糾紛，更影響民心士氣的局面。大家同在這一條船上，生死相關。希望想幫忙者不要倒幫忙，以致把船弄沉好了。

總之，此次國民大會所修訂的「臨時條款」，是既維護憲政法統，又能使憲政法統的昌大、綿長、和發展。是極成功的一次會議。至於閉幕以後，批評者多，所涉及的問題亦多，除上面所分析者外，尚有執政黨的威信問題，有些報章雜誌曾加以批評，說明執政黨所交付的「政治任務」，被國民大會修改，以至影響執政黨的威信。看上面的分析，便可知道，文字雖有修改，實質上並未修改。算不得威信掃地。須知政黨政治，首在協調，不僅黨內協調，還要與友黨協調，還要與無黨與派的代表協調，即有讓步，亦為理之所當然，談不到威信問題。須知，我們現行憲法，在制憲時所採用的便是政協的憲草，而不是執政黨的「五五憲草」，那時，沒有威信問題，現在，修訂「臨時條款」，稍有讓步，便有威信問題了，自非公正之論。青年黨籍的朱文伯先生說：「國人之所以一致擁護　總統繼續連任，目的就在希望他領導我們早日反攻大陸，拯救苦難同胞。而大陸淪陷，政府偏處海隅，已經二十多年，政府之所以尚能稱為中華民國的合法政府，之所以尚能稱為代表全中國七億同胞，就在有依據憲法由全國人民選舉產生的中央民意代表。如果自己承認這些代表缺乏民意的代表性，中華民國政府的合法性就將大成問題，國大代表尊重全國民意所選出來的總統，對外能不能代表中華民國也將成問題。輿論界希望　總統繼續領導，而又否定中央民意代表的代表性，豈非自相矛盾？」（「國民大會修訂憲法臨時條款平議」）他接着又說：「青年知識份子關心國事，是可喜的現象，他們的要求很多，希望很高，改選中央民意代表只是其中的一部份，而這一部份却關聯到中華民國或台灣國的名與實，必須深思熟慮，才能決定如何處理。憲政法治是建國的原則是不可變的；團結反共是救亡的正道，是不可違的。强調憲政體制而又倡言革命，擁護　總統連任而又蔑視國大代表，新聞界為文立論，眞意所在，如果令人難以索解，對國家社會的貢獻不會太大。」（同上）。朱先生的話，的確是有道理的。我特別引證朱先生的話，是因為朱先生是青年黨黨員，而非執政的國民黨黨員，換句話說，他的話不是官方的話，更能為人所信任也。

民主憲政法統的維護、昌大、和發展，才是救國救民、反攻復國的正道，捨乎此，便是自己打爛自己，陷國家於動亂不安的境地，便是自取滅亡；這是有中外史實可證的眞理！決不容忽視。大家既然知道，今天國家處境的艱危，便要從捐棄成見、犧牲小我、精誠團結、奮發圖强中，來渡過這一空前未有的難關。

自右而左：王世昭、趙戒堂、會后希、林大庸攝於一九五七年十朋書畫展

不祥的兩個十五

·王世昭·

（一）先說我的姪子王孝淵

今年自正月十五到二月十五，死了兩個至親和友好，至親是我的姪子王孝淵，友好是我的朋友趙戒堂先生。

他們的病，前後拖了多年。我的姪子在十多年前因肺積水，在公立醫院裡開過兩次刀，自此之後，醫生發現了肺葉裡面還有一個小小的模模糊糊的黑影子，不敢開第三次刀，只有用藥來穩定它，希望不至太快發作。此外還用外打進的方法，讓我的姪子早起多運動，並呼吸新鮮空氣，意圖補救於萬一。我的姪子遵醫囑，每日清晨即起床，帶着小狗上山去蹓躂，如是不下兩年多。到了去年六七月之後，感覺精神不濟，腰臂酸痛，以爲是風濕病，所以不斷打針或吃藥。但到十一月以後，失眠加劇，精神萎靡。有一天我約他到尖沙咀一家茶樓來飲茶，我見他面色蒼白，眼下臥蠶縐紋滿佈，顯然是脫了形。知道他來日無多，一面詢問原因，一面打電話問我的姪媳。我的姪媳婦極着急，除了每日陪他看醫生吃藥打針之外，即盡量購買有營養的蔬果青菜及雞魚肉補益他的身體，使抵抗病魔的力量得以加强。最後聽醫生報告，謂屬肺癌，開刀固不可，藥石也無效，顯成不治之症。我的姪媳婦聽到此項消息，恍若晴天霹靂，目瞪口呆，忍痛告訴我一切經過。而在病人方面，我們始終沒有透露半點口風，讓他可以安詳地靠待勿藥。所以這個清息，在實際上，苦了家人，忍淚痛心，强作歡笑，以侍候病人，以至於沒齒！

我的姪媳婦官永新，也可算是女中的硬漢，她爲他安排身後一切，井井有條，使我得以放心，靜聽病情的發展。

這個毛病惡化得很快，最初他是體力不支，但胃口甚好，所以還能盡量飲食。而在飲食上他平素所歡喜吃的東西，一一點出。忙了她們兩位母女（我的姪孫女名美華），設法儘量予以供應。他們看他能吃，喜上眉梢，但也苦在心裡，這是病人的回光返照，所以在他的面前，一切如恒，沒有透露半點。

到了正月十一日，他雙足無力，扶面不能起床。我的姪媳細審情况不妙，連忙請陳質仁君用聯合織造廠車來接，送到律敦治醫院。爲了他們住在七層樓，沒有升降機，由我姪子的未來女婿葉君克光把他背下去。下去的時候，病人兩手已無力，由質仁在後面托住，總算下了樓，上了車。

入醫院之初還可以吃東西，但只能飲流質，如糜肉粥，橙汁之類。到了十三晚，陷昏迷狀態，十四日已口不能言，用指撐其兩目，偶能作左右視，視力似已模糊。延至正月元宵日上午十一時半，遂與世長辭，一瞑不視矣。

爲了他自十七歲起，就離開福州，跟着我在香港讀書，在廣西及國內其他地方做事，曾任梧州地方法院書記官，第一七〇師輜重兵營中尉書記，廣西及重慶金城銀行職員，天津招商局科長，徐州金城銀行支行營業主任，上海金城銀行襄理等。民國三十九年來香港，先在自由出版社做事，後任太古洋行船務部華人總經理室秘書，繼入人事部工作，以至於逝世。我曾爲聯以輓之云。

「汝父吾兄，汝母吾嫂，憶托成童務跨竈；

視我如師，視爾如弟，痛揮老淚問修文。」

（二）再說我的朋友趙戒堂

我的姪子丁巳元宵即正月十五日逝世，而老友趙戒堂只却也於二月十五日逝世，前後一個月，死了兩個至親及友好。在基督教說：死了的人，魂入地而神昇天。在佛教來說：有罪的入地獄，無罪的可以往生西天極樂國。如依但丁神曲所指示，則陰間有三界，曰天堂，曰淨土，曰地獄，但沒有往生。依中國民間習俗，則除了有大功德於人類之人可以爲神外，此外均名登鬼籙，要過奈何橋，經十殿，登望鄉台，入六道轉輪，成胎生，濕生，化生諸相。究竟何去何從？公說公有理，婆說婆有理。死的人是死定了；是歡喜，是悲哀，如人飲水，冷暖自知。任你天花龍鳳，無法起逝者於九原則是不偽，到了這個階段，不是「阿門」，便是「阿彌陀佛」，如斯而已矣。

戒堂兄逝世這一天早晨八時半，趙大嫂許子信女士打電話給我，說：「戒堂於今晨五時二十分逝世！」我連忙問：「在醫院嗎？」她說：「在基督教聯合醫院！」我答：「我一會就到妳家裡看妳，請保重！」其實，當她打電話給我的時候，我正準備到荃灣東林念佛堂應森光法師之邀到他那裡吃齋——這個約會由去年到今年，已兩度爽約！然因東林念佛堂看森光法師的機會還多，戒堂的喪事只有一次，所以我放棄到荃灣，並打電話給森光法師道歉。

到了戒堂家裡，晤見趙大嫂，致慰唁之意，並告以我得空的時間。至於喪葬辦法，彼與戒堂生前之見相同，主張火葬。我告訴她，火葬比較簡單，預計如由殯儀館包辦一切，大約六千元即可辦妥，如果要再簡單，一二千元亦可以了事。趙大嫂的意思，能省則省，但亦不宜過簡，因為戒堂多年為病魔所苦，這是最後一次花錢，要當量力而為之。至於儀式，依宗教作安息禮拜。大要決定之後，我為之發幾家報館消息。到了第二日晚上，她打電話給我，要我寫一篇事畧，我到她的家裡，拏到資料，遂執筆為擬文幷題如次，標題為：「趙戒堂先生事畧」（香港頗有人於先生下加「生平」二字，這是多餘的！因為「趙戒堂先生」五字，已括其生平在內，所以不需要用生平字眼也！）內容如次：

「趙戒堂先生，本名覺，字戒非，亦號介飛，江蘇省江都縣人。江都古屬揚州，書禹貢，「海岱及淮惟揚州」，其地括江蘇，安徽，江西，浙江，福建諸省。自周至三國，首府不一。逮至隋，改置揚州於江都，歷唐宋元明清凡千二百有餘年。其地控長江中流，且握運河交通樞紐，人文薈萃。創造歷史如隋煬帝，撥亂反正如徐敬業，忠肝義膽如史可法，丹青馳譽如八怪。蓋地既有靈，人自以傑，先生誕育於其間，耳濡目染，師法固有自也。

先生自幼岐嶷，長更勤奮，於藝術有宿好，於宗教具信心。年十六，受浸為耶穌教徒。既抵上海，半工半讀於東吳大學法科。卒業後，任職揚州鹽務稽核分所十餘載，治事學藝尤孟晉。民國二十年，與吳子深先生於吳興龐虛齋邸第，見先生所擬秋山烟靄圖巨幛，大為欽佩。三十七年抵香港，與賢士大夫接，友海上十朋，於四十六年夏，被邀開書畫聯展於萬宜大廈，其事見黃天石先生十朋書畫聯展叙。是時先生之作品，以山水為主，以竹石花鳥為輔，有富春山居圖及雲山滴翠圖等。至五十一年十一月十八日，假座聖約翰教堂舉行個展，其作品如匡廬圖，秋山行旅圖，洞天山堂圖，秋山問道圖，雲藏山寺圖，幽村古渡圖等。易君左先生曾為文以張之，謂：「集荊關董巨四大宗師之代表作於一堂，而發揚光大其畫藝之神髓，求之並世，何可多得。」自是而還，先生除一度入台，一度遊菲，一度旅泰，一度飛美作書畫展覽外，任教於浸會學院凡十餘載，收中外弟子無數。曾開師生聯合書畫展於香港大會堂或學院內。既收教學相長之益，亦獲扢揚風雅之功。先生之於朋儕，恒謙冲自抑；之於友生，傳道授業惟恐有所不及。至課徒講學及書畫展所有收益，除家用外，一以購置圖書為事。先生信主至篤，事主至殷，主日必守禮拜，常存喜樂與盼望之心，以眞道律己誨人，於五十五年（一九六六年）七月十日，被按立為執事，乃終身聖職，以先生能竭力忠於所託也。洎數載纏綿病榻，七度出入醫院，若非舊日袍澤之解囊相助，則亦難以為繼。可奈金丹難續，再造無由，於六十六年四月三日，即農曆丁巳年二月十五日，拂曉五時，與世長辭於九龍基督教聯合醫院，壽七十四，嗚呼，哀哉！

夫人許子信女士，揚州望族，與先生結褵五十二載，相莊鴻案，頡頏情深，衛護有加，積勞亦病。往曾相對牛衣，今則尤傷鵠影。有子三，女三，均稽留大陸，無一侍側。人生至此，不亦大可哀也歟！趙戒堂先生治喪處謹述，耶穌降生一千九百七十七年四月七日。」

我認識戒堂始於民國四十三四年，因曾后希與林千石的關係，那時我主曼谷世界日報筆政，又兼駐港辦事處代表，與新聞文化教育各界頗多接觸。每日下午，我們多半在皇后大道中娛樂戲院附近飲茶，在座的朋友，除曾林趙三人外，有時加上徐亮之，林大庸，曾克耑或易君左等。為了易君左先生與香港圖書藝術館主人陳先生有舊，陳先生要易先生出來主持這個展覽會。易先生事忙，推我任聯絡工作。最初我找到九人，還有一個人必須能領袖羣倫德高望重的老先生，想來想去，高臥在荃灣師尚山堂的岑學呂先生似足以當之！經過大家同意，十朋的排名依年齡如等差，臚列如下：岑學呂、吳子深、易君左、曾克耑、王世昭、趙戒堂、黃家唐、曾后希、林千石、林大庸等。那時戒堂尚翩翩年少，以我長了幾根鬍子，所以無論如何推我坐第五位。以後詳細查証，戒堂生於甲辰，我是乙巳，這個次序似乎有修正的必要了。

這一次的展覽，自一九五七年八月八日至十四日，作品內容書法包括篆、隸、分、楷、行、草諸體。畫則包括人物，山水、花卉、走獸飛禽、魚藻、草蟲等。星島日報譽為「空前盛舉」，香港時報謂為：「集各宗派之大成」，天文台報則綜合作如次之報導：(一)十朋精誠合作，開文人相重之風。(二)十朋均深自謙益，去文人自大之弊。(三)對外集體報導，絕不自我宣傳。(四)在展覽前互相觀摩作品，收切磋之益。(五)以欣賞為原則，不自標價，但可相讓。(六)展覽時觀衆在藝術上之詢問，均由作者分別詳答，此亦過去所無。此外如自由人，星島晚報、華僑日報文化版、工商日報、中聲晚報，幸福畫報等，無不力事噓咈，為桴鼓之應，故印象之佳，在當年，可謂一時無兩。

為文以張之的作者除了黃天石先生的「十朋書畫聯展叙」之外，有王韶生教授的「十朋書畫聯展印象記」，徐學慧先生的「祝十朋書畫聯展」。易君左先生的「書畫十朋歌」，以及「我和我的朋友」。我自己也寫過「記十朋書畫聯展」與「不讓十朋剩九友」兩篇文字。

回想起來，如今不知不覺二十年，十朋中已逝世的朋友，第一岑學呂(八十八)、第二吳子深(八十四)、第三易君左(七十五)、第四曾克耑(七十五)、第五趙戒堂(七十四)。還留着住在這個世界的，尚餘一半，即黃家唐、林千石、曾后希、林大庸與不佞等五人。

二十八年來我所搜存已粘貼的，香港、台灣、泰國、菲律賓、馬來亞、新加坡、沙勞越，北婆羅洲、印尼、日本各地區文化界動態及資料，已超過四十冊，有關十朋的，當然也不少。為了紀念亡友趙戒堂，我在這裡發表了他為我寫的竹居圖，以及在十朋書畫展時，我們四個人在會場曾拍過一幀照片。竹居圖上戒堂曾題句云：

「鐵髯構竹居，方弗黃衫客浪跡風塵，而黃狗當門，綠正沉窗，益饒逸趣。丙申秋，與千石亮之雅集後三日，率圖博教；戒堂趙覺并識。」

「種得琅玕一片青，天公與我亦知音；閒來約得二三客，都上層樓說古今。」至於四人合照，已有說明，不贅。

丁巳三月初一日脫稿，正四月十八也

好萊塢早期的華僑片和軍閥片

■夏志清

今年冬天紐約市特別冷，雖然耶誕佳節百老滙鬧區頭輪戲院照例推出了好幾張巨片，禁不住誘惑乘地下鐵道去看的僅是那張新「金剛」，還比不上記憶中的老「金剛」滿意。老「金剛」開頭二三十分鐘相當沉悶，但船停舶骷髏島後，我們的確進入了史前的上古時代。金剛(King Kong 意譯，應作「九王」)雖然威武異常，當地土著待之如神明，但他不時得和陸地上、水裡的，和天空間的各種恐龍格鬥，看來特別過癮。新金剛龐然大物，島上的樹木相比起來，都顯得矮小，給人不相稱的感覺。加上當地無物堪與他匹敵，活着怪寂寞的(那條巨蟒實在不堪他一擊)，難怪見到土著供奉給他的金髮美女後，他就專心一意去「愛」她了。

這兩天天氣轉暖，雖然戶外溫度僅華氏四十度左右，好像已有春意。今天下午到百老滙六十七街一家小戲院看了兩張舊片：考爾門Ronold Colman主演的「世外桃源」Lost Horizon和芭芭拉史丹薇 Barbara Stanwyck 主演的「袁將軍之苦茶」The Bitter Tea of General Yen 。二片皆是當年哥倫比亞公司台柱導演卡潑拉 Frank Capra 導演的。卡潑拉在三十年代曾兩度榮獲金像獎，記憶中，我對那張「富貴浮雲」Mr. Deeds Goes to Town，賈利古柏主演，最富人情味，雖然一九三六年南京看過後，一直未重看過。「世外桃源」(一九三七)我是在上海「大上海」大戲院頭輪映出時即去看的，當時對它並無好感，好萊塢拍東方彩色、宣揚東方哲學的影片，總不易討好。三四年前哥倫比亞重攝了「世外桃源」，女主角雖是立芙烏爾曼 Liv Ullmann，影評極劣，當然更沒有胃口去看。今天主要去欣賞一九三三年發行的「袁將軍之苦茶」，但「情聖」考爾門三十多年未在銀幕上見到，重覩他儒雅的風度，聽他悅耳的英國語調，也帶給我故友重逢的喜悅，看到「世外桃源」女配角瑪各Margo也很高興。她原是百老滙話劇演員，第一天見到她是在南京新都大戲院放映「窮巷之冬」Winterset的銀幕上，那時我還是高中生，聽對白一知半解，但該片根據名劇作家安度生 Maxwell Anderson 的話劇改編，要算是生平看都市流氓片 gangster film 裡最富有詩意的一張。瑪各那片裡的演出，有些杜耶妥也夫斯基小說裡貧家少女的味道，給我印象頗深。兩年前，也是嚴冬的季節，我剛從醫院裡出來，在「紐約客」雜誌上看到了「窮巷之冬」正在重映的消息，不禁心動。但內人覺得我體弱不宜出門，沒有去看。

大概未與白種人接觸前的泰希底島，可算得上世外桃源。該地氣候溫暖，人民秉性善良，大家過着「棄智絕聖」的生活，很開心，陶淵明想像中的桃源樂土，就不大可能，因為中國人勤於耕作，從秦末到晉代，好幾代下來，人口繁殖極快，土地有限，養不活這樣許多人，祇有向外發展，才能生存。所以在唐代詩人的想像裡，那一批避秦亂的男女，大家成了仙不再生育，反而說得通。電影裡的「世外桃源」，地設西藏高山區，與外人隔絕，因為實在交通不方便。發現這個樂土的原來是位英國神父，兩百年前探險到此，所以「香格里拉」Shangri-La 的高級居民絕大多數是白人，而且都講英文，當地西藏人過着耕田牧羊的生活，顯屬另一個階級。那位神父自稱喇嘛，覺得大限已到，特別把英國外交官考爾劫機到此，來繼承他的衣鉢，做個洋喇嘛。希爾登 James Hilton 寫此小說時，當然覺得二次大戰即將爆發，頗有出世之想。但他等於在中國國土，給英國高級紳士設了高級俱樂部，仍保持們統治階級的一切權益，這種不自覺的帝國主義思想，給我很大的反感。

我對「袁將軍之苦茶」感興趣，主要因為三十年來，好萊塢攝製以中國為背景的三十年代影片已看了不少，想把它全看。加上該片是紐約市無線電城音樂廳 Radio City Music Hall 一九三三攝特選開幕巨片，總不會太壞，想一看其究竟。抗戰以前，在美製片商心目中，中國是非常落後的國家，不管其攝片態度友善與否，拍出來的片子，總給國人「辱華」的印象，當時絕大多數在國內是禁映的，我讀中學時，從未聽過「袁將軍」這張片子，想來也在禁映之列。想是一九三一年，瑪琳黛德麗主演的馮史登名片「上海快車」Shanghai Express 在上海大光明大戲院初映。有一天，留美戲劇家洪深也在看戲，實在忍不住了，走上戲台對觀眾演說，激動公憤，該片才遭禁映。此後在中國放映與中國人有涉的片子就祇有陳查禮探案這樣的B級片（陳查禮却是洋人扮的），此外就是獲得我國政府同意，實地攝取外景的「大地」了(保羅茂尼、羅易絲蘭納主演)；另外一張「中國石油燈」Oil for the Lamps of China，也准放映，該片主角 Pat O' Brien, Josephine Hutchinson 皆是二三流角色，未受國人注意，我也沒有去看。抗戰發動後，好萊塢拍了兩三張以中國內地為背景的抗戰片，情形才改觀。

我雖是專攻文學的，在中學時代毋寧說對好萊塢電影興趣更大，養成了一種對三十年代電影的「歷史癖」。現在住在紐約，有看不完的舊片重映；但平日工作太忙，也祇能一兩月才去看一次。世上第一張以中國人愛慕洋女人為題的電影要算是「敗謝的花朵」（Broken Blossoms，當年該片中文譯名已想不起來了），葛烈菲斯導演，莉琳葛許 Lillian Gish，李却巴塞爾默斯 Richard Barthelmess 主演，一九一九年發行。我看到這張無聲名片已是八九年前的事了，特地跑到現代藝術展覽館去看的。莉琳葛許是葛烈菲士一手提拔，是無聲片時代首屈一指的悲劇明星。此人尚在人世，三年前客串演出於契訶夫的「凡尼亞舅舅」名劇，我見到了她本人，八十多歲了，看起來皮膚還很細嫩。巴塞爾默斯也是無聲片時代的紅小生，人也生得很秀氣。他在「敗謝的花朵」裡演的是從廣東移居倫敦的華僑，開一爿小店營生；莉琳葛許也住在「華埠」，是在流氓手下討生活的孤女。那位華僑青年見到她，愛憐倍加，當然當時美國人種族觀念深，再低賤的白種女人，黃種人也不准一親芳澤的。那華僑自己也很清苦，當然毫無能力對抗那位虐待莉琳葛許的粗大洋人，祇好為那位女郎送些花，打些雜差。最後女郎病重，已奄奄一息，見到床邊那個華僑這樣愛她，衷心感謝，含笑而亡。華僑悲痛莫名，他有沒有跟着死掉，我已記不得了。

故事很簡單，但葛烈菲士處理華埠情調，極有詩意，莉琳葛許、巴塞爾默斯都可說不食人間烟火的愛情種子，巴塞爾默斯一跳一動多少帶着有些芭蕾舞的味道（後來在四十年代一張歌舞片裡，茀蕾亞斯坦主舞一支名曲Limehouse Blues，扮的角色就是這樣一位倫敦華埠的情種），在一九一九年，這種表演可說是革命性的突破。「敗謝的花朵」稱得上是部不朽的名片，國人間還能記憶起這部片子的，都該是八九十歲的老人了。

有聲電影以來，以美英大都市「華埠」為主題的片子，也拍了不少，其中一半是黃柳霜主演的，屬槍殺偵探類，都是小本錢的B級片。四五十年前，紐約、舊金山僑胞間的確常有不同堂會組織互相私鬥，英語簡稱為tong wars。三十年代好萊塢大拍都市槍鬥片，當然華埠現有的題材也不放過，可惜此類片子絕大多數，粗製濫造，不值一觀。其中比較認眞攝製的一張，片名「刀斧手」The Hatchet Man（一九三二）。五十年代初期我在紐約海文的時候，忽然一家戲院重映該片一週，發現主演明星是愛德華羅賓遜、洛麗泰揚，導演是威爾門 Willian A. Wellman，都是算得上是有名人物，禁不住好奇，就跑去看了，愛德華羅賓遜，歐洲猶太種人，人生得矮小，扁臉大嘴，長相有些像廣東人的一種類型；一九三二年的洛麗泰揚，才是十八、九歲的美人兒，扮中國女郎，眞嬌嫩得如出水芙蓉，比後來珍妮李瓊斯在「生死戀」裡演中國女郎，要美麗得多，而且更有中國味道。洛麗泰揚晚年雖也獲過金像獎，值得記憶的名片可說一張也沒有，比較最出色的要算是西席地密爾導演的「十字軍英雄記」The Crusades，片裡她演金髮垂肩的公主，形像很可愛。但看了「刀斧手」後，我心目中的洛麗泰揚就一直是她片中所飾的杏眼含春的中國女郎。

「刀斧手」故事已記不清了。羅賓遜本是善良的廣東農夫，來到美國後身任堂社組織的刀斧手被敵黨陷害，吃了不少苦，可能坐過牢獄。最後洗手不幹，也無意報仇，重返老家去種田。電影最後一幕至今印象很深！羅賓遜人在雅片窰兼賭場裡，他帶了洛麗泰揚（賭場的女招待？）走出大門。臨走前，他把那柄斧頭向木牆擲去，表示不再幹這活兒。不料他的敵人卡洛耐許J. Caraoll Naish 正在隔壁房間靠牆站着，斧頭力道足，竟透牆壁，陷人腦袋，一命嗚呼。六七年前，有一天我在紐約時報看到羅賓遜、卡洛耐許同天逝世的消息，覺得是奇妙的巧合；雖然除了我外，不可能會有人再想到二人會在一張舊片演過寃家對頭的「刀斧手」了。

三十年代好萊塢攝製中國背景的大片子，華人要角逃不了是北洋軍閥。這類軍閥大半好色，他們對中國人玩厭了，見到了美貌的西洋女郎，大有染指之意，這樣惱怒了白人英雄，把美人救出火坑。二三十年代中國各地都有軍閥，他們頻頻內戰，無怪引起了英美流行小說家、製片人的興趣（這類中國背景的電影，都是根據小說攝製的）。事實上張宗昌這樣的軍閥，姬妾滿堂，其中有幾個眞是西洋女郎。同時期中國通俗小說裡的壞蛋，往往也是好色的軍閥（「啼笑姻緣」即是一例）。國人既對軍閥這樣有反感，也不能怪洋人把中國軍閥看作塗炭生靈而想吃洋人天鵝肉的「東方壞蛋」了。

有聲片裡始作俑的軍閥片即是「上海快車」。到了一九三一年，馮史登堡已同瑪琳黛德麗合作過三部片子。其中第一部「藍天使」，根據亨利許、曼（托馬斯．曼的哥哥）小說改編，黛德麗演那個心硬手辣的歌女，德國首席明星伊密耳詹寧斯 Emil Jannings 演那個被迷倒、甘心墮落的中學教員，眞是維妙維肖，刻劃得入木三分。黛德麗生平就是這部片子演得好，後來在馮史登堡督導之下，體重減輕，變成一個神秘型的風塵女子，以「蠱惑」glamoa取勝，沒有什麽戲可演。「摩洛哥」（一九三〇）我是在南京高中看的，兩三年前在電視上看一遍，覺得還蠻有味道，雖然歌女和大兵（賈利古柏）戀愛，故事遠比不上「藍天使」這樣富有刺激性。任何電影，不論導演技術如何高超，假如故事本身沒有意義，劇本沒有編好，也是枉然。馮史登堡至今聲譽甚高，紐約影評家、哥大兼職教授薩理斯Andrew Sarris把他放入「天王導演」Pantheon Directors之列，其實他同後來的奧森韋爾斯Onson Welles一樣，名過於實，雖有一兩張不朽的名片，一生整個的成就並不高。馮、黛三度合作片「貞節難全」Dishonored，我沒有看過；「上海快車」我是在紐海文林肯戲院看到的，五十年代初期美國不少大學城市即有這類專爲影迷內行而設的小型戲院，現在這類戲院更多。

「上海快車」着重情調和氣氛，攝影的光線和角度都特別講究。馮史登堡拍黛德麗一人抽烟沉思的靜景很多，配角黃柳霜也有很多特寫鏡頭，她黑髮黑衣，黛德麗金髮金衣，二者相比，襯托出東西美之不同。但攝影儘管美，也掩不住故事本身的不通。黛德麗綽號是上海百合花Shanghai Lily的風塵女子，她乘上海快車的頭等車廂，由北而下，同車巧遇舊情人克萊夫勃羅克 Clive Brook，此演員英國藉，影片裡對中國人一臉看不起的神情，令人厭惡。二人再度邂逅，當然有一番舊情重叙。同車廂還有些別的洋人加上某軍閥和他的侍妾黃柳霜，扮車閥的那位就是專演陳查禮的華納奧倫Warner Oland，兩撇小鬍子，穿了軍裝，還蠻神氣的。軍閥早已約好他的部隊在某地劫車，黛德麗等一夥洋人都變成他的俘虜。軍閥劫車，當然另有目的，但黛德麗美色當前，他也不想放過。在當時洋人心目中，東方人（不僅是中國人）心有城府，詭計多端，而胆小如鼠。有一場戲，克萊夫勃洛克，一拳打來，雖然軍閥身體比他壯大，竟也不敢還手。前幾年，李小龍的電影風靡美國，他不僅打了日本人、西洋拳師，也是來一個打一個，紐約市戲院裡的黑青年、波多利各種的大小男孩莫不大聲叫好，李小龍也變成了代他們出氣的大英雄。功夫片盛行一時，至少過去洋人歧視中國人胆小體弱的偏見可說一掃而光了。

黛德麗、黃柳霜惺惺惜惺惺，在軍閥淫威之下，互寄同情。但最後殺死軍閥的倒是黃柳霜，原來她是孝女，雖然身爲侍妾，却報了軍閥殺父之仇。當年有一位孝女，行刺軍閥孫傳芳，電影裡的黃柳霜會不會影射了她？

「袁將軍的苦茶」雖然是根據一本小說改編的，故事情節很像「上海快車」，顯然因爲片生意好，才把小說搬上銀幕的。卡潑拉一九三四年「一夜風流」It Happened One Night問世（克勞黛考白、克拉克蓋博主演）才變成大紅特紫的導演，其實「一夜風流」既不溫馨，又不太輕鬆（當然祇憑我高中時看電影的印象），遠比不上同年劉別謙導演的「風流寡婦」這樣耐人尋味，也比不上同年李萊阿斯坦、琴逑羅吉絲合演的「楊柳春風」The Gdy Divorcee這樣滑稽突梯。我覺得「袁將軍」的藝術成就不僅遠勝「世外桃源」，也比「一夜風流」强。

電影開場，上海閘北大火，顯然是一二、八中日會戰的實景，但編劇人却把這場災難歸罪於內戰！那天一個上海洋人家裡在辦喜事。新娘芭芭拉史丹薇，剛從美國東部趕來與那三年未見面的醫生男友結婚。一路乘黃包車趕來喜廳，街道擁擠不堪，她的車夫竟被一輛汽車碰到受傷。她是清教徒背景的大家閨秀，路遇不平，那還有心情結婚。新郎來禮堂更遲，他說要去救護閘北一家孤兒院裡的孤兒，婚禮祇好延期，新娘也同樣熱心，一同駕車駛往閘北。

新郎、新娘一個行醫，一個傳道（她父親可能是傳教士），代表西文化侵略中國「善意」的兩面。在他們看來，中國人又髒又亂，體弱多病，又不信上帝，眞沒有辦法，祇有慈善爲懷，好好去開導他們。碰傷史丹薇車夫的汽車主人即是軍閥袁將軍，新郎、新娘駛往戰區閘北，也得先向袁將軍拿到一張親筆執照才行（中文便條上軍閥自稱「袁將軍」）。他們帶領了一批孤兒出來，路上又碰到了袁將軍，他二度見到了史丹薇，慫心大動，囑手下人把二人打昏，當天劫了史丹薇，乘火車開回他的某省根據地（他不動聲色來上海，原是爲了某項公幹）。火車上他也囑一位名叫瑪利的侍妾看守史丹薇，演這位侍妾的中國女郎，年齡比黃柳霜相當年輕，不知何許人。

飾袁將軍的演員是北歐人尼爾斯阿絲脫Nils Asther，當年是小明星，我從未見過他。他身材高挺，臉上顴骨也高，扮相有些像中國人，祇是眼睛眉毛吊得太高，看起來不自然。他代表了「善意」的洋人無法開化的中國人，但他自有其文化傳統，慢慢的不由得不使史丹薇對他發生敬愛之心，不像「上海快車」裡的軍閥，一無可取之處。史丹薇睡在將軍私邸裡，早晨醒來，看見將軍的衞兵在花園裡把一批一批的貧民開槍處決，不由得大爲震怒，一定要找將軍評理，怎麽可以這樣亂殺人，天道公理何在。二人之間的關係很像五十年代名片「國王與我」裡的女教師和暹羅國王。尤爾白理南 Yul Brynner，在剛從英國來的黛波拉蔻兒看來，是殺人不眨眼的暴君，認識久後，才知道此人不壞。但袁將軍對史丹薇一見傾心，運謀把她劫來，情形更像「蝴蝶春夢」The Collector裡的神經病男角 Terence Stamp，硬把 Samantha Eggar 關禁起來，死心塌去愛她。「蝴蝶春夢」是大導演威廉偉勒最後一部傑作，運用匠心之處當然比「袁將軍」更見功夫，但同那位英國瘋子一樣，袁將軍在電影裡也是有血有肉有愛情需要的人，照六、七十年代標準看來，也可說是值得同情的「反英雄」anti-hero。

袁將軍有時穿軍裝，有時頭戴瓜皮帽，穿長衫。有一晚史丹薇賞光同他晚餐，他鄭重其事，竟穿起滿清官員的服飾來。這表示卡潑拉不諳中國行情，過份着重所謂異國 exotic 情調。但這些小毛病，未可厚非，主要卡潑拉强調中國人齊家治國，自有其一套理論，看起來雖然殘忍，也不能全用基督教人道主義的眼光去看它，史丹薇和瑪利也是惺惺惜惺惺的一對璧人。瑪利同副官某私通，給將軍發現了，按理要處死刑的。史丹薇特地半夜跑到將軍臥室裡去求情，將軍破例饒了他的侍妾，不料後者和副官串通了另一位軍閥，把袁將軍在火車上預備裝運的金銀財寶全部劫走。從此袁將軍無錢發軍餉，軍心渙散，侍從姬妾都逃光。有一次袁將軍敲小銅鈴喚他的侍從，再無一人答應，他走出去看看，走廊大廳完全空無一人，這幕情景我覺得處理得非常好。他踱回臥房，用酒精燈燒了一小壺茶，打開抽屜拿出一包毒藥，放在茶盅裡。正要服毒的時候，史丹薇跑來了，和他相偎一番。袁將軍早同他的洋參謀說過，丟了江山，換到一顆美人的心，英雄死有何憾？史丹薇跪着按摩他的左手，袁將軍右手舉起茶盅，一口把苦茶飲了，眼睛朝天，立刻斷氣。去年看「羅賓與瑪利安」，奧黛麗赫本讓受傷的辛康納利 Sean Connery，服毒藥同她殉情，頗爲之感動。但袁將軍一人死去，不連累他的心上人，氣度更偉大。

史丹薇離開上海後，她的未婚夫不再出現，她也不想他。住在將軍邸的頭兩夜，她惡夢一場，有個青面獠牙、長相像袁將軍的鬼怪來侵犯她，接着穿軍服的袁將軍來救她，感激之餘，二人親吻了一番。這雖是夢境，但當年白種女人在電影裡不作興與黃種人、黑人作親熱表示的，卡潑拉也算得上是開明了。

電影裡眞正的歹角是袁將軍的參謀瓊斯，演他的是華爾德康來Walter Connolly，三十年代電影裡常出現胖胖的角色。他到中國來，一無理想，完全是想發財的。他幫袁將軍作惡，袁將軍地位愈高，他自己也愈有錢。洋人不盡是像史丹薇和其未婚夫的這樣的好人，戲裡有了瓊斯這個角色，也表示卡潑拉對洋人來中國冒險的態度比較客觀。

好萊塢第三張軍閥名片要算是一九三六年的「將軍死於黎明」The General Died At Dawn了，賈利古柏、梅德琳卡洛兒 Madeleine Carroll主演，「西線無戰事」導演邁爾斯東Lewis Milestone導演，當年左派名劇作家沃台茨 Clifford Odets編劇。過去我已看過賈利古柏「戰地英魂」、「富貴浮雲」、「亂世英傑」等名片，看到了美國電影雜誌上「將軍死於黎明」的廣告，等不及要看，但因爲算是辱華片，在中國沒有放映，直到四、五年前在電視上才看到。在電視上看電影是不能算數的，不斷有廣告打斷故事的進展，片子有否刪剪，我們也不知道。電影裡的軍閥楊將軍由俄籍演員阿金泰米洛夫 Akim Tamiroff 扮演，此人頗胖，五短身材，臉有橫肉，扮軍閥是很適合的。此人有統治中國的野心，倒不是個色鬼。賈利古柏算是中國人民之友，受託帶一大筆錢鈔去上海，供革命軍買軍火。梅德琳卡洛兒和他同上一班火車，其實她是楊將軍手下派出的美人，來勾引古柏的。途中楊將軍夜劫火車（又是劫車！）古柏遭禁，但梅德琳卡洛兒當然愛上了她，給他不少方便。故事下面記不清了，受託於楊將軍把錢鈔運到上海的洋人（也就是卡洛兒的爸爸）想捲欵私逃美國。最後古柏殺了那洋人，同時軍閥也被洋人打一槍，身中要害。臨死前，最精彩的一景，即是軍閥命令他手下的衛兵，面對面排成兩排，一齊互對放槍，倒身而亡。阿金泰米洛夫演技特別精到，楊將軍在洋人看來雖是個東方神秘人物，但他自有一種威嚴，給人一種形而上式邪惡之恐怖。他使我想起同時期愛德華羅賓遜主演傑克倫敦小說裡的「海狼」The Sea Wolf，他們都可說是「莫比狄克」裡愛哈勃船長 Captain Ahab 的後裔。

近二十多年來好萊塢攝製以中國為背景的名片，諸如「六福客棧」、「生死戀」、「蘇珊黃的世界」，國內影迷想都記得，不必多談。這些片子藝術水準並不比「上海快車」、「袁將軍之苦茶」、「將軍死於黎明」高，雖無對中國人的態度，友善得多了。胡金銓久有意攝製一部「美國華工血淚史」，劇本早已寫好，希望今年能在加州開拍。我雖對胡導演的動作片特別欣賞，希望該片不僅是部打鬥片，而真能讓觀眾分嘗到當年華工在美國奮鬥的辛酸艱苦，同時想來胡導演也不會把那些歧視、虐待華工的白人過份醜化。

（一九七七，二月十二、三日）

記褚輔成先生

阮毅成

褚慧僧（輔成）先生，係父親生前的友好，革命的同志。

他原籍嘉興，滿清末年，在日本習警政。歸國後奔走革命，常與陳英士先生到杭州來，從事策動。他自己曾寫有「浙江辛亥革命紀實」一文，在抗戰期中，於三十三年四月七日，自四川萬縣寄給張溥泉先生（繼）一文中曾提到：「……杭州阮荀伯等，或斥資接濟黨人，或遇黨案暗中掩護，贊助之力甚大。……」可見其與先父當時來往甚密。慧僧先生之文，中華民國開國五十年文獻第二編第四冊，曾予刊錄。

民國三十三年夏天，我自浙江臨時省會雲和，到重慶去出席行政院召集的全國行政會議。我在陪都見到慧僧先生，談到浙江的革命史料，他就將該文也送給我一份。我回到雲和之後，爲呂戴之（公望）先生所見，呂其時住在雲和的赤石，便來訪我說：「慧僧文章的內容，與當時的事實有出入。」我說：「凡是革命的組織，爲了保密，同志與同志之間，往往只有縱的關係，沒有橫的聯絡。可能是褚先生與呂先生當時所任的秘密工作不同，所以彼此有許多事不完全接洽。」我當即請戴之先生也寫一篇，他立即答應。到了抗戰勝利後第二年的春天，戴之先生才交卷，題目是「浙江光復叢譚」。我有一次到上海去，謁見慧僧先生，談及此事。他說：「當時革命活動，確屬秘密性的。眞是很多系統，各不相謀。我所寫的偏於政治方面，戴之先生所寫的偏於軍事方面。兩人所寫雖不盡相同，但却都合乎事實，可以併存。」他又提到辛亥杭州光復之前，曾與陳英士先生到杭州，在大井巷王順興飯店一面吃飯，一面談光復的佈置。他說：「這一節，當時那一篇文章中，未曾寫進去。」

三十六年十月二十六日，即農曆九月十三日，爲杭州辛亥革命起義紀念日，中午，我在杭州家中約請當年參與光復的前輩先生呂戴之、黃文叔（元秀）、吳茂林、李谷香、周柏林、錢雄波、雷炳章（鳴春）等。我本來也函請慧僧先生從上海到杭州來參加，而他適因事忙，未能來，却親筆寫一封信給我，對我擬提議將西湖白雲庵遺址改建爲辛亥革命記館事。這一天，我也將慧僧先生在上海對我所說的話，面報戴之先生，他也表同意。

辛亥杭州光復之後，慧僧先生任浙江軍政府政事部長。民國元年，軍政府組織變更，改任民政司長，也都是浙江全省的最高行政長官。他下令將杭州聖因寺在海寧縣境內所有的農田二百餘畝，撥給意周和尚，作爲雲庵的廟產，以酬其掩護革命活動之勞。聖因寺在外西湖，清初康熙乾隆數次南巡，均以該地爲行宮。那二百餘畝農田，也是由官方撥作寺產，以爲維持該寺管理人員生活之用的。我後未見過意周和尚，聽說他在抗戰初期，仍在敵人佔領下的杭州，爲我方的游擊健兒，作掩護與通訊聯絡的工作。不幸爲日軍方面發覺，派兵去逮捕他，並將白雲庵縱火燒成平地。他本人幸未爲日軍捕得。但在抗戰期中，直至勝利以後，却一直未有他的消息。是否已經逝世，不得而知。

慧僧先生在辛亥浙江光復後任政事部長的時期，他拆除了杭州駐防旗營的城牆，使杭州城與西湖重新合而爲一。杭州的旗營，正在西湖之濱，旗城阻隔了杭州與西湖。在滿淸時期，杭州人要遊西湖，只能出湧金門。否則如要穿越旗城，出錢塘門，就要受到旗兵的檢查盤問。如是婦女，還會受到侮辱。每年除農曆六月十八日的晚上之外，杭州人不得於夜間遊湖。因爲這一天是觀音菩薩生日的前夕，又在盛暑，才特別有一次城開不夜。否則一到晚間，旗城的城門緊閉，任何人無法出城。

當時，駐防杭州的旗人及其眷屬人數並不多，却佔有一大片的旗營地。所以慧僧先生在拆除旗城的時候，同時在菩提寺路建造了二百間的平房，將所有的旗人，都集中到該處居住，房屋就免費送給他們，杭州人稱之爲「二百間頭」。他再將原有的旗營土地，全部改建爲新市場，以惠興女中爲辦事處。開闢馬路，皆寬廣整潔，規模宏遠。東西向的幹道，稱爲延齡與湖濱路；南北向的，稱爲迎紫與平海路。其他的支路，均成爲井字形，縱橫交錯，通達無阻。他又在西湖湖濱，自南至北，建設了六個湖濱公園，種花木，設座椅，而每一個公園的設計與佈置，皆不相同。並在每兩個公園之間，建築了臨湖的石礀碼頭，以供遊湖的瓜皮小艇停泊。並在第五公園內，懸掛了一具用生鐵鑄成的大禁烟鐘。此鐘在抗戰期間，爲敵僞移走，可能因戰時缺乏金屬，熔之以作武器，殺害我同胞了。當民國元年之時，並沒有新社區或都市計劃，或市政建設等這許多名詞，更沒有在這許多的建築法令；而慧僧先生當時所做的，却無一不合乎現代都市的要求。凡是到過杭州的人，都知道杭州新市場環境美麗，道路整潔，空氣清新，生活舒適，眞不愧是江南的天堂。

慧僧先生又將新市場的全部土地，重新劃分，編定號數，分別出售。以所得價欵，作爲公共設施的建設之用。在濱湖路售地的時候，因測量錯誤，至湖濱路的路面侵及了沿路的土地。他乃特別下令准許沿湖濱路的建築，凡二樓以上均可建騎樓，以資補償。今天我們在臺灣習慣了騎樓，不以爲奇。而在大陸，則騎樓是慧僧先生最早倡建的。

慧僧先生多方鼓勵杭州人士旅滬浙人開發新市場，到新市場購買土地，建築房屋。而他自己，却並沒有買一寸地，也更沒有一間屋。他此後到杭州來，總是住友人家中，抗戰勝利以後，他到杭州來，就住在我家的朝北客廳中。他生活極爲簡單節約，臨時搭一張舖，就可以了。

杭州距上海近，上海有租界，皆係外國人建設的。慧僧先生開闢杭州新市場，不用外國工程師，不用外國資金，完全是由國人的力量所建設的。他出售基地，只是先定了地價，然後由願意購買的人登記，以登記在先及繳欵在先的人獲得，並不用投標或議價等繁瑣手續，但是人人認爲公正，也從未發生任何弊端。

慧僧先生任民政長的時間並不久，民國二年，當選北京第一屆國會的衆議員。他因爲反對袁世凱，於是年八月二十七日，爲袁所捕，解至安徽宿縣，交雷震春看管，後又由雷解交倪嗣冲看管。雷、倪雖皆係北洋軍閥，幸未對先生加害。民國五年袁世凱死，各界乃歡迎先生出獄。此後他從事護法運動，奔走於廣州與雲南各地，席不暇暖。民國七年九月，當選爲衆議院副議長。

民國十年，浙江省議會推他爲省憲法起草委員會委員，又當選爲省憲法會議副議長(正議長爲王正廷)九月九日，浙江省憲法公布，他當選爲省憲法的候補執行委員，他在這一段時期，在杭州住得較久，經常到我家中來與父親談省憲、談國事，我因而常是有侍座的機會。但浙江省憲法格於軍閥的勢力，並未果行。

民國十五年冬，國民革命軍克南昌，

籌組浙江省臨時政府，以張靜江（人傑）先生任臨時省政府委員會主任委員，張未到前，由慧僧先生代理並兼民治科長，這是他第一次負責浙江的省政。他從上海乘輪到寧波，在道尹公署，將臨時省政府設立起來。十六年春，推進到杭州。張仍未到杭。也仍由他代理，但不再兼民治科長。

其時，臨時省政府不設各廳，只設民、財、教、建四科及秘書處。任民政科長的，爲杭州人馬夷初（叙倫）。四月，中央實行清黨，馬竟以科長逮捕代理主任委員。說慧僧先生是共產黨，要加以槍決。幸而省政府委員中有莊崧甫與王孚川（廷揚）兩先生。莊，奉化人。王，金華人。都是浙江的革命前輩人物，聲望很高。他們即去電報致中央，爲慧僧先生呼寃，中央乃命解京辦理。慧僧先生到京後，即行獲釋。而浙江臨時省政府，也於此時奉命改爲正式省政府，張靜江先生也親自到杭州，擔任主席。三十八年，大陸陷共，慧僧先生業已逝世，而馬叙倫却向共靠攏，在僞政府擔任「高等教育部長」。忠奸之別，經過了二十二年，乃得以辨明。

慧僧先生離開實際政治工作以後，就常住在上海。他一面從事法政教育，創立了私立上海法學院自任董事長。在江灣建造了新的校舍，都是他的朋友與學生出錢出力，才能完成。民國二十年春季，我自巴黎回國，曾應先生之約，在法學院兼課一學期。二十一年一二八之役，江灣成爲戰場，上海法學院暫行遷到杭州銀洞橋綢業會館上課。其時我正在杭州，也曾畧盡微薄的力量。

他在上海，一面繼續主持全浙公會，以團結浙江旅居上海人士，共爲桑梓效力，會址在愛文義路聯珠里。他本人也就住在會中。在上海全市的人口中，浙江人所佔的比例甚大，尤其是在金融界與銀錢業，多爲浙江的寧波幫與紹興幫。但旅滬的浙籍商人，托庇租界，咸不願過問政治。惟因受慧僧先生的號召，多加入全浙公會，使公會的工作，得以展開。

民國十七年元月，父親逝世，慧僧先生親書輓聯：「讀法惟精，立法惟新，執法惟平，是在我浙法界，有口皆碑。何期木壞山頹，聽處處悲歌，同懷道範。爲官不貪，爲吏不污，爲紳不劣，樂論先生爲人，無瑕可擊。如此冰清玉潔，嘆茫茫濁世，誰繼前型。」

先生又在上海全浙公會，聯合紹興七邑旅滬同鄉會，發起於三月四日爲父親舉行追悼會，地點在北山西路七邑會館。先生自任主祭，我特地到上海與會答謝。

抗戰期中，慧僧先生連任國民參政會參政員，初在漢口，繼遷重慶。我在浙江省政府，他常有信來，所言皆民間疾苦與地方興革有關各事，無一語及其私事，也從未向我介紹過一人。

民國三十年冬，我到重慶出席全國內政會議，住在夫子池，這是我第一次到重慶，也許是水土不服，忽患感冒。旅中生病，本來是一件苦事。其時，慧僧先生住在中一路嘉廬，也並無眷屬。某日，我去拜訪他，談到我生病的事。他說，畧知中醫脈理，可爲我開一藥方，並約我晚間八時，再往取方配藥。到了晚間，我實在病得起不來，但旣已與長者有約，只得勉强起床，冒着寒風，坐人力車去。豈知到了之後，先生不但藥已買來，並且也已代爲煎好，盛在碗中。不冷不熱，剛好可吃。先生說：「你走之後，我想到你在重慶作客，人地生疏身體又有病，如能去買藥，又有誰可以爲你煎煮，所以就爲你準備好。」他的這種關切愛護，眞使我萬分感動。果然我吃了藥，感冒就好了。事後與幾位朋友談起，他們都很詫異，說：「慧僧先生那裡會行醫，你生病怎麼可以隨便吃藥？」我說：「誠則靈。有了慧僧先生的誠意與我的誠心，這一貼藥就靈了！」

抗戰勝利之後，他住在上海北四川路橫濱曾麥拿里二十五號，是一幢上海式的普通弄堂房子，只一樓一底。三十五年十一月，他到南京出席制憲國民大會，住在漢西門內街。我與他相晤多次，交換對憲法的意見。這在我寫的制憲日記（台灣商務印書館民國五十九年四月出版，列入人人文庫）中，已有記載。十二月十二日晚六時半，與他同在麥加利咖啡館晚飯。我是日適又患感冒，慧老再為我寫藥方，我看他寫字時，手發抖。一面固然更感激其厚誼，一面也為他的健康已不如前而擔心。行憲之後，全國舉行大選，我想提名請他為嘉興縣的國民大會代表，或是監察院監察委員的候選人，我到上海去和他面談過幾次。他一再謙辭，說是年齡已經大了，應該讓給下一代的人，出而為國服務。

三十五年九月一日，浙江正式省參議會成立，慧僧先生特自上海到杭州來參加開幕典禮，並致詞。因浙江省議會自民國十三年以後，就行中斷，直到二十九年，才在戰有臨時參議會的設立，其間已經有十六年之久。但臨時參議會參議員是政府遴聘的，若論再有民選的議員，則已經是民國三十五年。上距民國十三年，已經相隔了二十二年。所以，他頗為浙江的民主殿堂重得繼續發揮作用而高興。因而，對我十分嘉勉。

慧僧先生在全浙公會中，常懸念於浙西田賦科則的事。浙西各縣因農產富饒，科則特重，確是事實。一說是明清兩朝，因浙西文人專喜批評時政，尤其清初的文字獄，浙西的案子特多，所以將浙西的田賦科則，定得特高，算是懲罰。浙江全省承糧畝分共為四千九百六十三萬餘畝，內浙西杭嘉湖各縣，只佔百分三十七。而全省田賦正稅，在抗戰以前，全年為二千二百十九萬餘元，其中僅抵補金一項，浙西杭嘉湖各縣的負担，即佔百分之七十七，自屬不平。民國三十年起，田賦正稅連同各種附加稅，均一律改征實物，人民的負擔，自益加重。所以，慧僧先生這一次到杭州，對新成立的省參議會致詞，並於是日下午三時，在杭州市商會舉行茶會，招待全體省參議員，還是為了要減輕浙西各縣人民的田賦負担。因為他常為此事而呼籲，所以在抗戰以前，曾有人造謠說全浙公會浙西大地主的集團，慧僧先生在嘉興有很多的田地，一向是欠糧不繳的大戶，反而要求減賦。其實，全浙公會的會員中，浙東人士比浙西多，而且工商界人士與文化界人士比有田的人多。至於慧僧先生本人，在嘉興只有祖遺的少數田地，因為從事革命，差不多已賣完了。我在未到浙江省政府工作之前，曾冒昧的問過他，「為何不予闢謠？」他說：「何人有田，何人無之，政府有冊可查，不必我聲明也。」可見他要求減賦，是為了浙西全體人民，希望負担能夠公平合理，並不是為了個人。

民國三十六年二月十七日下午四時，我與余樾園（紹宋）先生在上海同訪慧老，談國內局勢，他表示悲觀，這是我自認識他以來，第一次聽他說「悲觀」二字。民國三十七年三月三十日，行憲第一屆國民大會，在南京舉行第一次大會，而一生為民主憲政而努力的慧僧先生，適在是日上午十一時半，在其上海的寓所逝世，享年七十七歲。在其逝世以前的時期中，我每經過上海，必去看他，發覺他衰弱得很快，且又病膀胱結石，醫生因他年事已高，不敢開刀。他在上海生活固很清苦，而去拜訪的客人却仍很多。這些客人，大多有事拜托，而他則有客必見，有求必應，體力乃更不支。

四月一日下午三時，慧僧先生遺體在上海世界殯儀館大殮，我特往上海代表浙江省政府致祭。我並親撰一聯以輓之：「天上豈亦休文，方期憲政實施，謀國老成同仰望。地下若逢吾父，為言民生困頓，觀鄉小子愧追隨。」

六月，杭州市參議會決議，請將杭州新市場仁和路改名為輔成街，以紀念慧僧先生於民國初年建設新市場之功蹟，尤其對他的遠見，廉潔與公正，表示敬仰。我以抗戰勝利之後，新市場之迎紫路，已改名為中正街，南山路已改名為膺白路（紀念黃郛）。花市路已改名為英士街，則以仁和路改名為輔成街，自屬可行，乃立予批准。惟六月底，浙江省政府改組，我離職。此事後任並未續辦。三十八年四月，杭州陷共自更不會辦了。

北平「廠甸兒」的「畫兒棚子」

丁秉燧

在北平過年，從正月初一，到十五日燈節爲止，這半個月裡，出門遊玩的人，聽戲和逛廟的都比較少，大部份都去逛「廠甸兒」

所謂「廠」，指的是「琉璃廠」，地點在和平門外，電話局南邊，南新華街東邊，楊梅竹斜街西邊這一帶。因爲從地下掘出一塊石碑來，證明這塊地區是以前元朝燒琉璃窰的故址，所以就叫做「琉璃廠」。事實上，這個地方並非工廠區，也沒有窰，而是南紙店、筆墨店、古玩店的集中地，名聞全國的南紙店「榮寶齋」，就設在「琉璃廠」。

在掘出石碑的地上，因爲碑上註明當初這兒叫「海王村」，於是就命名爲「海王公園」，也就是「廠甸兒」。這個公園並不大，只是大型的院子而已。中間有個荷花池，池子裡也有假山、噴泉，平常也沒有什麼人來遊逛。到了正月初一起半個月，賣應景玩藝兒的，如「風車」，「噗噗登兒」，和各式小吃，以及「大糖葫蘆兒」的小販，都集中在此地，變成廟會了。所謂逛「廠甸兒」，便是在「海王村公園」一帶等處，走走、看看、吃點零食、買點應景玩藝兒回家。北平的住戶，如果在正月上半月內，沒有帶回家幾串「大糖葫蘆兒」和輛「風車」，好像這個年還沒有過全了的感覺。因此，這半個月裡，「廠甸兒」一帶，每天是摩肩擦背，人山人海，好像全北平市的人都到這裡來了；而趕「廠甸兒」的小販，也做了半個月的好買賣。

一般好熱鬧的大人和小孩兒們，「逛廠甸兒」的興趣，在吃點東西和買玩藝兒；而智識份子和宅門女眷們的興趣，就在逛「畫兒棚子」和「火神廟」了。

北平是文化都城，名書畫家薈萃之地。但是過去還沒有開畫展的習慣，到了民國二十年以後，偶爾有在中山公園「來今雨軒」開畫展的，也是南方來的畫家。北平畫家的保守觀念，認爲開畫展迹近擺攤兜售，好像有失體面似地。那麼愛畫兒的人，如何買到他們所仰慕畫家的作品呢？一是找關係，透過畫家的親友去請「敬賜墨寶」；一是透過「琉璃廠」的南紙店去找，因爲名畫家在大南紙店都「掛」有「筆丹」，也就是「懸」這「潤例」，規定每幅或每尺多少錢，你只要奉上潤例，留下名字，請「賜呼××」，那麼，隔些日子，你就可拿到「××先生雅屬」上欵的，名家書畫了。這也就是農業社會的含蓄，藝術品的買賣，要間接而禮貌。現在工業社會開畫展，畫上可以標明多少錢，成交後可以補上欵，甚至開畫展以前，還要請客，拜託多幫忙，藝術品就商業化了。不過，這樣也好，直捷了當，不必再繞彎子。

幾乎在舊歷年底以前，在和平門外南新華街的便道上，便搭好了許多「畫棚」。從初一起，便掛起「古今名人書畫」來，供人購置。今人書畫裡，有不帶上欵的。也有帶上欵兒的。那不帶上欵的，好像剛畫好不久；那帶上欵的，是人家的舊畫出手不要了。你一看那些畫家的題欵，眞是羣賢畢至，人才薈集，大概當代的名家都有作品。尤其看某人作品的多寡，能衡量出此人當時在畫壇上的地位來。假如齊白石的畫多，就知道齊白石正在走紅；若是溥心畬的畫多，就是溥心畬正在行運。但是由專家細加研究分析呢，這些名家作品裡，可以說是贋品多，而眞迹少。很悲哀地來說，咱們中國人造假的本事眞高，現在的翻版書太簡單了，藉重照相技術就解決了。從前造假簽名，造假書畫的人，全憑手藝，幾可亂眞。在「琉璃廠」就專有這麽一行人，專以造假畫爲業，於是使買主來個眞假難辨，而賣畫的就大發其財了。

在買畫兒的人來說，素常和畫家沒有淵源，經過南紙店吧，先交錢，後等畫，還需要時間。現在名畫琳瑯滿目，成品在眼前隨便你挑，管它眞假呢，反正我客廳裡也掛上一張齊白石的「草蟲」了。更有那不在乎的，有上欵的舊畫也買，價錢還便宜；其實，這舊畫裡面倒偶有眞迹。

名畫家們的心理，明知道每年琉璃廠都有買他們名的贋品，却認爲：凡是崇拜我，慕我名的高人雅士與識家，必然煩人、托情找我畫；到琉璃廠去買我畫的人，都是凡夫俗子，不必理會他，買着假的也是他不識貨，與我無干。同時，那個年代的「版權」的觀念還糢糊不清，不知道這是一種要力爭保持的權力。因此，名畫家們就都聽其自然，不予理會、追究，而假畫也就年有新猷了。

談到古畫，那就更有意思了。你明知這幅古畫是假。但是畫家早已逝世，死無對證，你如何查考呢？何況，不止畫可以假造，連畫上那些鑑賞的圖章一樣也可以假連呢！假造別的古人書畫，倒沒有什麽趣聞可談，筆者最感興趣的，是每年去看幾幅「張飛畫美人」。張飛會畫美人，也許某本古書上有此一說，不見得眞有其事；即使世人有張飛的畫，恐怕也只有少數幾幅，唯有在故宮博物院才看得到。但是「張飛畫的美人」，却在每年「廠甸兒」的畫棚出現，而且不止一幅。今年賣完了，明年又出現幾幅，你能相信張飛是多產畫家，而在民國時代有經紀人替他每年賣畫嗎？筆者所見「張飛畫的美人」，就不止兩幅。上欵都一律是「孔明仁兄雅屬」，有的「弟翼德戲墨」，恭倨各異。美人兒倒是都高高、大大、胖胖的。大概畫的人認爲張飛既是彪形大漢，一定不會畫如林黛玉型的瘦弱美人，所以畫個胖大小姐吧！

我想買「張飛畫的美人」那些先生們，大部份也明明知道那是假的，不過是爲好玩而已；尤其被一位張先生買了去，他還可以幽自己一默的說，「那是我們家三爺的法繪」。

所以，到「廠甸兒」的「畫棚」去看假畫，是樂趣無窮的。

至於「火神廟」是怎麽回事，咱們以後再談。

本刊通信地址畧有更動，各方賜函、惠稿、訂閱、請逕寄香港九龍旺角郵局信箱八五二一號，較爲快捷。

（附英文）

P. O. BOX 8521
KOWLOON MOGNKOK
POST OFFICE,
KLN., H. K.

記長陸軍大學經過

萬耀煌遺著

民國廿七年十一月間，抗日戰爭正進行得如火如荼，我在江西戰區武寧奉命到後方辦理教育，最初指派為中央訓練團副教育長，作陳教育長辭修之助手，遂由江西經湖南（正逢長沙大火）到廣西桂林飛赴四川重慶，不意委員長蔣公要我繼楊杰（周亞衞代）為陸軍大學校教育長（校長是蔣委員長自兼的，代校長蔣百里師在陸大遷校途中，病逝廣西宜山），固辭不准，遂於廿八年初接任陸大教育長。

陸軍大學歷史雖久，但論貢獻，莫過於在抗日戰爭中，經過嚴格考選與長期深造所培養的一批具有優良品德，高深軍事學識的參謀軍官與指揮官，這卅餘年來，陸大同學中，有成名立業者，但默默無聞之無名英雄，對抗日、戡亂，甚至在台灣復興基地之整軍經武，對所貢獻的流血流汗之功，亦不可抹殺。所以我認為我主持陸軍大學校的經過，直接間接為國家盡了我個人的心力，而且艱苦、顛沛中的陸軍大學，進入安定中求發展，為國家培養優秀幹部這一段往事，實在令人難忘，所以將之列為我回憶錄中之專輯，以補正史之不足。

民國廿七年十二月十五日，我由桂林搭歐亞航空公司飛機飛渝，二時卅分起飛，破雲而上三千公尺，飛行雲海變化無窮，乘客僅十五人，機上有駕駛二人及侍者一人，至五時廿五在重慶珊瑚壩降落，妻長臨及盧道生（本棠）張曉藩（亞一）等均來迎接，至國府路十七號寓所，家人均已先後集中渝市，相見欣慰不已。

我家由漢來渝，先電請賀元靖代為租房舍，戴經塤選定此宏大西式洋房，二樓巨宅，家人兄弟姊妹、岳家、姪兒輩、外甥輩，數十人均能住下，租金每月七百元大洋，飲食一切均由我妻一人負担，勞怨不辭，但大家庭中人多口雜是非難免，予妻以我在前方一切隱忍，我歸來得知情形，值此逃難時期，只有囑其暫時忍耐，求一家和氣。所幸哲兒可愛，我夫婦以逗小兒為樂，遂化戾氣為祥和，但負担太重，不是辦法。夏靈炳先生已遷成都，所遺兩路口象谿別墅房屋，原是我為他租用，今既無人住用，我夫婦攜哲兒遷居此地，並在市郊老鷹岩（山洞）建築住宅一棟，兄長玉拂亦由黔歸來，均遷往老鷹岩居住，我建之新宅，姐姐四妹，四妹之婆婆外甥與懿兒等居住，哥哥、六七妹均各租房屋，自行炊爨，至此始獲安定，費時一月有餘的工夫，完全由予妻親為安置。

重慶為當時戰時首都，國民政府五院各部會，中央黨部均早遷來，附屬機關尤多不勝數，市內居處辦公房舍不易尋覓，遂擴張到郊外老鷹岩歌樂山，遠至璧山，江南則至南溫泉汪山，遠至綦江，至於江北各縣市，到處都有中央機關。軍委會則在原來之行營舊址，參謀總長辦公廳、軍政部、軍令部亦在同一地點，政治部在兩路口，軍法執行總監部在浮圖關（後改復興關），軍訓部在璧山，至工廠學校散布於渝市近郊。一則四川物阜民豐，再則重慶市經劉湘所部將領私人建築，及公營事業，已有許多房屋，供中央先遷來渝之各機關使用，近一年又晝夜不停的擴建，下江各省逃難的土木工人以及各大建築公司，早已在此着手建築，加以四川盛產竹木，臨時簡單房屋容易搭蓋，所以由重慶市經小龍坎山洞到歌樂山，沿途無處不在搭蓬蓋屋，使土木工程勞力者大爲吃香，對四川民衆之收入亦有鉅大增加，所苦者，恐怕是公務人員與各省來渝之中產之家。這是我初到重慶所得的印象。

我此次到渝既無任務，只是待命，中訓團副教育長只是掛名，除享受天倫之樂外，訪問同鄉居覺生、蔣雨岩、孔雯掀、何雪竹諸先生及范紹垓、方子樵、劉塵蘇、陳叔澄、王雪艇、吳國楨、賀元靖、熊哲明，各流人物均聚於此，我往彼來，自不寂寞，其他同鄉同學舊部，親戚朋友，更是往返頻繁，日無暇給。

陳叔澄謂：「十一月二日，居覺生先生約同鄉商湖北省政府問題，因陳主席爲政治部長，戰區司令長官，中央訓練團教育長，時而前方，時而後方，馬不停蹄，奔走操勞，對湖北省政不無難於兼顧之處，而省府雖有嚴立三代理，但聲責不清，時有陷於無人負責之狀態，且湖北省會及半個省分業已淪陷，省政府無異負起作戰的機構，必須有聲望而文武兼資的軍人去負責，方可收軍政配合之效。環顧鄂省將領雖多而人望最著且爲中樞信任者，只有萬耀煌爲佳，故主張請中央以萬爲湖北省政府主席，在座咸表贊同。後又提出羅貢華長民政、吳國楨掌財政、陶希聖長教育，一致同意，由居先生面交孔院長，以後即無下文。事雖未成，可見同鄉對武樵先生期待之殷」云云。我自知才能經驗，尚不能當此大任，故不作妄想，然居覺生及同鄉情意可感也。武昌中華大學已遷渝市南岸，早已上課，叔澄邀我去作一次演講，事前未作準備，冒然去講深感不安。

徐克成因合肥撤退到鄂東麻羅邊境之線，與李宗仁的命令意旨不符，西安會議幾受重大處分，幸委員長對克成信任不衰，僅免去軍職了事，由西安來渝，曾作長談，雖不免牢騷，但對委員長則深爲感激，對蔣銘三之友情尤爲深切。

初聞內調出長陸軍大學校教育長

十二月下旬，哲明（熊斌）告知：軍事會報中，委員長謂陸軍大學，自蔣代校長百里逝世後，周亞衛不能負責，軍紀蕩然，風氣敗壞已極，應速派員負責，詢問何人可去？陳部長（誠）謂萬耀煌奉調後方擬辦教育，且係陸大畢業，可爲適當人選。委座詢問衆意，均無異議，委座連說：萬耀煌好，萬耀煌好，叫他來見我，云云。哲明要我有所準備。我與哲明無話不談，我說我不適於辦教育，陸大更不能辦，至於短期訓練，又當別論。哲明謂：「委座對軍事教育非常注意，辦教育的人才，在南嶽選調時，首先就命，要武樵到後方來，正是百里先生逝世後不久，不過委座不肯直接說出，此次陳辭修仰體意旨，提出武樵來，大家都已瞭然，故無異言。軍令部原有一腹案，準備提名阮肇昌，但恐委座不同意，始終未提。這是委座特選，辭不掉的，還是準備接受吧」。我對辦教育的興趣，是前年參觀各軍事學校後，由然興起，此次奉調後方，原擬是中央訓練團統籌各短期訓練，尚不感爲難，蓋我已準備了許多腹案，自信可圓滿達成任務，對黨對國對領袖，必有所貢獻，今日突聞主持陸軍大學，大出我意外，自審學識資望能力，都不能勝任，恐負委座知人之明，決計力辭，但何總長（敬之）、軍令部徐部長永昌、政治部陳部長辭修，均勸我勿辭。翌日委座召見，詢以對陸大教育長職務有何意見。我力辭，申述學識資望能力，不足以主持大學教育。委座謂，我早已考慮決定，可迅速準備後再來見我，我想再度申述，不容我說辭矣。

民國廿八年元旦，奉命參加國民政府團拜，午後中央執監委員會議，議決永遠開除汪兆銘黨籍，並革去一切職務。

昨日下午四時，委座召見，指示：「陸大教育不但要養成高深理論，而要養成態度嚴肅精神飽滿的軍人，應注重精神的修養與武德的鍛鍊。」我復辭以不能勝任，奉囑晚七時再見。屆時往謁，參加晚餐，同席有張岳軍、朱騮先、葉楚傖、陳布雷，委座以汪精衛艷電主和乞降倭寇，可勿重視，以爲前日中央黨部紀念週上，我演說對近衛荒謬宣言之分析及詳述我對日之方針，汪或未見，故有此叛黨叛國之荒謬通電，委座擬用個人名義復電，指斥所提三條，有一即足以亡國有餘，並擬對汪留以餘地。岳軍及在座同志均以汪此舉，影響甚大，非制裁不可。委座對我再辭陸大教育長事，根本不理，只囑再來見我。

元月二日，陳部長約見，力勸我勿辭，拿出勇氣來担任，委座早已決定，不會改變的，並提出許多改革意見，其要點與委座訓示相若。又說陸大出身者多談空虛理論，一到實際作戰，便無所措手，指出許多人能力不及黃埔短期教育，能革命犧牲，勇敢奮鬥，陸大如不徹底改革，對國家前途影響甚大。又說保定、黃埔兩軍官學校，談理論自然不及陸大，而北伐剿匪抗戰中，眞正能爲國家負責的，不是陸大的學生而是這些實幹的人才，委座要求的就是實戰負責的將才，而不是空虛理論家。爾後見何總長敬之，他說：楊耿光（楊杰，日本陸軍大學畢業，曾任陸軍大學代校長教育長）好大喜功，只要錢，領着學員嫖賭，議論風生，不切實際，言大而誇，思想不純正，在四川軍閥中陸大出身的幕僚，不輔助主官服從中央，反專弄權術興風作浪，仍是過去舊軍人的封建頭腦。並指出嚴嘯虎及某些人信奉楊耿光，以爲馬首是瞻。又謂周普文（亞衞）食古不化，毫無辦法，委員長要你去整理陸大，先由校風着手，切勿再辭。

奉命接長陸軍大學校教育長

軍令部訓令，奉委員長面諭：任萬耀煌爲陸軍大學校教育長。又軍令部轉軍事委員會訓令，頒發任命萬耀煌爲陸軍大學校教育長任命狀。均先後送來。

委員長又於元月中旬召見，催余迅赴陸大就職，不容許陳述辭職，並囑行前再見一次。

多少知交朋友勸我勿再言辭，委員長對重要人事，都經過長期考慮，既決定之後，不會變動的，委員長對陸大教育之重視，不亞於中央軍校，因抗戰以來深深感到參謀人才之需要與參謀系統之建立，必須從陸大教育下手，既不能辭，就準備盡力爲之。

由於陸大教育長之任命，爲余新的事業，教育工作之開始，從此軍事指揮官之職務告一結束。見何部長，所提之要求，均立予批准，舊部一一予以安置，參謀長方昉、李昊、千戢調軍令部，楊澤民、詹桂鐸、黃爲、湯烈文、王景宣、魏如徵等均調軍政部派在桂林行營，中下級人員及士兵均交新十一軍接收，特務連編一排到陸大服務，納入陸大建制。因事先與軍政部軍務司王文宣、軍令部第三廳陳焯等已有協調，故自無困難也。

盧本棠、潘祖信二人均調陸軍參議，一切安置就緒，從此專心致力教育事業。我於民國六年入陸軍大學校第五期，民八因返部隊參加革命作戰，致幾爲當時校長熊炳琦所開除，惟因修業期滿，僅未參加畢業考試而已，故以後陸大同學錄上，第五期之榜末，仍有余名字，惟備考欄註明「未參加畢業考試」字樣。余自出校門至此已廿年矣，陸大的老期友與老同學與陸大出身的部屬自不在少，就我培植的如方既白、楊澤民、李昊、蔡劭、蔡文治等，每談及陸大情形，但並未深入；現在既要負責，決心辦好，就得下極大工夫，過去之歷史傳統作風及現在一般情形，不得不求深刻了解，然後到學校再作深入之觀察，並研究如何改革，如何適應世界軍事新趨勢，逐步的求進步。賀國光（元靖）知我的意思，他先請客，爲我邀約在渝陸大自第一期至第五期同學，在建設銀行會餐。我又訪問第六期以下及特別班的同學談話，搜集資料，此時對陸大之一般概況及改革大致已有了腹案了。

中日甲午之役，日本舉全國之力，打敗了我北洋的陸海軍，亦即打垮了李鴻章的淮軍，清廷覺悟，非重新建立新軍，不足以言國防，詔命長蘆鹽運司胡燏芬成立定武軍。在甲午以前，已經在天津成立武備學堂，聘德國人充任教習，一切編制、裝備、教育、訓練均採德式（張之洞在湖北成立武備學堂，亦聘用德人）段祺瑞、王士珍、馮國璋、張懷芝、陸建章、段芝貴、張鴻逵等，均由該堂出身，定武軍以及袁世凱天津小站練兵，即以此輩為幹部。中日戰後，日本勝了，我國全國上下，不惟不記甲午之辱，反而師事日本，青年赴日留學者不絕於途，軍事亦捨德國而師日本，全國新軍編制、裝備、教育、訓練，仿照日本。國防軍三十六鎮計劃，北洋成立六鎮，湖北第八鎮，江南第九鎮，先後成立，而各省疆吏，須先赴日本學習軍事，入日本士官學校者更不在少。迨日俄戰後，日本更一躍而為世界一等強國，我國軍事更加崇信日本。

陸大創校於保定：光緒卅二年，清廷陸軍部為培植將才，創設陸軍行營軍官學堂於保定，隸屬北洋大臣，以段祺瑞為督辦、張鴻逵為監督、總教官及兵學教官均聘日本將校任之，一切章制、教育計劃、教材、教法，均仿日本陸軍大學校，惟日本先有士官學校（即為軍官養成教育，而非士官，不可誤會）而後始有陸大，故日本陸大入學資格，必選拔士官畢業，在部隊最優秀的尉級軍官，因之士官畢業生，在部隊服務期間，無不努力學術，惟一目的，即在考進陸大，一經入選，身價立即十倍。陸大為參謀本部培養幕僚與將才的學府，畢業之後，可以為參謀，可以為駐外武官，而且制度上，非有陸大出身者不能晉任將官階級之規定，故為青年軍官嚮往之地，我國當初擬國防計劃，軍官之培植，各省辦陸軍小學，三年畢業，陸軍辦陸軍中學，兩年畢業後，入伍半年，進士官學堂兩年，見習半年，然後授以陸軍「協軍校」，即少尉軍階，服務兩年，才有投考陸軍大學校資格。光緒卅二年始命各省辦小學，必須十年之後才有陸軍大學學生之來源。而陸軍行營軍官學堂既已創設，學制又仿日本陸軍大學，學員來源成為問題，只先就北洋六鎮中選考青年軍官，不問出身，但經考試勉強合格者，即行收錄，其中受過軍事教育者自然少之又少。北洋六鎮有隨營學堂之設，保定陸軍速成學堂已有畢業者，故六鎮中軍官雖係行伍，亦間有讀書的青年，而書記、軍需等人員，參加考試者甚多，各將領之親族子弟，有學識的青年，均經保送與考，故第一期成名的人物陳調元（時任軍委會軍事參議院長）與北洋盛時的吳光新、吳新田、魏宗瀚、熊炳琦、師景雲、張聯陞、宮邦鐸、王維城、張敬堯、靳雲鶚、馬毓寶、崔承熾、江壽祺，陳文運、姚濟蒼等，若胡叔麒為陸軍第三中學校長，陳調元為教員，。江壽祺是在軍事刊物上寫文章最多的人物，當第一期開辦之初，分速成、深造兩班，速成班一年畢業，深造班三年畢業，速成班稱為陸軍速成軍官學堂，辦了三期，第一期只限於北洋六鎮，二、三期則及於全國，所以畢業學生遍於各省，成為段祺瑞北洋系基本幹部，陝西督軍陳樹藩，即其一也。深造班第一期三年畢業，光緒卅三年第二期入學，北洋六鎮之外，湖北之第八鎮，江蘇之第九鎮均有人參加，胡龍驤、孫岳、何遂、方本仁、王承斌等均為出色人物，第二期於宣統元年九月畢業。第三期於宣統元年十一月入學，學員遍及編練新軍之各軍，宣統二年軍諮府成立，改隸軍諮府。宣統三年，改稱為陸軍預備大學堂。與我們保定入伍生隊同一校址，總辦改為堂長，武昌起義，學員星散，頗有參加革命者。民國元年軍諮府改為參謀本部，黎元洪以副大總統遙領參謀總長，陳宧以次長代行職務，部中人事如第一局長劉一清，第二局長雷壽榮均湖北人，留日士官出身，第三局長張聯陞，第四局長姚任之均陸大一期，第五局長楊丙（後為黃慕松），第六局長謝剛哲，此中頗多陸軍行營軍官學堂第一、二期畢業者，如崔承熾任參謀本部局長與魏宗瀚任陸軍部軍學司長，權力足以左右段祺瑞陳宧，遂請以陸軍預備大學堂正式名爲陸軍大學校，並遷北京辦理，以上可稱之爲保定時期。

陸軍大學北京時期：民元陸大由保遷北京西直門內崇元觀舊址，而以胡龍驤爲校長，胡係湖北黃陂人，在湖北將弁學堂畢業，任四十一標隊官，爲黎元洪所賞識，保送陸大第二期畢業，至是因陳宧、劉一清等及一、二期同學之力，獲任校長。第三期復課，延長一年，於民國二年十一月畢業，第三期出名人物，如齊燮元曾任江蘇督軍，李濟琛時任委員長桂林行營主任，阮肇昌時爲軍訓部次長，劉光、鍾體道、周鳳歧、何恩溥、魏旭初等，其他如黃家濂、譚家駿等當時在本校任兵學教官。

第四期以後，陸大教育有重大之改革：自陸軍行營軍官學堂演進爲陸軍預備大學堂，正式定名爲陸軍大學校，歷時七載，畢業三期，教育計劃、課目內容、教育方法並無多大變動，胡龍驤任校長後，以最高軍事學府教育權操之於外籍總教官之手是謂不智，請求參謀本部與日本重訂聘約，解除總教官職，新定編制爲教育長負教育全責，另聘日籍教官担任重要科目，同時於前三期畢業學員中，選拔學識優良者入研究院，由日籍教官指揮，研究半年，然後充任兵學助教，試任半年，始任兵學教官，這是日籍教官與本國教官並用之始。新編制是民國三年春第四期入學之始實施，首任教育長江壽祺，安徽人，陸大第一期畢業，舊學頗有根基。教育進行計劃仍因襲前期，無所改變。學員則各省軍事教育機關，如講武堂、將校講習所、軍官研究所、軍官學堂（僅四川所有），結業經初試錄取，故程度較爲整齊。本期同學以後出人頭地者如當時任軍令部長徐永昌、次長熊斌、林蔚，校代教育長周亞衛、重慶市長賀國光、軍政部軍務司長王文宣、總務司長項雄霄、廣西省主席黃旭初，軍委會辦公廳副主任姚琮，以及十餘年來風雲人物劉驥、葛敬恩、王普、蕭其煊、許琨、黃菊裳，與在校任教官的游鳳池、童翼等。抗戰以來，亦第四期最盛的時期。第四期民國五年十二月畢業，第五期民國六年元月入學，學員資格有較嚴格之限制，保定軍官學校第一期於民國三年五月畢業，在軍中服役已滿二年，恰合規定可以參加考試，故本期學員保定第一期佔百分之九十，我本人亦考入第五期，一般程度整齊，軍事基礎確實，戰術概由本國籍兵學教官担任，如阮肇昌、張國元、李濟琛等，均十分盡職，日籍兵學教官，担任戰史，鄰邦兵備，亦担任一部戰術教育與兵站勤務等，教育長尹扶一，日本士官出身，與閻錫山同期同班，對教育計劃無無所變更，因參謀總長爲北洋張懷芝，在北洋範圍中不容許非北洋系統之人存在，故校長換了熊炳琦，教育長換了張厚琬，都是北洋人物，陸大成爲北洋系統正統，不過學員仍有獨立的意志耳。第五期民國八年十二月畢業，第六期入學至民國十一年十二月畢業，學員正額全屬保定軍校各期畢業，選拔亦極嚴格。兵學教官日籍者已屬少數，大半爲本校前期同學留校担任，惟自民國七年起，戰亂頻仍，直皖兩系互爲戰爭，大總統由馮國璋而徐世昌而黎元洪而曹錕，內閣段祺瑞而後，更是時相更迭，學校經費受其影響，校長熊炳琦出任山東省長，由賈賓卿繼任，因政府經費奇絀，各機關奇窮，參謀本部尤甚，陸軍大學已不能舉火，於是各省學員之有力者，向各省督軍請求資助，無論爲直系皖系奉系，在政治軍事上雖對立，但對陸軍大學則均勉予維持，故校門以內弦歌不輟，依照計劃至於畢業，爾後校務完全停頓。第七期已經選考，無法開辦，至民國十三年，曹錕派師景雲任校長，至八月始召集入學，在校務停頓期間，教育長張國元忍苦維持，民十五年北方政權落入奉系之手，師景雲亦隨直系去職，張學良當了監督，以韓春霖爲校長，教育長換了黃端浩，第七期於十六年七月畢業，此時正在革命軍北伐期間，一部分學員受了政治影響，離校參加北伐，未能畢業，教育上自不能無影響也。奉系主政後，選考第八期，則以奉軍爲主，東北講武堂畢業者優先，故東北籍佔大多數，其他各省保定出身者，僅佔一小部，十六年八月第八期入校，奉軍勢力滲入學校，幾使學校變質，所幸教育內容仍本一貫精神繼續未變，至十七年奉軍出關，韓春霖隨張學良撤退，校務又停頓。本校第五期以前，校務正常發展，第六期經費困難，賴學員奔走得以維持，第七期至八期之初，則由誰有勢力有錢，誰派校長，國家最高的軍事教育到了如此境地，那裡成爲國家，教育精神影響當然很大。

革命成功，中央政府接辦，從此發揚光大：民國十七年國民革命軍抵北平，蔣總司令派劉光至校接辦，並奉命擴大辦理，經四個月籌備，第八期復課，同時召集第九期學員，以黃埔軍校爲主，保定軍校次之。又附設特別班，於是本校分爲兩班，一爲依正常發展之教育，稱爲正則班，第九期以前以及以後各期均附以正則班名稱，一爲特別班，召集軍中資歷較高，年事稍長者入學，授以正期相同之教育，是爲特別班第一期。蓋國軍數量龐大，需才孔亟也。蔣總司令重視陸大，尤其注意學員思想，培養爲三民主義奮鬥之將才，故自兼校長，而以日本陸大出身之黃慕松代行校長職務，以日本陸大出身之周斌爲教育長，第九期及特一期入學之後，蔣校長每到北平，必蒞校訓勉，陸軍大學始漸爲世人之重視。第八期十九年十一月畢業，黃代校長慕松到校不久奉命他調，校長職務由周教育長兼代，第九期及特別班第一期於民廿年十月同時畢業，學校奉命南遷。周教育長爲人正直，不善適應環境，遷校之後奉命他調，陸軍大學結束在北平之時期。

陸軍大學南京時期，民國廿一年初，陸大遷於南京薛家巷妙香菴舊址，蔣委員長不兼校長，而以楊杰任校長，奉命每年召集一期，以應國軍需要。第十期四月入學，十一期十二月入學，廿二年十一月第十二期入學，二十三年九月特別班第二期入學，至是同時在校有四班之多，亦在南京鼎盛之時期，以上畢業學員，爾後對剿匪抗戰均有莫大貢獻。

軍委會鑒於國軍學派分歧，易存門戶之見，爲擁戴領袖，使軍事學校均爲委員長之門生，建議各軍事學校校長以及陸軍大學校校長，均爲蔣委員長兼任，原有各校校長改派爲教育長，實際仍負校長全責，此所謂教育長制度時代，於民國廿年起實施此制。廿三年十二月以楊杰由參謀次長兼本校教育長，廿四年四月第十期畢業，十三期入學，十月十一期畢業，十四期入學，廿五年十二月十二期畢業，十五期入學，特別班第三期則先於十五期入學，民廿六年八月特別班第二期畢業，則已進入抗戰初期矣。

抗戰軍興，學校疏遷：廿六年七七抗戰軍興，淞滬戰事發生，南京政府機關向大後方疏散，本校初遷長沙舊藩署，適楊教育長奉命出使蘇俄，十月由訓練總監周亞衛代理，是年十二月第十三期畢業，廿七年三月特四期入學，五月十六期入學，七月十四期畢業，八月蔣百里（方震）先生奉命代理校長，對特三期在桃湖兩次講話，特三期十月在長沙畢業，此時本校正奉命遷貴州遵義，蔣代校長由湘經桂赴黔，次於宜山，心臟病突發，不幸逝世，葬於宜山鶴岡之麓。這時本校遷在遵義縣城北，獅子山麓，操場壩新營房，此本校自創辦以來卅三年歷史之概要也。

元月廿八日國民政府令：一、「陸大教育長楊杰另有任用」。二、「任命萬耀煌爲陸軍大學教育長此令」。余經委員長一再催促，乃於元月下旬渝赴貴州遵義接事。

我於廿八年元月奉命主持陸軍大學校教育，當時雖懷有惶恐的心，但以能受知於最高當局蔣委員長的信任，也感到非常榮幸。在數次堅辭不准之後，面示整頓陸大校風，以養成軍官精神修養爲首要。在我抵達貴州遵義之後，首先爲了提高教官地位，養成尊師重道精神，我一一拜訪，爲瞭解教官授課學員上課情形，我經常隨堂上課，一面聽，一面查核，要在瞭解學校全般狀況上，獲得爾後整理的基礎，同時我也構成今後陸大教育推行的腹案，所以我到遵義後，便把全部精力都放在觀察考核及思考如何改革上，當時費力之勤，今日思來，仍然覺得堪以自慰。

日據時代——臺灣同胞的民族精神

・鍾國仁・

一、「臺灣民主國」的民族精神

「漢賊不兩立，王業不偏安」，這是我中華民族的正氣，所以，政府遷臺以來，國際姑息逆流迭起，然我總統　蔣公不爲利誘，不爲勢劫，決然拒絕所謂「兩個中國」，「一中一臺」及「臺灣獨立」等謬論，並策定「光復大陸國土」的決策。此乃凜然莫可禦之民族大義是也。

然而自光復不久以來，在海外有少數自稱「臺灣志士」的人，却不斷主張着「臺灣獨立」，並以「臺灣民主國」爲歷史的依據。殊不知「臺灣民主國」是鴉片戰爭以來，我民族不幸的產物，而不是「臺獨」的分離運動，而是臺灣同胞的民族運動不可缺的一環。在腐敗的滿清時代，由於馬關條約將臺澎割讓日本，致使四百萬大漢子民夷爲日帝鐵蹄下的「清國奴」。

當時，割臺消息傳來，全臺同胞譁然，祖國無力保護，向國際求援又不遂，故不願做亡國奴，憤然而起成立「臺灣民主國」。

值其時，臺灣巡撫唐景崧在民情激憤下，由丘逢甲上「臺灣民主國總統之印」，被擁爲總統，可見「臺灣民主國」的成立，絕不是臺灣的分離運動，而是抗日的民族運動。所以丘逢甲等說明「臺民此舉，無非戀戴皇清，圖固守以待轉機」。而今日在海外的「臺灣志士」却是對列强帝國主義卑顏屈膝，仰人鼻息，與「臺灣民主國」的精神相比，實有天淵之別。他們居然以「臺灣民主國」爲其歷史的依據，似乎是找錯了廟門！

二、「苗栗事件」與羅福星

羅福星是苗栗人，受知於丘逢甲先生，在南洋辦教育而與胡漢民、趙聲等黨國元老有密切聯繫，曾親參加「三二九」辛亥之役，倖免於難。返臺後，成立「華民聯合會館」，總部設於苗栗。分部設於臺北、臺中、臺南等地。據說會衆達十萬人，且有二萬人由大陸潛來。這種「血濃於水」的民族感情，絕不是當時任何人所能破壞的。嘗言「人生必一死，何足恐哉？」「雖死亦願留名爲臺灣歷史上作紀念！」後於淡水被捕，臨死前在獄中題下「祝民國詞」云：

中土如斯更富强，華封更祝著邊疆。
民情四海皆兄弟，國本苞桑氣運昌。
孫眞國手著先唐，逸樂豐神久旣章。
仙客早貶靈妙藥，救人於病身相當。

把這首詩的每一句的首字綴起來，正是「中華民國孫逸仙救」八字，這對後來「文化協會」，「民衆黨」及蔣渭水先生的思想啓發極大。

今天有人欲以「臺灣主義」取代民族主義，以「臺灣同胞的立場言，這好像有點數典忘祖。羅福星死而有知，能不爲此而憤慨於九泉嗎？

三、「文化協會」的民族精神教育

臺胞的民族運動並未因日帝各種迫害而挫折，林獻堂、蔣渭

（16）

·鐵嶺遺民·

蔡宅被搜

蔡鍔在北京的活動雖然作得很秘密，但也不會不露出一點馬脚，尤其是棉花胡同經常有軍政執法處的便探監視，便探看到蔡公館不斷有南方來的陌生人出進，當然要向上報告，此時擔任軍政執法處處長的已是雷震春，前任處長陸建章外放陝西將軍。

雷震春號朝彥，當時也是帝制派重要人物，今天來評論帝制派諸人，大概除去段芝貴之外，要以此人最不濟。他得到報告之後，是否呈准袁世凱，現已無處查考，民國四年十月十四日凌晨蔡鍔尚未起身，軍政執法處突然派人搜查蔡宅，看門的人出面攔阻，說是蔡將軍公館，來人不理，一擁進來，翻箱倒篋檢查一遍，呼嘯而去。蔡鍔在兵士去後起身打個電話給雷震春，詢問原因。電震春再三說對不起，聲明是一個誤會，並親自到蔡公館道歉，說明原委。據雷震春說，這個帶隊前來搜索的是劉排長，這個人最初在袁世凱親家何仲璟家中作僕人，何仲璟是天津大鹽商，在宣統三年時，何仲璟因爲欠了外國人的錢，幾乎抄了家，當時蔡鍔現在的住宅就是何仲璟的產業，由一個姓福的親戚代管，何家姨太太看見情況緊急，恐怕被抄家，就檢了一批金珠首飾，要劉某送交姓福的收藏，現在事隔數年，何仲璟已去世，姨太太不知所踪，劉某改行投軍當了排長，他仍以爲此處是福某居住，想乘機搶回這批珠寶，因此糾衆行劫，不料房屋換了主人，致釀成絕大誤會。

雷震春爲了表示誠意與歉意，又將肇事的劉排長槍決，但是綁赴刑場的犯人却不是姓劉而姓吳，又露出絕大的破綻。平情而論，雷震春的話並非不能自圓其說，如果搜查的寓所不是蔡公館，而是孫毓筠同楊度的公館，絕對無人懷疑其所說的話靠不住，問題却是搜的是蔡公館，蔡鍔安得不驚，幸而蔡鍔爲人特別精細，棋高一着，將密電本放在經界局內，正是虛則實之，實則虛之，經界局反而未被抄，密電本也未被搜去，但蔡鍔到此，就非走不可了，後人論此事指蔡鍔爲雷震春逼走，當然不確，但無此一逼，是否走的遲一點，就難說了。

蔡鍔與小鳳仙

護國戰役結束後，蔡鍔不久即病死，國人既念其功高，又惜其命短。蔡鍔一生除去畧好女色之外（此事不必爲賢者諱，松坡之早死，亦與好色有關），可說一無瑕疵，道地是「兩間正氣，一代完人」。因此，各體文字的表揚，由詩文而小說電影，渲染過甚，反失其眞。今天要談洪憲本末，非把蔡鍔交代清楚不可。

帝相抗的先河。

在日帝統治之下，唯一以漢文教授我臺胞子弟的臺中中學（現省立臺中一中）即為林氏奔走募捐而創辦的。這是我臺胞在異族黑暗統統下的一線民族文化的曙光。這又豈是欲取消民族精神教育的分離主義者所欲知者！

林氏與梁任公嘗交遊，受梁任公影響頗深，梁任公來臺，由於語言不通，故只得以筆談抒感。任公初次與灌園訂交，筆談書曰：「本是同根，今成異國，滄桑之情，諒有同感」詩云：「萬死一詢諸父老，豈緣漢節始沾衣」。今天臺灣回到祖國懷抱，却在「本是同根」的同胞中劃分「本省人」與「外省人」的壁壘，請問這是林獻堂先生的遺志嗎？少數以有「外國朋友」自傲的分離主義者，能不面對林獻堂先生而汗顏嗎？

民國二十五年春，臺灣新民報組織華南考察團，由林氏任團長，遊廈門、福州、汕頭、香港、廣東、上海各地。在上海招待會席上，林氏致辭說：「我回到祖國非常愉快。」而為日帝統治者所嫉，御用報刊，指為「非國民」，同年六月十七日，林氏在臺中公園，遇一自稱「愛國政治同盟」的日本人，要林氏公開對「回到祖國」一語謝罪，林氏拒不作答，即出拳頭毆辱林氏，此即轟動一時的「祖國事件」。由「祖國事件」可知，在異族統治下忍辱含垢的林獻堂先生滿懷的民族意識，並不是什麽「小國意識」，而是今天頂着林先生招牌的分離主義者所攻訐的「大國意識」。

六、國父逝世與臺灣同胞

民國十四年春，臺灣民報報導　國父北上新聞，忽聞　國父因病入院，再聞因病去世，是耶？非耶？傳說紛紜，而最為臺灣民報所樂意報導的是　國父逝世的傳聞為誤者。由此亦可知當時臺胞對　國父關懷之情。

黃季陸先生在「國父逝世前後」一文中說：「臺灣同胞聽到總理逝世後，無不暗暗地洒淚，但他們在日人統治下，又不敢哭出聲來，臺灣的民衆團體有志社籌備了一個追悼會，訂於三月二十四日晚間七時，在臺北文化講座舉行，文化講座的地點在今日臺北市的貴德街，靠近第九、十號水門一帶，是夜大雨傾盆，街道十分泥濘，到會者無比踴躍，但會場只能容三千人，在開會半小時前即告滿座，遲到的人只得在場外敬禮默哀而去。大會從晚上七時至深夜十時，無一人中途退場者。臺灣同胞舉行的這一追悼會，眞是得來匪易，因為當時日本人是反對臺灣同胞追悼總理的。……而臺灣同胞却仍在日本人的高壓下，在暗夜的風雨中舉行了一個盛大而壯烈的追悼會，是怎樣的難能可貴啊！」

追悼　國父悼詞出自張我軍的手筆，而被御用的臺灣經世新報稱為「非國民」的舉動。因此張我軍亦在臺灣新報發表「隨感錄」，以「非人類」為題反譏之。其文云：「我們對於一種人，他如果是有所貢獻於人類社會的人，我們平常總是要對他表示相當敬意的。而對那種人的死，總要表示相當的哀悼，這並不是什麽强制的，完全是由人類的本能發出來的。這次我人在臺北開孫中山先生追悼大會，也全是出乎崇敬偉大的本能的。我人的弔詞有句：『消息傳來，我人五內俱崩，如失了靈魂一樣，西望中原，禁不住淚浪滔滔了。』這完全是寫實情。可是當局竟禁止我人這樣說，這簡直是不准我們哭偉人了，甚至於臺灣經世新報裡頭，好像我們這次舉動是反「非國民」的舉動。啊！眞芻狗！我想，沒有感情的人不能算是人，對於偉人之死，沒有一掬哀悼之淚的，也不能算是人，那麽經世新報那位記者不但『非國民』，並且『非人類』！是獸類。』

這份弔詞雖被日帝禁止，却很快的傳到祖國，弔詞中還說：「你的精神，你的理想，雖未十分實現，但是你的毅力意氣，已推翻滿清，建造了民國，嚇壞了無恥的軍閥，和殘酷的外國帝國主義，喚醒了四萬萬沉睡的人們！」

詞中不但表達出「我（島）人五內俱崩」「西望中原，禁不住淚浪滔滔」的臺胞哀傷之情，並且指出　國父矢志反對「殘酷的外國帝國主義」，而以被喚醒了的人們自居，亦可以看出當年臺胞是如何的內心中奉　國父為民族領袖，誓與日帝週到底旋。從　國父逝世的事件來說，我臺胞寧冒日帝統治者的大不韙，受壓迫，受恐嚇，受誣蔑，也要追悼這一代偉人！這為的是什麽？這是一股「血濃於水」的民族情感啊！也是臺胞對祖國強大和國民革命的期望啊！

在異族統治下的臺灣同胞對祖國絕沒有「本省人」「外省人」的分別，而只有「本是同根生」的一體感。今天的分離主義者，居然在同樣生活於臺灣的同胞中分出「本省人」與「外省人」之別，又是如何的居心呢？這又是繼承了那一位先輩的遺志呢？拿臺灣歷史文化作標榜，這大概是分離主義者認錯了祖宗吧！

七、幾點建議

（一）民族精神教育的提倡

民族精神教育不可流於八股、教條、空洞，而應有活生生的歷史文化為其內容。孔子說過「因材施教」，民族精神教育也應為「因地制宜」，尤其是臺灣有特殊的歷史背景，臺灣的歷史文化正是活生生的最好的民族精神教育教材。並應以通俗民族精神教育的教材，運用電視播出，以普遍提高國民的民族意識。因此，我們應當將臺灣先輩們所實踐和發揚的民族精神列為教材。

（二）臺灣歷史文化的研究

臺灣歷史的研究當為中國史研究的一部份。現在有各地的文獻會，但多非研究機構，三十年來成就有限。各大學雖有臺灣史的個別研究，但無系統和聯繫，並且我們還發現一個現象，有些臺灣史研究室却掌握在當年與日帝「和睦」者的手裡。怪不得反而不如一些日據時代有良心的日本學者對臺灣的研究來得公正。豈不可嘆！由於政府的忽略，甚至引起臺胞對政府有漠視臺灣史研究的誤會。

（三）成立臺灣文物紀念館

這是政府遷臺後所忽畧者。當年民族忠貞之士倍受日帝壓迫，其後人多流離失所，無力紀念其先人；反而當年與日帝勾結壓迫我臺胞者，家道殷實，其後人甚至斥資紀念以「光宗耀祖」。臺灣既回到祖國懷抱，當年被迫害的民族志士，即應予以紀念，以為我民族子孫之楷模。如霧峰的林家花園，臺北市蔣渭水的大安醫院及志士們淌過鮮血的地方都應有適當的紀念。並應於各縣市成立文物紀念館，以陳列遺物，紀述其事，永為後代子孫之範式。

最後，我想引用去年十二月廿五日蔣院長在國大聯誼會中的一段話，作為本文的結束語：

「臺灣海峽的水隔離不了我們中華民族的兄弟之情。當年臺灣同胞犧牲無數，為了反對滿清帝制，為了抵抗日本帝國主義，而大陸上千千萬萬的同胞，也曾犧牲無數，為了光復臺灣，因此彼此間在心態上都是一家人。國家不能分為你們的，我們的，只是一句話：是大家的！」

金門憶舊

(11)

·關西人·

自八月二十四日國務卿杜勒斯開始，繼續有新港聲明，護航命令以及白宮當局的正式演說，與夫爾後種種方式的談話，使世人有此感覺，像是「毛共砲打珍珠港」，而不是打金門，可是行動不但少，而且矛盾，毛共說公海是十二海浬以外，美國說國際公法是四海浬，一陣磨牙之後，美國人的護航軍艦好幾十艘，却停在比十二海浬還遠的海上，護航到金門，金門在中華民國手中，爲什麽要遵守毛共的「規定」？飛機援助到中國空軍手中，毛共砲轟金門，中國空軍何故無權掃射敵人的砲位？中國空軍可以在海峽擊落毛共米格機，何故不能進入大陸打毛共的空軍基地？諸如此類不勝枚舉。但在臺灣和金門的美軍人員，却使人有一種英雄氣味的感覺。中美軍事合作早在抗日時期已開始，國際型的袍澤愛，處處都可以在彼此間發現。雖然如此，金門軍民，對美國還是心存感激。不過有時在說？「虧得穿山甲、土行孫在金門發生了效果，不然等到你們護航來的糧彈搬運到岸，毛砲早已把我們打成肉醬了。」軍人的頭腦應該單純到不懂不問政治的程度，但筆者身在戰地負責方面，想起「朱培德培朱德」那句江西剿共時代的老話，不禁對忠誠謀國者深表衷心感戴。「秋風寶劍孤臣淚」，這是意義深長的詩句。怨？不！人各愛其祖國，我愛我們中國，便應該想到美國人必然要愛美國，那是天經地義。

其次，想像中毛共攻打金門的方式：高空中伊留申轟炸機彈如雨下，米格戰鬥機低飛掃射，魚雷快艇把各島團團圍住，大砲再把地面翻土三尺，最後木排竹筏裝上馬達結成浮橋，並不需要大量陸軍，必可步上我岸，掛起毛旗，獰笑向世人宣佈「佔領金門」。可是毛共沒有達成他的這種願望。「八月十六日上午六時正，毛機將大舉轟炸金門」，這是來源十分可靠的情報。但是八月十四日的空戰，毛機的戰技，幼稚得使人可笑。跟着接二連三的回合中，毛共的戰鬥機常常被擊落，陣陣被打敗，轟炸機如何敢出來，情報中顯示的大轟炸並未出現，砲彈就變成白費，圍困因每戰失敗而不能實施，木排竹筏，也就無從提起。所以最具勝敗決定性的是毛共想以打「人民戰爭」的頭腦，來打科學戰爭，我軍除了能打海空戰爭之外，還採取了穿山甲、土行孫的戰法。

中華民國的空軍本來是最受人崇敬的軍人，不但在維持金門對外的連絡上表現得艱苦卓絕，冷培樹等戰鬥英雄的機關槍居然把戰爭打成了順逆異勢。海軍尤其是陸戰隊的LVT部在黎玉璽將軍的領導下，不斷創造奇蹟。此外中央軍政各方對我們的大力支援，也是這一次大功告成的重要因素。在金門的國軍袍澤，同生共死，冒險犯難，當情況十分嚴重時，我不會看見一個懦夫、一個怯卒。八月二十四日晨，筆者訪問各地時，看見幾個大專學生的基層軍官，我笑問：「聽說此處落彈不少，你們怕不怕？」他們也笑着回答：「司令官不也是常在砲彈下來往嗎？」充分表現出我們這一代青年的勇敢可愛。金門民衆更值得贊揚，和國軍同嘗艱苦，民防隊在搶運物資時表現的英勇，也毫不遜色。但歸結起來一句話，上述的那些政黨軍民的成就，都出於我們偉大領袖 蔣公的英明領導與精神感召所致。最後筆者以為這一次的大勝利，有兩個人應該是最值得我們驕傲的提出來。

第一位是國防部長俞大維博士。從民國四十三年就任開始，他平均兩週必去大小金門及大二擔一次，「要什麽，給什麽，除非我們沒有」。若果沒有他的大力支援，穿山甲、土行孫構想再好，也行不通，就連筆者在內，總覺得在他領導下為國服務，使人有一種樂於効命的愉快。民國四十七年八月二十三日下午，俞先生和他最賞識的一位將軍，在某地閒話家常時，正好毛共的砲彈，如雨般在附近落了下來。午夜回臺的時候，便以十分愉悅的口吻，獎勉他所深知的這位將軍說：「神色鎮定，處置裕如，我給你滿分。」

另一位便是當時國防會議副秘書長蔣經國先生。四十六天砲戰的冗長日子裡，他是我們唯一的座上嘉賓，在烽火滿天的情況中，他常常一葉扁舟，衝破驚濤駭浪，到每一戰況激烈的處所，鼓舞軍民，每次都是談笑風生。其中九月三十日那天，臨走時車過尚義，突然一彈旁落，轟然巨響，塵土飛揚，筆者深以為危，經國先生仍若無其事，鎮定逾恒。「從容乎疆場之上」，那並不是一句格言，而是一個勇敢人物的最高修養。經國先生大駕光臨，對金門不啻增加十萬雄兵。筆者為此文時，經國先生已挑起了復國建國的重擔，正為我中華民國創立錦繡的前程。

歲月悠悠，十八年前的往事，為我們帶來了無限感慨。季辛吉從中牽線，美國總統一再訪毛，我依然不相信「國際無道義」那句話會成為不變的鐵則。

茲將毛共偽國防部「再停火兩星期命令」抄錄如後，以供讀者參考。筆者謹按，此令雖以彭德懷名義發表，然觀其口氣語法，實則出自毛澤東之手，全文如下：

福建前線人民解放軍同志們：

金門砲擊，從本日起，再停兩星期，借以觀察敵方動態，並使金門同胞得到充分補給，包括糧食和軍事裝備在內，以利他們固守。兵不厭詐，這不是詐，這是為了對付美國人的，這是民族大義，必須把中美界限分得清清楚楚。我們這樣作，就全局說來，無損於己，有益於人，有益於什麽人呢？有益於臺、澎、金、馬一千萬中國人，有益於全民族六億五千萬人，就是不利於美國人。有些共產黨人可能暫時還不理解這個道理，怎麽打出這樣一個主意呢？不懂，不懂，同志們過一會兒你們會懂的。呆在臺灣和台灣海峽的美國人，必須滾出去，他們賴在這裡是沒有理由的，不走是不行的，臺、澎、金、馬的中國人中，愛國的多，賣國的少，因此要作政治工作使那裡大多數的中國人逐步覺悟過來，孤立少數賣國賊，積以時日，成效自見，在臺灣國民黨沒有同我們舉行和平談判並且獲得合理解決以前內戰依然存在。臺灣的發言人說：停停打打，打打停停，不過是共產黨的一條詭計。停停打打確是如此，但非詭計，你們不要和談，打是免不了的，在你們採取現在這種頑固態度期間，我們是有自由權的，要打就打，要停就停，美國人想在我國的內戰的問題上插進一隻手來，他們叫停火，令人忍俊不禁，美國人甚麽資格談這個問題呢？請問他們代表甚麽人？甚麽也不代表！他們代表美國人嗎？中美兩國沒有開戰，無火可停，他們代表臺灣人嗎？臺灣當局沒有發給他委任狀，國民黨領袖根本反對中美會談。美國民族是一個偉大的民族，其人民是善良的，他們不要戰爭，歡迎和平，但是美國政府的工作人員，有一部份例如杜勒斯之流，實在不太高明，即如所謂停火一說，豈非缺乏常識，臺、澎、金、馬整個的收復回來，完成祖國統一，這是我六億五千萬人民的神聖任務，這是中國內政，外人無權過問，聯合國也無權過問，世界上一切侵略者及其走狗，通通都要被埋葬掉，為期不會很遠，他們一定逃不掉的，他們想躲到月球內去也不行，寇能往，我亦能往，總是可以抓回來的。一句話，勝利是全世界人民的，金門海域，美國人不得護航，如有護航，立即開砲，切切此令。

國防部長彭××

一九五八年十月十三日上午一時

毋忘在莒

民國三十九年及四十年，總統　蔣公兩度觀兵前線，體察民瘼。金門父老深以爲榮，羣議欲使此種榮寵垂諸永久。乃以薛桂枝其人爲代表，上書筆者請轉呈總統　蔣公錫訓軍民，俾可藏諸名山，爲萬代法。筆者亦以爲蕞爾金門，兩蒙　元首光臨，揆諸全國近乎兩千縣者，確屬輝耀。然仍不敢相信邑民所望可以如願獲得。蓋其時　蔣公復職不久，國事紛紜，世變日亟，一國元首萬機待理，似無暇及此。却不料，書上月餘，　蔣公親題頒到「毋忘在莒」四字，旁署姓名及年月。當即昭示全體軍民，共同恪省。並在太武山頂上選定一南向矗立之大石，面囑防衛司令部政治部主任兼金門縣行政長李德廉上校，鳩工鐫刻。太武山原以產白色麻石名聞遐邇，石工巧匠，代有奇才，欣聞總統　蔣公榮賜訓詞，乃爭來獻藝，衆志成城，通力合作。故字跡放大，筆力保持，間隔排列，雕鑿勻稱，都得順利進行。僅在擇地覓石時，稍費時日，迨經選定後，却愈覺其地其石恰是天成，正等待一位偉大人物如總統　蔣公者親題嘉言，昭示世人。蓋其地在太武山頂之中央，羣峯屏峙，一石挺立，面對南海，碧波萬頃，左前海印寺，香火極盛，右前蟹眼泉，源細流長，翠松初栽，階道才闢。筆者不識風水，但身臨其境，總覺壁立千仞，俯臨萬方，雄巍廣濶，氣象萬千。民國四十六年總統　蔣公再蒞巡視海印寺，忽問：「爾識風水？」筆者隨侍在側，訥不能對。總統　蔣公畧不經意曰：「斯峯斯石，尚屬佳美。」筆者恭聆之餘，如膺懋錫。自維三十年服務行伍，百凡總覺是處少，而錯處多，今竟以此渥蒙獎飾，寧勿慶幸。

「毋忘在莒」四字頒到之時，金門軍民無人能省識其精義。於翻查典籍，請教名流之後，始悉係春秋時，齊桓公之重臣鮑叔，對其君之祝詞。初意總統　蔣公以之訓示金門軍民，其旨當在毋忘大陸之失敗之恥辱，競相惕勵，俾能任重道遠也。「明恥教戰」，本屬兵家大事，用是督教軍民，感悚奮發，共爲雪恥復國而精勤努力。殊不知總統　蔣公題此四字，尚有更深遠之意義。民國四十八年十二月，總統　蔣公再次蒞臨，時在金門砲戰之後，又當毛共失權之頃，鑒於一般人對其訓示之涵義尚未確切瞭解，乃令秦孝儀先生撰書「毋忘在莒本義」，詳叙田單以莒及即墨兩城爲憑藉，大敗燕人，收復七十餘座失城，及全部國土之奮鬥過程。至此前線軍民及中華兒女，始徹底領悟「毋忘在莒」訓示之義蘊。一致資爲精神動員之圭臬，多年以來，收效至宏。失城未復，此種精神將一如：「源泉滾滾，不捨晝夜，盈科而後進，放乎四海」。

筆者於民國四十七年尾二次卸任後，曾數度舊地重遊。每當登山而仰見「毋忘在莒」訓示時，即不禁想到：田單禦燕則破敵軍，及其攻狄久不能克。魯中子對田單曰：「將軍之在即墨，坐而織蕢，立則丈挿，爲士卒倡，……當此之時，將軍有死之心，而士卒無生之氣，……莫不揮泣奮臂而欲戰。此所以破燕也。當今將軍東有夜邑之奉，西有艸上之虞，黃金橫帶，而馳乎淄澠之間，有生之樂，無死之心，所以不勝者也。」世風高下，人心厚薄，原在誠之一字，及行之一念。趙家驪將軍的「多士心方壯，遺民志未迷，千秋堯舜典，斗字與天齊」，每使人愧感莫名。

日月不催人自老，二十五年的時光，很快的如水流逝。「賭勝馬蹄下，由來輕七尺」的豪情奔放人物，不能不退在一旁，任由青年才俊們接力而上。前者不必惋惜，後者必須奮起，一個民族的壯大發展，本來就是接力賽跑的萬里長征。金門挺在，哲訓猶新。筆者這一輩愧疚滿懷，希望後來的一輩有驕傲的成就。

總共二十篇的金門憶舊，筆者以「吾忘在莒」列在最後一篇——金門精神的前面，淺見以為在今日還和過去差不多少，要消滅毛共，精神因素仍居十分之九。越棉之失，殷鑒不遠，我們以往的些許成就，歸之於精神，今後的精神更重於往昔「毋忘在莒」不但是金門精神的源泉，也將是中華民族滅共復國的大力量。「精神者革命成功之證券及其擔保也」，國父孫中山先生早已以事實昭示其子孫。先聖後聖，其揆一也，緬懷寶訓，願共勉之。

金門精神

金門防衛軍系出黃埔，本來就有革命精神，現在加上總統　蔣公的大訓「毋忘在莒」揉合發育，便形成了一種金門精神。驟視卑之無甚高論，但若深入體察，悉心研究，就可以感覺到「顛撲不破，百戰不殆」這八個字躍躍然出現在這個島上，有光也有熱，宜古更宜今，隨着歲月的增長，正在不斷的發揚光大。茲就其精義所在，分述如次：

第一　大無畏的精神

金門遠離臺澎本島，挺峙於敵人岸邊，曾經數次面臨敵人猛烈的攻擊，終都化險為夷，轉凶為吉，所以其本身就象徵着大無畏的精神存在。青天白日滿地紅國旗的迎風飄盪，軍營中雄壯悠揚歌聲的臨空播送，最足以滲透到大陸上中華兒女的心田。毛共以馬列主義征服中國優美文化的暴行，終有一天在「國家觀念，民族意識」的大義之前，會被擊碎，金門在這方面做了榜樣，而且不斷地扣動着中國人的心弦。

第二　親愛精誠的精神

「千古艱難唯一死」，但軍人所受的教育却是視死如歸，最低限度也是死中求生。所以一枝打不散走不亂的軍隊，除了國家存亡，民族大義之外，還得要有親愛精誠的精神為之貫串，為之維繫。賞罰嚴明，恩威並濟，那已是千古兵家的金科玉律，但總覺得偏重到「威克厥愛」方面，還不足以走入到靖大難賭生死的場面。

誠如前章所述，金門防衛軍的前身是陸軍第十八軍，這個軍打過輝煌的勝仗，也打過難堪的敗仗，但跌倒之後，迅速爬起，拿起武器，又復上前，跟着再打勝仗。何以故？試以民國二十二年春東陂、黃陂的慘敗為例，殘兵剩卒，退到臨川，軍長召集訓話，第一句就是「本軍長領導無方，應負失敗全責，愧對我英勇袍澤。」接着師長上台宣稱：「都是我指揮不佳，上使軍長受累，下使官兵蒙羞，願受軍法制裁。」台下一片嗚咽，泣不成聲，各自奮發，雪恥圖强。是年秋大敗林彪及彭德懷於南城南豐間，開第五次圍剿勝利之先聲。以部下人頭作為本身卸責憑藉者，古今都有。十八軍獨不然，乃是「親愛」精神所感動。又以民國三十八年徐蚌失敗之後為例，浙南收容人不滿萬，但信心堅定，矢志再起，有間關千里，成羣而歸者，有傷尚未癒，裹創服務者，不半年乃再獲勝於金門，蓋「精誠」意志所促成。

由親愛精誠所產生之四大公開，在金門防衛軍中久而彌篤。「才能相等論戰功，戰功相等論資歷」，乃是人事公開的標準，不分地域，不分學籍，百凡都以才能戰功為優先，所以人才輩出，戰功赫赫。經濟公開乃以公欵公用為原則。意見公開的目標是下情上達。賞罰公開的優點是使人口服心服。

親愛的生活中，絕不會有猜疑的存在。精誠的共處中，必然會有道義的滋生。猜疑發生禍亂，道義則提高人的品質。民國以來的軍人，以下犯上，出賣長官的不可勝數。但我們金門防衛軍前身之十八軍則不然，除了竭誠擁護我們的領袖　蔣公之外，最使全軍崇敬的兩位老長官，一是陳辭公（誠），一是羅尤公（卓英）。我們看他們就如同父兄一般，他們看我們也如同子弟一樣，他們我們之間，沒有絲毫距離，祇有親愛精誠。「陳羅道義之交，數十年如一日」在近代中國將領羣中，確不多見。直到目前為止，筆者還不曾聽袍澤們說誰對不起誰，反之一般人對那忠肝義胆，篤守信義的夥伴，莫不深表贊佩。「信仰長官，信任部屬，信服同僚」，確實是革命軍人最重要的三信心。

第三　克苦耐勞的精神

「練兵主旨以能效命於疆場爲歸宿」，蔡鍔將軍一語破的。「軍以戰勝爲主」，日本兵家列爲要旨。但若非養之有素，練之有恒，如何可以「跋涉於冰天雪窟之間，馳驅於酷暑惡瘴之鄉」。又如何可以「寒不得衣，飢不得食……極人世所不見之慘，受恒人所不經之苦」。故練一枝能征慣戰的軍隊，並不等於人員裝備加上組織訓練，便可走入戰場，爭雄取勝。即以「行軍」一項而論，坐上汽車，拖上大砲這祇能「入無人之境」的「少爺兵」可以如此構想。若果要打敗毛共那樣的殘酷組織，頑強敵人，一定要「急行强行百里零，翻山過水不要停」，然後搶上高山，越過險隘，再和敵人打上幾天幾夜，最後分出勝負。遠在江西剿共時代，金門防衛軍前身的十八軍便養成了這種精神，列爲傳統。抗日戰爭時，筆者率領十八軍由沅陵經水浦翻過雪峯山脈，每天三十五到四十公里，連續行軍七八天，打到日軍一一六師團的尾後，在我們是司空見慣，但魏德邁將軍却大嘆奇蹟。民國三十六、七年間，陳毅、劉伯承兩酋對我們的戰術是「拖死十八軍」，但十八軍不但未被拖死，反而由一個軍，拖成了第十、第十八兩個軍。筆者有一次碰到陸秀山上校所率領的三百五十二團，弟兄們自賣自誇地說：「一伸腿便是二十里，一次休息，下午四點鐘就到目的地，八十華里，家常便飯，可以連續走上十天半月。」金門防衛軍雖然到了金門島上，依然維持着走路的傳統，再加上墾荒種菜，挖溝築路，成年累月，勞苦不輟。所以在南日島東山縣的幾次突襲作戰，擠上船，搶上灘，打衝鋒，捉俘虜，兩天兩夜之後，又回船返航，依然是行所無事。許多人不懂得「習勞耐苦，爲治軍第一要義，馭兵之道，亦以使之勞苦爲不二法門」。不說是虐待官兵，便說是整頓環境，耗費體力。一枝機動善戰的軍隊，本來就是洪爐冶鐵一般地鍛鍊出來的，不常用兵的人，不容易理解。

刻苦耐勞四個字還含有另外一種重要因素，那便是「耐缺乏」！不缺乏的前提是節省。民國十六、七年，我們的最高統帥，當時國民革命軍總司令總統蔣公在餉袋上印着訓詞：「欲要强國，必先富家，銀錢到手，切莫亂花，古語有云，民生在勤，節衣縮食，免受艱辛」。與這個訓詞相等意義的便是在戰場上的三不打：一顆子彈，打出槍膛以前，看不見敵人，不打，打不到敵人，不打，打不中敵人，不打。戰爭的本質是消耗，但克服消耗的最好辦法是節省。中國國民黨是無中生有的革命黨，國民革命軍也是從敵人手中獲得武器裝備而成爲中華民國國軍的軍隊。大陸失敗，原在本身的失去刻苦耐勞精神。今日要光復河山，首先要學會補給的密訣，第一是取自敵方，第二是忍耐缺乏。一枝槍六十發子彈，打遍江南，並不是奢望。金門防衛軍在民國四十三年以前，早已具備了耐乏的本領，即或是民國四十七年的大砲戰，沒有效果的砲彈，寧可從砲膛中退下，也不任意拉線射出。

第四　恬淡謙退的精神

「人生以服務爲目的」，這是革命人生觀的崇高純潔之極致。國父孫中山先生在民國元年的功成不居，總統　蔣公在其任內的幾度引退，都是對革命黨人和革命軍人的身教。金門防衛軍的早期口號之一是「不稱功」。所以民國四十三年以前的金門戍軍調換回臺，分別撥入友軍，除互相道別之外，都默而無語，無一人誇功告勞，亦無一句怨天尤人，和當年大陸撤退來臺，接受整編的友軍一般，放下武器，揹起包袱，三十、五十的被帶走。這種謙退恬淡之情，迄今二十餘年，回憶往事，每以能與此等官兵同志共患難、共休戚爲畢生莫大光榮。整軍是國家大政之一，接受編遣，和奉命出征，効命疆場，具有同等意義，金門防衛軍不愧是黃埔子弟及革命信徒。

筆者出身農村，生長行伍，營務軍書之餘，愛好文學；出身農村的人會太過質樸，愛好文學的人，也會愛好自然而又悠然的生活。所以在民國四十七年，金門砲戰後，看到國軍將領人才濟濟，國家前途邁向光明，心理上便產生了一種「功名最足誤學業，當時則榮歿則已」的觀念。回憶民國三十七年十二月，國軍黃維兵團被圍困於皖北，筆者以閒散之身，奉命入內，協力奮鬥，最後又在毛共的千軍萬馬中突圍而出。今次再度擊敗了毛共驚天動地的大挑戰，以榮華富貴的目光來看，眞是「匹夫之極也」！所以在拖着衰頹的軀殼，離開金門的戰壕。望着恍惚出現在腦際的功名利祿四個字，不禁喃喃念着「南山有鳥，北山張羅，鳥自高飛，張羅奈何」的語句。厥後養病東瀛，幾位有修養的日本人，亦每以「悠然見南山」相叙勉。益堅恬淡之念。

「人生如戲」，一個演員無論是主角或配角，祇要很忠實而且很賣力的演好了自己的角色，能在觀衆的熱烈掌聲中，戲幕低垂的情形下，脫離舞臺，那該是生命中一大幸事。「江山代有人才出，各領風騷數十年」。但恬淡謙退的眞正涵義是「不爭」，絕不是「消極、退却」。國民黨創黨開國的先烈先賢，他們的風格最使後人景仰的也是「正其誼，不謀其利，明其道不計其功」。

（全文完）

長命百歲為期不遠

劉郁青

楊森將軍九十六歲生日那天，跟一些朋友說，對他來說，活動一百五十歲，該不是個奢望。

這句話可能使許多人大爲稱羨。但是，在科學家眼中，長命百歲已不是稀奇的事。許多科學家甚至認爲，人類活動兩百歲開外的時日已不在遠。

今年初，美國境內在百歲以上的人瑞，約有一萬三千人。跟全美人口兩億一千六百萬比起來，這只是個小數目。不過，在這個世界上的幾個地區內，活過一個世紀並不是稀奇的事。

這裡面，最受研究老人醫學的科學家注意的幾個地區，該是蘇俄高加索地區的阿帕科哈蒞、厄瓜多爾的偉爾卡巴巴和喀什米爾的哈薩。

幾年前，在美國國家地理協會的支持下，老人醫學專家李夫博士，曾到這三個地區作實地調查。他發現，這三個地區，活上百歲是被視作很平常的事。

在阿帕科哈蒞，他遇到一位現年已一百卅歲的婦女。李夫博士報導說：『許多老夫婦已結婚了達七、八十年甚至一百年。這些百歲人瑞大多還能工作，而且顯得生趣盎然。』

值得注意的是，這三個充滿百歲人瑞的地區，地勢都很高，但衞生條件並不理想，有些醫學家認爲，是不是地勢高，氧氣較稀薄，使得細菌難以生存，才教這些人得以頤養天年。

以阿帕科哈蒞爲例，那裡的大多數老人不但抽烟、喝酒，而且癮頭很大。烟酒本是疾病之源，但是這些老人彷彿却享有了「豁免權」。

自從一九五三年科學家找出了「去氧核酸」（DNA）的分子構造後，人類的壽限延長的可能性便大爲增高。

去氧核酸存在於每一個細胞的細胞核內，是染色體的重要成分，傳宗接代便是靠它，因爲它的微細構造，可決定生物的特性。所以，它被稱爲「生命之鑰的掌握者」。

科學研究現已翻譯出去氧核酸的遺傳密碼，經由這些研究，人類得以知道這一神秘的化學物質，可決定蛋白質的製造，並可促使每一細胞的生存與繁殖。

如果科學家能進一步解開細胞如何保持健康的奧秘，就可幫助人類打贏對抗癌症和其他疾病的這場戰爭，掌握住使生物壽命加倍，甚至再加倍的契機。

專家認爲，展望這方面的研究，可說充滿希望。

「燕塵偶拾」讀後憶趣

·白鐵錚·

卅多年前，北平一過農曆七月十五，在西單東四鼓樓前，以及東西珠市口，騾馬市大街一帶，馬路邊人行道上，包羊肉烤羊肉的車子就陸續出現了，一輛獨輪車，前邊架子上掛着二尺多長「長白兒」綠葉大溝葱和元荽，配著新鮮各色羊肉，所謂各色，包括腰窩兒、後腿兒、上腦兒，以及腰子肝兒，車後架著烤肉支子或包肉鉦，在華燈初上的時候，你走在街上，看見支子下面冒著火焰兒，支子上烤肉吱吱的響，一陣陣肉香和松煙香味兒撲鼻，眞是引誘人的饞蟲作祟。

吃烤肉的頂好去處，除烤肉陳，烤肉苑，烤肉紀以外，宣武門外的南下窪子窰台兒陶然亭的烤肉也很出名，因爲那地方還有賽二爺墓鸚鵡塚供人憑弔，過去那裡路途較遠，城裡人去著不方便，居高臨下，俯視一片蘆塘，吃完了假如時光稍晚，找車都不方便。

先師井西公和筆者都偏嗜「烤」肉，因爲井師吃東西想法特別，吃法也特別，他最怕「坐席」，席面上五味雜陳，食而不知其味，同席的八個人倒有七個不相識（以前北平坐席，有時六人有時八人，十二人的不常見），吃起來眞吊胃口，最好三兩人到館子找自已愛吃的儘量吃，所以他下館子，比如去致美齋，他喜歡那兒的「增兩雞絲」（生雞絲和薰雞絲），他進門一叫就是兩賣三賣（北平飯館一個菜叫一賣）再要兩張清油餅就好了；他喜歡吃東興樓的蹓黃菜，他去東興樓也要兩三個蹓黃菜，一盤蒸食，一碗高湯了事，東興樓雖然字號很大，因爲那時「松風畫社」常在那兒聚會（松風畫社社員有溥家弟兄，葉仰曦、啓元伯、張伯駒（老袁的外甥）諸公，井西公也是一員，茶房知道他脾氣，也不敢慢待，北平有句俗話，是王八吃兩個炒肉，他也不在乎，他愛吃山西館的過細炒肉，也是一下子叫兩個。他視「烤」肉如命，每年一定因吃烤肉而大醉兩三次。

我和井西公，每年都到一蹓兒胡同去烤幾次，因爲一蹓兒胡同離老師家較近，他住德勝門裡大銅井，所以筆名井西，（他原來筆名景熙，是景仰郭熙載熙之意）穿着胡同兒就到了其次，年年去吃，跟紀把兒（清眞教向來管姓什麼的叫什麼把兒）很熟，尤其去烤肉陳烤肉苑去吃，不但太遠，而環境情調都遠不及烤肉紀，據說後門大街路西的慶和堂飯莊，以前是張文襄的舊邸，什刹海東岸一帶是他的花園，烤肉紀在什刹海西北，幾間茅屋，前面搭了豆棚，一片土坪，伸入什刹海荷塘之內，入秋，您看那一大片殘荷，四周佈滿老年古柳，幾隻白鷺，在殘荷下邊泥縫裡找那將要乾死的小魚吃，傍晚，斜陽隔着馬路上照在北海的紅牆上，格外顯眼，往西一看，彩雲片片，離此不遠就是燕都八景的「銀錠觀山」，銀錠橋就在西邊不遠，所以站在烤肉紀的茅屋前面，可以欣賞周圍的景色，誰又知道，站在荷塘南邊，往這邊看，這烤肉紀的小茅屋，也正是這幅圖畫的一個好點綴品呢。

我記得有一年的舊曆七月十六，我和井師一時高興又跑到烤肉紀去應景，到了之後，照例紀把兒給我們每人預備「上腦兒」四兩，（上腦兒是脖子後面的裡脊肉，很嫩）。白乾每人二兩，好醬油一瓶，香菜大葱在後邊大籮筐裡隨便拿，管夠。於是我們烤起來，也喝起來，續了兩次酒肉之後，我們都已覺得醺醺然，有點醉意，這時紀把兒從土冰箱裡拿出一盤冰得很涼的小黃瓜來，放在我們中間算「外敬」，北平在秋天能吃到小黃瓜，不是件容易事，眞是又涼又脆又香，吃下去酒意消了好多，酒意一消，食慾又來了，紀把兒又給我們添上肉來，也續上酒來，一次兩次，我們已經都「和尚穿靴子，喇嘛」了！

不知道怎麼算的帳，付了多少錢，誰付的，紀把兒要給我們找車送回家去，喝醉了兩人都逞強，「不要」！我們依裡歪斜的相攜出了門，應當往西走，我們往東走了下去，我說方向走錯了，井師說西邊胡同仄，又黑，不好走。我們往東走了沒有多遠，實在支持不住，不約而同的在路邊找了一棵大柳樹相靠坐下，涼風兒一吹，我入了夢鄉，不知經過多久，一聲「冰棍兒敗火」，把我驚醒，我把他叫過來買冰棍兒吃，一棍兒入肚，好像酒意全消，我一回頭，找不到老師，原來他在河溝旁邊「還了席」了（吐了）。

我吃了冰棒，他「還了席」，兩人都覺得清醒多了，涼風吹來，身上覺得有點冷，我才想起，我們的綢子大褂兒，還在烤肉紀那兒，我要去取，井師說：「算了吧，明天再取，借是為由，咱們再來一頓兒。」

從前吃烤肉，除了到一蹓兒胡同之外，我們還有時自備酒肉佐料家具，三五個人，騎車到西山靜宜園或臥佛寺一帶山溝裡，風景幽美的地方去吃，自己動手，野趣橫生，又遠非在城裡吃所能比的了。

記得有一次，和協和醫院的幾個朋友去西山吃烤肉，參與的人有募用處王相文，中藥部種紹久，中文部楊小華和財務處白萃五，肉和佐料以及燒餅吃食由東華門重陽舘統籌。大家分別携帶食物用具，在紹久集合以後，上午十點多鐘，出西宜門，順御路直開香山，在路過海甸時，又買了兩瓶著名的「蓮花白」酒，到達後把車存在馬家茶舘，進靜宜園在「鬼見愁」下邊，「森玉笏」附近的一個山溝裡紮營，分別去拾松塔松枝，挖坑架支子，打開帶來的東西，圍着火席地而坐，就烤起活兒來，大家嘻嘻哈哈，邊吃邊蓋，四斤羊肉，兩瓶蓮花白，不久告罄，猶覺興有未盡，利用烤肉餘火，燒水泡茶，大家橫橫豎豎，就地枕石而臥，我似睡非睡的，隱隱的聽見那「即了兒」（蟬）的叫聲，山溝裡流水的聲音和山風兒吹動松樹枝葉的聲音，一時身心彷彿都「雅」了起來。三點多鐘，大家起來，熄火拔營，賦歸。臨行太家提議，改道由門頭村過藍靛廠經八里莊，進平則門回去。沒有想到將到八里莊，大雨傾盆，我們暫時到路旁一家野茶舘避雨，雨住以後，土道已成泥粥，無法騎車，大家正在發愁，從西邊來了一把兒駱駝，（七只駱駝拴成一串，叫一把）紹久兒急中生智，把拉駱駝的叫住一商量，給他點錢，他答應把我們連人帶車，馱到平則門關廂，駱駝背的兩邊，各有一個大荆條筐，人在車站裡邊，高可過肚，第一隻駱駝馱了五輛車和零碎東西，第二隻馱了五個人，左三右二，最後一隻，脖子上掛了個大鈴噹，一串駱駝，晃晃蕩蕩，隨着叮噹鐺的鈴噹聲音，一步一步的往前走，我們覺得，在傍晚時分，在滿佈泥濘的官道上，站在駱駝上，憑筐旅行，倒是別具風趣。

去年夏天，一個洋學生，是一位軍官太太，請我到軍官俱樂部吃晚飯，說是吃蒙古烤肉，盛情難却，欣然而往，進門一看，吃客很多，幾無虛席，坐定之後，女侍馬上送來兩大盃塊冰兒泊水，入鄉問俗，隨遇而安，人家怎樣，我也怎樣，然後我就隨着她排隊去領烤肉，第一站是到一個牆角的桌子上，拿了竹筷一雙，大碗一個，跟着往前走，有一個桌上有大盤數隻，裡邊分別放着牛肉羊肉鹿肉山猪肉，走到窗口，便過來一個厨師，把肉碗接過去，等他把肉炒好了，（不是烤，簡直是炒）我拿到坐位去吃，我學生還給我叫了兩罐啤酒，正好，我不敢就冰水吃，怕鬧肚子，我環顧四周，一個個都吃得津津有味，有的讚不絕口，我不儘五體投地，佩服這位宣揚中國文化的改良蒙古烤肉的發明人，他眞是「天才」！把這洋吃主兒矇得不輕，以前若干年，聰明的老華僑，把改良「雜碎」，介紹給外國老饕早已風靡海外，至今不謝，現在又有這聰明才儁，把改良的「炒雜拌兒」名之為蒙古烤肉，宣揚起來，我想若要是攤個雞蛋，蓋在炒好了的肉上，和北方舘子的「炒合菜戴帽兒」何異？

東引島風光

•耘人•

劍之鋒

東引，這個面積不到四平方公里的小島，屹立在海峽的北端，像劍之鋒，錐之尖，直抵着敵人的心臟。對面就是福建省的三都澳，僅僅十八浬的海面，使共軍不敢越雷池一步。

這裡，是我們漁民的避難所，也是大陸同胞嚮往的燈塔。是我們巡弋在海上的英勇海軍的休息站，也是台灣海峽的門環。

十五年前，我曾參與這島上的經營；在許多碉堡、坑道裡，曾經浸染有我血漬與汗汁，在那片坎坷的土地上，印滿了我的脚印。而當十五年後，我再度來到這島上，顯然的，這島已不同凡響地在進步成長，用滿眼的事實，來證明跟我一樣在這島上流血流汗的人，爲這島的獻出並不白費。

忠義門

不臨大海，看不出水的威力，不到戰場，見不着戰士的勇氣。長年生活在都市繁華裡，總覺得自己支出太多，而收入太少，總覺得別人虧負我很多很多。功利思想，封閉了理智，而難塡的慾壑，更迷失了人的本性。來到東引，突然使我有豁然貫通之感，且也有一份滌凡脫俗的意念。這意念升起在船的甲板上，在見到東引島的片刻！

「忠義門」豎立在碼頭上，老遠老遠就可以看見那白色的城堡和朱紅的大字。單是那份氣魄，就夠使崇敬之心，油然而生的。在門的裡面，就是層層旁山的建築，這是居民麕集的南澳村——東引島上的西門町。

說南澳是東引島的西門町並不爲過，至少在戰士的心目中是如此公認。這是島上唯一的市場；數十家商號，掛着式樣相同的店招，經營各色的賣買。也有服務性的營業，像理髮、沐浴，以及餐館、撞球場等場所，生意十分興隆。

登「忠義門」拾級而上，穿過南澳村，就是一片茂密的松林。這裡，也像公園般設有一些供人休憩的石凳。這條路上，在過去曾經流去我不少的汗漬。記得當初從船上卸下補給品時，必須邁着吃力的步伐，從這裡抗過一個小山坡，再送到山坡後的倉庫儲存。而如今，進步了。環島的公路網，可以讓汽車從碼頭直接運送到各地。

協記菜館

協記，是島上唯一的菜館。在官兵的心目中，這是東引的「國賓大飯店」，無論大宴小酌，都得上這裡來。

主持這爿菜館的是位姓李的女士，曾經擔任過十多年的婦女隊長。她不但統帥了這島上的婦女，連男人們都敬畏她三分。這女人說能幹還眞能幹。自己擁有一爿菜館、百貨店不算，她還有幾條漁船。四個孩子，有三個在臺灣，其中兩個已大學畢業，有份很好的職業。

說到教育，這島上已經有一座國民中學，和一座國民小學。學生由當年的一百零二人，激增到三百八十多人。老師們大部份是當年在這裡啓蒙的學生，到臺灣受完教育之後，重回到家鄉服務。這一份造福桑梓的熱心，也是使這島上蒸蒸日上的動力。

這島上居民的生活，已經跟在臺灣各大都市一樣：女孩子們打扮得花枝招展，一樣是時髦的牛仔褲，高跟拖鞋。商店裡陳列的商品，應有盡有。家家有彩色電視，大型的冰箱。除了洗衣機（因這裡水源不夠充份），家庭全電氣化了。

「要是讓大陸漁民，到這島上來住上一晚，」我想：「什麼都不必說，這就是最好的心戰！」

醋與酒

醋，是這島上的特產，非常著名。

這裡的醋，是純人工用土方製成的，不含化學成份，絕不傷脾胃。

像臭豆腐一樣；這裡的醋，聞起來有股怪味，然而，越吃也就越覺得其味無窮。據說曾有人投資，以同樣方法在臺灣設廠製造，可是却全不是那麼囘事。也許是跟這裡的水質、氣候有關吧！

除了醋以外，島上的黃龍酒、風濕酒、長青酒，也頗享盛名。

黃龍酒，單就這名詞，就有一份悲壯的豪氣。「直搗黃龍，與諸君痛飲！」當年岳武穆的精神，在這裡重現。記得我第一次來這島上駐足時，弟兄們大碗端起酒來，一口而乾的豪情，宛然如在眼前。而如今，這黃龍酒，也正代表着島上壯士的心情。多豪邁！又多堅定！

隊史館

感謝島上長官的安排，把我們安頓在，隊史館裡。

隊史館，是棟精巧玲瓏的建築。廣大的庭院，可以極目眺望海上的漁帆和澎湃的浪濤，也可以俯視大半個東引和西引。院子裡，有修剪得十分整齊的花圃草坪和樹木，有些像半山別墅的風味，毫無戰地的氣息。足見島上的戰士，除了備戰之外，也同樣注重精神的調劑。在隊史館的短牆外，就是曲徑通幽的「好漢坡」，數百級蜿蜒的階梯，兩旁有戰士辛勤耕耘的梯田，種植着各色蔬菜瓜果。自力更生，自給自足，從這裡得到證明，這並不是空談。

在隊史館的正廳中，我又一次溫習到昔日戰士們英勇的丰采。在浙閩沿海，數不清的小島上，羊島、鹿島、南麂、一江山、南日島……，這一支忠義驃悍的隊伍，都曾寫下了光榮的史蹟，創下不朽的戰功。在這裡，也陳列着許多鹵獲自匪方的文件，武器，以及被壓迫奴役的大陸同胞的生存必需品。

一線天

「一線天」我東引勝景之一，兩邊削壁巉岩，中間一條羊腸小道，直通海濱。戰士們在危岩上築起亭台，刻鑿下「毋忘在莒」四個大字，鬼斧神工，蔚爲壯觀。據說當年總統　蔣公巡視東引時，就曾在這「忠義驃悍亭」上休憩，戰士們把亭台收拾得一塵不染，一絲不改，以表示對總統蔣公的崇敬。

從這裡往下望，數百公尺的峽谷，形成天險，誠有「一夫當關，萬夫莫敵」之感。

而連接着「一線天」的，就是盤根錯節的隧道。這島上，一層層，一道道的隧道。全是戰士胼手胝足，一寸寸鑽鑿，一簸簸挖掘出來的。有前方將士流血流汗，不眠不休的辛勞，才有後方的安定與繁榮，這從隧道中可以得到證明。不是嗎？當後方的人們，沉醉在酣歌熱舞中的時刻，不妨想想，此刻的前方將士，正在使用原始的工具挖掘山洞呢？

曾記得有位將領，在巡視前方之後，帶走了一把只剩下不到三寸的十字鎬，和一柄只剩下一小截的圓鍬。他就拿那殘餘的圓鍬與十字鎬，讓後方的同胞，瞭解了前方將士是在幹什麼？做什麼？

事實的確如此；只要去過前方，參觀過坑道工事，沒有不讚佩前方將士偉大的。

燈塔

這裡有一座燈塔，雖然暫時關閉了，肉眼看不見光芒，但燈塔之光，却永遠照耀在大陸同胞的心上。

燈塔建於八十年前，那是大英帝國雄霸海洋的時代。而如今，大英帝國沒落了，燈塔却仍然存在。這個十九世紀的產物，傲岸地屹立在島上，平添了一份思古之幽情。遙想當年建造燈塔的時光，應是倍履艱辛的。那守燈塔者所住的房舍，那石板砌成的道路，都說明了創業之不易。

創業不易，守成更難。這島上的軍民，正在開創反攻復國的大業，正在守成「忠義驃悍」的傳統！聽，他們在高唱：「誰是反攻的先鋒隊？我們，我們……。」

這不正是英雄的心聲麼？

朋友，讓我再說一遍：「沒有前方將士的辛勞，哪來後方的安定與繁榮？」

台灣吃不着的北平小吃零食

唐魯孫

自從台灣光復，就拿冠蓋雲集的台北來說吧，在民國卅五、六年，您走遍大街小巷，不用說來一籠小籠包，就是想吃一碗熱呼呼的牛肉麵都沒得賣。現在可好啦，黃河兩岸，大江南北，珍饈海錯，甚至零食小吃，祇要是口袋裡麥克麥克，眞可以說隨心所欲，要什麽有什麽。

長日無俚，幾位好吃的老饕湊在一塊，有位說：「你在中國吃那本書裏，把當年北平的大小飯館的拿手菜寫的差不多了，你再把北平的零食小吃，現在台灣還買不到的，說幾樣出來解解饞。」隨便想想居然也有一大堆，且聽在下慢慢道來。

酸梅糕——酸梅糕在北平也不是隨時隨地可以買得到的，每年夏天十剎海大蓆棚一賣茶，賣酸梅糕的劉老頭才露面呢。劉老頭雖然鬢髮蒼白，大家都叫他老頭，其實他步履健爽，談吐從容，一點不露老態，穿的衣履整潔，毛藍布衫兒洗的都褪色泛白啦，可是穿在他身上，求遠是平平整整的。據他自己說，當年在大內餑餑房當差的，要是不乾淨整潔成嗎？他的酸梅糕分大塊小塊兩種，都用油光紙墊底兒，放在紙板做的盒子裏，外面糊着淺黃色暗紋紙，還貼着一小條朱蓋白的紅紙籤兒，遠看就像一本書，小塊的每盒九塊，大塊的每盒只能放一塊。他的酸梅糕純粹是二貢（白糖的一種）酸梅桂花三種原料做的。

有的大戶人家，小孩生病忌生冷，不能喝酸梅湯，拿幾塊酸梅糕沏開水喝，或者拿一塊在嘴裡含含，也能止渴生津，暫時解饞。劉老頭說他的手藝是從宮裏餑餑房學的，倒不怎麽樣，可是刻酸梅糕的模子可是造辦處名工巧匠雕刻的貴物。飛禽走獸，花鳥虫魚都是一等一名手雕刻，意態生動，栩栩如生，尤其大塊的模子，因爲容易湊刀，什麽萬寶花籃，奇花異卉，纖細靡遺。三星拱照的衣紋生動飛舞，他說的雖然有點誇大，可是那些模子刻的的確風采盎然，外頭工匠沒有那麽工細的手藝倒是事實，他另外還做一種冰糖子，糖有圍棋子大小，鵝黃透明，甘沁凝脂，也是宮中傳出來的做法，所以凡是逛荷花市場的人，總要買兩盒帶囘去給小孩甜甜嘴，這一糕一糖，直到現在台灣還沒有人仿製。

「菓丹皮」是酸裏帶甜的一種開磕牙的零食，主要原料是河北一帶所產的山裏紅做的，色如渥丹，韌若牛皮，粗如油布，每一張有信箋大小，厚似銅錢。撕下一塊含在嘴裡，酸中有甜，甜裡帶酸，尤其是長途跋涉，走在塞北漠野，嘴裡嚼塊菓丹皮，不但止渴生津，如果飯後覺着腸胃不適，膨悶飽脹，吃塊菓丹皮，準能消食化水。

據說菓丹皮是元朝忽必烈遠征歐洲，

長途遠征，給將士們行軍的時候，消食止渴用的。是眞是假，現在已經莫可究詰，不過當年在北平，想買幾張菓丹皮吃，要到專門跑外館的山西屋子才有得賣呢。（北平乾果子店，都是山西省人經營的，所以叫山西屋子，有的跑外館做生意，也有不跑外館的。）

北平買賣地兒，忌諱非常之多，您抱着小孩兒上街買東西，一進舖子，如果是個男孩，儘管往櫃台上一放，舖子裡從伙計到掌櫃的，都是喜笑顏開來逗小孩，您抱的要是女孩，不管多大，可千萬別往櫃台上放，免得招人不高興。在北平住久了，誰都知道這項規矩，沒楞抱女娃兒往人家櫃台上放的半吊子。男孩子一坐櫃台，尤其是乾果舖乾糖豆，簡直吃之不盡。您就是抱着男孩到藥舖抓藥，小孩也有得吃，藥舖有一種消食化痰止咳藥，叫「梅蘇丸」總要抓幾粒給小孩吃。

梅蘇丸大小跟現在流行潤喉的華達丸差不多，祇是一是綠的，華達丸薄荷的辣味比較重，梅蘇丸涼而不辣，冷香繞舌潤嗓，甜不膩口，含在嘴裡比較舒暢。故都名票蔣君稼、陳小田，兩位唱青衣都是鐵嗓鋼喉，又脆又亮，可是每位身上總揣着一隻扁扁銀製的檳榔盒，裡頭既沒有檳榔，也沒有素砂荳蔻，裡頭都放的是梅蘇丸。富連成喜字輩的張喜海生前就說過，在台灣祇要一進中藥店，就想起梅蘇丸，上海式的中藥店固然沒有，您就是到地地道道的北平同仁堂，也沒有梅蘇丸供應呢？

本省南部盛產檳榔，所以從台中往台南各縣市，大街小巷總能找到一兩處賣檳榔攤子，台灣檳榔顆粒不大，都是生吃，將檳榔一剖兩或是一剖四，中間夾上甘草蛤粉藥料，紫褐褐活像平劇徐彥昭的臉譜，外面再用碧綠的秋葉一捲，就可以大嚼而特嚼了。當年陳冠靈局長在世的時候，有一天晚上大家在斗六逛夜市，看見一個檳榔攤子，他爲好奇心驅使，買了一粒，放在嘴裡猛嚼，走沒幾步，情形不對啦，立刻頭暈腦脹，臉上發紅，手出冷汗，好像酒醉一樣。敢情沒吃過這種鮮檳榔的人，吃的太猛，也能醉人的。有了這次經驗，在下對於這種生檳榔雖有一試之心，可是始終提不起雄心勇氣啦。可是每當醉飽之餘，就不禁想起當年在大陸吃檳榔的滋味了。

當年在大陸以士大夫自居者，以及烟酒不沾的理門朋友，都帶有一隻裝檳榔荳蔻的荷包，飯後掏出來，吃塊檳榔，嚼幾粒荳蔻，消食化水，祛除惡味，其效果實不輸於强胃一類健胃整腸的藥類呢。在北平買檳榔荳蔻要到烟兒舖去買，可是跟台灣不一樣，都是曬乾的。不過檳榔分大口小口兩種，味道分鹹淡兩樣，性質又有焦硬不同。所謂大口是用小鍘刀一切四，小口是一切八，鹹的是用鹽水泡過，上面有一層鹽霜，淡的就是未經加工的乾檳榔。上了年紀的老人，牙口已差，嚼不動一般檳榔，那您可以買經過火焙過焦炒檳榔，酥中帶脆，牙口好的那就買點硬頭貨來磨磨牙吧。

有一種叫棗兒檳榔的，又叫馬牙檳榔，體型比一般檳榔細長，聽說這種檳榔產在兩廣一帶，物稀爲貴，在北平祇有南北裕豐一類大烟兒舖才有得買，價錢也比一般檳榔貴得多。棗兒檳榔不是買回來就能吃，必需自己加工，把檳榔放在帶蓋的小磁盅裡，用上等花蜜跟冰糖煨上，用文火慢慢來蒸，蒸上三五小時，糖蜜都滲透了本質，檳榔變成軟中帶韌，顏色是柔曼殷紅，飯後拿一塊含在嘴裡咀嚼，甜中有澀，微透甘香，那跟西洋人飯後進點甜食，有異曲同工之妙，甚或尤有過之。

牙齒掉光了的老人家，就連焦檳榔也沒法吃了，可是也有辦法，您可以到烟兒舖買幾兩檳榔麵兒吃。檳榔麵兒也分鹹淡兩種，可是差不多都買淡的，有錢的人家買回去羼鹿茸末兒，有人兌人參粉，也有人把甘草枸杞都磨成粉加到檳榔麵兒裡吃的。所以豪門巨族，匟桌上擱滿了各式各樣瓶瓶罐罐的，不是砂仁荳蔻，就是各種各樣的檳榔，台灣也出產檳榔，大家也有吃檳榔的習慣，可是性質情調兩者大不相同啦。

早年大家雖然知道給小孩早點種牛痘

，可以免出天花。可是小孩子出水痘，還是免不了的。水痘雖然危險性小，可也能出的滿身都是，鼓漿、定痂、脫痂，弄不好一樣會留下一兩個淺白麻子。小孩到掉痂的時候，照例姥姥家要來給起病，按老規矩要先到點心舖買一匣「鼓痾兒」帶去。

點心叫「鼓痾兒」已經很稀奇，它的作用就更古怪，鼓痾兒有元宵大小，九個連在一起，上銳下豐，像座金字塔，入口之後鬆脆不靡，酥融欲化，因為是吊爐烘烤，又是給病後虛弱小孩吃的，所以油份小，爽而不膩，形狀象徵水痘的痂疤，據說小孩吃了，痂兒不但掉得順利，而且不留疤痕，不掉頭髮，不迎風流淚。因此姥姥總要買匣鼓痾兒來點綴點綴。

在下有一年在台北南海路一家燒餅店喝豆漿，恰巧遇見了齊如老，一邊吃喝，一邊就聊上啦。他說一喝豆漿，就想起平津買的糖皮鍋鼻兒來了。我說我祇想來碗不放糖的清漿，豴上兩個鼓痾兒泡在漿裡吃。如老說：「你不提我把鼓痾這這個名詞，早就忘在頦子後頭啦，大概自從七七事變起，餑餑舖就停爐不做了。」現在不用說吃，就連鼓痾兒是什麼樣，知道的恐怕也不多啦。

有一次在眞北平吃炒肝，因為是個刮西北風的中午，座兒上的人也不多，跑堂兒的老尤閑着沒事，可就吹上啦。他說當年北平飯館所有的菜碼，眞北平是一應俱全，客人點菜絕要不短。在下覺得他的話，說的太敞了（誇大過份），我說那麼你給我來份格炸吧，清炸撒椒鹽也可。焦溜加里肌絲也成。這下老尤可傻了眼啦。政府遷台三十年，大陸上各省的吃食，像不像三分樣，大概都有人學着做了，祇是格炸一項，直到如今，還沒見進一家北方館兒有賣格炸的呢。北平吃食，台灣吃不着的越想越多，眞是一時說之不盡，寫之不完，等有功夫，再寫點出來，大家一同解饞吧。

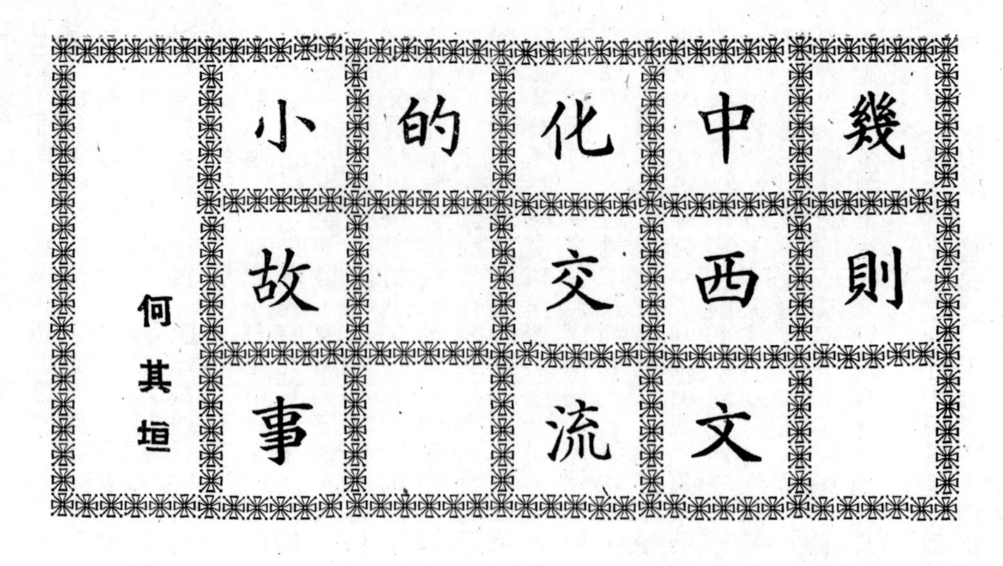

這裡要談的小故事，都是和中西文化的交流有關係的。中西文化交流，是一個又大又老的題目，却又似乎像人間的愛情一樣，永遠含有新意，讓人動心。這些小故事所以值得一說，不在它本身的趣味或不太流行。——實際上都是學界中人所熟知的，而在於它會引發人一些新的感念、新的興趣。說不定，你會因爲有此感念，決心去做點什麽，那也許就是它價值之所在了。

讓人感到慚愧的是，關於這些中西文化交流的小故事的發掘，外人所花的工夫比我們自己還勤，而且做得週全而認眞。我們唯一覺得安慰的，是古代的中國，確有不少的東西值得交流出去，而且交流的主要動力之一，又是我國人的武功卓越，遠征的勝利。

早期促成中西文化交流的，是軍人和外交官商人等，近代則加上西方的傳教士，等到外國人也以他們的武力，携帶着西方文化的新興優勢和我們見面時，中國人的厄運就開始了。

一般而言，西方人對於古代中國的文化，充滿了敬意與謝意；對於近代的中國，則心存藐視的居多。追究這種情形所以形成的原因何在，我們只是批評西方人傲慢，那只是一面之詞。事實上，中國人讓西方人士失望的地方也着實不少。

這裡先引一段明末來華的耶穌會士馮秉正（Pere de Mailla）曾寫的一本中國通史，他在這本書中敍述他目擊的張獻忠殺人的實況。他說：

「獻忠以詭稱開科取士，召集（四川）全省士子，數達三萬二千三百十人，集中於一院而殘戮之，以爲國家禍亂，皆此輩儒子兆之也。」

「獻忠又深惡釋教會，聞有和尚直呼獻忠名，而不稱其王，深憾之，亟求報復。一日，令成都各寺廟和尚二千餘人，集祀太上老君，及和尚畢至，盡殺之，無一倖免。尋遣人四出，捕殺全省僧人，統計有二萬五千之多。」

「尚有一事至可慘痛者即張獻忠之屠殺。獻忠聞清軍將入川進攻，乃遣將劉進忠率師防守漢中，然進忠以兵降清。獻忠聞此信，大怒，欲盡殺川人，男女老幼，死者無數，下及牛馬，焚成都宮，火廬舍。」

事實上，張獻忠所殺的並不只是和他敵對的人，他也殺身邊無辜的近臣和婦女。他在一六四四年僭稱帝號時，「百官計有千員，不數月而殺戮殆盡，存者才廿五人。獻忠正宮有四，嬪妃三百，（他）於此三百嬪妃中，留擇其秀麗者廿，餘二百八十妃置諸前列，與將士之妻妾，及其他婦女計四十餘萬，集居一地，在二十萬兵士之前，盡置諸死，以爲大樂。

在當時，目擊張獻忠殘暴行爲的外籍傳教士，還有義大利人利類思，和葡萄牙人安文思，他們在張獻忠入川之前到了四川。張獻忠入川之後，進佔成都，利類思、安文思和幾個教友躲到附近的綿竹山中，準備找機會逃出四川，到金陵去。却因爲四川的水陸關隘，都被亂軍牢牢看守，無法通過。

有一個名叫吳繼善的人，他從當時的北京到了四川，他是爲了傳送湯若望致利類思的一封函件才入川的。也許是爲了自救救人吧！吳繼善在入川之後就降在張獻忠麾下，做了張的「禮部尚書」，他在張獻忠面前，極力稱許利類思和安文思的才學，說得出神入化，張獻忠動心了。心想，找這樣的人才幫助自己，也許是好事情，利類思和安文思就是在這種情形之下被亂兵找到，押到了成都。

張獻忠要求利安二人製作天文儀器、翻譯曆法。他們費八個月時間完成了一座地球渾天儀，得到了獻忠極大的稱賞。

利類思和安文思，對於張獻忠的嗜殺，使得地方上血流成渠，水爲之塞，心中大爲傷痛。他們因此就利用機會，宣揚教義，對於被殺垂死的人，常去爲他們勸導付洗，安慰他們的心靈。他們這樣冒死傳道，四川人也冒死信教，一時之間，成都附近的信徒，竟多達一百五十人。尤其難能的是，連張獻忠的岳父，和岳家大小三十二人，全都信奉了基督。他們這種冒死傳道的精神，和張獻忠嗜殺的情形比起來，文明與野蠻之分，太明顯了。

利類思和安文思他們與張獻忠之間的衝突，看來是不可避免的。利安二人曾經有幾次險些遭張所殺，都被二人凜然不屈的精神，曉以教義，得以過了難關。後來，張獻忠命二人又製造星辰儀，完成之後，張獻忠故生是非，指着儀强作解人，說利安二人有意顚倒赤道斜線，以促國祚。判二人死罪。就在張獻忠將要對二人行刑的前夕，忽報清兵掩至，獻忠輕騎而出，竟在大霧之中被亂箭射死，一去不回了。

教會人士對張獻忠之死，可能有一套神秘的說法，我們所關心的是：西方人可能因此把張獻忠之所爲，看成中國文化，和中國人的賦性的一部份。然後懷着這種成見來貶斥中國文化，我們所的損失，就不是幾句話說得完的了。再想到中共曾經讚揚張獻忠的爲人，而中共的作爲，今天又正在引起西方人士異樣的注視，這顯然會加深西方人對我們的偏見。中共禍國之深，這恐怕是最堪憂慮的一件事了。

要證明以上所說的憂慮並非玄想，這裡只要引述十七八世紀之間幾個法國人對中國人和中國文化的意見，就可以了。

法國當時的一位大主教費內龍（一六五一——一七一五），他由於渴望以古希臘文化拯救歐洲文化的危機，對於歐洲人傾心於中國文化的研究，大起反感。他在他所寫的「死人對話」一書裡虛擬了一段孔子和蘇格拉底的對話，希望用蘇格拉底的主張否定孔子的存在價值。他攻擊孔子的地方是這樣的。

費內龍認定蘇格拉底的懷疑論，遠勝於孔子的樂觀態度，認爲孔子說得太多，做得太少。他透過蘇格拉底之口說：「我故意不著書，我甚至於自覺已經談得太多了。」蘇格拉底又說：只有恐懼和希望可以激起人的善行，孔子希望以德化人，那只是夢想而已。

費內龍最妙的一着，是他藉着蘇格拉底表示漠視中國文化創造的實績。說印刷術的發明，不過是一種可以騙人的貢獻；火藥只是用來殺人，更說不上貢獻；中國的數學不講求方法；磁器的發明，歸功於土質，非由人爲；又說中國的建築缺乏平衡，圖畫沒有結構；漆的發明也是自然環境造成的，如此這般，孔子終於被蘇格拉底說服了。

在費內龍以後稍晚的名人孟德斯鳩，對於中國文化也是抱着反抗和敵視的態度。大約孟德斯鳩從東來的商人口中聽到一些關於中國的片面報導，就以爲中國人除了詭詐多端之外，就別無可取了。他還說：中國人非用恐怖的鞭笞不能統治。

有些傳教士向孟德斯鳩稱讚中國人優美的倫理道德，孟德斯鳩却故意說那是氣候和地理環境的影響，說遠東的氣候適宜造成奴性的國民。或問：何以中國的先民又能夠制定那樣良好的法制呢？他的說法更加使人發笑了。他說：凡是實業發達的地方，必定產生溫和的政治，中國的福建和江西是有名的漆器和瓷器工業中心，才使法制受到良好的影響。孟德斯鳩甚至對中國文化的統一性感到悲傷，認爲這樣一來，基督教就無法在中國生根了。

有一位法國的作家梅林姆，他看到英國海軍的一位將軍安全航行遠東之後所寫的關於中國的報導，就認爲中國是一個可怕的專制國家，說中國的道德原則，只適用於一大羣驚弓之鳥的奴隸。其荒唐透頂，正顯出某些西方人對於認識中國的愚不可及。

另一位法國被世人譭譽參半的名人盧梭，也是因爲看了錯誤報導，對中國懷有偏見的人。他原以爲科學和藝術足以腐化人類。他卻說：要證明這一點，中國就是眼前的好例證。他說：如果科學眞能夠激發愛國勇氣，提高道德精神，中國早應該成爲一個自由無敵的民族了，但事實又何嘗是如此呢？眞正的事實是，中國的官吏聰明能幹，法律精美，人民億萬，卻不能抵抗野蠻民族的侵畧。

使我們感到安慰的是，並不是每一個法國人都如此對於當時的中國盲昧無知。眞正對認識中國下過工夫，在西方也是處身在學術高峯之上的人物，無寧更佔勢力。這裡只以狄德羅、服爾泰和克斯內三人的主張作爲證明。

狄德羅是大家知道的百科全書家，他在他所著的百科全書裡描寫中國人是：「中國民族，萬衆一心，他們歷史的悠久、天資、藝術、聰明、政策、哲學的趣味，無不在所有民族之上。據一部份學者的意見，他們所有的優點，甚至可以和歐洲最開明的民族競爭。」

狄德羅對於中國的認識，據說是受了服爾泰的影響。服爾泰是法國大革命前夕的大思想家。十八世紀中法國教會的崩潰，固然是由於服爾泰的全力攻擊，服爾泰對於中國的深刻了解，卻是完全由於他在基督教耶穌會的學院得來的。他曾經讀過孔子的書，還細心的做了札記。他對於孔子最爲欽服的地方之一，是孔子所說的只是極爲精純的道德，沒有玄談，也不說奇蹟。

在服爾泰眼中，中國乃是全世界所僅見的一個以父權爲根據的國家。他以爲歐洲的家教如此分門別戶，莫衷一是，還不自檢點，而偏要責備中國人是無神論者，派人去傳教，這簡直是歐洲人特有的一種病相。因此，他主張歐洲人應該對中國表示讚美，感到自慚，更要緊的是趕緊模倣。他說：歐洲的王族和商民，在東方只求得了財富，而哲學家則求得了一個新的道德，和物質的世界。

服爾泰知道盧梭對中國存有偏見。他把他根據「趙氏孤兒」故事改寫的劇本「中國孤兒」，附了一封有名的信寄給盧梭，以反駁他的論調。因「中國孤兒」一劇，完全是以表彰中國純美的道德精神爲主題。服爾泰的另一本與中國文化有關係的著作是「風俗論」。一如「中國孤兒」曾被他用以闢駁盧梭，風俗論中極言中國文化的優美，是針對孟德斯鳩的「法意」而發的。因爲，他不同意孟德斯鳩對於中國的意見。

稍後的一位被稱爲重農主義者的領袖人物克斯內，認爲中國文化中所標示的思想，恰是他理想中的標本。他一向認爲歐人曾描繪過的烏托邦，總覺得缺少科學根據。自從他接觸到中國德化之後，他的思想完全貫通，有了一個完整的體系。不但有實現的可能，而且有完成的途徑了。

克斯內本是路易十五的情婦蓬巴度夫人的家庭醫生。巧的是，蓬巴度夫人也是一位崇拜中國文化的女子。他們二人的所好，自然有相得益彰的作用。克斯內的大弟子大密拉波，在克氏去世時曾經發表了這樣的哀悼之詞：

「孔子立教的目的，在於恢復人類的天性，不再爲愚昧和情慾所隱蔽。所以他敬人敬天、畏天、愛人、戰勝物慾，勿以情欲去衡量行爲，應以理性爲標準。凡是不合理性的，叫他們勿動、勿思、勿言。宗教的道德優美，到了這個地步，眞是無以復加了。」

大密拉波又說：「但是還有一件要事待我們去做。就是把這種道德教訓普行於世界。這就是吾師的事業，他已發明了自然所給的秘傳，這就是經濟體系。」

克斯內如此懇摯的抱持孔子的思想，難怪重農主義派的經濟學者，都稱他為「歐洲孔子」了。

十七八世紀之交，强烈嚮往中國文化的歐洲人很多，在德義等國，同樣產生了顯著的影響，此處僅舉法人為例，因為法國適居歐洲之中，中國文化能撼動法國的學術思想界，其他各處的情形，也不難想見了。

事實上，中國文化被十八世紀歐洲人所接納的，並不僅是孔子學說和道德精神，還包括其他各種科技、藝術、公園設計、中國衣冠、飲食等乃至於糊牆的花紙，可以說中國文化是全盤的向西流。歐洲人像在大西洋彼岸發現新大陸一樣，在太平洋的西岸發現了中國文化，他們興緻勃勃研究着每一件屬於中國的東西，其情形比之百年以後的我們，忙於向西方尋求新知，恰恰成了一個對比，眞不禁令人感慨系之了。

不過，中西文化交流的故事，還有更早更有趣的。而且越是往上追溯上去，越是讓我們覺得臉上有光，無限嚮往，也更相襯出今天的我們，多麼需要加倍努力了。

先以上述的糊壁的中國花紙為例，一旦傳入歐洲之後，立刻成了風尙。專家研究發現，愛美的法國人在一六八八年才着手仿造壁紙，却沒有料。到讓英國人搶先學會了。自此以後，歐洲的住室幾乎沒有不糊壁紙的。壁紙的使用現在又從歐洲倒流流回我國來，想想我國早在數百年以前的長遠日子裡，就有了在牆壁和窗戶上糊用花紙習慣，不由使我們在慚愧中想回顧一下我國造紙術西傳的動人故事。

最早發明紙的是漢代的中國人，西方人之懂得造紙術，乃是從中國傳過去的，這件事現在已經為學者所公認，成為定論了。不過，較早有頗長一段時間，紙張中的敝布紙被認為是歐洲人在十五世紀所發明，在本世紀初年一段時間，又被視為是撒馬爾干的阿拉伯人發明的。

所以然的原因，是西方的專家 Wiesner和 Karaback 二人，曾經在奧京維也納以顯微鏡檢查被發掘出來的古埃及紙，發現那些差不多都是敝布紙，其年代大約在公元八〇〇年至一三八八年間。同時，再檢視最早的歐洲紙，證實也是以敝布裂造者為主。這個發現，和稍早的一項說法：認為敝布紙是日耳曼人或義大利人在十五世紀的發明，稍有距離。而中亞的撒馬爾干，很早就是頗負盛名的造紙中心之一。於是大家想到，歐洲的敝布紙製造法，顯然是由中亞傳過去的。然則撒馬爾干人又是什麽時候開始造紙的呢？這又不能不提到唐玄宗天寶十年（公元七五一年）中國和大食（就是穆罕默德所創建的阿拉伯帝國）的一場戰爭。

『資治通鑑』有這樣一段記載：「天寶十年正月，安西節度使高仙芝入朝，獻所擒突騎施可汗，吐蕃酋長，石國王、竭師王，加仙芝開府儀同三司。」又說：「高仙芝之虜石國王也，石國王子逃詣諸胡，是告仙芝欺誘貪暴之狀，諸胡皆怒，潛行大食，欲攻其四鎭。仙芝聞之，將蕃漢三萬衆擊大食，深入七百餘里。至怛羅斯與大食遇，相持五日，葛羅祿部衆叛，與大食夾攻唐軍，仙芝大敗，士卒死亡俱盡，所餘僅數千人。右威衛將軍李嗣勸仙芝宵遁，……拔汗那部衆在前，人畜塞路，嗣業前驅，奮大挺擊之，人馬俱斃，仙芝乃得過。」

高仙芝這一次失敗，使得大批的唐軍官兵被大食所俘。而被俘的兵勇之中，包含了不少的技術人才。稍後有一個名叫杜環的人，又回到大唐來，他寫了一本「經行記」的書，記述被俘的經過及所見所聞。杜環在書裡說和他同時被俘的人中，有「綾絹機杼，金銀匠、畫匠、漢匠起作畫；京兆人樊淑、劉泚，織絡者河東人樂環、呂禮……」

後來的中西學者，都認定大食所俘獲的唐軍之中，必定有造紙的技術人才在內。撒馬爾干當時是由阿拉伯人統治，那裡的造紙工業，就是在這次戰爭之後不久才有的。

這一點也並非是憑空認定。十一世紀時，阿拉伯的一位著名的語言和歷史學家曾經表示，有人告訴他阿拉伯的紙，是被俘的中國人帶到撒馬爾干的。因爲被俘的中國人裡有造紙匠。——我們由這些記載中不難想見，唐代乃至於更早時候，中國人所派出的西征的人中，並不單純是軍人和外交官。實在是包容了各種各樣的科技人才，也可以說是一支足以承担各種開疆拓土任務的文化遠征的戰鬥體。前人的這種眼光和氣魄，眞令人欽敬不已。

以上情形，因爲斯坦因博士的努力，終於得到證實。

一九〇四年，斯坦因把他在西北（包括敦煌、樓蘭、吐魯番等地）發掘所得到的紙，送給維也納的 Wiesner 博士加以鑑定，發現這些紙並非純敝布紙，敝布僅只是代用品，主要的原料乃是桑樹皮。古中國人用的紙中有敝布，而且時間比撒馬爾干的敝布紙爲早，這就推翻了阿拉伯人首創敝布紙的認定。一九一一年斯坦因第二次發掘所得的紙，被檢驗認爲是中國人所造的純敝布紙，這件事才算完全確定。

斯坦因在西北發掘所得的紙，其原料並不只是一種，分別言之，有：生纖維的大麻，或織成魚網的大麻，各種植物纖維，特別是織成布的中國草的纖維。

美人卡特．杜瑪斯．法蘭斯在他所著的「中國印刷術的發明及其西傳」（胡志偉先生中譯），開頭就用肯定的語氣說：「但是紙的製造，從中國領域傳播出去的時候，已經是一項發展完備的技藝。如敝布紙、大麻紙、各種不同植物的纖維紙、纖維素紙，加膠加重以便於書寫的紙、各種顏色紙、書寫用紙、包裝紙、餐巾紙以及衞生紙，都已經在紀元初世紀普遍的應用於中國了。造紙的秘密，是在西元第八世紀，由被俘在撒馬爾干的中國人，教給擄他們的阿拉伯人的。到了西元十二、十三世紀時，轉而由摩爾人傳往他們的征服地西班牙，那時候的紙，已經具有我們今天所用的紙的一切基本特色，甚至到現在，中國對造紙術仍有新的進展。如『聖經紙』和『紙壳子』都是在西元十九世紀時，從中國傳到西方的。」

卡特先生爲了澈底認識中國文化西傳的情形，曾經窮大半生的精力，跑遍了中國和訪問歐洲各國的漢學家跟圖書館，查史書，求物證，問學人（如聞名的大漢學家伯希和），終於得到了這樣的結論，其可靠性，至少到目前爲止，是不容置疑的。

卡特博士因爲研究中國的印刷術，發現歐洲所接觸的最早印刷品之一——紙牌和骰子，也是中國傳去的。中國最早關于骰子的記載，已經知道的是東晉安帝義熙二年（公元四〇六年），一部書中記着「老子入胡作樗蒲」。樗蒲就是以骰子賭博的遊戲。晉書陶侃傳也有記載說：陶侃責罵僚屬在辦公室裡賭骰子，說「樗蒲者，牧猪奴戲耳！」後人以老子作樗蒲，可能是用以占卜，或可說賭運氣，不論如何說法，骰子之源於中國，爲時是很早了。

卡特說：「有些歷史證據顯示出，紙牌的發展時代，與寫本轉變到印刷的書籍時代爲同時，印刷術的應用，產生了『頁』的形式，而印刷術的興起，也使骰子牌變成『紙』牌。」這種紙牌曾被稱之爲「紙片骰子戲」，大約出現於唐朝末年（歐陽修有此看法。）在中國是很早的印刷品，對西方而言，它也最早的了。

和卡特的發現比起來，他認爲大英百科全書說「紙牌創始於宋徽宗宣和八年，即西元一一二〇年」是不正確的。紙版後來由兩種形式發展下去：一是「繼續印刷在紙片上，其圖案設計漸趨複雜，這是中國和歐洲紙牌的祖先，另一些則開始用骨頭或象牙雕製，成爲日後所謂的麻將。」

紙牌傳入歐洲的情形，曾在西方引起爭論。有人說：紙牌是直接從中國傳入義大利的，並且還指出是威尼斯人從中國携來的。比較有力的說：在蒙古西征部隊的營帳裡，玩牌可能是士兵們的消遣之一。在當時，中國人，形形色色的中亞人，回人，熱那亞人和威尼斯人，在波斯生活在一起從事貿易，歷時有一百多年，紙牌可能是這樣由中亞轉往歐洲的。

在歐洲人的文字記載當中，卡特博士發現：一三七七年的西班牙，一三七九年的盧森堡和義大利、比利時，一三八二年的法蘭西，都已有紙牌的出現，由於紙牌出現，賭博盛行，竟致於市長不得不下令禁止工人，不得在工作日玩牌，教會也起而禁止傳教士玩牌遊戲。在十五世紀初葉，紙牌已經在威尼斯和日耳曼成為重要的商品，四處流行了。

紙版入歐還有一件可說的事情是，歐人公認為最早的宗教性印刷品，是十四世紀末出現的。西元一四一八年歐洲出現了一本題名為「少女與兒童」的書，可以作為這一項認定的證據。這情形也就是說：紙牌在歐洲大行之際，歐洲宗教性的雕版印刷術也開始了。這正是蒙古帝國崩潰之後的五十年左右，因此，說紙牌入歐，把雕版印刷術帶入西方，影響了歐洲雕版印刷術的發展，也許是近乎事實的。中西方的賭徒們大約不會想到，也不會計較這一點，這不是蠻有意思的一件事嗎！

後人發掘中西文化交流的證物，有兩個重要的據點：敦煌和吐魯蕃，兩處文物保存的狀況，以及在後人心目中的份量，却全然不同，敦煌的卷子由於發掘容易，質量也多而且佳，所以最受世人的注意。相形之下，吐魯蕃就該算被冷落了，吐魯蕃所留下來的珍貴手稿，一是分散各處，不容易尋覓；一是慘被損壞，不完整。很多雕板印刷的手稿，散置在寺廟的廢墟裡。那些文件，大多與宗教有關，佛教的雕板印刷品尤其具有重要價值。摩尼教的文件也不少。

有六種文字曾被應用於吐魯蕃的雕板印刷，這六種文字是：漢文、畏吾兒文、梵文、西夏文、西藏文和蒙古文，其中以漢文、梵文和畏吾兒文為主。

吐魯蕃有相當一段時間，可以說是亞洲的文化交流中心。因為四方來的文化活動都在這裡交會，然後再傳往別處去。例如：由東面來的，是漢族的文化；從西面南面來的是印度、波斯，和敍利亞的宗教文明；來自北方的是蒙古勢力，這種文化在吐魯蕃的交會，往往是隨伴着武力和政治霸術以俱來，彼此交相激盪，形成了多變難安的局面。吐魯蕃的文物保存不週，這是主要的原因之一。

由敦煌和吐魯蕃所有的文物之豐看，這兩個新疆和甘肅的古老的文化寶庫，顯示出古代中國的大西北，在文化活動的地位，在古代是文化的前線而非後方。即就最近的發現而言，也還是有某種「前線」的意義：已知我國最古的印刷本的書藉，是在敦煌發現的金剛經。五代十國時候，後蜀的宰相毋昭裔，是和馮道齊名的另一位印刷史上的能人。他在那裡製作了不少印本文獻。事實上，在比他更早的唐末，唐僖宗時候，他就曾經因為黃巢之亂而逃往四川，在途中，他的隨員之一柳玭，就在益州看到過不少印本的古籍。我們由這件事看出了古代中國科技發展傳播之快，推行之力，誰能說中國人是喜歡保守的人呢？

卡特博士曾經繪製了一張中西文化交流的路線圖，圖中顯示，由洛陽長安向西去，過了黑城敦煌之後，就是吐魯蕃、樓蘭、于闐、撒馬爾干、巴格達、大馬士革、埃及，在中東，路線分為兩支，一是向北，穿地中海而西西里到義大利的北部，再向北到努思堡，進入德境；另一支是繼續向西到摩洛哥，折轉向北，過海峽到西班牙、法國、英德兩國。這個路線由甘肅向西的部份，就是我們所說的「絲道」。

由絲道想到我國絲的外流，也很有意思。早期中國人的衣著，是麻絲織品為主，國人知道絲的珍貴，把它的生產技術當做獨得之秘，小心保存，不肯輕以示人。羅馬人原不知道絲是怎麼來的，說那是植物。羅馬的大詩人維吉爾就說過，絲是從樹上摘下來的。

大約在西元第二世紀開始不久。絲的正確認識才進入西方世界，絲入西方的數量也多了起來。在較早的時候，波斯的王朝曾因為恐懼突厥王國的興起，威脅到本身的生存，關閉了東西交流的絲道。重開這一條通路，却成了查士丁尼大帝和他的後繼者的對外政策之一。有一些從中國回到西方的景教的傳教士，告訴查丁尼大帝說，原來絲是產自一種樹上的毛虫，這種毛虫可由人加以飼養。這些人還說，他們有辦法取得這些虫的卵，就這樣引動了查士丁尼大帝派人東來的興趣。

希臘的史籍中記載着說：教士們爲了通過邊境的嚴密檢查，把寶貴的蠶卵秘藏在一根長長的竹手杖裡。

大唐西域記另外有這樣一段記載：「時東國君（指中國）秘而不宣，嚴整關防，無令桑蠶種出也。瞿薩旦那王乃卑辭下禮，求婚東國。國君有懷遠之志，遂允其請。瞿薩旦即命使迎婦而語曰：「爾致辭東國君女，我國素無絲綿，蠶絲種子，可以持來，自爲裳服。女聞其言，密求其種，以桑蠶之子置帽絮中，既至關防，主者遍索，唯王女帽不敢以檢，遂入瞿薩旦那國。」

這件事由斯坦因在本世紀初於和闐的一次發現中，得到旁證。斯坦因看到八世紀的木雕彩畫，畫中有一位戴着高冕的貴婦人，左右有侍女陪同，左邊的侍女一手指着她頭戴的高冕，圖的左上角，另畫着一隻裝有蠶種的籃子，右邊是紡車的圖形。人們相信，這幅圖所畫的就是上述的故事。

西方人承認絲是中國贈予西方的第一件禮物，在基督紀元以前就已經傳入歐洲。可是，製絲的技藝傳入西方，却要晚得多，遲到十字軍時代稍前。

絲傳入西方，也不是一次就直達歐洲，它乃是像是接力長跑一樣，一程一程，一代一代的輾轉傳過去的。這中間，阿拉伯人顯然担任了很重要的角色，由於轉手的週折太多，以致這條貿線兩端的國家，竟無法確切知道絲是來自何國，輸往何處。

舉例言之：差不多同時輸入西方的杏和桃子，就曾經使人生過誤會。希臘人稱杏樹叫「亞美尼亞樹」，稱桃是「波斯樹」，不知道這些東西最初是產自中國。瓷器傳入義大利之後，威尼斯人稱之爲Arabic，却不知道轉手的敍利亞君主稱瓷器爲Chinese。

同一時期，由西方東來的文物也不少，據西方人士考證，由中國傳入西方的植物和有關培植的知識，共有廿四種，由西方東來的植物，則有六十八種。西方東來的東西中，例如葡萄、紫花苜蓿，和胡蘿蔔，以及玻璃，西方人很傲然的表示，西方通過中亞輸入中國的，是屬於精神的宗教思想，中國人回敬的禮物，是歷代的發明。

今人蔣丙英十年出了一本書「文化能分中西嗎？」作者在其中列舉出中西交流的主要文物，可作爲大家繼續研究的參考。

中國西傳的文物有十一種：蠶絲工程、灌溉工程、印刷工、造紙工程、羅盤工程、針灸醫術、火藥工程、天文觀測工程、算盤、繪畫、書法表現等。

西方傳入中國的文物有十種：圖案畫、植物、音樂、舞蹈、百戲、聲樂、玻璃、布料、胡姬、幾何學等。

以上所列的東西，看似平常，想想都很有意思。因爲，中國西傳的十一種文化，其中有九種是科技類，只有繪畫和書法是藝術。而西方東來的文化產物中，只有幾何學、玻璃等三四種是科學範圍，其餘則都是與玩樂有關的東西。當然，作者列舉這些東西的目的，是在向大家表明，今天我們視爲來自西方的科學等物，原是中國生長的東西，反而是我們自視爲國粹的東西，如國樂、藝術，有些都是源自西方。因此，文化是不分中西的。

在我國西傳的文化中，灌溉工程在漢時可能就已經傳到波斯（伊朗）了。算盤却到今天，還被西方人和我國的專家（如范光陵博士）視爲電腦的祖先，在世界科技發展史上留下了一筆閃閃發光的紀錄。書法表現，不但爲西方現代畫家們所師承，且爲創製電影蒙太奇表現手法的一個源頭。中國文化中的某些精華永遠不老，且可以據以創新，這對於我們中國人眞是一項有力的啓示。

西方傳來的文物中，被一般人視爲國

樂樂器的笛與箜篌（亦稱雙角），就是張騫由西域帶來的。晉書樂志載：「胡樂者，本應以胡笳之聲，後漸用橫吹（笛），雙角，即胡樂也。張博望入西域，傳其法西京。惟得摩訶兜勒一曲，李延年因胡曲更造新聲廿八解，以爲武樂。」

我國的史籍記載：漢武帝命樂人侯調始造箜篌。箜篌一曰空侯，又曰坎侯。「事物原始」中記有箜篌的形狀是：體曲而長，二十三弦，抱於懷中，兩手齊奏之，謂之擘，或曰，用木撥彈之。史記中所記的箜篌，却是有二十五根弦。

箜篌不但傳入中國宮廷，還很快入朝鮮的民間，「箜篌引」的故事，就是最好的證明——

箜篌引是樂府相和的六引之一。一名公無渡河。相傳是朝鮮津卒（擺渡的船家）霍里子高的妻子麗玉所作，故事是說：子高有天早揹在渡頭撐船，看到一位白首狂夫，被髮提壺，亂流而渡。他的妻跟着在後邊勸止他，已經來不及了，以致白首狂夫墮河而死。狂夫的妻子於是援箜篌而歌曰：「公無渡河，公竟渡河，墮河而死，當奈公何！」聲甚悽慘。曲終，亦投河而死。子高還家後把這事告訴了妻子麗玉，麗玉甚爲感動，乃引箜篌而寫其聲，名曰箜篌引。

以上的故事，不僅表明了中西文化交流傳播之快，也證明了中韓古老親密的關係。

除了現代的樂器，古代由西方傳來的還有大鼓、小鼓、琵琶、五弦等等。此處說明的一點是，古代中國人常把由北方或西北進來的人和物冠以胡字，胡倒不僅是指北方的匈奴，也包含西域以外的人與事物。胡琴、胡瓜，都是來自西方。但也有不冠胡字的，如三弦琴叫火不思，風琴叫興隆琴。（見元史）。

唐代的樂工和舞伎中，有許多石國人，石國就是塔什干，當時流行一種蘇莫遮舞，也就是撒馬爾干的舞蹈。

我國漢唐宮廷的享樂風氣，和西方傳來的百戲樂舞等有明顯的關係。百戲用今天的話說，就是西洋技術，或技術，以及魔術等，其中包括馬戲、弄丸戲、尋撞戲、觳抵戲、翻筋斗戲、弄劍戲、蹋鞠等。顏師古注漢快張騫傳說到大可幻之術說：「眩與幻同，即今吞刀、吐火、殖瓜、種樹、屠人、截馬之術是也。」

到了唐代，由西方又傳來了拔河、打球、燈戲、水嬉、瞋面戲、衝狹戲、蹴鞠戲、踏毬戲、藏挾伎、雜旋伎、弄槍伎、蹴瓶伎、拗腰伎、飛彈伎等，白居易有一首西涼伎詩：「西涼伎、假西胡人假獅子，刻木爲頭絲作尾，金鍍眼睛銀帖齒。」可是，我們今天所視爲中國國粹的戲樂玩獅子，也是傳自西域。

玻璃傳入中國，早自漢代就有了，漢人却沒有學會自製玻璃，僅是有了玻璃製的器物。據說，一直到北魏時候，大月氏的工匠東來，才把玻璃技術傳給了中國人。並且在洛陽設窰製造。

蔣丙英在他的著作裡，特別提到胡姬來中國的事，可謂別具隻眼，是有心人。胡姬可以說就是來自西方的酒家女、舞女或歌女。胡姬在中國最多的時候和地點，是唐代的長安。長安的外來胡姬「恆達三四千人之多。」其中大多數是波斯和大食人。當時長安的曲江池畔，是一個酒家林立、胡姬成羣的地方。大詩人、富商、名學者、貴公子，常喜去那裡召胡姬尋樂。李白有詩曰：「雙城二胡姬，更奏遠清朝，舉酒挑朔雪，從君不相饒。」「落花踏盡遊何處？笑入胡姬酒肆中」「胡姬招素手，延客醉金樽。」胡姬在中國落籍不歸的，也不乏人。

中國文化的西傳，當然不是漢唐和元代才有的事，明清之間，仍舊沒有停止，只不過是交流的方式不同於往昔罷了。

中國文化在近代西傳，是西方人主動吸收過去的，不是如古代一樣由中國的遠征軍和外交特使送出去的。中國文化輸入西方的，自然也不僅是如前所述，只是科技和藝術、孔子和老子的學說，尤其在西方引起了巨大的震撼。

由公園設計傳入西方一事來看，我們輸入西方的文化果實，也僅是實用的，更還有唯美的。唯一令我們感到遺憾的，是近代中國輸往歐美的文化，也仍是前此的歷代祖先的創造，近代的中國人，並沒有自創出新的東西來供世界享用。如果說有，那就是國父手創的「三民主義」的政治思想了。

中西文化交流，可說的事很多，在此不擬贅述了。以下特列述中西人士對於中國文化的意見，以結束本文：

歌德不像服爾泰一樣，狂熱的喜愛中國文化，他早年還曾經反對複雜的中國藝術。到了老年，他渴望發現一種定律，一種人類最安全的道路。他終於找到了，那就是中國人所執着的「道」。

中國人的道德觀是平衡的，現實與理想，感情與理智，人與我，身與心都是平衡的好。這一點使歌德感到極端的喜愛。他仍是推崇希臘文化，但是他說：中國文化也有極大的參考價值。

學者以爲，廿世紀是中西文化第二次大溝通的時代。同時，以老子學說的西傳，爲一條主要的通路。西人喜歡老子，有人舉出了幾項原因：一、機械文明、國際糾紛，使西方人感到不安，因而向老子學說中求取休息和安慰。二、老子的無爲態度，切合西方某些人心理上的需要。三、老子學說返回自然，和歐美百年來相同的主張不謀而合。

英國前利物浦大學教授土培，曾經三度來過中國，他從地理和文代精神方面看我們，認爲中國文化固然是世界文化最古者，若依西方人心目中的民族而言，中國民族又是世界上最年輕者。他看到，中國人正力求自身的團結與統一，並使其現代化，這誠然是一件艱鉅的事業，其間定有不少困難。但中國人並不退縮，中國的對日抗戰，可以視爲中國民族復興必經的過程。

羅士培籲請西方人瞭解中國。他說「吾人認中國，不應以中國和歐洲任何一國家比較，而應以之與整個歐洲比較。中國之各省，無論以面積或人口，均足以比得上歐洲之國家。」

我的青年時代

田炯錦遺著

生於亂世　籍同姬周

民國紀元前十二年，我生在甘肅省慶陽府安化縣之南佐村。慶陽係周朝之發祥地，城東北之高山上有不窋坟墓，城西南之董志原上有公劉殿，廟址附近多姬姓住戶。我常疑詩經所稱「周原膴膴」之周原，應係指董志原，該原周二百餘里，爲農產區，周之祖先可能由此循涇河遷居邠，再至歧山。后稷教民稼穡之地若指陝西武功，則其後裔由戎區而邠而歧的發展將爲不可解。

慶陽清時爲甘肅平涼道屬之一府，民國成立後廢府，將首縣安化改名慶陽。慶陽地勢險要，境內多高原峻嶺深谷，易於據守，每逢國家動亂，輒受慘烈兵禍。尤以清同治光緒年間陝西回亂，延及西北諸省，縣西南境之董志原爲匪侵據達八九年，戰後人民存在者十無一二。據父老言南佐村亂前有二百餘戶，亂後不到二十戶。我懂得人事的時候，亂平已有三十幾年，亂前居民之窯庄，空廢者仍觸目皆是。而父老們談及亂時情形，猶有餘悸。他們稱亂前爲平定年，每說平定年如何如何好，時露嚮往之忱。董福祥其人，我以後讀史，知其爲一個頑固落伍的軍人，但當時地方民衆，認爲大家得以安居樂業，全賴他的庇護。他死後的一二年，我們縣境各地，匪徒蠢蠢欲動，一夕數驚，以爲又有禍將至。我們六七歲的小孩子們聚在一起閒談時，亦常憂懼戰亂的慘劫將要重臨，不勝愁苦。在如此環境下，我幼小時即對祇知要糧要稅，不肯維持秩序的政府，懷有很大的反感。

中等人家　半耕半讀

在生活簡單的環境中，我家還算是中等人家。祖父信佛，爲人非常忠厚，他以一個秀才經商，幾年虧失盡淨，因欠他債的人很多，他都不肯逼索，而且將許多窮苦人的欠契焚燬，使其安心。而他欠人者，祇要力所能及，無不清還。我父親弟兄三人，大伯父以廩生而爲貢生，其文詩書畫爲縣人稱道，二伯父讀書四年後棄學經商，父親讀書時，値家道中落最甚之時，故僅上學一年，即家居務農。我五六歲時聽二伯父說，我父親讀書時非常聰明，惜因家道中衰，無力續學，希望我將來能好好的求學。父親亦常告訴我，他幼小時家裡困難的情形及其與伯父們如何計劃恢復故業，如何日以繼夜的努力工作。他們的刻苦勤奮，使我深刻的永銘心頭。

兩歲失恃　祖母撫育

我兩歲時母親李氏去世，繼祖母劉氏躬親撫育，她對我較其他兄弟姐妹，特別鍾愛，我以後到西峰鎮上小學，她時刻想念，凡有什麼好吃的東西，她都留着以待我歸。母親去世時，對六歲的姐姐及我不勝眷戀，她臨逝時的悲苦，及姐姐的低泣，我似乎至今猶如目睹。直到姐姐十六歲時出嫁，我們姐弟倆在大家庭中，眞是彼此憐憫，相依爲命。我五歲時，繼母劉氏來家，六歲時由兩個堂兄教我認字，及讀三字經弟子規等。七歲上村東私塾讀四書，八歲時大伯由府城書院歸來，親自設私塾教學，他每日爲十六七歲以上的學生講解四書，有一天他叫我們十歲以下的學生試去聽講，他講論語憲問章高宗諒陰一節，講完後依次問諸幼生，祇有我將該章的意思能簡單說出。他大驚奇，嘗告二伯父及父親，應讓我有機會深造。十一歲時讀完四書詩經書經禮記及史鑑節要等。是年冬，大伯以四十之年驟然病逝，這給我們全家甚大的打擊。第二年家中遂着我赴離村十里之西峰鎮上小學，那時我縣小學無初小高小之分，祇分甲乙丙丁四級，上甲級者年紀很大，上乙級的亦有十八九歲，我被編入丙級，新生不到四分之一，大多數爲已入校二三年者。是年九月驚悉西安革命軍起義，市面驟起恐慌，因商號得商會准許，即可印發紙幣，一時紛紛擠兌，許多商店停業。當時除縣城外，各地方的治安，幾無人負責。西峰鎮在甘肅算是最大鄉鎮之一，人口約兩萬左右，僅駐有一個把總，其所帶兵勇不到十人。當時哥老會頭目，公然到處聲言將要作亂，民間日夕恐慌，小學無形停閉，學生均回鄉避難。各鄉村民衆，均整修從前亂時據守的堡寨，以備逃難。是年冬季與諸姐妹兄弟隨祖父避居亂時族人據守的堡寨，距南佐村約十五里。其地四面環山，除晝間山坡有牧羊人，及早晚有人在山澗取水外，絕少人跡。我們直住至陰曆年後始返。

隴上少年　視學贊賞

陰曆二月初，二伯以我對數目計算精確迅速，以爲宜於經商，與父親商量，叫我到商店學習，將來接替他的職責。父親未告訴原由，乃帶我至鎮中我家商號。見二伯知其欲令學習生意後，我堅決表示要繼續讀書，不願爲商，雖父親責斥，亦不肯聽從。二伯看清我絕無在商店學習之意，乃叫父親當天帶之回家，俟有機會時，繼續上學。是年三月小學復學，校務負責人以我成績很好，特由丙級提升甲級。二年春學校始設校長。冬初省教育廳派孟姓視學員來隴東視察，到校自命題，測驗學生，考試結果，對我的作文大加讚賞，其批辭有云「少年有才如此，勿謂隴上無人，」並特予約見。晤面時他大爲驚異，謂其以爲我當係二十幾歲，不意仍僅十四幾之幼年，遂對校長說：我如願赴省城上中學，他當負責保送，並負擔求學費用。時祖母已年逾六旬，身體孱弱，極不願我遠行。辛亥革命成功後，新的書籍漸在本縣流通，我會得機看過很簡單的國父三民主義講演，梁任公飲冰室集中匈牙利及意大利革命英雄葛蘇士及瑪志尼等奮鬥的經過，及教科書中的華盛頓傳，覺得人應該對社會有所貢獻，始不負此一生。當時學校要隔很多天，才能接到省城幾份報紙，但我當時對外蒙古及西藏分離的情形，異常關心，常癡想解決的途徑，以後稍懂國際及國內情勢時，自覺幼穉的可笑。因爲想多學點東西可爲社會服務，是以當時對祖母不願我遠行，未能瞭解其心境，祇覺升學的機會不可躭過，力向祖父二伯及父親要求，准我隨孟視學赴省。他們見我意志堅決，乃商量如何使我得以成行。以爲視學員雖言願助學費，但宦海變化甚多，未必長靠得住，乃給我一些路費，並找在蘭州設有德蘭裕商號的李某，請其函達該號負責人，我如需欵，應即照付，家中當爲奉還。

晉省就學　考入省中

在孟視學各縣視察完畢前，家中派大堂兄騎驢翻越高原深谷，費時二日送我至一百四十里外之涇川縣城等候，是年十二月下旬抵達蘭州。不久孟視學因其兄病，倉卒回其家鄉循化，行前雖請教育廳長馬鄰翼送我入第一中學，但因二次革命失敗，馬以國民黨關係，不久去職，未克實現。我祇得自行修習學課，於三年春按同等學力規定，報告第一中學，幸被錄取。不久白狼自河南竄入甘肅，人心惶惶，本縣在蘭州上學的三個學生，均棄學東歸。我恐經濟斷絕，乃向德蘭裕商號取欵，以備緊急之用，但該號負責人以市面吃緊，拒不支付分文，不得已遂與其他本縣學生同歸。歸家後約過兩個月，接一中同學來信，言白狼進犯已被擊敗，學校照常上課，希我速返校，免誤學期考試。我急欲赴蘭州，但家人均以道途危險，堅決反對。後因予屢次苦求，乃由父親親自送我去，不意行至平涼境，遇見本縣人胡某。奉派爲千總前往西峰鎮。他說白狼匪衆正東竄，平涼人心恐慌，萬不可西上，父親乃領我當即返回。我到家後先往見祖母及繼母，告以匪往東竄。祖母驚駭欲眩，急問父親何在，告以在祖父處，其心始定。我看見祖母眼邊全爛，驚問何病，承告我離去六日，祖母一日未得安眠，致生嚴重眼疾。當時心頭之難過，非言語所能形容。過了十餘日，我在鎮上望見胡千總，穿戴前清之翎頂華服，各處拜客，態度倨傲而安閒，絕無有匪將來襲之驚慌情狀。始疑他前稱匪向東流竄之說，未必確實。不久蘭州同學又有信來，言匪已由甘南遠遁，我乃即赴蘭復學。

考取清華　第一被拒

四年春，省署教育科招考學生二名，保送北京清華學校，規定年齡爲十五歲或以下，報名投考者四名。初試揭曉時我名列第一，列第二名者實比我大兩歲，第三名約大六七歲，第四名比我大一歲。乃政務廳長覆試後約見，告第二及第三名考生，以其年齡過大，應該退讓。而第四名卷面註明因年齡合格，改爲第一，我的卷面註明因年齡不合，降爲第二。實則我較第四名個子畧高，而年齡反小一歲也。到京復試後，我因被認爲年齡不合，未被錄取，致函清華校長周貽春先生，承被約見，告以因我的年齡與規定不合，無法通融。他給天津南開校長張伯苓先生寫一介紹信，稱我國文算術均爲百分，英文亦爲乙等，因限於年齡規定，清華未能收錄，請南開給我求學機會。我旋到天津謁伯苓先生，彼態度非常誠懇，以該校一年級碰巧續招新生數名，囑報名參加考試，旋被錄取。以後在北京大學時，我認識許多民四入學之清華生，其年齡身高與我相若者不少，且尚有較我稍高大者。省教育科若未註明年齡不合字樣，清華不會拒不錄取。爲什麽要保送而又註明年齡不合呢？蘭州教育界傳說爲確保某一考生成功，但亦沒有人求其證實。

南開二年　身教感人

在南開中學受學兩年，校長張伯苓先生給我很深的印象。他眞是即知即行，知行合一，凡他訓勉學生作的，他都自己力行，他告誡學生不要作的事，他自己亦絕不去作。尤其是那時學生人數已達千人，他遇見時，都能呼出其名，對學生誠懇，猶如對其子弟。至南開教職員，其學識高明的人不少，惟就一般論，普通者居多，但他們都肯負責盡職，而學生受其督導，均能恪守校規與紀律。教師上課，絕少遲到早退，每學期預定的功課，均能如期學完。故彼時南開被稱為北方最好的中學，實教職員在校長精誠領導之下，都能負責盡職所致。

民八夏，我因常感自費上學，對家庭負累太重，以甘肅省署給予大學生公費，乃以同等學力報考北京大學預科。我由津到京時，往謁鄉世叔衆議員侯某，告以來京之意。彼認爲我在中學祇住滿二年，常識尚未全具，不宜報考大學，如因學費顧慮，則他離縣前，已受我大堂兄囑託，當墊付無誤。我祇得答以既已來京報名，當去參加考試，考試揭曉後，是否轉學，再去向其請教。北大發榜後我被錄取，乃再往告侯公，彼乃表示極度欣慰，以為先勸我不要轉學，因爲估計絕無考取可能，既已考取，自當轉上大學。我乃心感前輩對我之前途，實屬顧慮週詳。

北大老大　百家齊鳴

初由南開轉入北大，諸多感覺不慣，教員們往往遲十幾分鐘上課，開學兩三星期，有些教員尚未講入正題。但日久始瞭解北大的長處，教員都係飽學之士，他們對正課雖不若南開認眞，但學生如能照他們的啓示，自已用功，確可得到很大進益。校長蔡孑民先生是一個學識豐富，眼光遠大，立身光明誠懇的學人，他主張求新，同時亦主張兼容並包。故在北大，我們看見如陳獨秀錢玄同等偏激而古怪的新派人物，同時亦看見如辜鴻銘黃季剛等學問淵博而行為浪漫思想頑固的學者；校外的梁任公先生可以到北京大學禮堂，公開發表講演，批評胡適之先生的中國哲學史；本校的梁漱溟先生亦可以召集學生聽他爲其自著「東西文化及其哲學」一書的見解辯護，而反駁對他批評的人。故學術自由在當時的北大確屬事實。至於學術自由所生的果，則大家看法各異，連北大的見解，亦不盡同。

五四見聞　慨嘆信史

在北大預科將結業的時候，發生五四運動，彼時班級低而年紀較輕的我，愧沒有什麽貢獻。但我自信確是五四運動的一個忠實小兵，自五四的前一夜北大學生集會商討遊行起，直至六三大遊行結束，每日都到學生會，凡公開的街頭遊行及講演，每次都參加。學生運動的內幕情形因我與高年級的狄君武學長同住一室，所以亦常預聞。現將我親自見聞五四運動的情形，擇要敍述：（一）校長蔡孑民先生，隨時局之演變，常對學生啓示應該愛國及如何從事愛國運動，但他絕無利用學生作政治資本或工具的意圖。五四運動開始時，他既未指使，亦未阻抑，但五四夜晚當他知道有數十名學生被補，北大學生在法科禮堂集會時，立即趕抵會場，言他已請王亮疇先生保釋被捕學生，叫我們從速散會，免招軍警干涉。望大家信賴他，被捕學生一日不放，他絕不離京。以後北京有種種流言，以爲有人將對蔡先生加以危害，同學們有勸他離京者，有勸他改乘汽車以保安全者，他均不肯接受，而終日爲保釋被捕學生焦勞。但保釋目的達到後，他乃迅即悄然南下，事前絕少人知。與五四以後的有些示威遊行，事前鼓動學生們犧牲流血的人，到時却躲在東交民巷外人庇護之下者，其人格與居心，眞不可同日而語。蔡先生離平後，北京各大專學生一致罷課，要求北政府挽留者，實由其偉大的人格，誠懇的態度，感召使然。（二）參加五四運動的學生大多數是動機純良，熱心愛國。倘發現動機有問題，或行爲不檢者，立予制裁。五四後之兩三星期，每天自動到北大理科內學生會工作者，達四五百人，晚間亦常有許多人在會工作。他們既不圖名，亦不圖利，只求對愛國運動盡其責任。當時的學生確表現出自動自律，遊行時神態嚴肅，絕少喧嘩或嘻笑者。猶憶五四被捕學生保釋回校的時候，許多人在北大第一院操場迎候，蔡先生叫歸來者站在高板櫈上，使大家都能看見。乃彼此見面，相向痛哭，蔡先生說你們大家今天應該高興，請不要哭，說時他自己亦淚潸潸下。可見當時一般學生之愛國熱忱，眞是誠於中而形於外。（三）五四運動後被稱爲五四功臣的學生，固有許多人確屬相符；亦有一些人，則適與事實相反，他們有五四當晚反對罷課者，有欲與陰謀倒蔡的人妥協者，有藉此風頭以誘騙女生者。當時或被激烈學生毆打，或受學生會公開制裁，直到六三學潮結束我返里時，他們尚不許進入學生會。

敵對兩方　同變英雄

至暑假後返校，覺得情況大變，不論過去對五四運動立功或破壞，許多風頭健者則不分往日是非，互相標榜，被一般社會戲稱五四功臣。功臣稱謂一出，以後學生運動遂難免夾雜不良希圖，而不易得社會之同情。深慨五四距今不過四十幾年，當時的報章雜誌，不難找得。但寫五四運動情況的人不少以耳代目，或聽人自吹自擂，鮮有根據當時各項原始資料者，以此足見信史之誠不易得。（四）五四運動與新文化運動，祇可說是一種巧合，甚少因果關係。在五四以前，胡適之陳獨秀錢玄同劉半農吳虞諸先生，早已提倡文學改良，懷疑古史，批評傳統學說，尤其反對夾雜陰陽五行說，及以孔子爲教主之僞孔學。但僅少數人提倡，尚未得社會之共鳴，非社會各界對之敵視，乃因在軍閥把持政柄的北政府積威之下，一般輿論尚不敢對新思潮積極表示同情。

五四及其以後數年之各種學運使北政府威信掃地，不敢對教育界橫施壓迫，從積威之下驟得解放，智識份子不期而然了厭舊喜新。他對新的未必確實瞭解，但深信舊傳統絕不能解決新問題，是以很自然的趨新，甚至盲目的求新。張東蓀在解放與改造雜誌鼓吹基爾特社會主義稱：凡是最新的，當是最好的，基爾特社會主義是最新的，故是最好的。這些話很可以反映當時盲目趨新的心理。逮蘇俄式的共產主義傳入，較社會主義更新，於是不少厭舊喜新的人，遂盲然投入網羅。

家庭分裂　悲劇迭生

六三學潮結束後，我於六月下旬返里省親。彼時火車僅通至河南觀音堂，距家鄉約千里路程，因無公路，晴天乘騾車行尚須半月，如中途遇雨，則時間無法估計，且有些地方，山道險阻，時有翻車危險，故赴平津四年後，此爲首次還鄉。抵家後驚悉祖母月前去世，內心無限傷痛，我夢想的學問事業均尚渺茫，而對我有深恩厚德之祖母，已長離人世，悲何可言！不久且悉我們大家庭，已有甚大裂痕，父親與大堂兄均有不能言之隱痛。我一時不明實情，力勸大家互諒互信，家中一切尊重二伯意見。不料以此鑄成了大錯。八年秋返平後，入北大本科哲學系。九年暑期年考時，忽接大堂兄來信，言已病至不可救藥，希望來照拂其子女。接信時驚駭萬分，第二日考完後，當夜起程返里。行至距家八十里之某鎮，遇同村李某，告以大堂兄業經去世，我聽了眞是五內如焚。在兄弟間，大兄對我最友善，求學以來，特別關顧，有時致爲人所不諒。抵家得悉一切詳情後，深慨過去在大家庭制下，衆多的姐妹弟兄們和洽相處，成人們分工合作，倘能長久維持此種精神，實有很大的樂趣與便利，但惜不可勉强維持。是年秋當祖父尚健在時，我們的大家庭終於分散了。祖父留住故居，由父親的一系奉養，大堂兄的妻子兒女，亦由我們負責照料。

創辦刊物　臧否省政

民九秋返平後，我很少參加學生們遊行示威，對於過去參加的青年團體活動，亦不復有興趣，因為五四時我們一些無名而忠實的小兵，以後有些憤恨政治腐敗，趨於前進的極端；有的反對左傾，而以奔走依附權要，希求達其目的，均非我所贊同。在北大畢業以前，除在校受學外，曾與甘肅旅京學生，辦了一個新隴月刊。至民十以後，事實上由我負責，改為小型週刊。對於本省過於守舊的風俗和不合理的事象，如不許婦女出大門，勉強婦女守寡，為被迫守寡至死者建貞節牌坊。以及目不邪視，行必方步，以維道自命的學人，而對害民之權要，歌功頌德等等，予以公開的批評。對於實力派非法勒索民衆之事實，常予據實披露。尤以甘肅督軍陸某非法逮捕，槍殺國民黨人張澍，除在週刊批評外，並聯合甘肅在京學生向黎大總統控告，請其查辦。以此民十二北大畢業後，父親恐我遭受意外，屢函阻我還鄉。我亦因欲考甘肅的來費留學，乃留平自修。

考取留美　返省辭別

民十二年冬，友人約我至天津南開中學教課。十三年夏因公費留學業經教育部考試合格，乃辭職回里省親，及赴蘭州領取赴美學旅費。父親得到消息後，來函表示喜懼交集。他固願我在赴美前回家團聚，但以我曾指名批評之權要，仍在主持省政。深恐其對我不利。我乃未再函稟即行言返。抵家後驚悉三年期間我的大嫂，二堂兄，已出嫁的大堂姐及我姐，以及兩個將成年的堂妹，均先後逝世。初次離鄉時，我家大小二十七口在戶外送行的影像，去世的祖母兄嫂及妹妹們的音容，好像一一呈現我的眼前。回家的兩三天，我一直在追憶着過去，但過去的已經不能復回了。漸漸的我鼓起精神，計劃將來。一月之後，擬赴蘭州向省署領取學旅費，祖父父親及許多親友均堅決勸阻，以為被新隴批評的權要，恐將對我不諒。我認為我們辦的刊物，批評時政，確係對事而非對人，不會引起報復，乃毅然就道。抵蘭州後，北大老同學王某在省議會服務，約我去同住。到省議會時，我看見許多人接續在窗外張望，莫名其妙。晚間返回時，王某笑謂我：「你到議會時，許多議員都想看看你的真面目。你外出後，他們說從你的筆鋒，以為是一個慷慨激昂，洋氣十足的人，看見你以後，才知道是一個言動拘謹，而且靦覥的書生。他們都覺得很驚奇。」我以後和省署教廳財廳有關當局接洽，他們都沒有什麼留難，反望我速辦領欵手續，早日赴美求學。足見省政當道，沒有留難我的意思。我離蘭返里不久，直奉第二次戰事爆發，河南一帶交通阻塞，一時不便東行。以後聞馮玉祥倒戈，吳佩孚兵敗由海道南下，為時局阢隉而鬱悶者多日。我對吳之過於守舊及愚忠，並不贊成，但對他之治軍有紀律，不擾民，殊覺難能；而馮玉祥之沽名釣譽，不近人情，以及其迭次野心暴露，早慮其將為國家禍害。由馮倒吳，豈僅以暴易暴，而長江以北，且將因此陷於混亂。

八五祖父　垂涕遠送

十三年三月，因交通恢復無期，乃冒險先赴西安。離家時祖父以八旬晉五之年，戶外遠送。不禁低聲悲泣，不敢回顧。我當時覺得此生無再見之望，但為着學業，不得不忍痛遠別。祖父別前曾告我：恐怕不能重見，但他願我出去好好求學，我們的大家庭已經破碎，不少人業經死亡，他還有何生趣？惟一的安慰與希望，就是我將來能夠有些成就。抵西安時陝豫兩軍首要，正為爭擴展防區，在洛陽以西拚鬥，東道堵塞。不久驚聞　國父在北平逝世，對國家前途益感黯淡。在西安留居月餘，東路仍無車輛來往，自甘肅來陝候車東下之人甚多，而路通渺不可期。不得已約同友人李某及欲至京升學者三人，雇人力車冒險東去潼關，當時同鄉多勸阻者。一出西安城東門，路上行人稀少，每到一地休息，鄉人輒集探問省城情形。兩日至華陰，入夜槍聲時斷時續，不易入睡，聞係匪乘夜强劫。第二日到潼關，雇一小輪牛車運行李，我們步行隨之。至河南靈寶，牛車為軍隊强制拉去，不得已乃住店另想辦法。幸聞縣長王某為在平時素識。乃往訪，承其幫助，另撥車送至陝州。時火車已通至其地。在陝州有軍中友人協助，乘火車至鄭州。購得車票，焦候數日，而被阻不得上車。同行李姓友人乃奉派至西北宣傳促進國民會議者，不得已商由其往訪軍事當局，請想辦法。果獲得其開一路條，我們即憑條乘車至京。自潼關至河北境。沿途市集到處有人持白旗招兵，市面異常混亂，所有火車均為兵士佔據，人民即持頭等票者，亦無法登車。目擊種種無秩序無紀律之現象，令人深感好像末日將至。

學成回國　任教東大

在平辦好出國手續後八月下旬由上海乘船赴美，先入華盛頓大學，翌年春轉入伊利諾大學，研習政治學及社會學。十六年夏得碩士學位。轉入米蘇里大學受學一年，又還伊大續學，於十九年夏得博士學位。經學友介紹，東北大學電聘為該校政治系教授。乃於遊紐約華盛頓第特律芝加哥，以及尼加拉瀑布，黃石公園，加拿大之温哥華，日本之東京橫濱大阪香港等地後，於八月中返國，逕抵瀋陽。

英雄思想　無補時艱

我的童年及求學時期事蹟，簡述至此為止。現在畧敍求學時期的心得及見聞，大有影響於我的思想及生活者，作為本文的結語。我少時志氣很豪邁，對於「醉臥沙場」、「馬革裹屍」、「後天下之樂而樂」、「功成身退」等情境，常常心嚮往之。我覺得人生斯世應該為國家社會作一番事業，祇要有志氣，何患無機會。逮至平津上學以後，對於國會議員之專逞意氣，向行政部門肆行搗亂，使大總統所提之各部總長人選，迭被國會拒絕同意，致段祺瑞內閣，祇賸二三閣員；通過對德絕交，却拒絕通過對德宣戰：以及支持彭允彝任教育總長，引起大請願學潮。其種種乖謬措施，我對於民主政象，極感灰心。但當張勳復辟時，看見龍旗在津市飄揚，又覺痛憤萬分。斯時我常夢想，如何能得數萬為紀律為主義之軍隊，掃平禍國殃民之軍閥，驅逐興風作浪之政客，使國家先有了法律秩序公道是非，才可望走上民主軌道。但對這種夢想，一直想不出實現的方法。在北大受學時，受了梁漱溟先生所講孔學的影響，我深信不正當的手段，絕難達正當的目的；但用正當的方法，在政治黑暗的環境裡，又如何能找得出路呢？又如何能有機會服務社會呢？是以有一段時期，我很感消沉。後讀胡適之先生「不朽」一文，及一篇英文題目為「進步的希望」，（原書及筆記均於抗戰時遺失於南京，著者姓名已忘記）及英國名將納爾遜傳，給了我很大的啓示。胡先生在不朽一文內認為發現新大陸是一樁不朽事業，對於這一事業，領導人哥倫布固然不朽，而凡與此事直接間接有關的人，如授其地理智識者，助其成行者及船上技工水手等，亦同樣的不朽。故人祇要對社會盡力，無論職位高低，而其事業都同樣的不朽。「進步的希望」一文認為社會的進步是無窮盡的，一人的努力祇是在無窮長途裡，前進一點點一段段而已，與理想的目標，仍無法估計的遙遠。但祇要我們前進若干距離。則對理想的目標，必接近若干距離。因之人們應該努力耕耘，不必求理想完滿的實現。納爾遜在與法軍海上決戰時，呼籲說：「英國希望每一個英國人盡其應盡的責任」。我得了這些啓示，漸漸領悟人生斯世，不作大英雄大領導人，一樣可以對社會有所貢獻。祇要修養自己品德，充實學問能力，無論在社會負什麽任務，盡己之所能，以盡忠職守，都可俯仰無愧。況且社會上想作英雄作領導人者，比比皆是；而欲甘居人下，作忠實幹練之部屬以襄助完成功業者，並不太多。祇要我們有「成功不必在我。但求無愧於心」之胸襟，則何患對國家社會無盡力之機會。是以在求學時期，我把英雄思想漸漸的改變了。

自由民主　中美異議

到美後，先聽華盛頓大學校長的開學致詞，强調領導之重要，以及青年應服從領導。深感那時國內倡導無秩序無組織的空洞民主思潮，不會福國利民。到伊利諾大學後，目覩教師們之盡忠職守，學生們之恪遵校規，上堂鈴剛響，教師們上講臺坐候，開講後如有學生始入教室，則嚴辭斥責。考試時學生絕不挾帶書籍或筆記，有時教師離開教室，學生亦無左右瞻顧他人試卷之惡習。為配合火車時間，所有假期都在早十二時終止，下午上課，時學生全部到齊，幾無一請假者。回想我國那時的鬆懈頹唐學風，深感我們的自由民主，走入歧途：鼓吹歐美教育之如何自由自動者，實係欺騙青年。以後我調查過美國的學生活動，他們的學生會兄弟會姐妹會，新會員對資深會員絕對尊敬服從，有時雖受其欺侮，亦甘心領受，而其選舉與活動均受學校指導。學生會之選舉其進行的方法步驟，與其總統大選，約畧相同。我曾在東方雜誌以「美國選舉總統之見聞及感想」為題，介紹其一九二八年之大選實情；以「美國的民治與其學生團體生活」為題，介紹其學生生活概況。我認美國民主政治優良，並不是全靠他們的憲法及政府組織，而實由於他們有民主生活及民主教育。他們教導青年，不僅要愛自由，亦要愛法律與秩序；不僅要平等，亦要尊重先進，服從領導。不僅尊重領導的人，而更尊重領導者的法定地位。不僅要負責發表自己的意見，亦要容納別人的意見，調和折衷。故美國民主政治運用的妥善，實由其人民有民主生活的素養及教育。我們欲推行民主，起草一部妥善的憲法並非太難，而欲人民生活民主，則非短期內所能實現。

國父卓見　民主之根

欲將二千餘年專制氣氛下之生活改走民主途徑，祇有（一）以實行民主政治，逐漸獲取民治經驗，雖不免發生錯誤與損失，但日久當可走上民主軌道。如法國推倒專制，成立共和國，經過近百年的試驗與改變，現已日趨穩定。（二）由革命政府訓練人民行使民權，避免錯誤的試驗，加速民治經驗的獲得。前者費時久而犧牲太大，如取後一辦法，而能妥善進行，則自可避免不必要之犧牲，而使國民提早獲得民主生活與經驗。我國幸有　國父所訂之革命方畧與建國大綱，倘能脚踏實地，按照軍政訓政憲政三時期應做之工作，逐步推行，必可早日完成地方自治，推行直接民權，以實現人民有權政府有能之民主政治。所以我研究及考察過美國民主政治的運用，及民主生活的培育後，對於　國父的建國方畧更加信服。那時我們的領導者蔣總統已掃除軍閥，實現國家的統一，完成了軍政時期的工作。故我在意大結業後，甚望於回國後得參加革命建國大業。我相信在革命建國過程中，無論地位高下及事業大小，祇要人們能盡己之所能，把其崗位上的工作確實做好，都會對國家社會有益。如國民人人都能對其職守盡忠負責，則國家社會的前途，一定日趨光明。

北望樓雜記 (17)

·適然·

另一件事發生在咸豐時，起源却在乾隆時，緣乾隆朝有翰林汪某工於逢迎，當時江蘇金壇于敏中當權，汪某命其妻拜于敏中妾梁氏爲乾媽，來往儼如至親，及至于敏中失勢，浙江會稽梁國治得勢，汪某又命其妻拜梁國治爲乾爹，經常入府伺候，梁國治五鼓入朝，必帶朝珠，汪妻因朝珠冰凍，先放胸中暖熱，再爲乾爹掛上。此事傳出後，京師官民鄙汪某所爲，撰一詩：「昔曾相府拜乾娘，今日乾爺又姓梁，赫奕門楣新吏部，凄涼池館舊中堂，君如有意應憐妾，奴豈無顏祇爲郎，百八牟尼親手掛，探來猶帶乳花香。」此詩據傳爲紀曉嵐所作，未能確定，其中事實有須加解說者，查于敏中係乾隆三年戊午科狀元，梁國治是乾隆十三年戊辰科狀元，兩人均官至戶部尚書，大學士並任軍機大臣，是眞正狀元宰相。但于敏中官聲較差，清史與和珅同傳猶其入品可知。梁國治官聲甚好，梁國治於乾隆三十八年入軍機，于敏中三十九年失勢，此詩之作當在此後一二年間。但因其事甚奇，詩又易上口，尤其最後兩句易涉遐想，因此流傳頗廣。

至咸豐年間，有泰州王某官記名軍機章京。即將傳到，一日夜半入城，忘携朝珠，憶及友人汪某住東華門左近，可借一用，因叩汪門說明來意，汪某沉吟有頃曰：「我較君體長，恐不合用，內人有珠可借一用。」當時取出掛於王項，王未做思索，脫口而出：「百八牟尼親手掛，探來猶帶乳花香。」一言未畢，汪某變色，自房中取刀出，破口大罵，誓欲殺王，王急走得免。以後打聽始知此汪某即當年汪翰林之曾孫，以王某有心揭其短，視爲不共戴天，誓言必殺王報仇，王不敢再留京師，竟棄官以歸。

大禮恭逢太后婚

明末孤臣張蒼水（煌言）著詩集有建夷宮詞十首，皆咏清宮中事，其第七首：「上壽觴爲合巹尊，慈寧宮裡爛盈門，春宮昨進新儀注，大禮恭逢太后婚。」蒼水詩集在清代列爲禁書，至清末始出版，是時民族主義高漲，文人反清，無中尙且生有，如飲冰室全集所舉石達開答曾國藩七律五首、及坊間刊本所列太平天國檄文，皆爲南社革命黨人高天梅、陳巢南所僞造，但一經刊出，皆不脛而走。梁任公特別推重石達開之「忍令上國衣冠，淪於夷狄，相率中原豪傑，還我河山」之句，筆者幼時讀此文，亦覺不減駱賓王之「一抔之土未乾，六尺之孤何托」。私心益慕石達開，凡有關石達開文字，當時皆能背誦。及長始知此等文字皆係僞造，又不禁啞然失笑。雖然如此，仍覺有趣，梁任公尙受愚，何況我輩。

蒼水先生一書生耳，當國亡家破之後，奮起抗清，手提雄師三入長江，當時予清師打擊最大者厥維蒼水先生，其實力自不足與東南之延平郡王鄭成功，西南之晉王李定國相比，但勇往直前，義無反顧精神，較鄭李二公不遑多讓。後被清吏誘執，勸之降嚴拒，從容就義，其人實兼文天祥、史可法爲一。詩文亦雄奇可喜，當時雖列爲禁書，二百年後終獲出版，豐城劍氣，定必干霄，自是快事。

因蒼水先生生平大節爲世所欽，所著詩文亦爲人所重，建夷宮詞共十首，就內容言大半得之傳聞，無一眞實，其間錯失最大者—當推此篇「大禮恭逢太后婚」矣。

清末此詩一出，這路紛傳，皆詫爲奇聞，反清之革命黨人更指爲淸人野蠻之鐵証。坊間更出版各類筆記，刻意渲染，並刋出順冶帝所頒詔書有「皇太后青年寡居，悄然不怡，春花秋月，何以爲歡」之句，並指此文出於錢謙益之手，錢更因此舉而升官。一時謠言似排山倒海而來，淸室舊臣遺老雖多學人，精於史學者尤多，但對此謠言攻勢竟毫無還手之力，一時積非成是，時人眞以爲太后下嫁矣。及至孟心史（森）先生著「清初三大疑案考實」，羣言始息。多年前筆者亦曾在報章就孟文未及之點畧作補充，指此事不問其眞象如何，祇就時間而言，亦無此可能，因文長茲不述。其矣哉謠言之可畏也。

八仙詩

八仙故事，婦孺皆知，而有關八仙詩文，言者甚少。八仙中最有名爲韓湘子，湘子爲韓文公侄孫，即十二郎之子，其事甚奇。文公因諫佛骨遭貶，中途遇韓湘，贈以詩：「一封朝奏九重天，夕貶潮陽路八千，本爲聖朝除弊政，敢將衰朽惜殘年，雲横秦嶺家何在，雪擁藍關馬不前，知汝遠來應有意，好收吾骨瘴江邊。」此詩雖未明言韓湘得道事，而末二句似言韓湘預知其有遭貶之事者。

呂洞賓亦有其人，據傳爲一士子赴京應試，中途遇鍾離權點化，乃棄家入道，後人有題詩詠其事：「迢迢千里赴神京，偶遇鍾離蓋便傾，未必無心唐事業，金丹一粒誤先生。」似惋惜洞賓不求功名而入道者。

至洞賓本人亦能詩，唐詩載洞賓詩二首：其一過錦屛山題詩：「半空豁然雷雨收，洗出一片瀟湘秋，長虹倒掛碧天外，白雲走上青山頭。誰家綠樹正啼鳥，何處夕陽斜倚樓，道人醉臥巖石下，不管人間萬種愁。」其二題驛亭詩：「帆力劈開千頃浪，馬蹄踏破五陵青，浮名浮利濃於酒，醉得人間死不醒。」頗有仙意。

又傳呂洞賓岳陽樓題壁詩：「朝遊北海暮蒼梧，袖裡長虹胆氣粗，三醉岳陽人不識，朗吟飛過洞庭湖。」此則恐好事者附會耳。

鍾離權爲八仙之首，俗稱漢鍾離，其人當爲漢人，但事跡則始傳於唐，但亦有謂爲五代時隱士，邢州開元寺僧院有鍾離題草書二絕：得道眞僧不易逢，幾時歸去願相從，自言住處通滄海，別是蓬萊第一重，莫厭追歡笑語頻，尋思離亂可傷神，閑來屈指從頭數，得見昇平有幾人。」又寄太原學士詩云：風燈泡沫兩相悲，未肯遺榮自保持，領下藏珠當猛取，身中有道更求誰？才高雅稱神仙骨，智照靈如大寶龜。一半青山茲寶慮，與君携手話希夷。」據此則鍾離權與陳摶亦相識，是其人已入宋矣，未知是否即八仙之首漢鍾離否？

八仙中唯一女子何仙姑亦有詩，據太平廣記載：增城何仙姑所作麻姑峯詩：「麻姑笑我戀塵囂，一隔仙凡道路搖，去去滄洲弄明月，倒騎黃鶴聽吹簫。」

英雄老去美人遲暮

陸放翁「訴衷情」詞：當年萬里覓封侯，匹馬戍梁州，關河夢斷何處，塵暗舊貂裘，胡未滅，鬢先秋，淚空流，此生誰料，心在天山，身老滄洲。老驥伏櫪，雄心未已，但已無可如何，此是人生最苦之境。

辛稼軒「鷓鴣天」詞：「壯歲旌旗擁萬夫，錦襜突騎渡江初，燕兵夜銀娓胡韊，漢箭朝飛金僕姑。追往事嘆今吾，春風不染白髭鬚，都將萬字平戎策，換得東家種樹書。」此詞因「有客慨然談功名，因追念少年時事，戲作。」稼軒此詞自道少年時的事，全是事實，他本是山東人，山東陷於金，宋室南渡，稼軒率數千人自拔來歸，南宋朝廷最初也頗爲重用，以後由於北伐無望，一輩急進之士皆被投閒置散，鬪鬪以終，稼軒是其中代表人物。

（未完）

天聲人語

丙辰初冬與戒三仁超江美遊大嶼山悟園　文疊山

微生何所尚，寄迹若閒鷗，相約數三友，飄然物外遊，舟次聯吟句，瞬覺過坪洲，大嶼同登岸，車經山路悠，朝暉迓遠客，爽氣駐初秋，楓葉紅如火，田禾碧似油，甫抵觀音寺，漫步各自由，拾級沿溪徑，嵐光逐水流。怪石嶙峋現，野樹綠陰稠，凌風登絕巘，堪與白雲儔。俯瞰懸岩下，悟園望眼收，層巒聳翠色，飛閣隱荒邱，亭榭波留影，魚兒餌戲浮，奇花雜異草，梅鹿共清幽。(園中有飼梅花鹿)盤桓忘世慮，浩曠豁吾眸，斜陽冉冉落，宿鳥向林投，暮色逼人近，知時未可留，歸道多犖确，遍野歷松虬，疑是臨仙境，玄圃此中求，迷路問樵女，邁步不可休。且喜腰脚健，須臾達平疇，果腹覓餐室，大三元最優，鄉村風味美，魚蔬勝珍饈，相顧此行樂，重來定再謀，四望趨沈寂。新月正橫鈎。

阜城感舊　丙戌

連天烽火喜重逢，相對猶疑是夢中，萬種離懷無處訴，那堪冷雨又淒風。

慚愧使君負舊盟，十年蹤跡最關情，絕似瑤台明月夜，花前重遇許飛瓊。

茅店相逢憶昔時，青梅竹馬兩無知，十五年來人老大，前程回首夢如絲。

往事淒迷不可尋，欲從佛海向前因，我未成名君未嫁，青山紅樹兩傷神。

婦病有感　孫甄陶

驚看疾作黯然愁，芻狗生靈感不休。話到辛酸啼宛轉，憂來煩惱損溫柔。幾曾身世傷紅粉，只願人間見白頭。最是謝公憐愛女，為何竟使嫁黔婁！

結褵四十七年前，歡夢迷離玉枕邊。炎海巴渝仍繾綣，冰天遼瀋更纏綿。深悲廿載羈新陸，擬藉一行了舊緣。可恨倚裝方待發，欺人二豎已爭先。

記得中原寇盜侵，干戈兩地信沉沉。欲明相憶成深憶，要使君心換妾心。慧業生天猶易致，溫馨小夢定難尋。何時愛海堪填補，反復思量淚滿襟！

醫療易地遠紛華，此去金門望眼賒。大度罕言身外物，小心惟念佛前花。劇憐癡壻孤單宿，管領殘陽一亂家。他日歸看滿園綠，新芽全似舊時芽。

六十感賦　李爾康

歷盡悲歡六十春。未知何物可謀身。只因親在難言老。生怕人憎不說貧。雞肋未儲中夜酒。牛衣仍見異鄉塵。瀰天風雨歸期遠。兒女愁看淚滿巾。

卜居（用轆轤格）　李爾康

歎息長安不易居。生涯何日罷樵蘇。樓臺極目多風雨。時序驚心久道塗。萬疊雲山皆北嚮。卅年夢幻渺南圖。買田陽羨吾無力。覓得蓬廬興不孤。天涯何處卜吾廬。歎息長安不易居。人在家山千里外。夢回燈火五更初。亂時寄興國家事。垂老關懷兒女書。浮世何如知足樂。當拋萬慮莫踟躕。舉世紛爭歲又除。栖遲浪跡竟何如。歌聲賣島無時歇。歎息長安不易居。心曠從知愁病遠。家貧漸覺友朋疏。百無一用是吾輩。長鋏興嗟悔讀書。一生難得是糊塗。兩袖清風總不如。仰蓄未除胸壘塊。經營不擅口吹噓。沉淪故國空相望。歎息長安不易居。三徑於今成夢影。延賓還笑食無魚。逐盡繁華愧遂初。老來侘傺總愁予。阮囊羞澀情如舊。鴻案更番思有餘。守拙何須容世俗。結鄰猶自愛鄉閭。車如蟻聚人如海。歎息長安不易居。

疊韻酬定公並柬嘉有詞長　吳春晴

短几維摩室，臥邊拜德音。迎年遲臘盡，報歲浥芬深。墨妙烟光篆，春寒蕁綠岑。吳執當拱賓，肯設棄捐心。極海茫無際，乘桴違難來。卅年眞且莫，天地是塵埃。架上籤任朽，樓頭蕙勉栽。冷鋒偏踵至，霜霰失蓬萊。

春回故國　張白翎

香嚼梅花妙入神。草堂歸燕語堪親。遙知故國迎青帝，直借東風掃赤塵。日月重光旌旆耀，河山依舊歲華新。中原父老應無恙，共醉黃龍大漢春。

白翎居士六旬榮慶寄北雙調新水令慢　傅清石

憶五旬曾寫祝榮朝。可又慶六旬來到。生辰降龍虎，壯志透雲霄。休卸征袍。反攻事莫忘了。可欣白也詩清越，更喜翎兮翼健豪。

次韻湯盛兄招飲兼示同席　張白翎

春節聯歡第一回。賡詩賭酒喜爭魁。不須刻燭拈新韻，且共邀杯倒舊醅。感子溫情吟畔見，笑餘素抱醉中開。留園爭奈難留客，踏月還教送客來。

編餘漫筆

編者

本期有兩篇重要回憶錄，都是遺著，一是故司法院長田炯錦先生之自述青少年時代，從這篇大文中，不但看出田老當年艱苦奮鬥成功的經過，並描繪出當年大西北的民情風俗。甘肅在內地十八省是「次苦」之省，情況僅好過貴州，尤其是在清末民初，當地又屢經兵燹，社會秩序損壞，人民死傷流離，元氣大傷。一個農村青年想到都市求學，讀大學，到外國讀博士，實在不是一件簡單的事，西北地區人才寥落，此爲主因。但當地民風質樸，習於勞苦，從田老身上可以看到。

萬耀煌將軍長陸大經過，也是重要史料，其中有許多以前不知之事，如被稱爲「兵學家」的楊杰，其人之私生活糜爛，人所共知，但其長陸大之成績尚少人述及，萬將軍雖然輕輕一筆帶過，亦可看出個中情況。如楊杰者正言過其實，不可大用，用之必僨事。

夏志清先生之「好萊塢（港譯荷里活）早期的華僑片和軍閥片」頗有趣味，所記述之片，絕大多數未曾在中國映過，即在美國，除非對此道有興趣，願用力研究者，亦無機會看到。從夏先生所述各片內容，可以看出當初的此類「片」對中國先存一種輕視心理，內容自然是盡力歪曲，劇情更與實情不符，中國人看了不快，自是必然的。但到了今日，外國人拍中國片，輕視心理也許沒有，只是對中國風俗習慣不了解，笑話仍多。按理我們應當拍一些有意義的國語片，拿到外國放映，以糾正外國人的視聽，可惜我們能拿得出去的電影，只有武打，打來打去，片的好壞不說，也使外國人覺得中國人愛鬥，出於天性，則今日之大陸局面，便無怪其然了。

何其坦先生「幾則中西文化交流的小故事」，對中西文化之交流，有生動描述，實則文化本是同源，有許多問題都是不謀而合。以曆法而論，現行之公曆與中國之農曆，本來不相干，也未嘗交流過，但兩種曆都是十二個月，每月都是三十天，可見文化的起源，仍然是基於人類的需求，彼此往往相合。

日據時代台灣同胞的民族精神，是一篇重要史料，尤其在今日發表，更關重要。國土在淪亡時，必然有忠烈之士出來奮鬥，同樣情況，也一定有奸人從中混水摸魚，成功者有時反而是奸人，但歷史必然要還一個公道，對任何事皆是如此。

東引島風光也是一篇重要文章，到台灣的人多得很，到金門的已經很少，到過東引的則少而又少，讀了此文可當臥遊。

掌故月刊訂閱單

姓名（請用正楷）中英文均可			
地址（請用正楷）中英文均可			
期數及金額	一年		
	港澳	台灣	海外
	港幣二十四元正	台幣二百四十元	美金八元
	平郵免費・航空另加		
	自第　期起至第　期止共　期（　）份		

請將本單同款項以掛號郵寄香港九龍旺角郵局信箱八五二一號

英文名稱地址：

The Journal of Historical Records
P. O. Box No. 8521, Kowloon
Mongkok Post Office, Hong Kong.

月刊

70

野史·佚聞·
人物·風土·

中華民國六十六年(一九七七)六月十日出版

掌故月刊

第70期 目錄

每月逢十日出版

掌故 第七十期

每册定價港幣二元正

全年訂費 港幣二十四元 台幣二百四十元 美金八元

出版兼發行者：掌故月刊社

地址：新蒲崗景福街一一〇號十樓
通信處：九龍旺角郵局信箱八五二一號
電話：K八〇八〇九一

The Journal of Historical Records
P. O. Box No. 8521, Kowloon
Mongkok Post Office, Hong Kong.

督印人：鄧少卿
總編輯：岳騫
印刷者：和記印刷有限公司
電話：K二二三八一九
總代理：吳興記書報社
香港租庇利街十一號二樓
電話：H四五〇五六一　四五〇七六六
國內代理：何復國
台北郵政劃撥帳號：一〇七四三八
星馬代理：遠東文化事業有限公司
新加坡厦門街十九號　檳城沓田仔街一七一號
印尼總發行：集源公司　椰城旗桿街87號A
Dil Tiang Bendera No. 87A
Djakarta, Indonesia.

澳門：可大文具店
亞庇：利民公司
斗湖：光明書局
漢城：泛亞書籍公社
倫敦：香港文化服務社
中藝公司
東寶公司
紐約：友聯圖書公司
友誠公司
友方公司
菲律賓：華安書局
芝加哥：文華書店

羅省：大元公司
新東方公司
三藩市：益智圖書公司
文化商店
華盛頓：德昌公司
波斯頓：中西公司
千里達：中華公司
加拿大：香港商店
溫哥華：僑益書局
滿地可：明星書局
渥太華：民生書局
巴西：興昌公司

紀金門古寧頭之役

劉雲瀚

一、緒　言

——古寧頭戰役之時代意義——

金門古寧頭戰役發生於民國三十八年十月二十五日凌晨二時許，結束於二十七日上午十時許，歷時三晝夜。就作戰規模而言，在近代戰史上不過像滄海中一個小小的漩渦而已。即以我國民革命軍以往的戰史相比，也如小巫之見大巫，不可同日而語。但其所具之時代意義，則頗重大，影響也很深遠。

大陸戡亂軍事屢遭挫折，到了三十八年秋冬之交，更是急轉直下，軍事節節失利，士氣消沉，人心頹廢，內政、外交、經濟亦異常混亂，情勢萬分險惡。幸賴我偉大領袖蔣公始終堅定如一，砥柱中流；已故陳副總統辭公（誠）秉承蔣公意旨，總綰東南軍政，不避艱危，不辭勞怨，輔翊籌運；前方將士深受感召，遂有古寧頭之捷。挽回頹運，開拓新局，底定中興，創下一個歷史的契機。

今行政院蔣院長經國先生曾說過：「當三十八年金門古寧頭戰役，我們把共軍登陸的部隊全部消滅了的那一天，我從金門回到台北，向總裁報告：『金門古寧頭大捷了，這一次我們全勝了』。總裁很高興的說：『這是我們革命軍轉敗爲勝的開始，是我們第一次把共匪的軍隊打得全軍覆沒』。」這一戰役的時代意義於此可見。

中國之友前美國參議員諾蘭先生伉儷於是年十一月十九日來華訪問，曾蒞金門憑弔古寧頭戰場。離台時，在機場對爲他送行，當時的東南軍政長官兼台灣省主席陳辭公說：「金門之戰的勝利，可以媲美第一次世界大戰的色當之戰，同是轉敗爲勝的轉捩點」。國際友人語重心長，溢美之詞，益用自勵。

古寧頭之捷，直接給予驕狂之共軍以當頭棒喝，痛挫其兇燄；也重振了我國民革命之聲威，鼓舞了民心士氣。軍隊恢復了與共軍拚鬥到底的決心，人民有了信賴政府，團結奮鬥的信心。繼之而有舟山登步島之勝利。金門之卓然屹立，進而與馬祖互爲犄角，直接封鎖了廈門灣與閩江口的進出路，使共軍不得利用廈門與福州兩個最接近台澎的大陸海岸兩大港口，遮斷了共軍艦船在台灣海峽之活動，二十多年來共軍始終不敢越雷池一步，屏障台澎安如磐石。「八二三」台海戰役，又使共軍鎩羽而歸，金門地位之重要與日俱增，更無論矣。

四十四年大陳撤守後，總統蔣公更明白宣示：「無金門便無台澎，有台澎便有大陸」。二十餘年來先後巡視金門達三十三次之多，可見對金門戰略價值之重視與確保金門之堅定決心。回憶昔年，總統蔣公指示要加強金門防務，實施工事地下化，以求保持戰力，藏於九地之下，動於九天之上，要在太武山開鑿坑道。我當時適承乏工兵署署長，得參與其役，協助金防部策劃與施工指導及後勤支援之責，在困難重重之下，卒賴金門官兵胼手胝足，焚賓繼畧，締造此一偉績，使今日金門，在戰備上堅强無比，固若金湯，此皆總統蔣公高瞻遠矚，親加督導有以致之也。

共軍之進犯金門，策劃綦詳，準備極周，部隊精銳，裝備優良，志在必得；而我軍，以人員不足，裝備不全之師應戰，兩相比較，顯居劣勢，卒能使來犯之共軍全軍覆沒，無一生還，創造古寧頭大捷，成爲國軍在島嶼防禦的反登陸戰中，以寡勝衆，全殲敵軍的一個成功戰例。如果對這一戰役的作戰經過，和共軍究竟犯了一些什麽樣的重大的錯誤？才遭致這樣慘重的失敗；我軍又憑什麽打了這次勝仗？倘詳加研討，也許是一件頗饒興趣的事。爰將本戰役戰前的一般情勢，和作戰經過，以及敵我兩軍戰畧戰術上之得失關鍵所在，分別加以敍述，并予以客觀的檢討與評論，畧提管窺之見，藉供參考。

二、戰前一般情勢

（一）金門之地畧形勢與地形概要

1.地畧形勢

金門島羣位於我國大陸東南沿海滬港（上海、香港）航路之中心，共有大小島嶼十二個，雄峙於厦門灣之口外，一衣帶水，鄰近大陸海岸，是福建省的一個縣。以大金門本島最大，小金門（一名烈嶼）次之；另有大擔二擔兩小島則東西併列於金門與共軍據之青嶼、浯嶼間，扼制共軍據厦門灣西南之進出口，爲金門島西側之屛衞。由大金門東部東北端之馬山距共軍據角嶼僅二千三百公尺，爲由金門離大陸沿海共區最近之點；由金門西部古寧頭一帶海岸距離大陸海岸則約在六至十餘公里不等；全島各地均在大陸海岸岸砲射程之內。

至金門與台、澎之間，由金門向東距澎湖馬公八十有二海浬；距台灣南部高雄一百五十海浬，距北部淡水、基隆一百九十餘海浬。因知，這一島羣恰好封鎖了大陸沿海離台灣、澎湖最近的一個港口——厦門。

歷史上由大陸對台、澎用兵，多以金、厦爲基地，由此出發，先取澎湖，再奪台灣。明末鄭成功是由金、厦而取台澎。以後滿清的攻取台、澎，也是先屯兵金厦，乘隙攻佔澎湖，再由澎湖窺伺台灣。古寧頭之役所俘獲之共軍作戰命令中，亦有「奪取金門，解放全福建，并建立爾後攻擊台灣之基地」等語。

故金馬實是控制台灣海峽，屛障台澎的前衞基地。將來反攻大陸時，又可作爲登上大陸之跳板。由此可見其所處的地畧形勢是十分重要的。

2.地形概要

茲祇就作戰地區金門本島（大金門）當時的地形作一簡介。（現在的地形由於建設進步，已有許多變遷。）

金門本島之形勢如一啞鈴形；中央狹窄爲一腰部，將本島分爲東部與西部；面積共計一百六十四平方公里。本島除太武山外，多爲起伏丘陵地。太武山橫亘於本島之東南部，雄瞰本島，海拔三百廿六點七公尺，山之大部爲花崗岩質。

古寧頭位於金門本島西北端，是由林厝向西南延伸出去的一個突出部，宛若一隻手臂，中間隔了一個海灣（原名雙鯉湖）與湖下相對，落潮後，由湖下至古寧頭之一突出部可以徒涉。（此處現已築成一堤，蓄水成湖，改名爲「慈湖」，爲金門風景區之一。）古寧頭的地形，大部是起伏的丘阜，其西北端海岸有一段削壁。

本島之海岸線全長約八十八公里，東部多暗礁，其餘海岸除削壁、地隙外，悉爲沙灘。料羅灣在本島之南部，面臨大海，爲本島最佳之停泊地，惜風浪甚大。

金門縣城位於本島西部，島上所有家屋都是疊石作牆，相當堅固，利於防禦。

（二）雙方一般狀況

1.共軍狀況

「共軍兵力態勢」：

共軍第十兵團僞司令員葉飛（轄廿八、廿九、卅一等三個軍）自三十八年八月竄陷福州後，隨即繼續南侵。九月底進出金厦外圍，比即準備同時進攻金厦。卒以船隻徵集過於困難，以及其他原因，乃延期於十月十五日先攻厦門，迄十七日攻佔廈門後，復準備十月廿日以僞廿八軍及僞廿九軍各選編精銳四個團，擔任攻擊大、小金門，命令業已下達，其第一梯隊且已集結完畢，但又因船隻集中不及，遂再順延至十月廿四日夜實施。迄十月廿四日共軍之兵力配置態勢如。

附表一　金門當面共軍指揮系統判斷表

- 共軍第十兵團
  - 第廿八軍
    - 第八十二師
      - 第二四四團
      - 第二四五團
      - 第二四六團
      - 師砲兵營
    - 第八十三師
      - 第二四七團
      - 第二四八團
      - 第二四九團
      - 師砲兵營
    - 第八十四師
      - 第二五〇團
      - 第二五一團
      - 第二五二團
      - 師砲兵營
    - 軍砲兵團
  - 第廿九軍
    - 第八十五師
      - 第二五三團
      - 第二五四團
      - 第二五五團
      - 師砲兵營
    - 第八十六師
      - 第二五六團
      - 第二五七團
      - 第二五八團
      - 師砲兵營
    - 第八十七師
      - 第二五九團
      - 第二六〇團
      - 第二六一團
      - 師砲兵營
    - 軍砲兵團
  - 第卅一軍
    - 第九十一師
      - 第二七一團
      - 第二七二團
      - 第二七三團
      - 師砲兵營
    - 第九十二師
      - 第二七四團
      - 第二七五團
      - 第二七六團
      - 師砲兵團
    - 第九十三師
      - 第二七七團
      - 第二七八團
      - 第二七九團
      - 師砲兵營
    - 軍砲兵團
  - 兵團砲兵團

附表二

①共軍登陸時之指揮系統：

- 共軍登陸軍指揮官28A副軍長蕭鋒
  - 第一梯隊指揮官82D師長鍾賢文
    - 左翼隊 244R團長 邢永生
      - 第廿八軍第八二師第二四四團
      - 第廿八軍第八二師第二四六團第三營
      - 第廿八軍砲兵團山砲第二連
      - 第廿八軍第八二師砲兵營化學重迫擊砲之一排
      - 第廿八軍第八二師砲兵營步兵砲連之一排
      - 第廿八軍第八十三師迫擊砲連（由該師各團抽編）
    - 中央隊 251R團長 劉天祥
      - 第廿八軍第八十四師第二五一團
      - 第廿八軍第八十四師砲兵營化學重迫擊砲之一排
      - 第廿八軍第八十四師第二五〇團迫擊砲連之一排
      - 第廿八軍第八五師第二五四團火箭砲排
    - 右翼隊 253R團長 徐博
      - 第廿九軍第八五師第二五三團
      - 第廿九軍第八五師砲兵營
      - 第廿九軍第八五師第二五四團火箭砲排
  - 第二梯隊指揮官85D師長朱雲謙
    - 第二八軍第八十二師第二四五團
    - 第二八軍第八十二師第二四六團（欠第三營）
    - 第二八軍第八十五師第二五四團
    - 第二九軍第八十五師第二五九團

②預定全部登陸後之指揮系統：

- 共軍登陸軍28A副軍長蕭鋒
  - 第廿八軍第八十二師 師長鍾賢文
    - 第二四四團
    - 第二四五團
    - 第二四六團
    - 第八四師第二五一團
  - 第廿九軍第八十五師 師長：朱雲謙
    - 第二五三團
    - 第二五四團
    - 第二五五團
    - 第八七師第二五九團

附記：

一、預定登陸金門之兵力，使用精選之步兵八個團，及配屬砲兵一部。

二、另有第一、第二兩砲兵羣，合計有各式火砲三十二門，配置於大嶝、小嶝、大伯、小伯及角嶼等島嶼上，担任登陸軍之火力支援。

共軍作指揮系統判斷如附表一、二。

「共軍作戰計劃之研判」

根據當時情報所知共軍狀況，及戰時鹵獲共方文件，與實際作戰經過，綜合研判共軍作戰計劃概要如左：

共軍對金門之攻擊，預定以偽軍廿八軍之八十二師配屬八十四師第二五一團，及偽廿九軍之八十五師配屬八十七師之第二五九團共八個團，統歸偽廿八軍副軍長蕭鋒指揮，擔任攻擊大小金門之任務。由大小嶝島等地之砲兵羣於登陸前行短暫之急襲射擊，支援其突擊部隊於后沙亘古寧頭間海岸强行登陸，爾後集中全力於一個方向，以數個箭頭向湖尾鄉、壠口迄古寧頭間我軍陣地行突破。得手後，先站穩脚跟，爾後再以瓊林、沙頭（即尚義村）爲分界，阻擊東面守軍之西援，先殲滅西部守軍，然後轉移向東，再與由官澳、劉澳間登陸之共軍聯合，以殲滅東部守軍。爾後另以一部（八十五師兩個團）自古寧頭、水頭間渡海，攻殲小金門之守軍。

其第一梯隊突擊團登陸後，船隻即行返航，接運第二梯隊繼續渡海登陸。

2.我軍狀況

「我軍兵力態勢」：

三十八年九月三日，我第二十二兵團（欠第五軍）奉福州綏署代主任湯恩伯將軍之命，配屬第八十軍之第二〇一師（欠第六〇三團）、戰車第三團之第一營（欠第二連）擔任金門防務，奉命後即積極準備防務。

九月中旬第五軍（欠第一六六師）歸還第二十二兵團建制，擔任小金門防務。十月初，第十二兵團之第十八軍（欠第四十三師）由潮汕轉移增防金門，在第十二兵團全部尚未到達接替防務之前，暫歸第二十二兵團李司令官指揮。

十月十九日我第十二兵團司令部及第十九軍奉命續由潮汕轉移金門準備接防，二十二日夜船團到達金門料羅灣，適海面風高浪大，登陸設備不夠，無法即時卸船。延至二十三日入夜第十九軍軍部及直屬部隊與第十三師始行登陸，進駐金門城區附近。二十四日第十八師師部暨第五十二團登陸，進駐瓊林，該師之第五十四團則於二十五日晨戰事發生後始登陸，其第五十三團亦因尚未登陸而戰事發生，乃於二十五日晨轉運小金門增防。第十四師師部暨第四十二團於二十四日黃昏登陸，進駐金門城南、吳厝及金門舊城間，其第四十一團於二十四日晚登陸後隨即進駐頂埔下，其餘部隊則陸續於二十五日下午始登陸完畢。

原預定於第十二兵團各部到達完畢後即接替第二十二兵團防務，擔任金門守備，不料於防務正待交接之際，共軍即來犯。當時我軍之指揮系統如附表三。

「我軍作戰計劃概要」：

戰前第二十二兵團司令官李良榮將軍，綜合研判當時一般狀況後，策定金門防衛計劃要旨如左：

併用直接與間接配備，分區防守，控制有力機動部隊，置重點於大金門西部，迅速加强野戰工事及副防禦，堅强固守，務求殲滅來犯共軍於水際及灘頭，確保大、小金門及大、二擔諸島，封鎖廈門港口，以爲保衛台澎之外圍據點。

三、作戰經過

（一）戰鬥前共我雙方之準備與行動

1.共軍方面：

匪軍於接近金廈外圍後，爲準備對金廈進攻時，對攻擊各項準備有利計，乃先於十月九日十八時開始攻擊大嶝島，十日晚佔領；十二日繼攻小嶝島，十三日佔領；迄十六日止，又先後佔領金門東北海上之角嶼、大伯、小伯等島嶼，將沿大陸海岸附近島嶼上之我軍迫退。原定十月二十日入夜後即開始登船渡海來犯，卒因船隻不夠，而延期。

十月二十日起，金門對岸之共船逐日增多，往來頻繁，迄二十四日爲止，共軍又陸續將各種火砲共三十餘門，逐漸推進至大伯、小伯、角嶼、大嶝、小嶝等島上及蓮河、圍頭一帶海岸邊。

附表三　我軍防衛金門陸海空軍指揮系統表

- 第十二兵團胡璉
  - 第十八軍高魁元
    - 第四十三師鮑步超
      - 第一二七團
      - 第一二八團
      - 第一二九團
    - 第十一師劉鼎漢
      - 第三七團
      - 第三八團
      - 第三九團
    - 第一一八師李樹蘭
      - 第三五二團
      - 第三五三團
      - 第三五四團
  - 第十九軍劉雲瀚
    - 第十三師吳垂昆（副軍長兼）
      - 第三七團
      - 第三八團
      - 第三九團
    - 第十四師羅錫疇
      - 第四〇團
      - 第四一團
      - 第四二團
    - 第十八師尹俊
      - 第五二團
      - 第五三團
      - 第五四團
- 第二二兵團李良榮
  - 第廿五軍沈向奎
    - 第四十師范麟
    - 第四五師勞聲寰
  - 第五軍李運成
    - 第二百師
    - 第二〇一師鄭果
      - 第六〇一團
      - 第六〇二團
      - 第六〇三團
  - 戰車第三團第一營（欠第二連）陳振威
  - 砲兵第三團第七連
  - 重迫擊砲第一連
  - 要塞砲第二總臺
  - 技術總隊第一大隊
- 空軍
  - 第一大隊—陳依凡
  - 第三大隊—李礩
  - 第四大隊—張光蘊
  - 第五大隊—張唐天
  - 第八大隊—張培文
  - 各一部
- 海軍第二艦隊黎玉璽（一部）
  - 太平洋艦——馮啓聰
  - 中基艦——馬森衡
  - 聯錚艦——陳東海
  - 楚觀艦
  - 南安艦
  - 淮安艦
  - 二〇二
  - 二〇三
  - 砲一五
  - 一六

附記：

一、金門防務原係福州綏署代主任湯恩伯將軍指揮第二十二兵團李良榮將軍所部担任。

二、第十二兵團奉命接替金門防務後，福州綏署代主任湯恩伯及第二十二兵團司令官李良榮奉命於交防後，率部候船調臺灣。當防務正待交接之前夕，共軍即來犯，正激戰間，胡司令官兼程趕到金門，李司令官隨即將指揮權轉移胡司令官接掌，繼續指揮作戰。

三、海空軍爲協同陸軍作戰，均與當時地面部隊之最高指揮官直接協調。

2.我軍方面：

戰前我軍鑒於共軍之積極準備進犯，如箭在弦，一觸即發。一面積極加强工事，一面佈置水雷、地雷。

空軍方面，爲摧毁共軍之攻擊準備，由台灣空軍基地，曾於十月十六、十八、十九等三天分別派遣機隊，連續偵炸金厦外圍及沿大陸海岸附近各島嶼之共軍與船隻。

海軍方面，原在金門沿海擔任巡邏任務之艦艇，計有第二艦隊之中榮、楚觀、聯錚、202、203、南安、淮安及砲十五、十六等九艦艇，戰鬥發生後更加派太平艦前來增防。

十月廿四日下午并在壠口迄古寧頭間海灘舉行一次步戰聯合演習。

（一）戰鬥經過

十月二十五日（作戰第一天）：

「共軍之發航與登陸突擊」

十月二十四日十九時，共軍進犯金門行動開始發航。其第一梯隊於廿五日凌晨二時十分航進至金門之后沙、壠口、古寧頭一帶海面，距海岸約六七百公尺之處，此時大伯、小伯、角嶼、大嶝、小嶝等島上之共砲三十餘門，即開始向我官澳、西圓、觀音亭山至古寧頭間海岸行猛烈之急襲射擊，共船在砲火掩護之下，逐漸接近海岸，强行登陸。迨至上岸後，建制異常混亂，因此，不能作有組織之戰鬥。惟雖在混亂情況之下，而共兵仍能人自爲戰，紛紛向岸上突擊前進。

「水際與海岸戰鬥」

當時我軍在后沙亘古寧頭一帶海岸擔任守備之部隊爲第二〇一師（第六〇一及六〇二兩個團）。當共軍强行登陸，向我海岸陣地突擊時，我守軍先以火力阻共軍登陸，繼在陣地內與共軍血戰，一時戰況，至爲激烈。戰至近凌晨三點鐘時，我第一線守軍傷亡頗多，海岸第一線陣地被共軍突破，我軍退守觀音亭山、湖尾鄉、安岐、埔頭亘一三二高地之線；繼上述各地又被共軍竄入。

「共軍自相混戰」

廿五日晨四時前後，當共軍第二五一團第一營進至湖南高地西端時，與先已到達該地之共軍第二五三團第一營，因夜暗誤會，以致自相混戰，傷亡頗多，因此該兩部共軍停滯於該地，惟其左右兩翼則仍繼續向南竄進。

「反擊戰鬥」

反擊部署：

十月廿五日凌晨三時許，正當灘頭戰鬥激烈進行，我海岸陣地已被共軍突破之際，小金門及大金門東半部均尚無情況。第廿二兵團司令官李良榮將軍綜合全盤情況，判斷共軍登陸在壠口及其以西至古寧頭間地區，乃決心以機動部隊實施反擊，當作如下之部署：

1. 命第十八軍軍長高魁元指揮第一一八師（欠第三五二團）配屬戰車第三連（欠一排）由現駐地分向現正竄向西山、觀音亭山、湖尾鄉及湖南等地之共軍攻擊而殲滅之；

第十九軍之第十八師其已登陸，進駐瓊林之部隊即就近歸十八軍高軍長指揮，該師尚未下船之第五十三團着即原船轉航小金門登陸，歸第五軍李軍長運成指揮；

2. 命第十九軍軍長劉雲瀚即與第廿五軍軍長沈向奎連絡，指揮該軍第十四師（欠第四十團），及第十三師之一部，由金門後埔向北推進，迎擊由安岐、埔頭南竄之共軍，併積極向古寧頭進出，殲滅當面之共軍，另以第四十師之迫擊砲全部配屬第十四師，以加强其火力。爾後由該兩軍長協商指揮當面之作戰。

3. 命戰車營營長陳振威即將控置爲預備隊之戰車兩排，進至瓊林待命。

各部隊奉命後，即分別開始行動。本軍（第十九軍）因初到金門，通信網尙未建立，我即遵李司令官之電話指示，率必要幕僚組成軍指揮所，移駐金門城之第廿五軍軍部，與沈軍長就近會商，指揮作戰。

「安岐附近之戰鬥」

第十八軍方面於奉命開始反擊時，即以第一一八師向竄入之共軍攻擊，該師之第三五三團由頂保以第二營(欠第五連,該連爲團預備隊）向湖尾鄉方向攻擊，團指揮所及第五連自頂保向安岐推進。其第二營（欠）則於進至湖尾鄉高地東南側時與優勢之共軍遭遇，對戰以迄天明。其原駐安岐之第一、三兩營恰於共軍登陸時與團部電話連絡中斷，該兩營長鑒於情況急迫，當即獨斷專行，併肩向安岐以北海灘及古寧頭方向前進，於三時許進至古寧頭東北台地亘海岸之線與共軍遭遇，發生混戰，此爲我軍出動反擊最早之部隊，敵我傷亡均大。五時稍過，另有一股共軍突進至安岐村及其周邊地區，團長楊書田率所屬警衛排及第五連，亦剛好到達安岐，就地與共軍展開巷戰，爭奪此一村落，并始終確保安岐之一部，與共軍相持。此時在此一地區，共我雙方犬牙相錯，形成互相混戰之情勢。

我第一一八師之三五四團係向觀音亭山方向攻擊，斯晨四時卅分方展開於西山東西之線，即與共軍接觸，於黑暗中與共軍相持膠着。

「演習抛錨戰車之意外收穫」

先是我戰車第三連之戰車一輛於廿四日下午演習時，在西保東北端發生故障，留在原地待修，該連長周名琴爲策安全計，另派戰車一輛隨同掩護，情況發生時又再加派一輛，周連長自率戰車一排駐於湖南村附近待機，因而當共軍向西保與湖南間竄進，經過戰車附近時，恰好被我戰車火力所阻擊，使該股共軍不能繼續深入，對友軍之戰鬥協力甚大，這是一項意外的收穫。

「一三二高地之爭奪」

一三二高地爲古寧頭海灘南邊的一個要點，對北可俯瞰安岐、埔頭、林厝迄古寧頭一帶海灘；對南可屛障金門縣城。原由第二〇一師第六〇一團守備。

本軍(第十九軍)於奉命開始反擊時，即以第十四師之第四十一團於廿五日晨四時卅分開始由頂埔下向一三二高地推進，以期協力第二〇一師之六〇一團迎擊當面之共軍。第十四師師部及第四十二團即由吳厝向北前進，預期向安岐以南高地至一三二高地間迎擊南竄之共軍，幷繼續向北攻擊，與第四十一團併肩向古寧頭進出，以期殲滅當面之共軍。另以第十三師已卸船之第卅九團集結於金門城北高地，控制爲軍預備隊，爲防共軍向金門縣城滲透，命在城北高地擇要構築工事，配置警戒。我和沈軍長(向奎)於處置完畢後已近拂曉，乃偕同乘車親往前線視察，在出發之前，沈軍長曾以電話與一三二高地第六〇一團連絡，得知該高地仍在我手中，乃驅車逕往，甫抵該高地南側鞍部時，忽然間敵機槍自該高地向我座車猛烈射擊，四周落彈甚多，塵土飛揚。沈軍長乃急速迴車（該車由沈軍長親自駕駛），千鈞一髮，人車無損，亦云幸矣。回轉途中，遇第十四師第四十一團正向北前進中，我當即指示該團，迅速前進，迎擊南竄之匪，務速收復一三二高地。回抵金門城北高地時，又遇第十三師卅九團正在附近配置警戒，即命速以一部佔領附近要點，以防共之突入。

晨六時前後第十四師之第四十二團與第四十一團均已先後與由安岐南方高地及一三二高地方面南竄之共軍遭遇，發生激烈之遭遇戰，該兩團雖兵員裝備不全，由於幹部之奮不顧身，身先士卒，勇猛攻擊，雙方傷亡均多，共軍終不支，向北潰退。第四十二團乘勝向安岐追擊。第四十一團亦於同時收復一三二高地，時已七時半矣。該團比即繼續向蝟集於埔頭之共軍圍攻。自後第二〇一師之第六〇一團收容集結後，奉命歸第十四師羅師長指揮。

沈軍長和我得報一三二高地收復後，隨即將指揮所移往該高地，親臨前線指揮直至戰鬥結束爲止。

「戰車加入戰鬥與觀音亭山、湖尾鄉之殲共」

戰鬥到拂曉後，大金門東部仍沉寂如恆，左翼第十八軍高軍長乃決心將控制於沙美之第一一八師第三五二團及戰車第一連(欠一排)轉用於西部，即命馳往瓊林附近，準備加入反擊。幷命戰車第一營營長陳振威統一指揮，協同第一一八師作戰。

六時半，戰車開始協同步兵作戰。斯時我第三五四團已進至觀音亭山東南二百公尺之線，遭遇共軍之頑强抵抗，戰況復趨激烈；第三五三團方面散佈於安岐周邊之共軍，則已逐漸侵入村內與我軍正酣戰中。惟此時向安岐以南及一三二高地狼奔豕突之共軍，則已遭我第十四師之痛擊，狼狽回竄。

由於拂曉後戰車之加入戰鬥，我第一一八師方面進展隨即加速。六時四十分後，我步、戰密切協同，乘勝衝殺，共軍陣線遂呈混亂崩潰狀態，殲俘共軍甚衆。迄七時十分，我軍已分別收復觀音亭山及湖尾鄉高地。隨即掃蕩戰場。殘餘共軍沿海灘分向東西兩面逃竄。此時戰車乘勝超越步兵進擊擱淺於海灘之共船及逃遁之殘共。惟退據壠口之共軍，仍負嵎頑抗。第三五三團第二營(欠第五連)於戰車超越前進及第三五四團一部到達後，乃集結兵力，自東向西攻擊安岐周邊之共，俾與被圍在安岐之該團團長會合。此時第一一八師師長李樹蘭亦鑒於安岐附近戰況之混亂與膠着，爲求迅速解決戰局計，遂請求以控制於東部之第三五二團轉移西部，加入該方面之戰鬥，獲准後，即命團長唐俊賢率領所部由後半山繞經金門東側向安岐急進，加入攻擊。

「壠口戰鬥」

戰鬥進行至上述時期，敵我陣線，犬牙交錯，戰況頗爲混亂，第十八軍高軍長乃決以集結於瓊林之第十九軍第十八師(

欠第五十三團，該團已轉運小金門，又第五十四團尚未卸船，另配屬在東部之第十一師第卅一團）投入戰場，加入第一一八師右翼，向壠口方面之共軍攻擊。該師師長尹俊不待第十一師第卅一團之到達，即令第五十二團團長孫竹筠先行前進，向壠口之共軍攻擊，而以其直屬部隊之警衛營（欠第三連）跟進。自晨七時起，第五十二團由後沙沿海灘向壠口攻擊，卒將該地共軍全部就殲。

「安岐解圍，共軍退向古寧頭」

八時稍過，第一一八師第三五二團到達戰場，即由第十四師第四十二團右翼聯合向安岐及其周邊之共軍圍攻，旋即與被圍之第三五三團團長及直屬部隊、第五連等會合，迄十時稍前，安岐村內之共軍已全部肅清，惟其外圍殘共則退據安岐以北之土堤，繼續頑抗。此時第三五四團亦於肅清觀音亭山及湖尾鄉之殘共後，集結為師預備隊。

共軍被我逐次聚殲後，殘餘者，紛紛沿海灘，向埔頭、林厝、古寧頭方向且戰且退。

「沿海灘掃蕩——尖刀團直插敵背」

第十八師於攻克壠口後，其任務是繼續沿海灘向西掃蕩前進，一面阻遏共軍上船逃遁，一面應捕俘或焚毀其船隻，免被逃走。

九時卅分，第十一師之第卅一團趕到後沙附近，即歸第十八師尹師長指揮，此時第五十二團已攻佔觀音亭山北端之東一點紅，比即沿海灘繼續向西掃蕩，至十二時卅分先後攻克埔頭東北方海灘上被共軍佔據之我軍原設碉堡。以後即以如同尖刀一般之態勢，沿海灘直向共軍之背後插入，作大縱深之突進，殘餘之共軍被迫放棄陣地向古寧頭、林厝、北山、南山等地麕聚。惟退踞古寧頭台地東端之共軍，則利用我原設工事作縱深配備，憑堅頑抗。到十五時，尹師長為求迅速殲當面共軍計，乃親自督率師部警衛營攻擊林厝東方之高碉堡，經戰車之協力，激戰半小時，即將該碉堡攻克，解除第十八師所受之威脅。戰鬥時間雖短，共軍居高臨下，火力猛烈，該警衛營幾傷亡殆盡，全營僅存五十七人，營長繆佳東、副營長莫建斌均先後負重傷，戰鬥之慘烈，於此可見。官兵勇往直前，不顧犧牲之精神，至足稱道。林厝東方之高碉堡攻下後，尹師長即以配屬之第十一師第卅一團（欠一營）展開於第五十二團與警衛營之間，加入攻擊。激戰至十六時卅分前後，西一點紅之稜線已被我全部佔領，俘獲甚夥，殘共退據古寧頭西南之北山、南山間。第五十二團跟縱沿海灘掃蕩，至夜廿二時進出到南山東北端，形成對共軍之包圍態勢。

十七時卅分，第十八師之第五十四團第三營由料羅灣登岸後，即由小徑馳抵戰場，尹師長立命其歸第五十二團團長孫竹筠指揮向南山東北包圍攻擊，經一度激烈之戰鬥，即與第五十二團同時進至北山與南山之間，時已入暮，攻勢乃止。

「圍攻埔頭」

前述第一一八師於肅清觀音亭山、湖尾鄉及安岐等地之殘共後，即與第十四師跟縱向埔頭及林厝方向追剿西退之共軍。廿五日十時卅分，林厝共軍以千餘人增援埔頭，仍圖憑工事及村落家屋固守待援。此時第一一八師主力及第十四師之兩團在戰車與砲兵協同掩護之下，加速分別向安岐以北土堤及埔頭一帶共軍繼續攻擊。

十一時許第一一八師第三五二團於攻佔安岐以北土堤之線後，續向林厝東北高地攻擊前進；第三五三團與其一、三兩營取得連絡後，即以第二營與第十四師第四十二團分由東南及正南方向協力圍攻埔頭，但共軍仍憑藉工事與家屋頑抗，此時我空軍亦飛臨上空助戰，因天氣晴朗，陸空協同良好，官兵精神益振，攻勢愈猛，至十二時卅分攻佔埔頭。

「林厝戰鬥」

由埔頭潰竄林厝之共軍與當地之共軍會合，仍利用原設工事與堅固之石牆房屋，負嵎頑抗，由於林厝前面是一片平坦沙灘，致使我步兵與戰車均難接近。但我軍仍不顧犧牲，逐漸向敵近迫，十五時許，第一一八師第三五三團自東南兩面突入林厝，與共軍激烈巷戰，第三五二團則已衝入林厝北方高地。戰至黃昏以後，戰況漸趨沉寂，乃就地整頓態勢，準備爾後再興攻擊。

第十四師方面，師長羅錫疇督率第四十一及第四十二兩團亦繼續向林厝之共軍圍攻，並以戰車及二〇一師閔銘厚副師長所指揮之山砲兩門與周書庠總台長所指揮之五七平射砲兩門，配置於一三二高地協同戰鬥。十六時許，第四十二團團長李光前為圖迅速殲滅共軍計，乃身先士卒，勇猛前進，於進至埔頭北方五百公尺處，挺身揮軍前進時，不幸中彈殉國。該團官兵得悉後，益勵同仇敵愾之戰志，化悲痛為力量，人人奮不顧身，向共軍陣猛衝，但共軍仍憑堅固工事頑強抵抗，而時已入暮，我方傷亡過多，乃停止攻擊，就地整頓，準備爾後再興攻擊。

圍攻林厝時，第廿二兵團司令官李良榮將軍及第十八軍軍長高魁元將軍均曾至一三二高地本軍（第十九軍）指揮所督戰。我為圖打開戰局，曾於本（廿五）日十五時許，擬抽出第十四師之四十一團由湖下徒涉海灣至對岸（由湖下至古寧頭西南方之海灣，落潮後可徒涉，該地尚有第二〇一師之一個連固守中）由古寧頭南方繞至南山西側進出共軍之後方，實施奇襲，包圍而攻擊之，並令控置為軍預備隊之第十三師第卅九團，推進至湖下附近擔任警戒，相機加入攻擊。嗣因正值漲潮之時，不能徒涉，乃準備翌日再行實施。

「整頓態勢，準備續戰」

經一晝夜之激烈戰鬥，登陸之共軍雖已大部就殲，但蝟集林厝、北山與南山之共軍，仍利用堅固家屋負嵎頑抗；我軍前仆後繼，不顧犧牲，勇猛攻擊之精神，誠屬可嘉，但原本是兵員不足之部隊，又經重大傷亡，益形殘破，官兵經一晝夜之奔勞，精神體力同感疲憊不堪。至聚踞古寧頭之殘共，究尚有若干？特別是共軍是否尚有後續部隊於入夜後繼續來援？實為此時最值得重視之問題。第二十二兵團李司令官良榮將軍有鑒及此，乃決定一面留置一部與當前之共軍保持接觸，予以監視外，一面整頓態勢，調整部署，以防共軍增援部隊之再登陸，並予部隊以休整之時間，以備明日之再戰，當作如下之整頓與部署：

（一）第一一八師以有力之一部繼續圍攻當面之共軍，其餘部隊分別集結於安岐、盤山及后半山附近休整，準備爾後之作戰。

（二）第十四師以一部與共軍保持接觸，主力在埔頭與一三二高地間集結休整，準備爾後之作戰。

（三）第十八師（欠）附第十一師之第卅一團及戰車營等，撤退至瓊林附近集結休整，以防共軍再由東部官澳附近登陸時，能適時應援。

（四）第十三師（欠一團）推進至北海岸沿線，擔任由壠口迄古寧頭間海岸之警戒，防共偷渡。

入夜廿時以後各部隊開始就新部署。第十八師亦於廿四時脫離戰線，向瓊林附近集結。

廿三時大嶝之共砲曾向古寧頭猛烈射擊約廿分鐘，嗣因我空軍飛臨上空，共砲始停止射擊。夜半以後，我空軍輪番飛來，在上空不時投擲照明彈，監視金門與大陸間之海面，以防共軍之渡海增援。一夜平安渡過，攸關勝敗最重要的第一天於焉告終。

十月二十六日（作戰第二天）：

綜合昨（廿五）夜之情況，除廿六日凌晨三時許，對岸共軍曾以其第二四六團約一個營及二五九團約一個連於古寧頭西北側海岸渡海來援外；其他大金門東部及小金門各地均無任何情況；蝟集於古寧頭及林厝、北山與南山等地之殘共，龜縮深藏，一夜寧靜無事。

「再興攻擊」

——向林厝、南山、北山、古寧頭殘共作最後一擊——

廿六日拂曉後，我軍乃以第一一八師及第十四師繼續向古寧頭及林厝、北山與南山一帶之殘共進行最後之肅清攻擊。

第一一八師（配屬十八師第五十四團及戰車第一營（欠）與第二〇一師美式山

砲一連），於六時卅分開始向林厝及古寧頭等地之共再興攻擊。右翼第五十四團於十一時卅分首先攻克北山東北端高地之共軍陣地，直迫林厝東端之小高地，殲共軍五百餘人；中央第三五四團向林厝東南高地攻擊；左翼第三五二團於九時許曾一度衝入林厝南端，共軍隨即增援反撲，未逞，仍退守林厝村內。我軍復乘勝猛攻，逐屋戰鬥，鑽牆穿壁，節節進迫，戰至十一時卅分，共軍傷亡枕藉，我軍乃運用喊話促共軍放下武器。殘共千餘人，至此既飢且疲，已喪失戰意，除一部份共幹仍潰竄古寧頭西南及北山等處之水泥碉堡頑抗外，餘皆舉手就俘。

第十四師方面，除以原在埔頭西北之部隊，協同一一八師三五二團同時攻入林厝外，另以第四十一團團長廖先鴻率該團主力及配屬第二〇一師第六〇一團第一營（欠）於廿六日拂曉後乘落潮時，按前定計劃，由湖下涉水至對岸古寧頭西南突出部登陸，繞攻南山之西南；第四十二團則隨攻擊之進展，向林厝方向跟進。廖團長率部在古寧頭西南安全登陸後，即以團主力向南山攻擊，以第六〇一團第一營沿古寧頭北海岸攻擊，雖遇共軍之頑強抵抗，於當日十五時即已攻佔南山，續向北山之共軍包圍而攻擊之，爾後即與來自東面之主攻擊部隊會師。

十一時，東南軍政長官公署副長官羅尤青公（卓英）偕第十二兵團司令官胡伯玉公（璉）到達金門戰場，置已在桌之午餐而不顧，立即枵腹親赴前線，首先驅車至湖南高地等十八軍指揮所，繼又至一三二高地本軍（第十九軍）指揮所，觀察戰況，並分別與各級指揮官通話，指示機宜，語多激勵，勉以滅此朝食。各部隊聞胡將軍蒞臨，士氣益奮。胡司令官自此時起即接掌指揮權，繼續指揮作戰。

第一一八師李師長於攻克林厝後，續向北山及古寧頭之共軍猛攻，戰車營則以第一連協同第三五四團攻擊。共軍仍憑藉工事與家屋作困獸之鬥。此時戰車第一連連長胡克華忽收到胡司令官無線電話謂：「胡連長好久未見了，你們今天報仇的機會到了。你們不會忘記雙堆集的血債，希望你們多殺幾個共匪，為已死的同志報仇，勇敢些！部隊已經包圍上來了！」胡連長頓時精神百倍，率部同共軍陣地猛衝。至十七時卅分步戰協同衝入北山東北共軍堅守之據點，該地共軍除傷亡及被俘外，仍有數目不詳之殘共潰竄至海岸削壁下。第三五二團方面於十五時許攻入北山村內，逐屋格鬥，將殘共壓迫蝟縮於該村東北一隅，雖僅七百餘人，因多係共幹，毒化較深，戰至十八時許，仍作困獸之鬥。時近薄暮，胡司令官決定繼續澈夜攻擊，李師長乃遵照指示，調整部署，準備繼續夜戰。此時第十四師第四十一團則由南山轉向海岸方面清掃。

十月二十七日（作戰第三天）：

「戰場清掃」

第一一八師李師長由昨（廿六）夜直至廿七日凌晨一時始將殘共之最後據點攻克，生俘共軍三百餘人，仍有一股突圍竄向海岸，又被我我三五四團截擊俘擄，倖存少數殘共則乘夜暗作鳥獸散，當時星月無光，一片漆黑。且海岸邊之削壁下，尚有不詳數目之共軍隱藏，乃在南山與北山之北停止，待拂曉後再繼續清掃。

廿七日拂曉後，我第一一八師及第十四師之一部繼續清掃戰場，有殘共一股約一千三百餘人，藏匿於古寧頭西北端之削壁下沙灘上，似有圖謀候船逃遁之模樣，我第十四師發現後，當予圍攻，相持數小時，斃共軍四百餘人，餘九百餘人已飢餓疲憊，無力再戰，乃集體繳械就俘。又斯日凌晨三時尚有共軍第二五九團第三連約三十餘人，乘汽艇一艘（此艇擱淺於海灘上為我俘獲）到達古寧頭北側海岸，登陸後亦盡為我軍所俘。全部戰鬥到廿七日十時許結束。惟廿七日夜廿二時許在安岐以南之山凹中又發現藏匿之共軍二十餘人，悉被捕俘。

至此所有登陸之共軍，全部就殲。我軍歷三晝夜之苦戰，亦付出了相當重大之犧牲代價，幸終獲最後之勝利，創造了一個島嶼反登陸戰全勝的戰例。

誠如我們國民革命軍之父，總統蔣公所說：「這是我們轉敗爲勝的開始，是我們第一次把共軍的軍隊打得全軍覆沒」的一仗！

此役計生俘共軍七千三百四十一人，擊斃七千餘人，共計約一萬五千餘人。我軍負傷官兵共一千九百零八人，陣亡官兵一千二百七十九人，合計傷亡三千一百八十七人。陣亡階級最高者爲第十四師第四十二團上校團長李光前。

前東南軍政長官公署故陳長官辭公（誠）於本（廿七）日下午率領有關人員親蒞金門，視察慰勉，及指示今後防務，處理後勤補給與傷患後送醫療等善後問題，並曾親往戰地巡視，在金留宿一夜。

（三）海空軍之協同作戰

我海空軍在此次戰役中亦曾盡了極大的力量，或阻絕共軍之增援，或轟擊匪軍之砲兵陣地，或支援地面戰鬥，處處予共軍以重創，而對共軍精神上之威脅尤大，使共軍顧忌多端，行動受阻，貢獻良多。除以前略有述及外，茲再分述如左：

十月廿五日晨五時，海軍中榮艦即在古寧頭以西海面協同戰鬥，以猛烈之火砲，阻嚇共軍增援之企圖。嗣以該艦轉運陸軍部隊，又另派砲艦第二〇二號及南安艦協同陸軍作戰。

廿六日晨三時許，海軍第二艦隊司令黎玉璽將軍率太平艦冒險惡風浪，馳往指揮砲艦二〇二號及南安兩艦，協殲殘敵。黃昏時分，該兩艦位於古寧頭西北海面，徹夜巡擊，太平艦則進至古寧頭以北海面，用主砲向大嶝、澳頭等處之匪軍砲兵陣地制壓，並轟擊沿岸船隻，以阻止匪軍之增援。

我空軍方面，連日以來，亦以大批飛機，携帶重磅炸彈，飛臨金門上空，支援作戰。由十月廿五日至廿七日，不分晝夜，共出動一百四十餘架次，或支援地面戰鬥，或行阻絕作戰，或轟炸大嶝、小嶝、洵江、蓮河、東園、蔡厝、汪厝、澳頭等處之共軍砲兵陣地，及破壞其後方交通與海上補給，戰果甚爲豐碩。

四、檢討與評論

本戰役是一次小型島嶼的兩棲登陸戰與反登陸戰。惟共軍是以陸地島嶼爲基地，由陸地登船，渡過一個海峽，到金門登陸，祇是由岸至岸的水上運動，既無海空軍的掩護和支援，而所使用的水運工具，又是極其古老的帆船。所以就共方來說，實際上祇是一次由此岸到彼岸的水上運動之作戰，如同對大河川的渡河攻擊差不多，自難與現代化的兩棲作戰相提並論。

關於本戰役對我今後反共復國大業的影響與評價，在前言中已說過，茲不贅述。現祇再就作戰方面，尤其是有關戰術上的得失加以檢討與評論，以擷取其經驗教訓，或有可供研究參考之處。

（一）共軍的得失

由鹵獲的共軍文件，及綜合匪俘口供，再參證實戰經過，對於共軍的得失，可概括有左列各點：

1.共軍的優點

（1）作戰構想尚稱適切：共軍此次進犯金門的作戰構想，是奇襲與强襲並用。先在大金門西部登陸，佔領西部後再轉攻東部，同時另以一部由東部的官澳登陸，相互配合，會攻東部之我軍。爾後再分兵一部進攻小金門。由於大金門的地形是像一個啞鈴形，在瓊林與沙頭之間形成一狹窄之腰部，佔領此腰部後，即可將金門東西分隔，可以極少數之兵力，阻止我東部之守軍向西援助，因此，可將我軍分割，而收各個擊破之功。共軍既不能同時向東西兩部行兩棲攻擊，則此構想尚稱適切。

（2）戰前準備極爲周詳：匪軍此次進犯本來是很愼重其事，命令指示，亦頗詳細，戰前準備極爲周詳，參戰部隊亦曾施以反復嚴格之訓練，惟爲時甚暫。

（3）參戰部隊均屬精選：進犯之共軍均係由共軍第廿八及廿九兩軍中挑選之精銳，並充實其人員與裝備，戰鬥力相當堅强。幷强調人自爲戰之獨立作戰精神。

（4）對船隻之管押特爲注意：所有押船人員及水手，均特別由各部隊中挑選而來，並規定專任押船之責，概不登陸參戰。

2.共軍所犯的錯誤

以下所舉共軍的錯誤，即是共軍致敗的原因，茲分述如後：

（1）驕狂輕敵：共軍之計劃與準備雖如前述，甚為慎重與周到。但他在精神上之目空一切，以為挾百戰百勝之餘威，尤以對平潭、廈門、大嶝等島之探手即得，（按在此以前，共軍尚無對島嶼作戰之經驗），益增其驕狂之氣。於志得意滿之餘，認為對蕞爾小島之金門定如探囊取物，垂手可得。大有滅此朝食之氣概。以為只要登陸後，即可迫我軍不撤退即投降，而僅計其勝，未慮其敗。所以在計劃中盡是打的如意算盤，對於如果發生意外變化，應如何補救，則全無備用計劃。由此可知，共軍根本上未料到，此次所遇之敵人是如此堅強之勁敵。這是由於他驕狂輕敵之所致，也是「驕兵必敗」之應驗。

（2）既無支援亦無增援的兩棲登陸戰：此次共軍渡海來犯，就其所使用之水運工具及各種條件來說，是夠不上稱為兩棲作戰。但就常情而論，要渡過這樣一個約六至十公里寬濶，怒濤洶湧的海峽，制海及制空權又掌握在對方手中，在此情況之下，要想去到已有設防的對方海岸突擊登陸，至少必需具有若干兩棲作戰之特性，並須使用若干兩棲作戰之戰術與技術方可達到目的。但共軍在此役中既無支援又無增援，冒失而來，完全違犯了兩棲作戰的原則，宜其要慘敗。茲再一一分述如下：

——按兩棲作戰的特性之一，是要以三軍統合之力量，在敵人海岸或灘頭，形成雷霆萬鈞之態勢以摧毀敵人，方得以順利登陸，攻佔灘頭。其另一特性就是岸上戰力之逐增性，突擊初期，要從最初為零點開始，以後賡續逐漸增強，直至達到遠較敵人為優勢之兵力，始克佔領並鞏固灘頭陣地，爾後再向內陸擴展。同時更要有海、空支援，以阻絕敵部隊的運動而孤立目標區。

——此次共軍進犯金門，既沒有海空軍的支援與掩護，又沒有適合登陸用的艦艇來載運登陸部隊，僅憑以步兵為主的陸軍和古老而又不夠數量的水運工具，來實行兩棲登陸戰，其困難與危險可想而知。因是共軍在我海空軍的威脅之下，處處投鼠忌器，行動大受限制。

——就火力支援來說：按登陸部隊在水上運動期間，是全失去了戰鬥力量，即已上岸的初期乃至灘頭陣地未建立之前，仍然是最脆弱的時期。此時若無空軍，艦砲及地面砲兵等的火力予以支援，如遇防者的火力狙擊及強力抵抗與逆襲，此即面臨攸關登陸成敗的時期。此役共軍雖然在大嶝、小嶝等島上配置各種地面火砲三十餘門，作為火力支援，但由於口徑小，射程短，再加以觀測、通信聯絡等的不良，除了在二十五日凌晨登陸前曾發射了一陣外，以後在雙方接近，敵我難辨之時，即不能再得到火力支援。

——再就後續增援來說：由於共軍所使用的渡海工具，全是臨時徵集的古老木質帆船。且其數量亦不夠，僅勉敷第一梯隊使用，其第二梯隊之運送，必待第一梯隊登陸後，原船回航再載運。但他沒有預計到，此種船隻在平坦的海灘上會被擱淺，根本就不能返航。此為共軍不能得到增援的原因之一。其次潮汐與風向之影響亦大。按第一梯隊於二時許高潮登陸後要經過三小時才拂曉，此時縱能佔領灘頭陣地以待第二梯隊之增援，但第二梯隊即使有船隻回航載運，亦須等待十二個小時以後，下午漲潮時，始能到達增援，故第一梯隊能否支持這樣久，以待後續部隊之來支援，亦是一大問題。再加以船隻不易控制，至使各船搶灘先後不一，以致部隊建制混亂，掌握與戰鬥均發生極大之不利，這也是由於古老的水運工具所生的缺點。由此可見，影響兩棲作戰之各項因素太多，如不能周詳考量，精密計劃，則差之毫厘，謬以千里矣。

由於上述的種種原因，可知共軍第一梯隊登陸後，既乏支援又得不到增援，這是共軍最大的失算。也是共軍遭致全軍覆沒的各種原因中之最重大最主要的原因。

（3）情報不靈，判斷錯誤：按共軍判斷我第十八軍祇有第十一師在金門。因此連同第二〇一師及第四十師之第一二〇團等部，合計判斷我軍在大金門祇有六個團。至於我十二兵團之全部轉運金門，及第十九軍之適時運到金門，則完全出乎敵人意料之外。這是由於共軍情報不靈，判斷錯誤，因而對我軍戰力估計過低，以致驕狂輕敵，當亦為其失敗的重要原因之一。

（4）一再延遲攻金日期，以致逸失好機：共軍自卅八年九月底進出金廈外圍後，原期於十月十二日對金門與廈門同時攻擊，後因部隊到達過遲及船隻徵集困難之原因，乃改於十月十五日先攻廈門，準備於十月廿日再攻金門，以後又因船隻集中不及，又再延至十月廿四日晚才開始實施。先後延遲了將近兩週的時間，致使我第十二兵團之第十九軍得以恰好在共軍進犯之前夕及時趕到。這是共軍把好機逸失了，而遭致失敗之又一原因。

（5）登陸海灘及D日H時之選定問題：策定兩棲作戰計劃時，對登陸海灘及D日H時之選擇適當與否，將可決定登陸實施與建立灘頭陣地之成敗，因而也影響整個戰役之成敗。而三者是有相互連帶的關係。就此役共軍對上述三者的選擇而論：其登陸海灘選在金門西部古寧頭一帶，這本是登陸金門最好的海灘，殊不知這一地區也是防者所嚴陣以待的地區，因而失去了奇襲之效，而奇襲是使兩棲作戰成功的重要因素之一。至於D日H時問題，則頗值得研究：通常兩棲登陸最適合的H時是在清晨。此役共軍選定的D日是十月廿五日，這是金門一年中的大潮日期，因當天的高潮是在淩晨二時四分，所以它的H時就選在二時稍過的高潮時間。度其原因：一則為乘高潮可接近海岸搶灘；再則為乘夜暗，利於隱蔽與奇襲；三則使其船隻能利用夜暗回航接運第二梯隊。然就實際作戰的經過來看，共軍在上述時間登陸後，雖曾收到若干他所期望的利益，但其所受的害處，則不知要超過若干倍。因為上岸後即須在已設防的敵人陣地前實行夜間戰鬥。大部隊夜間作戰，在平常情況之下困難已經很多，而登陸作戰，更是困難倍增。致使共軍尚未恢復建制，與組成灘頭陣地之前，即遭我軍迅雷不及掩耳之反擊，使共軍不但不能立足，且在不到半天之內，即被殲滅過半，這就證明共軍H時選定不當結果。

（二）我軍的得失

我軍此役能將登陸之共軍全部殲滅，自非偶然與僥倖而得，當由許多原因而造成，但也難免有若干缺點。所以我們雖然打了勝仗，仍然也有值得檢討與改進之處。茲將我軍的得失，分述如後：

1.勝利之因

（1）高級長官重視金門：總統蔣公生前對金門之重視，在前言中已說過，茲不贅述。其次就是當時身膺東南軍政重寄的東南軍政長官陳辭公（誠）；辭公也深知金門馬祖與台澎唇齒相依的關係，因此他無時無地不在籌思如何加強金馬的防務。再加上舟山羣島。當卅八年秋第十二兵團自江西逐次轉到廣東潮汕後，辭公鑒於不但金馬空虛，台澎也同樣空虛，因此他即向總裁及中央軍事當局建議，將十二兵團用於加強台澎金馬的防務。但因中央初有意防衛廣州，故曾一度擬將該兵團調往廣州，尚在舉棋不定之際。後因政府決定遷渝，不守廣州，於是十二兵團才確定歸辭公調度。其時正當共軍於攻陷福州後，節節南竄，已進出到金廈的外圍了。辭公看到情勢日益嚴重，乃刻不容緩急令該兵團由潮汕轉往金門增防。而在最後的十九軍剛到達的當夜(十月廿四日夜)，共軍即來犯，以致該軍各部逐次上岸，隨即逐次加入戰鬥，時間上恰好趕上。這是由於高級長官重視金門，而造成古寧頭勝利的主因。

（2）我軍戰志堅強，有與金門共存亡的決心：當共軍登陸時，在島上的部隊，上下一心，都抱定與金門共存亡的決心，所以一聲令下，甚至有不等待命令，即自動自發，爭先恐後，奮不顧身，去找共軍拚鬥，戰志非常高昂。但由於部隊訓練不夠，新兵多，所以完全靠幹部身先士卒，帶頭前進，中下級幹部如此，高級的軍師長亦皆親臨前線，指揮督戰。各級幹部身先士卒，前仆後繼的英勇事蹟，在作戰經過中已畧有述及。

此役在古寧頭一帶海岸擔任守備的部隊是第二〇一師兩個團。擔任機動反擊的部隊是第十二兵團的第十八、十九兩個軍（欠）。上述部隊除第二〇一師較為完整外，第十二兵團各部的兵員裝備都奇缺不全。按第十二兵團本是一支富有革命歷史，卓著戰績的部隊，但自卅七年冬因增援徐州，軍次雙堆集，遭遇數倍之共軍圍攻，卒因補給斷絕，最後戰至彈盡糧竭，始奉命突圍，（當時的司令官是黃維將軍）。因之元氣大喪，以後由智勇雙全、迭著戰功的胡將軍伯玉公（璉）收容整頓，在江西從新補充訓練，並得當時的江西省主席方天逸公（天）的大力支援，才很快的又站起來了。但倉促成軍，兵員裝備奇缺，補充困難。且有一批潮汕地區，新來投效的志願從軍青年，還穿着便服。以這樣不完整的部隊，卒能將精銳的共軍完全殲滅，所憑的是全靠革命精神與部隊傳統的戰鬥風氣。所以說古寧頭之勝利是由於精神戰勝，亦不為過。

（3）計劃適切，指導正確：第廿二兵團李司令官良榮公、第十二兵團胡司令官伯玉公及第十八軍高軍長等高級指揮官判斷正確，對於防衛金門的計劃，及爾後的作戰指導均甚適切，指揮若定。故能收迅速殲匪之功。尤以胡司令官伯玉公於到達金門後，置已在桌之午餐而不顧，立即枵腹親赴前線指揮，其勇敢負責之精神，感人至深。

（4）反擊敏捷，步戰協同良好：由於計劃與準備之適切，再加以部隊戰志高昂，故我機動部隊於發現共軍登陸後，在一二小時之內，即已開始出動，故能作到快攻猛打，使共軍一上岸，立即遭到無情之打擊，毫無整頓喘息之機會。尤以第二八師三五三團第一、三兩營長，因電話聯絡中斷，在情況危急之下，獨斷專行，最先出動，進入共軍登陸灘頭，與共軍混戰，厥功尤偉，至足稱道。

裝甲部隊由於其機動性大，衝擊力強，通常是反登陸戰最強有力的機動部隊。此役由於我有戰車部隊之協同，亦為我迅速致勝原因之一。全戰役中，我戰車部隊除少數人員傷亡外，沒有一輛戰車受到損傷，亦可證共軍明知我有戰車部隊，而對反戰車之準備與戰技，如此疏忽，宜其要遭失敗也。

（5）沿海灘掃蕩之成功：第十八師尹師長配屬第十八軍，奉到高軍長命令後，即親率第五十二團及師部特務營（此時該師第五十三團已奉命轉用小金門，第五十四團尚未上岸），首先由瓊林集結地進出海岸，圍攻壠口之敵，將此敵消滅後，即繼續沿海灘掃蕩前進，由共軍之背進擊，尤其第五十二團團長孫竹筠，旺盛的攻擊精神，與大胆的行動，像一把尖刀般沿海灘直向古寧頭的敵後，插進去，首先進出到古寧頭西北及北山附近。我以為這是反登陸戰中，一種最有力的戰術行動。

（6）海空軍之協同作戰：在前面檢討共軍得失時曾說過，共軍完全沒有海空軍，僅憑陸軍且以步兵為主的一隻脚來演兩棲作戰的戲，顯得投鼠忌器，處處顧慮。故我海空軍除了實際上予共軍轟擊，使其遭受了若干損傷外，而對共軍精神上之威脅，或許還要大於物質上之損失，使其行動受制，也是我軍克奏膚功的原因之一。

（7）共我兵力之比較：此役自表面上看，共登陸兵力共約一萬五千餘人。而我軍在大金門島上之部隊，若按番號來估計，似屬絕對優勢。惟詳加分析，我軍之番號雖多，但兵員裝備不足，總計我軍全部直接參加戰鬥之兵員，約在七八千人之間，故仍較共軍為劣勢。而裝備窳劣，訓練不足，惟差幸幹部多久經戰陣，經驗豐富。反之，共軍則為陳毅共部中之勁旅，裝備精良，戰場經驗豐富，且又經嚴格挑選之精銳，并特別加以充實加強，戰鬥之前又曾實施嚴格之任務訓練，頗有攻佔金門之自信心，然而終至全軍覆沒，因知戰事之勝敗，固非全靠優勢與劣勢之比較。

2. 我軍之缺點

（1）水際戰鬥收效不大：此役敵人是使用速度緩慢的帆船，既無鐵甲的掩護，又無機器動力來操縱行駛，而且在離岸約三百公尺之處，即離船跳水，利用浮器泅水而來，這是共軍最脆弱，最危險的時期。我海岸防禦部隊，有既設的工事，和預先標定的射擊準備，也設置了水雷和地雷，且有探照燈照明，在理論上應該可以予敵人以相當重大的損傷。可是這次戰役在水際戰鬥時，似乎沒有收到預期的戰果，這是值得檢討的。

（2）海灘戰鬥之檢討：第一天（廿五日）的海灘戰鬥，雖然戰果豐碩，已奠定了勝利的基礎，但登陸之共軍尚未全部就殲，仍有相當數量之殘共軍麕集於古寧頭、林厝、北山及南山一帶，利用我軍原設工事及村莊之堅固家屋，負嵎頑抗。致使以後會付出更大的犧牲代價，并再費了一天半的時間，才將將共軍肅清。此或由於海灘防禦的配備上缺乏縱深亦其一因。如果我海岸守備部隊能夠在古寧頭、林厝、北山等地，構成幾個據點工事而堅守之，則共軍就無法龜縮一處，利用原設工事及村莊家屋來作困獸之鬥，第一天的戰鬥就可能順利得多，戰果更為豐碩了。

（3）機動部隊逐次使用：此役我機動部隊雖然行動敏捷為我勝利之一原因，但因格於形勢，最初的配置稍嫌分散，因此在發起反擊時，不能行統一之攻擊。如第三五三團分由頂堡及安岐出動後，各部在中途分別與共軍遭遇而發生混戰，團長率團部及第五連據守安岐，而與各營連絡中斷，致形成各自為戰。幸該團戰志堅強，各級仍能確實掌握，沉着應戰，卒能擊潰共軍。又第三五二團因控置於東部沙美附近，以後調來參加反擊，逐次使用兵力。不過在第十九軍未到達之前，為防共軍由東部登陸，也不得不作如此之顧慮也。

（4）裝不備全，缺乏攻堅武器：我軍雖有幾個軍的番號，但祇第二〇一師有山砲兩門及要塞周書庠總台長之五七平射砲兩門。因此對水泥工事及石牆家屋之攻擊，僅憑步兵武器，很難奏功。這也是牽延時間及增大傷亡之原因。

（5）傷亡大，影響持續之戰力：各級官兵犧牲奮戰之精神，固屬可嘉，但因此造成重大之傷亡，影響作戰之持續力甚大。如若戰局不能迅速結束，則爾後當有難以為繼之憾。此固由於我軍新兵太多，訓練不夠，武器裝備不良，共軍又頑強，我下級部不能不藉血氣之勇以補物質上之不足，但終非善之善者也。允宜審察地形，講求戰法與技術，俾能以少之犧牲代價，換取最大之戰果，始為常則。

（三）總評論

綜合以上的檢討，我們可以看出共軍所犯的那些重大錯誤，都是違犯了兩棲作戰的原則，缺乏兩棲作戰的條件。但他竟敢輕舉妄動，貿然進犯，一則由於他根本不懂兩棲作戰，不知利害；再則由於他的驕狂輕敵，目空一切；因而鑄成了遭受全軍覆沒的大失敗。但是反過來說，如果我軍士氣低落，戰志動搖，和其他的島嶼一樣，共軍來即退或降，則其後果，有不堪言者。

我軍方面，雖有小疵，但就全般來說，仍是優點多於缺點。如上級判斷正確，增防部隊適時到達，作戰指導適切，沉着應戰，果敢行動，尤其全體官兵的精神旺盛，士氣高昂，誠如先哲所說：「將軍有必死之心，士卒無生還之念」，奮不顧身，勇敢犧牲，精神條件的發揚，已臻於極致，所以能夠達成全殲共軍，獲得大捷，確保金門的使命。因此，說古寧頭戰役之勝利，是精神戰勝，亦庶幾乎。

後記：

一、當時我軍參戰的諸位將領，今多已榮遷。本文為便於敍述起見，仍沿用舊日官階職位相稱，敬請原有。

二、由於缺少較詳細地圖參考，故文內有少數地名在要圖上缺少，未能參照補註，惟均無關宏旨。

三、此役我忠勇將士或負傷或殉國者至多，惟因限於規定篇幅，致未能將其事蹟一一列舉，深以為憾。

記民五黃克强致黃膺白的一封信

沈雲龍

我最近準備編著黃膺白（郛）年譜，因而在這方面從事搜集資料工作。在目前所已搜集的資料中，有一封黃克强（興）致黃膺白原函的攝影本，極具歷史價值。這封信是民國五年丙辰五月十八日從東京寄出的。其時黃克强由美歸國，行抵日本，黃膺白自己先期自美經日返滬，策劃浙江反袁獨立運動。原來自民國二年癸丑二次革命失敗後，黃克强；黃膺白和陳英士（其美）、李小垣（書城）四人，是袁世凱第一批下令懸賞通緝的，並且「不論生死，一體給賞」之語，因是他們便都亡命到日本。民國三年甲寅六有，孫中山改組國民黨爲中華革命黨於東京，陳英士力贊其議，黃克强則以入黨誓約須捺指模並有「附從孫先生」語句，有辱人格，堅示反對，爭之不得，遂憤而去美洲。李小垣與黃膺白主張於克强爲近，故亦先後隨行。雖然他們與孫中山中道分離，但反袁的目的，還是一致的。迨至民四乙卯秋冬之間，袁世凱決心實行帝制，是年十二月二十五日，蔡松坡（鍔）、唐蓂賡（繼堯）、李協和（烈鈞）組織護國軍於雲南，宣告獨立，並出兵討袁。次年一月二十七日、三月二十七日、三月十五日、四月六日，貴州、廣西、廣東三省亦先後響應獨立。此四省之毅然反袁，大抵以梁任公啓超所領導的舊進步黨人爲主動，舊國民黨人參加者亦不少。至是亡命海外之各派反袁人在，遂相率返國，展開多方面的活動。從黃克强這封信，可以看出當時一部分不屬於中華革命黨的舊國民黨人的活動情形。信的內容是：

「膺白我兄左右：自駕返東，晉問時疏。小垣兄奉函中，想能道悉弟狀一二矣！兄到滬後，苦心經營，時於同人函中得知，不勝佩感。茲浙省既團結鞏固，對外自可發展，東南半壁非恃以奠定之不可，函盼補充實力，以全力先收復海軍，庶聲威可振，於輸運械事一項，尤關緊要，已另函戴之、文慶、伯恒各兄，請爲特別注意，我兄深謀遠識，當早計及。此事關係極巨，海軍若來，袁勢可去一半，於外人視線，亦可改觀。滬上於海軍能接頭者，想不乏人。聞少川先生久已經管此事，可否與之接洽，望與浙當局一商之。弟本月九號抵東（旁註：小垣兄同行）。去國既久，情形殊多隔閡，且現在時局一日萬變，請時賜教，以慰旅愁。浙中款械事，運隆兄已竭力與日磋商，當可有獲。弟能力可及，自當盡量援助。手此，即頌毅安！弟興啓五月十八日。尊夫人歸國後，想佳適也！」

根據這封信的內容，有三件事值得注意：第一、當時浙江繼滇、黔、桂、粵四省以後而獨立，是黃膺白「苦心經營」的結果。第二、黃克强主張「以全力先收復海軍」，認爲「此事關係甚巨，海軍若來，袁勢可去其一半，於外人視線，更可改觀。」故後來卒有海軍獨立，宣言加入護國軍之舉，可能與黃克强事先佈置有關。第三、關於「浙中欵械事」，黃克强等曾在日有所接洽，要求日本支援。可見日本一面贊助袁氏帝制，一面支持反袁派軍事行動的「兩面光」的態度。

現在，先說浙江獨立，是在民五的四月十二日，距廣東獨立不過六天，算是反對洪憲帝制宣布獨立的第五個省區，而在地勢上則和先前獨立的滇黔桂粵四個省區並不毗連。在浙江獨立前，袁世凱準備把駐防上海的北洋軍第四師楊善德、第十師盧永祥所部開到浙江，企圖鎮壓浙省人民的反對帝制運動，於是引起浙省各方的激烈反對。其時，浙軍方面，在杭州的第十二旅旅長童保暄、警察廳長夏超、寧波獨立旅長周鳳岐、嘉湖鎮守使呂公望、臺州鎮守使張載揚等，都有獨立反袁和阻止北伐軍入浙的明顯傾向。可是浙將軍朱瑞却是一個畏袁如虎的懦夫，不敢有所舉動。因此，在四月十一日夜間，由童保暄首先發難，率軍進攻將軍府，驅逐朱瑞，朱瑞便由後門溜走了！於是改擁立浙江巡按使屈映光爲都督，宣告獨立，但屈僅允以巡按使兼總司令名義維持治安，並密電袁世凱表明心迹，完全是一付「假獨立」的姿態，以求兩面討好的做法。而屈所得袁的指示，則是「獨立擁護中央」的六字秘訣。並且在十四日袁又有申令給他，說是：「據浙江巡按使屈映光電稱：四月十一日夜突有軍民擁至軍署，將軍失踪。……次早強迫映光爲都督，誓死不從。往復數日，即請以巡按使名義兼浙江總司令，固辭不獲，始行承諾等語。該使才堪應變，功在國家，極堪嘉尚，着加將軍銜兼署督理浙江軍務，此令！」屈映光的原電，本是給袁世凱一個人看的，而袁竟把它的內容公開出來，並且對他大加讚賞，使他露出了馬脚，這是袁玩弄的把戲。到十七日，屈爲勢所迫，始改稱浙江都督。但竟因爲他曾向袁皇帝輸誠，不爲浙人所容，乃由舊國民黨員王文慶、金兆棪等發動，逼他走路，他只好於五月五日舉呂公望自代（黃函中所提到的「戴之」，就是呂的號），才結束了這幕「假獨立」的怪劇。及至五月八日，西南護國軍成立軍務院於肇慶時，推唐蓂賡爲撫軍長，岑雲階（春煊）爲撫軍副長，攝行撫軍長職務，梁任公爲撫軍兼領政治委員長，並以獨立各省都督及獨立省分現實之軍隊有二師以上之總司令等爲撫軍，毫無名額之限制（見軍務院組織條列第三條）。因此在撫軍名單裡，也就列有呂公望的名字。不過，其時中華革命黨人在山東、廣東、江蘇等地，亦復有局部性的軍事活動，却沒有一人參加西南軍務院，可見當時黨派的成見，還是很深的。

然而，何以見得浙省反袁獨立這一幕，是黃膺白「苦心經營」的結果呢？據黃夫人沈亦雲女士三十四年七月所著「黃膺白先生家傳」云：「洪憲稱帝，由美返國，參與浙江加入護國軍之舉，事定，移家天津。」這也許由於不願自我表揚的緣故，所以敘述非常簡畧。但在二十六年三月出版之「黃膺白先生故舊感憶錄」裡面，有葛湛侯寫的「悼膺白學兄」一文，其中說明較爲詳盡：

「二次革命後，膺兄亡命海外，更值世界大戰，中國受日二十一條壓迫之後，經歷各國，既備受刺激，而袁氏又妄圖稱帝，新創共和，橫遭蹂躪，故國基礎，益感飄搖。時蔡公松坡，赴義雲南，用兵川滇之間。袁氏爪牙，不獨遍布長江流域，即粵桂福建等處，亦均厚植勢力。其間惟浙江一隅，猶是辛亥革命之舊勢力，然亦懾於環境，不敢輕舉。斯時形勢，頗似辛亥年武漢困戰金陵挫師之局，而危險尤甚。使無生力軍響應，則袁氏家將，勢將由觀望而轉爲效命。滇川義師，東下不易，北伐尤難，萬一稍挫，則共和立毀矣！時革命諸先進均來集上海，膺兄亦於其時由美急速馳歸，共爲籌劃，以膺兄之於浙軍，有深遠之歷史也，則期之尤切。蓋斯時南京馮國璋、既非辛亥張勳、鐵良可比，而上海楊善德、盧永祥所部，尤稱北洋精銳，處事稍或不愼，則川滇之急、固無以應，而二次革命之失敗，且將重演，碩果僅存之浙軍，豈可輕於一試？先是予方在北京陸軍大學，亦以憤袁氏之不法，潛歸杭州，運動浙江起義。幸膺兄歸，乃共組秘密機關於上海貝勒路道德里，積極進行。卒使浙中同志，自信堅強，決然奮起，以應事機，而袁氏以倒，帝制乃滅。要非膺兄之奔走策劃，則以不足一師半之浙軍，豈敢在數倍強敵包圍之中，倡言獨立乎？」

這是當年參與策劃浙省獨立及身親歷的一個可信的紀錄，再證以黃克強信中所說，可見浙省獨立之「團結鞏固」，黃膺白在聯繫決策方面，是有其絕大的關係的。可是這一段歷史，事隔四十餘年，却很少人提赴，幾於湮沒無聞。即如去（四十七）年十月出版之「國父年譜」，在民國五年四月十二日一條下，亦僅有「浙江獨立」四個大字（見原書四〇一頁），關於此役原委經過，竟無一語說明，是甚爲可惜的。

其次，浙省獨立之後，繼之以五月十六日的陝西獨立，五月二十二日的四川獨立，五月二十七日的湖南獨立。到六月六日，袁世凱便因帝制失敗，羞憤身死，黃克強於袁死後始自日返滬。袁氏「遺令」以副總統黎元洪代行大總統職權，乃是引用民國三年袁氏所頒布之新約法第二十九條爲根據；而黎於六月七日就職誓詞，則謂「當依據民國元年頒布之臨時約法，接任大總統之職權」，其意義迥乎不同。旋黎任命袁之國務卿段祺瑞爲內閣總理，段固力主遵行新約法之人，因是一時新舊約法之爭以起。當時西南軍務院方面，如梁任公、唐蓂賡、岑雲階、唐少川（紹儀），中華革命黨方面，如孫中山，均曾致電黎元洪，請其立即下令恢復民元臨時約法，並定期重行召開民國三年爲袁非法解散之國會，以重法統，而段祺瑞堅持反對，雙方從事電報文字辯論，達十餘日，仍無法解決。迨至六月二十五日，海軍總司令李鼎新忽集合各艦隊於上海吳淞口外，發表獨立宣言，要求恢復約法及國會，並表示加入護國軍，一致行動。其宣言如下：

「溯自辛亥舉義，海軍將士擁護共和，天下共見。癸丑之役，以民國初基，不堪搖撼，遂決定擁護中央；然保守共和之至誠，仍後先一轍而爲天下所共諒，洎乎帝制發生，滇南首義，籌安黑幕，一朝揭破，天下咸曉然於所謂民意者，皆由僞造；所謂推戴者，皆由勢迫。人心憤激，全國俶擾，南北相持，解決無日。戰禍迫於眉睫，國家瀕於危亡。海軍之將僉以丁此奇變，不宜拘守常法，徒博服從虛名，當與護國軍軍務院，聯絡一致行動，冀挽危局。正在進行，袁氏自殞。今黎大總統雖已就職，北京政府仍根據袁擅改之約法，以遺令宣布，又豈能取信天下，饜服人心？其爲帝黨從中挾持，我大總統陷於孤立，不克自由發表意見，即此可以類推。是則大難未已，後患方殷。今率海軍將士，於六月二十五日加入護國軍，以擁護今大總統保障共和爲目的，非俟恪遵元年約法，國會開會，正式內閣成立後，北京海軍部之命令，概不承受。誓爲一勞永逸之圖，勿貽姑息養奸之禍。庶幾海內一家，相接以誠，相守以法，共循正軌，而臻法治，民國幸甚！海軍總司令李鼎新，第一隊司令林葆懌，練習艦隊司令曾兆麟暨各艦長宣言。」

——此宣言原文引自四十三年出版之「革命文獻」第七輯，惟下註時間爲「民國六年七月」及列爲護法史料，均甚錯誤。

海軍宣告獨立以後，段祺瑞始告屈服，不再堅持，由黎元洪於六月二十九日正式下令，仍遵行民國元年公布之臨時約法，並依據臨時約法第五十三條，定期八月一日，續行召集國會，於是紛擾多日之法統問題，遂歸於平靜。而西南軍務院乃於七月十五日宣告撤銷，各省及海軍亦繼之取消獨立，全國復臻於統一，可見海軍實有其促成之功。從上引宣言中所說：「海軍諸將僉以丁茲奇變，不宜拘守常法，徒博服從虛名，當與護國軍軍務院，聯絡一致行動，正在進行，袁氏自殞。」與黃克強致黃膺白函中所說：「滬上於海軍能接頭者，想不乏人。聞少川先生久已經營此事，可否與之接洽，望與浙當局一商之。」兩相比照，則其中線索，便顯然可尋。從而推知在袁死之前，海軍與護國軍之聯絡，已接近成熟，待袁死後，新舊約法之爭發生，海軍遂乘機表示其顯明態度，這與事實是很相近的。然要黃克強之主張「以全力收復海軍，庶聲威可振」，以及認爲「海軍若來，袁勢可去一半」

，其識見之深遠，實爲後來解決時局的一大關鍵。這一點，是不容忽視的。可是黃克强歸國不久，便於是年十月三十一日逝世，年僅四十三歲。這位民國政治史上素來抱定成功不必自我的偉大人物，未免死得太早了！

最後，要說到黃函中向日方進行援助「浙中欵械」這件事，究竟有無所獲？目前尚無其他資料足資佐證，很希望這方面能有新的史料發現。但另據岑雲階著「樂齋漫筆」所述，當時日本對於接濟廣西護國軍之餉械，則確有其事。如云：「蔡君松坡，首舉義旗昆明，廣西都督陸榮廷，亦密謀繼起，誘致廣東入滇之師，困於桂境，急電相告，並派員曾彥至南洋迎余歸國，主持大計。余迫於羣情，遂力疾約同殷君之輅回滬，與温宗堯、梁啓超、李根源、林虎、楊永泰、文羣諸君相見。當是時雖有雲南起義，而餉械俱缺，難於持久，因之廣西亦未敢貿言討賊。余見逆勢猶盛，非有實力爲助，懼其功敗於垂成也。乃約同章士釗、張耀曾二人，東渡日本，說其當局，共討袁逆。彼邦亦深惡世凱，謂余能討袁，必盡力相助，遂締結條約，以個人名義，借得日幣一百萬元，併兩師砲械，携至囘國。西師始得東下，圍攻廣州。余亦遄赴肇慶，傳檄四方，申明約束，宣布宗旨。四方同志之士，雲集景從，共議於肇慶設軍務院，余被舉以都司令典其事，各路討袁之師皆屬焉！」按袁氏帝制之議初起時，日人有賀長雄之流極力慫恿袁氏稱帝，而蔡松坡、梁任公之自京津脫走，前往滇桂，則又多出日人之暗中維護，此爲人所熟知者。至於日人接濟護國軍餉械，原是外交上的秘密，在私家紀載中，當以樂齋漫筆所述爲可信。從而推論浙省反袁獨立以後，從日方取得相當的欵械，亦非決不可能之事。因爲民國以來，日本對華基本政策，總是希望「分」而不希望「合」，才好從中取利，這在吾人記憶中，就有很多事實可以證明，用不着多贅。

黃克强這封信的攝影本，是由黃膺白夫人最近自紐約寄來。這在四十五年十月出版的「黃克强先生書翰墨跡」中，所未及收進去的。現在把它逐錄並加考釋，以補其不足，兼供研究民國史的參考。

四八、十一、六

按：拙文草成前，以原函中文慶、伯恒、運隆等有關人名待考，曾去函黃沈亦雲夫人請其釋示，

茲接其是年十一月十二日來函，承告：『克强先生函：文慶似姓王，事不詳。莫伯恒永貞，議員。張運隆孝準，湘人，克公舊屬。雲最近看到港報某文載日欵事，始注意到旁註之械欵二字，此一類事先外子不接洽，克公接何人信受託均不知。先外子民四年底由美經日到港，擬入滇。雲因母喪在十月底先歸滬……滬上同志望先外子返滬謀浙事，由雲促電其返滬，賞格猶在，出入多雲代。所接洽者係實力，時浙當局朱（瑞）屈（映光）不能脫袁之契，呂、童、張、周，地醜德齊。周曾親到滬晤。先外子意，以本省浙江完整之力討帝制，則外力不入，且免以下反上，二者實力者所忌也。海軍獨立無關，浙江所負經費，請先外子代交少川先生，革命有代價，殊遺憾，直接不接洽。浙獨立不久，袁死，原欲代表往肇慶者改北上，先外子勉任其事，往肇一次，如約而已。』此足爲拙文之有力說明，而於民五浙江獨立及海軍獨立之內幕，閱者當更能獲致清晰之瞭解。

談到先君與明德學堂的關係，先要把胡元倓創辦明德學堂的經過，簡單敘述一下。

胡元倓，號子靖，晚署樂誠老人，湖南湘潭人，生於一八七二年（淸同治十一年壬申），比先君大兩歲。他少承家學，由附生選光緒丁酉科拔貢。一九〇二年（光緒二十八年），湖南巡撫兪廉三選送留日官費學生，胡子靖與陳潤霖、仇毅、劉佐楫、顏習菴、李致楨、兪誥慶、兪蕃等同時被選赴日留學。到日本後，進了東京弘文學院（日本著名教育家嘉納治五郎專爲中國留學生所設）速成師範班。

胡子靖在日本留學時，慕福澤諭吉之創立慶應義塾（後改慶應大學，以財政經濟著名），造就大批人才，便立志回國創辦學校，從事教育救國。同年冬，胡子靖學成歸國，首先在江蘇泰興縣會見了龍璋（研仙），與談興學之計，龍即極力贊同。回到長沙後，又得到龍璋之弟龍紱瑞的支持，由龍氏兄弟各出洋一千元作開辦費，命名爲明德學堂，賃湘春街左文襄祠爲校舍，自任監督，招中學兩班，於一九〇三年（光緒二十九年）三月二十九日（農曆三月初一）正式開學。湖南之有私立學校，自明德學堂始。其時科舉尚未廢除，胡子靖以一個窮拔貢辦起洋學堂，一般劣紳迂儒，公開反對甚烈。於是，他找到龍璋的父親，在籍刑部侍郎龍湛霖，出面概任學堂總理，借龍的官紳地位以避謗。這年夏天，譚延闓來校參觀，捐了一千元，另年助英文教員薪金一千元。胡子靖有了這筆辦學資本，特地赴杭州聘華紫翔來教英文，並加招中學一班，又成立了師範班。隨後，賃西園龍宅西側房屋爲校舍，別立經正學堂。經正與明德，其實是兩塊牌子，一套人馬。

胡子靖是在弘文學院和先君認識的。當他初入弘文時，先君已先在該院師範班畢業，以同鄉關係，彼此過從密切。一九〇三年夏天，他往杭州聘英文教員，經過上海時，碰見先君方從日本回國，因此，堅約先君來明德共事。先君當面應允了，不久就回到了湖南，主持新成立的明德學堂師範班（後來又擔任學監即教務主任）。師範班第一期有學生陳嘉佑、彭國鈞、任紹選等一百一十八人，分爲兩班上課，於一九〇四年五月卒業。當時明德學堂聘請的教員中，許多人是富有革命思想的，如張繼（溥泉）教歷史，周震鱗（道腴）教地理，蘇玄瑛（曼殊）教國文，先君兼任歷史及體操教員；在其他教員缺課時，文科方面的課程，一般都是由他代課的。張平子是經正學堂第一班學生，據他回憶，先君在上歷史課時，向他們解釋民權二字，不引盧梭、孟德斯鳩之言，而問他們讀過「孟子」沒有？孟子說的「民爲貴，君爲輕，社稷次之」，就是民權思想。由此可見，民權思想在中國古已有之，並不是從外國搬進來的東西。

明德創辦後的第二年春天，胡子靖向當時的上海道湘潭袁樹勛，屈膝募得一萬元，即以此欵在上海購置理化儀器及博物標本，聘日人堀井覺太郎爲理化教員，永江正直爲博物教員。儀器和標本都買來了，教員也請到了，只須找一位懂日語的助教即可開課。恰好陳介（蔗青）在弘文學院普通科畢業，請假回國省親，道出長沙，先君與胡子靖就留他在明德學堂擔任助教。

一九〇四年（光緒三十年）秋，明德學堂賃西園周氏花園爲校舍，開辦高等小學，教員都由中學分任，而以陳介兼主任。明德辦了小學，先君在日本求學時的活動情況，我未親見親聞，全然不知道。待到他在明德任教，我跟在身邊，許多事實對我說來是記憶猶新的。先君當時已經剪辮，在學堂裡多穿操衣（一種對襟短裝的體操服，夏白、秋藍、冬黑色），天氣酷熱，時常光着赤膊坐在塘邊樹蔭下看書，出門時衣着也很隨便。他在回國不久，就團結同志醞釀成立一個革命的團體，並大量翻印鄒容所著的「革命軍」、陳天華所著的「猛回頭」、「警世鐘」等書籍，散布到軍商各界，擴大反清宣傳。一九〇三年十一月四日（農曆九月十六），先君三十初度，朋友們在保甲局巷彭希明（淵恂）家備了兩桌酒菜，到周震鱗、陳天華、張繼、宋教仁、譚人鳳、蘇玄瑛、柳聘農、秦效魯、陸鴻逵等二十多人。在這次借祝壽名義舉行的秘密會議上，決定成立華興會，從事反清運動；對外用辦礦名義，取名華興公司，發行華興票。

華興會與明德學堂有着密切的關係，它的主要成員中，有的是明德的教職員，如先君與周震鱗、張繼、蘇玄瑛、秦效魯、陸鴻逵、易宗夔等；有的是明德和經正的學生，如柳繼忠、陳嘉佑、蕭翼鯤、胡瑛（後來墮落爲國民黨的叛徒，與楊度等人組織籌安會，擁袁世凱稱帝）等。也有本人不在明德，而與明德有密切關係的，如仇亮（湘陰人，後在日本士官學校業，辛亥參加山西起義有功，南京臨時政府成立，先君長陸軍部，任以軍衡司長）係明德教員仇道南的兒子；或者當時不在明德，而後來與明德發生關係的，如章士釗曾任明德大學校長。此外，在明德的教職員中，有些雖未曾參加華興會，而對革命運動深表同情或實際投入革命活動的，如陳鳳光、李步青、陳介、王正廷（辛亥革命後任參議院副議長）、辜天佑、楊德鄰（一九一三年任湖南財政司司長時，被湯薌銘殺害）、陸鴻第、陸鴻賓等。胡子靖本人也沒有加入華興會，他對這個革命團體却出了不少氣力。

華興會成立後，運動新軍、會黨，組織起義活動，實在需欵，先君爲此出賣了在長沙東鄉涼塘的祖遺田產近三百石（最初賣與張姓地主，後由張家轉賣與王先謙）。張斗樞在南洋街經營圖書儀器印刷業業務，先後捐助達萬餘元。彭淵恂、柳聘農、陸鴻逵等也提供了一部分經費。陸鴻逵當時是明德學堂的國文教員，因此改學生文卷，語意激烈，劉佐楫唆使教員單某持向巡撫告密，謂明德學生倡言革命。舊紳又落井下石，從而謀害之，學堂陷於危境。因得趙爾巽的維護，事未擴大。這次事件的發生，實質上是革命黨人與封建劣紳之間的鬥爭。劉佐楫當時投拜於王先謙門下，與胡子靖意見不合，同周震鱗交惡更深，周、陸同屬華興會員，胡是同情華興會活動的，劉就借機會興風作浪，唆使別人向官方告密。

從這裡看出，當時的明德學堂，是湖南新舊勢力互相交鋒的場所。一方面，有一批革命黨人在這裡鼓吹革命思想，隱爲革命中心；另一方面，又是立憲派分子活動地方。胡子靖延攬人才是兼容並蓄的。他既邀了先君與張繼、周震鱗、蘇玄瑛、秦效魯、陸鴻逵等來校共事，並盡其力所及，多方掩護他們的活動；又聘請譚延闓繼龍湛霖爲總理，黃忠浩也掛了校董名義，並有所捐助，湖南立憲派的重要分子如粟戡時、廖名縉、劉佐楫、曹瑞球等都先後擔任過明德的教職員。他晚年常說：「

我於死友中，最不忘者二人，一曰黃克强，二曰譚組安。」

此外，胡子靖通過龍氏父子的斡旋，和清廷官方也保持了一定的關係。如請當時的湖南巡撫趙爾巽來校參觀，和兵備處總辦俞明頤，學務處總辦張鶴齡等也有交往。這樣，胡子靖利用官紳權勢以維持明德學堂，利用學堂以掩護革命黨人的活動，而基本的態度是傾向於革命。

先君在明德學堂敎課，給他從事革命活動以很多的便利。如一九〇四年先君與劉揆一、馬福益等商議，謀於十一月十六日(農曆十月初十日)西太后七十生辰，全省文武官員在皇殿行禮時，預置炸彈於拜墊下以炸斃之，乘機佔領長沙，作爲根據地。這次準備起義用的炸彈，就是在堀井覺太郎的指導下，在明德學堂理化實驗室秘密製造的。先君當時任明德學堂學監，和堀井覺太郎很接近(癸丑討袁失敗後，先君亡命日本，堀井關懷舊友，特意騰出他在東京郊巢鴨目白的房子給先君住)，時常出入實驗室。人以其特感興趣，且主管敎務，故不疑有他，後來這次起義事洩失敗，當差役來拘捕先君時，他由明德學堂內西側一小門溜出，躲到西園龍宅，得龍氏父子的掩護，匿居吉祥巷聖公會黃吉亭會長處，然後脫險往上海。臨走前缺少旅費，胡子靖向張學齡處借到三百元送與先君，才趁日清公司輪船離開長沙。

一九一一年廣州三二九之役以後，我由香港到東京。這年夏天，我化名黃祖光，同劉大輝、劉兄、陳嘉立、陳嘉任、羅應坤(廣東人)、陳模、石磊(均湖北人)等人由東京回到長沙，集體住在明德學堂，我們一面和在長沙活動的同盟會員譚心休、曾伯興、唐蟒等人取得聯繫；對外則宣傳成立野球會(野球一名棒球，起源美國，當時在日本風行一時)，招收青年學生學習野球，以增强體質，實則借機會團結同志，並因學擲野球而練會擲炸彈，以爲他日舉事之準備。當時正値暑假期中，學生多已返鄉，但參加的仍然不少，其中以明德學生居多數。記得練習不到一個月，有人向官方告密，端方由湖北來電通緝(唐蟒列第一名，我列第二名)，幸得陳樹藩(陳嘉任之父，時任諮議局副議長)暗通消息，我們才匆忙離開長沙，仍回日本去了。

一九一一年十月，武昌首義，胡子靖由日本回國(任留日學生監督)，謀擴充明德學校。他到上海時，曾與先君會面。據我所知，南京臨時政府醞釀成立時，先君原準備推荐胡子靖出任敎育總長，後以胡不願做官，决志回來主持明德學校，遂作罷論。

胡子靖辦明德學校幾十年，畢生精力，盡瘁於是。除了因范源濂的再三敦促，做過幾個月的留日學生監督外，從未擔任過其他官職。

赴皖北阜陽省訓團受訓經過

·趙醒民·

游擊基地之艱苦

民國三十二年我們這羣游擊健兒，在蕭公健九的領導下活躍在魯西北一帶，我們的番號是前山東保安第二十一旅，以後擴編爲山東挺進軍第二十三縱隊，可是在魯西、魯西北的民衆都稱我們爲蕭部。這種稱呼並不是含有封建的意識，而是有親切感，表示軍民一家、生死與共。在我們內部是一羣實行三民主義、效忠蔣委員長的革命黨員與抗戰志士，因此就形成了子弟兵，對每一個官兵的出身來歷都清清楚楚，否則無法支持到抗戰勝利。有關蕭公抗戰殉國的經過，及蕭部活動的情形，孫百祿先生以「蕭健九將軍殉國三十週年追思」一文，刋載在山東文獻第一卷第一期，內容生動悲壯，使蕭公舊屬讀後，莫不悲痛流涕，更使蕭公之英勇壯烈能表彰於後，此雖係孫君所寫實爲山東文獻所賜也。吾鄉鄉賢諸公，在財政極端困難的情形下，能使山東文獻出刋，這不僅是我們山東人的刋物，也是山東自辛亥革命以來，爲北伐剿匪抗戰戡亂而犧牲的英雄烈士與來臺反共復國的志士們，血淚交流的一塊園地，爲了愛護和珍惜這塊園地。有關蕭公的英勇事蹟不再贅述。

三十二年魯西北荒年大旱，尤其是堂邑縣最慘，餓死很多人。有關堂邑荒年的悲慘狀況，以蕭部張團長不顧烈士，在蕭部出刋的抗戰半月刋上所載「堂北播種記」一文描繪的最爲深刻。荒災的區域遍及華北平原，荒災的原因有五：一是日本人高價收購糧食，二是共匪苛徵暴斂，三是僞軍的搜括，四是魯西北是產棉區，五是久不下雨大旱。蕭部給養減發到官兵每人每天二兩紅高糧，餓的走不動路，連蕭公自己也吃糠，吃樹皮野菜。此時爲蕭部最艱苦的一年。山東省政府也轉進到皖北，在阜陽成立山東幹訓團，我奉命赴阜陽受訓。

受訓途中之所見

從我們游擊區根據地清平縣去阜陽，第一站是要經過夏津縣。夏津縣是敵人日本的所謂模範縣，在我們來說就是奴化較深的縣，我們所派的縣長幾乎無法入境，要靠蕭部的掩護而生存。那時在淪陷區日本人發給每人一張所謂「良民證」，是日本人控制我們同胞的一種手段，沒有這種證就沒法通行。我透過我們在僞縣城的地下工作人員，辦好「良民證」。在我出發之日，是由連絡站僞軍的一個中隊長親自送我，在夏津縣城外一個小站乘日本人辦的公共汽車。夏津這一站是我最危險的時刻，因爲我的家距夏津只有十幾華里，我小時候在夏津縣城裡讀過書，有不少的人認識我，我在蕭部當營長以及活動的情形，也有不少的人知道。此時筆者只有二十一虛歲，化裝成四、五十歲的人，又裝着有病，在城裡僞軍檢查時對我並沒有注意。這一關總算是過去了。在我們停車的車站對面有一個日本的衛兵，來往的人必須向他鞠躬。不鞠躬就挨打。我坐的車是在這裡休息吃飯，去買小吃的地方必須經過那個日本衛兵。我寧肯餓着也不肯給日本人鞠躬，我裝病餓着等。汽車到了禹城車站，我找到連絡站，是一家照像館的負責人，他先請我飽吃一餐，一再囑咐我沿途無論受到任何委屈都要忍耐。連絡站給我買的是普通火車夜車票，在車站等車排隊，排的稍微慢一點僞警察就拿着棍子打。這些人爲虎作倀，仗着日本人的勢力欺壓良民。因爲火車班次少，乘車的人多，買票很困難，我那張票還是連絡同志花雙倍錢買來的。我勉強擠上車。站了一夜，從車廂這頭擠到那頭，連帶的行李也擠丟了。日本人查過幾次票。無論怎樣擠，看見日本查票的兵來了要趕快讓路，慢一點就挨打，如果忍受不了或是看不慣，就被抓起來說你是抗日份子，輕者是扒層皮，重者就要命。眞是人爲刀俎，我爲魚肉。這是我親眼看見日本人和漢奸欺壓我同胞的事實，有血性的靑年幾乎無法忍受。當了亡國奴那種痛苦，只有身臨其境的人才能體會到。

到了徐州轉車。因爲還有幾個小時，我便去吃早餐。在一家賣燒餅油條的小店裡，來了一位汪逆精衛的僞軍官，帶着僞上校的官階，穿着呢子軍服馬靴，長像還不錯，像是個參謀，有個軍人的樣子。我心裡想像這樣的人當了漢奸眞可惜。想不到他要的豆漿，夥計端的稍微慢了一點，他對那個夥計拳打脚踢罵個不停。那個夥計挨了打還鞠躬作揖的說好話。這件事已隔了三十多年，至今記憶猶新。由此證明當時在淪陷區的老百姓，過的眞是暗無天日的日子。

在徐州乘隴海路的火車去商邱。隴海路的火車沒有津浦路那樣擠，查的也不嚴，據說是因爲山東游擊隊多的緣故。在商邱去毫縣可以乘馬車，但我感覺走路比較安全。過了毫縣不遠是十字河，有僞軍住守。那裡僞軍的崗哨，對於過十字河去後方的人根本不問。據說他們知道向那個方向走的人，多是抗日志士。我進了國軍的區域鬆了一口氣，有說不出來的愉快。有人比喻這裡是陰陽界。

從這裡去阜陽有兩條路，一條是經過界首到阜陽，一條是直接去阜陽，我是乘船直接去的。這條河去阜陽是逆水，又遇上頂風，船走的很慢，眞是不進則退。船主是老實人，有問必答，所以有關後方的狀況，我在船上瞭解的很多。船行了三天到了阜陽縣城。這裡的男女靑年都穿的是粗布軍服，初到的人還以爲都是兵。士氣高昂，對抗戰最後必能勝利充滿信心。出阜陽三十多華里，有一個小鎮叫三塔集，這就是山東省訓團所在地。

省訓團教育概況

我找到省訓團訓導處報到，巧的很，訓導處有我們清平縣裡不認識的兩位鄉長，是高國範、李振東先生。他們對我協助很多。幹訓團對我們也很照顧，報到編隊都很順利，好像回到家一樣。

省訓團的全銜是山東省地方行政幹部訓練團第四期，簡稱山東幹訓團或省訓團。山東省政府於抗戰初期，在魯南辦了三期黨政軍幹校，省訓團在阜陽辦的是第一期，稱第四期是啣接黨政軍幹校來的。團主任是山東省省主席牟中珩兼，教育長由何人兼已忘記，因爲他不負實際責任。另設教務、訓導、總務三個處，下設學員總隊，總隊下設中隊。總隊長胡仙樵少將，是保定軍校的。總隊附李守訓中校，是中央軍校十四期的，很有才幹，凡是軍事訓練、政訓活動都是他負責。聽說李公已來臺。中隊長趙若愚少校，是軍校十六期的。教育分普訓與專訓兩個階段。普訓混合編組，生活管理由學員總隊負責。專訓分民政組、財政組、建設組、教育組、黨務組、團務組、民運組、婦運組、軍事組、警務組。普訓是一個月，專訓時間不一，有一個月至一年半的，最長的是警務組，是學生。普訓全部學員都住在三塔集的民房裡。睡的是地舖，在土地上舖麥楷，用磚起一個邊沿，麥楷上面舖一層草蓆。被子是自己帶來的，形形色色。我的行李丟了，就在當地做了一條粗布印花的棉被。那裡的布比吃的貴，雖然是冬天，阜陽並不冷。我們穿的是在淪陷區穿來的棉衣，又將省訓團所發每人一套的灰色粗布單軍服罩在外面。鞋襪也是從山東穿來的。省府的職員，省訓團的隊職官穿的都是粗布的棉軍服，高級的有皮鞋穿，他們有薪餉。阜陽吃的不貴，省訓團吃的很好，每天吃兩餐都是麵粉，六個人在地上圍成一桌，吃一至三個菜。在吃的方面跟淪陷區比，眞有天淵之別。阜陽除了省訓團、省政府以外，尙有中央軍校駐魯幹部訓練班，國立二十二中學，另外一個臨時中學，還有幾個軍的部隊，糧食不缺乏，這也是得天獨厚。

省訓團原預定召訓三百人，實際報到近六百人。據說省府轉進到阜陽，向中央呈報的編制人數，中央只核准半數。省訓團呈報召訓三百人的計劃，中央批示視報到人數而定，至實際報到人數超過一倍再呈請時，中央不僅批准省訓團的人數，就是省府呈請覆核的人數也全部核准。中央認爲山東省府雖然流亡到安徽，由幹訓團報到的人數看，還是大有爲的。事實上我們同學是冒着生命的危險去受訓，旅費全是自己負擔，有的是親友支援的，有的是賣土地的錢，有的是借債湊的。當時籌措這筆旅費是很困難的。召訓的對象文職是縣科長以上的，武職是少校以上的。在臺灣的同期同學，由蕭部隊保送的有蕭泰慶先生，清平縣府保送的有徐秀冬先生。

省訓團的大禮堂是在三塔集外面，用草搭成的，可以容納近千人，搭的很好，不漏雨。普訓上課活動都在大禮堂，專訓每天來升降旗。學員是每人一個馬紮（摺疊的小凳子），一塊圖板，筆記本是公家發的，講義很少，紙張不好。

教育內容普訓有五大課程。一、總理遺教：講三民主義、五權憲法、建國方略、建國大綱等。二、總裁言行：講總裁行誼、三民主義之體系及其實行程序、總理遺教六講。三、對共黨的認識：講世界共黨及共黨的組成，共黨禍國的經過，共區清算鬥爭的慘狀，共黨在山東襲擊抗戰部隊的事實。四、抗戰勝利後各項復員工作的概要：按民、財、建、教、黨、團、民、婦、軍、警的順序講解。五、名人演講：主講者有中央派來的長官，淪陷區游擊隊的將領，地方行政首長。蕭公健九就在省訓團講過話。教官是各廳處長及學有專長的人才，劉公道元那時任教育廳廳長。專訓軍事組是駐在距三塔集約兩公里的一個村莊裡，每週有二至三天赴團本部上課，其餘的時間是在軍事組上課。軍事組的隊長是趙丹波少將，他是保定軍校的，三十八年來臺病故在澎湖。那時教官多是保定軍校的，有的在中央軍校第七分校擔任教官的，是省訓團聘請來的；有的是魯幹班教官兼課的。眞是一時之菁華。教的是典範令概要，地圖判讀，營團戰術，圖上與現地作業。

省訓團的政訓活動是每天早上六時升旗，距離幾公里的駐地都跑步來。升旗時沒有樂隊，唱國歌後精神講話及宣讀黨員守則。每天八小時的正課，十七時降旗唱國旗歌，宣讀軍人讀訓。晚上是演講比賽，辯論會，軍歌比賽，分組討論，黨務活動，同樂晚會等。晚會是同學們自動出來說說笑話，或是講故事，來段平劇清唱，唱唱軍歌。我記得有一次晚會，全體同學鼓掌歡迎女生區隊選一位同學唱歌。一位女同學勉强的上了講臺，唱了一首天上人間的流行歌曲。我們總隊附李中校講評時指示，在這抗戰期間不應唱天上人間這一類的黃色歌曲。同學們也多以爲然。今天李公在臺看見電視上，歌星所唱的歌曲內容，表情與動作不知有何感想。

省訓團的考核很認眞，雖然訓導員不駐在隊上，但是考核的很確實，對學員的思想言行都深入的考核，嚴防共黨的滲透。黨務活動是重要的訓導工作之一，訓導員多是流亡離境的縣長和縣書記。課外讀物是研讀總裁新書「中國之命運」及報紙，報紙與書籍的紙張很差。軍事組於三十三年結業。

蚌埠車站之插曲

我們結業的前夕，共匪派在河南商邱、安徽亳縣、及日本特務機關當漢奸的匪徒們散佈謠言，張貼標語，說：「歡迎山東幹訓團第四期的同學返魯，歡送第五期同學入皖」。這引起日本特務機關的注意，準備逮捕受訓同學。共軍爲什麼用這種毒計來陷害我們呢？共軍怕我們回到山果，戳穿共軍的陰謀，揭發它們的禍國罪行。因爲共軍那時披着抗戰的外衣，進行赤化的事實，一面高呼擁護蔣委員長抗戰到底，一面襲擊抗戰部隊。由於它們的僞裝宣傳，老百姓也不瞭解它們的陰謀毒計，等到認識共軍的眞正面目已經晚了。雖然有少數同學被日本人逮捕慘害，我們還是將所知道共軍的罪惡到處宣傳，擴大了教育效果。

中央連絡機關希望我們返魯的同學由阜陽轉到六安，去蚌埠上火車比較安全。我們這一組六個人很安全的到了蚌埠。連絡站給我們買好火車票，在一個黃昏後的晚上上車。蚌埠車站排隊候車人很擠，連絡同志將我們同學分開排隊以防出事。排隊的行列中有一些跑單幫的，用麵粉袋背着米米。他們是山東省北部沿海一帶的人，從山東背一袋鹽去蚌埠，再從蚌埠換米背回去。這些人很可憐，因爲日本人只准一個人帶定量的鹽和米，多了就沒收，但他們須靠此謀生。有一個跑單幫的將麵粉袋向肩上一甩，將後面一個人的眼鏡甩掉了。他們就吵起來，以後就打架。後面那個人是我們軍事組年齡最大的一位學長（姓名已想不起來），有四十多歲，是山東省某保安旅的中校團附，是我們路上的領隊。同學們看着那位學長要吃虧，就不顧一切幫着那位同學去打。僞警察來處理，我們一哄而散。僞警察僅問爲什麼打架？那位學長就說我去阜陽看我的兒子，他碰掉我的眼鏡還打我。我們聽了替他着急。人家並沒問他是做什麼的，從那裡來到那裡去，他自己反說出是從阜陽來的。眞沉不住氣，不打自招。那位僞警察有意袒護我們的學長，當即判定那個跑單幫的賠眼鏡錢給那位學長。跑單幫的沒講話，照數賠錢，大概他也看出這幾個人是從阜陽來的。這件事剛平息，我跑過去告訴那位學長，把賠的錢還人家，同時以後不要說是從阜陽來的。我的話剛說完，就有一個人大聲喊：「這裡有抗日份子！」接着有人喊打，但是打的不是我和那位學長，而是跑單幫的打那個喊的人，說他是小偷。僞警察將他帶走，使那個狗腿子有口難辯。我和那位同學溜到排隊的後面。後來在火車上碰到那些跑單幫的，我不敢講話，只以感謝的眼光向他們示意。其中有一個人小聲對我說：「大家都是中國人」。在車上他們都暗中幫忙。這件事我終生難忘。這個小插曲顯示，凡是有血性的中國人，在淪陷區誰都恨漢奸，並幫助抗戰的。

我很安全的回到防區，到各部隊巡廻演講，同情和掩護抗戰的僞軍處我也去講。講的主題是抗戰即將勝利，我們對共黨禍國殃民應有的認識。這對於堅定抗戰必勝的信心，消滅共黨的決心，起了很大的作用。那時部隊的官兵與老百姓對於去過中央的人都很尊敬，希望從我們口裡得到中央的眞實消息。常有父老問我：「看見蔣員長了沒有？中央軍幾時打回來？」眞是若大旱之望雲霓。

有關在省訓團受訓的一切，事隔三十餘年，記憶模糊之處甚多，敬請在臺第四期的師長與學長們指正。

記徐寶山夫婦

• 杜負翁 •

清末民初，江淮間，無不知有徐老虎者。徐名寶山，字懷禮，籍丹徒，向居鎮江南門外，父設竹行於此。幼時，喜與羣兒伍，不讀書，塾師無如之何。

年十五，父歿，家貧甚，母杜氏，雖奉之唯謹，終不能約束。乃習拳技，及射擊，遊食四方，廣交豪傑，技藝日進，力能舉鼎，可飛簷走壁，射飛鳥，百無一失，江湖中，亡命之徒，畏之如虎，乃以虎名之。

年二十八，因揚州仙女鎮王姓木行盜案，牽連被捕，下江都獄，將置重典，已無法解脫；時有壽州張三者，亦豪俠之士，同時亦繫江都獄，張年已邁，罪亦不赦，見徐英姿煥發，俠義不減於張，深器重之，乃謂徐曰：「汝年少，尚可為；吾情節重，難免一死，汝之所以不能免者，為虎名累耳。明日復訊時，吾供為汝案主謀，汝減刑，可免死。吾不為汝分罪，吾亦必死；吾無子，他日勿忘壽州張三，吾瞑目矣。」徐果易流刑，發配張家口。抵山東，夜盜驛站駿騎以逃，達旦，行數百里，及壽州，匿於郭姓家中，因得脫，徐名因以大震。

有任春山者，能文，多智謀，有長者風，徐敬禮之，乃開堂收徒。堂名春寶堂，立堂規謹嚴，犯之者，殺無赦。每年秋冬季，在江南山中，行收徒儀式。其禮，設公案一，燃黃燭，繫黃桌圍，徐端坐於上，兩旁設椅三十六張，再下設凳七十二條，有「三十六把金交椅，七十二條銀板凳」之稱。坐椅凳者，皆其心腹，且以班次分。案前設墊，空中縣尖利之刃一，尖向下，以人髮數根繫之，名曰吊刀；新收門徒，跪於刀尖之下，背誦堂規，並宣誓，既畢，取一雄鷄，以口咬其頸，滴血酒中，一飲而盡，禮乃畢。不數年，除之門徒，達兩萬餘衆，皆以販鬻食鹽為業，時稱私鹽。清制，販私鹽者，率目為江洋大盜，徐之聲勢浩大，沿途關卡，多畏其勢，莫敢攖其鋒，乃與約，凡運私鹽之船，必於夜間行駛，關卡遇有夜行船，必問「甚麼船」三字，如答以「不相干」三字，則任之去，蓋隱語也。

私鹽既通行無阻，官鹽乃滯銷，影響稅收。時有徐聚集鹽梟圖謀不軌說，甚熾。揚紳陳重慶（合光先生父）時丁外艱家居，知徐事母甚孝，徐母杜氏，屢與邑人言，陳乃託朱菊坪私訪之，並召任春山，詢徐甚詳。重慶有卓識，善果斷，知徐必就範，乃上書鹿芝仙中丞、黃少春軍門，保以百口；是時重慶未與徐一面，人為之危。書十餘上，其自信如此，卒獲當道可。歲庚子，由兩江總督劉坤一，委徐募長江新勝水師，並帶新勝虎字營；淮運司柯逢時、恩銘，先後委兼句溧高三岸緝私、江甘五岸緝私管帶。歲壬寅，獲高資著匪陶龍翔、龍丙，又獲匪魁曾國璋，洊擢參將加副將銜，嗣由江督端方暨張人駿，又先後委江南巡防營務處，兩淮緝私水陸各營營務處。庚戌，匪魁王正國，率衆數百，據馬家蕩，劫掠官鹽船十餘艘，徐勦擒之。是年又斬揚州東鄉著匪朱大獅子。辛亥，武昌起義，揚州於九月十七日為匪孫天生挾定字營變兵所據，夜劫運庫，各携元寶出，力不能持，貶值求售，甚有藏匿瓦礫中者，秩序大亂。

孫天生本一無賴子，在多寶巷煙花間充雜役，偶與定字營舊識，臥煙榻清談，以其孫姓，戲以孫大元帥呼之，孫不以爲忤，且曰：「汝能令營中諸兄弟推戴，當富貴與共。」乃偕往三義閣焚香，並對神前立誓，其友歸營後，遂與士兵言：「孫天生係與中山先生同族，已奉密令光復揚州，以定字營爲基本隊。」衆兵士無不欣然，及孫至，果列隊歡迎，定字營係兩淮緝私營之一部，駐南門外靜慧寺兵僅一排，計三棚，每棚十四人，且不足額，約三十人而已。排長某，以未奉命，不敢從，立殺之，遂鳴大號（舊時軍樂，長丈許，可伸縮，其聲嗚都都。）入城，時辛亥九月十七日下午六時，沿途喝令商民懸掛白旗，負翁遇之於教場街，天已大黑，時尚未有電燈，孫入運署後，即執役吏，打開庫房，（庫房有二，一老庫，一新庫，皆在大堂內右側，時無銀行，悉以白銀鑄成元寶，貯藏庫中，每錠五十兩，銀元碎銀，亦有。）士兵擁入，各携元寶若干錠而出，每錠雖重近三斤，因白銀密度小，重而沉，多携則行走不便，乃有暗藏道旁者，有埋土地廟中者，亦有當時持至飲食店，飽餐後令其找現者，殊令人捧腹。孫則與二三知己，留運署中，地方士紳方澤山，與商會長周穀人，聞茲事變，不知眞僞，乃偕入運署見孫，見其衣冠不整，語無倫次，僅勸以出示安民而出。孫乃召一警察巡官，令其出示安民，用革命軍都督銜，巡官不得已，立書告示一張，倉猝間行款歪斜，塗改皆有，加蓋巡官木戳，張貼運署照壁，望而知其爲僞，人多笑之。同時又將江都、甘泉兩監獄囚釋放，鐐銬未除，蹣跚滿市，爭相警避，爲之騷然，次晨，孫天生取白洋縐纏頭，並裹全身，如演戲劇，騎一高頭大馬，由荷槍士兵擁行於市，命沿途觀衆，拍掌叫好，其乖張如此，當孫天生入城時，兩淮鹽運使增厚，（滿州正紅旗監生。）即從西花園逾墻而遁，出鈔關，匿於揚由關署，後乘小舟渡江，不知去向，揚州府知府嵩峒，（字祝三，滿洲鑲紅旗舉人，蘇字得其神髓，與地方士紳極融洽。）當晚潛入揚州府中學堂，次晨隻身而出，有謂至北郊外，投河獲救，尋至高郵，改姓關，留寓甚久。江都縣知事桂聚慶，（安徽石埭籍附貢）亦展轉回籍。孫天生劫庫破獄後，路人皆知其僞，爲顧全地方糜爛計，商會會長周穀人，邀集方澤山、孔小山、林小圃，籌商措置，僉以孫之力量單薄，不難制服，兩淮境內潛服鹽梟，數以萬計，風聲所播，萬一不逞之徒，接踵而至，殺人越貨，是在意中，而能制服鹽梟者，非徐老虎莫屬。議既定，遂由商會專使赴鎮，十九日下午，徐寶山派兵二百人抵揚，由戴友士乘馬作嚮導，全城自衞團列隊康山歡迎之，寶山旋抵揚，由商會召集士紳會議，推徐寶山爲軍政長，籌備軍政府，李堅（字石泉，光緒辛卯舉人，署湖北江夏縣知縣）爲民政長，籌備民政部，所有秘密時期有志之士，悉置軍民兩部下，並於圖書館設招賢館，羅致人才，徐寶山雖一介武夫，然能禮賢下士，所有當代名流，如吳次皋、方爾咸、孔小山、吳召封、李涵秋、吉亮工、無不招置幕中，當時各省通電，悉載報章，以黎元洪電報，出自饒漢祥之手，傳誦一時，黃陂以外，即以徐寶山通電，爲人所重視，徐之聲譽，因之大震，有舉足重輕之勢，徐夫人孫闓仙，知大勢，識大體，多才智，寶山深倚重，重要軍事會議，多於府中行之，每得片言，解決大事，誠巾幗而鬚眉，徐就職之日，首擒孫天生於城內得勝橋，孫正策馬遊行，知事急，乃登屋頂，取瓦片拒捕，卒被獲，徐親鞫訊，佯贊許之，令率軍隊收復泰州，行至中途，猝執舟中，宣布徐之手令，及其罪狀，立斬於船首，軍政府既成立，傳檄江北各府州縣，不血一刃，次第光復，乃成立江北北伐軍司令部，任留德礮科畢業李鼐爲先鋒隊司令，馳住窰灣準備北伐，所部師旅團長，如章梓、楊瑞文、馬玉仁、張仁奎、陳兆豐、董開基等，除章梓外，皆其心腹舊部，尋有指揮官邊正新，行爲不檢，擅入民家，立斬首於教場，故三軍紀律，以嚴明稱，得地方愛戴，南北和議告成，改爲第二軍軍長，乃以興利除弊，保境安民爲職志，其政績有可述者，畧舉一二如下，雖屬細微，以一綠林出身之武夫而能如此，亦足以風世矣。

時揚鎮間之交通，悉賴輪船，船夫任意需索，行人苦之，如携行李乘車而至者，拒絕車夫送之上船，必交搬夫，名曰過擋，行李既置船首，不能舉置煙蓬，必交另一人傳遞，名曰收管，每一經手，必索小費，而扣牌費仍須另給，抵岸下船時亦如之，苟有三五件行李，小費之和，每超過船費，尤其開船無一定時間，必俟艙中客滿，客既滿矣，凡有稀微空隙，或畧占地位者，必令一一緊倚，甚至持竹嵩揷於衆腿之間，從而旋之，羣膝畧縮，乃擠入一人，如是者再四，乘客動彈不得，然後起行，遇天熱時，莫不汗流夾背，氣喘如牛，旅客之苦，無殊牢獄，寶山聞之，乃召輪船伕役與各執事至，計百餘人，關閉一室，亦如舟中之擁擠，令其家人送飯交接之難，一如舟中之措置行李，不訓一辭，不處以罰，輪船夫役執事等，憬然大悟，此弊遂除。

從揚州寶塔灣至瓜洲，兩岸河堤，年久失修，一經大水，堤內農田，多遭淹沒，長達四十里，欲加修建，工資浩繁，籌措匪易，寶山乃令士兵任此工作，堤加高至丈許，並護之以石，油灰合縫，所有材料，悉從江南運來，惜工未竟，寶山遇害，其夫人繼其遺志，捐四十萬銀元，令趙鴻禧董其事，卒告成，舟行其地者，無不頌其公德。

揚城慈善機構，每屆殘冬，設廠施粥，貧民多往就食，且得携歸，以供老幼一飽，司其事者，有時剋扣米糧，多摻水份，或以劣米換取優米，事爲寶山聞之，突蒞粥廠，檢視所施之粥，近於粥湯，糠芒稗稻，摻雜其間，幾不堪下咽，乃召司事而語之曰：「列位黎明即起，當此風雪交加，施粥貧民，辛苦已甚，皆大善人也，今日請至司令部，共抹小牌。以表慰勞之意，可立即停放，所餘之粥，派人分送各司事家，俾各家老幼皆可一嘗此粥，並令提數桶至司令部，」寶山之言，等於命令，不敢不從，各司事既至部中，果見馬將桌佈置停當，遂巡入席，及至中午，請其用膳，則粥廠之粥也，以腹已飢，乃各啜數碗，依然入局，不逾時，饑腸雷鳴，及至下午，寒風砭骨，各司事瑟縮不堪，央其僕從，代市果餅，左右答之曰，奉命不許寸步離，各司事饑寒交迫，狀至狼狽，愈待愈饑，愈饑愈冷，乃至晚膳，則又粥廠之粥也。晚膳後，寶山召集談話，首謂之曰：「余今日興致甚濃，欲與諸善人暢談江湖上八大行，巾、皮、利、掛、風、火、除、要、以及旁門左道，諸善人如有不待言畢，離坐而去者，爲無禮貌之表示，彼既無禮，我之手槍即無義，言罷，持槍置於案前，有聲有色，衆爲之懍然。寶山乃娓娓而談，歷數小時而不斷，各司事於饑餓已至極點時，飽餐薄粥，以懼於威勢，庸知一轉瞬間，急欲內解，其痛苦無法形容，不敢離座，忍之又忍，故作發科打諢語，令人而寶山似甚覺察，不能自禁時，內衣皆濕捧腹，狂笑之餘，再移時後，兩股以不能一決黃河爲憾，由冷生寒，腹中饑腸又鳴，間由熱而冷，求死不能，待畢其辭，時已夜上空下脹，然後散，各司事受此懲戒，啼笑皆非午，且不可以告人，自此以後，粥廠所施之粥，貧民得實惠矣。

共和告成，徐任第二軍軍長，壬子冬，餉糈由中央發給，授徐中將，加上將銜，徐於此時，聲望日隆，於江淮間，有舉足重輕勢，時袁世凱處心積慮，至爲週密，遣專使贈玉佛一尊、黑貂裘一襲，象牙一對，俄毯一件，附二萬金；徐受寵若驚，乃召高級參謀，集議甚久，蓋不知袁意所在，時謠諑甚多，莫測高深，乃以受禮却金爲決。復書屢易稿，卒用某某言，加「某某一介武夫，荷蒙獎飾，慚悚之餘，惟有秉承大總統就職宣言，擁護共和，服從命令」語。徐未讀書，喜與文士交，不知文墨，對公文書，以耳代目，一聽其詞，即能了解，雖微妙處，亦領會，此奇之又奇者。

公餘之暇，撫弄古玩，鑒別甚精，雖

骨董家有時不及：派艾二、吳慕賢往來海上，收集之。偶獲龍泉瓶，往返考證，以其土質細厚，色甚葱翠，足與宋官窰爭豔，乃令購置。不數日，有使自滬來，云瓶貯於匣，附匙①，請軍長自啓，以年久不堪震動爲辭。時已暮，是夕，徐赴陳重慶宴，歸南河下私邸；次晨，至引市街軍司令部，聞瓶已至，乃在書齋中，取匙啓鑰，甫旋轉，見白烟突出，齋中設多寶櫥，成摺叠形，急驚避，環繞未竟，轟然一聲，徐已被炸。時民國二年五月二十四日（陰曆四月十九日），軍司令部在城南，余適行至城北董子祠前，相距約三里，余猶聞此轟然巨聲，可見威力之大。

徐之死狀甚慘，從右腹以至右頰，皮肉盡毀，鬚髮粘至壁間，臟腑畢見，屋瓦齊飛，室無完物。後捕艾二、吳慕賢，鞫訊甚久，均無佐證，未能定讞。既却袁氏之金，又言「秉承大總統就職宣言，擁護共和。」蛛絲馬跡，約畧可尋。章太炎輓以聯云：「雪九世重仇，突起異軍酬閣部。」「知百年怛化，肯稱符命媚當塗。」陳重慶以巨眼識英雄自豪，亦輓以聯云：「草澤識英雄，憶當年探虎穴，入龍潭，交訂杯酒間，得意書生誇隻眼。」「梓邦資保障，嘆此日厲豺牙，吹虺毒，圖窮匕首見，驚心巨礮壞長城。」絃外之音，已可概見。

負翁曰：徐之技藝軼羣，余親見之。徐有衞士，名劉海龍，徐恒令以二指夾一銅元，高擧於頂，離徐百步，徐擧槍以射，銅元應聲而落；又見射飛鳥，指幾行幾隻，絕或不爽。徐在獄，感壽州張三活命恩，既顯，室中設壽州張三靈位以祀，此又爲余親見者。當下江都獄時，徐之口供，均印指模，存諸檔冊；揚州光復後，徐入城次日，即令人往縣署，尋覓全卷；時縣署已被亂兵、貧民，搶劫一空，官文書棄置於道，凌亂不堪，且有已爲人擔去者，歸報徐，徐親往，至檔案室，果然，乃在亂紙堆中，踢之以足，卷宗紛紛落，中有一紮，滾至足前，取視之，赫然爲若干年前徐之供狀也，徐笑取之，從者無不驚異，是亦不可以理解者。

孫閬仙，亦名朗仙，晚年稱閬潛，或稱鎧隱廬主人，籍揚州，爲徐寶山夫人，逝於丁亥三月二十六日（民國三十六年），時年六十五。邑人陳含光嘗挽以「見命婦身」四字，含光道德文章，馳名海內，此四字千錘百煉，力有千鈞，不啻爲閬仙立傳，六十餘年一生小史，已概括於此四字中。蓋閬仙出身妓女，曾膺清二品夫人（寶山爲清代參將加副將銜），性好佛，卒皈依三寶，受菩薩戒。見，現也。言其犧牲色相，偶現人間，將普渡衆生也。閬仙有大智，多才能，寶山初爲綠林豪傑，自閬仙歸後，默化潛移，使寶山歸之於正。辛亥後，寶山光復揚州，組織軍政分府，旋擢爲第二軍軍長。一切部署，以及重要軍事會議，閬仙建樹頗多（閬仙亦參謀之一），寶山目不識丁，僅憑聲威與俠義之氣，名震一時，指揮部下，遊刃有餘，連籌帷幄，非其所長。閬仙獨能以敏銳目光，了解大勢，兼以胸襟廓大，心思綿密，與高級參謀相周旋，水乳交融。故寶山任期雖短，當時一切表現，在北伐軍中，有擧足重輕勢。蓋除所部兩師，及混成旅，獨立營外，江湖舊部，復有數萬人散處民間。袁世凱當選總統後，陰謀帝制，屢遣專使南下聯絡，冀收爲心腹，皆無要領。嗣贈徐兩萬金並白玉佛一尊，黑貂裘一襲，象牙一對，俄毯一件，附親筆函，推崇備致，弦外有音。徐派員招待來使，乃召高級參謀，會商對策。閬仙閱袁函後，從容言曰：「此乃酬應事，何必擧行軍事會議，小題大做，有累諸公。」寶山聞言窘甚，閬仙繼曰：「可請吳參謀（次皋）陪軍長稍談，諸參謀請各自便，」會乃散。閬仙乃語次皋曰：「請作一復函，配禮六件以答之，但函中語氣，不可疏忽。」轉向寶山曰：「軍長乃中華民國之軍長，非袁氏之軍長，袁氏效忠民國，軍長亦效忠民國，以爲如何？」次皋隨擬復函，凡三易始就，中有「某某一介武夫，荷蒙獎飾，慚悚之餘，惟有秉承大總統就職宣言，擁護共和，服從命令」語。袁氏得復函，知寶山不能附和，乃繼宋教仁後，而暗殺之。寶山被炸，凡向閬仙叩詢主謀者，閬仙恒答之曰：「吾殺之也。」當時僉以爲憤激之詞，殊不知有此事實，章太炎輓徐寶山聯云：「雪九世重仇，突起義軍酬閣部；」「知百年恒化，肯稱符命媚當塗，」可謂明揭其旨矣。

閬仙天才橫溢，秉賦異常人，吾人只知有過目不忘之士，未聞有入耳不忘之人，閬仙之耳音特强，一切詞曲，一經入耳，即能譜之於弦，唱之於口。故對京戲、崑曲、以及佛門經讖，胥能琅琅上口，高唱入雲。曾見於天寧寺上供，領導衆僧禮讖，又嘗見放瑜伽燄口，吉祥趺坐，儼若高僧。某年以未解古琴爲憾，延廣陵琴社孫紹陶授之，孫携五知齋琴譜，枯木禪琴譜往，告以弦徽之用，及各種指法。琴譜符號，繁頤複雜，頗難記憶，兼旬後，乃謂琴師曰：「琴譜辨識已難，默識匪易，請操一曲，以資領悟如何？」孫不能辭，乃彈平沙落雁，既畢，閬仙請再揮之，孫復彈一遍，逾二日，紹陶至，閬仙忽曰：「自師去後，將平沙落雁曲，約畧揣摩，似可上弦，但不知有無錯誤，請指教。」隨即撫琴而奏，紹陶聆既畢，大驚而起曰：「夫人固高手，何至以後生爲戲？」閬仙力辯，紹陶慨然曰：「吾操琴數十年，未見有如此宿根，眞天人也。」

釋竹軒，乃畫家顧伯逵舅氏。竹軒工繪事，伯逵少孤失學，寄食於閬仙門下。竹軒時令習丹青，閬仙有時窺之，或加指點，無不中肯。間取伯逵案頭畫本觀之，日以繼夜，無倦色。閬仙向不知畫。自此已得門徑，無何。縱筆寫之，蒼老多逸趣，以墨筆梅花最工，日寫數幅，大小不拘，從不題上欵，但贈負翁者，必稱召棠先生，且多題句，故余家滿堂梅花。皆閬仙手筆，見者無不稱之。嘗畫橫幅小件，上題「血淚已枯紅淚盡，冰心化作白梅花。」蓋寶山遇害後所作，泐石嵌徐園享堂之東，角亭壁間，此石勝利後猶存。負翁所藏梅花，猶憶有題句云：「枯枝獨抱三更月，惟有梅花證古今。」「千樹梅花千樹月，此心惟有月明知。」「樹老枝横花數點，得來月色益精神。」題句若有寄託，殊難索解。

寶山遇害後，凡未章事功，皆承其志，以完成之。如從寶塔灣至瓜洲，運河兩岸河堤，綿亙四十里，關係民田水利至巨。寶山生時，以年久失修，時虞水患，擬以兵工築之，甫成十餘里，寶山遇害。夫人旋發銀圓四十萬元，責令瓜洲趙鴻禧竟其工，趙固徐之舊部，是爲揚鎮人士之所目睹者。又發銀四萬元，延楊炳炎在北郊小金山對岸，桃花庵舊址建造徐園。及沿徐園以南河堤，以迄虹橋，長堤春柳故址，從事修葺，中建小亭，爲游人憩息之所，堤邊補種楊柳，桃花千株，夢香詞云：「千處園林千處景，一株楊柳一株桃，」康雍間揚州風景，於是頓復舊觀。又於廣儲門外，梅花嶺東，建徐公祠，中塑寶山銅像，俎豆千秋，供人瞻仰。此銅像於日寇陷揚後，爲日軍垂涎，擬遷移日本，已命夫役若干，舁至鈔關舟中。閬仙命人阻之不得，乃親往日軍司令部，正言厲色，責以大義。曾有語云：「吾軍長係反對帝制而死，吾亦願保護民族英雄銅像而流血，貴國爲帝制國家，軍長英靈，視帝國如寇讐，貴國何取乎軍長遺像，若利其銅質，可値多金，則係掠刧行爲，吾爲貴國所不取。」日軍司令，竟感其節義，委稱不知，隨令部屬舁還之。閬仙乃移置天寧寺方丈室中，託方丈愚谷保管。歲丁亥，知病將不起，面授負翁遺囑，於修建北郊風景時，移銅像徐園，以徐公祠已爲日軍毀壞，修繕恐無資力，並囑愚谷必任負翁遷移，此丁亥三月初九日事也。迨閬仙圓寂，負翁適在瀋陽旅次，揚州淪共後，聞天寧寺已爲拆毀。吾鄉天寧寺，爲康乾南巡駐蹕之所，屋宇宏濶，僅廊房即九十九間，其他可以概見，寶山銅像，必已不存，亦可慨矣！

閬仙精通內典，自歸寶山後，每日必誦佛號，及彌陀經。嗣博覽大小乘，宗密宗。於楞嚴、法華諸經，尤具心得。諸山長老，每與接談，無不服其精湛。僧宗仰，原名烏目山僧，又名楞伽小隱，與章太炎友善，時稱革命和尚，與 國父中山先生，及戴季陶時相往來。辛酉，壬戌間，來揚州，訪閬仙於鎧隱廬，談禪機，認閬仙有宿根，爲平生所未見。宗仰於漢學，造詣頗深，爲負翁所不及。時余亦閱覽大乘起信論、楞嚴諸經，每與宗仰談至深夜，樂而忘倦。宗仰乃收負翁爲弟子，取法名曰惟盡。宗仰遺墨，負翁藏有長函一件，扇面一幀，業已攝影，於上年送中央黨史館陳列。

當寶山於辛亥光復，組織第二軍時，閬仙知寶山爲一武夫，欲成大事，必延攬智謀之士以佐之。乃告以博採周諮、禮賢下士之道，故第二軍參謀部中，皆當代名流，如吳次皐、吳召封、吉亮工、方澤山、周穀人、孔小山、李涵秋等，皆吾鄉之錚錚者。尤以吉亮工、吳召封，爲揚州狂士中三者之二。羅致軍中，頗費周折，其經過已載余著惜餘春軼事中，當時傳爲美談，不再述。

閬仙之詩，從不留稿，鮮有酬贈之作，喜接近詩人，每年必舉行文酒之會，並備珍貴獎品，但不參加唱和。有時示我以詩，一閱後即笑而撕毀。有壬戌花朝雜感七絕一章，書於團扇而贈余者，詩云：「俠骨柔腸都是夢，琴心劍膽總銷魂；良辰恰遇花朝日，春水平湖綠到門。」又猶記有漫筆二絕云：「衆生普渡誠非易，半是聰明半是癡；坐破蒲團渾不覺，串珠百八數牟尼。」「冷冷一曲撫瑤琴，古調今彈已碎心；靜聽松風誰解得，□□□□□□□。」詩不雕琢，寄懷遣興，雖一往情深，終不知其所指。

閬仙幼喪母，父貧甚，乃鬻之於娼時甚幼，鴇母以其慧，使入塾，稍習書字，庸知目視十行，不一年已畢四書，師驚異，畧授經史。鴇母強之習絃唱，年許，得大小曲百餘支，時尚髫齡，乃使之應客，出谷雛鶯，聲譽雀起，有李某某者，年少翩翩，眷之殊甚，日趨粧閣，促膝傾談，閬仙引爲知己。李爲邑紳李昌樂之裔，昌樂字漢春，安徽盱眙人，洪楊之亂，起家卒伍，爲淮軍名將，以平捻匪功，官至直隸提督，謚勤勇，家揚州鬥雞廠。

時揚州參將袁大升，字勞廷，初以隨曾文正克復金陵，首先登城者十七人，大升與焉。事後論功，乃繪圖於紫光閣。袁任揚州參將時，每出，必於馬前列銜牌，中有「奉旨紫光閣繪圖」，清例，此牌過市，任何文武官吏，必須迴避，否則以大不敬論罪，民人更不待言。大升性魯莽，至此驕橫益甚，子弟及家丁，蹂躪地方，每縱容之。其子某亦時趨閬仙粧閣，見與李公子綢繆繾綣，陰銜之。吾鄉每年有都天會，觀會者途爲之塞，閬仙亦應客之召，於市中觀會，爲袁公子見，方週旋間，值袁大升出行，以其前有黃牌，紛紛驚避，一時秩序大亂，遺簪失履，怨嗟載道。閬仙於人羣中，失耳環一隻，乃歸，袁公子亦至，語及遺失耳環，不免有怨艾之詞，袁公子竟以所語，稟諸其父，並謂以一妓女，膽敢毀謗憲官，此風不禁，不足以儆效尤。大升震怒之餘，乃命差官持其名刺，送至府縣以下大小衙門十三處，令提到案嚴懲，鴇母聞之，倉皇中連夜攜閬仙雇小舟逃至鎮江，以避其鋒。事過境遷，乃遣閬仙落籍於鎮江某樂戶。李公子探知閬仙所在，追蹤而來，與商脫籍。某夕，於筵席間爲徐寶山所見，以其唱工優異，頗爲激賞，餽金甚豐，從此日必數至，並語鴇母亦擬爲脫籍，且不惜重資。鴇母商諸閬仙，閬仙矢口弗從，繼之以泣。寶山益加緊逼，並謂苟再拖延，必貽後悔。時寶山尚未受官方招撫，嘯聚山林，爲洪幫首領，江淮間販賣私鹽之巨魁。鴇母亦不忍以閬仙配大盜，然懾於威勢，亦不敢抗顏以拒。寶山旋挽洋貨業商金樹滋，與鴇母婉商，除納資外，用紅帖行聘。（清例，正色婚姻，方用紅帖。）花轎、鼓吹、聘禮、筵席，無不從豐，並由金樹滋作原媒，事已至此，無可挽回。閬仙銜恨在心，除啼泣外，無以洩憤。既婚以後，寶山見其鬱鬱寡歡，時攜出遊。某日，至金山寺，於山門前見李公子以巾拭淚，閬仙心如刀創，不敢逼視，此與李公子最後一面也。李公子待至寶山歸順後，方知絕望，甫完婚，亦可謂鍾情者矣。

寶山多疑忌，對於部屬稍有猜疑，無不手刃之。閬仙年正少，部屬往來，房屋狹隘，無可迴避，深虞稍一不愼，害及無辜，自身恐亦不保，乃不時託病，於牀褥間消磨歲月。嗣揚州邑紳陳重慶，以私鹽充塞，鹽稅日益不振，又探知寶山孝母，重俠義，乃上書鹿芝仙中丞，黃少春軍門力言寶山孝母，凡孝於親者，必能忠於其國，宜招撫之。書十餘上，並以百口擔保，乃從其言。歲庚子，由兩江總督劉坤一，委寶山募長江新勝水師，並帶新勝虎字營，至此始公然移寓揚州洪水汪。寶山多疑忌，前已言之，平居時不臥寢室，或臥屋頂天溝，或臥廚房、柴房、牆陰、門角，以竹管燃香於內，手持香尾，香燃及手則醒，躍然而起，巡視牆外四周。蓋恐遭仇家暗害也，閬仙天賦性靈，於酣睡時，有鼠過梁，有貓升屋，無不知之。日間雖居寢室，門首僕傭談話，或有客來訪，莫不聞之。當寓南河下時，閬仙居第五進，負翁有時在座，忽然曰，某客至矣，無何，果然，此屢驗不爽者。

寶山既顯，閬仙得痿疾，初僅一腿動彈不得，繼則兩腿酸痛，不能着地，歷延各地名醫，推拿、鍼灸、服藥，診治多年，迄無微效，故當時有癱杷太太之稱。直至寶山遇害後，閬仙會客，仍在房中，迎送欠身而已。

揚州南門外官河南岸，文峯寺，有塔名文峯塔，明萬曆十年，僧鎮存募建浮屠七級，因併建寺。清康熙七年地震，塔尖墜，明年天都閔象南，捐資重葺，較舊塔尖高一丈五尺，合尖後，每夕，燃燈千盞，大放光明，水陸之人，皆瞻仰驚歎。咸豐癸丑，寺燬，塔僅存甎心。民初閬仙與城內外各叢林僧，集合大江南北各住持，募資修復，十二年落成，邑人陳含光有記，塔凡七級，高矗雲霄，登其巔。南眺京口三山，北顧蜀岡諸峯，以及北郊諸名勝，莫不悉來眼底，胸襟爲之一暢。當塔落成之日，閬仙乘輿前往頂禮，下輿以後，直入塔中，參禮畢，扶梯盤折而上，竟登其頂，諸山長老，爲之大驚，以步履維艱，必待扶持，然後方能行動之人，忽然連登七級，神色如常，以爲佛之保佑，虔心信佛，有以致之。於是大宣佛號，鐘鼓齊鳴，頃刻間觀者如堵，僉認爲菩薩顯靈，閬仙笑而答之，臨行，謂諸山長老曰：「今晚略備素齋，請惠臨南河下，一結善緣，兼慰辛苦。」及夕，諸山長老至，負翁亦在被邀之列。閬仙於席間又致詞曰：「今早登塔事，諸大和尚可視爲曇花一現，如露珠，如泡影，萬不可存諸於心，爲之宣揚。閬仙痿疾，癒之已久，蓋擇文峯塔落成之日，爲閬仙步履之始，若以菩薩顯靈，則是閬仙造作，閬仙罪業深矣。」衆僧爲之愕然，惟有合十，稱誦佛號而已。

次日，閬仙至書齋，摒退左右，坐語負翁曰：「余之痛史。無一人知，今告君，希望他時爲我掬同情之淚，形諸筆墨，以告天下後世，知天壤間有傷心人如閬仙者，香妃被獻於清廷，入宮以後，矢志不從，終戮其身，余不託稱痿疾，夫婦間，何以相處，且絕不能延壽命於今日。况軍長猜疑，乃其天性。軍長微時，導其歸正，及其秉握兵符，使之禮賢下士，軍長身後，完其遺志，吾亦可以報其於風塵中之能識我，恩怨分明，吾不願事綠林之士，迫於勢而屈吾之身，終不能屈吾之志。二十年足不着地，其孰能之，軍長遇害，余猶託疾十年者，軍長舊部，多俠義之士，一旦燭知其隱，爲軍長復仇者，必有其人，則吾仍不免於難，生死原無足惜，女人死於非命，多蒙不潔之寃，明哲保身，則吾豈敢。」

吉亮工，字柱臣，晚年稱風先生，江都名孝廉，工書，魄力雄渾；幾及安吳中年後，益驅狂放，畫長松怪石及佛像，，駸駸入古。嘗贈閬仙五古一章，草書奔放，不殊天馬行空，石刻徐園壁間，負翁藏有拓本，今錄原詩於下：「行行重行行，行向山前路，山外更有山，不識山何處，回頭一長空，山色杳冥中，似有過來人，不知道何從，我來正三月，三月飄楊花，楊花生路歧，飛入顯人家，人家亦有婦，婦道如風沙，前行至高原，萬木乘風斜，古道亦已遠，新猷胡足誇，寄語行路人，莫將山作家。」末有跋云：「徐夫人夙有慧根。性復諒直，今乞我書，遂以風話答之，夫人或不以爲風乎！」下欵，乙卯六月風先生。

亮工好佛，語多禪機，令人不可捉摸，爲吾揚三大狂士之一，與負翁友善，負翁藏有遺墨，取茶葉紙書所作小詩，皆遊戲之作，亦足珍貴。

閬仙喜近文人，嘗曰：「文人有書卷氣，如對夏鼎商彝於座側，自覺雅馴，武人徒見其劍拔弩張，棱眉豎目而已，胸中無邱壑也。尤不喜接見婦女，以其所言無非家庭瑣碎，以及翁姑不善，姑嫂不和，諂媚驕矜，令人作嘔。於女子中獨賞識郭堅忍一人，文人中如孔小山、吳次皐、吳召封、李涵秋、陳含光，蔣孟彥等，月必數見。南海康有爲每過揚，必客於其家。所藏骨董，數以萬計，多爲上海虞洽卿，鎮江魏小圃所購，以與閬仙素有往還。

閬仙每遇揚州叢林放界，必往求界。頸胸背先後燒疤一百零八粒，成佛珠一串，苦修苦行。非高僧不能若是。

閬仙生於癸未，正月初四日，今年適爲八十冥誕，負翁曾於當日，親攜麥飲，登七張犁山巔，望空遙祭，一代女傑，未育子女，徐氏後皆非所出。

負翁以爲韜晦之士，能忍人之所不能忍，如古之任永馮信，僞作青盲，以避公孫述，（漢書永妻淫於前，永如未睹，見子入井，竟不呼救，及公孫述敗，笑曰，世幸平，目即清，光武聞而旌之。）廣陵王恭佯啞，以避元人，田煇陽瘖。以讓兄舉，至於託疾而遠害者，如楊彪之脚攣，王衍陽狂，潘尼疾篤，桑冲稱疾，劉裔脚疾，田弘正風痺。婦人之如閬仙，二十年足不着地，似覺史無前例，如茲痛史，可泣可歌，誠異人也。爰不憚繁瑣，而詳述之。

（16）

·鐵嶺遺民·

蔡宅被搜

蔡鍔在北京的活動雖然作得很秘密，但也不會不露出一點馬脚，尤其是棉花胡同經常有軍政執法處的便探監視，便探看到蔡公館不斷有南方來的陌生人出進，當然要向上報告，此時擔任軍政執法處處長的已是雷震春，前任處長陸建章外放陝西將軍。

雷震春號朝彥，當時也是帝制派重要人物，今天來評論帝制派諸人，大概除去段芝貴之外，要以此人最不濟。他得到報告之後，是否呈准袁世凱，現已無處查考，民國四年十月十四日凌晨蔡鍔尚未起身，軍政執法處突然派人搜查蔡宅，看門的人出面攔阻，說是蔡將軍公館，來人不理，一擁進來，翻箱倒篋檢查一遍，呼嘯而去。蔡鍔在兵士去後起身打個電話給雷震春，詢問原因。電震春再三說對不起，聲明是一個誤會，並親自到蔡公館道歉，說明原委。據雷震春說，這個帶隊前來搜索的是劉排長，這個人最初在袁世凱親家何仲璟家中作僕人，何仲璟是天津大鹽商，在宣統三年時，何仲璟因爲欠了外國人的錢，幾乎抄了家，當時蔡鍔現在的住宅就是何仲璟的產業，由一個姓福的親戚代管，何家姨太太看見情況緊急，恐怕被抄家，就檢了一批金珠首飾，要劉某送交姓福的收藏，現在事隔數年，何仲璟已去世，姨太太不知所踪，劉某改行投軍當了排長，他仍以爲此處是福某居住，想乘機搶回這批珠寶，因此料衆行劫，不料房屋換了主人，致釀成絕大誤會。

雷震春爲了表示誠意與歉意，又將肇事的劉排長槍決，但是綁赴刑場的犯人却不是姓劉而姓吳，又露出絕大的破綻。平情而論，雷震春的話並非不能自圓其說，如果搜查的寓所不是蔡公館，而是孫毓筠同楊度的公館，絕對無人懷疑其所說的話靠不住，問題却是搜的是蔡公館，蔡鍔安得不驚，幸而蔡鍔爲人特別精細，棋高一着，將密電本放在經界局內，正是虛則實之，實則虛之，經界局反而未被抄，密電本也未被搜去，但蔡鍔到此，就非走不可了，後人論此事指蔡鍔爲雷震春逼走，當然不確，但無此一逼，是否走的遲一點，就難說了。

蔡鍔與小鳳仙

護國戰役結束後，蔡鍔不久即病死，國人既念其功高，又惜其命短。蔡鍔一生除去嗜好女色之外（此事不必爲賢者諱，松坡之早死，亦與好色有關），可說一無瑕疵，道地是「兩間正氣，一代完人」。因此，各體文字的表揚，由詩文而小說電影，渲染過甚，反失其眞。今天要談洪憲本末，非把蔡鍔交代淸楚不可。

因爲洪憲所以失敗，雖然因素很多，而蔡鍔挺身一擊，確成首義之功。我們今天讀歷史，覺得幸而未作帝國之臣民，也不能不感激蔡將軍，因此，更應還他一個本來面目。

關於蔡鍔與小鳳仙之事，喧騰了半個世紀，故事愈演愈奇，似乎蔡鍔之反袁活動，皆有小鳳仙從中參與密勿，蔡鍔之出走，也得小鳳仙掩護，更把小鳳仙說成風塵俠妓，才色無雙。英雄美人，千秋輝映。佳話雖然流傳，但與事實實在不符。

小鳳仙當年在北京實在是一個黑牌妓女，蔡鍔所以看上她，今日來推測，應有兩個原因：第一、因爲小鳳仙不紅，來往客人少，不會引起外人注意；第二、因爲小鳳仙實在無知識，對國家事根本不懂，由於她不懂，就不會問，蔡鍔在此，可省了許多麻煩。

至於小鳳仙爲人，筆者一位世伯當年在北京與之頗有來往，據談小鳳仙像貌矮而肥，言語亦不雅馴，故在北京始終紅不起來，松坡死後，經名士渲染，並代小鳳仙送輓聯，一時聲名大噪，許多好奇之人，皆願一見顏色，也曾紅過一個短時期，但因爲本身條件不成，也祇如曇花一現，不久又復銷沉，嫁了一個商人，大概到了抗戰前後還在，祇是已不爲人注意。

蔡鍔當時在小鳳仙處，眞正目的也在逃避，倘不是爲了裝傻以騙袁世凱，因爲北京官場風氣，事無大小皆在八大胡同解決，任何大官在吃酒時皆要叫局，不可能沒有一兩個熟識妓女，蔡鍔之識小鳳仙原本偶然，以後覺得她可以利用，就索性作了朋友。

可笑至今仍有人咬定小鳳仙與蔡將軍如何如何。前年看到台北中央日報發表一篇陳鼎環談小鳳仙的文章，所舉的鐵證是蔡將軍贈小鳳仙對聯「自古佳人多穎悟，從來俠女出風塵」，且指此聯從無人提出異議，不知此乃二十年前香港拍攝「小鳳仙」影片之道具，對聯乃出於編劇者之手，蔡將軍撰聯會有「自古」對「從來」「佳人」對「俠女」，侮弄蔡將軍太甚矣！陳鼎環得意洋洋說此聯從無人反對，不知稍懂詞章之學者皆知此與蔡將軍無關，乃香港編劇家之作。根本不值得反對，以此作爲考據實堪捧腹。

蔡鍔家庭

一段電影話劇演蔡鍔與小鳳仙故事，中間一定加插一段蔡鍔夫婦勃谿，甚至袁世凱都得到消息當面問過蔡鍔，編這類故事的人，不能說完全是嚮壁虛構，蔡鍔確實藉故與夫人嘔氣，逼令其偕子女南歸，以脫離虎口，但此種行動事先是否眞的告知夫人，不無疑問，因爲蔡鍔爲人，精細絕倫，這種機密大事，安可告知婦人女子。而且這齣戲本是演來騙袁世凱的，如果事先告訴夫人是作戲。演來一定不能逼眞，因此，推測蔡鍔當時行動，未必告訴夫人，其夫人不知，小鳳仙更不知道了。

談此項掌故的人雖多，可是却從無人談到蔡鍔當時有兩個夫人，一姓劉，一姓潘，因爲兩位皆稱夫人。不知誰大誰小。目前所能知道的，在京師被蔡鍔遣走的是劉夫人，理由是南歸侍母，這時蔡鍔太夫人寄寓在邵陽陳旌龍家中，蔡鍔原籍邵陽雖有祖遺屋三間已分與其弟，所以上無片瓦，下無立錐，太夫人及夫人南歸後祇得寄寓朋友家中。

當蔡鍔由北京逃出，在天津出走時，潘夫人同住在天津，蔡鍔動身前，令何鵬翔陪潘夫人離津先行赴港，當天晚間蔡鍔自己上船赴日。

目前研究蔡鍔家事的資料太少，因此，對於這兩個夫人的身世一無所知。不過，依常情來判斷，劉夫人大概是大太太，潘夫人可能是二太太，所以要派劉夫人去邵陽伺候太夫人，此事自是大太太的責任。潘夫人大概比較得寵，所以蔡鍔走動偕同，但是蔡鍔由日赴滇時，道經香港似未見到潘夫人，不知何故。蔡鍔死後，劉夫人就在邵陽原籍矢志撫孤，潘夫人則下落不明。

蔡鍔一生清廉自矢，非份之財未取過一分一毫，有時本份應得的也都不取，一心一意想把國家辦好，自然想不到去治家人生產，所以在他生前，生活已不甚寬裕，假若官俸眞有餘積，在邵陽也應該買一處房子，怎可永讓太夫人寄住朋友家。像他這種一清如水的人，居然會有兩房太太，要說松坡好色，應該不是厚誣前賢吧！

蔡鍔出走經過

蔡鍔由北京出走時間與經過，各方記載傳說不一，其中以「蔡松坡先生遺集」中年譜記載最為舛謬，時間上根本不能自圓其說。至於經過，一般說法指為小鳳仙掩護蔡鍔出京，劉成禺洪憲紀事詩「當關油壁掩羅裙，女俠誰知小鳳雲，緹騎九門搜索遍，美人挾走蔡將軍。」「挾」字是神來之筆，後人讀這首詩，一定會想到一風塵俠妓，帶蔡將軍出走情形，實際上這是劉成禺故意放謠言，根本沒有這回事。據哈漢章（此人為湖北人，辛亥起義時即在黎元洪左右，後隨黎元洪入京，黎元洪任總統後，更見親信，因此也成為督軍團攻擊目標之一）「春藕筆談」記載，民國四年十一月十日為漢章祖母八十壽辰，在錢糧胡同聚壽堂宴客，譚鑫培因是同鄉關係，居然來唱一次堂會，蔡鍔與哈漢章留日同學，交情一向甚深，當天很早就到，向哈漢章說道：「今天大雪，可打一夜牌。」哈漢章也猜出幾分，因為自己是主人，還要招待其他客人，就把松坡交給劉成禺。松坡執劉成禺的手說道：「我與你同案同年，今天要好好聚一夜，你要慎選對手。」劉成禺是何等樣人，當時就明白松坡用意，說道：「張紹曾顛、丁槐笨，兩人如何？」松坡說「可以，但不能這裡打，恐怕馬上客人越來越多，擾人牌興。」於是四人就過了隔壁去打牌，閉門眞眞打了一夜，打到天明，松坡說，「請主人來，我要走。」劉成禺說：「天快亮了，再打四圈，上總統府不遲。」松坡點頭又坐下打，打到七點起身從側門直入新華門，跟踪蔡鍔的便衣偵探，在門外候一夜，飢寒交迫，已委頓不堪，見蔡鍔去了公府，他們也就不再跟踪，各自休息去了。宮門守衛見蔡鍔這麼一早來到，以為是總統電召來有事待辦，也未理會。松坡到了統率辦事處，茶房問：「將軍今天來這麼早。」松坡看下手錶，說道：「我的錶快了兩點鐘，所以錯了。」當時打個電話與小鳳仙，約定中午十二時在一間飯館吃飯，放下電話又坐了一時，瞅着無人留意，悄然由政事堂出西苑門，上了三等火車赴天津，脫離了袁世凱掌握。松坡走後，因為約定小鳳仙中午共飯，因此小鳳仙受到盤問，外間遂傳說是小鳳仙將蔡鍔送走的，劉成禺為了免禍，也就大加以渲染，使假事成眞了。

蔡鍔出走後

蔡鍔由北京出走到了天津，袁世凱才得到消息，吃驚可眞不小。蔡鍔到天津係進共和醫院，親筆寫了一道呈文，說明因身體不好要到天津求醫，一俟病體稍痊即回京供職，袁世凱接到這封呈文眞是啼笑皆非，明知松坡未必回來，也不能不作萬一希望，當時在呈文上批了幾句關懷的話，希望蔡鍔安心養病，病好了迅速回京。

蔡鍔十一月十一日到天津，十九日始離天津到日本，中間在天津尚有九天時間，袁世凱除派便衣秘密監視外，又派了蔣方震去天津探病，促松坡早日回京。

蔣方震號百里，與蔡鍔同歲同學，在校成績尚高於蔡鍔，兩人交情深，志趣也相同，蔡鍔反對帝制，蔣方震當然也反對帝制，袁世凱派他去勸蔡鍔，眞是火上加油，蔣方震到了天津，自然又向蔡鍔提供了許多意見，然後回京復命，說蔡鍔並無他意，實在是身體不好，非作長期休養不可。袁世凱平日也曉得蔡鍔身體不好，到此時不信也祇得暫時相信，至於帝制派諸人，則因為袁世凱平日厚待蔡鍔，早已心懷嫉妒，難得此人他去，少了一個分功的人，大家反而高興，更沒有想到蔡鍔一走，洪憲就完了。

蔡鍔在天津與梁啓超日日見面，對於未來的大計，甚至文電都擬好了，十一月十九日乘輪赴日，到了門司，石陶鈞、楊源濬來接，蔡鍔在日本未多停留，就乘輪赴香港，臨行時寫了十幾張明信片寄袁世凱，預塡未來日期，交給石陶鈞在日本各地發出，袁世凱每日收到蔡鍔自日本寄來的明信片，報告在日本各地旅行情況，總以爲蔡鍔還在日本，雖然對於蔡鍔秘密赴津，又秘密赴日，感到放心不下，但見蔡鍔如此恭順，日日寄明信片請安，又不像有異圖，漸漸也就不放在心上，民國四年十二月十一日袁世凱接受帝制，蔡鍔已到了河內，袁世凱尙收到蔡鍔自日本發來的明信片，才知道上了大當，但已無及，雖然命令雲南地方官截拿，已經作不到了。

第一次推戴

全體國民代表大會代表所投決定國體票數，於民國四年十二月十一日在參政院開票，開票結果全體代表共計一千九百九十三人，所投票數爲一千九百九十三票，一致贊成君主立憲，無一票反對，也無一張廢票。當時參政楊度、孫毓筠兩人起立發言，說明參政院代行立法院，爲最高民意機構，既然全國民意一致贊成君主立憲，參政院應據情咨文政府。同時參政院又受到各省委託爲總代表，也應當代表全國恭上推戴書，推戴今大總統爲中華帝國大皇帝。動議提出，獲得一致通過。

目前，已不易查出當時在京出席這次會議的是那些人，參政院初成立時，參政共計七十三人，其中包括有蔡鍔、汪大燮等進步黨人，李經羲等一批清末官僚，瞿鴻禨、于式枚等一批遺老及楊度等一批帝制派，這幾派人裡面，除去楊度、孫毓筠等人贊成帝制，其他各方面按理都不會贊成袁世凱稱帝，所謂一致通過，恐怕就是帝制派一致通過，其他幾方面的人根本就未出席，要眞正依法律觀點而論，參政院本身的通過就不合法，不過，那個時代的人對於民主制度還是不太了解，加之又不同意袁世凱的一切措施，連帶參政院也不屑一談，更不理會參政院通過議案合不合法了。

更滑稽的是，參政院代行立法院職權，與總統地位原是平等的，一貫行文皆是用咨文，此時却一變爲推戴書，姑不說袁世凱是否接受帝制尙未定，就算袁世凱已事先發表聲明，一定接受帝制，但在未接受帝制之前，仍是總統，參政院安可向總統上推戴書，而以臣僕自居，事之荒謬無過於此，楊度平日以憲法專家自居，如此專家也太可憐了。

推戴書開始就說：「奏爲國體已定，天命攸歸，全國國民籲登大位，以定國基，合詞仰祈聖鑒事」，中間鋪張功德，最後稱：「伏願仰承帝眷，俯順輿情，登大寶而司牧羣生，履至尊而經綸六合，軒帝神明之胄，宜建極以承天，媯后繼及之規，實撫民而長世。謹奏。」

第二次推戴

第一次推戴書於十二月十一日上午十一時半經參政院通過，即行繕寫送呈，袁世凱當時咨復，咨文首稱自身無功無德，不堪負荷神器，特別提到辛亥之冬，曾居政要，上無裨於國計，下無濟於民生，追懷故君，已多慚疚，今若驟躋大位，於心何安，此於道德不能無慚者也。政治保邦，首重大信，民國初建，本大總統曾向參議院宣誓願竭能力，發揚共和，今者帝制自爲，是背棄誓詞，此於信義無可解者也。這一段雖非由衷之言，但也眞是實話，後來攻擊他的人，也都提出這兩點作爲箭靶，由此可見袁世凱並非沒有自知之明，祇以利令智昏，權勢最誤人。

袁世凱拒絕的咨文連同立法院推戴書，一齊送交參政院，參政院於下午五時再度開會，秘書誦讀咨文之後，當由孫毓筠提議：此事既屬全國一致推戴，元首亦未便過拂輿情，參政院應作第二次推戴，當經一致通過，經秘書處起草，大家畧作休息，五點十五分秘書處即將推戴書寫就，全文共計二千六百字，比起第一次推戴書，內容也充實了很多，開首除去敘述再度推戴的理由，下面針對袁世凱自稱無功德及人，列舉了六項大功，一是經武，指小站練兵；二是匡國，指平義和團之亂；三是開化，指在直隸總督任內之善政；四是靖難，指辛亥年促成南北和議，由君主而改建共和；五是定亂，指二次革命時擊敗國民黨；六是交鄰，指辦理日本外交，平息干戈，未釀事端。

以上六件大功，以下是兩件盛德，一是保全清室，指出曩則清室鑒於大勢，推其政權於民國，今則國民出於公意，戴我神聖之新君，時代兩更，星霜四易，愛新覺羅之政權早失，自無故宮禾黍之悲，中華帝國之首出有人，慶睹漢官威儀之盛，廢興各有其運，絕續並不相承，況有虞賓恩禮之隆，彌見興朝覆育之量，千古鼎革之際，未有如是之光明正大者。」一是不負民國，指出民意已改，國體已變，民國元首之地位已不復保存，民國元首之誓詞當然消滅（祇此兩句，害得袁世凱後來皇帝不作不能再作總統）。此皆國民之所自爲，固於皇帝渺不相涉者也。」

承認帝位

第二次推戴書當然是經過大手筆才能寫出這樣的好文章，文章雖好，祇是處理的太不高明，第二次推戴書共計兩千六百字，連起草加以繕寫，共計十五分鐘就拿出來。中國有史以來，寫文章寫得快的，無過於今日香港幾位名作家，每日寫萬字的有得是，但是可以斷言他們十五分鐘也不能寫就兩千六百字，又用毛筆端楷謄出，這一舉動，任何人都可以看出是宿構，第二次推戴書是宿構，就引出一連串的問題，既然第二推戴文是宿構，就可以知道袁世凱第一次拒絕承認帝制也是宿構了。本來到了參政院呈遞推戴書時，也沒有人懷疑袁世凱會推辭到底，但是，兩次推戴，一定要在一天之內解決。何以如此迫不及待，確實費解。關於帝制起源，傳說甚多，有一種說法袁世凱感到祖、父兩代，壽高沒有過六十的，自己已經五十七歲，若不能過六十大關，來日可眞的無多，因此想藉稱帝來冲喜。此說當是謠言，但是看到袁世凱迫不及待的情形，又覺得眞有冲喜之意。

第二次推戴書呈上去之後，第二天袁世凱發表命令：「天下興亡，匹夫有責，予之愛國，詎在人後，但億兆推戴，責任重大，應如何厚利民生，應如何振興國勢，應如何刷新政治，躋進文明，種種措施，豈予薄德鮮能所克負荷，前次掬誠陳述，本非故爲謙讓，實因惴惕交縈，有不能自已者也。乃國民責備愈嚴，期望愈切，竟使予無以自解，並無可諉避，第創造宏基，事體繁重，洵不可急劇舉行，致涉疏率，應飭各部院就本管事務，會同詳細籌備，一俟籌備完竣，再行呈請施行，凡我國民，各宜安心營業，共謀利祿，切勿再存疑慮，妨阻政務，各文武官吏，尤當共靖爾位，力保治安，用副本大總統軫念民隱之至意。」

文章都是好文章，理由也都光明正大，惜乎作法太笨拙，成爲千古笑談。袁世凱承認帝制這一天，蔡鍔已由日本乘輪船經吳淞口外抵達了香港。洪憲諸臣正歡忻鼓舞帝制告成，不知道埋葬帝制的人也要動手了。

冊封黎元洪

袁世凱正式接受推戴是在民國四年十二月十二日，次日公佈命令禁止宵小活動，所謂宵小是革命黨人，宵小活動就是反對帝制的運動，這是第一道命令。十二月十五日，下令冊封黎元洪爲武義親王，冊令稱：「光復華夏，肇始武昌，追溯締造之基，實賴山林之啓，所有辛亥首義立功人員，勛業偉大，及今彌彰。凡夙昔酬庸之典，允宜加隆。上將黎元洪建節上游，號召東南，拱衛中央，堅苦卓絕，力保大局，百折不回。癸丑贛寧之役，督師防剿，厥功尤偉，照約法第二十七條特沛榮施，以昭勛烈，黎元洪着冊封武義親王，帶勵山河，與國休戚，槃名茂典，王其祇承。」

洪憲帝制的功過，歷史早有定評，不必多說，今天翻閱當時的記載，覺得不太了解之處，就是進行經過何以如此笨拙，推戴書十五分鐘草成二千六百字，已經成爲奇談笑談，但還可以說是手續上的錯誤，至於這次冊封黎元洪，在法理上也有問題了。

首先，黎元洪是現任副總統，旣未經國會罷免，又未辭職，袁世凱此時又未登極，中華民國名號尙存，怎麽可以驀地把副總統改封爲武義親王，這算是怎麽囘事？冊封令特別提到「照約法第廿七條」，查約法第廿七條原文是「大總統頒給爵位勛章並其榮典」。雖然未明文規定能頒何種爵位，但可以斷言大總統決不能頒給王位，因爲這根本與國體不合，袁世凱要封黎元洪爲王，也應該等到南面登極之後，如此迫不及待，眞是費解。

其次在「冊封令」稱黎元洪爲上將，顯然要去掉副總統的官階，但副總統之罷免又豈是如此簡單，如果袁世凱稱帝，中華民國不存在，副總統當然也不存在，現在還未稱帝，袁世凱自稱本大總統，怎可以把副總統名義一筆抹煞。

冊封令又特別提到贛寧之役，也存有頗大陰謀，因爲袁世凱曉得帝制完成後，國民黨絕不干休，一定要聯合所有力量對抗，此時特別提出黎元洪協助擊敗二次革命，以絕黎元洪與國民黨聯合之路。

首次封王

自從八月十四日籌委會成立時起，黎元洪就對時局表示消極，九月六日以後，未再出席過參政院，一再向袁世凱提出請辭參政院長及副總統職，願意囘到黃陂原籍休養，袁世凱當然不准，仍然假意慰留。到了後來，黎元洪也明白想離開北京是作不到了，唯一辦法祇有遷出瀛台再說，此時袁世凱已經買了東廠胡同魏忠賢故宅贈他，黎元洪就藉口瀛台天氣太冷，如夫人黎本危怕寒，要遷去東廠胡同居住，這一點袁世凱答應了，黎元洪在十月間遷去東廠胡同私宅。

自十一月份開始，黎元洪就未再領受副總統的薪金及辦公費，呈請撤消副總統辦公處，同時又向參政院請辭副總統職，均未得要領。從這時起黎元洪不出席任何會議，不見客，不說話，有時政府人員有事來向他請求，祇是唔！唔兩聲，十足變了一尊泥菩薩。

封王的事，黎元洪可能一點都不知道，命令下去之後，內史監阮忠樞、公府顧問舒淸阿前往道賀，見面就行禮說：「給王爺道喜。」黎元洪仍似木頭人一樣，不言不語。

阮忠樞看見不妙，當時加以勸告，希望黎元洪接受王封，並說不久還要設立副元帥一職，也要請黎擔任，地位仍與副總統一樣，而名位尊崇尤有過之。

黎元洪此時忍不住了，大聲說道：「你們不要罵我。」說過又不言語了。

阮忠樞不料這位菩薩竟然發了這麽大的脾氣，一時倒頗感意外，當時不得要領祇得告辭，黎元洪要他把冊令帶囘，表示決不接受王封。

袁世凱稱帝第一次封王撞了大板，也很感難爲情，本來還想封溥儀爲懿德親王，但因張勛打來一通電報，要求保全清室，朝內許多淸室遺老，尤其反對溥儀爲王，加之黎元洪又來了這麽一手，袁世凱恐怕冊令下去，溥儀又不受，事情將更難辦，於是將溥儀暫時放下，但是黎元洪的冊令已發，若不接受，太過於難堪，當時又加封第二次，非要他接受不可。

再却王封

黎元洪退囘封王冊令之後，在黎元洪左右的人，爲此事展開討論，哈漢章、金永炎、翟瀛、郭泰祺等人極力主張拒絕，但是秘書長饒漢祥此時已受了袁世凱的籠絡，官拜參政，爲人頭腦又冬烘，覺得中國實在不可無君，袁世凱無疑是最合適的皇帝人選，當時就主張黎元洪接受武義親王的封號。黎元洪的姨太太黎本危，眞名叫危文繡，最爲得寵，也受了袁克定收買，經常把黎元洪的動態向袁府姨太太透露，此時，袁世凱自然透過這條線，要危文繡向黎元洪用壓力，一旦黎元洪封了親王，黎本危就可以封王妃。

反對封王的一派恐怕黎元洪耳朵軟聽了姨太太的話接受了王封，將不可收拾，當時就請托周樹模從中勸告。

周樹模字少樸，湖北天門人，清朝翰林，曾任御史、巡撫，當時任平政院長，爲袁世凱稱帝，辭職還鄉，行李已發，因翟瀛之請，特來見黎元洪辭行，黎元洪留周樹模共進午飯。

周樹模說道：「聽說副總統一定不接受武義親王封爵，是眞的？」

黎元洪說道：「我決不受。」

周樹模說道：「如此，實爲我們湖北人顧全了起義的臉面，我們出任民國官吏前清變民國，皆無事二姓之嫌，如果在袁世凱手下稱臣，就喪失臣節，我在前清由翰林而御史而巡撫，尚且不願稱臣於袁，何況副總統在前清祇是協統，入民國則位居第二人，一旦有事，可作第一人，千萬不好受王封。」

黎元洪說道：「得樸老一言，我計決矣。」

十二月十九日，果然二次封王冊又下：「前以武義親王黎元洪盛懷昭章，策勛封爵，式符名實，輿論翕然。乃王猶懷謙抑，懇切辭封，既見冲襟，益思往績。王當辛亥多事之秋，坐鎮鄂疆，功在全局，凡所建議，悉出眞誠，謀國之忠，苦心無比，懋功懋賞，豈惟予一人之私，王其祇承前命，勿許固辭。此令」，但黎元洪並未接受，仍將冊令退還，一場鬧劇，乃告終止。

（未完待續）

臨風追憶話萍鄉(15)

張仲仁

「法打」是一種極厲害的武功，不是所有習武人都能練的，而且師傅不輕易傳人，因他要求的條件太過嚴格，體格强，又要人品好，還要清心寡慾，最困難的是要放下一切事業，來專心練習法打。如你符合他的條件，或許有練習成功的一日。然而當苦練成功了這一身法打功夫後，又有什麽特殊的益處呢？對於本身的前途事業，又有何幫助呢？當然，有了一身高超功夫，如遇到了敵人的圍攻，在極危急的關頭，可以憑武功保護自身的安全，能夠逃出生天。這是吾鄉一位學習法打功夫的黃老先生，他親身所遭遇的事實。可是他的一生也可算是多災多難，他的事蹟，也是可歌可泣的。

在吾鄉練武人士對於「法打」功夫，總覺得比較難學；而且他們練武，是以强身爲主旨，平常練武不影响工作及家庭、在工餘之暇，家事完畢後，不論夜晚或白天，均可互相切磋習練，在鄉間更是一種有益心身的運動和娛樂，因此青年們人人樂意練習武術。至於法打功夫，也並非絕無人練，祇是少之又少而已。

吾鄉只有兩位老前輩會此功夫，其一是前文說的龍振珠老先生，另一位則是我同村河對面的黃家瑞老師傅。這位黃老師傅，不但練成法打功夫，還有一身高深的軟硬武功，更學得一門精湛的醫術。他擅長內外傷科，包括被槍砲嚴重打傷等。在民初缺乏現代醫藥設備的鄉間，他使用中藥痲醉，用燒酒消毒，開刀拑出深入肉裡的鐵砂彈片手術。在鄉間有此敢作敢爲的醫生，人均稱爲奇才異能之士。不但如此，他爲人深明大義，忠心愛國，青常熱誠的擁護 國父孫中山先生的爲國爲民的新思想。因此在年青時，就毅然參加革命行動，是民國史上「萍瀏醴之役」的革命戰士；他是一位開創民國的革命老元勛。雖然此役失敗，他僥倖保住性命，流亡他鄉數十年，一直到晚年才回家鄉。

民國肇建後，許多同志功成榮任政府首要，有多少人衣錦榮歸。然而「冠蓋滿京華，斯人獨憔悴」。黃先生無聲無息，懷着兩袖清風，回到久別的故鄉。可喜的是純樸的鄉民，都知道這位老先生的事蹟，並不以他布衣粗服而冷淡，相反個個都對他尊敬愛戴，予以無限的同情和熱烈的歡迎！使得這位老先生感到萬分的温暖，老懷彌慰。

當年湘贛邊區爆發反清革命，志士們舉旗起義！黃家瑞正在青壯之年，而且是位武功醫術兼優的特殊人才，既加入革命行列，論能力派任務，上峰就安排他統率一班同志，担任指揮部衛隊長之職，並兼任隨軍醫官。

當時革命軍力不足，就實行向清兵策反；總以爲清兵大部份都是漢人，如曉以民族大義，想必會受感動而棄暗投明，相助革命成功，那就事半功倍；誰知這班利慾薰心的鷹犬奴才，佯爲應諾，暗中靠害。一班誠實同志，急於滅清，深信不疑，毫無戒心之下，反而被他們利用，騙出很多秘密，以至造成慘敗。臨到起義之日，清庭早有準備，可憐這班熱血青年，大都慘死當地，祇有少數逃出生天。雖然爲革命犧牲，是他們的志願，但不免爲此輩大好青年而痛惜也！

當年黃家瑞統率的衛隊，是跟隨指揮大隊進退的；大隊原本有四五百人，但經過兩次遭遇戰，祇剩下百多人，最後被清兵包圍在分水嶺下一處小村莊，山脚又有清兵駐守，截斷了登山路線，他們祇得藉着一間祠堂建築物爲隱蔽之所。清兵並不放鬆，一步步的逼緊，縮小包圍網。

同志們眼見四面敵騎包圍，毫無出路可尋；到此地步，黃先生等思慮處此絕境，如其坐以待斃，不如冒險突圍！誰料這班清庭惡犬，竟然設有埋伏毒計，專等志士們突圍時蹈陷阱，自投羅網。被圍的志士們那裡知道，一到夜晚分成四路突圍，並約定在三縣邊區，稱爲三不管地帶的山上集合。

黃家瑞奮不顧身，領隊打頭陣，他左手抓住一隻木鍋蓋做盾牌，右手握馬刀帶頭衝出，後面緊跟着一班手足護衛，和幾位領導人。這位有武功的熱血男兒，眞如一頭出閘的猛虎，大叫一聲！向敵陣中衝殺而去！一遇到清兵時，眞是仇人見面，份外眼紅！此時他已不需要護衛自已，當將木鍋蓋一下抛掉，發揮他的平生絕技，使出混身精力，用「法打」的精英上乘武功，來對付萬惡的敵兵。他左右手並使，勇不可擋的五雷掌及隔山打牛掌法連環推出！打得清兵頭崩額裂，手足傷殘。這班鷹犬怎擋得住這威猛雄獅！同行的護衛們乘機用大刀猛劈，大家同心合力想殺開一條血路逃生。奈何清兵人多，又處處佈滿陷阱，同志們幾經衝殺，均逃不出敵方的火槍網；法打功夫雖然大顯神威，但用在衝鋒陷陣的戰場上，怎敵得四面射來的槍彈！

可憐突圍的革命志士，左衝右突，竭力掙扎，結果一個個的倒了下去，爲國家壯烈犧牲了！黃家瑞此時小腿肚已中了鐵砂片，眼見自已的人，越來越少；處此危急關頭，他祇得施展絕頂輕功，幾下跳縱步法，脫離了火網，直向山上急奔；百忙中回頭一望，祇有一位姓魏的手足跟在後面，隨他逃出險地，其餘的兄弟却已一個不見，當然是陷在敵陣中，無一生還希望了。

他站在半山腰上，眼看山下村莊，火球火把照耀得如同白日，呼喝捉拿之聲不絕，更有舉着火把向山上而去，圖搜索漏網的革命黨人。這種悲慘的場面，呈現在他眼前，眞如萬箭穿心！所謂「英雄有淚不輕彈，祇因未到傷心處」。人到傷心至絕的時候，勢不免難忍辛酸血淚，幾百親愛精誠的同志，如今只剩下他孤單兩個，眼見弟兄們慘死在清兵的槍彈下，不能相救，這是何等的痛心欲絕呢！至此黃魏兩人忍不住抱頭痛哭一塲！但難消心中怨憤。

他二人雖然暫離火線，這山上也不是久留之地，天亮前必須要遠離險境。此時兩人腿部均中了槍傷，鐵砂深入肌肉，已漸現腫脹，急待醫治。後來得到本地鄉民的協助，找到一處隱蔽地方躲藏，候腿傷稍愈，他倆人就在一個黑夜裡遠走他鄉，在外鄉又再和黨部聯絡，再接再勵的幹推翻滿清的工作。

「萍瀏醴之役」的革命志士，死傷人數是無法統計的。所幸當地居民深切明瞭革命與家國的重要性，非常願意協助志士們。當戰事過後，立即將死難烈士埋葬；祇俟清兵走開，鄉民即清理戰場。他們祇埋葬烈士遺體，清兵屍體並不理會，可見當時民心歸漢，怨恨滿清。

當時鄉間流傳怨言云：「漢人甘心爲胡狗，喪盡天良殺漢人」。人民怨憤冲天，滿清那得不滅。

每逢三二九青年節，中國人均要紀念碧血黃花的先烈們。可是人們大都只知辛亥廣州之役，有幾人會知道早於七十二烈士之前，「萍瀏醴之役」殉難的先烈們呢？他們的忠骸至今仍然埋葬在邊區各處山野之間，亂葬墳崗，成爲野鬼遊魂，想起來實是可悲可嘆！

這事是有事實根據的。當年在萍瀏醴被清兵圍堵，慘遭殺戮的革命志士，是由當地鄉民冒險搶出屍體，時在黑夜慌忙之中，無法識別姓名，多數是挖一淺淺土坑，就埋葬下幾具忠骸。因怕清狗識破，又不敢用土石堆成墳墓，只好用石塊疊成人字形來做記號。此事雖是秘密，但鄉人均知，祇是不和外人道；因此本地人一看人字形石塊，便知此地埋有先烈忠骸。

當時最悲痛的是志士們的家長，他們

知道殉難烈士均無棺木殮葬，但誰也不敢去挖開泥土認骨肉，祇得將悲憤藏在內心，此種哀傷，誰能抵受？深創鉅痛，永難磨滅。

直至民國初年，才經鄉民就地改成饅頭型土堆墳墓。在吾鄉僻靜的山窩裡，到處可見到無碑的圓土堆烈士墓。筆者家山上，也有幾座此種烈士墓；每逢回鄉時終要上山視察樹林，當經邊圓型烈士墓前，必留連漫步其間，默思先賢忠烈事蹟，深感哀傷。

且說黃家瑞這位革命志士，自從逃出羅網，流浪外鄉四十餘年，他已垂垂老矣！忽生葉落歸根之念。在抗戰後期，民國三十三年，就歸來家鄉。那時雖然已年近古稀，但他是位功力深厚的武術家，因此一點也未顯露老弱之態，走路蹈步還是很壯健。偶然有人詢問當年的經過，他老是用兩句話回答說：「太悲慘了！過去的傷心事最好不要再提，敗軍之將豈可言勇。」然後他搖頭嘆息！表現很傷心的樣子。可見他一聽前事，就會回憶昔年一班志同道合的朋友，慘遭清兵殺戮的情形。為避免引起他老人家的傷心往事，以後也少人詢問了。

黃老先生回鄉後，時常到各處僻靜山窩，找尋饅頭型烈士墳墓，他獨自在墓前默哀致敬！並常坐在墓前，好似陪伴老朋友，甚至忘記了時間的過去；他在各山窩中行來行去，不忍離去，使得看到他的鄉人們非常感動。

黃老先生去回到家鄉的第二年，正是日寇分三路進攻湘衡之時，吾鄉遭受戰火波及，一方面又慘遭本國軍隊的擾亂搶劫；大禍臨頭平靜的鄉村，搞得人心慌亂，雞犬不寧——為了逃避兵禍，各家都將人口財物疏散至安全地帶。那時正當暑熱天氣，躲在隱密高山上的百姓們，清楚的看得到山下情形，當看到敵軍的前鋒及後面的輜重隊伍完全經過，才敢下山回家。

黃老先生當時住在自己親姪家中，他們是富有之家；那天他携同兩個稚齡的姪孫，也躲在高山上；當敵軍邊完，他三人慢慢從山上行落來，路經一處地方，那裡有一座小廟，祖孫三人肩上各背有隨身包袱，走得很是辛若，而天又熱，口又渴，很想休息一下，就行近廟前的石墩，坐下來透一口氣。

誰料這荒野小廟裡，竟藏有五個逃兵，他們不去前線打日寇，專在山野間打劫村民。此五個逃兵，還揸有兩枝步槍及三柄馬刀，眞是極危險人物！他祖孫三人，原想息口氣再趕路，誰知遇上了這班魔鬼。五人從廟中出來，一看老的老，小的小，不覺大為開心，當即做出舉刀欲劈之狀，大聲恐嚇：「速將包袱交出，否則一刀一個，不用想有一個留下！」祖孫三人突然遇到強盜，嚇得兩個孩子哭叫起來，趕快躲在公公背後，不知如何是好。

黃老先生是經驗豐富的武林人物，且在軍旅中經歷數十年，他豈會害怕這五個逃兵？但當時情形絕不願孩子受傷害。他的武功雖可打倒五個狂徒，但拳來刀往很費週折，同時打鬥一起，無法照顧兩個孫兒的安全。處此衆寡懸殊的形勢下，一定要使用快刀斬亂麻的手法，否則很為煩麻。老先生一面決定自己的做法，一面順從的替孫兒們先解下包袱，然後將他們拉着靠住遠一點的牆壁站定。他此時兩眼精光四射，望着逃兵，慢慢走向他們中間，然後將左脚站立，穩如泰山一般；原來是做磨心，專門對付多衆敵人的。然後他右脚一旋轉，雙掌同時推出，快捷準確，無比的力量！這是一種「法打」的五雷掌法。五個無賴逃兵，滿望老頭子也解包袱給他們，誰知一霎時，凌厲的掌風，當頭襲來，立即全部震傷倒地不起！他們糊塗的頭腦裡，還不知道是怎麼一回事呢？

老師傅一看五個草包受傷，也不理會，他雙手一捲，先將兩枝步槍取到手上，三柄馬刀也一并繳械，然後在五個逃兵脚後跟用刀背各敲一下。脚後跟筋骨被敲傷，要一段很長時間才能復原，而且只能拐着脚走路，在此種受傷情形下，要想為非作歹也不可能的了。

老先生精於法打功夫，但平生祇使用了兩次，頭一次是「萍瀏醴之役」逃生時所用，其次就是對付五個逃兵，這是他親口所述說的。直至抗戰勝利後，老先生同鄉已兩年餘，黃家雖然人口衆多，練武術的青年也不少，但老先生想找一個傳授法打功夫的人，竟然沒有一個合他心意的，因此他很覺心事重重。後來想到本族既找不到適當傳人，祇向對河張家去物色人選。但張黃兩族雖是同村隔河，然因歷代下來並不和睦相處。也不知是何原因？平時朝暮相見的鄰里，隔不了幾年，就會發生一次各不相讓的鬥爭事件，而且還引至訴訟的大件事。

直至筆者這一代，正是江西匪患猖狂的時期，那時不論張黃族姓，家家都有危難，如果不團結起來，就無法保住家園。再加時代已在進步，各族子弟都有了新知識，在縣城彼此是同學，在鄉又是鄰里，有什麽仇恨可講？青年們互相來往，要將上代的積怨化解，唯有靠年輕一輩；因此彼此相約，要向對方家長稱呼表叔表伯，表示尊敬。如此一來，老長輩也無話可說，就把祖宗的敵視態度消解於無形。雖然如此，但要談到將黃家的看家本領，轉而傳授給張家子弟，此種念頭，不但有違傳統家規，而且更遭到族家反對。

然而老先生是以國家興亡爲已任的革命老英雄，在他心目中根本無族姓區域之分，而且還想藉此而消除古老死守門戶的傳統習俗。因此他獨排衆議，堅持已見。他說：「鄰里不和，怎能團結抵禦土匪？而並兩族姓彼此歧視，國家怎能興旺呢？」他的確是一位大公無私的革命實踐家，以後誰也不敢再反對他的意見了。

老師傳初時屬意我堂兄振成，因他練武已有相當成就，人很聰明、性情也不錯，但可惜患有寡人之疾；此是練武功最忌的事，色慾過多，必定消耗體力。堂兄自知短處，故此和人交手，必採取速戰速決的打法，如拖延一久則後勁不繼，他平日擅用四兩撥千斤的靈巧功夫。可惜後來黃師傅知道他的短處，就作罷論。筆者幼年練武時多得堂兄的指點，使我受益不少，因此兄弟感情特別好，我也代他可惜不能拜黃老先生爲師。抗戰勝利後，筆者因轉營商業，就無暇顧及武功。家中百事須待整理，如不趁此時奮發重振家園，自問也對不起年已漸高的父母和幼齡弟妹。不料正在我對商業有興趣的時候，這位黃老先生，竟然看中了我，托振成哥示意想收我爲徒，傳授他的法打武功和醫術。我一方是受寵若驚，這位德高望重的老先生肯垂青於我，承他看得起要收我爲徒，但另一方面我却猶疑不決，並不熱心學此法打。

因爲傳授此功夫，必定要用硃砂黃紙畫符唸咒，將畫好的符焚化成灰，放在法水裡；學習的徒兒要跪在地上，先向師祖牌位叩響頭，然將法水紙灰吞飲落肚。我曾聽人說：「凡是學什麽法術，飲過符咒紙灰法水者，就祇能以此爲終身藝業，做一世的江湖佬」。以我的家庭來說，父母決不會同意，而且我所經營的商業很有前途，怎肯中途放棄。爲此我祇得婉轉的拒絕了老先生的善意，他感嘆的說：「願意學的人不合我心，合我心的又不想學，要找個承繼衣缽的人，是何等的難呵」！我聽了很感歉疚，爲了不忍使他過於失望，就提出願意跟他學醫術。

老師傳非常高興的答應教我醫術，我就正式拜他爲師。可惜的是勝利後兩三年，因內猖亂又起，師傅許多精湛的醫術，我尚不曾完全學全。爲了避共禍，遠離家鄉，幾十年來不知老師情況，默念如今在世希望甚微，唯有誠心一法，永懷師恩！特記此篇爲紀念黃家瑞老師的忠勇事蹟。

在台北見不着的……

北平的獨特食品

。唐魯孫。

北平的獨特食品，零食小吃，種類可多啦，提出幾樣臺灣見不着，吃不到的來說說吧。

灌腸。北平的灌腸是豬腸灌糰粉一類東西，粉糝糝的顏色，切成薄片，放在平底鍋上半烤半炮的一種吃食，蘸著蒜泥鹽水，用竹籤子扎著吃。這種小吃，雖然也有下街賣的，可是多數都是趕廟會來賣，一個挑子，一頭擺做料零碎，一頭是炭火平底鍋，您吃多少他給您切多少來炮，據說他用的油摻有馬油，所以炮出來的灌腸外焦裡嫩，特別好吃。有的人逛廟會，不爲看熱鬧看東西，其目的是專程來吃灌腸的，您要吃上癮，聞到灌腸味，總得趕過去炮一盤解解饞。

豆汁可以說是北平的特產，除了北平，還沒有聽說那省那縣有賣豆汁的，愛喝的，說豆汁喝下去，酸中帶甜，其味縷縷，越喝越想喝。不愛喝的說其味酸臭難聞，可是您如果喝上癮，看見豆汁攤子無論如何也要奔過去喝他兩碗。北平賣豆汁兒的有挑擔子下街的，有趕廟會擺攤子的，祇有天橋靠着雲裡飛京腔大戲旁邊奎二的豆汁兒攤，那是一年三百六十天都照常營業的。他姓奎自然在旗，雲裡飛時常拿奎二打哈哈，他說奎二攤子有三絕，第一各位主顧祇要往攤子邊一坐，您就算是皇上御駕光臨啦。因爲天橋一帶都是土地，一起風，塵土飛揚，豆汁兒碗裡，等於洒了一把香灰，辣鹹菜裡加上了胡椒麵，您說怎麽喝。所以人家奎二每天擺攤兒之前，先用細黃土把攤子四圍塡滿拍平。然後隨時用噴壺洒水，您坐下喝豆汁兒，給您黃土墊道淨水潑街，您不是臨時皇上了嗎。第二奎二的辣鹹菜那是誰也沒法子比的，大家都說西鼎和醬園切得細，人家奎二的鹹菜絲兒，比起來更細更長。第三奎二的豆汁兒酸不澀嘴，濃淡適口，豆汁一起鍋，不管買賣多衝夠賣不夠賣，絕不攙水。雖然雲裡飛是給朋友宣傳，可是他說的都是實情一點也不假。從前北平財商學校的校長費起鶴，每到假日，就携兒帶女到天橋奎二攤子上喝豆汁。後來做了財政部賦稅署署長，有一次跟筆者聊天，他說現在什麽都不想，有時忽然想起奎二的豆汁兒，馬上腮幫子發酸，恨不得立刻回趟北平到他天橋攤子上喝兩碗才過癮。您就知道奎二的豆汁兒有多大魔力了。現在臺灣除了豆汁兒之外，有一種青醬肉，市面上也沒見過。當年上海富商猶太人哈同的太太羅迦淩，就愛吃北平的青醬肉夾馬蹄熱餅，按說：哈同家裡還少得了金華火腿昆明雲腿、雪舫蔣腿這類上好火腿嗎？可是哈同太太偏偏專門愛吃北平的青醬肉，還得是北平東城八面槽寶華齋的，傳說有一年哈同太太在寶華齋一口氣買了五六百斤青醬肉交輪船運回上海去，害得寶華齋一年多沒有青醬肉應市。究竟青醬肉好在那裡呢。據說青醬肉要一年半才算醃好出缸，絕無油頭氣味，火腿要蒸熟才能吃，青醬肉祇要一出缸就可以切片上桌，眞是柔曼殷紅，晶瑩凝玉。陳散原先生生前說過，火腿富貴氣太濃，倒是青醬肉清逸浥潤，宜飯宜粥。足證青醬肉是小吃中的雋品了。

羊頭肉這種小吃，也可以說是北平的一樣特產賣羊頭肉是論季節的，不交立冬，您就是想吃羊頭肉，全北平也沒有賣的賣羊肉多半是揹竹筐子來賣，挑擔子擺攤子賣的，就不常見了。到了數九天，晚上八九點鐘，路靜人稀，西北風刮起來，就像小刀子似的刮臉，遠巷深處，您就聽見賣羊頭肉的吆喝了。賣羊頭肉的，都帶着一盞雪亮燈罩兒的油燈，大概是賣羊頭肉的標幟，雖然賣羊頭肉的主要的是羊前臉，羊腱子，羊蹄筋，碰巧了有羊口條有羊耳朶甚至於羊眼睛。切肉的刀，又寬又大，晶光耀眼，鋒利之極，運刀如飛，扁着切下來的肉片，眞是其薄如紙。然後把大牛犄角裡裝的花椒細鹽末，從牛角小洞洞盍出來，洒在肉上，有的時候天太冷肉上還掛着冰點兒，蘸著椒鹽吃，眞是另有股子冷冽醒腦香味。羊眼睛是吃中間的湯心兒，羊耳朶是吃脆骨，羊筋是吃個筋道勁兒，如果再喝上幾兩燒刀子，從頭到腳都是暖和的，就如同穿了件小皮襖一樣。

羊頭肉是冬天賣的，燒羊肉恰巧相反到夏天才上市。無論羊頭肉燒羊頭一律都是清眞教的買賣，唯一長處就是東西收拾的眞乾淨。一提燒羊肉北平人誰都知道東四隆福寺街白魁的燒羊肉最出名，照說白魁的燒羊肉，確實不錯，他之所以特別出名，是白魁對門有個灶温，您跟櫃上借個碗，到白魁買一個羊腱子，或者來對羊蹄兒，再跟他多要點燒羊肉湯，拿到灶温撑他一碗把條（麵條名稱）用燒羊肉湯一羮，眞是比什麼搶鍋麵都入味好吃。另外西城粉子胡同西口，有一個叫洪橋王的羊肉床子，他家的燒羊肉，也是西半城大大有名的，每天下午燒羊肉一出鍋，往晶光瓦亮的大銅盤子上一放，連肉代湯，一搶而光。還聽說他家有一株百年以上的老花椒樹，凡是拿着盆盌去買燒羊肉祇要說：「掌櫃的多來點湯」，人家掌櫃的，另外還奉送帶着葉芽又嫩又綠的鮮花椒一撮撮，羮好麵條灑在麵上，吃起來清美湛香，微帶麻辣眞是暑天的雋品。離開北平任憑您到什麼地方，也吃不着這樣的美味啦。

醬肘子臺北的同慶樓，陶然亭，高雄都一處，卿雲居，都有得賣，看着也都有個樣兒，可是吃到嘴裡就不太對勁兒了。北平醬肘子最出名要屬西單牌樓的天福。北平所謂醬肘子舖，全都帶賣生猪肉跟宰現成的鷄鴨，所以又叫猪肉槓。醬肘子舖後櫃，都有燻滷作坊，像天福吧，後院有口萬古長新的陳年滷鍋，每天到了下作料的時候，總得老掌櫃的親自動手，那是舖眼兒規矩。等混到能在燻爐旁邊插個手，幫個忙，那這個學徒就快熬出來啦。買醬肘子大家都喜歡買肘花兒，那是肉的精華所在，可是到天福買醬肘子會吃主兒都要偏點肥的，等醬肘子切好，立刻跑到對面寶元齋切麵舖，來上兩個剛出爐的叉子火燒，襯熱把醬肘子夾好一口咬下去，熱油四濺一不小心能把舌頭燙了衣服油了。北平有位名花鳥畫家陳半丁，幼年住在上海最愛吃上海陸稿薦的醬汁肉，自從吃過天福的醬肘子之後，才覺出北平醬肘子厚而不膩，確實比甜膩膩的醬汁肉高的太多啦。天福還有一種叫蛤蟆腿的，是把瘦肉核兒中間插上一隻鷄腿骨，跟醬肘子一塊下鍋，那可是全瘦，一點肥膘不帶，好像民國二十年以後除非主顧指名訂做，否則門市就不賣了。天福還有一樣最好下酒的燻臘叫燻雁翅。是把大排骨加作料用紅麯燻好用手撕着吃，來下酒，眞是無上妙品。吃不光的燻雁翅，撕成碎絲，加上乾銀魚絲豆嘴，炒來當粥菜更是一絕。

滷羮炸豆腐這是最平民化的小吃了，材料又便宜，又容易做。現在臺灣到處都有賣臭干子的，可是還沒聽說有賣滷羮炸豆腐的呢。北平賣滷羮炸豆腐的，都是晚飯後才出挑子，沿街吆喝着賣。打夜牌的朋友，或者暑夜夢囘的早眠人，來上一碗炸豆腐，既可以解煩渴，又能擋擋饑，的確清淡爽口，名爲滷羮，其實就是花椒鹽水一碗炸豆腐塊要帶幾粒豆粉加細粉條炸的素丸子，猛一看黃裡透紅，跟炸小丸子差不多。臺灣所以沒人賣滷煮炸豆腐，可能是沒人會炸豆粉素小丸子吧。

中國各地有好多地方都會做豆腐腦，有甜有鹹，有葷有素，但是所謂葷的也不過是有點榨菜乾蝦米，就是四川豆花也不過加上的燥子而已。北平有一種肉片打滷的豆腐腦，這種賣豆腐腦的每天清早多半找個賣燒餅油條攤子旁邊一擺，配合着一塊賣，所謂肉片打滷，那眞是上好的肥瘦肉先煮好切成薄片用肉湯加金針木耳蛋花一勾芡就成了。先盛上豆腐腦，然後來上一勺子滷，就着燒餅一吃的確不賴。有人說做點肉片滷還不容易，您要知道人家手藝，就在勾芡上，勾得太稠，喝到嘴裡黏舌頭，勾得太稀，盛個三兩勺子滷一澆，那就成了光兒湯了。所以這份挑子也祇能擺在路旁賣，沒聽說肉片打滷的豆腐腦挑着鍋滿街晃蕩的，也就是這個道理。

燙麵餃兒從南到北東西各省差不多都有燙麵餃兒賣，不過有的地方叫蒸餃、小籠、灌湯餃，名稱不同而已。不過筆者所說的燙麵餃兒，既不是點心店，更不是飯館子賣的，而是推着四輪車，沿街叫賣的。想當年推車子下街賣燙麵餃兒的，全帶有骰子，賣盒子，拿燙麵餃兒，開賣擲骰子賭輸贏。後來因爲警察抓得緊，才規規矩矩做買賣啦。北平有個賣燙麵餃兒的老彭，凡是在東北城住過的人，沒有不知道老彭的，他本來也是沿街叫賣，後來財商專門學校搬到馬大人胡同設校，校門外有一空場子，老彭看準了這一個地方，就天天推車子到那兒賣，專做學校買賣，變成固定攤位了。老彭做買賣很會動腦筋，每天預備幾種不同的餡兒，價錢也有上下，最貴是猪肉口蘑餡，現在在臺灣眞正口蘑，不用說吃，恐怕什麽樣還有人沒見過呢。老彭的燙麵餃兒不但餡兒拌的好，油用的得當，最絕的是餃子擱涼了餃子邊也不會發硬。有一年財政部長孔庸之到北平視察財稅，某位大員請他吃譚家菜，孔說：「我跟財商校長費起鶴約好到學校吃燙麵餃兒，謝謝啦。」後來大家傳來傳去說譚家菜抵不上老彭的燙麵餃兒，這話後來傳到譚篆卿的耳朶裡，氣得老譚直瞪眼兒。經過這麽一宣傳，此後眞有坐汽車來吃老彭燙麵餃兒的，您瞧老彭的號召力有多麽大。

燻魚炸麵筋揹着紅漆櫃子滿街吆喝燻魚炸麵筋，可是這兩樣吃食，十問九沒有。他所賣的大半都是猪頭上找，再不就是猪內臟。買燻魚的有幫，十來個人就成立一個鍋伙。大鍋滷，大鍋燻，然後揹起櫃子各賣各的。江南兪五初到北平，住在南池子瑪戛喇廟裡，廟裡就住了一羣鍋伙，就這樣兪振飛不知不覺把賣燻魚的猪肝吃上癮，祇要是三五知己小酌，兪五總會帶一包滷猪肝去。買燻魚的猪肝不知怎麽滷的，一點不鹹，還有點甜味，下酒固佳，白嘴也不會嫌鹹叫渴。此外賣燻魚的還賣去皮燻鷄蛋，也不知道他們是怎麽挑的，每個都比鴿子蛋大不了多少，他們還代賣酸麵小火燒，一個火燒夾一個燻鷄蛋正合適，小酌之餘，每人來上一兩個小火燒也就飽啦。

北平賣熟食，向來分紅櫃子白櫃子。因爲賣羊頭肉賣驢肉櫃子都是不加漆，所以大家都叫他們白櫃子，以別於賣燻魚的。驢肉也是冬天晚上下街來賣，是下酒的絕妙隽品，尤其是喝燒刀子吃驢肉最夠味。買驢肉的，暗地裡都賣驢腎，可是您叫住賣驢肉的，跟他說掌櫃的您給我切多少錢的驢腎，准保他回您沒有。如果您跟他說切多少錢的錢兒肉，他立刻從櫃底拿出來切給您。切這種肉有個規矩一定要斜着切，所以又叫斜切，北平有句俏皮話是燒酒錢兒肉越吃越沒夠。可見錢兒肉，也有它廣大的主顧。

炒肝兒臺北的眞北平，從前的南北合，都會做，可是吃到嘴裡就覺得不太對勁兒了。北平賣炒肝兒最出名的是鮮魚口裡小橋的會仙居。每天一清早，會仙居的炒肝就勾好一鍋應市了，一鍋賣完明天請早。所謂炒肝其實就是猪小腸猪肝加蒜末雙燴。您告訴盛炒肝兒的「肥着點」，就是多要點腸子，「瘦着點」就是多盛幾片肝兒。地道北平人喝炒肝既不用筷子，更不用杓兒，都是端着碗，一口一口往下唏嚕。您看那位動筷子用杓子沒錯，准是外地來的。

芝蔴醬麵茶也是早上配燒餅果子喝的，原料是秫米一類穀物，熬成糊狀，既不甜也不鹹，一碗盛好，用兩根竹筷子，把他紫銅鍋裡特製稀釋的芝蔴醬，用筷子蘸起來，以特殊的快手法，把芝蔴醬灑滿在麵茶上面，最後洒上一層花椒鹽，冬天拿來就着燒餅喝，因芝蔴醬蓋在浮面保温，所以喝到碗底，還是又熱又香。還有賣麵茶盛芝蔴醬的，一律用紫銅鍋，稍微墊斜了往外沾着灑，你要問他爲什麼都用紫銅鍋墊斜了灑，他總說這是祖師爺的傳授，至於他們祖師爺是何方神聖，他們也都是莫宰羊。

水爆肚在北平沒有眞正飯館賣水爆羊肚的，更沒有賣水爆牛百葉的，北平賣水爆肚的，都叫爆肚攤兒，全是天方教人，攤頭豎着一方擦的晶光瓦亮，上面刻着回文，另外有四個漢字「清眞回回」的銅牌子。不但攤上桌椅板凳，潔淨無塵，就是放佐料的小碗，也讓人瞧着乾淨痛快。佐料都是現吃現調，羊肚兒也是現切水爆，手藝的好壞，就在此一汆，時候稍久，就老得嚼不爛，火候沒到，可又咬不動。所以水爆肚完全吃的是火候，要老嫩適宜，恰到好處才行。北平東安市場潤明樓前空地上爆肚王，那是最有名的啦。

北平小市民想喝兩杯講究到大酒缸去喝。所謂大酒缸也就是小酒館。三九天您要到大酒缸一掀十來斤又厚又重棉門簾子，就有一種陳年的酒香撲鼻而來，把您的酒癮就勾起來了。在大酒缸喝酒有樣好處，雖然他每天僅僅預備十來樣葷素小菜，可是，你想吃點什麼，他可以給您外叫，最低限度，門口外一個賣侱炰羊肉、燻魚櫃子、餛飩挑子，那是少不了的。您酒喝好了，十位就有八位叫碗餛飩來喝，任何地都叫吃餛飩，祇有北平大酒缸說來碗餛飩喝。大酒缸門口的餛飩，湯是猪骨頭熬的，皮子是特別擀的，一個餛飩祇說抹上一點肉餡，可是佐料除了醬油醋之外紫菜冬菜蝦米皮胡椒面那是樣樣俱全。愛吃辣的加上幾滴紅辣油，唏哩胡嚕喝上一碗，北平土著有句土話叫「溜溜縫兒」，從大酒缸回家，大概家裡的晚飯也用不着找補啦。

每年一立夏，北平十刹海的荷花市場，就開始營業了。凡是趕廟會的各行各業也都陸續前來趕場，除了在海邊荷塘搭的水閣席棚，各有固定地盤，賣茶水賣冰碗兒涼果外，祇有一個馮記蘇造肉，每年祇在十刹荷花市場做一季買賣。造肉攤子上雖然擺着一個小揷屏寫着馮記，可是認識他的人都叫他老嘎。據說老嘎在光緒末年，跟御膳房高首領當蘇拉，學會了做蘇造肉，御膳房有一本「玉食精詮」各種膳食的做法，分門別類，大約有上萬種之多，這本書說俗了，也就是皇家食譜，歷代帝王，均有增添，所以洋洋大觀，集成二十多本。可惜宣統一出宮，這本書也沒下落了，如果能夠保存到現在，那比現在市面新出的什麼食譜都要名貴呢。老嘎的蘇造肉，據他自己亂嘮，說「是乾隆皇帝下江南到蘇州後，跟姑蘇名庖學來的做法，讓御膳房仿做的，不過他老人家不太喜歡菜太甜，所以冰糖的份量減了。做蘇造肉最要緊的是選肉，一定要挑後腿肉偏點瘦的五花三層嫩肉。猪毛祇能用鑷子往外揪，不能刮，一刮毛根斷在皮裡，就沒法子鑷了。肉拾掇乾淨後，微炸出油，然後放上佐料文火去燉，大約一個時辰，肉就又蘇又入味啦。老嘎的蘇造肉，每天以十五斤爲限，多做他忙不過來。祇要荷花市場一開業，他就在十刹海冰心小榭柳樹底下擺上攤子啦，風雨無阻，眞有冒雨打着傘到十刹海吃蘇造肉的。等到秋蟬嘶露，漸透嫩涼荷花市場一結束，要吃老嘎的蘇造肉，那要等明年。荷花季兒再說吧。

在民國十三四年北平忽然時興了一陣子賣天津包子罈子肉的。大街小巷都不時聽見吆喝着賣，可也奇怪老是兩樣一塊賣，沒有單賣天津包子的，也沒有專賣罈子肉的。一個擔子前頭是罈子肉。後頭是包子，要說他賣的天津包子，實在不敢恭維，包子是扁爬爬的，餡兒也不高明，可是所賣的罈子肉，眞有幾份，可以說是刮刮叫，肉是切得四四方方，油光水滑，吃到嘴裡，腴潤不膩，還微含糟香。從前北平名劇評家景孤血最喜歡請人在眞光電影院對面二合居喝兩盅，先讓二合居把門口賣罈子肉的賣上一大碗，加兩塊嫩豆腐先起來，酒是東三合的山東黃，再叫兩個滷菜，用這份加豆腐的罈子肉配家常餅吃喝，既經濟又實惠。清華大學名教授張忠紱給他起了個名叫景家菜，連帶二合居門口賣罈子肉的也出名啦。不過很奇怪北伐一成功，北平地裡城外，再也聽不見賣天津包子罈子肉的市聲了。究竟是什麽緣故，幾個老北平誰也猜不透，是怎麽檔子事兒。

北平就着燒餅吃的油條種類甚多，不像現在臺灣的炸油條，直不楞登尺半長一根。北平油條分長套環（脆蔴花兒）圈套環糖餅兒，甜糖果子薄脆，鍋箆兒，種類繁多甜鹹焦脆，各盡其妙。可是在西四罐瓦市大醬房胡同口外有一個賣油餅兒的，他獨出心裁，把鷄蛋磕在油餅兒一齊炸，吃老吃嫩悉憑尊意。每天一清早就有人排着隊買灌蛋油餅兒的，其實這個手藝並不難學，可是灌蛋油餅始終是獨家買賣。這要是在臺灣，灌蛋油餅賺錢，管他做的好不好，你也做我也做，非大家一齊做垮才能罷手。

大概世界上儘多逐臭之夫，愛吃臭東西的，的確不在少數。歐美人不談，就拿中國各省愛吃腐臭食物的人就很多，廣東寧波人愛吃臭鹹魚，上海人愛吃炸臭乾子，蕪湖人愛吃鹹臭乾，北平人愛吃臭豆腐。提起臭豆腐，此地也有玻璃罐裝的賣，但跟北平的臭豆腐一比味道可就完全不一樣了。北平挑着圓籠下街賣的吃食，大約有二三十種，可是圓籠之小莫過於賣臭豆腐的圓籠了。您要是到圓籠舖買小圓籠，舖子裡人一定問您是不是賣臭豆腐的那種圓籠，可是賣臭豆腐的圓籠是最小號的啦。賣臭豆腐雖然是個小生意，可是從前北平競爭的頂利害。就如同賣刀剪的王麻子有眞的，有正的有眞正的，到底誰眞誰假簡直鬧不清楚。後來經過地方士紳品嘗大家認定宣武門外西草廠鐵門有一家叫王致和的臭豆腐製品是胔胹成方，「着箸不粉味正而純，貯久不霉」。當時還沒有什麽工會這類組織，經各家同意就由王致和領導，遇事由王致和排難解紛。並請翰林出身的志伯愚將軍寫了一方「臭腐神奇」的匾額，掛在店裡存證，才把賣臭豆腐的糾紛平息。據前北平戲曲學校校長李永福說有一天他陪高陽李石老經過鐵門，看見王致和臭腐神奇匾額是父執志將軍的墨寶，於是進去買了小罐回去品嘗，那知從此李永福成了李石老買臭豆腐專使，每月總要買個三兩次。石老茹素多年，但不忌葱蒜。他說暑天煩渴，胃口不開，如果來碗芝蔴醬拌麵，不用三和油而用王致和臭豆腐滷就著大蒜瓣一吃，在他看可算無上珍品，將來反攻大陸，勝利成功，回到北平，一定要打聽王致和無恙否，如果還存在，一定要痛痛快快吃一頓臭豆腐芝蔴醬拌麵，言猶在耳，可是石老墓草已拱，不禁令人起了無限哀思。

從前北平人如果家裡臨時來了客人，要留人家吃飯自己做措手不及，那有辦法，到胡同口外猪肉舖叫個盒子，切麵舖烙幾張薄餅問題就全解決啦。抗戰之前，最便宜的盒子菜僅八毛錢，最貴的盒子菜也不過兩塊錢，反正價錢越高，切的東西越好越細，式樣也越多。一個盒子最少是七樣，最多是十五樣，樣式越多盒子越大，樣式越少盒就小啦。因爲盒子大不好拿，都是讓舖子裡的小利把（即學徒）往家裡送，從前平劇裡有齣花旦跟小丑的玩笑戲叫送盒子，非常逗跟引人發笑，可惜其中有幾句雙關語，被列爲禁演戲。在臺灣戲劇名家不少，筆者這麽一提，大概都想起了這齣戲吧。

「健康紅茶菌」漫談

（一）何爲健康紅茶菌

紅茶菌，望名思義是用開水泡的不太濃的紅茶水，加上一兩匙白糖，等熱度降到攝氏卅度左右，把一種姆指大小的薄薄的細菌放進去，然後裝入玻璃牛奶瓶中，瓶口覆以紗布，用橡皮筋紮好，擺在不直接照射陽光的地方。一二日後，即發酵長出綠色的纖毛，逐漸變成膠質，糖水也混濁起來，變成酸味，這是初次培養的菌母。

把菌母再放進裝滿紅茶糖水的寬口玻璃瓶中，不到三五天功夫，又發酵成爲酸味，生出許多小氣泡，糖份已變成酸味，此時即可飲用。可將其移裝到大玻璃瓶中，放進冰箱，隨時取出作清涼飲料，恰如飲可口可樂一樣。

利用此長大增厚之菌母，可以分殖，同時培養幾瓶，除自己和家人飲用外，還可將原菌分送親友，大家共同享受這種健康滋養的清涼飲料。

（二）爲何在日本風行

遠在六年以前，有一位日本女性到高加索地方旅行，發現那裡長壽村的人，年逾百歲，還能在田野工作，且有十分之一的老年人，還可結婚生育。他說有一個一百卅歲的老翁，與八十八歲的老太婆結婚，居然生育。她考查他們健康的原因，發覺他們每個家都有一大缸的紅茶飲料。無論老幼，大家都當茶喝，所以她便偸偸地帶回日本，如法培養起來。那菌的形狀很像海蜇皮，一時也不敢喝那茶液。後來有人自告奮勇試飲，不但味道恰如檬檸茶，而且連飲不厭。多年的便秘老病，居然好了。有的失眠症好了，有的胃病好了。一個傳十，十個傳百，大家都來爭取，弄得一時不夠分配。後來有人願意以三千日幣購買菌母，但她却婉然拒絕，他說：「我得來並未化錢，我也不應該收錢，等三五日後培養成功，再分贈罷。」如此一來，由於親友的口傳，漸漸的擴大起來，受惠的人固然不少，但仍未受到全國人的重視。

民國六十一年（一九七二）十一月廿六日，日本廣播公司（NHK）第一廣播部，在早晨六點十五分「趣味的手册」節目中，一位鳥居女士專門研究飲食方面長生不老的人，被邀請在十五分鐘內報告了這一件健康茶菌的眞實故事，此後全國的人尤其患病多年，百醫無效的，紛紛來函索取詢問，電話信件，弄得他應接不暇，而紅茶菌的名字，就此傳遍全國。

（三）烏安女士的現身說法

烏安女士最初得到的茶菌，不過姆指甲大小，不到五六天，即長大起來。她一面試飲，一面培養。最初她發現她的血壓由二一〇，一八〇降到一四〇，八〇而保持固定，無大上下。在此以前，她每日要靠降壓藥，自飲用此水之後，降壓藥逐漸減少，終於不用服藥，血壓也無變化。她聽人說：「高加索長壽村中無人因血壓病和癌症死亡。」於是便更加深信了。

其次，她的白內障也好了。醫生說老年人患白內障，一年比一年更深，每週必須來院一次，有一天突然告訴她，此後不必再來，因她的白內障已不再惡化了。

此外，烏居女士因胸前有白癬，百醫無效，所以她一向都穿緊領的洋服，絕不敢穿V型的。喝了這種飲料相當時間，有一次去定做洋服，忽然發覺她白斑病的皮膚，完全恢復普通顏色，她眞是歡喜若狂。關於茶菌治病的事例太多，因她是第一個人，所以特地介紹給大家。由於她的廣播，使全國有病的人，都半信半疑的關心到這紅茶菌了。

（四）醫生學者們議論紛紛

現在在我手裡，有四本有關紅茶菌的單行本。最早的一本是地產出版社的「紅茶菌健康法」，已賣到三萬多冊，還在趕印中。第二本是日本有名婦女團體主婦之友出版的「紅茶菌的健康法」。第三本是今年七月由文泉堂出版的「紅茶菌的眞相、健康、長壽、美容秘訣」。第四本是最小型的叫做「紅茶菌的書」，七月十日才刊出來。

著者是北里大學客座教授坂本政義，他是理學博士，細菌學權威。此外還有一個專門研究健康長壽的月刊雜誌「壯快」，更兩次刊登這類論文。七月號也是坂本博士所寫，八月號則是海老原醫院院長海老原謙，以醫生的身份，公開解說紅茶菌的培養法，和另外一篇紅茶菌的效果。這兩篇論文，都是他根據病例而下的結論。在這裡面說明他自己飲用紅茶菌的效果，以及他勸病人試用後的效果報告。其中①是四十二歲婦人胆囊炎的效果。②是廿八歲女性姙娠期嘔吐的停止與食慾的增加。③是四十五歲家庭主婦長年頑固便秘的消失。另有一篇名古屋市立大學醫學院教授擴仲三的萎縮性腎炎的痊癒與疲勞症的消失。這都是內行醫生的親自報告。

此外，近兩個月來，日本十幾種週刊雜誌，每期都登刊「紅茶菌」的眞贋，有效，無效等消息，足證這一問題，已成了全日本最熱門的消息。週刊社爲了生意經着眼，不能不登此類新聞，否則銷路就要受影響。最奇快的「壯快」雜誌七月號，出刊不到三天，到處賣光，原因就是坂本政義的那篇論文，可見日本人的如何瘋狂了。

在八月號「壯快」中還有一篇前讀賣新聞社社會部長小川清的事實報告。因爲小川是最初推動紅茶菌的功臣。當時如無他的實地試飲報告，也許不會有今日這種風靡全國的情形（據日人估計今年已近一百萬人飲用此菌）。

在小川清的報告裡，他提出三點事實，請讀者注意：

①四十年的糖尿病痛苦全消，患者是東京都大田區西蒲田堤英雄氏，今年七十二歲，卅二歲開始患病，經小川推荐引用後好了。

②已被醫生斷定不治的肝癌病人痊癒，患者是卅二歲的男性，他詳細報告服用紅茶菌後的變化，並附有他母親親筆的感謝函。

③據他贈送紅茶菌後收到病人痊癒的病例，包括：

A·便秘、B·高血壓、C·低血壓、D·神經痛、痛風、E·前列線肥大、F·白斑、香港脚。

（五）紅茶菌爲何有效

日本的紅茶菌如此風行，並無商家廣告宣傳，完全由於口相傳，親友介紹，因此彼此信賴，信而不疑，一窩風的流行起來。不管對此茶菌如何批評，在五六年中如此普及，誠屬驚人。每人最初多半由半信半疑中試驗，亦足證現代人對自身健康是如何的重視以及對西洋醫學之如何不信任。當然，日本醫師中也有持相反看法的，認爲是一種迷信，甚或有害，但找不出正確根據，只是表示担心而已。

據坂本政義博士研究，紅茶菌的實體，經過多次檢驗，查出僅有三種微生物，即酵母，乳酸菌，酢酸菌。同時又查出酢酸菌與乳酸菌是兩種共同生長的細菌，雙方是不可分的。乳酸菌有益於人體，且爲長生不老的細菌，久爲世界所公認，而酢酸菌之直接有益於人體，亦爲人所周知的事。

酵母能產生蛋白質，有機酸，阿米諾酸等有益人體之物質，尤以紅茶菌中所含之酵母，更爲人體中所不可缺少的。

紅茶菌係以酢酸菌爲主體，乳酸菌與酵母菌爲其副體，相輔相乘，發揮彼此互助作用。在此三種細菌活躍之中，遂產生一種新的發酵細菌，此即紅茶健康菌液。

紅茶菌之主體酢酸菌，爲橢圓形或球狀桿狀細菌。此種酢酸菌可使酒精變爲酢酸，酢酸之有益於人體，因其可使體內營養完全燃燒，且由於經過腸胃時，由其强烈酸性，可以殺死腸內雜菌，清掃腸管，同時並可發生微妙新陳代謝作用，故可調整腸胃，有益於腸胃活動。

酵母爲球狀單細胞植物，在含有糖份液體中，可以分解糖份，使酒精發酵而生出碳酸氣。所以它如發酵，其中必生多量酵母菌，而此菌母，如加液體培養，即可吸收空氣，使液面浮起光澤的菌體。在發酵過程中，糖分離被消耗，但却造成酸菌，生出許多蛋白質，有機酸，阿米諾酸，維他命等。

最引人注意者，即目前世界上所有制癌藥物中最受人重視者，即爲「B古魯千」物質，即可由此酵母細胞壁膜產生。

紅茶菌因此酵母菌體與酢酸共生作用，而生出類似海蜇狀之菌體，此與乳酸菌相配合，而與長生不老菌有極密切的關係。

高血壓患者之過度血糖，紅茶菌特有控制作用。例如最高血壓二〇〇以上的病人，雖經許多藥物的治療，很少徹底的根癒，而成爲慢性長期纏身病症。但此類病人，如常飲用紅茶菌，即可恢復正常血壓。

（六）坂本博士的茶菌效果名單

①長壽——延壽的可能性大。例如高加索長壽村中，百歲以上老人佔全人口的百分之十以上，老年人健壯活潑不減壯年。

②麻斑、白斑之消失，七十歲老太婆皺紋減少，肌肉滑潤，富有彈力。

③防癌、滅癌（高加索長壽村中無一患癌症者）。

④更年期障害減少，身體健康，恢復正常。

⑤視力減退者可以恢復視力，目力不感疲倦，過去視力不清，看報不清楚者，可以重做女紅。

⑥脚力健壯，步行輕快。

⑦關節痛消失。

⑧性年齡延長，返老還童。

⑨瘦弱者可以壯健。

⑩香港脚消失，慢性者完全斷根。

⑪大便通暢，例有五六日無大便者，現已每日暢通無阻。

⑫肩、首、背痠痛自然消失。

⑬胃腸病霍然而癒。

⑭動脈硬化消失，血糖減少，血壓降低。

⑮腎臟機能回復，排尿順暢，蛋白反應消失。

⑯白內障、眼底出血停止，視力恢復。

⑰心臟病者回復正常，脈波心電圖正常。

⑱氣喘病減輕，不咳。

⑲食慾不振者胃口轉佳，健康如常。

⑳胖子減瘦，體重正常。

㉑痢疾消失。

㉒肝臟障碍消失。

㉓患失眠症者熟睡，精神爽快

㉔不暈車、暈船。

㉕腎、胆結石自然消失。

㉖皮膚紅潤，恢復青春。

㉗痔瘡消失。

㉘白髮轉紅，禿髮再生（但與年齡有關。）

以上所列，自然因每人體質不同，效果亦有快慢。坂本博士認爲，如常服紅茶菌可以平均增壽五年。

（七）最大效果爲防止癌症

中年人最怕癌症。假如有藥可以防止癌症，人類壽命即可平均增長，而可減少三分之一的早期死亡。今天的一般人，在不知不覺中，親人多半因癌而死，實在可惜可悲。而其中最可怕者，爲診斷不正確，等到死後解剖結果，才知是癌症者亦復不少。坂本博士的母親，即因一再誤診，終於死亡，解剖結果却爲肺癌。

現在日本發表許多民間草藥偏方，但並不可靠。紅茶菌中酵母細胞壁，係由「B古魯千」所構成，而此物質，至今已證明有抗癌功能。例如日本東京癌症中心，即用靈芝菌試驗抗癌效用。大塚防癌中心，亦用瓦竹試驗其抗癌性程度如何，均在摸索試探。其中尤以病人營養失調而致癌症發生者，爲數不少。但坂本在此論文中，一再提及高加索長壽村無一癌症患者，他說其主要爲紅茶菌已有抗癌細胞，或阻止癌細胞之能力。癌症與肺病相似，均有一段潛伏期，如有良好環境，飲食不致失調，足可加强體力，則不容易發作。例如高加索及中國（近年不詳）古來長壽實例，均在愛用茶菌飲料，藉此可以抵消其潛在性。而愛用紅茶菌，實可謂防癌之良好方法。因一可增加體力，不致營養失調。二有抗癌細胞，故實不可忽視。

由生態學來看，人類乃與微生物共居此地球上，有時互助有時對抗。故消滅有害微生物，而扶殖培養有益微生物。以上所寫紅茶菌功效，純爲國內同胞健康長壽而寫。所寫均有日本實際研究專家者，毫無宣傳色彩。因係免費贈送，以求廣結善緣，救人救世，所以凡飲用後確得其益者，宜多勸親友飲用；且可分贈、互贈，以求家家飲用，老幼健康。

附註：二十年前台北出售之海寶，與此品種不同，並無科學化驗證明。現在日本已有二三十萬人瘋狂的自己培養服用，足可證明其對人體之效用。它不是藥品，也不是投機取利的補品。台灣香港地處亞熱帶，氣候與日本不同。如用紅茶有口破上火現象，可改用綠茶。

（八）健康茶菌培養法

甲、應用品：

（一）玻璃杯一只，完全洗淨後，用沸水冲洗內部及杯口二三次，以求完全消毒滅菌。手指上有細菌，不可觸及杯口內。

（二）紅茶少許——以紅茶爲主，綠茶及茶末等次之。

（三）冰糖少許——以冰糖爲主。白糖、砂糖、蜂蜜亦可。

乙、培養方法：

（一）將水煑沸後（不要用有油膩之鍋），加入紅茶、冰糖少許，再畧煑以滅菌，成爲稀薄之紅茶糖水，即傾入前述之消毒玻璃杯內。

（二）待不太熱時（約攝氏卅五度左右）即將附寄之茶菌取出投入紅茶糖水內。（手指上有細菌，不可用手拿。可用沸水冲洗潔淨之筷子或牙籤取之）。

（三）然後用潔淨之紗布一小塊覆在玻璃杯口上，外以橡皮圈，或繩線紮住。

（四）上項玻璃杯內之茶菌培養應保持溫度（約人體溫度，攝氏卅七度左右）冷天應存放暖處，或杯以棉布裹之。不可日晒，不可放入冰箱，不可多動盪，不可攪拌。

（五）茶菌在溫暖處即繁殖生長。在冷處生長慢。放入冰箱即不再發酵生長，太熱及日晒時則燒死。

（六）放入玻璃杯內經過三、四天後，杯底生出毛狀沉澱，茶液開始混濁，冒出小泡，長出薄膜，換言之，即已開始發酵。至一星期左右，茶液變酸味（熱天二三天即變成酸味），有酸味後即成爲第一次母液。然後再大量培養。

（七）取二三個大口玻璃瓶（消毒如前法），加進紅茶糖水，再將母液及菌母倒入。

（八）等發酵後，各瓶再補加入一二杯紅茶糖水，使其再發酵。到酸中畧帶有甜味時，即可倒出另盛瓶中，放入冰箱（即不再發酵）即可充作飲料（飲時加水加糖，可任意調整濃度）。

（九）照上述方法反覆培養，可以任意增加。每瓶倒出茶液，保留菌母（菌母漂浮水面越久越大），仍可補加入糖水等其發酵。然後再喝第二瓶第三瓶，等第二三瓶喝完時，第一瓶已發酵好了。如此循環製作源源不絕。

丙、注意事項：

（一）菌膜變成茶色，或有紅黑色細絲漂浮水上，或有沉澱，均為正平現象。

（二）發酵如有青綠色雜菌出現，可將其取出丟掉，菌水並無影響。

（三）發酵過久酸味太强時，可加入冷開水飲用。

（四）台灣香港地處亞熱帶，氣候與日本不同，貧血瘦弱之人，飲之如覺上火口破，請試用小心。

（五）此種茶菌，並非藥品，故用量無限制。隨意飲用，絕無害處。

（九）介紹茶菌

色香味酷似酸梅湯，而更具活性酵素營養價值的茶菌飲料風行日本已有五年多的歷史，近數月來，更是報章雜誌單行本小冊子上的轟動資料，幾乎到處都在談論此茶菌的功效，雖也有小數醫生反對，但是現在已經有一百多萬人在自己培養飲用。著名政治家教授作家均爭相飲用，對高血壓、便秘、肥胖症、胃腸病，神經痛等均有卓效，甚至用以防止癌症。

日本知名人士之效驗談：

防衛長官前文部大臣坂田道太說——十多年的老胃病完全好了，我已喝了一年多。

福田赳夫首相，上智大學教授渡部昇一，都是此茶菌飲料的愛好者。

小說作家今東光和尚說——從早晨起來就喝，我的癌症不知那裡去了。

女子醫科大學教授中村敏郎說——一個月前，太太勸我試飲。事實上，便秘症就不用吃藥了。冬天也不感冒了。

女明星由美薰說——我的酒刺完全好了。

最近由日本京都大學臧廣恩教授（前台灣師範大學教授）託帶回菌種一瓶，正以紅茶冰糖水培養中。

日本紅茶菌在台灣的功效：

不少人把它誤認為能治百病的仙丹，其實它是健康營養劑。營養好，身體健康了，很多病就不藥而癒，並不是它能治百病。有些病與健康無關就不能發生功效。少數讀者竟因此大發雷霆，認為騙人，把它丟掉，實是誤解。

在日本為百萬人之健康飲料，幾乎完全無不良副作用，而台灣地處亞熱帶，氣候與日本不同，致有部份上火現象，正像在台灣不能飲用在北方常飲的羊乳羊酪一樣。

部份貧血瘦弱之人飲後口破舌痛，配服清涼性中藥即不再上火。歸納各方功效，對老弱之症特別有效，對各種熱性病炎症似不相宜。

據某老醫師指示，茶菌之功效可比美靈芝何首烏及人參，雖不是仙丹，卻是廉價之靈藥，服過都會感覺到它力量之强大，如能配合他藥運用，才能適合各個地區及各人體質。

曾修女以為香港的氣候與日本、台灣不同，培養茶菌比較簡單，放進菌母時，紅茶糖水水温不必在卅五度（攝氏）左右，方法如下：

1.先煑開水。
2.酌量加茶葉。
3.加糖水。
4.俟水開糖溶，成為紅茶糖水。
5.過濾茶葉。
6.任由自冷。
7.將糖水注入已消毒之玻璃瓶內。
8.然後加入菌母，以紗布蓋瓶口，套上橡皮圈。

因茶葉之關係，菌母可能有不乾凈之顏色，用凉開水洗之即可（忌用冰箱水）。

飲時隨意加糖加水，每日次數不限。

北望樓雜記 (18)

·適然·

稼軒又有一首鷓鴣天：「枕簟溪堂冷欲秋，斷雲依水晚來收，紅蓮相倚渾如醉，白鳥無言定自愁。書咄咄，且休休，一邱一壑也風流，不知筋力衰多少，但覺新來懶上樓。」則不僅人老心亦老矣。

劉後村「沁園春」詞：「……嘆年光過盡，功名未立，書生老去，機會方來，使李將軍，遇高皇帝，萬戶侯何足道哉？披衣起，但凄涼感舊，慷慨生哀。」蒼涼悲壯，較陸、辛二公，牢騷尤多。

英雄悲老去之篇章多，美人自悲遲暮之文字較少。李易安遭逢世變，夫亡家破，逃難過江，寄居南京，有「臨江仙」詞：「庭院深深深幾許，雲窗霧閣常扃。柳梢梅萼漸分明，春歸秣陵樹，人老建康城。感日吟風多少事，如今老去無成，誰憐憔悴更凋零？試燈無意思，踏雪沒心情。」

就詞而論，較之易安居士最負盛名之「聲聲慢」，「醉花陰」，「鳳凰台上憶吹簫」諸詞自然較遜，但此詞別有一種凄涼韻味特別感人，尤以「春歸秣陵樹，人老建康城」二句。活活畫出美人遲暮一種無可如何心情。少年時讀此詞尚無特殊感覺，中年後愈讀愈覺意味深長，轉覺「新來瘦非干病酒，不是悲秋」句稍有做作矣。

又見宋人咏李師師詩：「玉碎珠沉事可傷，師師垂老過湖湘，檀板金尊無消息，一曲當年動帝王。」亦有同樣凄涼之感。

襲用古人詩意

詩詞有故意翻案，有推陳出新，亦有就原作更加以發揚者，前二者容續談，茲就後者畧舉數則。

晏叔原（幾道）鷓鴣天：「彩袖殷勤捧玉鍾，當筵拚却醉顏紅，舞低楊柳樓心月，歌罷桃花扇底風；從別後，憶相逢，幾回魂夢與君同，今宵剩把銀釭照，祇恐相逢是夢中。」此詞極爲香艷，愛讀詞者皆能背誦。近人楊雲史（圻）有一詩：「粉壁峨峨繡浪紅，舊時詩畫尚紗籠，幾番自把銀釭照，莫是相逢又夢中。」此詩較叔原詞又進一層，但細味語意，二者對象似乎不同，叔原「祇恐相逢是夢中」，當是別後重逢，雲史則是晤舊歡。

杜工部詩：「今夜鄜州月，閨中祇獨看，遙憐小兒女，未解憶長安，香霧雲鬟濕，清輝玉臂寒，何時倚虛幌，雙照淚痕乾」。此詩亦爲讀詩者必讀之作。

清葉長生女士寄外詩：「一，弱歲成名志已違，看花人又阻春闈（原註：兩入春宮，以迴避不得入試），縱教裘敝黃金盡，敢道君來不下機。二，頻年心事託冰紈，絮語煩君仔細看，莫道閨中兒女小，燈前也解憶長安。」次首全用老杜詩，但卻少含蓄，老杜詩：「遙憐小兒女，未解憶長安」，並非眞憐小兒女也，實陪襯出祗有小兒女之母，始解憶長安也。老杜所以被推爲詩中之聖，不可及處即在此。葉長生可能未明此意，僅襲用其表面之意，故落下乘。

劉禹錫詩：「朱雀橋邊野草花，烏衣巷口夕陽斜，舊時王謝堂前燕，飛入尋常百姓家。」佳作久成典故，今人作詩作文塡詞用烏衣巷，王謝等字眼者眞汗牛充棟，但就余所記憶者，安徽阜陽劉某（忘其名），城外原有花園，後經變亂，夷爲平地，劉君旅外多年，回鄉經其地，感慨萬端，賦四絕，錄其二：爲問東風幾度忙，春來春去費思量，舊時挹翠堂（原園中堂名）前燕，又到誰家新畫樑。草長平疇鋪秀茵，不堪回首暗傷心，花神記否曾相識，我是當年舊主人。前詩亦襲用劉禹錫意，而更爲沉痛，因劉禹錫詩是咏古，劉君詩是吊己，華屋山邱之感，身受較旁觀者自不相同也。

悼亡詩

歷代作悼亡詩者甚多，最佳者仍推唐人元稹遣悲懷三首：「謝公最小偏憐女，自嫁黔婁百事乖，顧我無衣搜藎篋，泥他沽酒拔金釵，野蔬充膳甘長藿，落葉添薪仰古槐，今日俸錢過十萬，與君營奠復營齋。昔日戲言身後事，今朝都到眼前來，衣裳已施行看盡，針線猶存未忍開，每念舊情憐婢僕，也曾因夢送錢財，明知此恨人人有，貧賤夫妻百事哀。閒坐悲君亦自悲，百年知是幾多時，鄧攸無子尋知命，潘岳悼亡猶費辭，同穴窅冥何所望，他生緣會更難期，惟將今夜長開眼，報答平生未展眉。」

三詩好在逐句出自肺腑，毫不雕飾，其意人人心中皆有，但未必人人說得出，尤其是賦悼亡者，皆覺得此詩爲己而作，所以後來作悼亡詩者，皆不能脫出其窠臼。

筆者戰時在安徽太和縣教書，縣中徐氏爲望族，曾任兩廣總督徐廣縉即是太和人，其後裔仍能保持書香門第，詩人甚多，記得徐府某君曾有悼亡詩七絕三十首，當時匆匆一讀，事隔三十餘年，已不能記憶，僅記兩首：「釵鳳分飛冷畫奩，勞生感逝恨常兼，鏡中白髮紛無數，都是從卿死後添。奉倩多情亦可憐，歌成餘意尚纏綿，三生石上精魂在，願結來生未了緣。」淒婉可誦，不失爲佳作。

清代名詞人龔芝麓，娶秦淮名妓顧橫波，終身情好甚篤，橫波死後，芝麓輓詩見於定山堂集者有：七律：淚痕沾灑到花光，散遣春愁此一方，拈草偶留霞外剎，撥灰難覓定中香，人隨寒食亭亭去，日落冬青樹樹長，老眼憑欄何限事，三更杜宇五更霜。石火平催白首春，芳蘭折盡感芳辰，布金園澗忘家儉，炊玉心枯念客貧，化去雲歸無色界，悲來佛是有情人，讓他簾外雙飛燕，又見垂楊碧草新。經年業海逐申韓，暫脫窺籠夢亦安，廣柳人分三月雨，青蓮露洒六根寒，身爲杜宇啼歸晚，佛散名花笑劫殘，愧負生公頻說法，黃泉碧落斷腸看。

七絕：朔風蓬轉正天涯，雲斷鄉山暮靄斜，萬事吞聲成死別，君歸黃土我黃沙。生辰歲歲炷名香，幢蓋蓮華繡妙光，今日客途鐘磬杳，梅花沁水酹空王。慧業生天定不疑，蒲團燈火夜闌時，傷心拋下青螺管，懶向人間更畫眉。月病雲愁剩此身，青天碧海事沾巾，瑣窗豈少閒花鳥，四海論心有幾人。

難婦詩詞

南宋末元兵下武漢破岳陽，入長沙，岳州人徐君寶妻爲亂兵所掠，殉節而死，賦絕命詞「滿庭芳」：漢上繁華，江南人物，不數宣政風流，綠窗朱戶，十里爛銀鉤，一旦刀兵齊舉，旌旗擁百萬貔貅，長驅入，歌樓舞榭，風捲落花愁，昇平三百載，典章文物，掃地都休，幸此身未北，猶客南州，破鑑徐郎何在，空惆悵，相見無由，從今後，斷魂千里，夜夜岳陽樓。」此詞「全宋詞」，「詞綜」均選入，不僅節烈之氣炳耀千秋，即就詞論詞，亦屬佳章，尤其是臨難時所塡，既無心推敲，更不作傳世之想，完全發抒胸中不平之氣，信筆寫出，近似天籟。由此可知徐烈婦詩詞造詣之高，如能將平日所填詞傳世，未嘗不可與李易安，朱淑眞鼎足而三，惜乎當時婦女懍於女子無才便是德之言，偶有作品皆不肯示人，眞不知埋沒多少錦心繡口文字。

與徐君寶妻殉節同時，有王昭儀者名清惠亦善詞章，元兵入杭盡虜宋宮人北去，王昭儀在焉，途中題滿江紅一詞於驛壁：「太液芙蓉，渾不似舊時顏色，曾記得春風雨露，玉樓金闕，名播蘭簪后妃裡，暈生蓮臉君王側，忽一陣鼙鼓揭天來，繁華歇。龍虎散，風雲絕，無限事，憑誰說。對山河百二，淚沾襟血，驛館夜驚鄉國夢，宮車曉輾關山月，願嫦娥相顧肯從容，隨圓缺。」

這首詞後被文丞相天祥看到，當時文丞相已被俘，因見最後兩句「願嫦娥相顧肯從容，隨圓缺。」頗有隨遇而安之意，嘆曰：「夫人誤矣。」其實國亡家破時，如果要男人皆如文天祥，女人皆如徐君寶妻，亦勢不可能者，文丞相之責，未免格調太高矣。

王清惠尚有詩贈汪水雲(元量)，水雲善鼓琴，供奉宮禁，宋亡隨元人北去，與王清惠在北方時有過從。水雲和王清惠詩：「愁到濃時酒自斟，挑燈看劍淚痕深，黃金台迴少知己，碧玉調高空好音，萬葉秋聲孤館夢，一窗寒月故鄉心，庭前昨夜梧桐雨，勁氣瀟瀟入短襟。」亡國之音，讀之黯然，後被釋回錢塘，以黃冠終老。

清乾隆年間官吏貪汚之風特盛，此中因果不關不文不贅。當時貪官最著名者內而大學士和珅外而浙江巡撫王亶望皆因貪汚罪處死，王案牽涉頗廣，浙江、甘肅兩省官吏牽連被斬者將近三十人，受處分者近百人，就貪汚案件而言，波及之廣，要爲清代第一大獄。亶望有侍姬吳卿憐姿容絕世，能歌善舞亶望甚寵愛之，亶望敗後，沒入官，爲蔣戟門所得，獻與和珅，不數年乾隆帝崩，嘉慶帝親政，又治和珅罪，賜自盡，家產及奴婢入官，卿憐時年僅二十九歲，兩遭藉沒之變，感傷不已，曾賦七絕八首：「一，曉粧驚落玉搔頭，宛在湖邊十二樓，魂定暗傷樓外景，湖邊無水不東流；二，香稻入唇驚吐日，海珍列鼎厭嘗時，蛾眉屈指年多少，到處滄桑知不知；三，緩歌曼舞奮難圖，月下樓台冷繡襦，終夜相公看不足，朝天懶去倩人扶；四，蓮開並蒂豈無因，虛擲鶯梭念九春，回首可憐歌舞地，兩番俱是個中人；五，最不分明月夜魂，何曾芳草怨王孫，梁間燕子來還去，害殺兒家是戟門；六，白雲深處老親存，十五年前笑語溫，夢裡輕舟無遠近，一聲欸乃到家門；七，村嫗歡笑不知貧，長袖輕裙帶翠顰，三十六年秦女恨，卿憐猶是淺嘗人；八，冷夜痴兒掩淚題，他年應變杜鵑啼，啼時休向漳河畔，銅雀春深燕子棲。」哀而不怨，動人肺腑，祇不知此女以後結局如何？

又和珅被賜死後，其寵妾二夫人有輓詩兩章：誰道今皇恩遇殊，法寬難爲罪臣舒，墜樓空有偕亡志，望闕難陳替死書，白練一條君自了，愁腸萬縷妾何如？可憐最是黃昏後，夢裡相逢醒也無。掩面登車涕淚潸，便如殘葉下秋山，籠中鸚鵡歸秦塞，馬上琵琶出漢關，自古桃花憐命薄，者番萍梗恨緣艱，傷心一派盧溝水，直向東流竟不還。」詩更悽惋，亦頗動人。

皖北渦陽清末爲捻匪發祥之地，以後勢力龐大，四出搶掠，數百里以內均受其害。掠財物外，兼及婦女。其中頗多慘劇，故老相傳，有落難女子一詩：「籍貫中州屬洛陽，村名牛渚是家鄉，氏無兄弟孤生李，門少翁姑未嫁王，尺素敬煩諸伯叔，寸絲好報老爹娘，今生倘得重相見，沒齒深恩感不忘。」此詩明白易曉，語語出自肺腑，感人甚深，佳構也。（未完）

又六十八期舉袁凱白燕詩誤排爲袁世凱，承讀者來信指出，特此致謝。

松樓隨筆

・松厂・

譚曙卿與洪兆麟

古今來英雄豪傑，固多博學多才之士，亦有起於式微之窮鄉僻壤，賦有獨特之天資，因緣時會，嶄露頭角者，比比皆是。是古人所謂：「舜何人也，予何人也，有為者亦若是」。筆者於民國廿年負笈長沙時，寓准東商號，為一小型客店，陳設極為簡陋，食宿費用，半月之資，僅供當時大旅館一日之用。某次，商號主人忽詢余曰：君識玩麻將牌否？今有譚軍長因旅居寂寞，邀請同客二人，現因三缺一，堅請與之共席。筆者聞之，不勝詫異，以如此狹隘之旅店，竟有軍長階級紆尊降貴，安居於此。不覺心儀其人。遂由主人介紹，見一身着黑色長袍，蓄八字鬍鬚，兩目烱烱有光，顴骨高聳，身材中等之人。略事寒暄，即入席手談三小時，至晚餐時始停，因非賭博性質，祗求客裡消閒而已。譚軍長見筆者少年學生，甚為相洽。某日彼又閒坐無聊，承邀敘談，承告彼名譚曙卿，軍長職位已早卸任，世居湘潭雲湖橋，初在烟絲店作刨工（當時湖廣一帶，多以福建烟葉刨成細絲，以為吸水烟之用）。工畢，喜閱小說古人軼事。讀至陳勝吳廣為牧卒，揭竿而起，打倒秦皇之暴政，至為欽羨。遂輟工赴縣城投軍，係民國初年事，時為募兵制，適粵軍來湘招兵，由此抵粵，時有同部士兵洪兆麟者，亦為湖南寧鄉人，據彼云：洪氏初為賣包子出身，時鄉人於年節酬神許願，每在城隍廟戲台唱湘劇，以為人民娛樂，洪氏每手捧熱籠包子，穿插人羣之中，又以聲音洪亮，故生涯鼎盛，收入頗佳，人皆以「洪包子」呼之。洪有大志，不為滿足，亦與譚氏同時投軍。洪氏後轉入陳烱明部下，積功升至師長，炮轟孫總理於觀音山時，即係洪率師攻擊。彼當時以洪兆麟誤投陳烱明部，致不得善終，深為嘆惜。譚氏轉入蔣總司令部，隨師北伐，每戰皆捷，部隊官兵皆呼譚氏為常勝將軍，與吳子玉軍鏖戰汀泗橋之役，彈中腿部，一足跛行。民國十七年集功升軍長代福建省主席，因省黨部一委員為左傾份子，譚氏未待中央明令，亦未查明事實，逮捕槍斃，致輿論譁然，蔣公乃明令撤職。為酬其過去功績，犒資飭其在杭州西湖休養。譚氏是時因倦遊回湘。與筆者邂逅，相談甚洽。譚氏雖出身行伍，頗為勤學，習隸書甚功，武漢一帶長沙菜館，常見其所書對聯。如洪譚二氏，亦民國軍旅中之佼佼人才也。

王湘綺二三事

湘潭王闓運先生晚號湘綺老人，為遜清一代著名文人，畢生事跡，足資紀述。筆者於民國廿二年冬於長沙把晤其門生蕭玉衡先生，曾任職湖北沙宜行政督察專員。承告有關老人趣事數則，至今記憶猶新。特持筆為記：

袁項城就大總統後，六君子中楊度，

亦爲湘潭人，出老人門下，擁護袁氏稱帝，籌謀策劃，不遺餘力，曾擁介老人爲國史館長。湘綺向袁氏力辭不果，卒携其外室周媽晋京。盤桓數月，以政見相左稱疾歸梓，曾作聯嘲之：「民猶是也，國猶是也，何分南北；總而言之，統而言之，不是東西」。老人因見清室雖廢，袁氏於國於民，兩無補益，反爲江河日下，故作上聯。語重心長，不啻爲當日袁氏寫照也。

湘綺老人精於詩詞文藝之外，猶擅對聯，筆勢雄邁，對仗工正，渾然有力，嘗爲關帝廟作一聯：「匹馬斬顏良，河北英雄皆喪胆；單刀會魯肅，江南人士盡低頭」。余所見詠關帝廟聯，以此爲最佳。又老人於遜清時曾任國子監編修，年老歸里，光緒帝知其於對聯獨步一時，特作一聯問對：「王不留，白頭翁，當歸熟地。」均爲中藥名，老人忖思數日，無以應，稱爲絕對，聞爲光緒帝師翁同龢代筆。

湘綺老人平生不事積蓄，因恐遺害子孫。晚年歸里，所存銀錢，置于几案。如將用罄，遇其富有之門生及達官貴人來訪，相談片刻，頻顧几案，以作示意，向不置詞假借，訪者多知其意，多留欵以貽。平生好學，手不釋卷，晚年居恒夜不燃燈，猶不輟讀，人問其故，彼答有生之日必要讀書，雖年邁精力日衰，藉此亦可養性，爲學之勤，可爲後世學者之模範。

民國初年，應昭潭書院之聘，主講易經，慕名來聽者極衆，座爲之滿。講解之際，湘綺老人對聽衆水準，沽計過高，聽者多不能瞭解，又未便遽爾提出詢問，以致興趣索然，多相率離去，及老人察覺，已座上空虛，僅留書院主持在座，老人不以爲忤，告主持者曰：「如此亦佳，大可自爲温習」。言已，高聲朗誦，以迄終篇，其爲學之自創意境，亦足多爲後世學者所效法。

歷史的眞象

冰壺

岳總編輯先生：

　歷史是不儘可信的，眼前的事物，常是明知有疑問，而又求不出眞象來，那麽，過了一個階段之後，再求眞象還能嗎？——也許是可以的，但，那工夫可就要大了，並且，常常是求出的眞象，戰不勝傳統留傳下去的假象。

　在美國，甘迺廸是怎麽死的？至今尚不能澄清，這算是較大，較顯著的事件了，依情理來說，紙中是包不住火的，沒有人可以一手遮天，然而，事實擺在眼前——眞象仍是被掩着的，只見到糢糊不清的假象，——若如此久而久之，必然的；假象就會根深蒂固的變成了歷史。

　如果岳騫先生去參觀一所著名的學校，而聽見正在教歷史的教書匠向學生講：二次世界大戰之結束，是由於蘇聯在東戰塲上參了戰，而中國方面，由毛澤東領導的抗戰，又是越戰越勇，因之，終於逼使日本降服。

　岳先生：眼前的學生，是未來的學者，而今而後的歷史凡提及中國之抗戰，就同時意味着這塲戰爭是由毛某人指揮而導致勝利結束的，——作爲一個研究歷史的人，也許 你岳先生涵養好，聽了上述情況之後，不生氣，說實在，我就忍不住！

　毛澤東領導和指揮抗日戰爭的神話，——只不過是假歷史的一個例子，其實，在今日人們熟知的許多歷史掌故之中，有頗不少的部份是同樣不盡不實近乎騙人的，只是由於故事發生的過程，我們不「在塲」，所以我們聽人家說得有聲有色，就以爲果如其是——恰如那些二十多歲的人們，不清楚抗日戰爭，而誤信共黨有計劃的謊言，是完全相同的。

　所以我覺得考現學在歷史學的比例上佔着極爲重要的份量，如果考現學作得不好，那麽未來的歷史，就很難說是否靠得住。

　在國外，許多研究中國近代史和現代問題的人，都對你岳騫先生不很陌生，日本學者路斯安大學博士教授長谷以毅就親口對我說：「研究現代中國問題資料雖極多，但中共自己放出的，固然有疑問，來自臺灣的，更是靠不住，——當然那是指着臺灣對外所宣佈的那些中共資料——所能給人提出參考價値的，大部份是出自香港方面的考現家司馬璐、嚴靜文、岳騫……諸先生。

　我也嘗多次和中外朋友談到過這類問題，也提到過你，我就說過：「岳騫寫東西很多，但可惜大部份我未能去看，我只看過了他所寫林彪和東北戰事的分析兩三大段，也看過他的一段三國演義的評論，雖然，我只看了這少之又少的片斷，但我發覺到岳騫很不凡，我對他的東西，從看了那些段段之後，就有了信心，岳騫很行，他的東西分析的嚴謹，認眞求證，認眞考據，推理，求符合邏輯……。

　我和賓夕凡尼亞鄧紀祥博士，美大王伯翰都談到過這些，尤其關於林彪傳中岳騫先生指出了毛澤東當時對中國軍事動態的推論，遠遠的落後在林彪的實際行動之後，由這一發現，岳騫强有力的否定了被許多人們迷信的、所謂的毛澤東戰畧戰術之價値，雖然，這一點人人都可能發現得到，然而，無可否認，岳騫是指出這一點的第一人。

　中國人雖很多，但是能爲未來應存眞的實在是不多，作爲一個研究歷史的人，如能想清楚這一點，你岳先生就當意識到自己的努力是具有恒久價値的，這深感謝 上帝，在多少億人口中，神只選出了你這樣少之又少的有限幾個能因言而不朽的人，考現學是未來歷史的底稿，一不認眞的人在寫作的東西上似乎不該加上個人的情感，雖然儘管每個人在政治立場上各有所據，有偏袒情感的歷史研究，很難公道。但這是許許多多寫作的朋友們都常避免不了的。

我算不了一個作家，但在一個階段中，曾爲不少刋物寫了一些雜亂無章的東西，雖然沒有什麽價值，但多少也算是比較認眞的，自一九七二年元月至一九七五年七月，我只在香港春秋一家刋物上，就寫出了近乎百萬字的篇幅，通常是每期一篇或兩篇，共計用了十二個筆名，大多是由妻子，兒女的名子蛻化出來的，雖然，我已用了這麽多筆名了，但被其他刋物轉載了去的，如藝文誌，古今談，更不知何故而而又另給我改了筆名，若不是自己見到，眞不知那些筆名是誰，幸而，我不是好名的名作家，倒也不計較這些，難得別人看得上，已是可喜了。

貴刋掌故，刋用了我寫的半篇「韓復榘」在我來說感覺到貴刋很賞臉，自己很感謝，但可惜這是已經在春秋第三六五期（一九七二年九月十六日）發表了的。

當時，寫這篇東西，正是邵氏公司演「大軍閥」，我之寫韓復榘，是應景的投機稿，由於這篇稿有三萬字長，春秋一期刋不完，因此，分爲兩期刋出的，刋在春秋三六五期的半篇，就是掌故六十五期的這篇，致於刋在春秋三六六期的下半篇，顯然掌故根本沒有見到。

春秋是個以趣味爲主，以掌故爲輔的刋物，我當時和姚先生所約下的寫稿原則是：「旣有事實根據爲背境」「可以儘量在趣味方面渲染」。韓復榘一篇，正是以上面兩原則爲根據的產品。文內只說明了一點，那就是：「韓復榘根本不是隸屬國府的官員，——他是一個自視與南京國府地位相等的獨立集團，——至於國府將他視之爲隸屬，那純粹是一廂情願，以及自我陶醉。在那一時期，許多地區，都是有這樣的情形，北平宋哲元，山西閻錫山，西北馬家，西南那一羣，廣東陳濟棠，桂系……。

這一點，在中國國內由於言論多少受點約束，多數人感情作用，不大願談及這問題，在國外，對中國近代史有點認識的人，大致公認中國當時之所謂「統一」，只是一種表象。實質上只是一種「和平共存」，及至與日本的戰事，拖下去了之後，每一部份，基於社會天良的驅使，才自願與自動參戰。

當然提這樣的問題，更須拿出證明，然而，證明眞是多不勝舉，山西的火軍路較隴海，平漢窄了半英尺，這是人所共知的，抗戰勝利之後，西安的部隊北上平津，不能順利假道太原、大同，這也是人所共知的，——在不妨害着自己的權與利之際，閻老西這種人誰也不能說他不是國府屬下的大吏。但當有可能侵及他的權力地位的時候，中國的韓復榘，可就到處都有了。

提及韓復榘的部隊之人數的問題，我們確實記不起那些過氣的人名，但如有意去查，還是能查出部份的，如寧連魁、曹若山、翟紫林、吳化文、李占標、李益智、單玉豐、尙連印、李曾志，（另外十一人在從前我就記不住，作家胡士方是誰？——請敎一下胡先生，或許記得清楚）。

我曾提及韓復榘擴軍，請岳總編輯參考下列幾點：

①曹福林、孫桐萱，在韓死後，立即升格爲軍，這點說明了，他們當時實際已經是具備了「軍」的條件了。（谷氏兄弟當韓未死之前，乃操持保安隊及警察者）（展書堂編入東北軍，展本人去向不詳）。

②河北，宋哲元，正式對外的身份，只是二十九軍軍長，然而這一軍下轄兩個省政府，兩個特別市政府，兩省保安團隊之外，二十九軍這一「軍」四四制編制共計非獨立的已是六十四個團，另有獨立旅，獨立團，軍官學校，敎導團……等等。宋哲元和韓復榘是一系出身，兩方土地相接，他們的手法，自自然然也是相等的，這是一個旁證和參考。

③人人皆知朱德的八路軍在政府的編制上只是一個三個師的軍。然而這只是國府一廂情願的規劃，但毛某人會以爲這個軍只是一個三師九團的小單位嗎？事實上，在當時劉伯承等人，皆已

各有軍區司令的身份，軍區有多大？徐向前是山東一省呢！

似這一類情形，在那一時期，人人都懂得，並非韓復榘一個人作單獨擴軍的創舉。

韓復榘死後，他的部隊之高級人員，是要找保的，各人皆自找保證人，當然那些肯「保」他們的，自然也都是西北軍底子的人，沒有半個中央系統的將領肯保他們，就拿吳化文來說，第一次是孫連仲作保的，第二次(作漢奸之後)又是孫連仲保的，然而，孫連仲能兩次担保他，却不肯收容他，這就看得出孫連仲自視自己的部隊，已是純粹的中央軍，他不想再沾上西北軍的名聲了。

韓軍除孫桐萱、曹福林各帶走了部份外，其他大部份分割開編進了繆徵鎏、牟中珩等這些于學忠的人馬中去了，少部份分化給了張自忠、孫良誠，以及龐炳勳等部。至於那二十個「師長」，中央既不認可，在進入其他西北，東北軍中去有人事關係的，還可勉强，關係不夠的，就此垮下去了，賞識他們的人既死了，機會自然是沒有了。

就以吳化文來說，若不是濟南一役出了名，否則也沒有人會留意他的底細的，韓被捕後，他不敢承認師長資格，是由於馮玉祥十分討厭他，他當時投入東北軍，主要是爲了怕落入馮玉祥之手，如落入馮手，吳化文是會被馮磨成粉的。

以上說了這些，是表示想答覆掌故編者的意思，只可惜不能答得圓滿，這是無可奈何的，敬請賜以原諒！

順便附筆談一個小問題——近期掌故，有一篇黃百韜行事，文內謂：黃百韜於民國三十七年春升任兵團司令，云云，實不確。

第七兵團司令，原爲因拋棄蔡廷楷而獲中央中央賞識的區壽年，區壽年於民國三十七年六月中，在河南杞縣中原會戰初期（即黃汎區戰役）被粟裕、劉伯承、曾生等共軍數面包圍，戰敗被俘。黃百韜是時不但不是兵團司令，甚至在該戰之際（六月）連一個軍長的身份都沒有（只是整編二十五師的師長）下轄兩個整編旅，一個是四十旅陳士章（轄118R，119R，120R）另一個是108B顧宏揚（轄322R，323R，324R）共計是六個不完整的團。——是役之後，25D升格爲25A，在宿縣符離集改裝爲半美械部隊，九月黃百韜升兵團司令，接區壽年遺缺，調駐隴海東段，兵團部設於阿湖車站（巴山子）——這一小段事蹟，雖不重要，但稿源似是出自台灣，似乎錯得沒有理由。——三十七年春天，黃之二十五師正在大別山區——桐城、潛山、宿松、岳西、黃梅等地剿共，與共軍劉瞎子周旋，當時是受華中白部指揮「大別山戰役」，到三十七年的三月底結束，四月初黃百韜接防浦鎮，浦口、六合、江都；四月底黃部調上海，轉南通，由唐家閘天生港進軍鹽城，阜寧與張愛萍、黃克誠等部戰於卞倉，伍佑，五月中進徐州大廟，西援開封未果，六月參加中原會戰。——清清楚楚，何來三十七年春任兵團司令之說？

該文極可能是參考毛選，而導致錯誤，因毛選之註解，有誤。

又：三十八年元月（正過舊曆年）黃故上將在京出殯由居正主禮。所葬者，衣冠也。

楊廷晏，是個無恥的小人，其胡言亂語，極爲無恥無聊之尤：

①黃百韜戰死之期爲三十七年十一月二十二日（大約是陰曆的十月二十前後），是時的蘇北氣候，應當是濃霜而結冰，蘇北新安一帶，土質屬黑色粘土，此時此地，不要說不可能在人荒馬亂之際用手指挖穴埋死人，就算用十字鎬掘地挖戰溝，亦非易事。

②大戰之後，雙方死傷數以萬計，共軍必然要清理戰場。

③在壕溝縱橫殘垣斷瓦之間楊廷晏如何爲黃之葬處留下記號呢？不要說後來派人去尋回，即使楊廷晏自己去有可能找到嗎？——（楊是胆小鬼，賞他萬兩黃金，他也不會去）。

④是時由新安至南京，已完全在共黨掌握之下，而津浦綫上仍在戰爭中，直線已是千里，曲路須千里以上，什麽人能來回兩千里的程途中經過千百處雙方關隘去運回黃屍？——

上述一個小考據，岳總編輯以爲合不合理？

（註：楊廷晏於三十八年八月福州戰前，托牙痛，私溜臺灣

，25 A陳士章被俘，共軍不識陳，楊廷晏老婆向共軍告密，出證陳士章，三野十兵團葉飛派一機帆船持陳毅信送楊妻立即去台灣，而爲孫立人逮捕——順此一提）。

謹此敬請

撰安

後學　冰壺　拜上

（編者按）：區區有一個習慣，凡是朋友、讀者來信謬贊、揄揚的文章，概不發表，在兩間報紙上寫專欄，遇到朋友來信誇獎，只在拙文後面畧誌數語，表示謝意。這次所以破例刊出冰壺先生大文。因爲此文糾正了一項有關黃百韜將軍史料的錯誤，冰壺先生對黃百韜將軍部隊經歷如此詳細，編者甘拜下風。

其次冰壺先生對韓復榘部隊情況之了解，也非一般人所及，只有胡士方兄在本刊發表「淪陷期間的山東」，眞材實料，可與比擬，但也有一點要說明的，掌故發表冰壺先生大文，係台灣一位作者寄來，編者因爲事忙，久久未看春秋，如若看過，自不能任意轉載，即使轉載，也不轉載一半，大概是台灣那位作家，未看過三六六期春秋，所以只能寄來上篇，編者未能察出，至爲慚愧。當編輯之難就在此，不可能看完所有雜誌。此實爲不可避免之事，總計掌故出版七十期，編者受騙只有兩次，一次是冰壺先生大作，一次是自稱澳門讀者投寄之「如此韓青天」，發表後不敢來領稿費，托人來領，本刊也照發，斯文一脈，其情可憫，因冰壺先生來函，順便道及此文，並無惡意。

冰壺先生提到韓復榘部四師長，除孫桐萱升爲十二軍軍長，曹福林升爲五十五軍軍長，其餘兩人據編者所知，谷良民在抗戰初期曾發表爲五十六軍軍長，與曹福林均隸屬第三集團軍于學忠、展書堂則仍任八十一師師長，則隸屬五十五軍曹福林，在谷、展二人以後下落則不知。

關於誰領導抗戰問題，在港也發生過爭論，左報曾厚顏說抗戰是十八集團軍（共軍投誠後改編）打的，有學生投函萬人雜誌，指定要編者答覆，編者當時提出兩點：一、抗戰八年，國軍陣亡總司令二員，軍長七員，師長二十員，十八集團軍未傷亡一個團長。二、從淞滬到崑崙關，前後十大戰役，十八集團軍未有一兵一卒參加。拙文刊出後，共報很少再提及共產黨領導抗戰了。

上述陣亡將士名單，乃二十年中辛苦彙集者，有些且要詢問有關人士求證。如東北軍六十七軍軍長吳克仁在淞江敗後失踪，指揮該軍的老將軍當面告知，編者吳克仁降敵，因之總覺得此事可疑，因吳克仁如降敵，日本定大肆宣傳，何以隻字未提及，在台北時走訪東北籍立法委員某先生，此公雖是東北人，並非奉受餘孽，爲人公正，當時斬釘截鐵答覆：「絕對是戰死」。降敵與戰死，是史可法與洪承疇之分，安能含糊，澄淸此點，至爲愉快。又如新二十九師師長呂公良將軍與副師長黃永懷將軍在中原會戰時死守許昌。以敗殘之卒兩千人，當敵人兩師團圍攻，最後全師覆滅，幾無生還，呂、黃兩將軍殉國，任何戰史皆未載，經編者在「第三方面軍抗戰紀實」查出，足以上慰英靈。以上拙文是爲答覆冰壺先生大函而草。

不幸的是冰壺先生大文到達之日，正是「掌故」決定停刊之時，「掌故」所以創辦，是爲了發掘現代史料，供後世修民國史者抉擇，已出版之七十期，對此總算稍盡棉薄，冰壺先生大文可以爲證。但「掌故」所以要停刊，因爲在某些地區，某些人眼中看來是攪政治，銷路始終打不開，個人支持到七十期，實在心力交瘁，羅掘俱窮，不得不忍痛停刊，另辦一份刊物，但新辦刊物有一項原則，決不談政治，換句話說，再也不刊現代史料，無論如何也不刊民國十七年以後史料。此一決定似不愛國，但愛國豈易言哉！依區區六年來經驗，愛國而作文化工作，非富翁不可。試看有些人所辦刊物每期只銷五十份，仍然悠哉游哉辦下去，掌故最差也銷三千份，不能再辦下去，此中脈絡可想而知。承冰壺先生遠道惠書厚意，希望以後有機會面謝。

本刊四十九—六十九期分類目錄

停刊啓事

一、本刊自即期停止出版。

二、未滿期訂戶改寄新出版之新萬象，如訂戶接到後不願繼續訂閱，請來信告知，訂欵全數寄還。

三、所有贈閱，全部停止，並祈原諒。

本刊謹白

編餘漫筆

編者

本期是掌故出版最後一期，提筆寫此文不勝惘然，掌故共出版七十期，銷路一直不振，所以能維持，完全靠苦撐。一個人辦，沒有薪水一切開支，始支持了將近六年。當開辦時，也只打算辦五年，因爲尚不完全是銷路問題，而是估計到稿源到了五年便會枯竭，難以爲繼。到了今天，不但稿源成問題，銷路也成問題，許多敏感地區，認爲掌故攬政治，但掌故在台灣也銷不動，勉强去了幾期，虧了幾千元港幣，只好自動停止進口。這種情況，使掌故的市場日狹，不能繼續辦下去，非改換內容不可。但掌故辦了六年，已經樹立了本身的風格，突然改變也不易，也不值得。考慮在三，與其改變風格，何不另辦一份雜誌，把「掌故」停了，使它保持一個完美的形象。

「掌故」出版之初，即以發掘現代史料爲目標，六年以來，也有少許成就，發表了許多篇重要史料，其中且有世間孤本。對於以後研究現代史的人，有很大幫助。

不過，掌故所以能辦到七十期，表面看，是一個人辦，實際還是得了許多好朋友們的助力，編者以前曾經談過，當茲掌故停刊之時，仍然要再說一遍，以誌不忘。

第一位是鄧少卿兄，不是他全力支持，掌故不可能出版，雖然在辦了一年之後，他因爲生意太忙而退出，但仍然繼續担任掌故督印人，給予種種方便。他爲掌故虧了一筆錢，可說是無妄之災，但從沒有半點怨言，這個時代，這種朋友實在不太多。

第二位是吳中興兄，對掌故的支持六年如一日，他所給予掌故的折扣，較我預期的爲多，而且是自動付給，事先並未告知，更見高情。如果照我原來預料的折扣計算，中興兄多付掌故的超過三萬港元，小數怕長計，他自己大概也不知道有這麼多。

第三位便是宋叙五老弟與和記印刷廠同人了，這本雜誌自從移到和記印刷，實際是叙五在編，我只是確定稿件。整個和記印刷廠同仁皆爲掌故效力，和記廠房也是掌故書庫，退書退到和記印刷廠，由和記代爲處理。相信任何印刷廠也沒有給予顧客這樣的便利。

上述三人，缺一個，掌故就辦不成，更不必說辦到七十期了。其他朋友幫忙的更多，早期如矢原愉安兄，近期如張仲仁、胡士方、文叠山、鄭昭平諸兄，也都出了大力，其他幫忙朋友甚多，不能一一列舉，總之，沒有這麼多的人幫忙，掌故不可能辦到今天。對於朋友的幫忙，無以爲謝，只有叙述出來，永誌不忘。

掌故月刊訂閱單

請將本單同欵項以掛號郵寄香港九龍旺角郵局信箱八五二一號

英文名稱地址：

The Journal of Historical Records
P. O. Box No. 8521, Kowloon
Mongkok Post Office, Hong Kong.

<table>
<tr><td>姓名
（請用正楷）
中英文均可</td><td colspan="3"></td></tr>
<tr><td>地址
（請用正楷）
中英文均可</td><td colspan="3"></td></tr>
<tr><td rowspan="5">期數及金額</td><td colspan="3">一年</td></tr>
<tr><td>港澳</td><td>台灣</td><td>海外</td></tr>
<tr><td>港幣二十四元正</td><td>台幣二百四十元</td><td>美金八元</td></tr>
<tr><td colspan="3">平郵免費・航空另加</td></tr>
<tr><td colspan="3">自第　期起至第　期止共　期（　）份</td></tr>
</table>

掌故（十二）

數位重製・印刷　秀威資訊科技股份有限公司
https://www.showwe.com.tw
114 台北市內湖區瑞光路 76 巷 65 號 1 樓
電話：+886-2-2796-3638
傳真：+886-2-2796-1377
劃　撥　帳　號　19563868　戶名：秀威資訊科技股份有限公司
讀者服務信箱：service@showwe.com.tw
網　路　訂　購　秀威網路書店：http://store.showwe.tw
國家網路書店：http://www.govbooks.com.tw

2020 年 7 月
全套精裝印製工本費：新台幣 35,000 元（全套十二冊不分售）

Printed in Taiwan　　ISBN:9789863268130 CIP:856.9

本期刊僅收精裝印製工本費，僅供學術研究參考使用